1984年4月开始沿着长征路线访问，这是到达吴起镇时秦兴汉与索尔兹伯里的合影，表示胜利结束。这张照片是索尔兹伯里夫人拍摄的。

作者一行人在长征途中的小路上，正绕开火焰山，取道前去金沙江的皎平渡。

1934年10月16日，就是在此处——赣南的于都河畔，红军开始了长征。

沿路去金沙江，背景是狮子山，照片中突出位置的人物是夏洛特·索尔兹伯里。

刘伯承指挥红军渡过金沙江时所处的大石头，站在上面的是秦兴汉将军。

大渡河上的悬桥泸定桥，红军在关键一战中夺取此桥。

红军女战士，经历长征的老兵。

当年帮助红军巧渡金沙江的老船工张朝满。

红军曾四渡赤水。中国著名烈酒的产地茅台也是渡口之一。

长征老战士、后来的杰出外交官黄镇绘下的泸定桥。
长征中没有摄影师随行，黄镇的手绘是唯一的图像化记录。

川北的大雪山让红军损失了很多生命——冻死、跌死、疲劳脱力而死、缺乏食物致死及高原反应致死的不计其数。

中华内地会传教士鲁道夫·阿尔弗雷德·薄复礼在长征中是红六军团军团长萧克将军的俘虏。他随军行进560天，直到1936年4月12日复活节时才被释放。此照片即为当时所摄。

杨尚昆将军之妻李伯钊。她走完长征全程，当时是宣传工作者，主要从事戏剧创作和表演，并教战士唱歌。她于1985年4月17日在北京逝世，享年75岁。

红军英雄人物刘志丹的遗孀同桂荣和女儿刘力贞1936年于陕北。

红军英雄刘志丹，他在陕北行将被处决时由毛泽东救出。照片为黄埔军校毕业时着国民党早期军装所摄。

甘肃西南的哈达铺所有人都出来欢迎我们这群自红军50年前经过此地后来访的第一批（他们如此认为）外国人。

与中共总书记胡耀邦交谈。顺时针方向自左至右为：杰克·谢伟思、翻译张援远、胡耀邦、夏洛特·索尔兹伯里、卡洛琳·谢伟思。

中央军委副主席杨尚昆将军、杰克·谢伟思、前外交部长黄华。

中华人民共和国主席、长征中的军事指挥员李先念。

长征

前所未闻的故事

The Long March
The Untold Story

[美] 哈里森·索尔兹伯里 Harrison E. Salisbury 著

朱晓宇 译

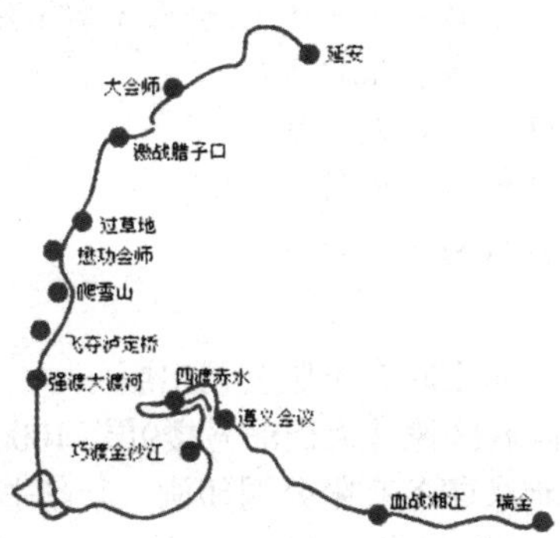

北京联合出版公司
Beijing United Publishing Co.,Ltd.

图书在版编目（CIP）数据

长征：前所未闻的故事 / (美) 索尔兹伯里著；朱晓宇译. —北京：北京联合出版公司，2015.3（2022.7重印）
ISBN 978-7-5502-4832-8

Ⅰ. ①长… Ⅱ. ①索…②朱… Ⅲ. ①报告文学—美国—现代 Ⅳ. ①I712.55

中国版本图书馆CIP数据核字(2015)第047088号

长征：前所未闻的故事
作　　者：（美）哈里森·索尔兹伯里
译　　者：朱晓宇
责任编辑：刘　凯
版式设计：睿佳工作室
责任校对：于善伟

北京联合出版公司出版
（北京市西城区德外大街83号楼9层　100088）
三河市中晟雅豪印务有限公司印刷　新华书店经销
字数380千字　870毫米×1280毫米　1/16　27.75印张
2015年4月第1版　2022年7月第24次印刷
印数108001—111000
ISBN 978-7-5502-4832-8
定价：45.00元

献给在中国进行长征的英雄儿女，同时献给1984年我们自己长征中的同伴——我挚爱的妻子夏洛特，我的朋友杰克·谢伟思，我的两个可亲的中国同志秦兴汉将军和张援远。

《长征》成书始末

凡革命达成，均须借助传奇的引领。美国革命有福吉谷，爱国者为独立而战时人人心中铭记的传奇。经历这场考验之后，华盛顿和他的战士淬炼成一支铁军，一路走向胜利。

法国革命是攻克巴士底狱，十月革命是攻占冬宫。尽管巴士底狱当时只关押了七名囚犯，而布尔什维克步入冬宫时里面仅有几个十来岁的少年和一些妇女把守，但这不要紧，它们已经成了革命的象征。

中国1934年的长征不仅仅是象征。中国红军的男女战士用毅力、勇气和实力书写了一部伟大的人间史诗。

长征不是传统意义上的“征程”，不是一场简单的战役，也不是简单的胜利。红军置之死地而后生，履险如夷地从蒋介石的手掌心里走了出来。在这场看不到尽头的撤退之中，红军一次又一次在千钧一发之际避免了失败与覆亡。长征没有计划，在筹备时毛泽东受排挤身处局外，出发前不久还对行动一无所知。而最终长征却为毛泽东和共产党人赢得了天下。在我们这个世纪中还没有什么其他事件能像长征一样让人如此神往，也没有什么事件像它一样如此深远地改变了世界的未来。1934年10月16日红军渡过中国南部的浅河于都，跨出了长征第一步，之后便一路径直走到1949年10月1日毛泽东在天安门城楼上宣布中华人民共和国成立，宣告共产主义在地球上四分之一人口所生活的土地上取得胜利。

中国革命历经漫漫长路，用了一百年才修成正果。清帝国的垮台缓慢而痛苦，内有自身的衰腐，外有西方军事、技术和经济强国的野蛮侵袭，在双重冲击下一点点倾覆。先是19世纪50年代太平天国假上帝之名起事建立政权，接着是1900年的义和团，行事之诡秘、狂热和排外与前者如出一辙。直到1911年，孙中山博士才带领组织松散的民主革命者将衰老的帝国最终推翻。但接下来中国便堕入自公元前400年的战国时期以来再无比肩的乱世。

1934年10月16日到1949年10月1日之间，中国的舞台上上演着英雄主义的悲剧和勾心斗角的政治迷局，有小丑跳梁也有军事天才闪光，有道德追求也有精神指向，还有阴谋诡计、血雨腥风和人与人之间切骨的仇恨。莎士比亚也写不出这样的故事。而这一切尚未落幕，也许它永远不会终结。

这场大戏最早是由埃德加·斯诺报予世人所知。1936年他前往毛泽东和共产党人韬光养晦的陕北黄土高原探访。一年之前红军历经6000多英里行军，一路忍饥挨冻、转战四方，穿过世界上最崎岖坎坷的崇山峻岭，走过中国偏远荒凉的穷乡僻壤，跨过了二十四条河川，翻越了毛泽东所说的千座雄山方才到达这个地方。

红一方面军开始长征之时据说有八万六千名男女战士，而一年之后的1935年10月19日，随毛泽东到达陕北的可能只有区区四千之众。

我首次了解长征也是通过埃德加·斯诺的《西行漫记》。很多中国人最初听说长征也是通过这本书的中文译本。长征让我为之神往，还有成千上万的人和我一样。斯诺那时写道："终有一天会有人把这一精彩绝伦的远征写成完整的史诗。"他曾一度希望自己来完成此事，但出于很多原因一直未能如愿。

经多年努力，在1972年，我首次来到中国。之后不久我向现在已故的周恩来提出重走毛泽东当年率领红军长征走过的道路，并将这一故事记述下来。老中国通杰克·谢伟思也对此附议。十二年间我们一次又一次地重复着这个请求。

但是没有任何下文。那些年正是毛泽东执政末期的动乱岁月，“文化大革命”和“四人帮”还在肆虐。毛泽东在长征中历经艰难险阻和牺牲奉献而紧密团结到一起的同志业已分崩离析。不少已经过世，还有不少屈从于“文革”的淫威之下。有些人被迫害致死，还有很多依旧身陷囹圄。在这些年月里，力图篡取毛泽东身后权力的人给长征中的英雄贴上了大反派的标签。

这样的情况下实在没多少机会来记述历史。即便在1976年毛泽东去世，其遗孀江青和她在“四人帮”中的同党被逮捕审讯之后，重寻长征之路的请求依然未获批准。后来邓小平逐渐掌权，老一辈英雄得到平反并在政府内重居高位，最重要的是形成了（相对而言）现实的新历史观，重走长征路这才成为可能。

这些年中发生了很多变化，但只要人力可为，我记叙长征故事的决心就不会改变。1983年8月，北京终于传来了消息：长征之门已经敞开，我可以支配有关资源、档案和历史资料。我可以重走长征之路，重新探寻二万五千里征途中的每一里。后来我了解到这个决策主要是两个人推动的：中央军委副主席杨尚昆将军和前外交部长黄华。

1984年3月1日，我和妻子夏洛特飞往北京，旋即对在世的高级将领，党的重要人物（其中有些死于“文革”）的遗孀，档案保管员和历史学家开展了一系列采访。不久以后杰克·谢伟思加入了我们的行列。在北京待了一个月后，我们出发前往探寻长征的路线，一行人中还有长征专家、时任北京中国人民革命军事博物馆副馆长的秦兴汉将军和外交部资深译员张援远。

我们飞至江西省省会南昌。这个省份就是长征开始的地方。我们前往共产党最早扎根的偏远山区探寻，采访了数十名长征的男女幸存者，我们的脑海中很快就装满了种种危机与冲突的故事，正是这些危机与冲突，促成了这次险些成为致命逃亡的长征。

而这才仅只是开始。我们一路追寻红军当年走过的路线，却并非每一里都走的是原路。我们跳过了一些路程，特别是红军当年在贵州走穿插迂回过的一些地方。我们不时选取非主力部队行进的路线，爬上距西藏不远、从金沙江渡口一路经火焰山和狮子山前行的崎岖山道，亲身体会红军征途中的浑身疲累是何滋味。我们坐马骡从山中走出，又翻上了大雪山，路边的田野在5月底还是积雪累累。接着到了草地，这里同“一战”中的帕斯尚尔一样，曾将不尽其数的战士拖入无底的泥淖，连同那些伸出援手的人一起吞没，裹入永恒的黑暗。

我们在各种道路上总共行走了7400英里（约1.2万公里），主要乘坐吉普、面包车和军用汽车，全程历时两个半月。之后是越来越多的采访。1984年秋天又去了一次中国。

只有在当年红军行进的路上走过，才能体会到毛泽东和红军战士曾经承受过的苦难。这里依旧是穷乡僻壤，没有城市，没有外国人。路过的一个个镇子都没人记得曾经有过外国人来访。

还没有外国人或中国人走过这条路线。一时之间也不会再有人重复我们的行程。

下面呈上的，就是50年前长征的历史。这是从数以百计的采访和不尽其数的文件档案中提炼拼接而成。我向中国人提出了自己能想到的最难的问题。他们则尽力给出回答，有时要来回在已有的记录中检寻，直到最后找到缺失的事实。

这个故事是一部史诗，不仅仅是因为淳朴的战士和指挥员在长征中所体现出的英雄精神，而且也因为长征本身实际上已经成为了中国革命的熔炉。经历长征锻造的红军情同手足，在毛泽东的领导下打得蒋介石罢手止斗，直到最终赢取了政权。

毛泽东晚年的不智举动让这群手足离析四散，给这出英雄的史诗添上了悲剧的一幕。但是到现在，这些长征幸存下来的人又让人吃惊地再次攀上权力顶峰。在邓小平的领导下他们将中国推向自己所称的“新长征”——这同老长征相比难度不在其下，也许会成为这个时代伟大的政治和社会试验。但这和“文革”浩劫以及与“四人帮”之乱将是另外的故事了。大家在本书中看到的是老长征的故事，是我在中国历史学家和在世的长征亲历者的帮助之下全力重构的所有内容。

以后还会有更多的情节从这里那里浮出水面，但本书所述已足以让此人间壮举独一无二。长征可能有一点类似犹太人出埃及，有一点类似汉尼拔翻越阿尔卑斯，有一点类似拿破仑进军莫斯科，我也惊讶地发现它身上还有美国马车大队穿越群山和草原征服西部的影子。

但没有任何比拟能恰如其分地形容长征。长征举世无双，迸发于其中的英雄主义火花燃起了拥有11亿人口的民族的梦想，使中国沿着无人能够臆测的命运一路向前。

目 录
CONTENTS

第一章

月夜启程

10月，灼热的阳光倾泻在病房的石灰墙上。外面的院子里，茂密的樟树下一片嘈杂，口令声和军号声此起彼伏，踏步扬起的烟尘在原本静滞的空气中打着转儿弥散开来。病房里，消瘦的病人左腿打着石膏，正伸长了脖子去瞧外面的动静。有情况，这是明摆着的，部队有了新动向，但是却没人知会他。一个护士从门前走过，他叫道："外面怎么了？"

"不晓得，首长。"她答道，一边向外看去。"没人通知我们。"

陈毅嘴里骂了一句，六周前在兴国县他髋部中弹，从前线抬了下来，一直都没痊愈，他的牢骚也就从没停过。骨头碎片老是取不干净，他要求用X光照一下，但是医生总有种种借口：X光机出问题了，没电源，电池的电不够了，等等。

陈毅是红军高级指挥员，今年33岁，四川人，一向乐天开朗，出了名的风趣幽默，今天却反常地焦躁不安，满腹心事。外面肯定有情况，但具体状况却弄不清楚。他在病床上翻来覆去，为受伤而气闷。几分钟后那个护士又出现了。"有人来看你，首长。"她一边说，一边赶紧把枕头拍平，把床单拉直。

在她身后，陈毅见到自己的老朋友和老同志周恩来走进了病房。直到后来陈毅还能记得周恩来这次探病的具体日期。1934年10月9日——农历狗年九月初二——那天周恩来告诉了他一个消息，也就是后来的长征。[1]

于都是江西南部一个沉寂的小城，建在于都河两岸，人口还不到一万。这儿向来风平浪静：只有渡船在河上行来驶去，还有个集市。1934年10月，人们在这个地方还是感到安宁的，尽管还有一丝紧张。天气很宜人：白天暖和，夜晚凉爽，几乎不下雨。多数庄稼都已收获，只有晚稻、红薯和部分荞麦还等着收成。整株的黄豆全须全叶地晾在房顶的灰色瓦片上，从房檐上枝枝杈杈地搭拉下来。院墙边立着一排红色的陶土罐儿，里面满满地装着豆酱。墙角堆着青皮红籽的苦瓜，黄澄澄的南瓜，还有一串串晾着的红辣椒。农人们笃定到下一茬庄稼收成之前粮食已经够吃了，但是不安的感觉还是在逼近于都。红军在夏天收了大量的稻米，征兵的数量也远超往常。田里总有干不完的活儿，开耕、插秧、种植、收获，周而复始，永不停歇。今年年景不错，人们好不容易瞅空喘口气，但是情形似乎有些反常。到底为什么却没人弄得清楚。中秋节已经过了，门楣上象征喜气的红纸和面目狰狞的门神像都有些破烂了，但是人们依然希望它们能够把厄运挡在外面。[2]

为了给红军征募新兵，刘英在于都待了几个星期。从事这项工作的还有其他很多年轻妇女。刘英今年26岁，小个子，还不到5英尺（约1.52米），身材娇小，像个布娃娃。海伦·斯诺说很难想象刘英在长征时怎么没被大风吹走。[3]后来结婚的时候，刘英的丈夫，党的高级领袖洛甫也用同样的话打趣她。刘英的个子很小，但意志却像精钢一样坚韧，毛泽东也曾把她置于自己的翼护之下。有一天他带着警卫员来共青团办事处，悄悄通知她马上离开于都，到江西南部的中央苏区总部瑞金报到，开始一项非常特殊的工作。

“我说自己走不了。”50年后她回忆说，“我的工作还没结束，我必须完成任务，征集更多的兵员。”

但是毛泽东很坚决。她必须回去。尽管感到疑惑，可刘英还是回了瑞金。40英里（约64公里）的路她徒步走了两天，但跟马上就要开始的征程相比这不过是一次短途散步罢了。[4]

江西省会南昌，正对湖面的一座雄壮的建筑内，穿着讲究的矮个儿光头正独坐在精美的柚木桌旁。他拿起一份《民国日报》——国民党的地方日报，薄薄的嘴唇上玩味着一丝自得的笑意。他的目光扫过关于铁路桥合同签署的重点报道，以及各种壮阳药、妇科秘方和珠宝的广告大杂烩，最后停留在头条社论上。日期是1934年10月10日——双十节——国民党政权建立纪念日。这条社论关注的是时事，它提醒人们警惕自然灾害，还有第二次世界大战的迫近。共匪利用国内困境活动猖獗。因此民众应该守德尚善，停止饮宴、歌舞，为祖国、为中华存续而奋发图强。所幸的是，江西的状况正在迅速好转。共匪将在年底前被肃清。他们已经被团团包围，军队只能用绳子串在一起来杜绝逃兵。“他们溃灭的日子不远了。”

看报纸的人轻轻舔舐着嘴唇。这些文字都是经他本人审核过的。实际上，这些文字就是他口述的。他就是蒋介石，今年48岁，特地来南昌指挥自己的国民党部队肃清“赤匪”。进展一直很顺利。没过两天，蒋介石就命令自己的专机准备起飞去陕西、宁夏和四川短期视察。[5]

红三军团驻扎在中央苏区首府瑞金北面的石城地区。孔宪权23岁，结实、干练，后来干了一辈子革命，向来直言不讳。他是三军团侦察小分队的指挥员。部队两周前打了一场硬仗，结果并不理想，正撤下来休整，为下一步行动做准备。这些都是高度机密。孔宪权的同志们只晓得他们很快就会继续前进（后来，这样的保密工作因为后果适得其反而备受批评）。身为侦察员，孔宪权知道的远不止此，但是却守口如瓶。跟很多同志一样，孔宪权是贫农出身，有四个兄弟，七个姐妹。家里不同意他加入红军。他的父母还是传统的老观念，认为好铁不打钉，好男不当兵。但孔宪权还是从了军。他渴望拥有土地，而红军承诺分田。

在孔宪权参加的第一场战斗中，红军全歼了国民党第十八师，活捉了师长——苏区恨之入骨的红脸胖子湖南佬张辉瓒。当时的情景即使50年后依然历历在目：在山坡上（镇里地方不够大）开公审大会，张辉瓒被押上来，面前站满了农民，贫苦市民，拿着红缨枪的赤卫队青年和愤怒、疲惫的红军战士。张辉瓒头上扣着高帽，双手反绑，站在台上，人群怒吼着要把他杀头。很快就真的砍了脑袋，放在木筏上，顺着赣江漂下去，以此来警告其他的国民党将领。对往事的回忆让孔宪权很激动，情不自禁地念起了当时的打油诗："真高兴，战龙山，斩了狗官张辉瓒。"[6]

红军在10月里行动神秘，苏区根据地和首府瑞金也日益躁动起来，此中内情，温和、文雅的高个儿青年伍修权差不多一清二楚。这个根据地是五年前由毛泽东及其支持者朱德带领的共产党部队建立的。他们之间的关系密切，农民把他们称做"朱毛"红军。很多人坚信朱毛实际上是一个人。这也不是完全没有道理。共产党将领朱德身材高大、慢条斯理、风格朴实。有一次他就解释说朱毛是分不开的。这个词实际上是个独具匠心的双关语，因为"朱"的同音字是"猪"，而毛的意思是毛发。[7]

伍修权无所不知或者说近乎无所不知，因为他是李德的翻译。李德是莫斯科共产国际派驻中共的代表。李德在过去一年里都是中国红军的总指挥，却屡战屡败。

伍修权当时28岁。19岁的时候他和上百个中国青年一起去了苏联，在那里待了五六年，学习语言，了解革命，也学习军事科学，如今已经回国三年了。从李德1933年10月到达苏区，伍修权就开始为他做翻译。

现在伍修权手头有个难题——是烹饪问题，不是军事问题。

来苏区的时候人们为了让李德生活舒适而大费周章。他的住所有三个房间，是特地为他修建的，在离红军总部1英里（约1.6公里）的稻田旁，和党中央机关部门距离也不算远。房子独处一处，孤零零的，伍修权和其他人称它作“独立房子”，很快独立房子就成了李德的外号。

伍修权的问题出在那片稻田上。他和李德的工作人员在到处是青蛙的稻田里养了一群鸭子。鸭子已经肥了，伍修权无论如何不愿意白白丢掉。所以每天晚饭都有鸭子吃。伍修权直到老都记得1934年10月10日那天吃的最后一只鸭子，烤得香脆，切成肥嫩的肉片上的饭桌。伍修权总把那一天和红军的出发联系在一起，尽管后来一般认为直到1934年10月16日长征才正式开始。[8]

秋日荏苒，党的干部之间在谈话时也开始不再那么遮遮掩掩。对于知道如何从字里行间揣摩意思的有心人来说，从出版物上也可以见到一些有关未来动向的端倪。1934年9月29日，洛甫（张闻天）在党报《红色中华》上发表了一篇社论。里面说到为了保卫苏维埃，粉碎蒋介石第五次“围剿”，“我们不得不暂时放弃一些苏区和城市……在某些地方，由于敌人堡垒密布，我们必须冲破封锁线，转移苏区，保存军队主力的有生力量。”

所有高层都知道行动就在眼前，但还不知道去哪里。有人猜湖南，有人猜江西，有人认为是贵州，还有人认为是云南或四川。除了最高层，没人知道究竟。后来为了躲避蒋介石的战斗轰炸机（当时蒋拥有两三百架），总部搬到了瑞金北部的云石山。山区深处，干部们碰头的时候会心照不宣地打招呼说“快出发了”。有时候他们会问：“你走不走？”答案是不同的。有的说：“走。”其他说：“不晓得。”一般来讲，“不晓得”意味着留下来。实际上，蔡孝乾后来回忆说，“消息传来就像在水里投了一块大石头”，引起了很大的不安。名单逐个确定。有些家属带着大包小包回了老家，跟人说“他去别的地方了”，却不说具体哪里。部分伤员也从医院回到了原来的单位。谁走谁留的消息一时众说纷纭。起先说徐老——毛泽东在长沙师范学院的老师徐特立——因为年纪太大，不适合长途跋涉，要留下来。后来又说他会走，而且已经分到了休养连，特地为他找好了马匹，但是还没有配马夫。[9]但是大家却不知道毛泽东已经看到了留守的名单。上面的名字大多属于和他亲近的人：他的弟弟毛泽覃和弟媳贺怡（也是毛泽东妻子贺子珍的妹妹）夫妇；毛泽东的朋友、湖南老乡，也是共产党的发起人之一何叔衡；已经解除了职务的共产党前总书记瞿秋白（据说因为肺结核很严重，不适合一起走）；军事指挥员陈毅；很早即加入共产党的毛派支持者贺昌；毛泽东的另一个拥护者、宁都起义的领导人刘伯坚，还有许许多多其他人。看起来毛泽东推荐的人一个也没有被接受。甚至他恳求一起带上的瞿秋白也没有能够同行。和毛泽东的密切关系就是留在苏区的保票，而留守的陈丕显将军认为，当时留在苏区的只有一成希望活下来。[10]

1934年秋，毛泽东40岁，人很瘦，面容憔悴，颧骨凸出，双颊深陷，眼睛很亮，黑而直的头发几乎垂到肩膀上，整个人散发着苦痛的气息。他几个月来一直疟疾缠身，他的医生、教会医院出身的傅连暲想尽办法救治，却一直没有完全康复，他身体虚弱，情绪低沉。他明白红军要干什么。周恩来在决策达成之后就告诉了他。周的职务是总参谋长，能参加决策，但命令都是李德下达的，也都能自动得到总书记博古的支持。即便周反对，也会被二对一否决。因此他的任务就是做一个优秀的军官，执行统帅部的命令。

没人征询毛泽东的意见，也没人来听取他的建议。这不足为奇。占据统治地位的亲苏派曾一力要把毛逐出党外。[11]两年前毛泽东就被排除在军事和政治决策圈外，保留下来的只有名义上的职务——中央苏区主席；他主持了一些地方上的会议，花了几个星期在河边的市镇于都进行了无关紧要的地方情况调查。他现在就住在于都北门边的一条窄巷里，住所是一个灰砖砌起的舒适的小院子。同住的是他的妻子贺子珍，今年24岁，已经是第四次怀孕。孩子2月就会出生。[12]

当时有些流言，多年间被断断续续地传了下来，说当时毛泽东是被软禁在于都，说他当时尽管是政治局委员，却不能自由去瑞金参与政治局的磋商，说他和军事及政治领导层的所有关系都被切断了。但是看起来他没被软禁。这一点笔者访问过的所有长征的重要幸存者都确认了，中国当代的党史学家和档案保管员也都这么说。可让人好奇的是为什么在离开中央苏区的决策形成和执行的这几个星期里要把毛泽东送去于都。毛泽东进行“调查研究”的个人需要看起来一点儿都不紧迫。伍修权的翻译职务让他有机会了解内情，他认为有人不希望毛参加长征。“有人故意把毛泽东排除在外，”他说，“这只是一个借口而已。”[13]

1934年春，一度有人极力想把毛泽东送去苏联“治疗”。博古和李德曾为此向莫斯科提出请求。这显然是李德的主张（尽管他在回忆录里对此只字未提）。共产国际认为尽管毛制造了不少麻烦，但他的威望和地位还是有用的。而且伍修权说，毛也曾经申明：“我不走。我不离开自己的国家。”[14]

双方剑拔弩张。有第三手的资料说有一次毛和埃德加·斯诺在保安的一条街上碰到博古，他对斯诺说：“你知道吗，那个人曾经想置我于死地。”[15]当时要是有人想在1934年夏末或者初秋时除去毛泽东，那一点儿都不稀奇。但是没有什么确凿证据表明有人密谋迫使毛留下来。

毛泽东去了于都以后，离党政中央机关有一两天的路程，来回不再方便。但还是给他保留了几个警卫员，在于都附近行动也很自由。

在于都生活和在云石山不一样。1934年秋毛泽东曾住在云石山的一座漂亮的小庙里，在一堵石崖顶上，上去要走两层石阶。那里离红军总部还不到1英里。毛在政治局的同僚、当时还一直支持李德的洛甫住在小庙的另一侧，正好有机会畅谈。后来证明这些谈话是非常重要的。到红军总部很便捷，但是毛很少去，反正没人听他的话。他们也不太告诉他政治局在开什么会。但他还是去中央苏区政府的办公室，因为他是政府主席。政府机关不远，在一个叫沙洲坝的地方。政府办公室置在一个很壮观的祠堂里，是杨氏家族在1922年建的。毛在那里生活了一年。杨氏祠堂有一个雅致的两层议事厅，房子是上好的阴沉木盖的，地板用石材砌成。朱德和妻子康克清，陈毅和周恩来也都在此住过。但是朱德夫妇、陈毅（直到负伤为止）还有周恩来一般都在前线。[16]

毛泽东当时要面对的还不仅仅是被刻意排除在决策圈外。[17]在这个时期，同其他一些重要关头一样，毛泽东疾病缠身。1934年从仲夏到10月因为疟疾他一直都病倒在床上，有时康复一些，也仅仅是勉强能走动。当时他精力不济，可能还处于抑郁之中。

这一切情有可原。中国革命的行动成果大多出自他的创意。他和朱德一手打造的部队，他五六年前创建的共产党根据地，还有他设计运作的整个机构，都落入了莫斯科共产国际的那个匪夷所思的代表李德和只知道奉承他的博古手里。博古身材精瘦，戴着厚厚的眼镜，英国驻华大使阿契博尔德·克拉克·卡尔爵士曾经把他叫作黑怪咖（译者注：一种黑脸白眼圈的布偶），因为确实很像。毛所有的重要权力工具被剥夺一空。政治局全力反对他，中央委员会也一样。军事机构也对他进行冷处理。毛表面不动声色，实际上怒火中烧。他对力量的此消彼长并不陌生，他知道有对抗李德和博古的暗流在涌动。当他的门生林彪和拥趸聂荣臻这两个军事指挥员溜进他在于都的小院子，坐在长凳上要他给些建议的时候，他很明白这意味着什么。当他们小心翼翼地问他"我们去什么地方"的时候他也很清楚这里面的言外之意。他也知道如何用同样意味深长的辞令来回答他们："命令怎么说就怎么走。"他知道他们的命令是什么，他也知道这些命令是军事机密。他不会违反保密规定。现在还不是挑明事情的时机。但是时机会到的，他很确信，用不了很久了。

近五十年后，聂荣臻回忆说，当时他和林彪非常想多了解一些新动向的信息，特别是具体的去向，而毛泽东对此不置一辞。他不想让人怀疑他在和自己的老部下图谋不轨。于是他就结束了谈话，建议他们去新开的图书馆看看。[18]

10月10日才过午，中央红军总司令部所在地梅坑旁边的路口慢慢地聚起了一群人。天气和暖宜人。这些人不像是军方出身。有一百多个男人，二十到二十五个女人。他们被分配到了休养连——老弱妇孺、伤员病号待的地方。每个人发了一条毯子，一袋食物，十斤米——准备吃十天。背包里是换洗衣服，梳子，刷子，笔记本，可能还装着手电（这是最难找到的），备用电池，肥皂，一两本书，还有别的必需品。每个人在腰带上都拴着一个搪瓷缸，里面塞着牙刷和毛巾。年纪最长的是政府秘书长谢觉哉。他已经年过50，所以配了匹马。还有与毛泽东同为共产党创始成员的董必武，他已经48岁了，同志们都认为如果他当时留下来肯定会丢了性命。毛泽东的老师徐特立也在，他今年57岁了，人很瘦，皮肤坚韧，留着一缕缕长须，说话很风趣。也给他配了一匹马。英勇的女同志蔡畅和毛泽东怀孕的妻子贺子珍也都有马。

混杂的人群很快编成了班和排，每个成员，不论男女都发了一支红缨枪，如果受到了攻击可以用来保护自己。日落前邓发来了一趟，他是党的保卫局长和特工负责人，也是所有非战斗编制行政人员的指挥，还当过水手。他一改往日的严肃，用带着浓重广东腔的官话和大家开起了玩笑，希望鼓起大家的兴致。“我们的队伍了不起啊。”他说道。“有音乐家，有剧作家，还有作家。如果想演出的话所有人都齐了。”气氛活跃了一些，在暮色中队伍启程开向于都。他们是红星纵队的一部分，一路上每隔一段就能看到红星标记给他们指路。[19]

毛泽东后来才跟上队伍。首先他要完成自己的任务。最艰难的莫过于10月15日在于都对留守党干部的讲话。毛必须得告诉他们红军要撤离了，他们得了解自己所面临的局面，在主力不在的情况下如何运作等等。此时于都已经没人怀疑要发生大事了。成千上万的部队进入于都，然后又离开，过河或是向着南面的安远进发。

可以确信的是当时红军大多数人都不清楚实情。他们以为只是要打一场大仗。他们知道自己正在突破包围圈。很多人还分到了冬衣（这让他们感到惊诧），所有人的米袋里都应该装好了十天的口粮。但是行动的真正目标却一直保密。

毛泽东依然生着病，很憔悴，傅连暲还在给他继续治疗。他尽可能地提起精神向党干部讲话。他讲的话没有留下记录，但毫无疑问他传达了中央委员会的指示。军队将冲出包围，建立一个新的根据地，让蒋介石计划中的第六次“围剿”胎死腹中。干部们要继续坚持下去。军队已经分成了两部分。红军留下了足够的人手保卫苏区。主力也不是一去不返。他们还会回来。他自己对革命的最终胜利充满信心。这些应该就是当时的讲话内容。

这被称做是一次三级会议——有高、中、低三级干部参加。就在毛泽东讲话的时候，周恩来、朱德、博古、李德，所有军队领袖和整个党组织高层已经动身上路。中央机关在10月12日到达于都。他们在夜色的掩护下静静地通过。随行的还有几千个脚夫（每天给一个银元）[20]，带着苏维埃生存需要的重要物资——印刷机、纸钞的雕版、制造弹壳的机器、复装弹药的冲床、X光机、放着重要（和不重要）官方文件及资料的箱子，银元、金条储备，大米、药品，多余的枪支、大炮，发报机和电话器材、大卷的电话线等等。毛泽东后来评价说“就像大搬家”。埃德加·斯诺说“这是行进中的国家”。斯诺的话有些言过其实了。毛泽东的形容更贴切。

10月18日傍晚，毛泽东和二十个左右的随行人员在于都北门边的石头小院子里会合，主要是他的警卫员、秘书和工作人员。他们出了院子，和中央纵队的其他单位会合。毛泽东带了一袋子书，一把破雨伞，两条毯子，一件穿旧了的大衣，还有一块油布。他没有带自己有九个隔层的背包。

就这样，他们离开了在过去几年中发展壮大而变得安逸的根据地，开始了毛泽东自己明白是危险甚至可能是致命的征途。他们悄悄地行动着，希望蒋介石的轰炸机不会发现他们而向组成复杂、绵延60英里（约97公里）、蛇行于路上的部队投下弹雨。这个时刻只需要严峻的面容和冷厉的决心，不允许任何质疑。没有人知道他们去向哪里，也不知道会发生什么。毛泽东、博古、李德和周恩来，他们都不清楚。没有人能确定蒋介石什么时候会发现缓慢行进中的部队。没有哪个指挥员不为担着过重行李的脚夫担心。他们中的很多人因为抬着最重的物资，一天最多只能行进2英里（约3.2公里）。

工兵营已经在于都河上架起了五座浮桥。这个季节水很小。在于都附近河流的宽度不会超过250英尺到300英尺（约76—91米）。而河道宽阔的地方水很浅，人和马都可以轻松地趟过去。五座浮桥分散开，搭在于都城两侧，上下距离有几英里。

毛泽东和他的队伍沿着河岸向前走。没多久，月亮出来了。河流很宁静，空气也是安谧的。很快他们就到达了渡口，在浮桥上踩得宽阔的木板咔咔作响。渡河轻而易举，队伍很快到了对岸，向着西面更远的地方行进。静谧的夜色，皎洁的月光和浮桥两边清亮的水声让队伍里的男男女女感到雀跃。很多人静静地唱起了红军的老歌儿，一边排着一列或两列纵队沿着狭窄的小路向前，沿着没人了解的路线，走向没人猜得到的目标。[21]

注释

[1] 这是陈毅告诉王愿坚的。王愿坚是长征研究专家，为解放军八一电影制片厂工作，给长征有关的电影撰写剧本和解说词（1984年3月5日北京个人采访）。陈毅可能在早前已经听说过一点有关红军撤离的传言（据瑞金革命纪念馆历史档案保管员钟书棋1984年4月11日告诉作者）。全国人大常委副委员长、1934年至1935年担任陈毅副手的陈丕显和陈毅在世的儿女确认这种说法大体可靠（1984年6月11日北京个人采访）。10月9日的日期出自陈丕显1980年北京出版的《赣南三年游击战争》（*Three Years of Guerrilla Warfare in South Jiangxi*）第一章记载。

（译者注：有关日期正文原文说是“狗年第十个阴历月的第二天”，不知作者阴历月〔指月亮〕的算法如何，译文中按中国农历实际日期处理。）

[2] 钟书棋：1984年4月11日。

[3] 海伦·斯诺：《续西行漫记》（*Inside Red China*）第178页，1979年纽约出版（译者注：也译作《红色中国内幕》）。

[4] 刘英：1984年6月14日北京个人采访。毛泽东警卫员之一陈昌奉在《跟随毛主席长征》（*On the Long March with Chairman Mao*）一书中没有相关记载。此回忆录自1959年第一次出版后多次重印，书中有多处遗漏及失实之处。

[5]《民国日报》（*Minguo Ribao*）：1934年10月10日摘录，自南昌江西省图书馆查阅。这栋建筑曾是蒋介石在南昌的指挥部（党史学家戴向清教授：1984年4月14日南昌个人采访）。

[6] 孔宪权：1984年4月24日遵义个人采访。这是国民党将领唯一一次被共产党砍头的情况。回顾此事时中共认为其负面影响很大。

[7] 八一南昌起义纪念馆凌家传：1984年4月3日个人采访。

[8] 这些资料来源于伍修权1984年3月28日北京个人采访及伍的回忆录。长征的命令发布于10月7日，其中指明10月10日出发。驻扎在农村中的各单位出发日期不同。10月16日的日期经常被引作出发日期，因为红军总部于当日离开中央苏区。奥托·布劳恩（李德的德文名）的回忆录并未对明确此日期提供任何线索。他在书中说自己住在瑞金郊区一个小屋子中，这里是个“禁区”，中央机关都设在此处，包括中央委员会，临时革命政府、军委机关和红军总部等（李德：《中国纪事》〔*A Comintern Agent in China*，1932—1939〕第31—33页，1982年加利福尼亚斯坦福出版）。

[9] 成仿吾：《长征回忆录》（*Memoirs of the Long March*）第18—21页，1977年北京出版。

[10] 王愿坚：1984年3月5日北京个人采访；伍修权：《我的历程（1908—1949）》（*MY Experiences*，1908—1949）第七章，1984年北京出版；陈丕显：1984年

6月13日北京个人采访；蔡孝乾：《江西苏区·红军西窜回忆》（*The Jiangxi Soviet and the Red Army's Westward Flight*）第201页，1970年台北出版。

[11] 王炳南大使：1984年3月20日北京个人采访。

[12] 毛泽东住处的细节据作者于1984年4月9日个人考察所见；贺子珍怀孕情况出自毛泽东警卫员吴吉清1984年4月15日南昌个人采访。

[13] 伍修权：前书第七章；伍修权：1984年3月28日北京个人采访。

[14] 将毛泽东送往苏联的建议经博古和李德签署通过电报发往共产国际，时间是1934年4月广昌战役之后。5月某时收到了拒绝建议的回电，因为毛泽东对红军以及苏区非常重要。博古将回电读出来时，时任苏区政府国民经济部长的吴亮平在场。李德对此感到沮丧，但是洛甫倾向于接受共产国际的决定。吴亮平年轻时受到过良好教育，曾任毛泽东秘书，后来多次担任中央顾问。1936年埃德加·斯诺与毛泽东的谈话有部分是他翻译的（胡华：1984年3月23日北京个人采访）。

[15] 毛泽东有关博古的评论在斯诺大部头的笔记与文章中并未提及。这是据一位老朋友回忆时记起的，他说曾听斯诺提起此事。毛泽东的拥护者常常说他是被放逐到于都的并受到监视或软禁。李德持相反观点，他声称毛泽东去于都是为了和林彪及其他高级军事指挥密谋反对博古和自己。

[16] 当代中国方面在1984年一致认为毛泽东在于都或之前都未受到过软禁。

[17] 红三军团军团长彭德怀声称离开苏区的决定并未与高级军事指挥员包括他自己进行过讨论。他说多位中央委员（他并非中央委员之一）曾告诉他之前也未就此决定征求过他们的意见（彭德怀：《彭德怀自述》（*Memorirs of a Chinese Marshal*）第189—191页，1982年北京出版）。

[18] 谈话的细节出自人民大学胡华教授1984年3月21日北京个人采访及于都县博物馆张德美1984年4月9日个人采访；聂荣臻在回忆录中说谈话发生在瑞金，他和林彪被告知红军将进行“战略转移”，要他们作好秘密准备。他们知道将与红二军团与红六军团会合，除此之外一无所知。毛泽东建议他们去中共前总书记瞿秋白办的新图书馆看看，之后就结束了谈话（聂荣臻：《聂荣臻回忆录》

（*Memoirs*）第八章，1983年北京出版）。

[19] 成仿吾：前书第18—21页；吴吉清：个人采访；伍修权前书第七章。

[20] 伍修权估计雇用了三千名脚夫。有人估计雇用的脚夫人数高达五千。

[21] 瑞金革命纪念馆档案保管员钟书棋：1984年4月11日个人采访；张德美：1984年4月9日；陈昌奉：前书第24—25页。陈昌奉说他们从北门出发，走了20里（大约6英里）到达渡口。张德美说他们从东门出发，只走了短短一段路就到达渡口。

第二章

“赤匪”崛起

进展顺利，非常顺利。1934年10月15日蒋介石在南昌登上飞机的时候肯定这么想。他起飞去乱局四起的西北亲身看个究竟。同往常一样，他的妻子，宋嘉树美丽的小女儿宋美龄也一起随行。自打婚后宋美龄就没有远离过蒋介石。他们的婚礼于1927年12月1日在上海大华饭店举行，邀请了1500多名嘉宾观礼。来自基督教青年会的卫理公会牧师宣布两个人正式结为夫妻，还请到一个白俄乐队演奏《婚礼进行曲》，并由美国男高音演唱《答应我》。蒋介石此行的第一站是陕西省省会西安。

第一次、第二次、第三次，第四次到现在的第五次对“赤匪”的“围剿”，前后四年里蒋介石在南昌待了不少时间。而他相信共产党这次总算在劫难逃，对此德国军事顾问进献的新战术功不可没。

1927年蒋介石在上海对共产党盟友下手以后，俄国人退出了中国，他又找上了德国人。那时候蒋介石手下的刽子手砍共产党人的头砍到手臂酸麻举不起屠刀来。

中华民国的国父孙中山在世的时候请来了俄国顾问。现在蒋介石正努力把国父的大氅披在自己并不宽阔的肩膀上。黄埔军校时期加伦将军和其他俄国人在广州赢得了校长蒋介石的尊重。[1]但是1927年的时候如果有机会下手的话他还是会把他们都干掉，包括斯大林在中国的特使米哈伊尔·鲍罗廷。蒋为了赢得权力不惜在中国除去任何一个共产党人。

但时移事易，对阵军前的时候，蒋介石对江西这些共产党的军事指挥还留有些许军人的惺惺相惜。在孙中山博士的旗帜下他曾经和其中的很多人并肩作战，那时候他们就相互熟悉了。“赤匪”领袖之一周恩来曾经是蒋介石在黄埔的副手，担任军校的政治部主任。很多其他人也在黄埔待过，毛泽东除外。蒋介石与毛泽东素未谋面，但对毛他还是知之甚详。当然，他也了解“赤匪”的另一个头领，老（48岁）而弥坚的朱德。朱在加入共产党以前曾经是一个军阀将领，还吸食过鸦片。

蒋介石没理由低估这些对手，尽管他将他们蔑称为“匪”。为了对付他们蒋已经是不遗余力了，但是七年来他们一直都还活得好好的。现在阿道夫·希特勒出手帮忙，他觉得终于要把这一切彻底了结了。希特勒派来了自己最好的将领之一汉斯·冯·塞克特，正是他想出的堡垒战术扼住了共产党人的咽喉。

冯·塞克特指挥国民党部队小心翼翼地慢慢推进，一边前进一边建造碉堡和工事（过去一年造了3000个），控制了所有的道路。这些堡垒在共产党控制区外形成了一条锁链，缓慢却有效。冯·塞克特把锁链逐渐收紧。他扼杀了他们的贸易。他们的大米和玉米再也卖不出来了。没人进得去共产党人的地盘，也没人出得来。农民几个月没有盐吃，也没有煤油，没有棉布。

情况还发生了别的变化。蒋介石的前四次“围剿”中共产党人向来是打一枪换一个地方。他们诱敌深入，然后埋伏四起，发动致命一击，把国民党部队打得晕头转向，取得了丰硕战果。共产党人缴获了数不清的枪支弹药，还通过成千上万的国民党俘虏补充了兵员损失。

现在不一样了。共产党似乎极为看重阵线的位置，在战斗中不惜付出极大的代价和国民党正面肉搏，寸土必争。1934年4月的广昌战役中他们坚守阵地和国民党正面对抗，伤亡了至少八千人，也许更多。蒋介石的损失也差不多。但是蒋介石要补充人手只须拉更多的壮丁就可以了，共产党人做不到。这样的战斗对他们来说即使是胜了，代价也是难以承受的。[2]

蒋介石坐着自己新购得的福特三引擎飞机向北飞去，铝制的机翼在舷窗外闪闪发亮，对未来他满怀期待。共产党人让他腾不出手来收拾地方军阀，巩固自己的力量。这些军阀时时都在一旁虎视眈眈。一旦共产党不再碍事，他甚至可能争取到一个盟国，为他和日本人的讨价还价增添筹码。日本人已经占领了中国东北，威胁到中国本部（译者注：西方所称的汉文化聚集区）。希特勒现在帮他对付共产党人，将来也有可能默不作声地再次出手帮他对抗日本人。俄国人也可能帮得上忙。斯大林绝不会帮蒋介石和共产党人作战，但他很现实。斯大林要面对来自日本的威胁，蒋介石统一中国对解决这个问题有莫大的好处。

蒋介石从南昌一路向北飞去，高高在上地飞过长江，飞过南方大片的稻田，飞过黄土高原上泛黄的连绵山丘，飞离了江西南部的那个让人头疼的小角落，那个共产党人的藏身之所正被装在口袋里慢慢收紧。让他们垂死挣扎去吧，这回他们插翅难飞。就像《民国日报》上说的，“他们将在年底前被肃清，现在已经被团团包围，离溃灭的日子不远了”。蒋介石已经想好，一回来就下令发起最后的总攻。

江西的共产党很快就将走向末日，对此蒋介石信心十足，在南昌没有多少人会真的质疑这一点。在中国其他地方共产党不过是个若有若无的模糊存在，没有太多人了解。但是在南昌，共产党可谓家喻户晓。早在1927年8月1日共产党人就名动南昌。他们夺取了这个城市，然后向南进发，力图把蒋介石在上海用鲜血溺杀的革命进行下去。

南昌起义的关键人物是个相貌俊朗、谈吐不凡、极具感召力的年轻人，当时年仅29岁，终身都在中国共产党内担任高级职务。他就是周恩来。有一次他说自己出身于“破落官僚家庭”。和很多同时代的年轻人一样，他一有机会就参加了激进的学生运动，然后远渡重洋去欧洲工作（在法国的雷诺汽车厂）和学习（在巴黎和柏林），成为中国共产党旅欧支部的创始人之一。

1927年是中国政局演变的分水岭。那一年的高潮是蒋介石领导的北伐，自1926年就从广州开始了。当时国共合作，携手前进。开始预期的目标是武汉，然后是上海和北京。周恩来先行赶去上海发动起义。前两次起义时机未到，被镇压下去。第三次起义成功了。数以十万计的工人走上街头，取得了权力，然后准备迎接蒋介石和国民党部队。

但是1927年4月12日清晨军号声在上海响起的时候，迎接周恩来和他的同志们的不是翘首以待的革命胜利，而是一场“人头宴”。工人们忙着举起“国民革命军万岁”和“蒋介石万岁”的标语，而蒋总司令却早和黑社会的老关系暗通款曲。军号声是给上海流氓帮派的一个信号。身兼法租界巡捕房总探长和青帮头子于一身的“麻子”黄金荣动手了。开始的时候青帮成员在闸北、南市、吴淞和浦东扑向工人，蒋介石的军队则在一旁静观其变。接下去大刀霍霍，机枪突突。

数千生命就此从世界上消失了。有些是枪杀的，有些被砍了头，还有些被活活投进了蒸汽火车灼烧的锅炉。蒋介石出八万大洋悬赏周恩来的人头。宝山路上商务印书馆的印刷厂是个隐蔽的去处。共产党指挥部就设在这儿的东方图书馆里。工会领袖顾顺章在追捕者破门而入的前一刻逃出生天。[3]

多年来很多已经出版的记录说周恩来曾经被国民党势力逮捕，然后可能男扮女装脱身。其中一个版本出自安德烈·马尔罗描写上海惨案的小说《人的命运》。但是早在1936年周恩来就跟埃德加·斯诺澄清过，“真实情况不是那一回事”。[4]

实际情况是这样的：大屠杀之后一天，周恩来在六个人保卫下和顾顺章一起去了国民党第二十六军第二师。这个军的指挥官是白崇禧将军。第二师当时奉命“恢复治安”，正在解除工人纠察队的武装。周恩来知道在这个军队的军官中不乏共产党人和共产党人的同情者。因此他和顾顺章去那里理论。但很快他们就被下了枪扣押起来。

第二师师长赵舒是个同情共产党人的国民党党代表。他的女儿也是共产党员，但不巧的是他当时不在，周恩来遇到的是副师长斯烈。之前他们认为斯烈也是友善的。他的弟弟是地下共产党员，曾经在黄埔军校担任周恩来的助手。

但是斯烈翻脸不认人。双方的争吵逐渐升温，而且显而易见的是他不想放走周恩来。后来赵舒终于赶到，把斯烈拉进旁边的一个房间里。外面可以听见屋里激烈的争吵。很快两人又走了出来，给周恩来道了歉，把枪又还给了他们，然后放了行。周恩来回来向指挥部报告了情况，然后悄悄地去了武汉。当时如果没有赵舒的干预，周恩来的革命之路恐怕就会同他的很多共产党同志一样葬送在血泊中了。[5]

时局飘摇，然而就在1927年7月的最后一周，一个瘦削的青年穿着灰色西服，提着黑色的箱子在南昌住进了江西大旅社25号房间。到现在周恩来登记住宿时的名字已经不可考了。江西大旅社当时是南昌首屈一指的旅馆[6]，建于1923年，直到1984年还一直耸立在这个城市喧闹的商业中心，周围满眼望去都是商店、办公楼、饭店和银行。旅社所处的十字路口当年到处可见的是来来去去的黄包车，把银行家拉去他们的账房，也拉着富有的太太夫人们去华贵的商店雅致的试衣间。

江西大旅社是地方省份里中式建筑的典范，中间是一个院子，四周是豪华的房间，后面有一个宴会厅，加上穿着软拖鞋、彬彬有礼的服务生，技艺精湛的厨师，精致的菜肴，让人备感这里富丽、静谧和古老的氛围。

那一周住进江西大旅社的不速之客不仅仅是周恩来一个人。实际上整个旅社从头到脚都以地方军队的名义包租下来，对外声称作特殊用途。20号房间住的是国民革命军第二十军特立独行的军长贺龙，当时同情共产党人，但还没有加入共产党。24号房间住的是中共正式党员叶挺，当时他在国民革命军第二方面军中担任将领。9号房间住的是刘伯承（他失去过一只眼睛，所以被称做“独眼龙”），后来也是共产党著名的军事指挥。后来在中国政治和军事事务中扮演了特殊角色的林彪当时也在，但是资历太浅，仅仅是排长，并没有自己独住的房间。朱德也没有在这里预定房间，他住在自己部队的指挥部里。朱德之前已经在德国通过周恩来入党，但这个情况一直是保密的。当时他的官方身份是国民党南昌市公安局局长和军官教育团团长。这也是共产党中央委员会将南昌作为起义地点并派遣周恩来前来领导起义的原因之一。

在南昌起事似乎大有可为。周恩来已经组织起两万军队支持政变，对抗忠于国民党政府的一万人。

但是好事多磨，莫斯科共产国际刚刚派出一个新任代表抵达中国。他的名字是维萨里昂·维萨里奥诺维奇·（贝索）·罗明纳兹，当时才29岁，同斯大林一样也是格鲁吉亚人，深受后者赏识。罗明纳兹对中国一无所知，但是斯大林认为他执行命令很可靠。他也确实带来了一条命令。这是斯大林明确的个人指令，要求停止南昌的起义准备。罗明纳兹声称如果进行起义的话共产国际将不允许自己的顾问（当时还有几名藏身在中国）参与，也不允许在起事过程中使用自己的经费。[7]

命令在起事前二十四小时送到周恩来手里。他决定拒不从命，准时开始政变。

起义整个过程波澜不惊。那是个晴朗的夏夜，8月的南昌炎热无雨，士兵就在空地上露宿，大金鱼缸腾空以后盛满了开水给部队解渴。那时候南昌这个省城人口只有12万，还不是后来人口百万、四通八达的大都市。

天亮以前起义军就占领了城市。国民党部队损失了800人，共产党伤亡微乎其微。周恩来原本是否希望守住南昌不得而知，但据城坚守事实上不可能，因为国民革命军第二方面军总指挥张发奎得到消息后很快就向南昌扑来。之前起义者认为他即使不施以援手至少也能保持中立。

三天之内共产党部队开始南下，到8月6号的时候南昌又回到了国民党的手中。朱德安抚自己的部队说“咱们这就是1905年的俄国”，意指1905年失败的俄国革命，列宁曾称之为1917年十月革命的“预演”。

不论南昌起义的军事价值如何，它对中国革命都有举足轻重的意义。南昌一度荟聚了一批才华横溢的起义者，后来成为叱咤风云的领袖人物——周恩来、朱德、陈毅、贺龙、刘伯承、林彪、萧克、聂荣臻——其中好几个在1949年10月1日人民共和国成立以后位列“十大元帅”。为了纪念南昌起义，8月1日在中国被定为工农红军的建军节。[8]

江西省地处偏远，山峰连绵，赣江纵贯其南北，最终注入鄱阳湖，从而和长江连结起来。共产党人在江西的活动和发展远超中国其他省份。

赣南大部偏远贫穷，当局者的意志很难强加到这块山峦起伏的土地上——没有公路（30年代中国大部地区都是如此），只有山间小路，窄得连马车都无法通过。人们扛着包裹，和骡马排成一线在上面缓缓行进——因此江西成了起义者的避风港。铁路也是没有的，赣江就是江西的交通主干线，也是那里唯一的商业动脉。全省上下充斥着疾病、贫穷、无知和愚昧（江西人口1943年是1376.1万，1980年增至3310万）。

毛泽东没有参与南昌起义，当时在共产党中央委员会的命令下他正忙于准备自己的行动——在农村发动秋收起义，剑指长沙。毛泽东出生于韶山一个富裕的中农家庭，那儿离长沙不远。他就以那里为中心展开自己早期的革命生涯。毛对农村的情形了如指掌。就是在农村地区他反复锤炼，得出了自己独树一帜、与中国农民和农村息息相关的革命哲学。这让他跟一般因循的共产党领袖意见相左，那些莫斯科共产国际派来指手画脚的代表和在俄国受训、满脑子苏俄模式的中国青年更是跟他格格不入。这些中国人有很多出身于莫斯科中山大学，先是受卡尔·拉狄克和尼古拉·布哈林的影响，后来又被年纪轻轻却刚愎自用的俄国人巴威尔·米夫的想法左右。米夫26岁时就成为了斯大林对华事务的首席官员，之前他一直在乌克兰工作，对中文一窍不通。[9]

毛泽东在1927年9月9日发动了秋收起义。他自己为起义设计了一面旗帜，中央是一颗空心的红星，红星里面是镰刀和锤子。9月19日起义受挫后跟随毛泽东全身而退的大约剩余1000人，由他带领向文家市村行进，一路奔井冈山而去。在文家市毛泽东发表了讲话，在里仁学校操场上一个临时搭起的讲台上毛泽东问“大家敢不敢把革命进行下去？”下面的人大声回答“敢！敢！”[10]

井冈山脉山脊起伏，透出地表的部分有四五千英尺（约1200—1500米），把毛泽东的家乡湖南省和江西省分离开来。当时的中国没有比井冈山更荒凉的地方了。这个两省交界的地区山高林密，没有大路通过，几百年来一直都是逃犯的保留地。当局历来没有人用心关注井冈山上的变故。

毛泽东对井冈山的情形有所了解，知道现下是个不错的去处——可以在那里韬光养晦，顺便检验他最近形成的用军事力量推进革命的理论，那里的农民也可以通过共产主义实践教育转化。

湖南人认为毛泽东“上知天文、下晓地理”——他对长沙一带了如指掌，井冈山的名字对他来说一点儿也不陌生。他知道那里山高皇帝远，政府的力量鞭长莫及，现在被王、袁两伙土匪占着。袁文才的部队被称作马刀队，在山脚下的茅坪镇一带活动，王佐的部队则在山上活动。

后来毛泽东听说两伙匪帮露出了政治觉悟的迹象。1927年上半年，他们允许一支共产党武装借路去上海参加北伐。1927年1月的时候他们还参与进攻永新县城，把县城监狱关押的共产党人营救出来。如果毛能把他们争取过来，这将是一股不错的助力。而如果反目的话，他们也可以让毛在山里寸步难行。

上井冈山就是一场赌博——这个穷山恶水的地方土地贫瘠，没有工业，连像样的道路都没有，山上没有学校，要补充给养也没有什么大地主可以用来打土豪。山里人的迷信根深蒂固，人们迷信鬼神和风水。后者可以用来预测姻缘、带来子嗣、救治病人，能为房屋和水井选址，还能诅咒敌人或者对手。很少有人进入井冈山，也没什么人出来。无知和愚昧在这里无所不在，甚至还有国民党悬赏捉拿名叫苏维埃的共党头子。

县城的镇子里有两三个中医靠煎草药治病。但是没有报纸，没有书店。中国曾经承受的种种落后和陋习——奴役、压迫、卖淫、梅毒、高利贷——都能在井冈山一一对号入座。山上的宗族世仇久远得让人已经忘记了缘起。

后来苏俄出身的马克思主义者就毛泽东在井冈山的所作所为横加指责。他们说毛泽东违背了马克思主义原则，没有以无产阶级，也就是城市工人阶级为基础开展行动；说他应当进攻大城市，而不是躲起来以他们所谓的没落分子——土匪、乞丐、妓女这些社会遗弃的人为基础磨合出一支部队来。他们认为毛泽东跟土匪头子半斤八两，只知道挥舞枪杆子而不知道使用《资本论》。

事实上毛泽东进入井冈山之前就已经受到批评和纪律处分（这样的事情过去不乏先例，之后也不鲜见），原因是秋收起义失利：没能拿下长沙！他被逐出中央政治局，同时解除了湖南省委相关职务。但是在荒寂的井冈山知道这些消息已经是好几个月以后的事情了，而且即便知道这些也不能动摇毛泽东上山开辟根据地的决心，这里的情境和他一辈子耳熟能详的《水浒传》里所描述的绿林好汉出没之处如出一辙。

毛泽东面临的任务是艰巨的。但是他对困难和危险并不感到陌生。几周前为秋收起义组织军队的时候他还被民团抓获过。民团拿走了他的鞋子（作为战利品，而且这样处决以后他的鬼魂也无法来纠缠他们），一路押送他去指挥部执行枪决。毛后来说从一个同行的犯人那里“借了几十块钱”想买通押送的人释放他，但是没能成功。后来他瞅准机会挣脱关押，在一处草丛里躲起来，到天黑以后才出来。第二天用身上的钱买了一双鞋、一把雨伞和一些吃的，这才最终脱身。韩素音说据她了解其实在上井冈山的时候，毛的手下还有一些军官想密谋害他。[11]

井冈山并不十分险峻。毛泽东并没有（如同我之前一直以为的那样）像沃尔特·司各特爵士所描写的高地酋长一般一直到达某座峰顶，然后安营扎寨。根据地的面积约有1200平方英里（约3100平方公里），人口可能有90万。整个地区长度超过60英里（约97公里），宽度超过20英里（约32公里），涵盖了六个县（整个或者部分），下面有五个一定规模的镇子和十来个小村子。峰顶高度和欧内斯特·海明威《战地钟声》中的马德雷山脉差不多，在那里毛曾经修建了一个堡垒，用五个据点守护，每个据点都用石头砌起了射击孔，安放着石头路障，后面摆着几挺重机枪和三门迫击炮，其中只有一门开得响。上山只能通过三条陡峭的小路，每条路上都有士兵在石砌的小型岗哨里把守。攻上顶峰几乎难比登天。

毛泽东对山下的市镇很感兴趣，在这里他建立了自己的指挥部，在这里他和部下四下奔忙，组织地方苏维埃，传播共产主义，为军队征兵，不断扩大根据地。

但是毛泽东首先必须和土匪们妥协。山上一直有土匪，从来没有销声匿迹的时候，而袁、王两伙人最晚1921年就上山了，每股有两三百号人，五六十条枪。毛泽东选择先和袁文才打交道，后者理论上说已经是个共产主义者了，但是对毛的戒心很重，因为在这块偏僻的地方，所有人对外来者都很警惕。一听说毛泽东要来，地方上的人都跑光了。但是毛来了以后对四邻秋毫无犯，好奇心又开始怂恿着人们回来。毛泽东当时一头长发纠结在一起，看上去不太像中国人，倒像个印第安莫霍克人。他时不时和老百姓拉家常，对农人也很好。“老俵，你怎么称呼啊？”他会一边走向一个男人一边问。对妇女他则会问“老妹，你叫啥子叻？”很快当地人就疑虑尽消。但袁文才还是小心防范，提防毛泽东除去他然后接手自己的部下。

1927年10月6日，毛泽东和袁文才在茅坪附近的大仓村会面。毛泽东开诚布公地说自己是个共产党人，手下的军队不是来对付袁的，而是来和群众开展工作，改善人民命运的。他的军队和国民党不一样，不会压迫人民。最后袁文才同意支持毛泽东，但是有一个条件：毛泽东给了他100条枪，袁文才则付给毛一些银元，并同意在茅坪攀龙书院以前的房子里建起一个小型医院，这个地方也是毛泽东的指挥部所在地。

茅坪是山脚下一个风景宜人的小镇，住着“超过一百户人家”，人口可能有七百左右。毛泽东找到了一个漂亮的小院子住下，这里原来是谢家祠堂（在茅坪几乎所有人都是谢家人），顶层是一个不常见的八角小楼，被他用作书房，在这里他花几个月时间写出了两本小册子：《中国的红色政权为什么能够存在？》以及《井冈山的斗争》，这是他首次将武装斗争和根据地建设的理论述著于文字。

王佐不好打交道。10月23日毛泽东在荆竹山与王佐的人会面。王答应第二天在靠近山顶的大井村和毛会晤。井冈山的名字出于“五口井”，即五个按“井”字分布的村落，分别叫做大井村、小井村、中井村、上井村、下井村，每个村子周围都是悬崖峭壁。有些人认为他们得名的原因是因为从上面看下来周围像是井壁一样。

王佐浮躁多变，于是毛泽东派沉稳的何长工到他身边出主意，尽量把他拉过来。[12]他发现王在头疼一个问题：有个土匪头子叫尹道一，在赣州附近控制了三个县，是他的对手。王佐提出如果共产党能帮他除去尹道一，他可以考虑给他们助力。1928年2月，何长工带了两个小队和王佐的人一道在拿山伏击了尹道一。一位当代历史学家讲述了这个故事：“王佐的人很高兴，他们终于砍了尹道一的头，当晚就把人头带回去给王佐看。”王佐也很高兴。这次行动向他证明共产党是精干可靠的，所以他决定站在他们一边，就在1928年4月入了党。

井冈山根据地的建立决不仅止于收服土匪和砍头杀人。1928年5月4日，朱德带着部队加入了毛泽东，两个人宣布建立工农红军第四军。陈毅作为党代表随朱德一起到达井冈山。毛泽东和朱德在龙江边的一块空地上会面，然后他们去了旁边的一个院子，在房子的顶层坐下来，灰瓦飞檐的高处很开阔，四周一览无遗。在这里他们开始商讨合作，建立了朱毛红军，以及在中国共产主义革命中成为主心骨的军事政权。

朱德带来了大约1000人，毛泽东手里有一千二三百人。朱德和毛泽东拓宽了根据地，为将来建立独立的苏区打下了基础，这是毛泽东对中国革命最早的贡献。这支力量将来会在赣南的中央苏区进一步发展，然后在陕北延安接受考验，逐渐成为中国革命政权的中坚。

井冈山发展的初期几乎是风平浪静的。地方军阀自己争得不可开交，无暇在意这荒山野岭里发生的事情。但是渐渐地山雨欲来。广西军阀李宗仁和湖南军阀唐生智握手言和以后开始准备把军队拉回来对付“赤匪”。还有一个问题浮出水面。朱毛红军的规模越来越大，现在的第四军有四千一二百人，第五军有八百人，根据地的资源不够用了，山里找不到足够的粮食维持大军所需。他们必须找到新地盘。

1929年1月14日，朱毛红军撤离了井冈山，让彭德怀（他后来成为红军最优秀的指挥员之一）和滕代远带领第五军留守。[13]他们得到的命令是尽可能拖住敌人、保卫根据地，然后撤出来和部队会合。但是没能拖很久，他们被四面围攻，第五军被击垮，年轻的苏维埃根据地毁于一旦。到1929年5月，根据地山顶上村子里的2000人被处决了1000多，有些村子被整个烧毁了。行凶的是吴尚带领的湘军一部。

有一点要补充说明。毛泽东曾告诉埃德加·斯诺，红军撤离以后，袁文才和王佐两个土匪头目“又恢复了土匪习气”，后来被农民杀了。还不到一年时间他们就故态复萌，一路烧杀抢掠，对村子和农民大砍大杀，因此湘赣边界地下特委会下决心要除去这两个人。1930年1月中作出了决定，到2月底的时候，可能是2月25日，两人受邀参加永新县特委会的一次会议。他们带着手下一群人住在当地一个旅馆里。半夜的时候行动队包围了那个地方，破门而入，直接杀死了袁文才。王佐从后窗跳了下去，骑上一匹马，在夜色中一路奔逃，不小心冲进河里，在那里淹死了——据说是这样。

当地土匪就此散伙，有些人加入了共产党军队，但也有人没去，他们回到山里投靠了王佐的哥哥王云龙。土匪又占据了井冈山。之后20年没有共产党人或者红军能踏入这个革命圣地一步。直到人民解放军取得胜利，共产党人才回到那个山巅，在那里毛泽东一手创建了中国第一个农村苏维埃，开始了之后名留青史的漫漫征程。[14]

1949年的时候王佐的哥哥早就不在人世了，但是他的儿子依旧在井冈山占山为王。红军抓住了他然后加以处决。对袁和王，特别是他们的结局到现在依然众说纷纭。斯诺从毛泽东那里听来的话意指是农民出于一时激愤杀掉了两人。但是井冈山现在的地方官员提供的版本听起来有正式行刑的味道：特委会开会讨论，布告正式公开处决等等。“文化大革命”时期有另一个广为流传的版本。韩素音提到当时有大字报告发彭德怀“谋害”了袁、王两人，她自己则并不相信红卫兵的指控。[15]

注释

［1］加伦的真名是瓦西里·康斯坦丁诺维奇·布柳赫尔。他后来成为斯大林的远东方面军司令，1938年在大清洗中被处决。蒋介石十分钦佩布柳赫尔。据李德告诉海伦·斯诺，蒋在1935年或1936年曾试图将他重新聘为军事顾问（海伦·斯诺：《延安采访录》〔*My Yenan Notebooks*〕）。

［2］当然，蒋介石未曾意识到固守阵地的新战术不是朱毛的手笔，而是莫斯科共产国际派来的新任代表强令红军执行的。

［3］对事件的著名记述来自于哈罗德·伊罗生的《中国革命的悲剧》（*The Tragedy of the Chinese Reolution*）第176—177页，1951年加利福尼亚斯坦福出版，也见斯诺《西行漫记》（*Red Star Over China*）第75—76页。顾顺章当时是共产党秘密特工组织负责人，1930年—1931年的冬天在汉口街上表演杂耍时被捕，叛变后给国民党提供了相关信息，导致共产党地下机关在上海、汉口和其他大城市遭到毁灭性打击（纪业马：《中国共产党史》〔*A History of the Chinese Party* 1921—

1949〕第221—222页，1972年纽约出版）。

［4］斯诺：《西行漫记》第457页。

［5］党史学家胡华，国防部研究员阎景堂：1984年10月10日北京个人采访。

［6］自1949年起江西大旅社已经成为八一南昌起义纪念馆。

［7］斯大林的命令由电报传达，签署人是尼古拉·布哈林。布哈林当时负责共产国际工作，后来很快被替换，1936年他遭到清洗，被枪决。罗明纳兹将斯大林的指令带到武汉传达给中共中央委员张国焘。张则去南昌将命令传达给为指挥起义建立的五人委员会。委员会书记和指挥是周恩来，其余成员是李立三（不久后成为中共总书记）、恽代英、谭平山和彭湃。在八一南昌起义纪念馆的记载中没有提到张国焘，但是在一张描绘起义前夕委员会会议的油画中有他的身影（纪念馆凌家传：1984年4月3日个人采访）。张国焘在回忆录中记录了自己分别和罗明纳兹与周恩来的会面并声称自己虽然对兵变尚抱有疑问，但最后还是予以全力支持（张国焘：《我的回忆》〔*The Rise of the Communist Party*〕第一卷第674—675页及第二卷第5—8页，1971年肯萨斯劳伦斯出版）。凌家传引用了张国焘对委员会成员的话："如果没有把握就不应该发动起义。"20年代末罗明纳兹与斯大林分裂，1935年自杀身亡。关于他不允许任何共产国际顾问参加南昌起义的威胁不过是一句空话。分派给贺龙的苏俄军事顾问M.F.库马宁随同贺龙一同到达南昌参加了行动，他在中国一直待到1928年（《在中国土地上——苏联志愿人员回忆录（1925—1945）〔*Na Kitaiskoi Zemle: Vosmominaniya Sovetskikh Dobrovoltsev, 1925—1945*〕》第149—159页，1977年莫斯科出版）。除了他以外可能还有其他苏俄顾问参与。

［8］部队在离开南昌以后向广州挺进，但是没能到达目的地。大部分人被冲散或剿灭。他们确实打下了汕头港，并在9月24日到10月1日期间守住了城市。但是周恩来生了病，脱身去了香港，后来贺龙、叶挺和聂荣臻在那里与他会合。朱德、陈毅、林彪及其余部在一个亲共的国民党将领那里暂避（南昌起义详情出自凌家传1984年4月3日采访；也见纪业马：《中国季刊》（*China Quarterly*）1962年7月第

161—168页）。聂荣臻由周恩来于1921—1922年介绍入党，那时聂是在比利时留学，主修科技，最终成为了中国核武器军备计划的负责人。

1933年6月，中共中央、中央革命军事委员会向中华苏维埃共和国临时政府建议，以南昌起义日——8月1日为中国工农红军成立纪念日，中华苏维埃政府同意这一建议，每年8月1日开展纪念活动。

[9] 所有这些人都在斯大林的清洗中先后倒下，1936年是拉狄克和布哈林，1938年是米夫。米夫的真名是米哈依尔·亚历山大罗维奇·弗尔图斯，他后来取代罗明纳兹成为斯大林的“中国通”。

[10] 韩素音：《早晨的洪流——毛泽东与中国革命》（*The Morning Deluge: Mao and the Chinese Revolution*, 1893—1954）第173—179页，1972年纽约出版。

[11] 毛泽东被捕一事出自斯诺《西行漫记》第158—159页。韩素音在1966年得知军官在井冈山密谋推翻毛一事。毛泽东告诉任何不愿意和他上山的人说他们不必一起走，还给了他们上路的盘缠。他的部下有五分之一离开了队伍（韩素音：1984年8月19日个人通讯；也见其《早晨的洪流》一书第158—159页及175页）。

[12] 何长工到1984年时依然健在，他住在北京，是军事学院的副院长。他刚刚出版了自己的回忆录《难忘的岁月》（*The Unforgettable Days*）。长征中他曾担任红九军团政委。

[13] 当地官方提供了红军离开井冈山的多个日期，均匀分布在1月14日至29日间，因为不同的部队是不同日期离开的，但是主力是1月14日离开井冈山的。

[14] 斯诺：《西行漫记》第160页。几年后朱德带着怀旧的心情对艾格尼丝·史沫特莱说起了自己与王佐和袁文才的谈话。他记得他们告诉他有个土匪叫朱老聋子的以前说过：“你们不用知道怎么打仗，只要知道怎么包围敌人就行了。”这也是朱德一辈子都坚持的原则（艾格尼丝·史沫特莱：《伟大的道路》〔*The Great Road*〕第232页，1956年纽约出版）。

[15] 韩素音：前书第206页。彭德怀1929年3月离开了井冈山，之后很久才发生袁文才和王佐的问题，但他的第五军从一定程度上参与了有关处决的命令。彭德怀声称

如果发现第五军从除去袁、王两人的事中获益（当时指控他们这么做是为了夺取土匪的武装），他自愿接受处决（张援远：1984年8月14日信件）。这被认作是一个“丑恶而错误”的决定，有很长一段时间没人愿意为此负责，这也许能解释为什么在井冈山革命博物馆里没有提及此事。袁、王两人的画像依然在陈列中。此事的许多细节来自茨坪井冈山革命博物馆馆长桂玉麟的个人采访。何长工的故事与抓捕尹道一一事出自江西省外办副主任张隐（译音）1984年4月6日在南昌的个人采访。

在“文化大革命”高峰时期，每天都有超过三万红卫兵来到井冈山，从而引起食物、住宿、卫生和医疗等一系列问题，情况很糟糕。军方最后只能调用直升机投放食物及转移病号。高峰期持续了两个多月，后来政府开始反对年轻人来井冈山。人数渐渐降至每天两万，后来到了一万。因此出现的死亡人数无据可查（茨坪镇镇长：1984年4月7日井冈山个人采访）。

第三章
前夕

周恩来探病时带来的消息并未让陈毅心怀舒展。周告诉他，中央委员会（委婉地暗指李德和博古）已经决定，红军主力将在几天后撤离，突破蒋介石的封锁，然后向西转移建立新的根据地。

早在1929年的年初，陈毅就和毛泽东与朱德一起从井冈山南下。他们一起并肩作战建立了赣南和邻省福建的中央苏区。陈毅眼看着苏区扩大到35个县，整个地域面积跟以色列和黎巴嫩加起来一样大，他眼看着瑞金成为“红色首都”，而根据地则在1932年11月成为“中华苏维埃共和国”。

现在所有这些都要告一段落了，无论是豪言壮语还是文过饰非都无济于事。陈毅亲眼目睹了一切——一年来损失惨重，整个第五次反“围剿”败仗一场接着一场。陈毅很现实，他不想粉饰太平。红军面临的是失败，沉痛而严酷，接下去是危机四伏的撤退。

周恩来还有更进一步的消息。中央委员会决定陈毅不和主力部队一起走。他要留下来指挥苏区的军事行动。军事方面由他指挥，总体上由老政工干部项英负责，两个人一起合作。陈毅知道项英和博古跟李德走得很近，也是“苏俄路线”的拥护者。

陈毅能指挥的部队有2.5万人到3.5万人，但里面至少有1万人是伤员，很多人伤得和他一样重，根本不适合战斗。那时候很难确定到底有多少人还拿得起枪来，现在就更不得而知了，数字显示有1.6万人，但是只有不到六七千是受过训练的正规军，剩下的是民兵，很多人从来没有摸过枪。跟他们对阵的是蒋介石的20万人——如果征用附近的部队这个数字可能更大。陈毅没问给他多少枪支弹药，反正他知道绝对不够用，以前从来就没够过。[1]

周恩来善解人意，他明白自己传达的命令不会让陈毅感到振奋。因此他一再强调陈毅的重要性：陈毅能力非凡，久经战争考验，多年来一直在农村转战，对那里的情况熟门熟路，山上的每一处关隘，河道的每一个拐弯，他都铭记在心，比自己的名字更熟稔。而且就像周指出的那样，陈毅现在负伤未愈，长征对他来说过于艰难了。

“你的伤怎么样了？”他问道。周恩来对陈毅的伤情很了解，因为1934年8月24日他跟陈毅一起去的兴国县前线，陈毅就是在那里的高兴圩一役中负的伤。[2]

陈毅回答说伤口还没有痊愈，医生没有把所有碎骨片全部取出来，他一直要求医生给他用X光照一下但是到现在还没有拍片。周恩来的动作很麻利。X光机和底片都已经打包好准备转移了，于是又打开使用。没有电，周恩来让人把无线电发报机备用的汽油发电机运来医院。很快就拍了新的X光照片。

但是军令如山。陈毅是个优秀的战士，也是个优秀的将军。他接受了自己的任务，但是不无怨言，后来发现共事的项英与自己对未来行动的想法迥异，因此他更加不满。陈毅希望去山里打游击，在那里韬光养晦。他觉得这是活下去的唯一机会。但是他的提议被驳回了。[3]

陈毅对自己的任务怀有深深的不满。他从没有公开承认这是当时的政治斗争——反对毛泽东的政治斗争背后推手的结果，但是他的很多朋友都这么认为。说让留他下来有合理的原因他可以接受：论到对当地的熟悉没人比他强；

他经验丰富，可以独当一面；任命他留守会让其他留下来的同志士气大增，他们会觉得红军没有抛弃中央苏区。但是陈毅对此依然耿耿于怀，到了20多年后的1957年，他谨慎却又清楚地表达说，没有提前征询指挥员的意见就把他放到如此责任重大的位置上是很不妥当的。[4]

10月中旬，天气明媚，但是从于都出发的队伍兴致却并不十分高昂。周恩来传达的命令不是给陈毅一个人的。他也把毛泽东从于都叫到了梅坑的总部，告诉他中央委员会的决定。没有记录告诉我们毛对此如何反应，但是很明显他对当时的军事方向持有的疑虑越来越大。他两次提出建议，但是都被李德和博古驳回了。每次都是提议红军放弃据守，穿插到堡垒之外，到国民党防线后面去袭击敌人的后方。有一次他还建议说直插汉口然后转战南京，后来他建议可以进军湖南。可是人们对此置若罔闻。“我们讲究有始有终，一旦开始实行一个战略，就要把它执行到底。”长征的研究专家王愿坚在北京这么说。

周恩来详细解释了新计划：红军要西进，穿透蒋介石在冯·塞克特将军的指导下建立的四道堡垒防线，然后去贺龙在西北的湘鄂边界建立的根据地。[5]周恩来把这个命令通知了红一军团军团长林彪、政委聂荣臻以及其他军团——红三军团、红五军团、红八军团和红九军团的军团长和政委。聂荣臻回忆说当时在这个层面以下没人知道消息。[6]除了这些高层军官，队伍里剩下的约八万人（翻译伍修权说这是“实际人数”，“对外宣传的时候我们说的是十万大军”。）对他们将要采取的行动一无所知。[7]

根据当时的花名册，本书把红军军力在1934年10月8日的实际数据首次公布出来：当时有86859人，具体细分如下：

红一军团 19880人，红三军团17805人，红五军团12168人，红八军团10922人，红九军团11538人。还有两个独立纵队：军委纵队4695人，中央纵队（有时叫做军委第二纵队）9853人。这个数字不包含付费征聘的脚夫，他们有时候只干一两天。[8]

这8万人来源混杂。其中一位是危秀英。到74岁的时候她看上去像个灰胡桃一样小巧而硬朗：脸色黝黑，鼻子上布满皱纹，灰白的头上戴着毛泽东式的大沿帽，灰上衣，灰裤子，白衬衣，很小的脚上穿着双黑色的中式便鞋。危秀英半生都在红军中度过，她是红一方面军长征结束时仅存的三十位女性之一。访谈一开始她讲述了自己在5岁（也许是6岁）时被父母卖掉，成为童养媳的故事。到现在她也不知道家里把她卖了多少钱。

危秀英仍然记得父亲告诉她自己已经被卖掉那天的情形。她拣了一堆石子，放在门后，然后还找到把镰刀放在一起。第二天一早一个男人来带她走，她就用石子扔他，还用镰刀砍他。但是他很强壮，很快抓住了她，想把她拖走。她又踢又抓，咬得他的耳朵都出血了。他只好放弃。后来他们找来了她最亲近的叔叔，她不想咬他，就被带走了。后来她睡着了，醒来时已经身在瑞金，买她的人家里开了个小店。

她慢慢长大，经常在地里干活儿，肩膀上时时担着上百磅的东西。红军进城之前她一直像奴隶一般在兴国县劳作，平日里照看一头水牛，还要收集柴禾，经常挨打，也吃不饱。她很容易就被红军吸引了，于是剪了长发，用围巾裹了头（主人家里要是看到一定会毒打她）偷偷地跑到红军总部参军。但是红军又把她送了回去。她却依旧不死心。后来主人家里终于发现了她的秘密，有朋友说他们会杀了她。红军知道以后这才接纳了她。她还记得自己参加的第一场战斗发生在吉安，晚上住在一个临时营房里，照明的是一个悬着的电灯泡。她从来没见过灯泡也不知道怎么关灯。最后拿起步枪用刺刀把灯泡给挑破了。那支装着刺刀的步枪比她还要高一两英尺。[9]

危秀英来自红色地区的模范县，那里参加红军的人成千上万。有一整个师都是由来自兴国的兵组成的。兴国县有24万人，8万和危秀英一样出身的贫苦农民参加了红军入了党。中国没有哪个县像兴国一样为革命付出了42399人的牺牲。江西省则一共付出了23万条生命——占中国革命中烈士人数的百分之九。[10]

参军，参军，参军。红军在占领江西南部的最后一年一直在发出这样的号召。毛泽东命令刘英回瑞金的时候，这个小个子军官就在于都从事征兵工作。曾宪辉也在做同样的工作。74岁的时候曾宪辉看上去有点儿像老年的赫鲁晓夫，帽子戴在脑后，乌克兰式（中国式）大脸盘，斜着眼睛看人，身上散发着乡下人的精明。他的父亲是于都的贫农，姐姐卖给了别人当童养媳。红军一来他就加入了共产党。1934年5月他在于都担任党支部书记，所有时间都用来征兵。广昌一役伤亡惨重，他们需要能征集的所有人手。登记了1000多个入伍的兵员以后他自己也加入了部队，成为红一军团第十五师也叫少年共产国际师这个新编师中的一员，当时18岁的萧华任政委。整个师的平均年龄只有18岁，年龄最大的师长才23岁。

1934年10月16日晚6点，曾宪辉开始了自己的长征历程，身上的干粮袋里装着五磅米，背着一百颗子弹，两个手榴弹，一支步枪，过冬的棉衣（天气还很暖和，穿不上）——装备加起来总共大约六十五磅。当时他所得到的消息是要转移根据地，对长征还一无所知，但是他在长征路上一直走了下去，直到1935年10月19日长征在吴起镇结束的那一天。[11]

参军的人很踊跃。新组建了红八军团。第三十四师和严重减员的红三军团也补充了可以一战的人手。各个县里的青壮为之一空。广昌县1933年时有403个青壮年，其中320个加入了红军，只有妇女和老人留了下来。从毛泽东第一次来瑞金到1934年10月，这个县总共有大约五万人加入了红军，其中有两万多人是1933年到1934年加入的，1934年5月一个月间就有两千人参军。1933年到1934年加入的新兵大都加入了长征。[12]这个县在整场革命中有17600人成为了烈士，国民党实施报复过程中牺牲的大约五万人还不包括在内。长征研究专家胡华教授估计长征开始时队伍里大约有一半人是新兵，之前的战斗里营级以下军官也伤亡惨重。

当时为了动员年轻人参军想尽了办法。军属在商店里买东西可以拿到九五折的优惠，有些地方可以免税。凡是有儿子参军的家庭会有人帮忙种地，如果儿子不幸牺牲了，家里可以得到抚恤金和免费的劳力补偿。给军属家庭颁发了胸章和证书，礼物有柴禾、大米和最宝贵的食盐，门上还贴了红纸。为他们召开大型的表彰会，军属家庭里由男人站在前面，然后上台接受表扬，有时候还能说两句。总之一切让他们感到自己和红军之间有了特殊的联系。[13]

食盐、柴禾、棉布和火柴都是无价的礼物。共产党不遗余力地鼓励走私和贸易。货郎是聪明绝顶的，总能用贿赂买出一条路来。而且跟共产党人做生意有利可图，所以在银元的支持下，贸易一直维持下来。货物开出的高价让商人铤而走险穿越封锁。赣江上总是走私不断，船舱隐藏的底层下藏着煤油和食盐（一个银元一斤，价格是封锁区外面的13倍）运了进来。苏区里有钨矿，提炼了的矿石总能穿过封锁源源不断地运出来。毛泽东的弟弟毛泽民就在于都负责监督走私的情况。[14]

共产党人没有让马克思主义原则妨碍他们生存。货郎装扮成倒粪的苦力，在恶臭的粪便中夹运手电和电池。铁匠、粮商、米商甚至高利贷者都可以运营，但是对他们仍然保持了密切的监督。共产党军队纪律严明已经名声在外。他们确实打击富豪，但很多中产商人对共产党的印象比国民党好得多。[15]

而农民对红军的鼎力支持是情有可原的。地主向他们收五到六成的地租，借钱的利息是三成， 借粮的利息是五成，耕牛的利息是七成半，油是两成到两倍，盐是一倍半。贫农永远别想从债务中翻身，一年年下来只能陷得更深。1930年10月到11月间，毛泽东视察了已经在农村建立苏维埃政权的兴国县和其他六县。他发现地主和富农只占所有人口的6%，但是拥有80%的土地，贫农占人口总数的80%，但是只拥有20%的土地。于是他命令把富人的田产匀给穷人。他下令免除农民借贷的高额利息，均分土地，高山上没有开耕的大片林地可以无偿使用，同时禁止赌博、禁止鸦片并禁止抢劫。他说共产党人要建立一种秩序，人们在这里夜不闭户，而瘸子和盲人都可以分到土地，由别人给他们耕种。[16]

贫苦出身的红军战士吴兴也来自江西，这个省份为红军贡献了无数的力量。他的老家是会昌县吴村，和毛泽东的警卫员吴吉清是老乡。“论辈份，我应该叫吴吉清叔祖父，”两个人在南昌接受采访的时候吴兴这么说。吴村里的所有人——几乎所有人——都姓吴，1930年吴兴14岁参军的时候是这样，到1984年还是这样。吴兴毕生都在红军中度过。他小时候没有上过学，因为家里没钱供他读书。“我一辈子都在前线，”他自己说。他认为自己是个典型的红军战士。长征结束的时候他已经从战士升为排长，然后在延安的学校里学习，后来当了师长。小时候他学过篾匠的手艺，但是赚不了几个钱。他也考虑过参加国民党部队，但是他觉得国民党就是一群强盗，就算你有把好一点的雨伞他们也要拿走。朱德和他的军队到来的时候他听说这是一支公正无私的部队。有些人在队伍里喊：“来吧，小兄弟，跟我们一起走。”从那天起他就参了军，成了红军战士。

50年后他回忆起旧事：“过雪山的时候我一直在想以前的事情。我们到了雪山，一座一座地翻过去。有时候我以为永远也过不去了，那时候我想要是我们失败了，过不去了，下一代人会接过我们没有完成的任务，最终取得胜利。”

不止吴兴一个人这么想。很多同志离开家乡的时候都感到孤单，有些心慌意乱。但大家和吴兴一样，靠着内心的信念一步步走了过来。[17]

让红军离开多年来的根据地不是一件简单的事情。大多数人来自江西，这些人里的大多数又来自中央苏区——模范县兴国县，于都县，宁都县，还有周边属于福建的地区。离开老家让他们感到揪心。

时任红一军团二师四团政委的杨成武曾经写道：“苏区的人民是这样的亲，现在我们即将离开这里，离开这熟悉的山山水水，离开这朝夕相处、一同工作和生活的苏区人民，去一个陌生而遥远的地方，叫我们怎能舍得？”

杨成武是江西边境另一侧的闽西人，那里也是根据地的一部分。听说红军就在附近，杨成武老家长汀县的老乡带了爆米花，鸡蛋，麻袋里装着红薯干，还织了袜子，编了草鞋，选了十来个人代表他们一起过来看望，里面有杨成武的父亲，他的堂嫂、团司务长杨能梅的妻子也来了。这些老乡走了100里，也就是大约40英里的路，翻山过河来和战士们相聚，三天以后红军就出发了。他们回家的时候，杨成武和他的同志把所有的钱都拿出来（没多少钱，杨自己只有五张十分的票子）给他们当回去的盘缠。杨的堂兄杨能梅当时不在，到最后一刻才回来，堂嫂差点儿没见到他。但是相聚也只有短短的一刻，因为杨能梅马上就得随队出发。直到15年后的1949年夫妻俩才再次见面。[18]

危秀英还记得随红一军团总卫生部干部营从瑞金出发那天是个美丽的月夜。他们编了树叶的帽子作伪装，天亮就停下来休息。起初几天没有轰炸，因为敌人没有发现他们。后来有一天将近日落的时候，他们正在山坡上开会，一架国民党飞机开过来投了一颗炸弹。炸弹离他们只有20英尺（约6米）。董必武是个性格温和的老革命，早在1911年就参加了辛亥革命。48岁的他在红军里被尊为长者。当时他正在讲话，炸弹落地时掀起了很多泥土，溅了周围的人一身。他只看了一眼炸弹落地的地方，然后看看天，又低下头来看着大家，说“马克思同志给敌人使坏了，那炸弹是个臭子儿”，接着就继续讲话了。[19]

注释

［1］北京的军事博物馆秦兴汉将军给出的数据，他认为这是自己最准确的估计（秦兴

汉：1984年4月11日瑞金个人采访）。还有很多其他人给出了估计数字，总数有的高达四万人，但是我们看待这些数字的时候必须予以最大保留。陈丕显将军曾经与陈毅将军共事，他给出的数字是三万到四万（陈丕显：《赣南三年游击战争》第2页）。

[2] 钟书棋：1984年4月11日瑞金革命纪念馆个人采访。

[3] 陈丕显：前书第一章；王愿坚：1984年3月8日北京采访；陈丕显：1984年6月11日北京个人采访。

[4] 陈毅之子陈昊苏：1984年6月13日北京个人采访。和陈毅长期保持同事与朋友关系的陈丕显在50年后说："如果陈毅（在长征中）被抬在担架上一起走的话我会感到很高兴"（陈丕显：1984年6月11日北京个人采访）。

[5] 人民大学党史教授胡华：1984年3月21日北京个人采访。

[6] 聂荣臻：《聂荣臻回忆录》第十章。

[7] 对于红军的实力50年来一直争论不休。这些数据是1984年10月8日红军花名册上的实际数字。名册上有两列数字，第一列是10月8日的实际人数，第二列是10月12日、13日及14日援军加入以后将到达的人数。第一列的人数总和为七万左右。第二列的人数总和就是本书给出的86859人。1934年经过大征兵以后征集的新兵与民兵一起编成了独立团。这些独立团现在被正式编入各军团。红三、五、九军团各编入了两个团。红八军团是1934年9月才刚刚建立的。红七、九军团是1933年10月建立的。两个中央纵队中的人少有作战人员。江西省于都县博物馆张德美认为作战部队总人数在七万左右，这似乎是合理的。根据宣传需要将红一方面军称作十万大军也符合红军的一贯做法。当时红军常常夸大人数，作战单位的番号也时常进行变动来迷惑敌人。很多"军团"其实只有一个军或者一个师的实力。军队人数在不断消耗后大大缩减，情况就越发是如此了。以上数据的档案由国防部研究员阎景堂提供，他确信1934年10月8日人数总和的基数是准确的。红军中的"方面军"指的是统一指挥下的一系列军团。红一方面军开始时下辖一、三、五、七、九军团。军团就是由一个军事将领和一个政治委员指挥的一个军（两个人总

是一起指挥，一般来说政委的级别更高一些）。这些番号几乎一直保留到长征结束，但是越来越名不副实。

[8] 国防部高级研究员阎景堂：1984年10月24日北京个人采访。

[9] 危秀英：1984年4月15日南昌个人采访。

[10] 南昌江西省革命烈士纪念堂资料（译者注：正文原文为90%，显然有误。未能查到原始资料，译文按9%处理）。

[11] 曾宪辉：1984年4月18日贵阳个人采访（译者注：前文提到的少共师师长彭绍辉当时其实是28岁）。

[12] 钟书棋：1984年4月11日采访。

[13] 长冈纪念馆资料：1984年4月9日。

[14] 韩素音：《早晨的洪流》第241页。

[15] 江西省委党校党史教授戴向青：1984年4月14日南昌采访。

[16] 戴向青：1984年4月14日采访。

[17] 吴兴：1984年4月15日南昌个人采访。

[18] 杨成武：《忆长征》（*Recollections of the Long March*）第7—11页，1982年北京出版。

[19] 危秀英：1984年4月15日采访。

第四章
“独立房子”的住客

那个起草了红军撤出中央苏区命令的人是最后一批上路的。一匹驮马携带着他的给养，包括珍贵的咖啡和几包香烟，他那匹漂亮的白色战马也已准备停当，但是他却迟疑了。走前还有些事情要完成。直到黎明时于都河上升起了薄雾，他才上马奔驰而去。

从午夜到日出前的几个小时里李德对留下来负责苏区事务的项英进行了最后的嘱托。李德强调项英所了解的并非实情——苏区没有被遗弃，红军很快就会回来。主力向西撤退会吸引蒋介石的部队跟过去，这样会减轻苏区遭受围攻的压力。他相信项英在军事指挥员陈毅的帮助下能坚守下来。

李德回忆说项英最后提出让他警惕毛泽东。项英告诉李德不要被毛表面的蛰伏所欺骗。一旦有机会毛泽东会利用军队里的拥护者重新控制党和军队。李德也有同样的忧虑，他回忆说几天后他提醒过博古，但是他的合作者确信一切尽在掌握。李德跟项英的谈话时间很长，所以直到第二天他才赶上中央纵队。[1]

李德长得很高大，有6英尺多（约1.83米），站在中国同事中间很显眼地高出众人一头。海伦·斯诺把他形容为“金发碧眼的纯种雅利安人”。秘密进入苏区的时候他在脸上蒙了一块手绢好遮住长长的鼻子。他身上带着普鲁士人僵硬的作风，脾气暴躁易怒。一个熟人说他“死板迂腐，是个典型的日耳曼人”。他告诉中国人他的真名是奥托·布劳恩，母语是德文。退休以后他定居在东柏林，直到1974年去世。[2]但他到底是德国人还是奥地利人现在已经无法确认了，中国人甚至到1984年的时候还不知道奥托·布劳恩是不是他的真名，而共产国际有关自己密使的资料一般也不会公开。

李德或者奥托·布劳恩在中国留下的记录是自相矛盾的。现在已知他的曾用名有：奥托·布劳恩（护照上的名字）、卡尔·瓦格那，他的中文常用名李德（布劳恩认为这个名字的意思是“姓李的德国人”），还有他在中国发表文章时一般使用的笔名华夫（李德认为这个名字的意思是“中国男人”）。当然，他一定还有其他的化名。很多年来仅仅在一个小圈子里知道他的存在。

对自己的过去李德给出过好几个不同的版本。他已经出版的回忆录算是官方版本，自称是德国人，真名是奥托·布劳恩，出生于1900年，一次世界大战时在德军中服役，在巴伐利亚加入了革命军队，1919年4月曾经参与了慕尼黑的巷战，1920年作为德国共产党工作人员被捕入狱，八年后以轰动一时的方式越狱，1928年逃入苏联。俄国人把他送进伏龙芝军事学院接受战略战术的培训，之后接受共产国际的委派来到中国。

有小道消息称之所以选李德来中国是因为他懂多种语言（会德语、俄语和英语）并且在德国革命期间积累了丰富的巷战经验。有时候说他在慕尼黑参加过战斗，有时候则说是柏林。

据说巷战经验是关键。共产国际认为中国革命将是俄国革命的重演。1927年共产党人和工人在上海遭到了蒋介石的屠杀。朱德曾把1927年的中国起义和1905年的俄国革命类比，如果这样的话，那不久的将来1917年彼得格勒起义的胜利也将在中国翻版上演。毫无疑问，在莫斯科的想象当中，上海事件还会再现，届时来自德国的巷战专家奥托·布劳恩肯定会大放异彩，盖过1927年周恩来在上海的不佳表现。

要说是出于如此考虑才专门派遣这么一个独裁专横，时时盛气凌人的家伙来中国是无法完全自圆其说的。但以上对中国革命的看法货真价实，出自于当时反对毛泽东的所谓“亲苏派”。

李德在1932年离开莫斯科，通过西伯利亚大铁路向东来到满洲站，然后穿过边境到达满洲里，身上带着他后来所说的“一本崭新的护照，奥地利的，上面的名字是布劳恩”。[3]

他在回忆录里说自己在1932年春天到达哈尔滨，进行了一些“考察”（没有具体说哪里），然后乘火车到大连，转乘轮船到了上海，在当年秋天住进了礼查饭店——一家英国殖民者青睐的老式旅馆。几星期后他又搬去了“一个美国公寓房”。他一句中文也不会，也没有任何中国的背景。跟其他苏俄派来的代表一样，中国对他来说就是一页白纸，但他能忠实地执行命令，这才是莫斯科看重的地方。莫斯科当时对中国知之甚少，以后也没多大长进，但莫斯科确实对中国革命下了重注，先前已经对中国共产党投入了很多资金支持，后来还一直不惜代价通过柏林的银行向上海的国际红色救济会输送钱款。[4]

李德对自己的任务尽心尽力。他去了一趟北京，身上带着艾格尼丝·史沫特莱给他的介绍信。史沫特莱是个热情四射的无政府主义者，她自己是美国人，但先后投身于俄国革命和印度革命，现在她关注的是中国革命。史沫特莱的信让布劳恩找到了埃德加·斯诺和海伦·斯诺夫妇。当时埃德加·斯诺在燕京大学教书，海伦·斯诺则在那里听课，夫妇两人都同情革命和改良，但对这个32岁的德国人却缺乏信任。他也不相信他们。李德可能怀疑斯诺夫妇和史沫特莱是美国间谍。海伦·斯诺怎么也看不上李德，她认为他是个好色之徒（很多中国人也这么认为）。[5]

李德到达上海的时候那里本就危若累卵的地下共产党组织在蒋介石的秘密警察打击下已经难以立足。第一场灾难在李德到来之前就已经开始了——很多共产党高级领导由于叛徒的告密被捕后遇害。

当时在中国几乎没有共产党的安身之处。危险最小的就是朱毛领导的赣南中央苏区。1933年春，党的领导开始从上海向江西和红色首都瑞金转移。李德也要尽快赶去，但首先他得等新来的首席军事顾问到达，这将是他的新任上级。春天将要结束的时候，李德终于和自己的新上级在上海的街道上接上了头。来者是曼弗里德·斯特恩，俄文别名叫弗莱德，后来他在西班牙内战中以共和派"克虏伯将军"的身份声名鹊起。当时弗莱德千里迢迢地穿过了半个世界——欧洲，美国，太平洋，然后是日本——但是到上海的时候他跟接头人失去了联络。

上海是当时苏联的地下活动中心，这里的德国和美国籍苏联情报员尤其多。苏联更倾向于派遣美国籍情报员。著名的美籍共产党人史蒂夫·纳尔逊就曾在上海担任情报员，他说美国人更受青睐的原因是他们手头的美国护照，有了这样的"金牌通行证"没人敢随意逮捕。李德抵达上海的时候，共产国际的首席情报员是亚瑟·艾瓦德（艾瓦特），李德在德国时就曾和他结识。[6]后来的美国共产党领袖厄尔·白劳德也曾是共产国际派驻上海的情报员，不过他在李德来之前就离开了。而李德离开以后另一位后来的美共领袖尤金·丹尼斯也来过上海。后来的纽约共产党党报《工人日报》的编辑哈里·甘斯也曾在上海工作过。[7]

1930年1月理查德·佐尔格曾到上海建立了自己独树一帜的苏联军事情报网络。他在共产国际工作过，肯定认识李德。当时已经刻意使德国情报员和奥地利情报员避开对方，但有时还是会不期而遇。佐尔格跟莫斯科和苏联的另一个地下基地哈尔滨有自己的无线电联系方式，不过这条联络通道隶属军方，共产国际不能动用。[8]

1933年共产国际的信使史蒂夫·纳尔逊夫妇给上海局带来了中国驻莫斯科代表王明的指示及相关活动经费，丈夫传达指示，妻子携带经费。当时艾瓦特负责上海局的工作。据纳尔逊回忆，是否撤离瑞金的问题在1933年就已经引起了争论。王明的指示是让上海局自己见机行事。艾瓦特倾向于留守，而中方代表则坚持必须转移。[9]

后来在西班牙内战中以“克虏伯”为名、声威赫赫的弗莱德跟李德的前期经历有相似之处。他曾在第一次世界大战中为奥匈帝国服役，后来被俄国人俘虏，加入了布尔什维克，接着参加了俄国内战，之后也去了伏龙芝军事学院。[10]

据李德说，他和斯特恩很快起了争执，但是等到斯特恩以后李德终于如愿以偿，在1933年10月初前往“红色首都”。他藏在一艘平底货船的夹层里顺赣江南下，一路躲过盘查。在苏区迎接他的是共产党特工组织负责人邓发，身边还有两个警卫员，手中的大刀柄上缠着红穗。邓发见了他咧开嘴直笑，那时李德以为自己和他会成为关系铁硬的朋友。[11]

李德那时已经知道自己要支持中国共产党内博古那一派，也就是所谓的“二十八个半布尔什维克”。这批年轻的中国人都在莫斯科留过学，对苏俄路线的支持死心塌地。这些人的领袖是王明，平时差不多常驻莫斯科，而他们一致反对的“恶棍”就是毛泽东。

李德很快获取了威望和权力，在就军事事务讲话的时候他总是口若悬河，滔滔不绝，凯撒、塔西陀、拿破仑、弗雷德里克大帝、克劳塞维茨、冯·毛奇这些名将的例子他总能信手拈来，而且向来斩钉截铁，从来不会优柔寡断。

李德自己的经历在同翻译伍修权和其他人的交谈中一点点不经意地流出，而这些经历同“巷战专家”的传说大相径庭。

据伍修权回忆，李德说自己是奥地利人，第一次世界大战打响后在奥匈帝国应征入伍，被派往东部前线作战。[12]1916年李德在西伯利亚被俘，和许多来自奥匈帝国的战俘——捷克人、匈牙利人、鲁塞尼亚人、斯洛伐克人——关押在一起。李德说俄国1917年革命爆发以后自己加入了红军（而几乎所有其他奥匈帝国的战俘都站到了与革命对立的一方）。

李德说过自己曾升职为某个骑兵团或骑兵旅的参谋长（部队番号和军衔在

不同见证人的口里都各自不同）。整个俄国内战期间，他在乌克兰和白俄罗斯打了三年仗，屡立战功，因此被送到伏龙芝军事学院学习了三到四年。

据他所说自己被派遣来中国是因为知识渊博、经验丰富。他肩负一项特殊使命：为中国共产党训练骑兵，因为苏区现在没有骑兵部队（其实也没有需要，因为山区地势起伏，道路狭窄，骑兵行动多有不便）。[13]

伍修权和其他中国人都从未怀疑过李德的说法。李德跟伍修权说，共产国际让他使用奥地利护照是因为他本身就是奥地利人，一旦受到怀疑，能更好地自圆其说。李德专业的战斗经验让博古和他那些“布尔什维克”同志心服口服，因为他们自己都没有多少军事知识。

据伍修权回忆，李德和毛泽东在第一次会面时神态倨傲，对毛泽东的想法嗤之以鼻。“游击战的黄金时代已经过去了。”他这么说道，现在时机已到，红军要坚守阵地，开展寸土必争的正规战。在伏龙芝军事学院，德式军事理论一家独大，因此在李德心目中的地位根深蒂固。他的计划和蒋介石的顾问冯·塞克特如出一辙，就是拿堡垒战对抗堡垒战，当然，属于红军的是红色堡垒。

据一些中国将领回忆，说李德仅仅了解堑壕战并非实情，他也一贯对阵地战情有独钟。但可以确定他确实固执己见，对毛泽东和其他红军指挥员继续或回归原先灵活机动的战术系统的要求充耳不闻。李德有限的进攻战术可以归结为他自己所说的“短促突击”，猛戳国民党部队，但结果对敌人来说却是无关痛痒，之前在朱毛所用的战术下从国民党军队身上获取的大量武器、弹药、给养和兵员补充现在也鲜有斩获。毛泽东曾经用简单易解的农民式白话讲述红军与蒋介石部队的区别，他说红军就是乞丐，而国民党不仅仅是个王，还是个龙王。红军要补给，从龙王的桌子上抓到什么就是什么。[14]

党的纪律很严苛。李德有共产国际做靠山，中国的“布尔什维克”也对他鼎力支持，而且这些布尔什维克当时正控制着中国共产党。这些人从上海丢盔弃甲地一路奔命逃到苏区，却在这里接掌了“中华苏维埃共和国”的大权。

转眼之间已经从1933年秋天到了1934年秋天，蒋介石的第五次“围剿”层层推进，苏维埃共和国的地盘一缩再缩。到1934年秋天的时候，共产党失去了58%的控制区，领地仅余六个县。[15]

共产党内部之争当然不仅仅限于军事策略，争端的核心是毛泽东和莫斯科共产国际的分歧。李德在稻田中的独立房子并不大——只有一个卧室是给李德的，一个大一点的房间是会议室，另外的一间屋子是给翻译和警卫员住的，旁边屋子里进行的谈话大都逃不过翻译伍修权锐利的耳朵。李德和博古（后者1932年就成为了中共书记，当时年仅25岁）在背后对毛泽东百般嘲笑[16]，说他就是个“无知的泥腿子”，对马克思主义一窍不通，而对农民阶级的倚重只是不知轻重的体现。“山沟里出不了马克思主义，”博古曾断言，“落后的县城里建不成马克思主义社会。”[17]这些说法反映了莫斯科的观点。斯大林手下年轻的中国事务专家巴威尔·米夫和中共党内亲苏派领袖、同样年轻的中国布尔什维克王明都认为不论毛泽东还是朱德都对马克思主义不甚了了。米夫和王明以为朱毛想做的不过是《水浒传》里所鼓吹的绿林好汉。[18]

这样的情况下一系列图谋暗自滋长，剥夺了毛泽东的权力，打压他的影响，并希望能把他送去莫斯科或者直接开除出党，这些图谋几乎就要成功了，但不巧的是国际局势风云变幻，莫斯科必须考虑世界政治格局。一般说来在莫斯科心目中中国的处境问题不能喧宾夺主，但是日本人在远东的挑衅和希特勒在欧洲坐大都迫使莫斯科重新掂量中国的情势，这时候需要加强中国红军和共产党的力量，而毛泽东的威望不可或缺。于是1934年1月六届五中全会上恢复了毛泽东在中共政治局的席位（毛本人没有列席会议）。共产国际压制了对毛泽东的批判并在大量删修之后授意出版了毛泽东在1934年1月末召开的中央苏区第二次代表大会上的讲话。[19]

但是这些丝毫没有减少李德对军事策略的全面掌控，决策都出自李德、博古和周恩来组成的“三人团”。

尽管李德至死都声称他在中国的身份仅只是一个顾问，尽管中国当代的分析者认为从技术层面上讲李德的说法没错，但事实是中国共产党把权力拱手相让，而他心安理得地接受。

李德在回忆录中写道："虽然我多次提醒（中国）干部我的身份仅只是顾问，但是慢慢地我好像有了至高无上的权力。"

翻译伍修权同意这个说法："我相信李德没有夺权的行为，他的权力是博古赋予的，失利的责任最终还是应该由我们中国人自己承担。"

但是伍修权认为李德的到来令博古如虎添翼。据他回忆，"我们称他是'太上皇'，当他是战神附体，博古对他言听计从。"

伍修权承认周恩来对当时的情形也负有责任。不管周的意见与李德是否一致——有迹象表明他与李德逐渐离心离德——他都没有或者没能有效地反抗李德的决定。[20]

这一切本来都无关紧要，但前提是李德的建议能带着中国红军走向胜利。事实正相反，李德带来的是一场接一场的失利，红军优势尽丧，没有战利品，也没有人手补充，地盘也越来越小。

开始的时候李德获取了军队指挥员的热烈拥护，连朱德也几乎每天来独立房子和李德探讨问题，其他将领的态度如出一辙。素有威望的洛甫（他曾是旧金山唐人街的一家报纸的编辑，还在加州大学伯克利分校当过图书馆员）和当时负伤的军事指挥员王稼祥也给他予全力支持。

当时也有些指挥员与众不同，特别是红三军团军团长彭德怀。他直言不讳，很早就对李德颇有微词，红一军团政委聂荣臻的态度和彭德怀大同小异，而红一军团军团长林彪则左右逢源，他时不时请教李德，也看重他的意见，所以后来有人指斥他趋炎附势。[21]

"独眼龙"刘伯承的意见则明确无疑，他公开顶撞李德。有时候只是为了小事情，有一次因为李德打了刘伯承的部下并撤了这个人的职，两个人就争吵起来。有时候则更严重，李德有一天呵斥刘伯承，说他在战场上指挥不力。刘伯承是个坚毅而儒雅的将领，和李德一样都曾在莫斯科的伏龙芝军事学院学习，因此李德挖苦他说："你这样也算在伏龙芝学习过？我看你还不如一个称职的参谋，在苏联都白待了。"伍修权没有把这些话全部照翻，他觉得自己有义务缓和关系。但是刘伯承听得一清二楚，他自己也精通俄语。

伤亡越来越多，指挥员对此怨声载道。每次战斗都要损失两三千人，苏区的县城一个一个落入了敌人的手中，而在毛泽东的领导下还从来没有这样的情况发生。周恩来曾告诉斯诺，在第五次反"围剿"中红军一共损失六万人，这在之前是无法想象的。最惨烈的是1934年4月11日到28日的广昌战役，4000人阵亡，两万人负伤，红军遭受了前所未有的沉痛打击。此役之后苏区门户洞开，蒋介石距离瑞金只有50英里（约80公里），红色首都的陷落成了早晚的事情。实际上随着战役的深入，红军的前敌指挥部不得不一步步退回瑞金。[22]

战斗的主力是彭德怀的红三军团，彭对失利怒不可遏。李德和博古到前线观察和指挥战斗的时候彭德怀痛心疾首，向他们汇报说自己第一天就损失了超过1000人。在李德的命令下曾经建起了一条"永久" 阵线，由机枪工事组成，在国民党飞机大炮的轰炸下很快被夷为平地，派去守卫这条阵线的一个营全军覆没，红军没有飞机大炮，根本没法还手。当天晚上爆发了针锋相对的争吵。李德指责彭德怀反击不力，彭德怀反问道军队连子弹都没有拿什么去反击。他大声喝骂说，李德的命令从一开始就错得离谱，因为自从第四次反"围剿"结束之后红军就没打过一场好仗（而这段时间都是李德在指挥）。

"你们这些教条主义的战术家，只知道图上作业，纸上谈兵！"彭德怀怒吼道。他说如果不是因为红军战士英勇敢战，"一军团和三军团早就打光了。"[23]他咆哮着："你们的计划造成了重大牺牲，扪心自问，你们不感到罪恶吗？"[24]彭德怀骂李德"崽卖爷田心不痛"，伍修权翻译了前面的斥责，但是对后面关于崽卖爷田的话没有听懂。杨尚昆将军当时也在，就解释说这是湖南话，意思是说李德根本不在意红军部队的牺牲。

但李德却没有因此发作，彭德怀很奇怪，然后意识到伍修权在翻译的时候弱化了他的怒斥。于是他又让杨尚昆翻译原话。这回起到了彭德怀想要的效果。李德破口大骂彭德怀“头脑封建”，彭德怀则以牙还牙地回骂，然后打好包袱，准备被召回瑞金去解除职务，受公审，然后开除党籍、予以枪毙。他回忆说：“我都准备了，无所顾虑了。”但是让他惊奇的是自己什么事也没有。[25]

彭德怀和刘伯承刚正不阿、心直口快。很多其他指挥员却不愿意挺身而出，生怕直言犯禁而遭到报复。李德对自己认定的失败或错误动辄问罪。后来的海军司令萧劲光当时已经是老资格的军官，他第一次去苏联是1921年，比“二十八个半布尔什维克”还早了很多年。后来在1927年他第二次去苏联，在列宁军事政治学院学习。萧劲光战绩骄人，在第五次反“围剿”中指挥红七军团。他带领的部队有很多都是没有经过训练的新兵，在国民党两三个师的优势兵力攻击下仓皇后退。李德因此命令审判萧劲光，给他定了罪，要判五年刑。很多高级指挥员都不同意，毛泽东也是其中一员。亲苏派的王稼祥也拒绝在命令上签字，因此萧劲光没有进监狱，只是被转做教职。当时李德想邀博古一起推翻军方的意见，但是博古不愿意干预。[26]

当时共产党内部的严厉处分是屡见不鲜的。湘赣苏维埃边区的主席张启龙就曾被定罪为反革命右派，罚作劳役，他的上级省委书记王首道则被撤职，但后来很快复职。[27]

有记录表明，当时还年轻的邓小平也蒙受了不白之冤。亲苏派指控他是福建省委书记罗明的支持者。亲苏派不敢光明正大地攻击毛泽东，就把罗明当作他的替身，成为党内斗争的靶子。邓小平、毛泽覃、谢唯俊、古柏等人被定为“罗明路线”的代表进行批判。邓小平被免职，仅以普通战士的身份参加长征，有些资料说他当时实际上在数千脚夫组成的运输队里担任搬运工作。中国当代的多名历史学家都否认邓小平做过搬运工，但是毫无疑问他确实因为此次事件而遭受苦难。[28]

红军军官一般都对跟“托洛茨基主义”或者“脱离党的路线”沾边的罪名感到不寒而栗。这样的指控在当时很常见。之前的几次整肃在他们的记忆中还历历在目——反AB团（假想中渗透进红军队伍里的国民党反布尔什维克特务，据说1930年到1931年毛泽东手下有几千人在富田事变中因此遭到清洗），反托（特别针对自苏俄留学回国的年轻学生，据说他们在留苏期间可能因为托洛茨基分子的影响而投靠他们），还有反对各种右派、资本家、投降主义分子和其他左倾或右倾分子的运动。有些是中共内部党争的体现，有些则是对阴谋组织和秘密团体的妄想症捕风捉影的副产品。

李德表面上信心十足，但他在10月17日早上踏着嘎嘎作响的木板通过于都河上的浮桥时想必也是忧心忡忡。摆在他眼前的是损失惨重的撤退，要在危机重重的野外行军，随时可能遭受数以十万计的敌人围攻，在党内他要面对的是波诡云谲的政治较量，一不留神就可能大权旁落（甚至惹来杀身之祸）。

还有另外一个问题，没有人提及，现下他也无计可施。李德失去了跟上海，其实是跟莫斯科的联系。一年前李德悄悄离开这个中国大都市的时候，那里的通讯联络就已经时断时续，再后来就越是每况愈下。李德和莫斯科的联系是通过上海取得的。红军有无线电设备，但是功率有限，无法穿越几千英里从红色首都瑞金到达红色首都莫斯科。所有信息都必须通过上海局的秘密电台转发。

1934年春，李德在上海的上级曼弗里德·斯特恩被召回莫斯科，然后很快被派往西班牙。他的位置还没有继任者，因此无线电台落到了中共地下上海中央局的手里，实际掌握在两个中国人手中。他们都在莫斯科工作过，一个叫李竹声，在莫斯科有个俄文别名叫斯拉文（每个到莫斯科的中国共产党人都会取一个秘密的俄文别名：伍修权的别名是帕亚塔科夫）。另一个中国人叫盛忠亮，他的秘密俄文别名叫米茨科维奇。蒋介石的秘密警察在7月逮捕了李竹声，以死相逼。李竹声交代了秘密电台的位置并出卖了盛忠亮的身份。电台和盛忠亮因而被抓获，上海局就此毁于一旦，莫斯科与中共之间的联系也就此中断。现在已知中央苏区收到来自莫斯科的最后一条信息是1934年9月16日发出的，这条信息称毛泽东1月份关于“中华苏维埃共和国”的报告已经发表了。[29]

李德一下子失去了奥援，只有博古和他孤军奋战。再也不能向莫斯科汇报商量，再也请不出共产国际的尚方宝剑。大约两年后联络通道才得以恢复，每个人现在都只能自食其力。将近40年后李德写道：“这给毛泽东乘虚而入打开了方便之门。”[30]

注释

[1] 李德：《中国纪事》第87—88页。李德和项英的谈话由伍修权担任翻译。他不记得项英警告李德关于毛泽东的事情。但是他记得李德对项英说：“我认为你能从游击战中生存下来。”（伍修权：1985年3月28日采访）。

[2] 马海德：1984年北京个人采访。1939年李德离开中国后一直在苏俄生活，直到1953年斯大林去世。斯大林的大多数中国专家都遭到处决，他免受了这样的厄运，但是也被禁止处理任何与中国有关的事务。他深居简出、默默无闻，可能受到警方监控，也很有可能一度遭受监禁或流放。1969年他的回忆录在民主德国杂志《地平线》（*Horizont*）上首度发表，1974年他去世后出版成书。

[3] 大部出自马海德的印象。马海德与李德在延安走得很近。似乎此时苏联的做法是给派出人员在护照上使用真名，理由是“不做假的护照”是更好的掩护，招来的怀疑更少。就这样，附属军方情报机构但起先是共产国际工作人员的著名苏联间谍理查德·佐尔格持真名德国护照来到了上海（F.W.狄金及G.R.斯多利：《佐尔格案》〔*The Case of Richard Sorge*〕第65页，1966年纽约出版）。

[4] 希特勒崛起后输送资金的路线被切断，红救会负责人被国民党逮捕关押（胡华：1984年3月21日北京个人采访）。王炳南大使的意见是共产国际及“亲苏派”与毛泽东相比具有极大的优势，因为苏俄为中共提供“领导、理论、战术、资金——所

有一切。中共是共产国际的一部分”（王炳南：1984年3月20日北京个人采访）。

［5］海伦·斯诺：1982年10月1日个人采访。

［6］李德：前书第26页；史蒂夫·纳尔逊：1985年1月个人采访。

［7］西奥多·德雷珀：1981年10月个人采访。

［8］狄金及斯多利：前书。尤金·丹尼斯的妻子佩吉本人也是共产国际的信使。她对1934年夏末及秋初的上海地下党活动情况进行了描述。她写道丈夫丹尼斯曾经去过几个“苏区省份”，但是1985年1月个人访谈的时候她承认自己也许记错了。可以肯定丹尼斯当时没有去过江西。他当时违背共产国际的规定通过自己的妻子向共产国际提交了一份有关中国的报告。他告诉妻子共产国际的代表们对撤出江西一事发生了争执，这样他就不能通过常用渠道来反映自己的观点。也有可能是因为他的无线电联络渠道已经被破坏了（佩吉·丹尼斯：《一个美国共产党人的自传》〔*The Autobiography of an American Communist*〕第82—84页，1977年康涅狄格西港出版）。

［9］纳尔逊：1985年1月个人采访。

［10］沃勒·B.约翰逊：《巴别军团》（*Legions of Babel*）第125—126页，1967年宾西法尼亚大学园出版。

［11］李德：前书第29—31页。

［12］如果像李德回忆录前言中所说，他是1900年出生的，那么他1914年的时候年纪只有14岁。

［13］此处出自伍修权1984年3月28日采访。在李德的回忆录中没有任何地方提及自己参加奥匈帝国军队、成为战俘及加入红军参与俄国内战，或是在骑兵中作战的事情。伍修权认为根据自己与李德的个人交谈所知，巷战和越狱的说法是不真实的。他说按照李德的说法，他1928年到达莫斯科，1932年出现在中国，当中的间隔期太短，没有足够的时间进入伏龙芝并完成课程。李德精通俄语，伍修权感到李德不可能在那么短的时间里把自己的俄语学得那么好。不过他认为李德有关奥地利身份掩护的说法多多少少是确有其事。在回忆录中李德声称1936年的时候自己的确根据在伏龙芝学到的知识训练出一支中国骑兵师来。他说自己不是骑

兵，但一度被派去坦波夫的骑兵师工作并参与了白俄罗斯和乌克兰的演习。李德回忆录的英文版译文中省略了有关坦波夫的事情，总体上来说错误百出（李德：《中国纪事》〔俄文版〕〔*Kitaiskiye Zapiskii*, 1932—1940〕第225页，1974年莫斯科出版；李德：《中国纪事》第167页）。

[14] 对李德的评价体现的是伍修权和胡华的观点。用“龙王”作类比的说法出自王愿坚。

[15] 王愿坚：1984年3月5日采访；陈志让：《毛泽东与中国革命》（*Mao and the Chinese Revolution*）第182—183页，1965年纽约出版。

[16] 胡华教授坚持说外国把博古称作“总书记”的说法是不正确的。他说向忠发是邓小平在1956年中共八大上当选总书记前的最后一任总书记。而向忠发在1931年6月被捕后叛变。

[17] 伍修权：《我的历程》第10页。

[18] 此处出自翻译伍修权的叙述。许多年以后，在1960年中苏关系破裂后，莫斯科的宣传策略也采用了同一路数，他们坚持说毛泽东不是马克思主义者，中国不是共产主义国家，毛泽东是“亚洲的希特勒”，而中国是由“匪徒”统治的国家。

[19] 这一轻薄的小册子以《红色中国：1934年1月22日毛泽东主席关于中华苏维埃共和国进程的报告》（*Red China: President Mao Tsetung's Report on Progress of the Chinese Soviet Republic*, January 22, 1934）为题发表。1934年末国际出版商在纽约出版了英文版译本，每册售价五美分。胡华（1984年3月21日）在北京说此书经过了大量删修，毛泽东原文只有一段保留了下来。作者阅读了英文版，看起来胡华的观点没错。此书不是第二次代表大会上的“报告”，而是宣传资料，通篇都在鼓吹 “苏维埃民主”、“苏维埃财务政策”、“苏维埃制度下的婚姻”、“反帝运动”、“苏维埃劳动政策”等等，读起来不像是在瑞金进行的讲话，却像是为了国外发行而准备的宣传册。

[20] 伍修权：1984年3月28日采访。

[21] 自林彪在“文化大革命”扮演了自己的角色，图谋推翻毛泽东败露而戏剧性地死

亡之后，他在中国就被描述成李德的拥护者，但这可能是对事实的歪曲。法籍华裔学者胡继熙曾引用林彪1934年7月发表在中共期刊《革命与战争》上的文章，胡认为此文内容几乎不加掩饰地对李德的战术进行了批判，对毛泽东则表达了含蓄的支持（胡继熙：《中国季刊》1980年6月第八十二期第250—280页）。而李德则在自己的回忆录第74页中以高高在上的姿态地据傲地提到了林彪的文章。

[22] 这是胡华对伤亡的估计。周恩来的估计出自斯诺《西行漫记》第188页。对广昌一战的评论出自彭德怀的《彭德怀自述》第189—192页。刘伯承一事出自王愿坚。

[23] 彭德怀：前书第189—192页。

[24] 胡华：1984年3月23日采访。

[25] 彭德怀：前书第189—192页。

[26] 主要出自伍修权的陈述。部分细节来自于王愿坚。胡华教授听到的版本更为险恶。有人告诉他萧劲光被指“抗上”，因此被剥夺了军中职务，长征时给派去担任几千名搬运工中的一员。直到红军到达延安以后他才重新担任指挥员。但是长征中的老红军李一氓回忆说萧克是干部团团长，还说他和自己一路并肩行进，一直到达陕北。（李一氓：1984年3月22日北京个人采访）

[27] 胡华：1984年3月23日采访。

[28] 王愿坚：1984年3月5日采访。

[29] 这是向青教授在1985年1月14日纽约个人采访时做出的结论。部分细节出自王愿坚和胡华教授。

[30] 李德：《中国纪事》第76页。1936年春，刘长胜从莫斯科携带一部大功率无线电台和一本新的密码本到达陕北。与莫斯科的联络通道恢复了。中共地下上海中央局第三名成员黄文杰于1935年2月被捕。他没有叛变（胡华：1984年3月23日采访）。李德显然认为这些人被捕是同时发生的（李德：前书第79页）。盛忠亮最后去了美国，在那里出版了《莫斯科中山大学和中国革命》（*The Chinese Revolution and the Sun Yat-sen University*）（他在苏俄的时候曾在此学习）。

第五章
始动

吴吉清是逃出来的。后来担任警卫员的吴吉清逃出吴县参加红军的时间和老乡吴兴差不多。那时候是1930年，他一直在给地主放牛。他没有上过学，不识字——但这不妨碍他参军，红军大部分战士都是文盲。

74岁的吴吉清举手投足间都透出与众不同的军人气度：宽阔的罗马式前额，浓眉毛，下巴很有力，头总是扬着，肩膀挺得很直，看上去跟出身肯萨斯州，现在已故的著名记者威廉·林赛·怀特出奇地相像，除了没有后者顽童式的幽默感。说服吴吉清参加红军的是古柏，可能因为体格强壮的缘故他很快被选进了警卫连，不到一年就成为了毛泽东的贴身警卫员。另一个警卫员王亚堂也是同一时间被选中的。挑选他们的是共产党保卫局长邓发，遴选时经过了严格审查，他们之所以能够通过主要是因为两个人都是穷苦出身，对现行统治深恶痛绝。吴吉清跟随在毛泽东身边担任了将近七年警卫员。

有时候吴吉清会接受其他任务。有一次他和王亚堂被安排跟中央苏区国家银行行长、毛泽东的弟弟毛泽民一起工作。那时是1932年，毛泽民三十六七岁，负责苏区金库，里面存着从地主、商人那些富人那里没收的黄金、白银、银元、珠宝和其他贵重物品。红军有自己的铸币厂，可以铸造银元。当时银元是中国的通用货币。红军还有制造黄金搭扣、纽扣、发簪和鞋拔的模具。他们一般都用这种方式携带黄金，而不是携带金币，因为这些小玩意儿不容易引起注意。

据吴吉清回忆，当时有很大一笔财物，决定要在瑞金附近山上的高处藏起来。警卫员被派去协助毛泽民执行这个任务。他们雇了脚夫把财物通过陡峭崎岖的山路抬上去。这可不轻松。金银都很重，一个银元重约一盎司，价值约五十美分。一个脚夫要抬大约一千个银元。总共有一百多个脚夫。到了山顶，脚夫放下担子，拿了报酬就走了。只有两个警卫员和毛泽民留了下来。他们把财物抬进一处隐蔽的山洞，这也是累人的活儿。据吴吉清回忆一共有一百多万银元。毛泽民把洞口封上，三个人下了山。整个苏区没有其他人知道钱藏在哪儿。

在苏区没有铸币流通，共产党政府和国民党政府发行的纸币在这里可以流通转兑。对外贸易和走私用白银和国民党发行的纸币支付。红军抄出地主的钱箱，起获他们埋在地里的瓦罐，从中获取钱财。地主隐藏财物的地方早就被明眼的农民看得一清二楚。

红军的财物一直埋藏在那个洞穴里，直到1934年春，同样的工作又重复了一遍，不过这次是反着来。吴吉清又被派给毛泽民协助工作，又雇了脚夫，洞穴的封口打开了，财物搬回了瑞金，被严密把守着，到长征开始的时候，这些金银和纸币被分成几部分，由各个军团分开携带，作为他们离开苏区以后购买物品的经费。红军有严格的纪律——从老百姓那里拿走一只鸡，一袋米，从果园里摘一只桃子都是要付钱的。严令禁止掠夺财物——地主除外。[1]

为什么要在1934年的时候把财物从山上搬下来？答案非常清楚。因为这时候进行决策的紧密“三人团”——李德、博古、周恩来面临着严峻的军事形势。他们开始准备离开中央苏区。多年以后，关于离开苏区的决定是何时做出的、又是何时开始考虑长征的问题，产生过很多激烈的论战。在毛泽东的支持者和亲苏派的争论中，毛那一派认为长征是仓促决定的冒险行动，是惊慌失措的产物，而不是深思熟虑的结果。

另一方的证据则更为有力。不可能因为临时起意就开展“十万大军”的行动。具体的安排早在几周、甚至几个月前就已经制定了。不管长征最后是否成行，其细节必须在很早以前就确定下来，否则就会引发一场溃败。从山顶上把国家的财富搬下来的决定符合长期计划的特征。

伍修权认为“早在长征半年以前就开始着手准备了”。首先采取的行动是扩充红军，增加人手。重型装备的拆卸和包装就用了差不多半年时间。

伍修权的记忆和李德差相仿佛。后者说早在1934年5月份相应的准备就开始了，这与广昌战役失利的时间吻合。

“我同意他的说法，”伍修权这么说，“尽管他说的很多别的东西我很难苟同。”据伍修权回忆，知道这个秘密计划的仅限于一个很小的圈子——博古、李德、周恩来、洛甫、王稼祥。[2]

1934年春天和夏天大量征兵也是这个计划不可或缺的一部分，因为红军要积攒力量，动员江西地区所有可用的人手。同时还开展行动收集粮食：下达命令征用更多粮食，并号召农民做出贡献。借款数量大增，铸造了更多的银元。准备了冬衣。工厂里开始修理枪炮武器，制造了成批的新手榴弹，派人到过去的战场上四处搜索掉落的弹壳，再用火药和铅制弹头进行复装。铅用光了以后，甚至削制了木制弹头。李德参与监督整个准备过程。伍修权还记得有一天和他一起去视察新手榴弹的试用，其中有些无法炸响。

这些工作紧锣密鼓地进行，显而易见是有大事要发生了。当时进行了宣传，号召农村妇女给战士打草鞋。因为草鞋很快就会穿破，所以战士们在行动前总希望在背包里放一两双备用。那时农村妇女接到通知说希望新草鞋要编得厚一点，这也暗示着下面要进行的是长途行军。

迄今为止，中国的历史学家还没能发现有关准备工作实际内容的具体指令、备忘录或者命令。对此次行动的讨论看上去也仅仅限于在博古和李德之间进行，就是周恩来也被排除在外。后来据说如此谨小慎微是出于保密的考虑，担心蒋介石的特务让红军的计划走漏了风声。但是翻遍国民党当时的报纸也见不到有关此次行动的任何蛛丝马迹，国民党官员也没有任何人报告发现了长征的惊天秘密。国民党的评论却暴露出他们对红军的无知到了惊人的地步，他们似乎从来就没有搞懂过共产党的战斗序列，在毛泽东被博古和李德排挤出局几年以后，国民党仍然言之凿凿地声称坐镇指挥的还是毛泽东。

一位非常谨慎的中共党史学家也承认："到底是何时何地决定开始长征，我们弄不清楚。"[3]

1934年夏天，一系列行动（后来被称做长征的准备工作）一一展开——红军多个军团开始突围或进行牵制。首先是红七军团在7月份突出江西，挺进福建，与方志敏的红十军团会师。方志敏能力出众，是毛泽东的老同事，曾经领导了1928年的弋横起义。领导红七军团的是另一位身经百战的指挥员粟裕，他直到1983年才去世。

有人估计他们的军队应该有一万人，但实际可能要少得多。这支部队被取名为北上抗日先遣队，他们深入江西国民党后方，在作战之外还负责进行宣传，主要是争取国民党部队共同抗日，但是没有成功。国民党击溃了这股部队，方志敏被俘，囚在竹笼内，用车载着游乡示众，1935年初在南昌砍头。粟裕和幸存下来的少数人继续开展游击战，直到1938年重新编入新四军。[4]

紧接着的是另一次突围。这次是萧克领导的红六军团。六军团本来驻扎在湘粤边界一带。据萧克回忆，他7月25日接到开拔的命令，8月7日正式出发。他接到的指示是穿过湖南，与贺龙的红二军团会师，后者已经在偏远的黔、湘、鄂、川一隅站住脚跟。萧克的部队训练有素，大约有九千人，但是武器弹药不足。50年后他说当时的指示要求他带上所有的辎重，包括一台死沉的打印机，这使得他们的行动举步维艰。

后来才知道，他们走的路线和之后不久红军主力行进的路线大致相同。据萧克回忆，最主要的问题可能就在于路经地区的人口实在愚昧难言，他们如同野兽一般生活，半裸着身体，只知道吸大烟，对周遭的地理情况一问三不知。

萧克老成持重，身上透着书生气（他的军队被认为是最难对付的红军部队之一，国民党对他又恨又怕，同时又心存敬畏）。50年后他在北京的军事学院担任院长，讲起在贵州的经历时依然心有余悸。当时为六军团指路的除了一张笼统的全国地图以外一无所有，而这张地图还是从学校的地理书上撕下来的，上面只标有省会、最重要的县城和大山大河，基本上毫无用处。在迷宫般的山里穿行的时候，当地的农民甚至无法告诉他们身在何处，问到怎么去邻近的市镇时更是目瞪口呆。

10月22日，红六军团终于和贺龙的红二军团会合，此时军队已经缩减到4000人，可是就萧克回忆，他们总算打了几场痛快仗。但是看不到任何敌人被引离苏区的迹象。[5]

这些军队的行动到底意义何在？今天已经很难弄得水落石出了。8月中的行动如何才能对10月底的红军大转移有所帮助？这个时机的选择看起来毫无意义，两者之间的联系让人一头雾水，看不明白。

秦兴汉将军在北京的中国人民革命军事博物馆工作。他后来说道："这确实让人莫名其妙。"秦兴汉认为给养的准备和兵员的补充早早开始，红军因此可以应对一切紧急情况。如果必须离开根据地的话随时可以动身。但是红七军团和红六军团的突围是另外一回事。这与10月中开始的长征似乎并无联系。就算他们引开了大量的国民党部队——而实际上他们没有——也没有证据表明博古和李德早在8月中就已经考虑放弃根据地了。

伍修权知识渊博，是当时的翻译，李德和博古（还有周恩来）之间的谈话都瞒不过他，因此在还在世的人中，对1934年指挥决策内情的了解可能谁也比不上他。但是就算他也无法解答这个问题。他说："我很难给出确切的答案。

谜底只能由你自己来揭开了。”

他认为七军团和六军团的行动是为了引开国民党的注意力，从而让红军能够从容地大量征募兵员，补充实力。但是问到七八月份的牵制对10月中的长征到底有何助益，他的回答是“你的疑问确有道理”。

长征研究专家王愿坚声称前期行动是“乐章的序曲”，但是序曲和乐章的调子似乎并不怎么一致。

更让人迷惑的是二十五军的行动。二十五军是偏远的鄂豫皖边区留存的一支残部，一度曾隶属于红四方面军，后者已经撤入川北。二十五军最初有大约七千人，到了1934年秋仅余两千九百人。

程子华74岁的时候身上还承载着红军生涯留下的深深疮疤。他的双手手臂和手掌都受过重伤，右手难以握拢，看上去像个爪子，而用来写字的左手也负过枪伤，后来没能进行及时合理的治疗。50年后他回忆说1934年他在红军担任某部政委，周恩来曾把他叫去谈话。

如果程子华的记忆无误的话，那么周恩来和他的谈话是支持长征早就开始进行准备这一说的。据程子华回忆，周恩来告诉他，红军的处境很艰难（当时正是伤亡惨重的广昌战役之后不久，红军的财物也刚刚从山上搬下来），国民党与红军兵力相差太大，苏区根据地正一点点地被蚕食，人手和资源的来源越来越少。红军面临的“危险近在咫尺”：如果红军得不到足够的补充，就会失去根据地。怎么解决这个问题？周恩来问道，他又自己回答说红军已经准备开始一次远征来开辟新的根据地，从而获取给养和人手，逐渐壮大。

周恩来说如果红军采取这样的策略，那么国民党就会把堡垒中的兵力抽出来，这将对他和程子华要讨论的二十五军的境况产生巨大的影响。这支军队受到了很大的压力，当时由于没有专业领导，地方党委已经要求相关援助。周恩来希望派遣程子华接管部队然后把二十五军转移到新的根据地。红军主力接下来马上要进行的行动会使这个工作更加容易执行。

于是程子华匆匆离开了瑞金。到达二十五军的过程很艰难。他先去了苏区南部，然后偷偷穿过边境，进入广东白区，然后到达汕头，在那里乘轮船去上海，然后再从上海沿着长江一路到达汉口，最后终于在9月份到达边区，那时距长征已经为时不远了，但是程子华直到几个月后才得到有关消息。程子华和地方领导决定把二十五军转移到鄂北更加偏远的山区，到豫西的桐柏山和伏牛山一带。这支部队被重新命名为北上抗日第二先遣队。第一先遣队是后来损失殆尽的红七军团和红十军团。1934年11月16日，程子华带着自己的2900人上路了。[6]

不管怎么看，二十五军的行动都只是地区性的小规模调动。因此假设早在1934年5月时周恩来就已经对红军的大转移形成了通盘计划似乎也有失偏颇。

这个时期备受争议。在十九路军的问题上红军的挫败让人大惑不解。十九路军驻扎在福建，紧邻共产党部队。十九路军因为在上海对日本人的英勇抵抗而名动天下，他们不随意接受指派，非常爱国，蒋介石对他们的抗日爱国情绪感到忌惮，加上他们时时质疑自己的政策，他就把十九路军放逐到福建。1933年11月，十九路军的指挥官反出国民党，建立了自己的独立政权。这对共产党人来说可谓天赐良机，他们可以与一支强大的军事力量联合起来，号召全中国联合抗日——这也是共产党当时宣传的主题。对这样的机会毛泽东和他的同志们使用起来一向得心应手，在1931年就是如此。

1931年12月，宁都的二十六路军与共产党携手起义反蒋。当时为了给共产党送去一批急需的冬衣和给养甚至不惜将起事推迟一天到12月14日发动。那天晚上参谋长刘伯坚请手下军官吃饭。晚餐在他的指挥部——宁都梅河边上一座布满柱子的路德派教堂里进行。军官在二楼吃饭，他们的警卫在一楼用餐。刘伯坚派出忠于自己的部队包围了整座建筑，宣布起事。两个军官跳下二楼的阳台企图逃跑，但是其他的人加入了起义。最后十一个团里有九个团共1.7万人加入了共产党的事业。这些人被编为红五军团。这是共产党最为可靠，纪律最严明的部队之一，一般作为后卫部队使用，曾多次力挽狂澜，把红军主力从危局中拯救出来。[7]

共产党在宁都胸有成竹，指挥若定，但是在十九路军的处理上却显得举棋不定、患得患失。初期的联络进行得很顺利。彭德怀的红三军团8月初在闽西一带活动，他接待了十九路军军长蔡廷锴的代表“陈先生”（陈公培）。彭德怀邀请陈先生共进晚餐——一个大脸盆里盛着的猪肉和鸡蛋大杂烩。彭德怀后来写道这些东西都是“从土豪那里没收来的”。会面很成功，双方考虑先携手抗日，再考虑党派问题。陈先生接下来去瑞金继续商议大事，但是事有不谐，中央委员会决定置身事外。他们还因此批评了彭德怀——不是因为他擅自和陈先生接洽，而是认为他用脸盆招待客人有失于礼。[8]

这件事暂时偃旗息鼓，一段时间以后中共又派了两个人去和蔡廷锴重提旧事。一个是后来曾担任中华人民共和国经济部长（译者注：应是当时中华苏维埃共和国临时政府的经济部长）的吴亮平（有时还为李德做翻译）和潘汉年。派他们前去的是苏维埃政府主席毛泽东和身份相当于苏区政府总理的洛甫。据说谈判很成功。两个人回来向毛泽东、洛甫和周恩来汇报。周恩来说他们能够一起共同反蒋让人欣慰。汇报在沙洲坝进行，当时洛甫和毛泽东是住在一起的邻居。

有关十九路军的决策事关重大。一旦成事共产党将可能打破蒋介石堡垒战术的层层包围，给共产党的事业带来国内甚至国际上的声誉，让红军不再籍籍无名。当时中国的大部分人（和国外听说过红军的寥寥数人）认为红军不过是荒山野岭中的一小撮反贼。

本来还可能有更多的好处。广东的军阀与蒋介石交恶。如果当时共产党和十九路军合作成功，那么广东也有可能加入联盟，而有了广东的支持，其他的军阀也有可能加入。福建有福州这个海港，这样的话——尽管实际上的可能性还是微乎其微——苏联甚至可能通过福州给红军建立一条补给线。

共产党内部的争论使他们与这一切失之交臂。共产国际的首席顾问曼弗里德·斯特恩此时还在上海。他强烈反对共产党与十九路军合作，他认为后者“只不过是军阀部队”。而李德则好像心不在焉，让他违抗顶头上司的意志似无可能。后来他声称博古和周恩来看好这次合作，但是其他人包括毛泽东在内都表示反对。中国当代史学家认为李德的说法毫无根据。李德还说此事反对得最强烈的是“上海中央局”，不知道他到底意指何人，那个时候“上海局”已经支离破碎，只有几个无足轻重的人勉强维持，而且这些人很快也被蒋介石的秘密警察一网打尽了。[9]

在共产党争论不休的时候，蒋介石扼杀了十九路军。

1934年的时候共产党领导层表现出分崩离析的所有征兆——之前朱毛领导下的雷厉风行和敢作敢为全都消失不见，发号施令的领导层对战争一知半解，或者毫无作战经验，对如何处理和老百姓（共产党所称的群众）的关系更是毫无头绪。千里之外的莫斯科和上海力图遥控事态。李德到中国仅仅才一年时间，他对中国知之不详，对中国人了解甚少，对汉语一窍不通而且也没有加以学习，对中国的地势地形一无所知，也不明白江西人和贵州人之间有何重大差异。他无法理解江西人到了四川，或者四川人到了江西以后因为方言不同而无法和当地人交流，背井离乡到了百里之外、不知道如何回家甚或能否回家而产生的那种茫然若失的心理。

他肯定难以理解下面的这一幕。长征开始两天以后有战士跑来向政委杨成武询问。当时纵队正行走在崎岖狭窄的山道上。大家只是默默地低着头向前行进，没有人说话。两个江西人急冲冲地走近杨成武，气喘吁吁地大声问道：“政治委员，我们已经走了两天了。到底要到哪里？要走多久？”

两个战士的话代表了大家的心声——整个部队都处在惊惶不安之中。他们到底在往哪儿去？他们是否还能再见到自己的家乡和亲人？杨成武不知道自己该怎么回答，对此他也一无所知。他能说的只是他们在向西南行进，他们会突破敌人的封锁，有力打击国民党，保卫苏区根据地。[10]

李德从未想过要让红军战士打胜仗就必须让他们知道自己在干什么。普鲁士训练出来的军队好像是机械人，或许俄国军队也是如此，他们只知道接受命令，从来不质疑、不思考，红军战士则不同。

李德就是如此训练出来的。他是个欧洲人，一个欧洲军人。他有自己的价值观和思维方式。因为莫斯科某个外国人不经意间的决定，他阴差阳错地来到这里，指挥这些跟他毫无共通之处的战士。身在中国的时候李德从来没能了解中国人到底是什么样子的。他总是喝咖啡，抽雪茄（如果能搞到的话）。他平时只吃面包，不吃米饭，甚至不惜亲自下厨焙制。而那些亲苏派的中国人对自己祖国的了解和他相比也只是略胜一筹。这些知识分子在莫斯科学到的马克思主义给他们加上了一层镀饰，让他们和中国的现实隔绝开来。他们在莫斯科学到的主要本领就是官僚内斗。毛泽东和他手下的务实派——他们中的大多数人身经百战，走过山间小路，和农民一起生活过。很多人本来就是农民出身，毛泽东也是——他们不会引经据典，在马克思或列宁的论证中寻章摘句，但是却了解中国。他们现在还被排除在局外，对事态的发展无能为力。作为革命者和共产党毛泽东迄今为止也大都被迫处身局外。但是现在他感到自己等待的时机已经触手可及。

注释

［1］吴吉清：1984年4月15日南昌个人采访。

［2］伍修权：《我的历程》第七章。

［3］这是南昌的江西省委党校党史教授戴向青的结论。苏联方面的信息没有任何帮助，大部分苏联作品仅仅是简单地说撤离的决定是1934年9月做出的。也有一些不同的说法。A.S.玻瑞夫塔以罗编选的《中国现代史概论》（*Ocherki Istorii Kitaya v Noveishee Vremya*，1959年莫斯科出版）第261页中说决定是中央委员会在

"1934年夏"做出的。V.G.萨波日尼科夫在《战火中的中国(1931—1950)》(*Kitai v Ogne Voiny* 1931—1950，1977年莫斯科出版)中称，决定是中央秘书处在1934年9月6日做出的，而9月8日召开了中央和红军军委扩大会议来讨论突围一事。

[4]王愿坚：1984年3月5日采访；瑞金革命纪念馆钟书棋：1984年4月11日采访；伍修权：1984年3月28日采访。

[5]萧克：1984年3月9日北京个人采访； 1984年6月11日个人通讯。

[6]程子华：1984年3月30日北京个人采访。

[7]宁都简介：1984年4月13日(译者注：此处正文原文说请客时发动起义的是刘伯坚，按记载当时的参谋长及宴请的召集人应是赵博生)。

[8]彭德怀：《彭德怀自述》第182—183页。

[9]据胡华对当时情景的重建。李德的评论出自《中国纪事》第62—63页。

[10]杨成武：《忆长征》第14—15页，1982年北京出版。

第六章

瞒天过海

一开始的时候就是夜行军。白天的时候队伍就散开来，在樟树树荫下睡觉或者蜷在桤木丛下休息。总是走小路。赣南和广东都没有可以行车的大道，如果碰到的话也会避而远之。红军蹑手蹑脚地走出根据地，没有任何迹象表明这个后来政委口中解释的“大规模调动”已经被敌人发现。

夜行军并不让人讨厌。后来有位红军军官告诉艾格尼丝·史沫特莱：“有月亮和微风的时候大家感到心旷神怡。周围如果没有敌人，有些连队会一齐唱起歌来，旁边的连队则会一起应和。”开始时还没有强敌环伺，那时候月光皎皎，凉风习习。

云朵遮住月亮的时候部队就打起火把，有些是松枝做的，有些是在空竹子里灌了煤油，但大多数是把竹子劈开再绑在一起做成的。从山脚下仰望长蛇一般的火把蜿蜒而上或者在悬崖上俯看下面火光闪烁让人心生感慨。[1]但也并非一路都轻松惬意。漆黑的夜里他们有时候要在背上系上白布条，让后面的同志们能够跟上，有时候所有人的手要搭在前一个人肩膀上在狭窄的山路上艰难前行。很多情况下路都很滑，如果一个人失足，可能整个班都会跟着摔倒，直接掉下200英尺（约60米）高的悬崖。

一般情况下红军战士都会斗志昂扬。宣传干部总是能让大家精神百倍。他们告诉大家会干什么，怎么干，为什么要这么干。而这个因素在长征前期缺失了。张生继是江西模范县兴国县参军的战士。那时候是1931年，他15岁。后来他经历了整个长征。他还记得1934年9月的时候自己还随部队驻扎在兴国，他看见两架国民党的飞机在空中相撞，然后冒着烟坠落到地上。大家看到了很兴奋。一周以后他们接到命令开拔——当时以为是去湖南建立新的根据地。“那时候不知道红军的形势很糟糕，”他50年后回忆说，这时候他已经68岁了，仍旧相貌堂堂。“大家都兴致勃勃。我们不知道还要走那么长的路。情绪不高可不行，因为一个晚上要走50英里（约80公里）的路，打下三个县城。”[2]彭海清（译音）也是江西人，75岁的时候留着长长的胡子，因为关节炎而一瘸一拐。他也说当时部队从来不知道红军吃了败仗，也不知道正在进行长征。每次反“围剿”他都有份参加，还跟着三军团参加了广昌战役——他军人生涯经历过的最惨烈的战斗，但当时却不知道红军是失利的一方，而长征在那时“谁也不知道”。[3]

得力的宣传在之前的反“围剿”战役中给红军带来了高昂的士气。如果对李德、博古和周恩来“三人团”的败绩也同样进行宣传的话会引起大家对领导层强烈的反感。

红军移动时的阵形很奇怪。刘伯承将之比做皇帝的轿子。主要有两列纵队，一列由红一军团打头，另一列由红三军团打头，形成一个盒子形阵列，中央是总部各纵队和5000个抬着各种辎重的脚夫。

红军的指挥结构极其复杂。在中央军委李德、博古和周恩来的下面是总司令朱德，副总司令、总政治委员周恩来，副总司令、总政治部主任王稼祥和总参谋长刘伯承。

在盒子阵形中央行进的是两个纵队。一个是军委第一纵队，司令是后来的共和国元帅和多任国防部长叶剑英。另一个是军委第二纵队（中央纵队），担任司令的是罗迈（李维汉），副司令是中共保卫局长邓发。

红军长征之前给所有部队起了代号。军委第一纵队叫“红安”，军委第二纵队叫“红章”，一军团叫“南昌”，三军团叫“福州”。[4]

军委纵队分成四个梯队，第一梯队里是担任总指挥的博古、李德、周恩来、朱德和刘伯承，由彭雪枫负责。第二梯队主要是后勤部门，第三梯队包括工兵营、炮兵部队和医疗队。第四梯队是干部团，由陈赓负责，宋任穷担任他的副手。中央纵队也分为四个梯队。第一梯队是教导师，由张经武负责，第二梯队主要是给养、维护、通讯、培训部门和脚夫，第三梯队是贺诚负责的野战医院，第四梯队是政府和党部以及保卫团。保卫团团长由保卫局领导姚喆担任，政委是张南生。

刘伯承所指轿子的轿箱就是中央纵队，它的行进速度和作战纵队不可同日而语。数千带着辎重的脚夫还有老病伤员使他们迟滞不前。后来证明这成了快速作战纵队的拖累，显而易见，必须开始扔掉沉重的负担（脚夫带着的甚至还有办公家具和文件资料）。

中央纵队被保护得严严实实，很少有伤亡，如果出现伤亡的话也是来自于轰炸和事故——有一次一匹惊马和身上的人一起坠落下山崖——而不是来自于作战。

在这个纵队里显然可以找到李德、博古、周恩来，他们在这里指挥行动，还有毛泽东和王稼祥，后者肚子上的伤口还没有痊愈。红军中的30个妇女干部也在这里，她们大部分是高级军事指挥员或政工干部的妻子，很多妇女本身也是高级干部。

红军就像是缓缓移动的象群，从苏区的西南角挤开一条路，穿过边界进入了白区。

10月21日夜，红军穿过了蒋介石的第一道堡垒防线，遇到的仅只是象征性的抵抗。这条防线设在江西最西南，在赣江支流桃江附近。他们进入了广东，继续向正西偏南方向行进。有些人认为这样的路线奇怪，因为他们最初的目标是向北向西和红二军团和红六军团会合。

红军出师顺利——在第一条堡垒防线上获取了胜利——军队很快顶到了第二条防线上，然后在11月3日以同样的速度通过，行动略无滞窒。然后势头有些慢了下来，但是到11月10日的时候他们按原计划通过了尚未竣工的粤汉铁路。

整个行动如旋风一般迅疾，执行得有条不紊，尽管李德提到军队指挥员对某些细节有所争执，特别是红一军团因为没有地图慢了下来，这让红军耽搁了一些时间。

早期的顺利并非是凑巧。周恩来已经和广东军阀陈济棠达成了秘密协议。在长征过程中，敌对双方的指挥进行秘密联系不足为奇。

这有很多原因。中国军事历来有这样的传统。中国人非常通情达理，如果可以通过合适的安排解决问题他们决不诉诸血腥的战争。意识形态不能改变这种传统。双方的很多人之间都有长期紧密的联络，特别是在革命初期有过多年的国共合作，他们曾经在孙中山博士的旗帜下并肩作战。

中国政治是复杂的博弈，蒋介石也并非是无所不能。他面对的战场变幻莫测，对手有各色军阀和权力掮客，合纵连横时时都在变化，时而结盟时而决裂。军阀担心如果蒋介石一枝独秀那他们的领地（或者收入）就危险了。他们不愿意蒋介石或者共产党坐大。只要有利可图，他们和共产党交易也是心甘情愿。另外一些人则对共产党建立联合阵线共同抗日的号召表示欢迎。

这些因素推动陈济棠在1934年9月向周恩来暗中发出信号，愿意进行私下对话。李德认为陈济棠可能害怕国民党冲破共产党的防线，直接面对广东。之前共产党的地盘夹在他和蒋介石之间，为他提供了某种意义上的防护。不管他的动机到底是什么，这个军阀派了一个信使来见周恩来。周立马做出了肯定的回复。“我们可以利用陈将军的反蒋态度。”他说道，“我们必须从十九路军的事件中吸取教训。”

周恩来派遣两名可靠的同志进一步会谈，一位是何长工（他在井冈山说服土匪王佐加入共产党），一位是潘汉年（后来曾被派去莫斯科完成一些重要使命）。他们到了广东北部的一个小村落，在那里双方达成了一份重要协议，确保双方互不侵犯，而且还要交换情报。广东省长还答允会向红军提供通讯设备和医疗给养。红军就这么穿过了广东和接邻的区域，看上去像是信步行走的游客。广东军队对他们视而不见。红军得到了及时的情报，他们知道前面有什么情况，知道敌人在哪里。[5]

这个中立协议可能对长征开始的时机有所影响。尽管到9月份的时候准备工作早已开始，不可能进行大幅变化，但是共产党指挥层却可能因此确定了从广东这一隅突破的决心。还有证据表明广西军阀曾与共产党互通有无，他们愿意在广西东北部打开一条“通道”，让共产党部队迅速通过附近地区。

广东军阀为红军提供通讯设施的安排也不是仅此一例。张国焘的红四方面军建立川北根据地的时候有一个得力的无线电发报小组。陕西地方军队的参谋长和师长杨虎城将军为他们暗中提供了设备，这为他们锦上添花。杨虎城将军是蒋介石军队里众多同情共产党人的军官之一。但是他却没能活着见证人民解放军胜利的那一天。由于在1936年参与西安事变（绑架了蒋介石），他被国民党逮捕，一直关押起来，在共产党掌握政权的前夕遇害。[6]

但是无论广东军阀是否信守诺言提供情报，红军都有特别的秘密武器来应付问题。红军可以破译国民党的通讯联络。“二战”中同盟国可以破获纳粹德国密电中的最高机密。在针对蒋介石时共产党的这项优势与之差相仿佛。这主要归功于周恩来。周恩来负责党的秘密工作时与莫斯科合作紧密。[7]自1930年起，他开始安排中国特工到苏联接受电讯和密码的培训，研究制造和破解密码。让人咋舌的是他甚至安排共产党员学习魔术师哈里·胡迪尼的绝技，一旦被逮捕他们可以迅速挣脱手铐脚镣。但是他们受训的地点并没有明确的记录。

早期在江西的时候，红军还没有功率足够强大的无线发报机和上海联系。

1931年5月他们从国民党部队手中缴获了两台100瓦特的电台。很快上海就派来了第一个重要的无线电密码破译专家刘鼎，他曾经在苏联受训，脑子里装着整部密码本。从此以后毛泽东就可以与上海进行无线电联系，也同时可以通过上海和莫斯科建立联系。

刘鼎开始截获并破译国民党的无线电联络。国民党对此似乎从来都是懵然不知。

国民党在这个时期使用的是非常简单的密码，有时根本不用密码。第一次“围剿”的时候他们直接使用明码。第二次和第三次“围剿”的时候密码简单得根本不用什么专业技能就可以破译。而这个时候红军的破译工作已经完全上道。后来担任电子工业部（原第四机械工业部）部长的王诤就是这项工作的负责人之一。他可以把国民党前线的所有电码往来全部破译出来。红军无时不刻都对蒋介石部队的部署和他们接受的命令了如指掌，很多时候国民党的电文在他们自己解译出来之前就已经被共产党破译了出来。[8]

张国焘领导的红四方面军也忙碌于同样的工作。长征开始以后，张国焘不断向红一方面军提供破译的国民党电文。在回忆录中张国焘写道，有些时候整个通宵都在侦听电文往来，然后把重要信息发给红一方面军——很多时候并不知道这些信息是否被红一方面军收到，因为很长一段时间内他都不晓得红一方面军的去向。红一方面军的电台功率不够，有时候无法与红四方面军取得联络。[9]

共产党在侦听敌人电讯方面异常卖力，在上海的时候李德对国民党的动向和作战命令知道得一清二楚，胜过他对红军本身的了解，因为他每天都会得到大量破获的国民党最新电文。

长期以来共产党一直缺乏无线电台报务员和设备，红军为了获取两者可谓不择手段（他们还建立了特殊计划以获取医生和他们的医疗箱）。被俘获的报务员一般都给予大量激励——薪水丰厚、待遇从优——让他们给红军工作。有些报务员了解国民党的密码，带来意外之喜。

因为缺乏设备，长征时无线电台仅限于在军团之间联络使用。下一级的联络使用的是野战电话或者通讯员。通讯连总是拖着大捆的电话线走在指挥部前面，在侦察部队选择好的地方拉起电话线。这样的工作笨拙而低效，通讯部队也常因此遭受伤亡。

据红军所知，国民党从来没有破解过他们的电文。

有件事随着红军在漫漫征途中越走越远而变得越来越清晰。通讯联络决定了高级指挥层的作息。白天军队不断行进或作战，除了紧急的战场消息以外没有时间听取通讯汇报，只有到了晚上安营扎寨以后发报机才开始滴滴答答地工作起来，通讯员也迅速从外面赶回。只有到了这个时候指挥部才能对战斗的情况形成全景式的了解。

很多红军的高级指挥员曾经是地下革命工作者，他们已经适应在夜间工作。现在战场上的情形也要求他们彻夜工作，一夜接着一夜。战士们都说毛泽东和周恩来在午夜以后很久都还在工作。他们到底什么时候休息呢？每天早晨6点红军准时出发，战士和军官要提前一小时拔营，吃稀饭当早餐，然后喝一点茶或者热水。领导人一般8点或9点起床。炊事员或警卫员已经提前三个小时出发，到前面生起火，为领导人准备早餐。这时候的领导人常常被抬在担架上，直到三小时后到达吃早饭的地方。他们被结实的担架员抬着，摇晃着沉入梦乡，有如摇篮里的婴儿。

“他们知道附近没有敌人。”国际交流协会会长李一氓在1984年这么说，他随干部营一起完成长征，经常能看到毛泽东和周恩来。“他们在担架上睡觉一点儿都没有什么害处，就是都养成了吃安眠药的习惯。”[10]

直到10月底国民党才开始逐渐意识到红军正在开展大规模行动。但是又等了一个月他们才弄清楚实际情况。

从国民党的报纸上可以了解这种情形。南昌的报纸在10月18日发表了庆功报道，声称“所谓的模范县”兴国县已经在14日攻陷，而自从7月份开始这个地方就已经被包围了。蒋介石当时在西安，10月23日的时候到达成都。27日有报道称“赤匪”正试图突围，向南部奔逃。他们攻击了信丰和安源，但是被击退，估计损失多达一万人。坐镇指挥的依旧被认为是毛泽东和朱德。这篇报道说红军正在撤回瑞金。第二天的报道里增加了更多离谱的细节，到了28日的时候则宣布宁都已被攻克。10月31日报纸声称“赤匪根据地”已被粉碎，根据地首府被迫迁离瑞金。[11]

另外一家国民党报纸在11月8日报道说共产党一败再败，但是“异常顽固，要荡平余孽或许还需要几个月的时间”。

从这些报道中都看不出实际情况。它们确实说明红军正试图逃离，但是焦点却是有关城市的战斗，而实际上红军对此毫无兴趣。一个月后，在12月1日，南昌报纸上的头条社论是“前赤区正在肃清之中”。社论称共产党伤亡近万，被俘四千。在南昌举行了大型的庆功会，为大捷奏凯，为蒋介石表功。

实际上国民党在情报上一败涂地。可能这是因为蒋介石不在南昌，也有可能这是因为冯·塞克特过于小心，不让国民党军队大幅追击，生怕他们遭遇埋伏，被共产党一扫而光。国民党部队还是先造碉堡，然后小心翼翼地一步步推进。秦兴汉将军认为至少到10月30日以后国民党才开始意识到共产党正在进行大规模行动。

直到11月即将对第四条封锁线发起攻击之前，红军都没有遭到来自空中的轰炸和侦察。直到11月28日红军到达湘江以后国民党才开始将空军主力投入战斗。这支空军由大约两百架战斗轰炸机组成，攻击编组一般为三架飞机。在红军撤出很久以后国民党还一直在轰炸瑞金。

蒋介石在情报上乏善可陈，但是世界媒体的报道也不过半斤八两。[12]整个1934年10月的《纽约时报》上没有中国的任何新闻，没有任何地方提到蒋介石，没有关于红军的片言只语，也没有关于白银买卖甚至铁路事故的任何一瞥。

10月份《纽约时报》的主要卖点是美国职业棒球大联盟总决赛和昏头迪

安，阿道夫·希特勒，西班牙愈发紧张的局势，还有林白绑架案每天长篇累牍的报道。在这家四处收集信息的报纸看来，当时在中国没有发生任何具有报道价值的事件。

11月9日，《纽约时报》报道称有大约四万共产党部队正在离开江西和福建，他们之前已经被封锁了数月，现在正在向西移动，在湖南边界一带、粤汉铁路两侧一个约100英里长、12英里宽（约长160公里、宽20公里）的地区沿途劫掠。这篇报道仅有轻描淡写的四小节，发表在第六版上。这是西方世界第一次得到有关长征业已开始的消息。

三周后《纽约时报》向读者确认，共产党人已经被国民党部队在江西击败。

注释

[1] 史沫特莱：《伟大的道路》第310—312页，1956年纽约出版。

[2] 张生继：1984年6月4日兰州个人采访。

[3] 彭海清：1984年6月8日保安个人采访。

[4] 这个信息出自国防部研究员阎景堂提供的红军档案材料（第3—4页，1984年10月24日个人采访）。代号是军委1934年10月13日指定，1934年10月15日生效的。其中红一军团代号南昌；红三军团代号福州；红五军团是长安（今天的西安）；八军团是济南（山东省会）；九军团是汉口。军委第一纵队代号红安；军委第二纵队是红章。红一军团三个师的代号都以“昌”字结尾，一师代号广昌，二师代号建昌，三师是都昌。红三军团三个师代号都以“州”结尾，代号分别是赣州、苏州和汀州。各军团都为其所属团提供了自己的代号。

长征开始时总政治部副主任李富春替代负伤的王稼祥代行主任职务。李富春是毛泽东的老朋友，他的妻子蔡畅比他更早跟毛泽东结识。

各军团指挥情况如下：一军团军团长林彪，政委聂荣臻；三军团军团长彭德怀，政委杨尚昆；五军团军团长董振堂，政委李卓然；八军团军团长周昆（后来担任115师师长时逃去了国民党一边〔译者注：应是参谋长，为携款潜逃，下落不明〕），政委黄苏；九军团军团长罗炳辉，政委蔡树藩（后来曾担任军委纵队指挥和三十军政委）。红军到达遵义后八军团并入五军团。军委第一纵队和第二纵队合并，由刘伯承担任司令，政委是陈云，副司令是叶剑英。

[5] 共产党部队从根据地撤出并非陈济棠所愿，有迹象表明他感到自己上了共产党的圈套。李德的记录则让人摸不清头脑。他坚持说博古请示了共产国际，而这是当时红军与莫斯科最后进行的联络内容（李德：《中国纪事》第78—79页）。胡华教授认为外国关于共产党支付陈济棠五万大洋买路通过的说法是谣传（胡华：1984年3月21日采访）。

[6] 此信息出自胡华。无线电装置是由杨虎城的代表武志平和红四方面军代表徐以新（后来的中国驻巴基斯坦大使）安排转交的。转交地点是汉中附近（胡华：1980年3月23日采访——译者注：按前文应为1984年采访）。

[7] 胡耀邦：1984年6月14日北京个人采访。

[8] 1931年1月，红军缴获一台16瓦特的电台，但是功率不足以到达上海（胡华：1984年3月23日采访）。红军有两个无线电情报局，二局负责截取敌人电文加以破译，三局负责红军内部通讯。二局成员有李克农、曾希圣、胡底、曹祥仁等，他们或是在行动中牺牲了，或是到1984年的时候已经不在世了（胡耀邦：1984年6月14日采访）。后来曾担任中国外贸部长的李强在上海接受了密码学和无线电技术，最终自行研发出一种新的无线电天线。其他参与者有后来曾担任中国邮电部长的王子纲、后来曾担任中国总工会副主席的宋侃夫及后来曾担任安徽省第一书记的曾希圣。还有一个顶级专家李白在解放战争结束前夕在上海被害（胡华：1984年3月23日采访）。

[9] 胡华：1985年3月28日采访。

[10] 李一氓：1984年3月22日北京个人采访。

[11] 民国日报档案：南昌江西省图书馆。

[12] 蒋介石在情报方面一败涂地，而共产国际方面对红军长征的了解也乏善可陈。菲利普·J.贾斐在其未曾发表的手稿《远征中的同路人》（*The Odyssey of a Fellow Traveller*）中提到自己编辑的《今日中国》第一期于1934年10月发行，其中有篇文章介绍了江西苏区。《今日中国》的主要信息来源是共产党在上海的地下基地。直到两个月后——也就是1934年12月1日左右——贾斐和他的同事才从上海共产党那里收到消息说长征已经开始了（贾斐：《远征》第127页）。

第七章

担架上的谋划

一过于都河，毛泽东就躺上了担架，却并非是由于他对乡间徒步行走感到不适。可能红军领袖中再没有什么人比他在中国的山间和谷中走过的小路更多了。还是个孩子的时候他就四处乱走。对于一个农村少年，可没有别的交通方式好选。长沙师范学院的时候，他跟自己的朋友萧瑜花六周时间在湘南的六个县中行走，一边走一边乞讨——这是萧瑜的主意。两个人不带分文，穿着破旧的衣服，背着旧雨伞和小包袱——里面装着笔记本和换洗衣服。他们在乡村乞讨维生，大部分时候靠农民给些吃的，偶尔靠镇里的人接济。这次旅行是一次冒险，一次探索。他们发现可以依赖自己的智慧和老百姓的慷慨过活。毛泽东也第一次用分析的眼光研究农村的情况。

跟萧瑜一起进行的旅行从某种意义上来说是毛泽东在1927年1月到2月间进行的考察的前奏。那时候中国的革命开始起势，共产党和国民党在蒋介石并不稳固的旗帜下进行北伐。毛泽东则退回农村，在湖南的五个地区开展了五个星期的考察。在这次考察的基础上他撰写了著名的《湖南农民运动考察报告》，并上交给共产党中央委员会，却受到了质疑和反对。他预言："很短的时间内，将有几万万农民……起来，其势如暴风骤雨，迅猛异常，无论什么大的力量都将压抑不住。”

他写道，一切帝国主义、军阀、贪官污吏、土豪劣绅都将被农民葬入坟墓。“站在他们的前头领导他们呢？还是站在他们的后头指手画脚地批评他们呢？还是站在他们的对面反对他们呢？每个中国人对于这三项都有选择的自由……”

他心中没有丝毫疑虑。只能选择第一条道路，他说道，“一切革命同志须知：国民革命需要一个大的农村变动”，无须担心过分。“革命不是请客吃饭，不是做文章，不是绘画绣花，不能那样雅致，那样从容不迫，文质彬彬，那样温良恭俭让。革命是暴动，是一个阶级推翻一个阶级的暴烈的行动。”

在这些调查发现的基础上毛泽东把自己的旗帜和农民事业挂在一起。他后来告诉埃德加·斯诺：“谁赢得了农民谁就赢得了中国，谁解决了土地问题谁就赢得了农民。”[1]

和萧瑜进行的考察和五个星期的农民调查为毛泽东的长征之路提供了热身。从秋收起义开始，毛泽东一直住在农村，有时候骑马，有时候使用自己的两条腿。他的肌肉变得强壮、坚硬，但现在他的身体却由于疟疾的长期肆虐而变得虚弱。傅连暲医生有最好的奎宁，能够在病症发作的时候平息症状，但却不能成功地让毛泽东重新健壮起来。[2]傅医生曾试图让毛泽东增加进食。有一天他给自己的病人带来一整只炖鸡，但是毛泽东说这是搞特殊，最后让医生自己分着吃了半只。

现在和将来的一段时间内毛泽东只能躺在担架上前进。担架主体由两根坚韧的空心竹杆组成，中间是绳网，十分轻捷，像水手的吊床一样可以上下左右摇晃。毛泽东的身体——非常消瘦，足有6英尺（约1.82米）长——深深地陷在担架里，决不会因为睡觉而掉到外面，因此也不用把自己绑在担架上。两个壮实的年轻战士抬着担架，把竹杆搁在肩膀上。竹杆很长，他们还可以看得清脚下——这在狭窄的山道上尤其重要。[3]

有些担架上还盖着油布或者油纸，可以在雾雨蒙蒙的山里给担架上的人提供遮挡。毛泽东在雨里也一样睡得着，他经常如此。

把担架上的人员名单列下来几乎就是一个共产党高级领导的名人录。周恩来的妻子邓颖超当时得了肺结核，有时还要咳血，长征一路主要都在担架上度过。[4]

1984年胡耀邦担任中共中央总书记，1934年的时候他是团中央领导，长征才开始三天他就害上了疟疾，直到一个多月以后才康复。他认为如果没有担架和医生的精心疗治自己恐怕活不下来。[5]

担架于是成了一系列政治讨论的场所，这些讨论为毛泽东重掌大权铺平了道路，使他接管了长征的指挥权，挽救长征于危难。

这些谈话都围绕着毛泽东，前旧金山编辑洛甫和负伤的政治局委员、“布尔什维克”核心成员王稼祥之间展开。王稼祥整个长征都在担架上度过，初期的时候他的担架都紧挨着毛泽东。晚上宿营也在一起，他们俩不断谈着谈着。负伤的王稼祥沉默寡言，酷爱读书。和毛泽东一样他也出身于富农家庭，他的父亲希望他能够接管家族生意。但是他坚持接受教育，去了上海，到进步的上海大学读书，然后加入了激进的青年运动，1925年去了莫斯科。他不能完全算是“二十八个半布尔什维克”中的一员，但是他支持他们的路线。

王稼祥很瘦，非常瘦。负伤之前就瘦，负伤之后更瘦，一辈子都瘦。他有些国字脸，他的妻子朱仲丽认为他前额挺阔，讲话很有架势，不像毛泽东那么朴实，却多了一丝风趣。他最喜欢的书是中国的经典《红楼梦》，但其实他什么书都读，从苏联回来以后他特别喜欢看高尔基和托尔斯泰的书。

担架上和篝火旁的碰头使毛泽东和王稼祥有机会了解对方，一起分析江西和长征中发生的事情。毛泽东提出了战术上的错误，特别是广昌大败中的问题。毛泽东的分析让王稼祥印象深刻。不到一个月他就被争取到了毛泽东一边。多年后毛泽东声称自己和李德、博古交手之所以能够胜出，王稼祥居功至伟。[6]

这几个月中洛甫与毛泽东也越靠越近了。夏天在云石山里的讨论让他在毛泽东的问题上坚定了自己的立场。4月份广昌一役失利以后洛甫对博古提出了尖锐的批评。伤亡太惨重，用堡垒对抗堡垒纯粹是无稽之谈，在这样的道路上走下去红军注定要失败。

李德不会中文，没法听懂两个人激烈的争吵，但是他猜得出来争论的焦点。他希望能劝说两个人和好。“你们都是苏联回来的，”他说，“你们必须齐心协力。中国革命要求你们齐心协力。”

李德的恳求未能见效，洛甫与他们越走越远。他发表了一篇文章称中国共产党人不但要跟蒋介石作战，还要跟“左倾机会主义”和一面倒、唯苏联至上的路线作斗争，矛头直指博古和李德。[7]

没过多久毛泽东、洛甫和王稼祥一致同意，只要有合适的机会就要求开会解决军事领导权的问题。到了这个时候，李德和博古已经失去了翻身的机会。[8]

李德对“担架上的谋划”一无所知，但他知道毛泽东正在四处游说，这对他的事业不利。在回忆录中他抱怨说毛泽东走东串西，一会儿和这个指挥员谈话，一会儿和那个指挥员谈话，谈话越多，对博古和李德的不满情绪就越高涨。

毛泽东、洛甫和王稼祥三人后来被称作“中央小组”[9]，或者用李德的话来说是“中央三人团”。不管到底叫什么，这三个人正在逐渐取得长征的指挥权。[10]

在晃动的担架上挥斥方遒的毛泽东不是什么苏联人和中国的“布尔什维克”嘴里蔑称的乡下泥腿子。这样的说法只能说明他们的无知。中国的“布尔什维克”大多只有二十多岁，在莫斯科中山大学（后来改名为东方劳动者共产主义大学）里由同样年轻的巴威尔·米夫和他的团队填鸭式地塞满了马克思主义的各种辞藻。

1976年9月9日毛泽东逝世、“四人帮”被逮捕瓦解以后，在邓小平的领导下中国有了新的更加贴近真实的学术研究，这才使得我们有可能把真实的毛泽东从造神者创造的单一形象中解放出来。

毛泽东比中国的“布尔什维克”年长一辈。红军总政治部主任、政治局委员王稼祥1934年的时候28岁，他在莫斯科受过三四年的培训。长征开始的时候博古27岁，他在18岁到22岁之间在莫斯科待过四年。博古的领导、“布尔什维克”常驻莫斯科的代表王明当时30岁。洛甫年纪要长一些，当时34岁。

毛泽东没有留过学。在“一战”接近尾声的时候有一大批中国学生去欧洲留学，周恩来和朱德都是其中一员，但是毛泽东没有去。他也没有对莫斯科的圣坛顶礼膜拜。

毛泽东在韶山冲的一个农民家庭里出生长大。他的故乡离湖南省会长沙不到40英里（约64公里）远。但是这40英里好像遥遥无际，他直到快20岁的时候才跨出这一步。韶山的两千多名居民大多都姓毛，像中国的大多数村庄一样，这里是一个宗族的村落。毛泽东的父亲是一个心地强悍、向往出人头地的农民，在俄国他这种人会被称作是富农（kulaks，译者注：意思是拳头，沙俄后期用来指富农阶级）：强硬、贪婪、野心勃勃、爱财如命。毛泽东的祖父曾经由于借贷而失去了自己祖传的田地。毛泽东的父亲凭一己之力把祖产又赎了回来，并且把田地扩展到四英亩，总共可以年产稻米七吨左右——那个时候这样已经可以生活得不错了。[11]

毛泽东的父亲下定决心送自己的大儿子上学，部分也是因为自己的关系——他自己越做越大，开始介入粮食生意和放贷。他自己是文盲，需要有一个识文断字的儿子帮他，同时还可以管账。他也希望毛家人能在世上显身扬名。

毛泽东7岁的时候开始上学。从4岁起他就和所有其他农村儿童一样在田里帮忙干活儿。他去的学校是村里的私塾，但是五年间他学到了一些经典：孔子的《论语》、《孟子》，还有《春秋》的左丘明注释版《左传》。

很多年后毛泽东曾表示对自己之前研究过的中国古典思想不屑一顾。他告诉罗伯特·白英：“我从八岁的时候就恨上孔子了。”[12]但是真实的情况是他把四书五经吸收进自己的思维体系之中，著作之中时常引用孔子和孟子来画龙点睛。在他生命中的最后十年，每每可以从照片中看到他总是在自己的书房接见有身份的访客。书房里从地板到天花板都高高地堆着中国古典文献。中国古典思想深植于他的脑海，在他所构建的复杂的个人思想体系中根深蒂固。他说自己要“古为今用”。[13]

对毛泽东在中国当时首屈一指的师范院校长沙第一师范学院的课堂里记下的笔记进行研究，就能够发现他是如何把孔子和孟子的思想收为己用。孔子和孟子都支持改变现实，而不是逃离现实，这在毛泽东思想中占据着核心位置。

在毛泽东的笔记本上他抄录了孟子的慨叹：“夫天未欲平治天下也，如欲平治天下，当今之世，舍我其谁也？”

毛泽东在下面还引了宋代政治家范仲淹（989—1052）的话：“先天下之忧而忧。”

这些思想都为毛泽东后来的政治生涯打下基础。[14]

毛泽东曾经孜孜不倦地阅读中国杰出的传奇小说《三国演义》、《水浒传》[15]、《西游记》。他对《三国演义》和《水浒传》里的故事耳熟能详，一直到去世前都在不断重读这些改编自中国真实历史的小说故事。他对这些故事多有评论，还曾经把它们用做游击战的教材。他的敌人曾说他在井冈山和长征中所用的战术不过是从《水浒传》中学来的三脚猫，他们一语中的，这其实是对他的褒扬。

毛泽东还读过孙武子在两千四百多年前写的中国军事战略经典《孙子兵法》以及曾国藩和胡林翼所做的评注。这两个评注者曾经非常紧密地合作，因此被称作“曾胡”，就像毛泽东和朱德被称作“朱毛”一样。

在中国传统思想的坚实基础上毛泽东对世界展开了广泛探索。他发现了19世纪晚期腐朽的晚清帝国的批判者和改良者所写的著作，尤其是郑观应的《盛世危言》。郑观应号召中国学习资本主义和现代西方体制。毛泽东备受打动。他这样的学习却是在压力重重的紧张气氛中进行的，因为他的父亲希望他专心学习算术和记账，哲学探究对他来说毫无用处。

对毛泽东早期影响很大的其实是他的母亲。他很爱护母亲，对她的情感一次次诉诸言表。她是一个勤劳、善良、细心周到的女性，时时准备帮助有需要的人。她有时候会把稻米赠与挨饿的农民——这时候总是避开自己铁石心肠的丈夫。她笃信佛教，因为她的影响毛泽东开始信仰佛教。他的母亲生病的时候他会向佛祖祷告乞求母亲康复，15岁的时候他曾经一路虔诚地走去衡山上的大庙礼佛。衡山离韶山有一百多英里（约160公里）地，是中国五岳之一。像所有虔诚的佛教徒一样，他在去庙里礼佛的路上一步一拜。

1919年毛泽东的母亲逝世，他写了以下祭文：

头脑精密，劈理分情。

事无遗算，物无遁形。

……

病时揽手，酸心结肠。

但呼儿辈，各务为良。

毛泽东很快就不再信佛了，但是佛教理念在他的思想中留下了深深的痕迹。学者李锐曾经担任毛泽东的私人秘书，直到毛泽东将他放逐，后来被送进监狱达二十年。他认为佛教思想让毛泽东确信，社会变革需要先破后立。

“宇宙之毁，”毛泽东在师范学院的笔记中写道：“决不终毁也，其毁于此者必成于彼无疑也。吾人甚盼其毁，盖毁旧宇宙而得新宇宙。”[16]

毛泽东下一步的进学是在和父亲大吵一场以后才得以实行的。他的父亲希望他给湘潭的一个粮商打工，为以后参与毛家不断扩大的家族生意做准备。这个时候毛家已经住上了一栋大房子。毛泽东、他的两个兄弟和毛家过继来的妹妹都有自己的房间，父母住在一个大房间里，冬天和夏天使用不同的厨房，客厅很大。房子还另有一个厢房，可能也是给毛泽东的，但是由一家邹姓的亲戚居住。这样的住所在今天的所有参观者看来都不能算是一贫如洗的穷人家所住的农民小屋。外面有个漂亮的小池塘，养着鲤鱼和鸭鹅，还有空间充裕的谷仓。附近都找不出更好的房子了。

毛泽东和父亲的争执以他自己的胜利告终。1910年初他进入东山高级小学读书，在那里他学习了科学、英语和中国古典思想。他从来没能学会一门外语，但是差不多一直到逝世以前他都在艰难而认真地学习英语，努力把难懂的音节塞进脑子里。毛泽东在写作和演讲方面展现了极大的天赋，还交到了两个好朋友：萧氏兄弟，萧三（萧植蕃）和萧瑜。

毛泽东的世界又一次突破了局限。萧三借给他一本书，叫《世界英杰传》。毛泽东因此得以第一次接触到乔治·华盛顿、亚伯拉罕·林肯、拿破仑、卢梭、彼得大帝、孟德斯鸠等人的故事。他对华盛顿尤其着迷。多年以后毛泽东告诉埃德加·斯诺："第一次听说美国是因为看了一篇文章，写的是美国革命，里面有一句话大概是：'经过八年艰苦战争，华盛顿赢得了胜利并建立了一个国家。'"当时毛泽东对萧三说："中国应该有华盛顿这样的伟人。"如果说那时候他就开始思考走华盛顿曾经的道路，应该也不算言过其实。[17]

也就是在这个时候，毛泽东开始了解到两个中国改良派领袖的思想。改良运动在1894年中国战败于日本和1900年义和团运动以后逐渐升温。改良派领袖是康有为和梁启超，毛泽东接触到他们想法的时候两个人的影响都已经趋近尾声。外面的想法要传进偏远的湖南总是要滞后不少。慈禧太后和傀儡皇帝的死讯也是两年之后才传入毛泽东的耳中。

但是毛的脚步越跨越大。阅读和思考一段时间以后他去了长沙，正好碰上1911年孙中山支持的革命。毛泽东剪去了头上的辫子，象征他已经与旧世界决裂，然后投身于这场变乱中。他当时写了一篇文章，很能体现他此时脑中正在酝酿的一团混杂的思想。他号召建立新政府，由孙中山担任总统，康有为担任总理，梁启超担任外交部长——这样的政府好比是罗纳德·里根当总统、沃尔特·蒙代尔担任总理、乔治·麦戈文担任外交部长。后来他借了一双胶鞋，试图赶往武昌加入革命，因为他听说那里时常下雨。但是还没有穿上这双鞋革命就自己来到了长沙。他报名参加了新革命军——其实这支军队并不十分革命。

六个月后，毛相信革命已经结束，于是离开了军队，开始四处寻找可以读书的学校（他考虑过一所警察学堂，一所法政学堂，一所商业学堂，甚至还有一个教授制造肥皂的实业学校），最后决定在省立图书馆里自学。在那里他如饥似渴地阅读亚当·斯密的《国富论》，达尔文的《物种起源》，约翰·斯图尔特·穆勒及卢梭的著作，斯宾塞的《逻辑》，孟德斯鸠的《法意》，还有关于欧美历史和地理的作品。他还阅读中国诗词和希腊古典文学的中译本，像吃面条一样狼吞虎咽。兴趣一步步从中国的传统思想转向18、19世纪的欧洲哲学，再到当代社会批判。欧洲作品有很多都是由改良主义者严复翻译的。毛泽东读过他翻译的每一部作品。

在接受了如许丰富的中西思想滋养之后，毛泽东进入长沙第一师范学院学习。那是1913年，校长对入学考试中毛泽东写的文章如此评价：“这样的文章，我辈同事中有几个做得出来！”

长沙第一师范学院是促使毛泽东思想成熟的温床。在那里他一共待了五年半时间。对他影响最大的是伦理学教授杨昌济。他曾经在日本和英国留学十年，以博学闻名，被称作是“长沙孔夫子”。在这里毛泽东还遇见了后来和毛泽东一起进行长征的“徐老”徐特立。其他还有教授方维夏和一群愿意和他一起加入共产主义运动的同学——蔡和森、何叔衡、陈昌、罗学瓒和张昆弟，他们都为革命付出了生命。[18]

李锐在研究了毛泽东这个时期的笔记以后发现，很难将毛泽东自己的想法和杨昌济分离开来。两个人的思想已经被融成一体。毛泽东渐渐地把自己了解的不同的想法凝成一个连贯的学说。他在弗里德里希·泡尔生的《伦理学原理》上写下了洋洋一万二千字的批注，清楚地证明他的思想已经成型。

他写道："世界固有人有物，然皆因我而有也，我眼一闭，固不见物也。"后来这被他定为一条原则："学皆起于实践。"

在长沙师范学院大门的石头上刻着以下铭文："实事求是。"这是"徐老"的字迹。毛泽东后来把这句格言当成了自己政治思想的基石。

毛泽东像海绵一样饥渴地吸收知识。他以前从来没有读过报纸。实际上他之前连报纸是什么样子都不知道。现在他却不放过自己能找到的任何一页有印刷字体的纸张。

泡尔生是康德的信徒，因此毛泽东开始发掘德国人的思想。1918年6月，毛泽东自长沙第一师范学院毕业，当时列全班第三名。他的同学评他为品格第一、勇气第一、智力第一。[19]有些教授则认为他过于独立、过于质疑、过于倾向打破规则。

蔡和森是他的同学，两人未来同为中国共产党奠基人。有天晚上他在蔡和森家里说："中国如何才能出一位像托尔斯泰那样摒弃所有旧思想、带来新思想的伟大哲学家和伦理改革家呢？"[20]

毛泽东毕业的时候25岁。他已经熟读孔孟和中国的伟大文学作品。他了解佛教思想和西方哲学思想。他自学了欧美的政治形势。他吸取了中国的军事智慧和孙中山的改良思想。他已经成为了一个雄辩的演说者、诗人、爱国者，一个年轻而正在快速步入成熟的哲学家。他了解中国的传统，他和中国的土地生活得很近，熟知这片土地上的人民、农户、问题、特殊的遗产和政治疾病。他明白中国必须变革，而他正在让自己做好准备领导这样的变革。

毛泽东了解外面的世界。他关注第一次世界大战的发展。他知道冯·兴登堡、德皇威廉二世、伍德罗·威尔逊、克里孟梭和福煦的大名。他从阅读中了解俄国革命，华盛顿是他的楷模。[21]

但据现有的证据看，他直到1918年6月前还没有读过马克思或者列宁的片言只字。他知道列宁和托洛茨基参与了1917年的俄国革命，但是在他所有的笔记本里都找不到"共产主义"这个词语。他的朋友、老师或者熟人后来也没人能记起他当时知道或者听说过《共产党宣言》或者《资本论》。

但是毛泽东正面临剧烈的转变。从长沙第一师范学院毕业以后他出发去北京，旅程的很大一部分都是徒步。到北京以后几个星期内他就通过李大钊的作品和谈话开始首次接触到马克思主义。之前他已经在阅读李大钊主编的期刊《新青年》。但是他在1919年以前肯定还没有研究过《共产党宣言》，因为直到那一年才出现这本书的中译本。但是在脑海里他已经被俄国革命深深吸引。他后来自己说："有三本书特别深刻地铭刻在我心里，使我树立起马克思主义信仰。"这三本书是《共产党宣言》；卡尔·考茨基（列宁的死敌，德国社会民主党的创建者）的一部作品，书名他已经记不清了；以及一部粗制滥造的作品《社会主义史》，作者是托马斯·柯卡普。他对马克思主义了解得不多，但是他感到他所信仰的东西就在其中。那时候的毛泽东和60年代的那些激进的美国青年有异曲同工之处。这些美国人自称是"毛主义者"，但实际上却没有读过毛泽东写过的任何一句话。

毛泽东开始称自己为马克思主义者，但这并不能解释他的思想。他依旧相信门罗主义，乔治·华盛顿的形象依旧是他的楷模，他也依旧相信美国独立革命和建国的进步性。像很多中国青年一样，无政府主义和克鲁泡特金也深深地吸引着他。

毛泽东在二十五六岁的时候——如同他四十岁在担架上进行长征时一样——是一个学富五车，具有全面、丰富知识的人。马克思和列宁的思想没有落在一张完全空白的纸页上，而是在一个知识广博、深刻锐利的头脑所提供的丰沃土壤中生根发芽。

毛泽东长征中的同事里没一个人有他那样广泛多样的知识。尤其是那些中国"布尔什维克"，他们几乎全部出身于中国的中产知识分子阶层。他们对中国的社会情况所知甚少，对八成中国人民所居住的农村更是什么也不知道。在斯大林为培训后列宁时期政治机器人准备的温室里，他们被填满了自说自语的利己辩证。斯大林和他的共产国际对培养拥有自己思想的中国青年毫无兴趣。

他们需要的是能够永远把苏俄和苏俄利益放在首位的人形工具。

马克思主义、中国古典哲学、常识和中国落后农村的独特状况被毛泽东整合在一起，融锻成一股独特的思想。在这股思想和他强大的思维能力面前几乎无人可以抗拒，不管目标是26岁的中国“布尔什维克”，或是像朱德一样四十多岁的将军，还是像林彪一样雄心勃勃的年轻人。

对所有了解毛泽东底细的人来说，“担架上的谋划”最后的结果并不让人感到意外。

注释

[1] 埃德加·斯诺：《复始之旅》（*Journey to the Beginning*）第173页，1967年纽约出版（译者注：也译作《旅行于方生之地》）。

[2] 刘英：1984年6月14日北京个人采访。

[3] 钟伶：1984年6月11日西安个人采访。

[4] 刘英：1984年6月14日采访。

[5] 胡耀邦：1984年6月14日采访。

[6] 朱仲丽：1984年10月30日北京个人采访；刘英及伍修权采访。

[7] 胡华：1984年3月23日采访。

[8] 伍修权：1984年3月28日采访

[9] 刘英：1984年6月14日采访。

[10] 李德：《中国纪事》第88页。

[11] 韩素音：《早晨的洪流》第10—11页；罗斯·特里尔：《毛泽东传》（*Mao*）第5—6页，1980年纽约出版。

[12] 罗伯特·白英：《毛泽东》（*Mao Tsetung*）第30页，1962年纽约出版。

[13] 这个锐利的分析出自中共中央组织部副部长李锐1983年12月发表在《时代报告》（*Report on the Times*）上的文章，旨在纪念毛泽东诞辰九十周年。1984年4月和5月的《北京周报》（*Peking Review*）上刊载了此文的英文译文。据李锐估计，毛泽东在长沙师范五年半时间里所作的笔记达百万字。

[14] 此处对毛泽东读书经历与哲学发展的描述主要基于李锐进行的研究。毛泽东的笔记本本来放在韶山家中的篮子里。蒋介石对共产党下手以后，由于担心报复，所有笔记本均被销毁，仅有一本留存下来。

[15] 赛珍珠曾经给过一个译本（翻译质量不高），题为《四海之内皆兄弟》（*All Men Are Brothers*，1933年纽约出版）。

[16] 出自李锐的说法。毛泽东曾经跟斯诺讲过母亲的品格（斯诺：《西行漫记》第115—116页）。

[17] 毛讲给萧三的话出自1984年4月30日《北京周报》第23—24页李锐一文。斯诺曾写道毛泽东"研究和采用"了华盛顿的游击战术，这种说法似乎有些言过其实。毛泽东没有渠道研究华盛顿的军事行动实例。更可能的情况是华盛顿用一支规模不大的部队与英国人作战多年，不与敌人优势兵力正面对抗，而是保持运动，最后取得胜利，这样的成功启发了毛泽东（斯诺：《复始之旅》第169页）。

[18] 以上皆出自李锐的说法。方维夏是长沙第一师范的学监主任，也是李锐父亲的朋友，他参加了革命，但长征开始后被留在中央苏区，1935年在赣西被国民党杀害（李锐：1984年10月26日北京个人采访）。

[19] 李锐：《毛泽东同志的初期革命活动》（*The Early Revolutionary Activities of Mao Tsetung*）第52—53页，1977年纽约白原出版。

[20] 李锐：前书第34页。

[21] 乔治·华盛顿后来也成为了另一个亚洲革命家——胡志明的楷模。

第八章
妇女

毛泽东的妻子贺子珍在长征时并没有走在毛泽东身边。夫妻在一起不符合规定，而这个规定对夫妻来说很严格。长征时红军主力部队只有30个妇女干部，其他还有一些零星的护士和卫生员是女性。不是所有红军部队都这样。红四方面军就有两千多妇女，还组织了一个特殊的妇女独立团，曾经参加过一些惨烈的战斗。

关于夫妻不能在一起的规定有一个例外。朱德和他23岁的妻子康克清不受这条规定的约束。长征过程中他们几乎每天都在一起，但这是有特殊原因的。康是一个战士，一个神枪手，身上总是带着两把手枪和一支毛瑟枪。有时候为了帮助疲惫的战士她会在肩上扛上三四支步枪以作表率。

康克清是一个强健的农村妇女，父亲是个渔夫。1929年1月朱毛下山转移前不久她和朱德在井冈山成婚。那时候她才17岁，朱德43岁，他的前一个妻子伍若兰也是革命者，在1928年被国民党处决。康克清自15岁起就在山里打仗了。

和其他大多数妇女一样，她分到了一匹马，但很少骑。她一般都扛着额外的枪支步行。长征结束后她告诉海伦·斯诺自己不觉得长征有那么了不起，她说“就像是每天出去走一趟”。[1]

“是的，”近五十年后康克清女士说，“我是这么对海伦·斯诺说过。”

1984年的时候康克清已经成为中国共产党的一个自信坚强的领袖。很多年来她都是共产党妇女活动的领导之一。她是一个公共演说家，政策制订者，一个女政治家，毕生都投注在重要的政治社会事务中，而不是从事军事事务，这和她在长征中得到的期许并不相同。

她对长征的感受没有改变。

“我走得快，骑得好，”她说。“一般我都走在蔡畅（另外一个女共产党领导人）还有其他一些留过学的领导人他们一群人前面几十米。他们整天都要讲自己的经历，讲留学时的事情，讨论吃过的好吃的，还有去过的地方。”

“他们每天都说说笑笑。这样的表现鼓励了我们。他们有时候放声大笑，有时候开玩笑，有时候一起唱《马赛曲》。没错，我是告诉过海伦·斯诺长征就像是在野外散步。周围全是这样的乐天派，我还能怎么说呢？”[2]

但是她的同伴，不论男女都不会有太多人同意康克清的想法。长征是艰苦、危险的行动，从始至终都是这样。

由于有孕在身，贺子珍长征时待在休养连，她和大部分妇女都被分配到这里。只有周末和连续几天宿营休整（这在长征初期很少见）的时候她才会和毛泽东见面。跟其他夫妇相比他们可能见面的机会稍微多一点，但是也很有限。[3]“星期六之夜”的规定自井冈山时期开始就一直生效。如果妻子要照顾生病的丈夫则可以例外。这条规定在整个长征过程中一直雷打不动。

现在在世的指挥员和医疗官都坚称在长征中没有出现重大的两性关系问题。长征过程中红军人员很少和路上的妇女发生接触，当然这里面也包括主力部队中的妇女。但是朱德在1936年告诉海伦·斯诺，长征开始的时候曾经出现过强奸的问题，但在加强纪律以后很快就控制住了。强奸者在公审以后被枪毙。到延安以后也从来不是问题，但陕北的市民中梅毒很普遍。

红军部队里盛行清教徒式的禁欲，尽管红军领导人从原则上讲已经打破了他们所谓的封建两性观念。没有正式许可战士和军官都不能结婚。甚至在长征以后普通战士也未被允许结婚。干部和军官可以结婚，但是也不会轻易得到许可。

很多年后，当毛泽东与贺子珍离婚的问题出现以后，党不得不考虑并裁定是否允许这样做。红军从很大意义上说是由青少年和非常年轻的成人组成。54%左右的战士年龄在24岁以下。傅连暲认为九成人都没有性经验。[4]长得好似灰胡桃，曾经被卖作童养媳的危秀英记起一位年轻战士的大惊小怪。那时候他们在一起渡河。她的黑裙子翻到了臀部上面。然后那个男孩子惊叫了起来："你负伤了吗？"她意识到他看到了自己的经血。他不知道女性有经期，对这一点他和很多男同志一样都很无知。[5]

影响男女之间关系的不仅仅是无知和规定，还有一起艰苦奋斗的同志关系。小个子刘英当时还未与洛甫结婚，她说红军的男性与女性一起工作时完全把两性情感排除在外。

刘英说："快一年的时间里我们朝夕相处，有时候甚至睡在一起。睡觉的时候连衣服都不脱。敌人就在附近，我们又都很累了。找不到门板可以拆下来当床睡。我们筋疲力尽，在茅草上倒头就睡。"[6]

正因为如此，红军的高级干部对李德提出的性要求感到十分为难，不论男女都一样。李德1933年10月到达苏区以后，他似乎认为红军和其他某些军队是一样的。他指望有营妓随他一起睡觉。但是在苏区这块被包围的土地上没有妓女。红军尽力为李德寻找性伙伴，但是也不成功。[7]中国女性很快拒绝了他，认为他个子大，动作粗暴，她们的身体承受不了。[8]

李德的独立房子离共青团的宿舍只有短短的一段路。共青团的一位领导人妻子非常漂亮，李德一见倾心，希望能够让她成为自己的床边人，于是送给她很多礼物（中国共产党人对李德的不满一部分是因为他的食物和配给比其他任何人都好）。李德的追求笨手笨脚，很快那个丈夫就了解了情况。一些干部

（可能包括伍修权）赶紧想办法挽回局面，他们替他找到了健壮的年轻农妇萧月华。萧那时在胡耀邦手下工作。现在的共产党总书记（1986年）胡耀邦当时是共青团的领导。

萧月华长相并不出众，但是她生性顺从，身体强壮。于是她和李德成了“战时夫妻”。红军待在苏区的时候他们一直生活在一起，但是长征开始以后萧月华和其他大多数妇女一样都去了休养连。这带来了麻烦。萧月华和李德都对此不满。他们经常吵架，萧月华也和她的妇女同志争吵。周恩来的妻子邓颖超，康克清还有其他一些人一天到晚都在想办法息事宁人，但是徒劳无功。[9]

“他们怎么可能过得到一起去？”50年后康克清如此反问。“他们怎么可能有交流？他一句中文都不会说。而她只会讲中文。他们怎么办？让伍修权将军随时给他们翻译？我不知道萧月华心里到底怎么想——但是他们一开始怎么能处得好呢？我想作为妻子她还是把李德当作是共产国际和革命的代表。他们之间没有共同语言。”

“不管怎么样她还是和丈夫过到一起去了。我们有句老话，叫嫁鸡随鸡，嫁狗随狗。”[10]

中国的著名作家丁玲对萧月华不屑一顾。“她只不过是个乡下土包子。”她说，“她是傅连暲医生手下的卫生员，业务不怎么样。”丁玲说红军感到有义务让李德受到合适的照料。他需要一个女人，红军就给他找了一个。“他的待遇很好。”她说道。[11]

萧月华随李德一起来到了延安。在他的指导下她甚至学会了烤面包，还给他生了个男孩儿。孩子肤色很黑，毛泽东曾经开玩笑说这有违日耳曼人的人种优胜论。海伦·斯诺说最终萧月华起诉和李德离婚，整个过程充满丑闻。她要求每个月给600元赡养费。离婚被准许了——但她是否如愿以偿拿到了赡养费却没有下文进行说明。[12]她后来去了长沙，在那里工作了很多年，到1983年方才去世。她死的时候，胡耀邦亲自过问，满足了她的遗愿，在她的棺材上盖上中国国旗和党旗。

妻子们大都不是家庭主妇。康克清声称她从未照料过朱德，他有自己的警卫员给他做饭，给他缝扣子。他们也给她做饭吃。康克清自己也没有家庭生活的背景。她的渔夫父亲一贫如洗，因此家里把所有的女孩儿都处理了，每个都给了其他农民——他们甚至都不要钱。这些女孩儿有些成了仆人，有些干农活儿，或者成为了厨房的杂役。康克清一个月大的时候就被送走了，然后一直做仆役，直到15岁的时候逃跑参加了红军。朱德的出身跟她如出一辙，他家里溺死了五个孩子，因为没有办法把他们养大。他被送给了一个无子的亲戚，和地主的儿子们一起上学。如果他是女孩儿，可能一出生就被淹死了。可能正是因为两个人的出身朱德和康克清如此紧密地联系到了一起。康克清只是一个普通战士，嫁给朱德以后她开始被期望去干政治工作。在长征出发之前，她正巧跟一个营约八百人一起工作。指挥员在一次袭击中牺牲了，大家让她指挥，结果把敌人击溃了，红军战士称她为“大闺女指挥员”。她从来没想过安定下来生孩子过日子。长征结束以后她一头扎进了相关学习，希望自己能够成为一个高级军官。[13]

贺子珍的情况不同。她喜欢照顾毛泽东，一有机会就这么做。她的厨艺很好，经常给他做爱吃的辛辣的湘菜。毛泽东很喜欢吃辣椒，特别爱喝贺子珍做的辣椒汤①。要是你不喜欢红辣椒你就不是一个优秀的革命者，毛泽东喜欢这么对李德说。李德爱吃的是德式醋焖牛肉和酸泡菜，所以很不喜欢毛泽东这么讲。[14]

贺子珍很漂亮，但性格急躁，是个热情的革命者。长征开始时她24岁，在井冈山见到毛泽东的时候只有十七八岁。[15]

贺子珍不是毛泽东的第一个妻子，他曾经被父亲强迫结了一次婚。那时候他15岁，父亲选定的妻子比他大四五岁。他循礼走完了仪式，但是却不肯碰那

① 毛泽东的饮食习惯很奇怪。他最喜欢的早餐——如果可以搞到的话——是美国燕麦粥和炼乳，燕麦里还要打两个生鸡蛋。

个年轻的女子。她的名字从来不为人知（因为这次婚姻是个并不尽善尽美的丑闻）。[16]

贺子珍也不是毛泽东的第一个爱人。他的第一个爱人和真正意义上的妻子是导师杨昌济的女儿。毛是跟着杨昌济去北京的，在那里他同时爱上了马克思主义和杨开慧。杨开慧是个苗条聪慧的女人，比毛泽东小八岁，也投身于新中国事业。两个人对革命志同道合，在工作上携手共进。

毛泽东和杨开慧这样的年轻人时常嘲笑中国的社会风俗。他们取笑传统婚姻。毛泽东最好的朋友及同为革命者的蔡和森和年轻的湖南女性向警予在1919年前去法国的轮船上相爱。后者被很多人认为是革命精神的代表。他们用自己的方式结婚。他们在巴黎办了婚礼，拍的结婚照上是这对年轻夫妇，在突出的位置上是一本卡尔·马克思的《资本论》，下面写着中文字“向”和“蔡”。这两个字一起是个别出心裁的双关语，翻译过来的意思是“结合向上”（译者注：据说两人将恋爱中互赠的诗作编印成书分发给众人，题为《向上同盟》，因此之后两人的结合也被称作“向蔡同盟”，作者的描述出处应为此事）。每个人看到他们把新娘的姓放在新郎前面又惊讶又赞同。[17]这一对夫妇在所有革命者的结合当中是最悲惨的。向警予在汉口法租界被捕并移交给国民党，1928年5月1日凌晨4点被处决。1931年蔡和森在香港被捕并移交给国民党。国民党把他四肢岔开钉在墙上，用棍子活活打死，之后还把他的胸腹砍成碎片。[18]

毛泽东和杨开慧对传统婚姻习俗的反抗姿态和他们的朋友相比并不十分激烈。他们只是简单地宣布正在进行“试婚”，而这次婚姻持续了很多年。杨开慧生了三个儿子。毛岸英生于1922年，英俊有才，1950年在朝鲜死于美国炸弹袭击；毛岸青生于1923年，1984年的时候还健在，生活在北京，妻子叫邵华；第三子叫毛岸龙，1927年在武汉出生。[19]

毛泽东在1927年开始着手秋收起义的时候将杨开慧留在了长沙，他们之后就再也没有见过面。杨开慧在1930年10月末被国民党抓获。她在长沙东郊住所的房子里被捕。毛岸英当时和她一起被捕，并被投入监狱。国民党让她背弃毛泽东。她拒绝以后敌人对她严刑拷打，这些可能都被毛岸英看在眼里。1930年11月4日在长沙的浏阳门外由行刑队对她执行枪决。保姆陈玉英把毛岸英带回了家。毛泽东的妹妹毛泽建（实际上是他的堂妹）也是地下党，她比杨开慧更早被捕，1929年8月20日在衡山被害。两者除了跟毛泽东的关系以外其被害之间并无关联。但是杨开慧被害则与毛泽东在共产国际授意下于1930年9月对长沙开展的一次并不成功的进攻直接相关。毛泽东的军队退却以后，国民党政府的省长在长沙围捕并枪决了很多共产党人和共产党可疑分子，杨开慧是其中一员。[20]

“文化大革命”期间有一张大字报说毛泽东的几个儿子后来由他们的姑姑照看，有一段时间他们由一位基督教牧师照料。后来他们被送往上海，进入一所共产党秘密监护的学校读书。但是学校暴露了，警察把孩子们赶上街头。毛泽东的孩子因此就在街上生活，靠乞讨和卖报维生。他们有时住在门洞里，有时住在破庙里，在庙前他们贴了一张纸，写道：“卖故事，一个故事一分钱。”最终孩子们被解救出来，送往延安。

毛泽东与杨开慧离别前几年也已很少见面——他们经常在不同地方工作——但随着时间流逝，对她的回忆越来越深地铭刻在毛泽东的脑海里。1957年毛泽东发表了一首时时萦绕在他心头的诗词，名为《蝶恋花·答李淑一》，词中写道：“我失骄杨君失柳……泪飞顿作倾盆雨。”[21]

1927年毛泽东和贺子珍在井冈山相遇。她是一个活泼的革命者，才刚刚从福音教会中学毕业，是个身材苗条、活力四射的好学生。她把生命投入到革命中来。上山加入毛泽东的队伍以前她已经在当地的一次秋收时的起义中参加过战斗了。

贺子珍不仅自己是个革命者（1926年她年仅16岁时就加入了共产党[22]），她的家人都在她父亲的推动鼓励下参与了同一事业。她的父亲开了家茶馆，是个小生意人，心里爱国，愿意支持变革。共产党人放弃江西走上长征以后，贺子珍的父亲是国民党报复性屠杀中的第一批受害者。贺家住在永新县的黄竹岭，在井冈山的北面，红军活动区内。贺子珍的母亲聪慧能干，掌管家务。1927年以后整个家庭都投入了革命工作。贺子珍的四个兄弟都各自参加了革命。其中一个在担任地下通讯员时被杀害。她的妹妹贺怡1927年加入了共产党，后来嫁给了毛泽东的弟弟毛泽覃。她在1950年死于车祸。当时她在福建找寻毛泽东与贺子珍的儿子小毛。小毛是1930年出生的，后来留给贺怡与毛泽覃照料。毛泽覃死后贺怡把小毛托给福建的一个农村家庭，后来再也没有找到。

贺子珍的父母曾经给她取名“桂圆”，一个雅致而富有诗意的名字，因为她出生在中秋节附近。名字的字面意思就是龙眼，跟荔枝相似的一种水果。她青年时觉得桂圆这个名字过于“软弱”，就改作了“子珍”，意思是“宝贵的孩子”。她是个美丽的年轻女人，皮肤很白，眼神清澈，平时生气勃勃。她对中国的古典思想和诗词很了解。学校里最早参与革命事业的人中就有她。她曾经带领同学一起剪去长辫子，还去一座庙里把佛像从神龛里推倒下来。她的声音圆润响亮，整个县里说到讲话没人比得上她。国民党在永新通缉的第一批人里就有她。1927年1月27日她参与领导了三个县的起义，从监狱里营救了28个共产党人，其中有她的一个哥哥，他们本来肯定会被处决。贺子珍的同志当时只有几支老掉牙的步枪，但是却闹出了很大的动静，一举成功（王佐的井冈山匪帮也参加了这次行动）。

贺子珍本来就在井冈山地区范围内活动，后来就跟毛泽东上了山。很快她就参与了危险的地下行动。有一次在农民的房子里假装成垂死的病人逃过追捕，还有一次救了毛泽东和朱德。当时他们在侦察中遭到了埋伏。她跳上马，双手都拿着枪，向前急冲十几英里，引开了敌人的注意，才使毛泽东和朱德得到了脱身的机会。

这样的功绩让她在游击队伍里赫赫有名。井冈山早期的很多战斗中贺子珍一直和她的男同志们并肩作战。[23]

毛泽东与贺子珍在1927年在井冈山相遇后不久就同居了，但是直到1930年杨开慧遇害以后才正式结婚。他们的第一个孩子是个女儿，在福建省靠近江西边界的地方出生。那是1929年7月到10月间，毛泽东因为疟疾病发不得不待在这里的一个山顶上养病。具体的出生日期和地点不详，可能是龙岩县的古田。

毛泽东在赣南和闽西北的根据地并不牢固，所以身体刚刚康复就很快转移了。孩子被交给农民照看，1932年毛泽东再去寻找的时候却发现找不到了。那时候正在打漳州中学战役，战斗的地点就在那个孩子托养的地方南面。1932年他们还在瑞金生过一个孩子，就是小毛，长征的时候留了下来。1933年贺子珍还生了一个早夭的男孩儿，傅连暲接的生，孩子没有活下来。

现在贺子珍也跟着西进，又怀了孕。毛泽东竭尽全力保护她不受长征艰苦条件的影响。红军从蒋介石的第一道和第二道封锁线中突出来以后，毛泽东把自己最好的警卫员吴吉清和王亚堂派去照看贺子珍。毛泽东自己没办法和妻子待在一起，虽然他们在队伍里相距并不甚远。贺子珍在休养连，而毛泽东则跟干部们在一起。[24]

毛泽东从早期还是激进学生时就诚心地支持妇女权利和妇女平等。他最早最重要的文章之一就是以此为内容的，“妇女能顶半边天”的说法是他新创的，但他不是长征的负责人。长征对那30名主力部队的女干部来说跟炼狱之行差不了多少。不管负责人到底是谁，反正他把事情搞得一团糟，什么都没有安排好。女干部之间、男女干部之间争吵不断。很多早期的问题都出在最基本的事情上——食物的配给和运送，谁来背米，谁来做饭，每次用多少米等等。妇女都很年轻，但她们中的很多人不像康克清那样以前是健壮的农民。整日整夜沿着石头山道爬上3000英尺（约900米），爬下2000英尺（约600米），再爬上3000英尺，然后穿过一个长3英里（约5公里）、起伏不平的隘口，再从头来过——她们的身体真的吃不消。

博古的妻子认为自己的经历是具有典型性的。长征开始的时候她27岁，她是工人出身，祖父以收集别人的粪便再卖给农民为生。小时候她就被卖给一个工程师当儿媳，那时她11岁。14岁的时候她逃了出来，在工厂里找了一份工作，每周工作六天，每天十六个小时。1927年上海大屠杀前她加入了中国共产党，后来被送去了苏联，在那里待了四年，和博古结了婚，然后到中央苏区工作了一年。

她有两个孩子，儿子出生于莫斯科，女儿出生于上海。长征开始前一个月，她正怀着第三个孩子，空袭时的一枚弹片击中了她的头部，她流产了。到1934年10月14日时她或多或少康复了一些，就和其他人一起徒步走出了瑞金。

三四年后她说起长征时回忆道，在早期实在是乏善可陈。

“行军很困难。”她说。“我的脚很酸痛，每天都得用热水洗。”

因为组织不善，妇女没有足够的食物，她们时时都很饥饿。男同志则称妇女干部待遇比他们好，而且带的米袋轻，这不公平。“于是男女之间就开始吵架。”博古的妻子评价说。

于是又尝试进行重新安排。妇女被放到一个单独的单位里，博古的妻子任队长，杨尚昆将军的妻子李伯钊负责粮食供应。严格执行纪律，决不拖后腿。情况大有改善。[25]但是像微型小老太危秀英总结的那样：“对妇女来说还是加倍困难。每天都有困难，每天都很难熬。”

小个子刘英被毛泽东从于都召回以后发现她被分到了中央纵队的第三梯队（大多数妇女行进时所在的休养连隶属第二梯队）。

第三梯队是后勤部门，有5000人，抬着沉重的印刷机、制钞设备、冲压机，还有制造枪支弹药的工具等等。第三梯队里的人大多是新兵或者非军队人员。抬着这些重物的有些是红军的人，有些不是。他们的任务不可思议。就算印刷机和机械工具已经分拆开来，也要六个人才能抬动一个齿轮，一个外壳或是一个钻头，而狭窄的道路很少能让两个人同时通过。行军很多时候是在夜里，下雨的时候立足之处像涂了油一样滑腻，而且不能点火把，因为敌人就在附近。一次又一次，抬着重物的人连人带物一起坠下上千英尺的悬崖，就此损失。

长征开始才一两天时间，脚夫就开始悄悄溜回家去了。他们士气低落，眼看着自己越来越深入危险陌生的山区，觉得永远也无法找到回江西老家的道路。天色一黑他们就悄悄消失。刘英和其他人必须制止这样的糟糕情形，但事实是他们对此无计可施。

50年后刘英苦笑着承认："这样的工作艰苦卓绝。"[26]

负担如此沉重，路途如此崎岖难行，一个晚上搬运队可能只能走1.5到2英里（约2.4—3.2公里）。给养部队越走越被落在后面。而作战部队，包括后来建成赫赫功勋而一举成名的突击部队先锋团四团必须保护这支缓慢前行的辎重部队不受蒋介石部队的袭击。整个场面好像是一部糟糕的西部片，印第安人越来越近了，但是却没有第七骑兵连前来挽救危局。

刘英和搬运部队一起行进，他们休息的时候她就尽力给他们鼓舞士气。她要给这群疲惫不堪，思乡情重，忍饥挨饿而又茫然迷惑的人注入革命激情。

"招募搬运队员非常困难。"她回忆说。"不论是雇佣还是征募都很困难。很多人的肩背都受了伤，越来越病弱。而且他们担心继续跟我们走下去的话，他们和他们家里都会遭受报复。"

即便是意志如精钢般坚韧的刘英也很难抗衡搬运队的疲劳和痛苦。沉重的负载开始逐渐被丢弃，没有足够的背脊抬动所有的辎重，改变是必须的。[27]

长征中30名妇女干部没有一个牺牲，但是李一氓认为她们在长征中无所贡献的评价很难让人苟同。李伯钊参加了长征也活了下来，她的评价听起来更加中肯切实。她现在已经73岁，对自己的女性同志不吝溢美之辞，说她们是革命英雄和烈士。

她说到了蔡畅。蔡畅来自于一个显赫的家庭。她是著名的军事家曾国藩的后人。曾国藩曾经于1864年6月1日在南京大破太平军，共斩首十万。蔡畅的母亲在政治和个人生活上都坚毅决绝，50岁的时候和富商丈夫离婚，然后进入小学完成自己的教育。她对自己孩子成为共产党的影响非常大。蔡畅在长征路上一直随身携带着一张母亲已经破损了的快照。[28]

在中国没有别人的家庭比蔡畅的更加革命了。她曾在著名的周南女子师范学校念书。这所学校由当时非常富有的地主朱剑凡资助。“到今天他会被称作是‘民主人士’。”李锐这么认为。朱很激进，把自己的很多房子和花园都捐给学校使用。他的一个女儿朱仲丽后来嫁给了王稼祥，另一个女儿嫁给了中国海军的第一任司令员萧劲光。这个学校还出过一个学生，就是蔡畅哥哥蔡和森的妻子向警予。

1919年3月蔡畅同蔡和森根据后者与毛泽东联手发起的勤工俭学计划第一批前往巴黎。这个计划要求“拼命学习，拼命翻译”。他们的母亲也一同前往。她从一个亲戚那里筹到了600元钱解决开销。蔡和森受到了当时兴起的法国共产主义运动的强烈影响，可能是最早支持共产主义的中国学生。他和周恩来共同创立了中国共产党旅欧支部，蔡畅1923年加入了他们的组织。她的哥哥对毛泽东影响很大。两人是湖南老乡，还是同班同学。蔡和森在欧洲的时候还与留在中国的毛泽东保持了密切的通信联系。蔡畅、蔡和森和毛泽东是十分要好的朋友，他们三个曾经一起发誓决不结婚，但没有一个遵守誓言。[29]

1937年海伦·斯诺在延安遇到蔡畅的时候，后者已经有三个家人被蒋介石杀害，还有两个被囚禁在监狱里。她时常进入国民党区域开展地下工作，只要暴露，结果肯定是灭顶之灾。那时候的她一如后来一生所展现的那样，是个优雅的女人，脸上的表情生动活泼，说起法语来总是咬着舌头。只有在你看向她褐色的双眼深处时，才会发现她内心深处的哀伤。[30]

蔡畅在长征路上从来没有口出怨言。如李伯钊所说，她有坚强的意志。她很少骑配给自己的马，总是让给她认为更需要代步的伤病员。那时她34岁，身材瘦小，但是她翻上了五岭又爬了下来，从不说抱怨的话。她和刘英走在一起，和刘英一样，她也希望能在漫漫二万五千里长征的崎岖道路上鼓起大家的斗志。康克清说蔡畅的故事和笑话是“精神食粮”。

“我为什么要提起蔡畅？”李伯钊问道。“因为她博得了所有女性，还有我们大家的尊敬和爱戴。”

1984年时84岁的蔡畅在北京生活。她身体不好，双目已经失明，但是她尽力继续自己的工作。如果说长征出过圣人的话，那么这个圣人就是她。

注释

[1] 海伦·斯诺：《中国共产党人》（*The Chinese Communists*）第215页，1972年康涅狄格西港出版。

[2] 康克清：1984年11月2日北京个人采访。

[3] 杨尚昆将军的妻子李伯钊：1984年6月15日北京个人采访。

[4] 斯诺前书第173页。

[5] 危秀英：1984年4月15日南昌个人采访。

[6] 刘英：1984年3月28日采访。

[7] 伍修权：1984年3月28日采访。

[8] 迪克·威尔逊：《长征》（*The Long March*）第70页，1979年纽约出版。

[9] 伍修权：1984年3月28日采访。

[10] 康克清：1984年11月2日北京个人采访。

[11] 丁玲：1984年3月23日北京个人采访。

[12] 海伦·斯诺：《延安采访录》第46页。

[13] 海伦·斯诺：《续西行漫记》第214—217页。

[14] 李德：《中国纪事》第55页。

[15] 李红（译音）：《贵州青年》，1983年第二期。

[16] 韩素音：《早晨的洪流》第26页。

[17] 李锐：1984年10月26日个人采访。

[18] 李锐：《初期革命活动》第334页。

[19] 李锐：1984年10月26日采访。

[20] 胡华：1984年10月采访。杨开慧被害详情出自苏姗·魏格兰1977年《东方地平线》（*Eastern Horizon*）第三期文章。胡华确认了细节并提出了一些细微的出入之处。魏格兰称杨开慧被害日期为1930年10月26日，这个也许应是她被捕的日期。1960年之后中苏展开激烈论战。苏方曾指责毛泽东应为杨开慧及毛泽建被害负责，却闭口不提毛泽东当时对长沙的进攻（之前还有一次，也未成功）是根据共产国际的指示发动的。

[21] 诗句选自威利斯·巴恩斯通翻译的《毛泽东诗词》（*The Poems of Mao Tsetung*），1970年纽约出版。有关杨开慧孩子经历的很多细节出自“文革”中的一张大字报，也许并不确切，但整体上已由其他人包括胡华认可。毛泽东的第三个孩子托付给了农民，之后便不见了，直到很多年以后才找到。他在一个公社里当会计。大字报所书内容出自大卫·米尔顿与南茜·米尔顿合著的《风不止》（*The Wind Will Not Subside*， 1975年纽约出版）第153—155页。胡华印证了毛泽东第三子的存在。罗斯·特里尔在《毛泽东传》中说孩子们被外祖母救出，改名杨永福、杨永寿作掩护。1984年我在中国被告知说毛岸青有几个孩子，他自己则因为在上海乞讨时被打或因为苏联专家的不当治疗而造成的脑损伤无法工作。据说他的妻子主要都在照顾他的生活。

[22]《革命文物》（*Journal of Revoluntary Relics*），1980年第二期。

[23] 贺子珍胞兄贺敏学也是共产党干部，1984年时担任全国政协常委、福建省政协副主席。他的母亲也在地下党的帮助下逃离江西，来到延安，之后在延安病逝。

这些细节大部分都出自一篇记载贺子珍生平的奇文，刊登在贵阳的杂志《贵州青年》1983年第二期上。此文作者笔名李红，她的父亲是一个医生，贺子珍生命中的最后十年大部分时间都待在上海的医院里，给她治疗的就是李红的父亲。“李红”在1978年和1983年秋两度采访贺子珍，之前很多细节从来没有在中国以文字形式发表过。1984年4月19日贺子珍在上海去世。1985年时北京正在筹划出版一本其他人追思她的回忆文集。

[24] 贺子珍怀孕的相关细节由吴吉清1984年4月14日南昌个人采访时提供；很多长征后仍在世的老人，包括一些身居高位者到1984年时对贺子珍在长征中的遭遇依旧一无所知。

[25] 海伦·斯诺：《西行访问记》第230—249页。

[26] 刘英：1984年6月14日采访。

[27] 刘英：1984年6月14日采访。

[28] 海伦·斯诺：1984年8月个人通讯。

[29] 李锐：1984年10月26日采访。

[30] 海伦·斯诺：《续西行漫记》第182—184页。

第九章

首场血战

红军的前三场战斗胜得毫无悬念。它穿透了蒋介石为防范红军从江西“红色角落”中逃脱而建起的三道防线。但就像中国人民革命军事博物馆的秦兴汉将军50年后指出的那样，长征不仅仅是枪来弹往，而是集三大战役于一身——与蒋介石和地方军阀之间的战斗，与自然环境的战斗，还有最关键的，中共内部的战斗：领导人和领导人之间，方针和方针之间的战斗。

要发现胜利与失败的决定性因素一般都不会轻而易举。在长征的问题上尤其如此，秦兴汉将军思索以后说：“即便到今天还是有很多事情弄不清楚。”

长征的过程中，战士们无时不刻要面对的危险除了蒋介石的子弹之外，还有高山峭壁，湍急的河流，莫测的暴风雪，冰冷的雨水，冰雪迷雾，炙人的沙漠，深不见底的沼泽，饥饿和无尽的路程。而大部分战士不知道的是，在这场狂飙突进式运动的艰难险阻之外还进行着一场他们看不见的殊死搏斗，一场在高级指挥层里进行的路线、权力和人心的争斗。

红军的指挥员久经锤炼，能力出众。他们多年来一直从事着游击战。他们一起参加了一场又一场战斗。他们熟悉这块土地，也了解土地上生活的人民。

他们了解自己的敌人，他们知道自己的长处和短处。林彪的红一军团对突袭和伏击驾轻就熟。没人比彭德怀和他的红三军团更擅长正面攻击和白刃战。他们对战斗中要使用的计谋和诡诈了然于胸，可以轻易骗过强敌。他们行动迅速，能在敌人以为他们还遥不可及的时候出其不意地在战场上突然出现。他们轻装上阵，不用补给也可以在野外生存。他们年纪很轻，出身强健的农民阶层，身体结实，意志坚韧。他们像山羊一样攀山越岭，轻松地翻过了五岭。他们可以一整个白天加半个晚上连续行军，仅仅眯上几小时——或者一点都不睡——就接着进行战斗并赢得胜利。

红军战士斗志极其高昂。他们毫无保留地投入他们为之而战的事业，危难加身也从不犹豫。但是1934年春夏大征兵时才进入部队的新兵不同。他们加入红军的时间太短，没受过什么军事训练和教导。他们也不知道自己正在去哪里，不知道自己要干什么——部分原因可能是因为高级指挥层自己也不是很确定。

不管原因到底是什么，还是付出了代价。没有斗志的人从一开始就落在了后面。有些是没能跟上队伍而掉队，更多的是用他们的脚来投票，就像人们对1917年俄国革命前夕从军队溜回家的俄国农兵形容的那样。这些中国士兵在部队还没有走到他们无法找到回家的路前就直接回去了。

按照红军自己的标准，长征开始的时候他们弹药充足，步枪、卡宾枪、手枪、冲锋枪和轻重机枪共计33243支，其中轻重机枪共651挺。红军还有38门迫击炮和几门大炮（基本上是山炮）。大炮很早就被丢弃了。他们共携带子弹1801640发，迫击炮弹2523发，手榴弹76526枚。[1]

红军兵力不弱，但它的敌人要强大很多倍。红军指挥员估计国民党这时聚起了大约一百个团约三十万到四十万人来对付他们。独眼龙刘伯承认为是四十万。八军团的莫文骅认为“屈指一算”足够有三十到四十万。1984年的中共中央总书记，1934年的红军共青团领导人胡耀邦估计国民党部队兵力最多时有三十万人。[2]

蒋介石意识到红军的动向以后马上开始调兵遣将进行堵截。10月30日他命令亲信中央军将领薛岳和周浑元带四个师，与广东来的南路纵队和湖南军阀何键指挥的西路纵队配合，共同攻打红军。

两周以后他改进了自己的计划，任命何键为总指挥，让他与薛岳和周浑元配合，在湘江（湘江自南向北穿过广西流入湖南）附近设下陷阱，把红军一网打尽。这些将领手下的部队共计十五个师，或者大约七十个团。蒋介石还要求广西和广东的军阀总兵力大约三十多个团进行协助，把红军包围在湘江前的一片底边约80英里（约130公里），高约30英里（约50公里），以全州、兴安和灌阳为顶点的三角形区域。

这对蒋介石来说可谓一举两得——如果可以一切顺利的话。地方军阀跟红军拼消耗，削弱了实力以后蒋介石正好坐收渔利，将他们一一收服。

红军没有办法隐藏自己的目标，必须向前推进，渡过湘江，过江以后必须转向北上与湘西的贺龙和红二方面军会合。蒋介石只要看一眼地图就会清楚红军的路线。两个月前红六军团正是走这条路跟贺龙合兵一处，现在红军要走同一条路线。

1984年余秋里担任解放军总政治部主任，1934年时他是红六军团的一名20岁的农民战士。据他回忆，六军团绕路去了道县，然后直接向西在兴安附近过江。“没遇上什么麻烦。”余秋里回忆说。“我们占领山顶的时候打了一仗，然后就越过了那座山，到了江边，上面有座浮桥，我们过了桥，黄昏的时候就都到了江对岸。我记得战士们的士气很旺盛。”[3]

红军是否悄悄地跟粤系及桂系军阀打过招呼？没有任何确凿的证据。但是桂军在红六军团过境的时候悄无声息，好像有人跟他们说过“我们只是借道路过”（也许确实有人这么和他们通过消息）。

湘江边的第四条堡垒防线在白崇禧控制区内。白崇禧是桂系军阀，对共产党极度厌憎。但是不管白崇禧对共产党有多深恶痛绝，他首先要考虑的都是自卫。他可不会随便踩上蒋介石设下的圈套而让自己实力受损，最后被蒋介石轻易撵走。

这回红军有没有再事先偷偷打个招呼，好安排自己轻松渡过湘江，然后北上进入前方湘桂交界处险峻的五岭呢?

周恩来同广东独裁者陈济棠的秘密交易有详细的记录。但这次没人能给出类似的详情。可是有证据显示红军与广西军阀白崇禧和李宗仁相互间存在一定的默契。第一位红军史学家徐梦秋1938年是这么说的。他说广西军阀“许诺敞开一个区域”，就是湘江上的界首和全州之间一条13英里（约21公里）宽的通道，在道县西面60到70英里（约97—113公里）的地方。“通道的讲法确实说得通。”这是北京著名党史学家胡华的结论。他认为“通道”的存在对理解湘江战役是至关重要的。红军在渡口坚守了一个星期，如果桂军动真格的话，这一点是很难做到的。国防部研究员阎景堂和他的上级秦兴汉将军没有使用“通道”这个词，但是承认有一个“区域”由于广西军队非正常的调动出现了空白，这给红军渡过湘江提供了帮助。[4]

何键自1934年11月14日起全面接管蒋介石军队的指挥权。国民党的主要将领薛岳在红军右翼或者说北侧运动，在红军西行的时候与他们平行，防止红军北上。红军后面是周浑元的部队，一路不断骚扰。[5]

红军以熟悉的“盒子”阵形急奔湘江。林彪带领的红一军团和彭德怀带领的红三军团首当其冲，几乎是以直线向前推进。红九军团就在笨重的中央纵队前方行进。中央纵队现在已经减轻了负荷，有些脚夫溜走了，有些负担扔掉了，包括演戏用的服装和布景。

夏天征收的大量新兵集中在红八军团，他们在中央及军委纵队的左侧行进。红军的主要军事指挥人员——博古、李德、周恩来、朱德、洛甫、毛泽东——都在中央及军委纵队中。

指挥群体后面是又湿又脏的搬运队，有些人本来是红军，因为纪律原因被发配到这里，包括一些降级了的军官，还有一些人可能是俘虏。

殿后的是忠诚而坚韧的红五军团。他们担任后卫，其职责用伍修权的话来说就是挡住国民党的“看门恶狗”，这些狗腿子一直在骚扰缓慢的辎重部队。

据伍修权回忆，“敌人处处围追堵截。”[6]

蒋介石的三四个师在和红军赛跑，一起向“通道”北端的全州行进。全州是湘江边的城市，位于湘桂之间，四周有古老的城墙。红军侦察兵接近城墙的时候发现国民党（何键的部队）已经占领了全州。

这在红军高级指挥层里起了争执：应该进攻全州，还是南下从其他地点渡江？[7]

红军这时正在向围成铁桶一般的三角形区域会聚——他们这个时候还不知道——蒋介石已经把这个区域划作了他们的葬身之地。三角地带的南部很靠近桂林。而桂林是一块奇特的土地，上面有锥形的石柱，时时漫起薄雾，中国的画家对此喜爱至极，这里也是喜爱美景的游客和诗人的圣地。

整片土地上石菌林立，大批的石柱漫无目的地矗立在云里，峰顶与青天相接。湘江流域一直是从广西进入湖南的主要通道。这里的地质形态主要是石灰岩，久历风雨，形成了一条条深河与神峻的山峦。

桂林灵秀的山石沿湘江一直漫向兴安南边的灵川。红军通道的南端就是兴安。在灵川附近河道两岸地形逐渐变成了坚硬的花岗岩。地下的石锥消失了，只有在某些地方它们才突然钻出地面，在雄壮的花岗岩地带上露头，好像在四处徘徊、寻找安息之地的幽灵。

这是块有着悠久历史的土地。这里可以找到公元前200年由中国的始皇帝开建的运河，名为灵渠。灵渠连接了湘江和漓江，而且这样就别出心裁地提供了一条连续的内陆水道，可以从长江边的上海直达珠江边的广州。1984年的时候这条水道上还可以看到忙碌来往的船只。

在这个弯月形流域上，长征的首次大战正在拉开序幕。

红军兵不血刃地奔过湘江、穿过蒋介石的第四道，也是最后一道堡垒防线几乎就是板上钉钉的事了，前提是没有笨拙、愚蠢而又毫无必要的辎重部队在后面50英里（约80公里）远的地方拖后腿。尽管在抢占全州的赛跑中失去了先机，但红军的先头部队在11月25日就从全州南面渡过了湘江。到11月26日的时候，红一军团和红三军团的一些单位已经渡过了湘江。就在此时，广西军阀白崇禧把自己的部队从兴安向南调动，表面上是为了保护桂林，实际上是在兴安和全州之间为红军留下了可供辗转腾挪的通道。11月27日晚，红一军团和红三军团的先头部队开始并排渡江，他们并未受到太多抵抗。跟在红一军团后面的是红九军团，红三军团后面则跟着红八军团。再后面是中央纵队，夹在两列队伍中间。主要的渡口是界首和脚山铺。水很浅，多数人直接涉水过江。

整支部队只需要两三天时间就可以完全过河，损失微乎其微。但迟缓笨重的辎重和稚嫩而未经训练的新兵改变了整个局势。

开始阶段都很顺利，林彪的红一军团二师四团年轻的政委可以为此作证。杨成武在长征开始的时候还是个少年。他17岁时离开了福建的农民家庭参加红军，参与过的战斗大多数都在游击队里进行。他的教育、工作和生活都源自红军中的经历。

1984年，杨成武70岁，看起来比实际年龄要小一些，黑发有几绺灰色，穿着深蓝的上衣和军裤，回忆往事的时候准确流畅，从来不会咂摸用词，一张月亮形的圆脸和已故的毛主席有些相像。他开始回忆的时候如此说道：“20岁的时候我开始长征，到达终点的时候我21岁。对我来说整个过程是一年零两天。”

四团的第一场大战就是在湘江展开的。当时队伍在祠堂圩停留。这是一个小镇，在潇水西岸的道县以东50英里（约80公里）左右。杨成武的团收到紧急指令，要他们尽快前进，赶在国民党前面占领道县和渡口。道县控制着一个山隘，对到达湘江非常关键，第二天早上以前必须掌握在红军手中。

“时间极其紧迫。”杨成武回忆说。“我们刚一布置完，队伍就出发了。”路上他们遇到了一群农民，他们说道县有一座浮桥，是用渔船串在一起拼成的，可以通过潇水。如果浮桥被拉到了对岸，四团可以派人游过去把船拖回来。

离道县5英里（约8公里）的时候，国民党的飞机出现了。战士们马上蹲下隐蔽起来，飞机没有发现他们。黄昏的时候他们已经到达道县外围。县城外有高墙和深深的护城河围护。半夜的时候一个排的人游到了对岸。他们控制了渔船组成的浮桥。天亮的时候先头部队进了城，占据了那里的天主教堂。

杨成武政委走在县里的主街上，四下里人头攒动。他听到两个老人说话。一个长着胡子的问没长胡子的同伴：“子弹都不多，真奇怪，怎么总是打胜仗？”同伴回答说：“他们日走千里，夜行八百，刀枪不入，他们还靠子弹打仗？”

杨成武继续走下去，到了县里的城隍庙——一个道教的祠堂。红军宣传人员正在这里准备群众大会。会有一些讲话。他们把从富人那里没收来的食物和衣物会分发给平民百姓。杨成武说，是普通群众帮助了红军，没有他们，这个城市打不下来。[8]

第二天黎明前杨成武和他的先锋团急奔湘江。渡江的时候没有遇到任何麻烦。

但是接下来出现了完全两样的变化。杨成武和很多其他先走的人都说渡江很轻易，几乎没有伤亡。

但是对于滞后的部队来说一场血战正在酝酿之中。红八军团政治部宣传部长莫文骅目睹的就是这样的战斗。八军团已经通过了道县，正在向湘江挺进，距离迅速前行的突击部队二十四小时。对莫文骅来说，形势很快变得极为严峻。敌人开始迫近，国民党的飞机开始轰炸部队，还撒下雪花一般的传单，上面说：“共匪们，我们奉总司令的命令等你们好久了，请你们快来！来！来！来！来进我们安排好了的天罗地网。”

莫文骅知道这意味着什么——又一场苦战。八军团已经接到命令，从道县强行军开往湘江，一路毫不停歇，直接推进。距湘江还有70英里（约110公里）。国民党的一路部队正在北侧离他们8英里（约13公里）的地方平行前进。八军团顶着国民党部队射出的“铅雨”一路向前猛冲。

夜幕刚刚降临的时候，八军团进入了山区，在水车宿营。这里是桂林附近山区地带的一片绿洲，在整个中国南部都很有名。天还没亮部队就出发了。“很可惜，”莫文骅写道。“我们没时间也没心思前去观赏。”

八军团跟在九军团的后面向前推进，他们后面的三十四师情况则越来越糟糕。先头部队正在通过国民党的最后一批碉堡。这些碉堡是根据德国工程要求用钢筋混凝土建起来的，能挡住机枪扫射。红军的碉堡则是木制，用泥巴加固，几乎是不堪一击，连一场大雨都挡不住。但它们也有一个优势，他们周围有一圈壕沟，里面星罗棋布插满了削尖的竹签，能扎穿鞋底轻薄的士兵的脚掌（北越也曾经用同样的武器来对付美国人）。

要对付一座敌人的碉堡，红军战士必须偷偷地靠近，然后把整束手榴弹抛进射击孔。红军的任务是破坏这些防御工事，然后渡过湘江。渡江倒是问题不大。水浅的地方有几个，那里河道有300英尺（约90米）宽，但是深度还不及腰。水流冰冷湍急，但是坚毅的战士们可以蹚过去。

八军团行进的时候可以听到后面的三十四师正为防御水车与敌人接火。前面也传来战斗的响动，主力正在那里渡江。几个小时以后他们又听到了三十四师交战的声音。这是他们最后一次听到三十四师的声响。整个三十四师全军覆没，幸存的只有师长和几个掉队的战士。

有一段时间八军团在惊人的沉寂中前进，突然机枪声突突地响起来。莫文骅走在队伍的最前面。枪声一起，指挥员应声而倒。敌人埋伏在林子深处，两边都是山丘。红九军团刚在前面走过，却没有遇到敌人的火力。显然，广西的部队就在两支部队前后间隔的一个小时左右内赶到了这里。那时是下午3点整。一群国民党的飞机出现在部队上空不到1000英尺（约300米）的地方。队伍继续前压。飞机的机枪对准部队扫射，但战士们继续前进，一点都没有停留。飞机飞得很低，战士们甚至可以看见上面空空如也的炸弹架。夜色降临了。疲劳不堪的战士继续磕磕绊绊地往前走，边走边打瞌睡。快天亮的时候莫文骅终于看到了前方闪烁的火光——那是红军的一支后卫部队在沿江的堤坝上露营。

看起来的确如此。但是莫文骅看不到警戒，没有岗哨，也没人问口令。这只是一个侦察小分队在故布疑阵。篝火是为了告诉敌人有一支大部队在保护渡口。莫文骅听到一声马嘶，却原来是自己的马。马匹的饲养员已经在那里等待他的到来。

太阳升起，莫文骅向四周望去。到处都是四散的书籍和文件——军事手册，地图，关于战略、农耕、中国革命问题的书籍，关于政治经济、马克思主义、列宁主义的作品，小册子，英文书、法文书、德文书等等丢了一地。红军脚夫一路蹒跚从瑞金背到这里的图书馆就在这里了，书页撕烂，沾满泥浆，书册破散。“我们所有的思想武器，战争中必需的资料，”莫文骅说，“全部都被抛弃了。”

如果莫文骅看得仔细一些，那么他可能会发现杨尚昆将军的妻子李伯钊的戏剧读本。在湘江边上减轻负担的时候她把这些丢在了这里。所有的剧本都在这里。从此以后，红军上演的任何戏剧都只能是全新的。李伯钊非常矮小，过江的时候遇到了麻烦。她的个子难以涉水过江，水直漫到她头顶上。独眼龙刘伯承有一头驴。他让李伯钊紧紧攥住驴尾巴，一路蹚过江去。[9]

战士们不合眼，也不吃不喝，只是埋头向前。飞机在早上8点又出现了。国民党已经把指挥部前移到了衡阳，距他们只有100英里（约160公里）。共产党时时刻刻都在遭到他们的进攻。部队顶着猛烈的扫射继续前进。没有其他选择。如果停下来那么他们就不能及时过江——等待他们的就是被杀或者被俘，即使现在不死，一会儿也得死。所以他们继续向前。“没有什么比在空中炮火下前进更困难的事情了。”莫文骅说。“但是我们不再考虑自己或是自己的生死。我们看到自己的同志中弹倒下。飞机给我们造成了一些伤亡，我们的路程因此更加艰辛，我们中的一些人会就此牺牲，但是敌人无法取得战斗的胜利。”

他们继续行进。但是到达湘江的时候，却不允许他们过江。红军陷入了危险，一场新的战斗即将展开，生死存亡关乎于此。[10]

后来的日子里，红一军团政委聂荣臻将1934年11月30日和12月1日看成是整个长征中最危险的两天。

一军团和三军团的主力部队已经成功过江。但是时间不够了。缓慢的指挥机关纵队，伤病员，妇女和辎重都还没有过江。

之前白崇禧及时的撤退为红军在湘江的浅滩上留下了空白地带。但现在情况完全改变了。何键调来了四个师攻击红军的北翼。

而且——可怕的是——白崇禧加入了进攻的队伍，他要向蒋介石证明自己还是尽职尽力的。

这样红军就陷入了经典的军事危局——首尾割裂，江两侧各有一半。何键于11月28日发动进攻。接下来三天红军遭遇了整个长征过程中最凶猛的攻击。[11]

杨成武所在的四团和五团接到命令面向北方，保护中央纵队不受刘建绪指挥的何键湘军的攻击。国民党沿湘黔公路一路向南攻击前进。杨成武在公路两侧各部署了一个营的兵力。战斗最激烈的时候他的右膝受了伤。为了把他救回来又有几个战士负了伤。最后他成功地爬过了公路。他的警卫员小白把他背出了战斗区域，在和担架兵争吵并拔枪威胁之后，让担架队把他抬到了安全的地方。

红军里没有比聂荣臻更干练、更可靠、更负责的指挥员了。1934年他35岁，已经是个“老人”——在红军里担任高级职务。他出身于重庆附近的富农家庭，1920年加入了勤工俭学群体去法国留学。他在法国施耐德军火厂工作，并和毛泽东的好朋友李富春一起学习马克思主义。聂荣臻曾经在莫斯科的红军军事学院和黄埔军校各待过一段时间。他为人沉着，从不惊慌失措。他随红一军团到达湘江，11月26日在先头部队后面过江，到达西岸。他看到了湘江两岸隐伏的危险，在接到命令要他保护各个渡口，挡住国民党部队直到阵列中央的两个纵队和红军部队主干过河时，能理解命令所隐含的信息。

11月30日全天都在激烈的战斗中度过。整个军团都卷入了战斗，并逐渐被迫退回第二条防线。也就是在这个时候先头部队四团的杨成武政委负了伤。幸运的是他在十天之后就归队继续工作了。

那天晚上聂荣臻彻夜难眠，满脑子想的都是红军主力部队面临的危险。他、林彪和其他指挥员花了几个小时讨论形势。11月30日午夜前，他们向中央军委发送了以下电报：

朱（德）主席：

……如敌人明日以优势猛进，我军在目前训练装备状况下，难有占领固守的绝对把握。军委须将湘水以东各军，星夜兼程过河。一、二师明天继续抗敌。

他们在12月1日凌晨3：30收到回复。电报以最高军事机关整体名义发来。指示非常明确：红一军团必须继续坚守。

一日战斗，关系我野战军全部。西进胜利，可开辟今后的发展前途，迟则我野战军将被层层切断。我一、三军团首长及其政治部，应连夜派遣政工员，分入到连队去进行战斗鼓动。要动员全体指战员认识今日作战的意义。我们不为胜利者，即为战败者……

12月1日红一军团在更激烈的战斗中牢牢守住了阵地。中午左右收到消息说主力部队和中央纵队、军委纵队总算通过了湘江。

在一军团的整个历史上他们都没有面临如此险境。多年以来他们的指挥部第一次遭到直接攻击。指挥部设立在一个山坡上。警卫员邱文熙突然冲进来报告说敌人正在接近。

聂荣臻不相信。警卫员一定弄错了。他往外面瞥了一眼。警卫员说对了。一支国民党部队正上了刺刀爬上坡来。聂荣臻命令报务员拆开电台装备赶紧撤离。他自己召集指挥部工作人员准备应对国民党的突击队，并命令后来的中央警卫团团长刘辉山通知山坡下方驻守的刘亚楼（后来的空军司令员）有敌人前来进攻。刘辉山从山侧急奔而下，草鞋翻飞，一枚子弹穿过了草鞋鞋底，刘辉山的脚却毫发无伤。

50年后，聂荣臻回忆说："我见过的怪事以此为首。"

聂荣臻说红一军团必须为行动缓慢的中央纵队和新组建的军团，特别是八军团和九军团提供掩护。

"我们既要完成自己的主要任务，还要掩护他们。"他说。[12]

同样的问题也出现在其他很多部队中。红八军团指挥部（莫文骅是宣传部长）被要求在湘江东岸停步的时候，他们接到命令必须接手后卫的职责。而之前这个任务是由三十四师负责的。三十四师，按照莫文骅的说法"已另走别条路去了"。其实是走上了不归之路。红八军团的先头部队必须在湘江边等待，直到所有其他部队通过，然后才扑通通跳入及腰深的冰冷江水中过到对面去。到那个时候八军团已经遭受了巨大损失。[13]

12月1日黄昏时一个八军团的指挥员向聂荣臻请求紧急援助。八军团的部分部队被敌人拦截，留在了在湘江东岸。聂荣臻不得不告诉他自己无能为力。因为天已经黑了。

12月2日，聂荣臻得知彭绍辉任师长、萧华任政委的少年共产国际师也陷在了东岸。一军团派遣了救援部队回到东岸，但营救任务失败了。

聂荣臻的结论是"敌人来得快，我们行动太慢"。少年共产国际师没了，三十四师没了，红三军团的十八团没了，红八军团的一些重要部队也没了。

红一军团的损失很严重。长征开始的时候一师有2800人，湘江战役以后仅存1400人。[14]

湘江战役的战斗从11月25日到12月3日持续了一周。总体说来这是一次灾难。“尽管（红军）最后渡过了湘江，”刘伯承写道，“代价却过于高昂，损失了一半以上的部队。”秦兴汉将军说通过每条封锁线时的确切损失不详。“但最大的损失出现在湘江防线。”他说，“红军到达遵义的时候（大致一个月后），只有三万人多一点。”

湘江战役中损失的少年共产国际师的政委是萧华将军。1984年他68岁，身材矮壮，精神奕奕，剃着光头，看上去隐约和让人讨厌的蒋介石有些相像。他的上衣和裤子剪裁考究，是制服的样式，但是他却道歉说“不好意思，没有穿军装”——军装是让他感到最舒适的服装。

少年共产国际师的任务是和彭德怀的三军团一起殿后，全师一万名年轻战士此战损失了一大半，存余部队最后并入了先头部队四团。[15]

零散而又经常自相矛盾的记录却很清楚地表明很多设备——曾经用来给陈毅拍片的X光机和底片，大部分留下来的重炮，可能还有重一点的发报机和发电机——都被扔进了湘江。

辎重一下子减轻了很多，脚夫的数量也减少了，红军的机动性大大提高。

彭德怀在自己的回忆录里作比较，认为他的三军团与桂军交战遭遇了“艰苦斗争”和“极大困难”，“右翼”的一军团跟湘军交战时则“较好些”。[16]这些记录中有许多前后矛盾的地方。中国的专家认为一军团和三军团总是前一个在左翼，后一个在右翼。实际上在渡口红军部队被压缩得很紧密，正常的行进秩序在渡河时已经被打乱了。

对于湘江战役损失了多少部队和有多少人掉队的问题当代中国党史学家之间还有所争议。没有人能给出确切的数字。如果红军在长征前十周损失了四万到五万人的话——这是各方估计数目的平均值——合理的推测是战斗减员至少达到一万五千人，其中大部分出现在湘江战役。

最严重的损失出现在红军的新兵当中。伍修权估计红军在离开中央苏区之前的几个月征募了五万新兵。

李德认为红军到跨过贵州边界的时候已经损失了一半的新兵和四分之三的“储备部队”——意指那些脚夫（红军希望他们不再担任搬运任务以后能够被吸纳进军队）。他说八军团的二十一师及二十三师和九军团的二十二师全军覆没。而他认为老兵所在的师损失不大。[17]

湘江一役以后，李德对军事的绝对掌控被削弱了。周恩来对局面有了更多的控制。但是李德并没有轻易放弃他的特权。三十四师师长周子昆从敌人的包围中逃脱出来，向指挥部报到。李德把他叫来，对他破口大骂。他说，周子昆的部队全军覆没，他怎么逃了出来？他为什么没有执行自己的命令？他的师垮了，老婆倒带着，这是怎么回事？

李德说应该对周子昆进行军法审判然后枪毙。他命令警卫员把他绑起来拖去军事法庭。警卫员没有听令。

博古当时在场，他只是坐在那里默不作声。毛泽东也在。李德大发雷霆的时候毛泽东走上前去把周子昆带出了房间，他说：“由我来处理这件事吧。”[18]

李德的回忆录对湘江战役关注甚少。他认为尽管损失很大，但是红军通过湘江战役增强了实力，因为战斗力得到了提升。至于问题所在他主要归罪于周恩来。他声称撤退方案是周恩来制订的，正是因为这个方案，从中央苏区撤离携带了极其大量的沉重装备。这些装备对军队造成了很大负担，大大减缓了行军速度，早就应该抛弃。他拒不承认由于他对博古的绝对影响力，他可以自己否决长征中的所有组织计划和战斗计划。[19]

湘江惨败之后红军身经百战的指挥员们内心充满了屈辱和愤怒，这逐渐凝成一股强烈的情绪，要求进行改变。

不久的将来人们说，正是国民党消灭三十四师时最后传来的零落枪声，还有毁损殆尽、在沿途100多英里长的路上丢得到处都是的庞大辎重，为终结李德和博古的统治吹响了号角。

注释

[1] 这些数据由国防部研究员阎景堂提供，来源是有关1934年10月8日红军武器状况的档案，之前从未公开发布。和李德在《中国纪事》第81—82页上进行的大体估算相比，这些数字要小一些，但李德是事后30年方才开始写作回忆录的，之前也没有做过笔记。

有关武器的分配如下：步枪等枪支：一军团8823支；三军团8287支；五军团4925支；八军团3476支；九军团3945支；军委纵队1987支；中央纵队2240支。迫击炮：一军团8门；三军团9门；五军团2门；八军团2门；九军团2门；军委炮兵营16门。

一军团共有子弹546649发，迫击炮弹612发；三军团子弹482736发，炮弹680发；五军团子弹213661发，炮弹93发；八军团子弹180351发，炮弹104发；九军团子弹超过20万发，炮弹164发；军委纵队子弹超过7万发，炮弹880发；中央纵队子弹98000发，没有炮弹。

红一方面军出发时有马676匹，其中一军团338匹；三军团71匹；五军团49匹；八军团21匹；九军团29匹；军委34匹；中央纵队44匹（阎景堂：1984年10月24日个人采访）。（译者注：此处原文应有错误，一军团的马匹应为90匹，全军马匹总数为338匹。）

[2] 莫文骅的估计出自1959年莫斯科出版的《中国工农红军第一方面军长征记》（*Velikii Pokhod*）第158页。此书（俄文名意为《伟大的征程》）是1958年北京

出版的中文版《中国工农红军第一方面军长征记》（*Recollections of the Long March of the First Front Army of the Chinese Workers and Peasants Army*）的俄文译本，看来是逐字直译而成。因为作者熟悉俄语而不太懂中文，所以主要使用俄文译本而不是中文原书（译者注：下文所指也均为俄文版）。估计出四十万人的刘伯承（《回顾长征》〔*Recalling the Long March*〕第65页，1978年北京出版）到1984年已92岁，住在医院里。他是长征统帅部仍在世的成员中年纪最长的一位。胡耀邦的估测是在一次个人采访中给出的。

[3] 余秋里：1984年10月31日个人采访。

[4] “通道”的问题难以有所定论，因为没有书面证据。国民党将领的文字中没有提及此事，尽管薛岳谈到湘江战役时顾左右而言他被认为是通道论的间接佐证。白崇禧与蒋介石之间对立尖锐，1936年桂系军队甚至有一次流产的倒蒋起事。但桂系军阀反共也一样积极。红军指挥员提供的证据让人感到困惑，因为战役的性质从起初的轻松渡江转为之后后卫部队的殊死缠斗。在不同的地点发生的战斗也大相径庭。徐梦秋关于事先“安排”的说法也是模棱两可的，但他确也提到战斗的惨烈。徐梦秋有关“安排”的说法出自胡华的引用（胡华：1984年10月24日个人通讯）。但1937年徐梦秋跟海伦·斯诺谈及此事时说法却并不怎么清楚。他说渡过湘江的时候恶战了五天，这显然指的是战役收官阶段的战斗（尼姆·韦尔斯〔即海伦·斯诺〕：《西行访问记》（*Red Dust*）第65页，1957年康涅狄格西港出版——译者注：此书全名为《红尘：中国共产党人的自传》〔*Red Dust: Autobiographies of Chinese Communists*〕，与前文《中国共产党人》〔*The Chinese Communists*〕内容类似，中文版曾译作《革命人物传》与《西行访问记》，这里取后者）。1938年徐梦秋编写了一部回忆长征的文集，在前言中他却说红军“平静”渡江。陈志让则引用了另一个共产党人缪楚黄的说法，称白崇禧将自己的部队后撤，为红军渡过湘江清出了一条通路（陈志让：《中国季刊》1969年10月—12月第四十期第32页）。

[5] 谭政：《中国工农红军第一方面军长征记》第166—167页。

[6] 伍修权：回忆录第七章。

[7] 李德：前书第90页。

[8] 详情出自杨成武《忆长征》第四章。杨成武此书出版时的前言为叶剑英元帅所作。

一华里约为二分之一公里或三分之一到四分之一英里。

[9] 李伯钊：1984年10月31日北京个人采访。

[10] 有关八军团的所有细节均出自莫文骅《中国工农红军第一方面军长征记》第158—165页。

[11] 聂荣臻：《聂荣臻回忆录》第八章。聂荣臻、杨成武和彭德怀都认为一军团处在右翼。彭德怀提到一军团与湘军作战时处于“最右”。秦兴汉将军与其同僚则说三军团处于右侧，一军团处于左侧。

[12] 聂荣臻：前书第八章（译者注：前文中有关描述大多取自此书，原文说聂在比利时施耐德军火厂应为混淆，按回忆录中的记录正文译文中已改为法国）。

[13] 莫文骅：前书第158—165页。

[14] 聂荣臻：前书。

[15] 刘伯承：前书第7页；秦兴汉：1984年3月8日个人采访；萧华：《艰苦岁月》（*The Difficult Years*）第97—98页。

[16] 彭德怀：彭德怀自述第360—361页。

[17] 李德：前书第88—90页。

[18] 伍修权作为李德的翻译在场。他在回忆录中记录了此事，在个人访谈中增添了一些细节（1984年3月28日北京采访）。王愿坚叙述的情况与此类似（1984年3月5日个人采访）。李德的记录则有所混淆，将周子昆与后来任海军司令的萧劲光混为一谈。李德此前就与萧劲光长期不和（译者注：周子昆当时应是二十二师师长，三十四师师长陈树湘在湘江战役中被俘后就义，但李德斥责周子昆一事应是有的）。

[19] 李德：前书第89、91页。

第十章
变道

红军进入贵州省境内以后，侦察员孔宪权遇上了难题。每天他都要远远地走在红军前面，侦察地形，了解敌人的部署，在难翻的大山和难渡的大河上探寻可行的通道。有时候孔侦察员会穿上自己的军服，但更多时候他穿着老百姓的衣服，尽力和周围的人融在一起。孔宪权是在湖南出生长大的，可是到了邻省贵州，只要一开口所有人就会知道他是个“外乡人”。在湖南的时候，他跟所有人一样用扁担挑着自己的东西。但现在他必须跟贵州人学着用背篓。如果不小心暴露了身份，等待他的将是枪决。

过湘江确是艰苦卓绝，整个过程红军遭受了重重挫折。孔宪权认为进展不顺的一个原因是使用了浮桥。骡马不喜欢浮桥，过桥时感到惊吓，因此很多骡马就此损失了。行军变得很混乱，国民党当时轰炸得很凶，而红军则被从中截断，湘江两岸一边一半。[1]

翻越老山界的行动也绝非野餐郊游。老山界兴许有5000英尺（约1500米）高，一条长长的陡峭山路上去，一条短短的陡峭山路下来。山道十分狭窄，战士们只能一个一个通行。他们听说这里是上山30里下山15里——上山大约8英里，下山大约3.5英里。现在他们明白了为什么说“里是个活数”。中国的里是唯一能够根据难度变化的度量单位。上山半里路就顶下山一里路。不管里的长度是如何计算的，老山界确实非常难爬。据陆定一回忆，天黑的时候才走了上山路程的四分之一。他们饿了，但干粮已经吃光了，也没有办法做饭。黑暗中队伍不知为什么停了下来。战士们就站着睡着了。最后终于传来消息说前面有个险峭的悬崖，有些人和牲口掉了下去，他们只能等天亮。陆定一的部队就在红星纵队后面。红星纵队里有很多年长而重要的干部。半睡半醒的一夜过去之后，队伍继续向前。前一天没有开晚饭，接下来也不会有早饭吃。

湘江一战以后伤员数量大增。很多人都被抬在担架上。但是到了悬崖以后，不管伤情多严重，所有伤员都得从担架上下来，让人帮着沿悬崖一侧凿出的狭窄石阶爬上去。这里叫雷公岩，以九十度角垂直地拔地而起。山道极为陡峭，只能容一只脚，无法抬着担架行动。悬崖脚下堆满了筋折骨断、哀鸣呻吟的马。伤员痛苦而缓慢地让人帮着爬上这堵峭壁，一次只能上一个人，有的是在后面推，有的是用绳子在前面拉。有些人还是没能过得了这一关。牵马上山更加艰巨，有些马和牵它们的人一起掉了下去。陆定一认为没人比红星纵队的女同志更加勇敢，没有她们坚实的肩膀，很多伤员就将陨身于此。[2]

山区里穷得难以想象——曾宪辉也是江西的贫苦农民出身，但他却从未见过这般贫困的情形。红军此时已经移军向贵州运动，进入的地区不再是汉人居住，而红军战士大多是汉人。他们进入了苗族人的领地。苗族人以前在汉人居住区生活，后来被赶入了这些荒凉的石头山里。这里一贫如洗，女人出不了自己的屋子——因为没有衣服穿。她们赤裸着身体窝在稻草燃起的火堆旁烧饭，炊烟从房顶的洞里飘散出去。十七八岁的女孩子在田里赤身裸体地干活儿。很多人家里只有一条裤子，由三四个成年男子分着穿。苗人对红军很恐惧，他们从屋里跑了出去，藏在瘴气弥漫的山上。对他们来说，军队意味着劫掠、奸淫、屠杀，意味着熊熊燃烧的房子，意味着不见了的稻米和粟子。

这里是鸦片之乡。曾宪辉看到几乎所有十五岁以上的人都抽鸦片。他们坐在自家屋前眼神呆滞地吞云吐雾，男女老少都在。男人和少年通常全身只缠着一块遮羞布，女人则甚至一丝不挂。他们的小屋前面堆着一摊摊黄褐色的鸦片，看起来像是晒着的牛粪。[3]这里没有温和的水牛在稻田里平静耕作，只有农民自己在地里拉着木犁，有时他们也靠骨瘦如柴的黄牛（无精打采的杂种牛）耕地。这些牛有时候由年轻的女孩骑着，慢腾腾地拖着犁在胶泥地里走着。

这里的穷苦农民——所有农民都很穷——住在木条糊上泥巴造的房子里，屋顶是茅草的。好房子是用阴沉木造的，顶上盖着灰瓦，架着飞檐。草堆是圆锥形的，形状好像传说中小矮人的尖顶帽。江西的樟树在这里让位给了梧桐树（或者叫桐油树）。

没有什么比鸦片更糟糕的东西了，而贵州则到处都充斥着鸦片。赤贫的人口因此了无生气，昏昏沉沉、无法动弹。地方军队也从上到下都被鸦片所腐蚀。黔军是有名的“双枪兵”——一支步枪加一支烟枪。

当时关于红军该去哪里，下一步该如何行动有不少争论。由于鸦片的存在，走贵州的论点让人信服，因为军阀部队的战斗力本身就不强，而鸦片则让黔军不堪一击。

说到贵州，这里是有名的天无三日晴，地无三尺平，人无三分银。这可谓是名副其实。从法律意义上来说这里的农民并非奴隶，但他们在很多方面比奴隶还不如。他们没有自己的土地，从生到死都欠着地主一屁股债，没有任何出路。只要有买主，他们就出卖子女。女婴出生以后就被闷死或溺死，这是惯例。如果找不到买家，男孩儿也可能遭难。儿童的价格起起落落。1983年一个贵州出生的海外华侨回到了自己的老家。七岁的时候他被一个二道贩子用五个银元的好价钱买走，送去了香港，在那里卖出了四倍价格。后来他瞅机会逃了出来，一路辗转去了美国，75岁才回到贵阳。

1934年贵州的幼儿夭折率差不多达到五成。有这么多的孩子早夭，有孩子出生的家里至少到满月以后才敢开始庆贺。这里的预期寿命只有三十岁左右。

贫困俯拾皆是，地主和农民几乎没有区别，至少在苗族人和侗族人中是这样。也没有人识字。[4]

朱德随身携带着一本笔记本，他在上面写下了自己对农村的印象。关于贵州他写道：

“玉米和少量的白菜是老百姓的主要食物。老百姓穷得吃不起粮食……老百姓自称‘干人’——什么东西都被抢干了。三种盐：阔人吃白的，中等人家吃褐色的，穷苦大众吃黑盐巴……

到处都是又黑又烂的茅草屋。玉米秆和竹批编成小门……老百姓从地主旧谷仓地里挖掘陈米。和尚称之为‘神米’——老天爷给穷人的米。”[5]

贵州贫瘠的农村给曾宪辉带来了问题。作为干部他的一个工作是监督没收地主和富农的财产。在贵州东部他找不到太多这样的人，而红军对少数民族有着非常严格的规定。对待他们要小心谨慎，因为他们已经受到了汉族地主的严重剥削。1984年的时候曾宪辉的眼前还时不时浮现出当时看到的老百姓，他们裹着破衣烂衫，近乎半裸地在路边蜷着；还有当时把地主那里没收来的衣服分发下去的情形。关于鸦片，曾宪辉记得打开了囤放鸦片丸的谷仓，让老百姓来领取。红军不需要鸦片，曾宪辉这么说。他的回忆可能不完全准确。在这片落后的土地上鸦片就是财富。有其他红军战士回忆说购买给养时曾经把鸦片当货币使。在贵州，鸦片可以作为钱币的替代品普遍流通。而曾宪辉回忆时很确定红军没有销毁鸦片。“我们打开地主的仓房，让农民直接从地上把鸦片取走。这是他们用汗水和劳动生产出来的，理应属于他们。”他这么说。[6]

从长征在于都河边开始那一刻起，红军指挥层的想法就开始出现了缓慢而微妙的转变。湘江战役的惨烈让指挥员之间的争论变得愈发激烈。毛泽东与王稼祥和洛甫之间的商讨越来越频繁，有些将领也开始悄悄地和毛泽东联络起来。低层指挥员谈话间也露出越来越多的忧虑甚至恐慌。很显然，整顿势在必行，之前的损失太惨重了。

周恩来一贯是个非常温和，非常真诚，严格遵守纪律的共产党人。党的决定一旦通过从来没有听说过他会质疑。但是现在，他第一次违反了常例——按现在已知的情况——他似乎对李德失去了耐心。而一向后知后觉的李德这一次似乎也对这样的变化有所察觉。[7]

渡过湘江进入大山中后，红军面临的军事压力为之一轻。粤军和桂军在确定共产党部队不会进入他们的地盘以后就各回各家了。国民党部队在薛岳的指挥下继续与红军保持平行前进，却小心避战。湘军则似乎满足于对后卫部队狂叫乱吠。

这时候在五岭的苗族县城龙坪镇发生了一件奇怪的事情。有一天半夜周恩来的警卫员魏国禄被"着火了"的叫声突然惊醒。他听到了火焰的劈啪声，马上从床上跳起来，发现起火的是周恩来所住的屋子。魏国禄帮着把周恩来领出着火的房子。人们都涌到了街上。其他的领导人也出来看是怎么回事，包括国家保卫局长邓发。这起事件看起来已经确定是纵火案。逮捕了三个人，当场处决。但是红军宿营的苗族村镇里神秘的火灾还是一夜接一夜地发生。[8]到现在还没有证实是否是国民党特务放的火。国共双方各执一词，都对火灾进行了大量的宣传，指责对方应该为此负责。

敌人枪口下的威胁已经减弱，取而代之的是湘黔高原的坎坷道路，危险重重的峻岭与大河，队伍的疲惫，食物的不足和少数民族的敌视。红军对敌人电台的监听显示如果红军希望北向与贺龙和萧克会合的话，他们必须从国民党二十五万或者更多的部队中杀出一条路来，这里面有十万人已经在湖南部署完毕。而即便没有经过全军统计，他们也清楚现在自己的部队已经减少到了三万五千人以下，离三万这个标志性数字越来越近。这是很危险的，更不用说其中还包括了非战斗人员。[9]

当时没有时间安排正式会议，但是当部队到达贵州边界上的县城通道的时候还是急急地召开了一个非正式会议，要求主要的军事和政治领导人参加。

通道会议的日期一般被认作是12月11日。据周恩来回忆，会议在县城外面召开，具体地点是附近农村里一个农民住所的厢房，开会的时候隔壁同时还在进行婚礼。[10]李德把这次会议形容为中央军事委员会的一次紧急会议。中央军事委员会是中共内部指挥军队的最高机构。毛泽东在两年以前已经被解除了中央军委的职务。现在他又受邀参加了此次会议，而且很快就掌控了局面。

问题的焦点是红军是否应当继续按照之前预定的路线北上与贺龙会合。通道会议没有留下任何书面记录——或者说到现在还没有找到任何书面记录。有关红军长征的书面记录大都遗失了，在减轻负担的时候烧毁了大量宝贵文件和设备。因此参与者的回忆变得弥足珍贵，即使有些新的事件在半个世纪以后才被透露出来。

徐梦秋出身显贵的学者家庭，他在长征时担任红军总政治部秘书处主任。到延安的时候毛泽东指示他准备编写相关历史。1936年徐梦秋告诉海伦·斯诺他已经收集了七百多份资料，但是剩下的基本上都遗失了。1938年他在上海出版了红军中个人对长征记述的合集第一卷。徐梦秋过雪山的时候平安无事，但是到达陕北的时候他的双腿被冻伤，最后只能截肢。1938年他被送往苏联接受治疗，后来与中共渐行渐远，1945年转投国民党，1949年解放南京的时候被俘，后来在拘禁中去世。[11]

书面材料的匮乏，政治局面的风云变幻和国内对中共政治及军事领导人不断改变的口径，让长征的很多细节到现在都难以进行确凿的界定。

尽管通道会议到现在连一张纸也没有留存下来（此次会议的存在直到最近几年才开始逐渐露出水面），它的重要性却毋庸置疑。自从1932年以后毛泽东第一次重新在军事委员会上讲话。他建议红军放弃与贺龙会合的努力，不再去湘西北，而是改向西北方向运动，进入贵州，那里的前景要好得多。黔军实力很弱，红军再度被敌人钳制而落入广西通道这类危局的可能性微乎其微。在那里应该可以找到喘息的机会，对备受打击的部队进行整顿，为将来从长计议。如果他们继续坚持走之前定下的道路，那么在遇到蒋介石为防止他们与贺龙合兵一处而部署的优势兵力时肯定会再度陷入绝境。

对此很少或者根本没有异议。朱德和其他军事指挥员很快接受了毛泽东的建议。其他人也表示同意——周恩来、王稼祥、李德，还有在李德表态之后跟着表示认可的博古。这是红军领导人很久以来第一次对一个问题达成共识，更罕见地是此次共识是针对毛泽东的建议。但是就像毛泽东告诉他们的那样，红军不这么做的的话，等待他们的结果十有八九是灭顶之灾。

12月12日早晨，红军上路了。目标是黎平——贵州的一个地方中心，距他们大约有两天的距离。红军作出了一个重大的决定，“担架上的谋划”终于修成正果：中国人团结到了毛泽东周围，形成共同阵营，一齐对抗来自共产国际的德国顾问。李德写道他在会议中难以听清讨论的内容，因为发言很不正规，语速太快。第二天他向周恩来讨问细节，而周恩来则有些恼怒地告诉他红军累了，需要休息，可能在贵州能喘息一下。他以前与李德交谈时从未如此尖刻。[12]

黎平是个比较繁庶的县城，在贵州东南，离湖南边境很近。1934年12月中旬红军几乎未经战斗就占领了此地，当时这里的人口大约是20万（1984年是37万）。攻击是由红一军团二师的六团和三团发起的。主力部队和中央军委于12月15日、16日到达。毛泽东、王稼祥、洛甫之前达成一致，一旦有“合适的机会”就召开会议，重新考虑军事计划和军事方向。匆匆召开的通道会议上这个决定被再次心照不宣地确认下来。军事压力暂时消失了。最险恶的高山和险滩已经跨越（只是对这个特别的角落而言，前面路上还有远过于此的艰险）。黎平有足够的给养，所有人都可以饱餐一顿。

12月18日晚，中共政治局召开了扩大会议。[13]地点是红军总司令部，位于黎平心脏部位，紧挨着一个德国路德教会的教堂。[14]会址所在的这栋房屋很漂亮，以前是一个胡姓商人的店铺和住宅。听到红军要来，这个商人早就望风而逃了。会议气氛紧张，与会者都拔高了嗓门说话。周恩来主持会议，博古、王稼祥、洛甫、毛泽东、朱德及林彪参加了会议。李德和其他军事领导人可能也在场。周恩来多次发言，公开批评李德。毛泽东则将自己在通道会议上的提议作进一步阐释。他正式提议放弃北上与贺龙会合的计划。作为替代计划他提议红军向西进入贵州，向贵州的第二大城市遵义挺进，在那里建立一个新的苏区根据地。毛泽东说他们已经不再受到湘军的攻击，并强调黔军为鸦片所蚀，毫无战斗力。他提议在遵义召开正式会议。有人说李德再次提出只要国民党部队被引离所在防线，他希望继续考虑北上计划。李德自己说他因为生病没有参加黎平会议。他写道自己把立场大致告诉了周恩来，提议红军远离贵阳，因为根据情报，国民党有"六到七个部分摩托化了的师"正在那里聚集。他强烈要求红军向乌江对岸进发，在遵义建立一个临时根据地，到那里再同蒋介石的部队一较高下。李德的计划（据他30年后回忆）与毛泽东的几乎相同。博古提出了一些异议之后毛泽东的方案被采纳了。红军将向乌江进发，渡江之后向遵义挺进，在那里建立一个新根据地。[15]

在黎平至少进行了两次军事调整。红八军团的剩余部队编入了殿后的红五军团，而主要依附于中央纵队的"特殊军团"，即后备及后勤服务部队则取消建制，人员补充给损耗巨大的单位，包括红三军团。[16]

12月19日无线电台发布信息给二、六军团和四方面军，将两个消息传达给他们（一方面军将改道去贵州及在遵义会合），同时命令他们根据指示调整各自行动。二军团和六军团将向湘南进发以引开湘军部队。红四方面军将进攻四川，把川军调向北部，引离其在贵州西北部的预定作战位置。同时向陈毅发去相关建议，他正在瑞金附近迅速缩小的根据地内活动。[17]

19日早上6时红军接到新指令后开始行动，20日所有部队已经离开黎平地区，毫无滞窒地向乌江进发，一路很少遇到抵抗。他们主要的障碍在去遵义的路上。

黎平会议已经结束。简练的决策正在执行。没有任何迹象表明李德意识到自己指挥中国革命军队的日子已经宣告结束，除非他生的病给他心理暗示，告诉他自己担忧的事情业已发生。我们也非常怀疑毛泽东是否意识到他现在已经赢得了中国革命的指挥权并将在去世之前一直执掌大权。但我们很确定当时没有任何其他人能想到这一点。实际上多年以来在共产党紧密的内部圈子之外没人知道黎平会议曾经存在。

注释

[1] 孔宪权：1984年4月24日遵义个人采访。

[2] 定一：《中国工农红军第一方面军长征记》第170—176页。定一即陆定一，他是长征时著名的共产党干部和宣传官员。他的地位稳步上升，后来进入了政治局，成为中央宣传部部长，在“文革”中受到了迫害，被捕后与杨尚昆将军、彭真、罗瑞卿将军等人一起被押到北京工人体育场的一群红卫兵前批斗，当时是1966年12月12日。罗瑞卿将军因为从六层楼的窗户向外跳下自杀（或被推下）未成已经受了重伤。从照片上看这些人的手臂被“看守”他们的战士粗暴地反扭着。在这次或后来的一次批斗中陆定一的手脚被绳子栓住，吊起来来回摇晃。陆定一的身体因此受到严重伤害，红卫兵甚至因而无法对他展开进一步“审讯”（埃德加·斯诺：《西行漫记》第485—486页；爱德华·E.赖斯：《毛泽东的路》（*Mao's Way*）第272—274页，1972年加利福尼亚伯克利出版）。

[3] 曾宪辉：1984年4月18日贵阳个人采访。

[4] 贵州省博物馆党史学家孙日昆：1984年4月16日贵阳个人采访。

[5] 史沫特莱：《伟大的道路》第315—316页。（译者注：此处译文直接摘自梅念的中文译本。）

[6] 曾宪辉：1984年4月18日采访。

[7] 李德：《中国纪事》第92—93页。

[8] 魏国禄：《随周恩来副主席长征》（*On the Long March as Guard to Chou En-lai*）第6—8页，1978年北京出版。

[9] 对蒋介石兵力的估计有很大的差异。胡华教授给出的10万人是最低的，但这仅指部署在湖南的国民党部队。伍修权将军给出的数字是20万人；王愿坚给出的数字是30万；萧华将军给出的40万。之所以有差异主要是因为计算敌军总数的时候计入了不同省份的地方军队。

[10] 大多数中国的消息来源说会议是在12月11日召开的。但是党史学家孙日昆相信会议是在12月上旬召开的，也许是12月10日。有关周恩来回忆的信息是他提供的，是通过周恩来遗孀邓颖超转述给他的（孙日昆：1984年4月18日采访）。

[11] 徐梦秋编辑的《随军西行见闻录》（*Record of Experiences with the Army on the Western March*）于1938年在上海出版，此书前言为徐所作。这些资料中有部分在中华人民共和国于1949年10月1日宣告成立后以不同形式发表了出来。海伦·斯诺在《中国共产党人》第19页（1977年康涅狄格西港出版——译者注：按前文应为1972年出版）中提到了徐梦秋；徐梦秋后来的命运出自胡华1984年3月21日和3月29日北京个人采访。

[12] 胡华教授（1984年3月23日采访）、伍修权将军（1984年3月28日采访）、王愿坚（1984年3月5日采访）、孙日昆（1984年4月18日贵阳个人采访）、黎平县文化局局长吴定国（1984年4月21日采访）等人提供的情况并无重大差异。李德称此次会议为“短促的会议”。他说自己建议让国民党部队走到前面去，然后悄悄从他们身后寻路脱身，去湘西北与二方面军会合。似乎没有人对他的提议感兴趣。

[13] 黎平会议的公报发布日期是12月18日，一般将此日期用作会议日期。孙日昆与贵州省博物馆的同事提出会议日期是12月15—16日。在不少情况下官方公报发布的日期比实际会议日期晚一天以上，这是因为公报的编写和传阅需要一定的时间。胡华教授把这次会议称作是一次政治局会议；王愿坚把这次会议称作是一次中央委员会会议；孙日昆及其同事指出公报是由中央委员会及军委签署的；吴定国称这是一次政治局会议；刘伯承也这么说（《回顾长征》第8页）。

[14] 直到1984年4月我前去贵州和黎平前不久中国的历史学家才确定胡氏商人的住所是黎平会议会址。确定会址的工作之前已经进行了很久。问询了不少当地居民，还对可能的建筑进行拍照采样，结果被送去给何长工（那个把土匪王佐争取到毛泽东一边的让人敬畏的政委）与范金标（周恩来的警卫员之一）进行识别。照片在1978年被带到北京。范金标回忆说会址挨着一个德国路德派教堂。教堂此时早已被拆毁了，但符合范金标记忆的仅有胡氏商人的店铺和住宅。1984年这栋建筑开始被重新恢复为1934年的旧观。有关会址建筑的情况由吴定国提供。

[15] 黎平会议的细节基本由吴定国（1984年4月21日采访）及党史学家孙日昆（1984年4月18日采访）提供。原定计划中部分是在湘南建立一个根据地。有一个营会执行这个任务，李一氓被指定为营政委。这个根据地的位置将设在湘江西北的山区中，这里中共的组织情况比较好。也许这个地方被想象成毛泽东的井冈山根据地那样。当时的设想是红军西进后国民党会被一起吸引过去，这个地区将得到空间建立新的苏维埃政权。“不幸的是，”李一氓回忆说，“事情出乎我们的预料。我们赶到那里，结果必须分散开来，因为当地的军事环境不允许我们展开行动。”胡华确证了李一氓的陈述。他说根据地是次级行动，仅在主力与二、六军团会师以后才会展开。胡华还说留在江西、叛变后力图抓获陈毅的龚楚也参与了这些计划。龚楚后来在美国出版的《我与红军》（*The Red Army and I*）一书中提到了这些计划（胡华：1984年3月24日北京个人采访）。现在黎平没人记得这里曾经来过外国人。当然路德派教堂的存在说明以前这里有外国人活动。我们一行人到访时有千把人涌上街头来看热闹，当地派出了解放军正规部队战士协助警察一起维持秩序。

[16] 孙日昆：1984年4月11日贵阳采访。

[17] 孙日昆：1984年4月11日贵阳采访。

第十一章

遵义

从黎平到遵义有近200英里（约320公里），但是在到达乌江前没有什么大山大河。乌江在遵义东南大约40英里（约64公里）处。一路向西走，农村原来越富庶，房子慢慢的不再是茅草遮顶的小屋，而是半木材结构的大屋子，建筑风格让人想起英格兰的老房子。农场的条件也更好了，干草堆不再是圆锥形，而是以树干为中心，用干草环绕树干堆成一圈，好似巨大的夏威夷草裙。这里是汉族聚集区，少数民族只在之前经过的山里出没。

1934年12月，寒风刺骨。红军靠近了乌江。乌江是贵州最大的河流，河床是板岩构造，一路川流在深灰色玄武岩上。摆渡口很少，桥更罕见。水流湍急，深不见底，没有可供涉水渡河的浅滩。红军向前马不停蹄地急行军，基本没有遇上抵抗。路过的县城只不过是民团驻守的小堡垒，这些地方的民兵往往一枪未放就溜之大吉。

（西历）元旦前夜，共产党部队到达猴场。猴场距乌江大约不到30英里（约48公里），是个繁忙的市集小镇。猴场的意思就是“猴子镇”，因为附近的森林里时时有猴子出没，中世纪的时候更是猴子成群。元旦前夜政治局成员开会，毛泽东也参加了会议。会议拖得很长。毛泽东的警卫员（现在除了留给贺子珍的两个以外又增加了四个）开始担心他们已经准备好了的年夜饭。政治局又一次开始争论，焦点有可能是李德提出来的一个新打算。根据情报，有三个师的敌人正在逼近。李德建议红军停下来和他们打上一仗。毛泽东坚决反对，他坚持全速赶往遵义。后来当天下达给军队的命令是：

“进抵黔北，夺取遵（义）、桐（梓），发动群众。”[1]

警卫员陈昌奎认为毛泽东在遵义分到的房子是整个长征中最好的，甚至比中央苏区的房子还要好（我可以作证，苏区的房子确实华丽非凡，很多是宗族祠堂）。新住所是毛泽东地位急剧上升的象征。房子是一个四周带有厢房的大院，有人堆了两个威武的雪人，把它们摆在门口。天井走道上的砖头洁净如洗，用它们盛饭吃都没问题。朝南的三间房是留给毛泽东的。中间的房子中央吊着一盏煤油灯，一堵墙边靠着张古色古香的中式桌子，墙上还挂着幅画像，上面是个笑面罗汉，双手搁在自己的大肚皮上。警卫员们取得供给后准备了筵席，准备等将领、领导人和主席一起用餐。

政治局会议最后散会的时候天正在下雪。警卫员陪着毛泽东一起回住所，路上开始急急地向毛泽东说起晚餐的事情。毛泽东大发雷霆，说现在不是大吃大喝的时候，他们必须赶在敌人的三个师前面奔至乌江。他告诉闷闷不乐的警卫员他已经在政治局会议上用过晚饭了，然后匆匆赶回住处。到了自己雅致的房间以后他看了一眼准备好的晚餐说道：“可真有个过年的样子。”然后就在书桌旁坐下看文件了。有一个警卫员鼓起胆量说：“我们准备了您最爱吃的——有一些醪糟。”这个时候毛泽东的情绪缓和了下来，他和警卫员坐下来一起吃了些东西，然后就继续工作。凌晨4点的时候他得到消息，先头部队的前锋已经抵达乌江。毛泽东便和机关部门一起收拾行装向乌江进发。所有人都希望在乌江能一切顺利，这对新的一年来说将是个好兆头。

打头阵的照旧还是林彪的部队。红一军团的二师四团接受了强渡乌江的任务。二师政委刘亚楼直接从林彪和政委聂荣臻那里接到的命令。遵义是地方军阀柏辉章的总部所在地。柏是贵州军阀王家烈的爪牙，他守护的地盘可以被称为“西北王国”。这片贵州的宝地有几棵摇钱树：鸦片生产、鸦片销售和鸦片走私，买主主要来自四川；酿酒（主要在茅台附近）；还有奴隶买卖——在贵州这片原始落后的领地上，这里可以被看作是王冠上的宝石。

时间是元旦凌晨。团长耿飚和政委杨成武（他现在业已康复）带着四团抵达乌江。他们发现河道宽约250码（约230米），流速每秒6到7英尺（约1.8—2.1米）。通向江面的道路陡峭多石，长约2英里（约3200米）。对岸的道路情况也差不多。江岸从水边垂直拔起。有一只渡船用竹竿撑着往返于两岸。四团试图夺取渡船，但是没有成功。

四团花了超过四十八小时才拿下渡口。一位姓毛的连长带着一支小部队到达了北岸，却被困在悬崖下。他们等待了三十六小时，到发起总攻的时候才从近处突然向敌人开火。当时的局面千钧一发。幸好一营有一两个班的人已经过河并爬上了一堵十分陡峭的山壁，从侧面攻击守军，这才稳住了局面。

前期战斗进行的时候，工兵营已经用竹子造了一座浮桥，由一百多个部分组成，然后全部拼接起来，好像小孩子玩的积木玩具。在湍急的水流中架桥非常艰难。在敌人的炮火下很多工兵负了伤，但是轻便的竹子架构却没有被击毁。有一度一段长约300英尺（约90米）的桥体差点被一个飘开的竹筏撞散。一个名叫石长阶的战士用生命挽救了浮桥。

到1月3日或是1月4日凌晨的时候，红军部队开始通过浮桥。下面的战斗要轻松得多。刘亚楼命令二师六团立刻夺取遵义。在团长朱水秋和政委王集成的带领下，六团在暴雨中一路急驰。在遵义外10英里（约16公里）的地方他们将当地的一个营俘虏，一个人也没漏网。于是他们使了些计谋，恩威并施，让这些俘虏为他们帮忙。他们给俘虏讲了一些鼓气的话，然后又施以威吓，还给每个俘虏发了三个银元。午夜的时候他们到达了遵义城门前。共产党部队和他们的新朋友一起又叫又吵，还吹了好一会儿军号，闹出了很大动静，然后告诉守军说他们是一个守备营的残余部队，正被红军追袭。半个小时之后他们就到了城墙之内。1月7日天亮的时候遵义已被攻陷。第二天红军全面占领了城市。到1月9日，总部机关，毛泽东和领导人所在的梯队抵达遵义。进城的时候举行了庆祝。当时还在下雨，战士的身上都是泥浆。他们在城外休整了一下，清理了军装，洗净了脸和手，然后整齐地进入城市，口中唱着“三大纪律八项注意”的行军曲。这是以朱毛军队对战士的行为规定谱成的曲子：

三大纪律：

一切行动听指挥，

不拿群众一针一线，

一切缴获要归公。

八项注意：

说话和气，

买卖公平，

借东西要还，

损坏东西要赔，

不打人骂人，

不损坏庄稼，

不调戏妇女，

不虐待俘虏。

宣传工作者已经在城里挂上了标语和口号，老百姓都出来夹道欢迎。而这个时候四团和六团已经奔在夺取桐梓的路上。[2]

30年代早期，红军到来之前一年左右，柏辉章在遵义市中心地带为自己建造了一栋气象森严的房子。柏辉章是贵州一霸，可以算是商人和银行家，在遵义附近所有有利可图（通常也是非法）的行业中都占有一席之地。那时遵义人口有五万左右。柏有几个兄弟，都和他一样从事家族生意。柏的新居处向世界宣告他已扬名立万：贵州军阀头子王家烈认可他地方军阀的地位，并任命他为王家烈第二十五军第二师师长。

柏公馆是30年代中国军阀居所流行的式样。这是一个灰砖砌成、柱廊结构的两层建筑，屋檐稍稍突出墙外，二楼有一圈阳台环绕。这样的风格可以被称作是摩登军阀式建筑，杂糅了传统中式建筑风格和些许西式风格。当然，这栋建筑有外墙保护，可以从遵义的主要街道上通过一个漂亮的门房进入。外面有一个砖石铺就的院子，房子旁边种着一株刺槐，1984年的时候还在。

在这栋带着乡间雅趣的住所内，所有木制品都是阴沉木造的，有传统中式风格的沉重家具，中式的屏风和画卷。房间狭小而黑暗，奇怪的是住所内部没有天井。

柏辉章的住所在遵义显然首屈一指，红军很快就将总部设在了这里。中央军事委员会和红一方面军都在这里设置了办公室。周恩来和妻子邓颖超在二楼有一个舒适的阳台间。邓颖超还记得在这里摘过刺槐的树叶。当时她还在病中，肺结核还没有好，还在咳血。但遵义给了她难得的休憩时间，让她可以和丈夫短聚。朱德和妻子康克清也住在柏公馆。住在这里的还有刘伯承和其他一些军事将领，如张云逸、彭雪枫。彭德怀、刘少奇和李卓然也曾在这里暂住。

毛泽东没有住在富丽堂皇的柏公馆。他住在另一个军阀的住处。这是柏辉章手下旅长易怀芝的官邸，也是二楼阳台环绕的砖房。王稼祥和洛甫也住在这里。“中央小组”都到齐了。

毛泽东的妻子贺子珍和其他休养连的女干部一起住在遵义省立第三中学里。这所中学在当时非常著名，毕业生里出过后来的林业部长雍文涛和外交部副部长韩念龙这样的人物。

在这些安排中可以明确地注意到博古和李德的住所不在列。他们住在城市另外一边的一所漂亮的中式院子里，在罗马天主大教堂的对面。教堂当时被征作医院和公共集会使用。1月15日朱德曾经在这里作过讲话，纪念殉难的德国共产党人卡尔·李卜克内西和罗莎·卢森堡。[3]

住所的安排让一切不言自明。博古和李德已经出局，他们的住所和其他人不在一起。毛泽东和“中央小组”掌控了权力。

政治局决定在1月15日召开扩大会议。地点是柏辉章的住所，目的是要对第五次反“围剿”的结果及长征迄今为止的失利进行评估，同时讨论如何合理安排下一步军事行动。

党内双方都开始了很多相应的政治活动。博古的头号副手共青团领导人何克全（凯丰）四下活动，希望能寻得更多支持。他多次找聂荣臻谈话，几乎是每半天一次，试图说服聂支持博古和李德，但是都徒劳无功。[4]

政治讨论并未占据红军所有时间。起初的几天主要用来确保军事阵线。一军团和三军团成扇形散开形成保护。红军还花了很多精力准备建立新的苏区。

遵义革命委员会正式成立。在桐梓和湄潭各县里也开始准备建立革命委员会。邓小平主编的红军机关报《红星报》发表社论号召进一步加强革命宣传。[5]

但现实很快让黎平决策时的乐观期待戛然而止。离开黎平时红军的情报是贵州只有王家烈的四个师防守，这些军队战力孱弱，上下都已被鸦片朽蚀。红军认为他们不堪一击。但是毛泽东进入遵义的当天，国民党高级将领周浑元与吴奇伟已经率训练有素的部队进入贵州，并很快接管了省府贵阳。这刺激了贵州军阀王家烈，让他有所动作。王命令自己第三师共七个团开始进攻彭德怀的六师。

红军对敌人的电台监听十分有效。他们对敌人的动向了若指掌。他们知道蒋介石正坐镇重庆指挥行动。他已经动员了四个湘军师，川南的一两个旅，还有云南的三个旅参与行动。蒋介石现在的兵力共有一百五十个师，总共可能有四十万人，所有这些部队都可能被用来对付红军剩下的三万人。

在黎平希望建立新根据地的美好想法烟消云散。还有其他让人不快的发现。遵义地区经济落后。这里盛产鸦片，但粮食产量却很低，很难支持希望在此扩大的红军。

地形上也有缺陷。这个地区被三条河流包围——一条是乌江；西面流域呈之字形走向的是赤水或者叫红河；北面是汹涌的长江。如果红军在此确立根据地，则可能遭到包围从而被一网打尽。所有这些发现让之前的计划在现实面前很快夭折。[6]

1月15日晚饭以后7点整，20个人在柏公馆聚在一起。会议室是一个长方形的房间，四面是简单的灰泥墙面，地板和房门都是赤褐色的。房间里很空旷，只有头顶悬着一盏煤油灯，中间放着一张破旧的沉重木桌，周围成半圆形摆着大约25张大小样式各不相同的椅子，除此之外还有一个小铁炉（当地一月气候阴冷），精心摆放的几只红白相间的搪瓷痰盂，还有一些烟灰缸。有时候警卫员会把茶水端进来。

从某种意义上来说，这20个人的会议是为了庆祝一次巨大的变动。这次变动不仅仅发生在指挥层里、在长征方向上，也对整个中国共产主义革命运动产生了重要影响。很多人后来称此次会议为整个中国革命中意义最重大的事件。

会议厅中央坐着三个人，整个三天的会议一直都坐在那里。一个是博古，27岁的中国共产党书记，有名无实的领袖。他主持此次会议。他戴着厚厚的眼镜，正因为如此后来他挣得了“黑怪咖”的绰号。他聪明用功，在莫斯科中山大学的四年学习让他能讲一口流利的俄语，之前还在上海一所共产党资助的大学里读过几年书，因此英语也不错。他很瘦，非常瘦。领导他的是共产国际中国处，而那里是苏俄的天下。现在他是德国军事顾问李德最紧密的同盟，对李德俯首帖耳。另一个是毛泽东，第三个是周恩来。其他的参会者在剩下的位置上随意移动，每次开会时选择方便的座位就座。椅子的摆放也没有任何规律，椅子的数量总是多于参会者的数量。

李德坐在门边，这个位置很尴尬，“就像被告一样”。他旁边是翻译伍修权，他的位置也很不舒服。他心情烦乱，随着会议的进行越来越恼怒。50年后他承认自己当时的翻译在水准以下。

还有两个人躺在担架上参加会议。一个是王稼祥，自从1933年4月第四次反“围剿”时在乐安县谷岗村负伤以后就一直依靠担架行动。他在带领周恩来、萧华和其他几个人躲避空袭的时候被国民党的炸弹击中。一枚弹片穿过他的髋部，进入了肠子，造成了几乎致命的伤害。医生在没有麻醉的情况下做了八小时手术，但还是无法让伤口合上，因此不得不在腹中插入一根橡皮管。他时时都发着高烧，只有用吗啡减少疼痛，但因此他对吗啡上瘾，直到1936年他被送往莫斯科接受治疗才好转。在那里他通过突然戒除法解除了对吗啡的依赖。

所有人都知道王稼祥会支持毛泽东。“王稼祥和毛泽东结了亲”，大家私下里这么传。

在这些人当中没有什么秘密——他们彼此十分熟悉，连大便的习惯都一清二楚。所有人都知道如果时间充裕周恩来会带着一摞文件躲进卫生间，在那里花一个小时把它们读完。所有人都知道毛泽东有慢性便秘的毛病，有时候一周才大便一次。后来在延安听到“主席大便了”的消息人们会发出一阵欢呼。有一次他告诉埃德加·斯诺在战斗的时候他的便秘会好一点，他最早对长沙展开进攻的那次大便最顺畅。

直到1984年春天之前，遵义会议的一些细节还是不确定的——日期、参会者的身份等等。对于会议的结果倒从来没有什么疑点。1984年3月4日，中央党史学家透露，在故纸堆中找到了一份很久以前的备忘录，给会议提供了很多缺失的信息。

根据这份备忘录，我们现在知道参会者如下：

政治局的十个成员——委员毛泽东、朱德、陈云（正是他遗失多年的备忘录找回后为我们提供了很多不为人知的细节）、周恩来、洛甫（张闻天）、博古（秦邦宪），候补委员：王稼祥、邓发（保卫局长）、刘少奇（多年后“文化大革命”的主要受害者）和共青团领导人何克全（凯丰）。

七位红军军事将领：刘伯承、李富春（他接替负伤的王稼祥担任红军政治部代主任，长期以来一直是毛泽东的盟友）、林彪、聂荣臻（林彪的政委，毛泽东忠实的追随者）、彭德怀（红三军团军团长，态度强硬，一贯反对李德）、杨尚昆（红三军团政委）和李卓然（红五军团政委）。

中央委员会新任秘书长及《红星报》主编邓小平列席会议，李德和翻译伍修权也在场。他们的身份是观察员。参加会议的总共20人，这些人的决定左右了中国未来的命运。[7]

博古第一个发言。

他先提到蒋介石的第五次“围剿”，提出红军失利的原因主要是国民党部队在数量上占据绝对优势以及共产党部队在离开中央苏区以后协调不力。博古的发言是即兴的，没有讲稿。他的讲话主要强调情况客观的一面。伍修权认为他对当下军事局势的分析足够客观，对自己在军事路线上的错误也进行了一定的检讨，但他同时也试图为自己的错误辩护，希望通过辩解消弭后果。[8]

会议不允许秘书列席，与会者（可能邓小平是例外）也没有作记录。大部分发言都是即兴的，就算今天还有一部分内容不为公众所知，也无法让在世的人通过回忆进行重塑。

博古显然没有争取到听众。他的同志们说他这样是在试图推卸责任。李德这个很难称得上客观的旁观者则有不同意见。他认为博古做得很好。他强调蒋介石从“帝国主义强国”那里获取了贷款、武器和军事顾问（显然博古没有具体提到冯·塞克特的名字）。据李德回忆，博古的观点认为共产党的战略是正确的，但是执行过程中出现了差错。

周恩来第二个发言。他坦然承认了路线上的错误——特别是用堡垒对堡垒。他说这是红军在第五次反“围剿”中失利的原因。他在自我批评的时候很诚恳，也没有试图推诿过失。他愿意承担责任，他的同志们对此感到满意。[9]

李德对周恩来的讲话感到不安。他认为周恩来强调了主观因素，并微妙地把自己同博古和李德摘清，这使得毛泽东可以趁虚而入，在他们之间划开界限。

接下来毛泽东开始讲话。以前他都是等所有人讲完再发言。这回他打破了规矩。他的发言很长，讲了一个多小时，比其他任何人都长得多。他指名道姓地批评了李德和博古，指责他们没能对红军运动战的传统加以重视，而是用李德的“短促突击”取代了朱毛时期对国民党部队设下陷阱然后将他们一网打尽的战术。毛泽东也不认可博古的观点。失利不是数量上的劣势导致的。红军在第一、二、三、四次反“围剿”中面对的是同样数量众多的国民党部队，但每次都把他们打得落花流水。问题不在于数量差距，而在于战术的使用。据伍修权回忆，毛泽东坚持认为之前的军事方针是错误的，博古—李德的方针基本上是“防御时的保守主义”，“进攻时的冒险主义”和“转移时的逃跑主义”。

毛泽东声明当下最重要的任务是解决军事方针的问题。博古和李德不了解红军战士事实上也是人，他们必须用脚走路，也需要吃饭、睡觉。如果一个指挥员只知道根据地图布下阵线、定下行动时间，却不了解实际地势地形，那“当然打不好”。[10]

对红军未能与十九路军联合毛泽东也加以强烈批评。他说这使得红军失去了一个可以突破国民党防线到他们后方发起攻击的绝佳机会。周恩来、洛甫和他都希望与十九路军合兵一处。[11]

与会者为毛泽东的讲话喝彩。他讲出了大多数指挥员很久以来的心声。

李德被毛泽东的讲话深深刺痛了。30年后他依旧耿耿于怀，对遵义会议未能在讨论军事问题的同时讨论政治问题感到痛心疾首——会议对苏联和世界政治局势连提都没提——但中国人在此之前就已经决定讨论内容只限于军事问题，因为他们知道如果开始讨论政治问题的话会议可能就会谈崩。[12]

李德身陷困境，他自己也明白这一点。让他坐在房间的一角，在门边的地方，分明就是故意把他与中国人的会议隔开。他只能通过伍修权的翻译了解发言内容。夜越来越深了，伍修权也愈发不安和疲倦。他的翻译有时候很短，有时候甚至完全停顿下来。李德平时喜怒不形于色。他身材阔大，一般总是静静地坐着，像石头一样矗立不动，直到自己开始讲话。但现在他恼羞成怒，脸色已经变化了几次。听博古发言的时候他面红耳赤，毛泽东指责他的时候则铁青着脸。但是外表上他还一直控制着自己，只不过香烟抽了一支又一支，把他从遵义新没收的商店里获得的储备消耗一空。他看起来越来越阴郁沮丧。[13]

毛泽东之后发言的是王稼祥。他说博古和李德必须下来，毛泽东必须取得红军的指挥权。[14]其实他之前已经告诉聂荣臻："我们一起把他们赶出会议。把李德撵下台。"只要对担架之间所进行的谈话前后都有所了解，那么任何人都可以预料到王稼祥对毛泽东及其立场的支持。

李德在回忆录里说自己在遵义会议上没有进行任何发言，因为他对发言内容没有全面的了解。他说自己想等一下，到仔细看过会议纪要或者至少是总结决议以后再行论定。但是看起来似乎会议没有纪要，而直到1948年会议的决议才公之于众。1936年斯诺与毛泽东及其他共产党领导人进行的长谈中也没有任何人提到遵义这个词。

李德记忆中自己只是旁观，这和其他人的回忆有出入。伍修权回忆说李德当时发言为自己辩护，坚持说（这也完全正确）他在中国的身份只是共产国际派来的顾问。他认为总的行动路线没错，但同时又说如果有问题应当怪罪的也是中国领导层：是中国人自己把事情搞砸的；应该承担罪名的是中国人，是中央委员会和其他人。他不承认自己犯有任何错误。伍修权认为李德内心有愧。但是看过他回忆录的人很难得出相同的结论。事情过去30年后他还和在遵义时一样顽固。

李德一直强调他只是一个外来的代表。他确实提出过不同的建议，但"是采纳还是否决完全取决于你们"。[15]胡华教授根据中国档案的记载得出的结论是李德对所有的指责一概拒不接受。

激烈的批判持续了三天。会议都在晚上进行，一般7点钟开始，持续四到五个小时。言辞逐渐变得尖锐起来，伍修权感到越来越紧张疲惫。

白天的时间都用来处理军事事务。一次大规模调整正在进行之中。中央纵队和那一群累赘的脚夫整个遣散。剩下的重型装备要么销毁要么埋藏起来以待将来回收。必须要带的装备则分配给不同部队。中央纵队中的年轻小伙子和剩余的脚夫尽可能编入作战部队。这项工作主要由小个子刘英负责，她现在取代生病的李林楷（译音），担任第三梯队政治部主任。[16]

征兵工作继续如火如荼地进行，大约征募了四千人。清点人手时确认红军现在确实只剩下区区三万人了。

会议继续深入，越来越多的发言者选择站在毛泽东一边。很多指挥员提出了缺乏思想准备的问题。他们认为部队大量减员，特别是逃兵导致的减员，主要是因为没有做好新兵的准备工作。他们不知道要去哪儿，为什么打仗，为什么牺牲是必要的，这有违红军的传统。指挥员们认为保密工作过于严密，甚至于一些领导人也对行动的底细一无所知。这样就挫伤了部队的求战欲，削弱了指战员的士气。

洛甫和朱德也表示支持毛泽东。周恩来再次发言，认可毛泽东对博古—李德左倾路线的批评[17]，并建议任命毛泽东为红军最高指挥。

伍修权对李富春的发言印象很深。李是毛泽东的湖南老乡，也是他的老盟友。李的妻子是才华横溢的蔡畅，后者也是毛泽东最早的老朋友之一。伍修权对聂荣臻的讲话也感到深受打动。聂对李德的表现表示愤怒。伍修权对这样的批评深有同感。李德的粗鲁让他深受其害，有一次他告诉一个部门负责人："李德是一个帝国主义分子。如果可以选择的话我绝对不去当他的翻译。但是现在组织上让我当他的翻译，我就必须干好这个工作。"[18]

聂荣臻发言时也在担架上（过湘江的时候他的足部负伤，还没有痊愈），他的讲话中含着义愤。一见到李德他就怒不可遏，因为这让他想起李德的指挥方式，李德事无巨细地指示每个炮位的部署，每个岗哨的设置等等——这种细节即便是军团长也不会去操心。[19]伍修权对聂荣臻一针见血的批评记忆犹新。聂荣臻任政委的红一军团并不一直都恪守李德只允许和敌人作正面对抗的指示。有几次一军团还是用朱毛时期的传统战术把国民党引入埋伏圈，取得了一些战果。[20]

彭德怀的发言很有力，也是支持毛泽东，批评博古和李德。刘伯承也是如此。奇怪的是李德觉得朱德、彭德怀和刘伯承的语气和其他人相比“很有节制”。[21]

林彪似乎在遵义没有什么表现。有可能是他在“文化大革命”中的行为和发动政变的企图让大家的记忆有所扭曲。我访谈的大多数军人都是他的受害者。伍修权说林彪未发一言，因为之前他是博古和李德的支持者，也因此而受到批评。聂荣臻和伍修权的说法一致。[22]但是其他人回忆说林彪支持毛泽东把博古和李德赶下台。据说湘江一战红一军团损失惨重，之后林彪就对这两个人公开表示不满。现在则非常愤怒，且溢于言表。[23]

所有人当中只有何克全近乎毫无保留地支持博古和李德。他曾经在莫斯科留学，是实打实的“布尔什维克”。他承认博古和李德犯过错误，但是不同意解除他们的指挥权。聂荣臻感到何克全“非常傲慢”。 何克全对毛泽东说：“你对马列主义一窍不通。你也就是看过《孙子兵法》而已。”不管遵义会议上情况如何，何克全还是坚持自己的意见，直到后来才不情愿地承认自己是错的。[24]

聂荣臻和刘伯承都提议红军改道，打出一条路来，渡过长江，然后到川西北建立新根据地。他们感到那里的条件比贵州要好很多——省份更富裕；交通（公路系统）非常不便，对行动迅速、靠双脚移动的红军很有利；当地军阀有反蒋倾向；地方上人口更多，兵源更充足。[25]

周恩来最后建议中止博古、李德和他的三人军事领导小组。这个建议被一致通过。据说当时没有投票，在整个会议中都没有正式进行投票。军事指挥现在由朱德和周恩来包揽。没有提到毛泽东与此有任何关联，但是另外一个决议将毛泽东选为政治局常委，这是领导的核心圈。不管纸面上怎么说，所有人都清楚谁是真正的领导。另外一个决议则是毛泽东的批评意见经洛甫凝练以后形成的文字。最后一个决议是说明政治局常委的具体分工和责任以后再行确定。

彭德怀已经离开遵义去应对国民党将领吴奇伟对他的六师形成的威胁。[26]行囊包裹正在收拾起来，营帐已经起拔。1月19日，毛泽东和机关工作人员离开了遵义。但之前军事指挥员还是在罗马天主教堂开了一个会议，博古、周恩来和毛泽东都作了讲话（博古的讲话是一个政治报告）。不幸的是当时的讲稿没有留存下来。

遵义的一页已经翻过，红军继续长征，毛泽东掌握了权力，中国在未来至少半个世纪中的道路已经确定。[27]

注释

[1] 过元旦的详情出自陈昌奉《跟随毛主席长征》第30—44页。当天的军令出自韩素音《早晨的洪流》第277页引文；空军上将（时任）刘亚楼文中记述的军令里还有一句（也许是后来加上的）：“创造新的抗日根据地”（1958年北京出版的《长征故事》〔*Stories of the Long March*〕第11页——译者注：按时间及内容看出处应为刘亚楼所写的《渡乌江》一文，在《中国工农红军第一方面军长征记》中也有收录）。命令由朱德、周恩来和王稼祥签署（阎景堂：1985年1月3日通讯）。秦兴汉将军给出的政治局会议日期为1935年1月1日，应该就是军令发出的当天。秦兴汉补充说军令指明要在贵州建立一个根据地。李德回忆说自己向毛泽东建议红军停止前进，与据说从湖南开来的敌军三个师展开作战。李德认为那天是红军渡过乌江一天以后。但是据陈昌奉回忆，毛泽东说他们必须赶奔乌江的原因是薛岳和周浑元两个国民党将领率三个师迫近。看起来有关敌军三个师的问题

应该是在拖长的政治局会议上提出的。李德撰写回忆录的时候没有笔记可寻，主要依靠的是自己的记忆、1939年在莫斯科所作的报告及自己在苏联可以研究的相关资料。

[2] 四团行动的情况出自刘亚楼《长征故事》第21—22页；六团行动出自王集成《长征见闻》（*The Long March: Eyewitness Accounts*，1963年北京出版）第22—28页；架桥的情况出自黄朝天《回顾长征》（*Recalling the Long March*，1975年北京出版——译者注：此书与前文刘伯承《回顾长征》应是一书，为多人所著合集，1975年第一次出版，前文1978年疑为笔误）第26—32页；夺取遵义的情况出自遵义会议纪念馆馆长田兴咏1984年4月24日采访。不同陈述在日期上有轻微的差异。浮桥也许是1月4日完成的；进遵义的日期也许是1月5日。官方年表记载红军夺取遵义的日期是1月7日，指挥梯队包括毛泽东到达遵义的日期是1月8日。贵阳及遵义官方认可1月7日及8日这两个日期的正确性（孙日昆：1984年4月18日采访；田兴咏1984年4月24日采访）。进遵义的情况出自魏国禄《随周恩来副主席长征》第11—12页。

[3] 史沫特莱《伟大的道路》第315页。

[4] 聂荣臻：《聂荣臻回忆录》第10页。

[5] 有关毛泽东、博古等人的住所柏公馆及天主教堂的描述出自个人1984年4月24日考察；其他细节出自遵义会议纪念馆馆长田兴咏1984年4月24日个人采访。

[6] 孙日昆：1984年4月18日贵州采访。

[7] 遵义会议会场的描述出自个人考察；座位安排出自伍修权。他说：“家具已经进行了一定的更改”（采访中有人说家具已经“改善过了”）。今天看到是一套昂贵的阴沉木椅子，靠背由竹子编制，整齐地摆放在桌子周围，会场的布置散发着肃穆隆重的气息，好似舞台上的背景。据说李德当时因为恼羞成怒踢翻的粗铁制炭火盆（伍修权说“没这回事”）。在会场并未有摆设。与会人员的名单出自新华社1984年3月4日报道中对中共中央党史资料征集委员会公布情况的引用，正是这个委员会在1982年4月发现了陈云的备忘录。据说陈云在1935年3月24日四渡赤

水期间将备忘录内容传达给中央纵队干部。早期的描述中说五军团军团长董振堂也在场。王稼祥的具体情况由王的遗孀朱仲丽在1984年10月30日北京个人采访时提供。伍修权提供的情况有些出自于其回忆录，有些出自于一次个人采访。

[8] 伍修权：《我的历程》第七章及采访。

[9] 伍修权：前书第七章。

[10] 伍修权：前书第八章及采访。

[11] 胡华：1984年3月23日采访。

[12] 王愿坚：1984年3月5日采访。

[13] 伍修权：1984年3月28日采访。

[14] 聂荣臻：前书第9页；伍修权：前书第七章；胡华：1984年3月23日采访。

[15] 伍修权：1984年3月28日采访；李德：《中国纪事》第98—107页。

[16] 第三梯队由红军后勤部长叶季壮指挥，他在解放后曾担任外贸部长。刘英的前任政治部主任（译者注：正文原文为政委，但从注释及实际情况看应为政治部主任，因此在正文作了相应修改）李林楷现在已经不在世。据刘英回忆，这个梯队非常令人头痛。搬运员开小差以后很难找到新人替代。这些人生怕之后遭到报复，因此最终只能雇佣两三天就换人，这样他们就能很快回家了。陈云负责监管此次重整。第三梯队的主要功能后来由地方工作部吸收，部长是李维汉（罗迈）（刘英：1984年6月14日北京个人采访）。

[17] 伍修权：前书第七章。

[18] 伍修权：前书第七章及1984年3月28日个人采访。

[19] 聂荣臻：前书第10—11页。

[20] 胡华：1984年3月23日采访。

[21] 李德：前书第103页。

[22] 伍修权：前书第七章第5页；聂荣臻前书第11页。

[23] 胡华：1984年3月23日采访。

[24] 聂荣臻：前书第10页。

[25] 聂荣臻：前书第11页。

[26] 彭德怀：《彭德怀自述》第195—200页。

[27] 遵义会议的描述由很多不同来源的信息拼接而成，但前后情况的主要来源是伍修权的回忆录及其本人在北京历时很久的采访中根据书中内容的扩展性陈述。胡华教授添加了不少重要的细节。王愿坚也补充了一些逸闻，但并不全能证明其可靠性。李德的评述提供了一些对立的看法，但他的记忆并不准确，而且他当时像伍修权说的那样，好似关起来的囚犯，有些困兽犹斗的意味。他日后在回忆录中努力给自己辩白，并力图抹黑反对自己的人。带头反对他的是毛泽东，附议的是周恩来。有一些细节方面的补充出自于伍修权在1985年1月遵义会议召开50周年庆祝大会时的讲话。经当代中国历史学家确认，陈志让在《中国季刊》1969年10月—12月第四十期上发表的遵义会议决议的文本是准确的。

第十二章

毛泽东掌权

1935年1月19日上午，红军在毛泽东的实际指挥下离开遵义。部队与三个月前跨过于都河时相比只能算是一支残军。

红军损失了几乎三分之二的兵力和所有的重炮。现在一门大炮都没有了，兴许还有几门旧迫击炮和山炮，但是已经无关大局。现在总共只有十六个作战团和一个干部团，尽管从宣传上还称作是四个“军团”——一军团、三军团、五军团、九军团。即使已经竭尽全力进行征兵，部队数量依旧没有达到三万五千人。庞大的辎重也已消失不见了。

此时的红军与起初的目标越行越远。红军现在已经深入了内地荒凉地带。贵州的第二大城市遵义确实业已攻克，但在中国恐怕没多少人知道它的位置确切在哪里。军队现在进入了无尽的连绵大山和中国边远国境上的不毛之地。红军没有几张地图，即使有，这个地方的很多地域也不会被放进去。

不错，红军确实从江西的红色角落里逃了出来，躲过了蒋介石的包围圈。横渡湘江也挺了过来。但是红军还没有从蒋介石和他的军队手中脱身。现在还远远谈不上轻松。蒋介石正坐镇北面不远的重庆，调集更多的部队，毫不放松地追赶包围这些“赤匪”。他布置了40万人来堵截红军，不管走哪条路都一样。蒋介石在江西和湘江没能赶尽杀绝，他不想在贵州再度失手。如共产党所料，黔军确实军纪松散，给鸦片麻醉得不堪一战。但是从红军进入贵州地界的那一刻起，蒋介石已经汇拢了川军、滇军、湘军和自己的国民党部队前来堵截——他决不会让红军北上渡过雄阔的长江。

红军已经被迫两次改向——第一次是放弃与贺龙和萧克在湘鄂黔的二、六军团会合，之后是放弃在遵义附近建立根据地的想法。离开遵义后的第二天——1月20日——在通向桐梓路上的沉寂的小村庄泗渡，政治局再次召开会议，确定最新的路线变动——这一次他们决定与张国焘的红四方面军会合。[1]四方面军的处境到底如何，他们还无从得知。后来证明红军这次定下前进方向时对实际情况并不清楚。毛泽东以为四方面军在川西北的根据地正蒸蒸日上，部队现在应该有十万人或者更多。他不知道四方面军很快就会收起摊子前往川藏交界的地方，那里堪称是中国的“西部荒野”。一方面军和四方面军之间没有什么联络。李德认为毛泽东在离开遵义以后向四方面军和其他军团派遣了信使，但没有证据表明有信使曾经到达过四方面军总部。[2]

前景并非一团黑暗。由于人手锐减，红军现在有了足够的步枪和机枪分配。他们在遵义获取了更多毛瑟枪。红军什么枪都用，但是毛瑟枪是标准装备，因为国民党政府的军工厂生产毛瑟枪，而国民党军队理所当然是共产党部队的主要补给来源。红军剩余的部队经历了战火淬炼，而且身无拖累。因为丢弃了补给，红军的速度和机动性又重新提高，这是他们最宝贵的资本。蒋介石派来对付他们的部队没有一支跑得过他们。他们徒步走过了惊人的路程，每天能走40到50英里（约80公里）。有时候他们用这个速度连续跑步前进多日，还以同样的速度翻山过河。五岭已经被远远抛在了后边，但是贵州、云南和四川在他们面前布下一重重山岭，且两重山岭之间总是隔着河流。赣南没有道路，这里也很少，除了一处例外——有一条公路由北向南从贵阳通过遵义和娄山关到达川黔交界处的红河（赤水），这确实是一条公路，尽管路面没有铺平，但是马车和机动车辆可以通行。

除了这条公路以外，红军像一直以来的那样走小路行进。那时上山下山可不像今天这样有柏油马路可走，有让人省力的“S”形路线和“之”字形弯道。那时的山路很少超过两肩宽，直上直下，再陡峭也无所谓。1984年的时候这些山路仍有农民使用，因为这样可以把10英里长的远足缩成2英里长的翻越。今天的电话线和电线为了节约路程，依旧沿着这些以前的山路铺设。在黔北人们说，去赶集的话任何一个老太婆都可以赶在汽车前面，因为抄近道走小路她可以比汽车快两倍。[3]

毛泽东重新接掌指挥权以后部队也感到更加心安。现在政委终于可以告诉他们为什么前进，到哪里去了。大家的情绪高昂。在整个中国以至整个世界上都没有什么军队能像红军一样如此快速地翻越这么多山岭。市镇一座接一座地因为共产党人的出现而瞠目结舌，他们根本未曾想到红军已经离自己如此之近。红军战士大多身材矮小，但是他们的筋肉却似乎是铁打的一般。离开遵义的时候他们的情况比大撤退开始的时候还要好。大多数人都有了十天的休息，吃得也不错。红军到达遵义的时候，每个战士都拿到了一两块银元。遵义有家很棒的川菜馆，在这里用一个银元就可以饱餐一顿。只用了一两天的时间红军就已经把遵义的大部分美食饱尝一遍。很多战士喜欢吃毛泽东青睐的菜肴——一种叫做四星环月的食物——羊肉、鱼肉、鸡肉、蔬菜，特别是芋艿，一层层混在一起，外面撒上米粉，蒸一夜以后吃。这种肉糊据说可以治头晕头痛。[4]有些人买了稀奇的草药天麻，一种传说中可以治疗体虚的良药。

战士们有了新草鞋。有些人的鞋底是皮制的，还有了暖和的衣服、竹篾编的蓑衣和新斗笠。粮袋里重新装满了粮食。医疗队在遵义药店里补充了碘酒和氯仿，还抓足了草药。甚至还有了新手电和新电池。煤油、糖、盐也都储备了不少。

毛泽东有理由乐观。红军又在朱毛的旗帜下继续前进了，他们奉行以下十六个字的信条。这个信条以诗的形式出现，在那“二十八个半布尔什维克”和李德出现之前曾经带领红军连年取胜。

敌进我退，敌驻我扰，敌疲我打，敌退我追。

这是游击战的真髓，正是靠着这个信条朱毛红军才得以壮大。现在必须再倚仗这个信条把红军从绝境中拯救出来。

遵义会议以后一切都有所不同。这是一个分水岭——不仅仅是毛泽东重新将指挥权紧紧攥在手里，而且也宣告了中国共产主义运动的独立，不再受莫斯科太上皇的摆布。后一点在四分之一个世纪里未曾被外界留意，但斯大林早就把中共的独立与毛泽东的名字联系在了一起。

同时这也标志着一个伟大政治组合的形成。毛泽东和周恩来的组合将延续一生，或者至少持续到他们生命中的最后一两年。

遵义会议前夕周恩来还是毛泽东的对手。正是周恩来在1931年12月到达苏区接手了中共中央局书记的位置。之前这一职务都是由毛泽东担任的，直到11月被解除时为止。1932年10月宁都会议上周恩来又取代了毛泽东担任红一方面军政委。

对于毛泽东被解职周恩来确实抗议过，周也确曾要求毛泽东保留职务。但是周恩来没有和当时的决定对抗，他在1933年5月成为红军全军总政治委员，实际上和博古、李德一起成为了负责决策的“三人团”成员。同样确定的是宁都会议以后毛泽东在红军事务中再无一席之地。宁都会议时期他一直抱病，有指示让他“休息一下”，但是他这一休息以后就再未重返军队。[5]

周恩来和“三人团”的其他成员一起推翻了毛泽东的战术，否决了他的建议。他们之间没有任何合作，虽说没有证据表明周恩来曾支持博古和李德对付毛泽东的图谋，但同样也没有证据表明周恩来曾经着手反对这样的计划。

多年以后周恩来痛心地承认说，从1932年10月宁都会议到1934年10月长征开始这段时间内，他没有一次跟毛泽东商量过事情。[6]

原因可能在于周恩来严守纪律和规定达到近乎夸张的地步。他在宁都会议上清楚地表示他相信毛泽东应该继续参与军事事务，但是在领导层的决定不利于毛的时候，他也没有质疑这个决定。他对毛泽东确实心怀敬意。毛泽东离开宁都的时候他和毛并骑走了一路，并表示希望他能够早日康复并回到军队里来。有一段时间周恩来称自己是“代政委”，暗示毛泽东会回来继续任职。有时候他还把一些文件转给毛泽东“在方便的时候”阅读。[7]周恩来的妻子邓颖超在这方面和丈夫如出一辙，对党纪的态度一丝不苟。1976年春天安门力挺周恩来的游行被“四人帮”指斥的时候她也没有争吵，只是在毛泽东去世、“四人帮”被捕、胡耀邦和党修正了官方立场以后她才表达了自己的意见。杨尚昆将军曾请她帮助澄清丈夫生前的态度，她很干脆地说：“对于他认为我不应该知道的事情，他从来不会多说一个字。”[8]

对待党的决定周恩来与毛泽东的态度截然不同。毛泽东决不会轻易放弃对决定的质疑。他力图让大家接受自己的看法，长征开始前后都是这样。周恩来则偶尔才会提出异议。他曾经提议1934年夏就从中央苏区突围，但是在博古和李德提出反对后遵从了“三人团”的多数意见。[9]

毛泽东在掌权前后每每发现自己和斯大林意见相左。有时候出于情势或必要他也屈从于斯大林——特别是在30年代。那时他和其他中国共产党人认为苏联是世界革命的大本营，为保护大本营计，他们必须把苏联的需求置于自己的需求之上。

但世界格局发生变化以后这种情况也有所改变。斯大林曾强烈反对毛泽东在“二战”以后对蒋介石开战。他督促毛泽东接受联合政府。毛泽东反对这一想法。1948年末，毛泽东到达河北省平山县，准备攻占北平然后继续南下。这时阿纳斯塔斯·米高扬给他带来了斯大林的特别口信：不要过长江，放蒋介石一条生路。毛泽东回绝了。毛泽东认为自己提出的论点十分有力，致使斯大林的密使最后也对自己路线的正确性感到信服。之后他就把米高扬送回了莫斯科。1949年1月1日，毛泽东发表社论《将革命进行到底》。在社论中他如此回复斯大林：“凡是劝说人民怜惜敌人、保存反动势力的人们……是敌人的朋友。”[10]

周恩来和中共领导层的大多数人一样，是个“外国人”。他在法国和德国待过很长时间。很多人并没有意识到实际上他在莫斯科待的时间也不短。他是个四海为家的人，从文化上来说可能待在巴黎会比在其他任何地方更感到适意。他和毛泽东不同，他童年时并未在脚趾间沾上过牛粪的痕迹。他不像毛泽东那样对乡下俗语信手拈来，也没有毛泽东那种对中国农民的感同身受的体察。周恩来和他的妻子是精神上的伴侣，在欧洲和中国大城市的共同经历把他们维系在一起。周恩来与邓颖超之间的紧密联系超过他们和世界上任何其他人之间的关系。

周恩来以政治风度、外交手腕和头脑机智闻名于世。他有很好的军事背景，曾经在黄埔军校担任政治部主任。他在莫斯科研究过军事科学，并在上海的腥风血雨和大胆的南昌起义中付诸实践。到此时为止他已经在中国南部转战三年了。从任何意义上来说他都是一个杰出的人物，他拥有的才华和阅历可以让他毫不谦虚地认为自己可以领袖群伦。

但是现在周恩来不遗余力地拥护毛泽东。直到1976那宿命的一年，他们生命行将结束的时候，周恩来都没有对毛泽东的领导表示质疑。周恩来如此的决定到底出于什么考虑，我们无法对其中复杂的因素一一明析。但是已知的是从遵义会议以后，不管他的职务是什么，他实际上都是以毛泽东的谋主身份行事。这样的伙伴关系在中国政治史上可谓是凤毛麟角。

很明显，周恩来和毛泽东两人的政治见解和风格时时都有所不同。毛泽东是个十足的“本土人”（王炳南大使的用辞），他出身农村，1919年3月19日到上海码头上向自己最好的朋友挥手告别。这些去法国的朋友参加的勤工俭学计划他也曾深度参与。但他却没有与他们同行。

很久以来学界对毛泽东此举众说纷纭。有人说毛泽东是因为财力不够而放弃，也有人说毛泽东是不擅学习法文，抑或是因为和这些从着装到钱囊都比他优越的人在一起让他感到浑身不自在。

这些解释看起来都并不确凿。中国历史学家李锐生平大部分精力都投注在对毛泽东的研究上。他认为毛泽东从未考虑过出国。他相信自己的朋友应当汲取西方文化，然后把有用的精华带回中国。这是非常重要的。而毛泽东的位置在中国。如果他也出国的话，中国的核心小组就会瓦解。

李锐相信毛泽东曾判定中国必须进行改革重建，而他自己就是成事之人。他是领头人，因此感到有责任留在中国。毛泽东对西方没有表现出他应该产生的浓厚兴趣。李锐感到这是毛的一个缺陷。[11]

这样的情况在毛泽东一生中都产生了影响。"海归派"和"本土派"之间的矛盾摩擦不可避免。有些人认为毛泽东始终对周恩来的外交手腕和后来的世界性声名心怀嫉妒。不管到底如何，这样截然不同的两个人组成的联盟不可分割。两个人正好互补。毛泽东是哲人，是诗人，他心比火热，梦比天高，为了将自己的梦想变成现实他愿意付出任何牺牲，使用任何策略，他的目标不可改变，但是实现目标的手段可以灵活改变，他一直（除了生命中的最后几年）都是用人的天才，一次又一次将敌人和对手改造成给自己出力的盟友；周恩来是实干家、外交家，是人际专家和守铺子的掌柜。

多年以后，周恩来和毛泽东在中国到达权力顶峰业已很久，周恩来用他灵活的头脑，犀利的辞锋和不屈的气节（毛泽东当时可没有为拯救他于水火而动过一根手指头）在"文化大革命"的疯狂中得以全身而退，即便在那个时候他还是如此评价毛泽东："我们都是他的学生，但是我们不可能做得像他那么好。"我相信他的话是发自内心的肺腑之言。第一次听到这句话的时候我这么想，十几年后我还是这样认为，这句话明面上的意思就是周恩来的本意，对此他并未有所保留。但是在他的内心，对毛泽东在人生最后几年发起的巨大变乱，这一几乎把他和整个中国都冲垮的动乱，他到底是如何心安理得接受的，我无法想象。

很多外国人和有些中国人都说周恩来是个优秀的臣子，是个可靠而顺服的政策执行者和务实的行政人才。在他的手里，毛泽东无政府主义的异想天开如“大跃进”和“文化大革命”都未能使国家偏离航道。这些评价都是正确的，但是周恩来的为人远不止此，只要是从中国人那里听说过他事迹的人都知道他大大小小的善行：长征时因为担心其他人的手重，他亲手把负伤的战士扶上担架；得知自己的老朋友安娜·路易斯·斯特朗行将离世之际病床边没有任何亲人陪伴时他义愤填膺；还有在生命最后年月里的那些夜晚，他满心疲惫和忧虑，在人民大会堂的下一轮正式宴请前悄悄躲进北京饭店的厨房，在那里吃下一碗简单的面条等等。由此可见近年来对周恩来的个人崇拜越来越多不足为奇。

遵义会议之后，长征的很多事务得以各就其位。2月5日红军到达黔滇川交界之处一个叫鸡鸣三省①的小镇。博古被悄悄地解除了总体负责日常事务的中央委员会书记一职，由洛甫接替。毛泽东被正式任命给周恩来的军事决策提供“帮助”。3月11日，毛泽东被任命为军事委员会委员，与他担任同一职务的还有周恩来和王稼祥。当然，决策的是毛泽东。[12]

毛泽东最初的行动是力图和莫斯科建立联系，告诉他们遵义会议的情况。当时没有办法取得联络，只能通过信使。第一个派去的是潘汉年，他之前曾经接受过许多与地方军阀接洽的秘密任务。潘汉年到了上海，但是没有找到任何共产党机关。党组织在那里已经被蒋介石的秘密警察一网打尽了。

1935年5月，中共派出了第二个密使陈云——最近发现的遵义会议备忘录的作者。他化装成商人，在红军渡过大渡河时动身。在上海他和宋庆龄取得了联系，后者安排他上了去海参崴的轮船。1935年8月5日，陈云一行人坐船前往

① 意思是鸡鸣的声音可以同时在三个省份听到。

海参崴，同行的有何叔衡的女儿何实嗣（何叔衡是毛泽东长沙时期的朋友，两人同为中国共产党发起者。何当时留在中央苏区），她是现在已故的四川省官员陈刚的妻子（译者注：此处有误，陈刚之妻应为何叔衡次女何实山，何实嗣为何叔衡三女），中共前领导人瞿秋白的遗孀杨之华（仅仅六周之前，国民党大张旗鼓地公开处决了瞿秋白），还有陈潭秋。杨之华曾参与国际红救会的工作。红救会是共产国际的分支机构，为被捕的共产党人和地下工作者提供援助。陈潭秋则同毛泽东及何叔衡一样，都是1921年中国共产党建立时的发起者。

陈潭秋当时在福建"留守"，他接任了罗明的职务在那里担任省党委书记。他自己也曾受到批评，可能这也是他没能一起参与长征的原因。比其他一些人幸运的是他得以脱身同这些人一同前往莫斯科（他后来牺牲于1943年，和毛泽东的弟弟毛泽民一起被盛世才处决。盛世才是新疆军阀，当时脱离与苏俄及共产国际的联盟，转投蒋介石）。

陈云后来说同行者共有七八个人。这个小组级别很高，这可能是因为他们名义上的目的是代表中国共产党参加已经在莫斯科筹备的共产国际第七次代表大会。1934年共产国际对中国发出了邀请，要求中共派遣一个六人代表团参加此次会议。会议初定于1934年召开，后来推迟到1935年夏。[13]

代表团没能及时抵达。1935年8月20日他们到达莫斯科，但那已经是大会最后一天，已经没有时间对遵义或任何其他事情发表报告。本来第七次代表大会还可以使用一些他们带来的信息。在他们缺席的情况下共产国际听取了王明的讲话，内容是中国风起云涌的革命运动。终于，1936年2月《共产国际》杂志上发表了题为《英雄的西征》的文章，作者是陈云（当时陈云使用了化名施平。没有人知道这个名字，文章也完全被无视）。文章里没有提到遵义会议。遵义会议当时是绝密。

陈云在文章中对军事和政治领导层的变动只字未提。文章提到了从中央苏区转移的情况，但是把蒋介石的第五次"围剿"称作是一次失败。他说这次

"大调动"是向着胜利前进的转移（红军此时早已达到陕北，但是文章中没有提到）。红军要保存实力，接下来的目标是扩军到100万人。唯一的负面信息是他们离开中央苏区的时候非常沉重的辎重行李拖累了部队。[14]

共产国际在幕后马上采取措施重新建立和中国的联络。潘汉年被派遣回国。他在1935年11月或12月时到达上海，身上携带着密码本，这样就可以重新开始秘密的信息往来。但是并不清楚他是否带回了无线电设备。可能没有。但是据说已经在宋庆龄在法租界莫利爱路的住所安排了电台。这里曾经是她和孙中山共同居住的地方。

多年来对于宋庆龄住所中是否有中共电台活动的问题一直有所争议。她的很多密友包括路易·艾黎都强烈地否认有这一情况，他们反问，在住宅门口有国民党守卫日夜把守的情况下这样的事情如何可能。但是两个主要的中国党史学家胡华和向青则声称确有此事。

潘汉年被安排成为中共与共产国际和宋庆龄之间的正式联络人，以宋庆龄的秘书身份作掩护。潘汉年受过良好教育，为人老到。他成了宋女士关系密切的同事之一，直到1955年4月被指控为日本间谍而遭逮捕。20年后他在狱中去世。但是毛泽东逝世、"四人帮"下台以后他的名誉得到了全面恢复。[15]

注释

[1] 孙日昆：1984年4月18日贵阳采访。

[2] 李德：《中国纪事》第105页。

[3] 孙日昆：1984年4月18日贵阳采访。

[4] 余秋里：1984年11月4日采访（译者注：正文原文称芋艿在这里被称做天麻，与下文不符，应为混淆所致，在译文中已进行省略处理）。

[5] 周恩来在宁都会议之初并不在场，但是后来被提名担任红一方面军政委，因此被从前线召回。1932年10月21日宁都会议简报的概要如下：

“对前方战争领导，留在后方中央局同志提出由（周）恩来同志负战争领导总责，（毛）泽东同志回后方负中府（央）政府工作责任。

“因恩来同志坚持要毛同志在前方助理或由毛同志负主持战争责任，恩来同志亦在前方负监督行动总方针责任……最后批准毛同志暂时请病假，必要时到前方。”

宁都会议并未接受周恩来提出让毛泽东继续待在前线的建议（阎景堂：1984年11月3日北京个人采访）。

[6] 胡华：1984年10月29日采访。

[7] 胡华：1984年10月27日采访。

[8] 杨尚昆：1984年11月3日采访。

[9] 杨尚昆：1984年11月3日采访。

[10] 此处证据出自杨尚昆将军。他说斯大林显然担心如果毛泽东跨江击蒋的话美国有可能介入中国事务。杨尚昆还认为斯大林可能在雅尔塔会议时对蒋介石达成了某种承诺，有关此事苏联领导人直到今天也从未对中国提及（杨尚昆：1984年11月3日采访）。在此次讨论中毛泽东提出一个要求，希望苏俄允许蒙古回归中国势力范围。德黑兰会议后蒋介石接受了苏联对蒙古的掌控，但“二战”接近尾声时蒋介石又改口反悔。毛泽东的要求被断然拒绝（凌青大使：1984年12月8日采访）。

[11] 1919年3月19日是出发日期的情况由斯图尔特·施拉姆提供。李锐对毛泽东分析的基础是深入的研究和个人观察。李锐生于湖南。他的父亲是李积芳，字攸溪，是湖南平江县人，生于1882年，死于1922年。李积芳是长沙自由主义知识分子的一员，是长沙第一师范学监主任方维夏的朋友，是孙中山博士的追随者。方维夏是毛泽东在长沙参与组建的新民学会的会员，和对毛泽东影响巨大的老师杨昌济交往甚密。方维夏在赣南及广西附近的游击战中牺牲。40年代及50年代时李锐在新闻媒体领域工作。他曾在延安《解放日报》担任工作，后来成为了湖南省委

宣传部部长。因为他有工程方面的学位，1952年被调入北京，负责水电发展方面的工作。他在“大跃进”过程中担任毛泽东的秘书。1959年庐山会议上彭德怀被剥夺了权力。李锐也被解除职务，之后二十年中他被放逐、监禁、从事苦役劳动。他在北京秦城监狱（江青现在也被关押在此）里关了八年。1979年到1982年他复任水利电力部长。之后担任中共中央组织部副部长。他现在已经离休，正全力研究毛泽东及党史。他对青年毛泽东的经典研究最早曾经在1957年发表，当时是一本20万字的书，后来被撤回，新的扩展版有30万字，1980年出版（李锐：1984年10月26日；阎景堂：1984年1月3日）。

[12] 这是胡华教授总结的。当时各种委员会林立，导致工作混淆混乱。胡华教授说军事指挥“三人团”是在决策时多次出现问题以后成立的。让军委全部20个成员一起讨论问题是复杂麻烦的。当时对遵义附近的一个军阀据点进行攻打还是绕道而过的问题起了争议。军委下令进行攻击，而毛泽东反对，但是军委否决了他的意见。深夜时毛泽东找到了周恩来，继续向他陈述自己的意见。他说服了周恩来，第二天他们又将问题在军委上提出来，同时建议进行变革，给予周恩来、王稼祥、毛泽东“三人团”决定日常事务的权力。建议被军委通过。

[13] 胡华：1984年10月14日采访；向青教授：1985年1月14日采访。

[14] 北京大学党史专家向青：1984年3月16日个人采访。李德说陈云的使命是说服莫斯科给中国红军提供军事协助（李德：第105页）。“百万”红军的想法早在1932年就由中国的“布尔什维克”提出，并在中央苏区进行了大量宣传，与现实情况完全背道而驰。

[15] 宋庆龄女士住处存在中共电台的情况有两位党史学家证实，一位是胡华（1984年3月29日北京个人采访），另一位是向青（1985年1月14日纽约采访）。但是皮平非（译音）在1984年4月16日《红旗》（*Red Flag*）杂志中说电台在“潘汉年的领导下”被置于路易·艾黎的“住所”。 路易·艾黎在一些年前曾经提及电台被放在自己寓所阁楼上的事情。所以此事依旧存疑。

对潘汉年的指控看来是毫无根据的。据指控说，他在日本人占领南京的时候被他们逮捕，在答应为他们干间谍工作以后才被释放。宋庆龄女士的一位密友回忆说1953年的一个星期天自己被召至宋女士的住处。宋女士非常难过。她说："他们抓了潘汉年。"在中共掌权以后，潘汉年被任命为陈毅的副手，担任上海市副市长。这个时期被控告是日本间谍而遭逮捕的另一个人是1985年担任英文报纸《中国日报》总编辑的刘尊棋。他被放逐到荒凉的满洲里边界地带，在那里生活了25年后才被释放。

第十三章

绵里藏针

长征之初邓小平的天空阴云密布。他一生中曾经被解除过所有军政职务，曾经被狠狠地“斗争”，曾经被武装看押并接受公开批判，他的妻子也和他离了婚。与此相比，现在并不是他人生的最低谷，但确是一个低谷。关于他这个时期的一些故事肯定是虚传的。没有证据表明他确实——像有些人说的那样——被罚做劳役。长征开始的时候他是红军总政治部的工作人员，像成千上万的其他红军战士一样只用携带自己的装备。他并未——像有些人声称的那样——成为五千人力搬运工中的一员，肩头扛着红军的机械。但这些是邓小平早期事迹在外流传的典型说法。

遵义会议之后邓小平青云直上。这样的转折在他一生中一次又一次发生。邓小平的政治地位骤升，得以进入毛泽东所在的高层。

邓小平这次印度弹球式起落的细节在参加长征的这些人脑海中并不清晰。但是他地位的提升是毫无疑问的。长征开始的时候邓小平30岁。他是广安一个小官僚的儿子。广安在四川，在重庆以北60英里（约97公里）。

作为毛泽东的拥戴者，他因为自己性格炽烈、直言不讳而蒙受苦难。四川人是有名的辣子，邓小平在这一点上完全符合四川人的特征。他来自一个传统中式家庭。父亲是广东常见的客家人，后来迁去了四川。

邓小平的父亲在广安县士绅组建的一支地方守备部队里担任长官，手下管着百十号人。邓小平很小的时候就离开了老家。他在重庆读了中学，然后在那里进入一个专科学校学习，为留法勤工俭学做准备。16岁的时候他和同批92个中国学生一起坐船去了法国。[1]

在巴黎，邓小平先是在雷诺公司的工厂里工作，后来做了蒸汽火车上的司炉工。他没有什么钱，吃的也很少。“以前只要能买个羊角面包，喝上一杯牛奶我都会很开心。”邓小平曾经这么告诉杨尚昆。他认为自己个子矮小（他的身高是5英尺〔约1.52米〕略多一点）可能是因为当时吃得太少。在巴黎的日子让他一辈子都喜欢法式食品，特别是羊角面包。1974年他被派往纽约代表中国参加联合国召开的经济大会，那个时候组织上派发了零花钱——30元钱，大约相当于16美元。他决定把这些钱全用来买羊角面包。中国常驻联合国代表黄华向他建议等到回国经过巴黎的时候再买——那样的话羊角面包到国内的时候会新鲜一点。邓小平接受了建议；他买了100个羊角面包，回国以后把它们给了周恩来等人——在巴黎时他们养成了习惯，钟爱羊角面包的口味。西哈努克亲王在柬埔寨下台以后在中国待了很长时间。他有时候会烹制一桌法式菜肴，然后敬送给邓小平。邓小平在法国学会了烹饪，在一家老旧的房子里给自己和其他同住的中国留学生做饭吃。[2]

1936年邓小平告诉埃德加·斯诺，他在国外的时间主要是工作而不是学习。他加入了法国共产党，跟周围的法国工人学习马克思主义，后来才加入周恩来和其他年轻的中国人所建立的中国共产党旅欧支部。[3]这一点上他和另一位亚洲的革命家胡志明类似。胡志明比他年长一点，当时也在巴黎工作。两人在巴黎相遇，后来的岁月中他们的道路也经常有交集。在巴黎的日子里邓小平逐渐和周恩来混得很熟。他在周恩来发起的社会主义青年团中非常活跃，经常分发传单，还为复印资料刻写蜡纸。

1926年邓小平经蒙古和宁夏回国，之前他在莫斯科待了几个月，在那里的中山大学学习。当时蒋介石的儿子蒋经国也是那里的学生。后来据邓小平回忆说蒋经国在那所大学“过得很不错”。当时中山大学不仅欢迎中国共产党人，也对国民党人开放。回到中国以后，邓小平为冯玉祥工作了一段时间。后者是“基督将军”，与共产党走得很近。邓小平为冯玉祥在西安附近建立了一所军事培训学校。蒋介石对上海实行恐怖统治以后，邓小平被派往武汉，然后辗转去上海地下组织工作了一段时间。当时他担任的是中央委员会秘书长，这是一个行政职务。

他的第一个党内的重大任务开始于1929年。他被派往广西南部以当时号称的红七军和红八军为中心组织一次大规模的游击行动。他被任命为政委。[4]

邓小平有一个弟弟叫邓垦，后来曾经担任武汉市市长，到1984年的时候他已经退休。他的妹妹1984年还在北京的一家科学研究所里工作。邓小平的亲生母亲在儿女还很小的时候就去世了。他们是被继母养大的。

红七军和红八军不是真正的建制军队——充其量只有几千人。邓小平的任务执行起来很有难度。因为红八军的地盘在龙州，在广西和印度支那（译者注：当时的法国殖民地，地域包括现在的越南、老挝和柬埔寨等国）交界的地方，路途波折不便。邓小平必须乘轮船从香港到海防，然后北上穿过印度支那抵达龙州。此行得到了印度支那地下党的援助，他们正在靠近龙州的印度支那边界地带准备一次起义。胡志明是否在这次行动中担任积极的角色现在不详。[5]印度支那共产党1929年5月时才在上海跑马场的一次足球比赛期间开会建立（译者注：按记载会议应是在香港召开）。胡志明在上海、香港和广州进行地下活动时一直与中共紧密合作。

邓小平在红七军的工作刚展开就受到了中共高层内部斗争的影响。他被解除了前敌委员会书记的职务，顶替他的是邓刚——有时候这两个名字容易混淆。邓小平的真名是邓斌（在法国时人们叫他邓希贤）。[6]到红七军接到指示从广西向湖南转移时邓小平又官复原职。但是红七军只不过是一个空壳子。

它号称有三个“师”：韦拔群指挥的骨干二十一师留守广西。邓小平指挥十九师，陈豪人指挥二十师。后面这两个师此时已改称为更名副其实的五十五团和五十八团。不久以后，邓小平被派往上海向中共地下组织领导汇报广西的情况。1931年2月邓小平抵达上海。[7]

邓小平在红七军工作时职务至少起伏了两次。多年以后，毛泽东去世，邓小平最终成为了中国的领袖。他为人刚正不阿，这却每每害他陷入中共内部党争。但是当一位渊博的中国人被问及人们对此有何看法时，这个中国人说：“正是因为如此我们才信任他。”

1931年8月邓小平回到中央苏区，担任瑞金县党委书记的职务。他接到的是一个烂摊子。瑞金县在一次“肃反”运动——间发性出现、摧残秘密革命事业的清洗运动之一——中苦苦挣扎。这次的整肃根源于一系列几乎莫名其妙的事件。

1926年南昌的一些右翼民族主义分子建立了一个亲国民党的团体，叫做AB团。当时是国共合作时期。AB团是一个没有什么影响力的小团体，很快就烟消云散了。但是许多年轻的中国爱国者曾经加入过这个组织。

1930年中国青年开始从苏联回国参与共产主义运动时，党的保卫工作者会要求他们列出自己曾经参加过的组织。不少人说自己曾经是AB团成员。

一系列妄想症引发的推断让保卫工作者以为这些AB团员是国民党试图渗透共产党队伍而派出的特务，而AB正是反布尔什维克的英文（Anti-Bolshevik）缩写。在这次愚蠢而危险的运动结束前，已经有三千到四千名AB团嫌疑犯在当时的富田事变中被捕，其中很多人被枪毙。[8]

国民党也开始对自己并不存在的地下组织散布谣言、大肆宣扬，此后恐惧愈发加深了。党的保卫工作者迫使数百人“招供”说自己是子虚乌有的AB团的成员。现在无法确切估计邓小平接手的时候在瑞金监狱里到底有多少人正在等待枪决，但是人数应该在几百上下。

邓小平结束了这次政治迫害。他命令对所有在押人员重新仔细审查。很多人回到了原来的工作岗位。如果发现有滥权或渎职行为就把他们开除。周恩来一两个月后到达苏区时支持同样的处理方法。谢唯俊和瑞金其他的党干部协助邓小平平息了这次疯狂的运动。就这样，滥杀告一段落。[9]

此次事件中被捕的人被指控为“隐藏在党的队伍中的敌人”。所有这些从某些意义上来说与后来“文化大革命”和“四人帮”时期的运动不可思议地如出一辙。邓小平自己则在三十多年后成为了这些运动的著名受害者。同1931年在瑞金时一样，1977年至1978年邓小平将在北京彻底终结这一切歇斯底里的疯狂，将自由还予清白的人。

邓小平在瑞金担任书记的时间并不长。1931年7月中华苏维埃临时政府宣告成立，瑞金成为“红色首都”。几个月后——邓小平记不得具体日期了——他从瑞金卸任，去了重要性略低的会昌县担任书记，很快寻乌县和安远县也被安排成他的辖区。听起来很了不起，但实际并非如此。这几个县只是最近才部分解放的，而三个县的县城则从来不在红军的掌握之中。

到1932年冬，邓小平又置身于水深火热之中。他是明确表态拥戴毛泽东的，现在博古和他的反毛派开始接管中央苏区，力图剥夺毛泽东剩余的力量。

据邓小平1984年回忆，他担任三县职务约有半年时间。尽管邓小平告诫自己的同事进行历史写作和研究的时候有必要保持准确性，他自己却拒绝写作回忆录，对给自己进行官方传记的提议也回绝了。这可能是因为他对毛泽东周围滋长的个人崇拜深恶痛绝的缘故。[10]

反对毛泽东的运动是由党的内部公告上的一篇没有署名的文章掀起的。作者可能是博古或洛甫。中国的“布尔什维克”不敢公开攻击毛，因此他们以中国政治中常见的方式指桑骂槐。他们猛批毛泽东的坚定拥护者福建省委书记罗明。邓小平的名字没有出现在文章里，但是大家都知道他和罗明观点仿佛，也都支持毛泽东。

罗明几乎是马上就被解除了职务。邓小平则转职去江西省委宣传部担任部长。

4月15日针对邓小平的批判运动公开化。洛甫在《红色中华》上发表了一篇文章对一些人进行点名批评。第一个就是邓小平，他被打上“罗明路线”追随者的标签。第二个是毛泽覃，之后是曾经在结束AB团肃反运动中协助过邓小平的谢唯俊，第四个是古柏，也是毛泽东长期以来的拥趸。四个人都被解除了职务。[11]红军开始长征的时候两个人被留在苏区，就此牺牲。

邓小平当时被送到红军总政治部接受“斗争”。关于当时的具体情形有相互矛盾的说法。这里的斗争可不是蜻蜓点水的儿戏。身体上的暴力摧残屡见不鲜。斗争对象一般都遭到拘禁，显然邓小平也不是例外。5月6日罗迈（李维汉）在中共中央局机关报《斗争》上发表了一篇文章，号召对邓小平和“罗明路线”的其他追随者进行“无情打击和残酷斗争”。罗迈当时是中共中央组织部长。他要求对邓小平进行处分的呼声十分强烈。就在这时候，邓小平的妻子阿金（金维映）与邓小平离婚，嫁给了魁岸英俊、沉稳细致的罗迈。罗迈对邓小平的无情苛责是否受此事影响我们不得而知。阿金是广东人，以天赋出众而闻名。她和邓小平一样也在瑞金担任过党委书记，而且据说也有些个人主义。阿金和罗迈共同走完了长征之路，但后来在延安离了婚。[12]

对邓小平的指控是走“富农路线”，因为他认为在没收富人资产、将他们的土地分给穷人的时候不应该把中农列在打击范围内。他还认为各县应该维持自己的地区武装，而不是像“布尔什维克”坚持的那样把这些武装集中起来由中央指挥。邓小平也支持毛泽东的战术，认为可以把敌人放进苏区，然后引进埋伏圈一网打尽。[13]

邓小平写过两三篇检查。他坦承自己低估了“进攻路线”的价值，但是这没有让攻击他的人满意。“我就只能说这么多。”邓小平坚持说。“我写的就是真实情况。”邓小平挺直了身板，他不会跨出自己的底线。[14]

有一天邓小平被看守带回拘禁自己的囚室，路上碰到了陆定一的妻子唐义贞。陆定一是苏区的副总理，后来的宣传部长，在“文革”期间曾被红卫兵打得遍体鳞伤。

“我饿的厉害，”邓小平对她说。“吃的不够，填不饱肚子。”

唐义贞可怜他，就花一个银元买了两只鸡，做好以后让别人带信给看守，让他们把邓小平带到她家吃晚饭。邓小平来了以后吃掉了一整只鸡，然后把另一只带回自己的囚室等以后吃。唐义贞后来被迫留在了苏区。而她的丈夫参加了长征，活了下来。[15]

这次“斗争”时邓小平的表现和他后来一生中的表现是一致的。他可以承认错误，但是如果相信自己的判断是正确的，就不会承认这是错误。他支持毛泽东的战术，在这一点上他不会让步。

对于之后发生的事情有五六个不同版本的记述。有些说邓小平被送去农村劳改。[16]杨尚昆将军说“他被送去下了基层”。但是在那里发生了什么，杨尚昆并不清楚。[17]最准确的记录说他被派去了距瑞金很远的乐安县南村，职务是巡视员。他在那里巡视什么，似乎没有人知道。所有人都一致说这个职位级别很低。他在那儿仅仅待了很短一段时间，可能不会超过十天。那个地区是个真空地带，还在进行游击战。如军事研究员阎景堂所说，共产党和国民党部队在周边逡巡，“相互纠缠”在一起。瑞金认为“可能会有问题”——邓小平可能会投敌。因此他被召了回来。[18]

邓小平此时转到红军担任总政治部秘书长，他的上级是王稼祥。据说在工作两三个月以后他自己提出辞去职务，成为一名普通的政治工作人员。另有记录说他毛遂自荐担任红军报纸《红星报》的主编。但是，如李一氓指出的那样，在长征中出版《红星报》是不可能的。所以邓小平当时无事可做，就跟着总政治部的李一氓一起徒步前行。后来李一氓修正说实际上当时他们是骑马，因为两个人都分到了马匹。[19]

不管情形到底如何，遵义之后，或将入遵义之前都发生了变化。邓小平作为《红星报》主编参加了遵义会议。据他回忆，这之前不久，自己在黎平会议期间成为了中央委员会、或者刘英口中所说的“中央小组”的秘书长。

这个职务比听上去更了不起。这个秘书长的职责，据今天我们通过回忆来重新建构的情况看，主要包括为会议作笔录，整理资料，给文件归档，送出或接收电文，拟写命令等等。但是现在还没有发现任何邓小平以秘书长身份签字的电文或文件。

邓小平在遵义会议上的列席其实最近才被重新证实过。邓小平自己记得曾经参加了遵义会议。杨尚昆将军亲自进行了征询。杨尚昆当时参与了遵义会议，但是不记得邓小平曾经在场。对此杨尚昆在70年代初的时候问了周恩来总理。周说邓小平确实在场。后来杨尚昆记起来当时曾经看到过邓小平坐在角落里忙碌地记笔记——可能是给《红星报》用，抑或是因为他的角色是秘书。不管到底如何，这些笔记和几乎所有其他有关遵义会议的书面资料一样，也遗失不见了。

1935年4月红军即将到达雪山之前，毛泽东下令所有辅助机关的男性干部必须到前线担任军事职务。邓小平因此前往红一方面军指挥政治宣传。矮小的刘英接任秘书长的职务，直到红军穿过草地。红军抵达陕北的时候，邓小平患上了伤寒的一种，病情很严重，在很长一段时间内都无法继续工作。[20]

让邓小平大起大落最多的人正是毛泽东。他有一次怒斥说自己讲话的时候邓小平故意坐在会议室后面，因为邓小平耳背，这样他就愈发听不见毛泽东所讲的东西了。但是1973年周恩来身患绝症，毛泽东又将邓小平从“文化大革命”的迫害中解救出来。他热情地表扬说他是“绵里藏针”，意思是邓小平柔中寓刚。毛泽东还说他“思圆行方”。

红军从遵义出发的时候邓小平已经不在队伍里和战士们一起徒步行进了。他分到了自己的马，并且从毛泽东那里得到了新的委派。但就在邓小平的运气蒸蒸日上的时候，另一个人的运气却正在走下坡路。红军折向西北走上新方向的时候，高级指挥层的队伍里不见了李德马背上高高的身影。遵义会议甚至还未结束，他就要求加入林彪的红一军团，以便如他说的那样“让自己通过在前线的直接经验体会毛泽东吹得神乎其神的中国内战战术”。他的请求获得了批准。他在马匹上装满了从军需那里取得的特殊给养（这再次引来了一些人的恶劣评价），急匆匆地赶去与林彪会合。他用了三四天时间，最后终于赶上了林彪。他说自己受到了比较无礼的接待。但他还是开始研究毛泽东风格的战术。他最喜欢的娱乐之一是打扑克，曾经用这样的方式与博古和自己的两个翻译打发了很多夜里的休闲时间，现在却也抛在了一边。

当红军再一次途经遵义，攻下城市并作短暂停留的时候，翻译伍修权去探望了李德。伍修权现已被送往前线，职务是红三军团副总参谋长。李德当时正坐在桌边，一板一眼地把核桃敲开，然后吃掉核桃肉。伍修权坐下来，也敲起了核桃。李德抬起头看了下，然后说："我们两人之间只有军事上的关系。敲核桃不属于这种关系。"[21]

长征剩下来的路程中李德的身份将只是一名观众。

注释

[1] 杨尚昆：1984年11月4日北京个人采访。

[2] 杨尚昆：1984年11月4日采访。

[3] 斯诺：《西行漫记》第498—499页。

[4] 张云逸是红七军军长，俞作豫是红八军军长。张云逸后来成为高级将领，曾担任广西省人民政府主席。他在70年代初期去世（阎景堂1984年10月27日采访）。

[5] 胡华：1984年10月28日采访。

[6] 胡华：1984年10月29日采访。

[7] 阎景堂：1984年10月24日采访。

[8] 胡华：1984年10月29日采访。

[9] 细节出自阎景堂1984年10月24日采访及胡华1984年10月26日采访。洛甫告诉埃德

加·斯诺中央苏区处决的“反革命”——也就是与普通“阶级敌人”区分开来的政治犯——总数“不超过一千人”。他估计在江西处决了四百到五百名地主，高利贷者有几百人（不到一千）。而在长征过程中处决的地主和官员不会超过一百人（埃德加·斯诺：《红色中国散记》〔*Random Notes on Red China*〕第88页，1957年哈佛出版）。

[10] 杨尚昆：1984年11月3日采访。

[11] 毛泽覃保留了独立师政委的职务，但他去了于都，与毛泽东一起待了一段时间（胡华：1984年10月29日个人采访）。

[12] 胡华：1984年10月29日采访。

[13] 罗迈在《为党的路线而斗争》一文中对邓小平的正式批判如下：（1）在军事上遵循纯粹防守路线，反对党的进攻路线；（2）反对攻击大城市的政策，反对红军兵力扩张到一百万人；（3）对共产国际及中共四中全会选举的中央委员会不信任、缺乏信心。

[14] 细节出自胡华1984年10月29日采访。长征开始时罗明和他的妻子在列，但是后来不得不被留在贵州。在1935年2月的娄山关战斗中罗明被炸弹碎片击中，遭受重伤，他的妻子也卧病不起（胡耀邦：1984年6月14日北京个人采访）。他们康复以后一度为一个地主干活。罗明的工作是干农活，而他的妻子则是做厨子。后来他们逃到了广东的梅县，之后转道去了新加坡和马来亚（译者注：马来西亚旧称，地域有一定区别）担任教师。解放后他们回到中国，罗明担任南方大学校长（张援远1984年1月11日书信）。1985年时罗明依旧健在，时年90岁，任广东省人民政协副主席。杨尚昆将军回忆了1950年自己与罗明在北京的第一次全国人民代表大会上相遇的情景。他说有一个人上前与他握手，然后说：“你不记得我了，我是罗明路线啊”（杨尚昆：1984年10月28日北京个人采访）。

[15] 王愿坚：1984年3月5日采访（译者注：正文前文书陆定一是苏区副总理应为混淆，当时陆并未担任此职务，他应该是后来新中国的副总理）。

[16] 王愿坚：1984年3月5日采访。

[17] 杨尚昆：1984年10月3日采访。

[18] 阎景堂：1984年10月24日采访。

[19] 邓小平自己要求转职的情节出自阎景堂。这与其他人认为邓小平是作为普通战士参加长征的说法有矛盾，与李一氓讲邓小平与他两人在干部团一起行进并且有马匹代步的说法也有矛盾。阎景堂的信息来源是党史研究室，而党史研究室是通过采访长征中指挥员的方式取得此信息的。邓小平早期生涯的细节仍旧有些模糊，因为他不太愿意进行传记采访。胡华教授认为邓小平作为罗明路线的拥护者受到的处分还是宽大的，因为高层的处理意见也有分歧：周恩来及洛甫希望从宽处理；罗迈希望从严处理（胡华：1984年10月29日采访）。

[20] 杨尚昆将军牵头对邓小平担任中央委员会秘书长一职的细节进行了挖掘。邓小平担任此职的主要证据出自他自己的回忆。这在1985年1月北京举行的遵义会议召开50周年庆祝大会上也得到了证实。据周恩来的遗孀邓颖超回忆，直到黎平会议前她一直担任这个职务，而后因为病重才由邓小平接任。如果她的记忆无误，那么这个职务从很大程度上应该是个闲职，因为她在长征开始之前和长征中的大部时间都已经病得无法继续担任官方工作了。正如1984年她在《中国建设》（*China Reconstructs*）中撰文写道："我只是休养连中的一个随军病号罢了。"

根据北京历史专家提供的官方名单，担任这一职务的历任人员如下：蔡和森及王若飞（陈独秀任总书记时）；当时23岁的邓小平（瞿秋白任总书记时）；李立三（向忠发任总书记时）；邓颖超（1932年"中央移至中央苏区以后"，也就是博古领导时期）；邓小平（"黎平会议以后"）；刘英（"遵义会议以后"，实际上也许是会理会议以后）；后来担任交通部长的王首道（"1937年末"，也许早在1935年8月毛儿盖会议以后就开始了）。

刘英担任中央委员会秘书长一事中国党史学家并不知情，直到她向作者提起此事方才得知。康克清（1984年11月2日北京个人采访）确认了她的回忆无误。

[21] 伍修权：1984年3月28日采访。

第十四章
危悬一线

自长征开始以来，红军第一次走在真正的公路上，而毛泽东也第一次骑着匹白色的高头大马①走在队伍的最前方。他们正自遵义北上，毛泽东的老同志朱德骑马走在他的右方，左边则是他的新同志洛甫。这支久历战火的队伍在进入桐梓接受两千多兴奋的老百姓热烈欢迎时看起来煞是威武。桐梓在一两周前已被林彪攻克。[1]

红军进入的是一个神秘的王国，一片传说、诗意和传统交织的土地。这个地域上有着雄伟的地下洞穴仙女洞和天门洞。洞里四通八达，巨大的石灰岩壁的洞穴一路延展分布开来，深不可测，从来没有人走完过所有的通道。有些人说天门洞是中国最大的洞穴，在世界上也可能是首屈一指的。它的主洞里可以容下成千上万人。

桐梓是个小镇，但是这里出来的将军却很有名。桐梓县出生的将军比整个中国任何其他县都多。这里住着不少小军阀，每个军阀都给自己造了一栋标

① 现在已被制成标本，在延安的博物馆中保存。

准的军阀住宅，二楼都有不可或缺的环状阳台。大多数住宅外都停着一辆小车。[2]每个军阀都是黄金成堆、妻妾成群。桐梓和西南50英里（约80公里）处的茅台都是附近有名的财富会聚之地（因为鸦片和白酒）。红军到达桐梓以后所做的第一件事就是派遣小分队急赴各个石灰洞起出里面的金银财物。这些都是望风而逃的将军和地主藏起来的。接下来的几个星期红军将会因为没收的银元而富裕一阵子（但是却缺乏大米和其他食物，因为这个地区除了黄金和鸦片以外其他出产很少）。

仙女洞和天门洞后来在“二战”中名动一时。国民党在这些偏僻的隐蔽之处建起了军工厂和地下电厂，躲避日本的轰炸。1936年西安事变中劫持蒋介石的“少帅”张学良也被拘禁在这里。他被带着在地下走了很久，等他失去方向感以后又被重新带上地面，然后被软禁在小西湖边的一个迷你宅邸中。小西湖的名字与杭州著名的西湖呼应，是一个秀丽的小湖。张在那里是自己一个人，陪伴他的只有多才而专一的赵姓女秘书。两个人坠入爱河，终生相伴。蒋介石离开大陆前去台湾的时候把他们也带上了。他们在1964年成婚。[3]

1949年解放军再次攻占了这个浪漫的角落。之前军阀们曾再次把自己的财物藏到洞穴里。解放军又重新把它们都起了出来。国民党将领和军队成批四散到附近的山林中，几年后才全部肃清。[4]

参加了长征的罗炳辉将军告诉海伦·斯诺，贵州的整个战斗“就像猴子在窄巷里耍牛”。

我认为毛泽东不会这样说。他的目标很明确：找到一条道路北渡长江，和张国焘的红四方面军会合。蒋介石很精明，他也猜到毛泽东想北上，因此在必经之路上部署了精锐的主力部队进行拦堵。

毛泽东还没离开遵义时就已经派林彪到前方开路，希望能清出一条道路到达长江。蒋介石正在重庆坐镇指挥，和以前针对江西“红色角落”的动作一样，他意图把红军兜在黔滇川交界地区的口袋里。在重庆的西南，泸州和宜宾之间，长江绵延90英里到150英里（约145公里到241公里）。红军想找的路可能就在这里。

毛泽东分兵几路。林彪率领骁悍的一军团二师为一路，以先锋团四团为首力图在赤水县附近突过赤水河，然后再想办法渡过长江。毛泽东则带着一军团一师和机关单位经桐梓一路西进。他们走的路破烂不堪，根本无法和遵义的公路相提并论。陈云以廉臣医生为笔名写道，长征途中走过的路中就数这条最糟糕。他看到毛泽东手里拄着一根棍子上山。当时在下雪，毛泽东两腿污泥及膝，而且肯定滑倒过，从头到脚都是泥。[5]

毛泽东带着队伍一路向西面的赤水河方向行进，准备等林彪突破以后再向北跟进。彭德怀的红三军团——到现在这些“军团”差不多都只有一个师那么大了——正在稍北的地方同样向西运动。九军团主要负责侦察，而三军团脚跟后面就是五军团，他们一如既往地担任后卫。后来对毛泽东把当时规模不大的军队分成这么多路也有过争论，但是他这么做的目的很清楚，他要在蒋介石还未保护周全的某个地点强渡长江，现在则要迷惑住蒋，让他看不透自己的意图。他希望蒋介石和川军军阀之间的恶劣关系这回能够为他所用。

但战争常常就是各种误判的叠加。林彪一贯机灵稳健，能够找出办法来避开敌人，这次却马失前蹄。他一路顺风顺水，抵达赤水河边的土城。老百姓摇着小红旗欢迎他，而黔军部队则向河对岸鼠窜。接下来他便向赤水县城挺进。赤水是赤水河上的另一个城镇，在北面不远，他预计在那里等待他的情形也差不多。国民党政府在赤水县的一个小兵工厂曾经在1月16日举行过游行示威，林彪觉得这应该对他打下赤水有所帮助。这时林彪指挥的部队有4000人，大家都对去赤水县感到兴奋，因为那里有大多数人都没怎么见过的电灯。但是当林彪抵达赤水县不远的黄陂洞村时，却发现敌人在道路一侧有个坚固的碉堡，另一侧的小山顶上则布置了火力强大的阵地。敌人的机枪猛烈开火，子弹呼啸而来。林彪的三团已经尽了力，但还是难以通过火力封锁。林彪让他们在小山附近绕行，希望能从敌人后面包抄上去，但是没能找到路。他的队伍打了一天，却没有任何进展。他们可以看到一英里外的大路上尘土飞扬，国民党的军队正飞奔赤水县而去。林彪一直坚持到天黑，然后才把部队后撤了一点，隔夜以后无奈地向毛泽东电告自己无所建树的局面。[6]

此时有一支敌军尾随毛泽东的主力队伍已经一两天时间了，但大家却不以为意。大家想当然地认为这几个团都是黔军的 “双枪兵”。1月27日，毛泽东在土城郊外宿营。彭德怀的三军团离他不远。五军团也在附近。夜里决定第二天早晨彭德怀的三军团将向跟在后面的敌军发动攻击。他们以为尾随的部队大约有两个团两三千人的样子，此次务求将他们一网打尽。这样的行动对朱毛部队来说驾轻就熟。他们计划打掉追击队伍，解除后顾之忧，等林彪一有消息就全速跟进。他们估计林彪随时会报告找到了通往长江的道路。那时候他们就可以在蒋介石明白过来以前摆脱追袭，到达长江以北。这个方案很冒险，但完全有可能实现。[7]

1月28日早上，天刚蒙蒙亮，三军团就发动了攻击。毛泽东在一个叫青杠坡的村子建立了指挥点。青杠坡位于土城以东一两英里。指挥点建在村旁一个圆形的山顶上，在这里战场上的情形一览无遗——几乎可以360度全方位观察。一切都已安排妥当，可以迅速解决战斗。往常这样的作战基本在一两个小时左右就能结束。五军团已经到位，只等发出最后的雷霆一击。

上午还只过去了一点，毛泽东就收到了林彪带来的坏消息。他报告说自己没能突破到赤水县。林彪晚上停留的地方在毛泽东以北大约20英里（约32公里），行军大约只需要半天。他的部队行军疾动如风，走起来的速度在今天应该称为慢跑。

收到林彪的消息后不久，毛泽东开始意识到对“双枪兵”速战速决的计划也出了问题。上午过了一半的时候可以明确敌人并没有落荒而逃。红军打得很好，但是敌人也不落下风。实际上敌人的力量正在不断加强。中午的时候毛泽东和其他指挥员已经明白眼前有一场恶战了。敌人不是贵州的渣子部队，而是四川的精兵。指挥这支部队的是绰号“熊猫”的郭勋祺，他的上级是川军总司令刘湘，驻守在长江边的宜宾。而且这支部队的兵力也不是之前预计的两个团，而是两个旅——也就是四个团，而且还有援兵。随着战事深入，川军越来越多的团投入了战斗。最后出现了八个团，至少一万人，而且都训练有素，军纪严整，指挥得当。毛泽东之前得到的情报错得离谱，现在他误入险境，陷入了整个长征过程中都屈指可数的凶险战斗。

数量上川军和毛泽东部署的力量差不多——不是之前预计的红军四对一以众临寡，而是势均力敌的一对一。的确，在不远的地方还有一两万部队，但是自始至终都没有投入战斗。林彪手下的4000人，就像谢里登将军（译者注：美国陆军总司令，曾在南北战争的第三次温彻斯特之役带领骑兵驰援北军而致大胜）的部队一样，在20英里外。所有的迹象都表明危机重重，而白天才刚刚过去一半。

红军的高级指挥员两次下战场观察情况。朱德和刘伯承离开总部亲自视察战况，说明当时的形势已经万分紧急了。等到明确川军已经在战场中投入了八个团的时候，红军的优势已经荡然无存。

情况十分危急，毛泽东、周恩来和朱德开始亲自指挥战斗。[8]

红军还有两门山炮——这是仅剩的大炮了。激战很久以后朱德动用了其中一门。红军的炮弹只有两三发，全部被打向四川的教导旅。他们在与红军的战斗中战意旺盛。炮弹打完以后朱德命令把山炮丢进赤水河，因为已经没用了。[9]

下午2点的时候红军露出了更加紧张的迹象。20英里外的林彪收到命令全速赶往青杠坡支援正在激烈战斗的三军团。但林彪天黑以后才能赶到。这说明红军认为夜里可能会陷入更大的困境。

一小时以后，下午3点钟，红军还在继续鏖战，损失越来越大——朱德的妻子康克清甚至一度遭到敌人的突袭，不得不在弹雨中奔逃才躲过一劫[10]——军事委员会召开了紧急会议。这样在战斗中召开军委紧急会议是绝无仅有的。但是这次战斗很不寻常。现在已经清楚这可能是红军生死攸关的时刻。如果敌人在战场上再投入几个旅的话红军是否还顶得住？没有人能打保票。下午过到一半的时候，红军预备队中的预备队、军官培训生组成的精锐、统帅部的卫戍部队干部团也投入了战斗（他们表现不俗）。紧急会议后采取了特殊措施。黄昏时将中止战斗。必须立即在赤水河上架起桥梁。取消北上渡江的行动。至于红军主力是否还要与红四方面军和张国焘会合以及什么时候会合则要依情形而定。入川的计划推迟了。红军要去云南暂避。新的命令被火速通知林彪。他必须在赤水河渡口被敌人封锁之前赶上主力部队一起撤离。必须尽一切力量脱身，为红军保存有生作战力量。毛泽东掌权只有十天，而红军现在已经到了生死存亡的关键时刻。

毛泽东得到了喘息的机会。林彪几天前到达土城的时候曾经夺取了赤水河上的一座浮桥。这个浮桥现在还在。晚上6点，工兵接到命令检修此桥，并另外再架起两座浮桥。周恩来夜里三次到赤水河边亲自视察工作进展并鼓励工兵继续加快进程。日出以前必须建好所有浮桥。

天气很好。五岭一带刺骨的寒冷已不再肆虐。雪也不再下了。这个时节河道宽浅，水波不兴。工兵的工作很出色，架起的浮桥和公路一般宽阔。林彪的部队在北面的猿猴及时过了河。1月29日天亮之前红军轻快地渡过了赤水河。他们此役的伤亡是多少没有具体的记录。但是共产党和国民党提供的信息都一致同意双方伤亡惨重。有些国民党的记录说红军的伤亡在两千以上。共产党方面现在没有人尝试给出数目估计，甚至对国民党的损失也讳莫如深，因为敌人伤亡数字“太大，容易引起误导”。红军到达云南扎西（现威信）时声称部队在册总人数在三万上下，如果这个数字准确的话，那么他们的伤亡一定很大，足以大致抵消红军在遵义和周边地区征募的四千左右新兵。

红军进入云南以后，川军和黔军就退走了。红军还有毛泽东暂时都平安了。当时可谓千钧一发。毛泽东在掌权后的第一次战斗中危悬一线。青杠坡一役不会进入史书。事实上这是战斗有关情况第一次被公开发表。[11]

天亮以前红军从三座浮桥上鱼贯而过。到10点钟的时候全军包括林彪的部队都到达了对岸。浮桥被收拢销毁。毛泽东向四川凸出一角上的古蔺进发，然后转去扎西，在那里红军将进行整顿、征兵，并重新制订计划。

差不多刚刚渡过赤水河的时候，贺子珍的生活再次发生了悲剧。在傅连暲医生的护理下，她在晚上9时产下一个女婴，是她的第四个孩子。那时红军正在急速撤离，总部和毛泽东准备在凌晨4点动身。没有办法照理婴儿，也不可能带着孩子一起走。这个女婴在出生几个小时以后就被从贺子珍身边带离，转交给一对农民夫妇。根本没有时间考虑给她取名字。婴儿被裹在一块纤细的棉布里，同十六到二十块银元一起交给农民。他们保证会照看好孩子。天亮之前毛泽东、他的妻子和红军已经上路，身后是紧追不舍的敌人。之后再也没有找到过这个孩子的踪迹。

这个故事出自吴吉清之口。当时他在贺子珍身边照料。他起初说这孩子出生在白沙，但是白沙距赤水河有130英里（约210公里）。后来他说可能是遵义以北的枫香坝，或者是云南的威信（扎西）。这些地方都与红军急于脱身时的境况不符——当然，红军一般都是在压力重重之下行军的。[12]

贺子珍的苦难是长征中的女性可以想见的。刘英尽管到长征末期才与洛甫成婚，却很明白妇女遭遇的这些困境。

“长征开始前贺子珍就已经怀了孕。”刘英说。“她生下孩子，然后又丢下她。没有其他选择。部队正在行军。很悲惨，但是在那样危险的情境下我们没法照顾个人情感。”

长征中女性所处的状况不允许她们养育孩子。听起来很无情，但是刘英说，她们别无他法，要么把孩子转给别人收养，要么直接抛弃。这让妇女好受一些，感觉就像抛弃装备一样。

贺子珍不是长征中唯一面临这种两难困境的妇女。还有一个是张琴秋，她是后来的纺织部长，在“文革”中被迫害致死。她当时在红四方面军指挥一个妇女独立团。她的丈夫是四方面军的政委陈昌浩。张琴秋也生了一个孩子，然后留下给别人了。遵义会议上与博古站在一边的共青团领导何克全（凯丰）的妻子廖似光也是如此。她的孩子留给一个农民家庭照顾。一开始那对农民开口拒绝，但是后来还是被说服了。六军团军团长萧克的美丽妻子在1935年冬天怀孕。当时六军团正取道与红四方面军会合。次年7月初过草地的时候，部队把一块10英尺（约3米）见方的露天野地围了起来，她在那里产下一个男孩。当时的围栏约有5英尺高。

“生产非常顺利。”萧克回忆说。“一两天以后她就骑马继续行进了。”

她和自己的孩子平安抵达延安。大家都叫这个孩子“草原婴孩”，他在延安大受欢迎。1936年底这个男孩被送去湖南他外婆家。但是在那里，在常德附近，萧克说：“他和大约一万人一起在日本人的细菌战下丧生。”[13]

大部分被托付给农民收养的孩子都死去了。只找到了几个人。有些母亲要回了孩子，还有些人发现孩子对亲生父母一无所知，因此决定让他们留在自己长大的家庭里。

“这些妇女必须做一个选择。”刘英说，“她们得问自己是爱革命更多还是爱孩子更多？她们更爱革命。这是个艰难的选择。”[14]

丁玲认为女性在长征中尤其艰难。她是中国的著名作家，生命中的很长一段时间生活在争议的中心——她是一个革命者，一个浪漫主义作家，涉猎的领域包括文学、道德和政治。她自己没有参加长征，但她在红军到达延安后不久便跟着抵达延安。她对所有人都很熟悉。她是中国最激烈的叛逆之一，被蒋介石囚禁过，她的诗人情人被蒋介石杀害了；她也是为妇女权利而反抗毛泽东的急先锋，有一段时间她觉得毛是男性沙文主义者；她也自然是“文化大革命”的受害者。

她说，长征中的女性“当然是高雅的女士。但是同时也是非常坚强的女性。否则她们无法走完那二万五千里，从江西一直徒步走到陕北”。她们确实有马，但是一般不骑。很多人有丈夫，但是经常开玩笑说“骡子比丈夫有用——丈夫可有可无，骡子不可或缺”。

怀孕对长征来说是痛苦的，有些妇女说这是她们一生最大的灾难。挺着一天大过一天的肚子每天步行可不是开玩笑的事情。即便骑马也是一样艰难。孩子生下来以后又要马上送走……但是不管发生什么她们都必须继续自己的事业。[15]

贺子珍和长征中其他女性遭遇的苦难可以用另一个史诗般的英雄征途中发生的事情来媲美——美国开拓者的车队穿过草原西进拓荒之行。很多美国妇女面临同样的选择：留下孩子而因此危及整个家庭，还是抛下孩子继续前进。

毛泽东带着部队迅速脱离川军和自己的险恶遭遇战。各省的地方军队一旦确定红军改变方向不再进入自己的地盘，他们之前对红军来袭产生的怒火也就烟消云散。长征途中这样的事发生了多次。毛泽东在滇北的扎西过年，新年是猪年。1935年2月4日刚过先头部队就到了，毛泽东大约2月6日到达。没有年夜饭，没有值得庆祝的事情，也没有吃的。有些部队连着两天都空着肚皮。天气阴寒、潮冷，很糟糕。毛泽东对军队进行了缩编和整顿。他们休息了一天。陈云言简意赅地写道："气候严寒，夜间降雪。"[16]

红军本来计划西进，然后折向北再度准备入川。毛泽东改变了命令。他的情报和电台监听显示蒋介石正在向西调动自己的部队，准备等红军再次靠近长江的时候将他们碾成碎片。毛泽东决定使用朱毛战略，出其不意。2月11日毛泽东的决定得到了批准。他将走一遍回头路，再次入黔，再过遵义。他现在的行动跟《水浒传》里的传说越来越相像。但是有一个区别。红军成一列行进的同时，很多人开始识字了。洛甫发明了他所谓的"看后背"识字课程——战士们在背后缠上白布条，上面写着汉字。他们一边行进一边开始识字。

注释

[1] 遵义会议纪念馆馆长田兴咏：1984年4月24日个人采访。

[2] 廉臣（陈云）：《中国工农红军第一方面军长征记》第66—67页。

[3] 田兴咏：1984年4月24日采访。

[4] 解放后这个地区的“白匪”问题尤其严重。有个县的剿匪队除了两个人以外全给杀光了。后来不得不出动解放军正规部队前来清剿。白匪得到当地错综复杂的宗族体系支持并与黔赣一带的其他国民党残余部队——如介于缅甸、老挝、泰国之间的“金三角”地区的国民党部队——保持联络。遵义的国民党指挥柏辉章在解放军胜利前夕投靠了共产党，被调入剿匪委员会协助工作。但后来发现他在给国民党军人通风报信。1951年他在审判后被处决。直到1952年才肃清了“匪患”（田兴咏：1984年4月24日个人采访）。

[5] “廉臣医生”的身份设置为前国民党军医，后来被转化加入了红军，1958年在北京出版的长征回忆文集中发表了自己的回忆记述。这本文集后来被译为俄语，1959年以Velikii Pokhod（俄文意为《伟大的征程》——译者注：按前注，即为《中国工农红军第一方面军长征记》的俄文译本）为名在莫斯科出版（廉臣的回忆录和此文集中的其他回忆文字最早是在1936—1937年分开单独发表的）。廉臣的文章是文集中的第一篇，也是文集中最有价值的文章之一。文字中止于渡过泸定桥之后，作者解释说这是因为他被转任其他职务。直到1985年1月举办遵义会议召开50周年庆祝大会时方才透露原来作者就是陈云。实际上陈云的文章中止是因为那时他被派去莫斯科执行秘密任务，要将遵义会议上做出的决定转达给苏俄。

[6] 谭政：《中国工农红军第一方面军长征记》第205—210页。

[7] 田兴咏：1984年4月24日采访。

[8] 魏国禄：前书第24页。

[9] 成都军区副参谋长丁甘如：1984年5月13日个人采访。

[10] 出自成仿吾：《长征回忆录》第53—55页，1977年北京出版。五十年后康克清对此轻描淡写：“如果我们行动得慢一点有可能就要当俘虏了。”在她的口中青杠坡战斗 “打得不错”，这一仗不得不打，否则的话敌人就可能赶上红军，形势就会更糟糕（康克清：1984年11月2日北京个人采访）。顾玉平年轻时曾被派去

担任周恩来妻子的警卫员，他将四渡赤水的行动称作“迷惑敌人”的战术。

[11] 战斗细节出自实地考察及遵义会议纪念馆馆长田兴咏（1984年4月24日）和孙日昆（1984年4月24日贵阳）的个人采访。秦兴汉将军对澄清繁乱矛盾的细节尤其有帮助。在对林彪和二师行动的记载中谭政的记述是最棒的。李德的回忆录是前言不搭后语的一团糟。他说毛泽东两次前去林彪的指挥部，但是具体地点在哪里，为什么去却语焉不详。所有中外作品都没有提及此次战斗。即便是廉臣（陈云）也对青杠坡只字不提。1936年埃德加·斯诺到保安采访的时候，毛泽东或其他人也都没有对他提过此事。实际上，针对此次战斗后来出现了不少相互之间的指责，1959年毛泽东开始攻击彭德怀以后，有人曾力图让彭成为替罪羊。当时在一军团政治部任职的萧华曾经对青杠坡进行过评论，但是没有提战斗名称。他说：“我们没打好，伤亡惨重，但军阀部队却几乎实力未损”（《星火燎原》〔*A Single Spark Can Start a Prairie Fire*〕第三卷第83页）。

[12] 吴吉清：1984年南昌个人采访。

[13] 萧克：1984年6月11日个人通讯。

[14] 刘英：1984年6月14日个人采访。

[15] 丁玲：1984年3月23日个人采访。

[16] 廉臣（陈云）：前书第68页。

第十五章

牵着蒋介石的鼻子走

1935年2月16日，红军接到以下命令，这也可以被看作是长征路上的口号：

“我们必须准备走大路，也必须准备走小路。我们必须准备走直路，也必须准备走弯路。我们决不能损坏财物，因为我们还可能回来。”

命令是军委下达的，听起来却纯粹是毛泽东的风格。接下来的六周时间内红军的生死就由这个口号掌控。红军在这段时间里迂回行进、来回穿插，他们后来再未接到过如此令人迷惑的命令。蒋介石和他的将领为之大惑不解。有时候国民党对红军行踪的报告比实际情况几乎晚了一周。[1]有时候毛泽东自己的将领也感到迷惑不解，特别是他的门徒林彪。他抱怨说军队行动太快，催得太紧，需要休息。他的反对被无视了。

蒋介石预计红军将穿过黔西向长江挺进，他正忙着为此调动部队。但是等他布好阵势，红军已经与他背道而驰。红军在太平渡和二郎滩二渡赤水，然后迅速折返向遵义进发，在路上于2月24日再下桐梓，镇守城池的地方守备连闻风逃窜。

红军指挥员再次开会。在今天反林彪的整体氛围下有人回忆说林彪当时反对令人晕头转向的曲线行军。他希望能够减轻压力，提议慢慢前往去遵义路上的险隘娄山关。娄山关没有重兵防守——情报上如此说——林彪提议晚一天到达，这样队伍也好歇口气。强悍的彭德怀则认为最好趁敌人防守疲弱第二天早上就发起攻击。2月26日，军委站在了彭德怀一边——这是长征途中彭德怀和林彪交锋中为数不少的胜绩之一。

部队风驰电掣般疾驰向前。不断的行军已经让他们疲惫不堪，这一点即便彭德怀也不得不承认。26日早上八九点钟，贵州军阀王家烈从遵义出发，力图在红军到达娄山关前堵截住他们。彭德怀在上午11点左右得到消息，他和敌人的部队这时离娄山关差不多都是45华里——大约11英里到12英里。彭德怀下令部队跑步前进（他们几天来一直时不时地跑步前进）。[2]

这是在与时间赛跑。这次行动中彭德怀的红三军团也由林彪指挥。但是彭德怀把他们带向胜利。2月26日下午大约3点左右，三军团占领了陡峭的娄山关，仅仅比敌人快了几分钟。彭德怀的队伍到达这个整座山岭的王冠，从北面向遵义方向看去，发现敌人的援军距离自己只有二三百码（约180—270米）远。真是千钧一发。彭德怀报告说军队的伤亡仅有百人上下。[3]

今天的娄山关看上去坡度缓和，道路宽阔。重型卡车和大巴士绵延不尽地一路爬坡通过这个黑色的山顶关卡。50年前这个关隘的墙壁呈锯齿型参差，陡峭地耸立在山巅，上下的道路宽阔，路面却并未铺过，卡车、汽车和马车可以通行。红军却没有利用公路乘车行进。这里离他们当时跑步行进的小路仅有几步之遥。[4]

彭德怀的部队在娄山关赢得的这五分钟为红军和毛泽东在长征中的最大胜利拔得头筹。关上把守的仅有一个团。彭德怀的军队很快打垮了他们。夜色降临之前娄山关已经稳稳掌握在红军手中，但是关口和遵义之间挡着王家烈的八个团和吴奇伟将军前来支援的两个师。[5]

2月27日，三军团以雷霆之势从娄山关上一泻而下，与一军团一同快速向遵义移动，一路摧枯拉朽。接下来的几天里他们把敌人两个师和八个团打得丢盔弃甲，三千人左右的国民党部队或死或逃，两千人被俘。红军缴获步枪一千支，子弹十万发。国民党媒体承认“损失极为惨重”。[6]

但是红军也有损失。三军团参谋长邓萍亲自指挥对遵义的攻击。十一团试图爬上遵义城墙但是徒劳无功，当时他就在400码（约366米）外的一个山丘上通过望远镜进行观察。他命令十一团政委张爱萍（1985年担任国防部长）再次发起尝试。一个侦察兵赶上山丘向他汇报说遵义的城墙有内墙，这是攻不上去的原因。这时敌人的射手观察到侦察兵的行动，于是向山丘上的观察所猛烈开火。邓萍被子弹击中，当场牺牲。[7]

饱经风霜的老侦察兵孔宪权带着自己的队伍参加了娄山战斗。他们担任了突击队的任务，带着轻重机关枪上阵，孔宪权则拿着长长的驳壳枪。上次在遵义时，每个人都得到了新的装备，但也不是应有尽有。孔宪权的部队里三个人才有一套棉衣轮着穿。在娄山关以南到遵义半路上的绥阳县，一枚国民党的炸弹在孔宪权身边爆炸，弹片打碎了他的髋部。他被担架抬往遵义，然后安排在罗马天主教堂里接受手术治疗。医生给他喝“大烟水”止痛。[8]

那天晚上老旧的教堂里躺满了伤员。1984年任中共中央总书记的胡耀邦也是其中一员。胡耀邦当时只有19岁，是共青团的一个领导人，在彭德怀三军团的先头部队十三团工作。胡耀邦是共青团中央委员会三十二个参加长征的委员之一，他们之中仅有十四五个到达陕北。胡耀邦瘦小结实，精力充沛。长征开始时他因为伤寒而病倒，现在已经康复。他曾是红军中央工作队的成员，对此非常自豪。[9]

2月27日下午胡耀邦和自己的宣传小队在遵义外不远处等待行动。军队一旦突破敌人的主要防线，胡耀邦就会马上进城帮助建立秩序。当时国民党的飞行中队试图压住红军，阻止他们追近。一排飞机从低空呼啸而过，胡的右髋被炸弹弹片击中，受了重伤。

胡耀邦被担架抬进遵义，也安排到了教堂里。给他动手术的王斌医生还健在，1984年时已经八十多岁了。胡耀邦认为王医生是整个红军中最好的外科医生。长征后期周恩来因为肝脓肿病危，王医生是给他治疗的几个医生之一。王斌医生是红军俘获并通过优越待遇争取过来的国民党外科医生之一。他当时的军衔是少校。“这是当时的红军政策，要把技术人员争取到我们这边来，特别是无线电报务员，医护人员，还有重机枪手。”胡耀邦回忆说。[10]

手术以后胡耀邦在担架上度过了几天，然后就又骑马前行。路上的颠簸让他非常痛苦。骑了八九天马以后他把马匹让给了更需要的人，开始步行。

“那时对死从来没有什么想法。”胡耀邦这样回忆当时的情形。“没有别的选择。我们只是继续战斗。如果不战斗的话，等待我们的也是死亡。”

胡耀邦对侦察员孔宪权的印象很深。遵义战斗中有不少重要的红军指战员负伤。有一个就是著名的“罗明路线”中的罗明，他是福建前省委书记。他也被炸弹碎片击中。三军团的一个政委钟赤兵的情况也是一样。

“我们整晚都醒着。”胡耀邦回忆说。“因为孔宪权一直在大叫‘杀！杀！杀！’红军战士就是这么吼着冲向敌人的。”

孔宪权负伤的地点是娄山关以南不远的一个叫黑神庙的小村。在遵义动过手术以后他被放在担架上抬着走。他的髋骨被击碎，伤口迟迟无法痊愈。他就这样在担架上躺了两个多星期，一直被抬到赤水河边，到了毕节地区的黔西县。然后他就被留下来养伤。接下来的20个月他一直卧床不起。

但是孔宪权的情况不算太糟糕。一个医生和一个卫生员也随他一起留下照看。孔宪权拿到了三百多银元用来维持生活（红军的金库里装满了军阀的银元）。他被安置在当地一个地主家里。红军告诉地主：这个人的安全由你负责。如果你把他保护好我们会感激你。如果出了问题我们唯你是问。医生和卫生员身上也有足够的银元用于生活和购买药品。当时还给孔宪权留了一个单子，告诉他需要使用的药物。[11]

这是非常特殊的待遇。当时的红军政策是如果有必要，负伤或抱病的团级以上干部必须用担架抬着一路跟随长征。孔宪权只是营级干部。为他进行特殊安排的原因是他作战时一身是胆，勇往直前，在军中赫赫有名。留下养伤的普通红军战士一般只有十或十五个银元的给养。[12]

收留孔宪权的那家地主倾向于红军。他很迷信，认为红旗是好运的兆头。红军离开时告诉他已经给他和他的房子拍了照。“记住，”他们警告说，“我们手里有照片。我们会回来检查的。”

1936年西安事变，蒋介石被劫持，确立了国共统一战线。当地政府省长传话让所有隐藏起来的红军战士现身，保证既往不咎。但是那个地主不让孔宪权走。他对孔说：“如果三四年以后红军再回来而你已经不在这里——到时候我怎么证明自己保护了你的安全？”

孔宪权最后康复了，成了一名石匠，大家叫他“跛石匠”。他在1940年娶了亲，后来妻子去世了，就在1950年再婚。到1984年的时候他膝下有七个孩子：四个儿子，三个女儿。“如果现在这么生，”他说，“他们就会把我送去医院阉了。”共产党掌权以后他担任了一个不重要的行政职务。1966年“文革”中他曾经被捕，然后冠以叛徒的罪名加以迫害，并装在卡车上游乡示众。[13]

国民党将领吴奇伟带着两个师的残兵败将向东面的乌江逃窜。一军团和三军团跟在后面一路追杀。红军一整天粒米未进，忙着追亡逐北，把这两个师的剩余部队打散。到了江边的时候，吴奇伟找到了一座浮桥开始过江。还没有过完，红军就杀到了。他命令切断南岸上系着浮桥的绳子。浮桥在江里摇晃起来，很快被湍急的水流冲垮。吴奇伟的部队有一千八百多人困在北岸，只好向红军缴械投降。[14]

娄山关的胜利激动人心。由于之前的急行军，加上缺吃少睡，战斗一场接一场，战士们已经累到了骨头里，现在则精神为之一振。如彭德怀所说，实际上是两场胜利，一场在娄山，一场在乌江边。胜利给红军带来了急需的兵源。俘虏不分军官士兵，都被集合起来进行宣传鼓动。红军请他们加入自己的队伍。大约有八成的人愿意加入，组成了一个新编师。每个新加入的战士都得到了三个银元，并把从国民党身上缴获的枪械发给他们。不愿意参加红军的人也发了盘缠，让他们自行离开——东南西北都行。朱德亲自和各级军官逐一面谈，跟他们讲红军的抗日目标，讲爱国救亡，并表达说希望中国所有可战之兵站在一起建立统一战线。[15]

彭德怀的政治部有了新领导。他就是刘少奇，后来的国家主席，"文革"的主要对象。刘少奇当时35岁，个子在中国人里面算高的，但还比不上毛泽东。他出身于很有钱的富农家庭，家里离毛泽东的出生地韶山只有五六英里（约8—10公里）远。刘少奇家里从普通农民翻身致富比毛家大约晚了一代。毛泽东的父亲成为富农的时候刘少奇的父亲和伯父刚刚成为中农。刘少奇的哥哥后来成了富农，像毛泽东的父亲一样从农民中雇人给他干活儿。

刘少奇也曾在长沙第一师范学院上学，比毛泽东晚一些。后来去了北京，在那里遇上了毛泽东。刘少奇也曾希望参加勤工俭学计划去法国留学，但是钱不够，所以1919年去了莫斯科，1921年加入了共产党。他在和毛泽东一起组织安源煤矿大罢工以后走得很近。刘少奇精力旺盛，很自律，有责任心，善于演讲，但私下里话却不多。他很喜欢和自己的孩子玩耍，曾经教他们打扑克。[16]

刘少奇参加长征时是八军团的中央代表，湘江战役中幸免于难，后来被派到了五军团。现在开始和彭德怀合作。他走完了长征全程，之后被派往华北执行一个秘密而又危险的任务。[17]

遵义会议的时候刘少奇也在场。他和彭德怀有过长谈。彭德怀告诉他，自己的战士不怕强行军或者夜行军——他们怕生病，因为这样就可能会掉队。[18]

红军再次向西急行。现在毛泽东已经正式成为了军委委员，是3月11日的任命。军委另外两个成员是周恩来和王稼祥。这个时期红军的行动中时时声东击西、虚实相济，比其他任何时期都多。但是目标很简单——脱身向北。蒋介石在遵义以南部署了周浑元的一支国民党精兵。国民党将领接到命令，没有蒋介石的亲笔手谕，他们无论如何不得擅自行动。除非毛泽东能把这些军队从他们的据点里诱引出来，否则只要红军试图渡江，他们都将是致命的威胁。[19]

但实际上毛泽东已经放弃了直接渡过长江的计划。他现在要做的是让国民党以为这是他的企图。事实上他已经决定在长江的西部支流金沙江渡河。

“红军处处主动。”刘伯承回忆说，“我们生龙活虎，左右敌人，弄得敌人扑朔迷离，处处挨打，疲于奔命。敌人以为我向东却又向西，以为我渡江北上却又远途回击。”[20]有一天毛泽东在地图上划了一条线，说：“只要能将滇军调出来，就是胜利。”只有这样他才能渡过金沙江。

红军取道向茅台而去。一路上有时走步行进，有时慢跑。路况很好，道旁种着桑树。路边的田野里油菜逐渐开出了嫩黄的花朵，麦地里一片春意盎然的青绿，沉甸甸的高粱秆从黑土地里挣扎着露出头来，稻田里的水稻也还稚嫩。柚子还没到成熟的季节。柚子的形状胖胖的，看起来像是长得歪瓜劣枣的巨型西柚，里面都是籽，比布满利齿的龙嘴里的牙还多。大片的罂粟田里开始绽出一朵朵粉白、粉蓝和粉红的花，但是尚未到收获的时节。

尽管急行军令人疲惫，但是红军士气高昂。部队才获得一场大捷，从1934年10月16日长征开始后一直盘旋在头顶的阴霾已经被远远甩开。青杠坡的惨痛经历之后，毛泽东再度拣起自信。为了纪念娄山关大捷，他写下了长征以来第一首诗词：

雄关漫道真如铁，
而今迈步从头越。
从头越，
苍山如海，

残阳如血。[21]

部队吃力地维持着行进的速度。路上的村庄里有一些制糖的小作坊。战士们顺手拈起一些甘蔗片塞在嘴里咀嚼，用甘甜微黏的汁水润一下嗓子。和煦的阳光下，女人们坐在房前，在红色的巨大陶土臼里舂米。小孩子赤着膊在泥土里玩耍。快到茅台的时候路上逐渐出现一些小型酿酒场，每个都有铜制的蒸锅，长长的鹅颈管和发酵的大桶。透明的烈酒就从这里产出。

茅台是一个肮脏的小村镇，人口有三四千，都挤在赤水河边一段60英尺（约18米）高的陡岸上，街道狭窄泥泞。房子有些是灰泥砌的，有些则是泥巴和板条构成，房顶上盖的有些是茅草，有些是泛红的瓦片。镇子上空弥漫着高粱和小麦酒糟发酵的辛辣刺鼻的气息。这就是茅台的生意，他们酿造一种烈酒，纯度几乎赶得上酒精，然后把酒和鸦片运往四川。茅台镇是白酒和鸦片运输的交通中心，也是食盐的大型转运点。食盐从四川通过车队运来。商人把盐袋卸下，然后装上烈酒和鸦片。茅台镇的老百姓很穷，但是酿酒者和酒商却很富裕。这些富人在红军突然出现的时候逃之夭夭。[22]

今天茅台酒的生产主要集中在一个大型的国有酿酒厂，里面架着各种相关设备，绵延在赤水河岸边，足有一英里（约1.6公里）长①。现在的赤水河与那时一样，浑浊不堪，水流缓慢，看起来不怎么讨喜。

有传说讲当时的年轻红军战士大多只是十来岁的农村小伙子，他们不知道茅台是什么东西，就拥进了镇上唯一一条街道两旁的酒场里，买了酒以后泼在自己疲累不堪长满水疱的脚上。酒水像河流一般从酒场里流出来，淌进路旁的排水沟里。这显然是胡说八道，这么讲的目的可能是为了展示红军战士清心寡欲。实际上红军禁止部队进入酒场，但他们当然进去了，结果也是显而易见的（当时有三个大型酿酒场，每个都雇了三四十人。还有很多小型家庭作坊）。

---

① 茅台酿酒厂是整个长征路线上唯一拒绝我进入的场所。不要问我为什么。

有传闻说李德喝了太多茅台，之后整整一周都没醒。这种含讥带讽的故事是典型的，这个红军前指挥员还有不少类似的劣迹流传在外。[23]所有人都品尝了茅台。没有喝光的酒被红军携带上路。[24]

红军几乎是不发一枪就占领了茅台镇。一军团二师的精锐部队仅仅付出了20人的伤亡就把它握在手中。3月16至17日红军在茅台三渡赤水，仅仅使用一个渡口，大摇大摆地日夜渡河，极尽耀武扬威之事，生怕引不起国民党的关注——而这恰恰是毛泽东的意图。很快，国民党发现了这个情况并派出飞机前来骚扰。有一枚炸弹就投在周恩来附近，击中了紧挨着他办公地点的房子。人们劝他躲避起来。他拒绝了。轰炸并不猛烈。国民党可能一时弹药不足吧，有些飞机往下扔的仅是大石头，上面还用白漆编了号。[25]

这个行动似乎很奇怪。红军一过河，毛泽东就命令部队暂时停止前进，只派了一个团向北急行大约100英里（约160公里）去四川境内靠近边界、地域巨大而人烟稀少的古蔺县，然后继续向镇龙山行进，一路大张旗鼓，吸引注意。乃至有些国民党的报纸误称贵阳已经被红军攻陷了。这些布置的意图是为了让蒋介石认为红军正在准备渡过长江，如若可能，最好能让他抽调军队向西追踪而去。毛泽东又悄悄地把主力调回赤水河边。3月21日夜里和22日清晨部队再次过河，这次使用了三个不同的渡口。

毛泽东的策略成功了。蒋介石正在重庆关注着红军的一举一动。现在他认为红军这些反复无常的行动是垂死挣扎，终究逃不脱他的手心。3月24日他从重庆飞至贵阳，在一个宽敞的新房子里建起了自己的指挥部。指挥部就在一条小河边，看出去风景优美。这里现在是贵州省水利林业厅机关所在地。随行的有澳大利亚顾问威廉·亨利·端纳和蒋夫人宋美龄。蒋介石和随行人员在二楼，除了他的个人警卫以外还在楼梯上加设了双岗。一起来的还有十来个将领。

根据蒋介石的界定，这次的任务是紧紧包围住绝望的红军部队，把他们赶尽杀绝。他的棋盘上有五十万到七十五万军队，已经部署严密，决不让毛泽东北上渡江（他认为毛泽东的意图在此），抑或是西入川或是入滇，或是南下穿过贵州向两广方向逃窜，或是重新返向东去入湘或是入赣。困住了，终于困住毛泽东了。蒋介石觉得这回万无一失。

实际上这时候贵阳的部队已经不多了。国民党二十五军所有的高级军官都上前线去了。贵阳的公安局长王天锡成了当时职衔最高的军官。蒋介石找他向自己汇报当地情况，与他和颜悦色地交谈，并任命他为警备司令。

王天锡后来承认自己当时很年轻，容易被表象所欺，他说："我被蒋介石的甜言蜜语哄住了。"蒋介石请他搬进指挥所住。蒋介石当时对红军飘忽不定的行动感到忧虑，他任命的前敌指挥官薛岳连续有三天空中侦察无果。蒋介石在电话里对他破口大骂。有个蒋介石的警卫员告诉王天锡，蒋介石当时十分光火，把电话的听筒摔在地板上，然后像头小牛一样四处乱蹦，嘴里不停地骂骂咧咧。

几天后有报告说红军正在经息烽县和开阳县东进，很明显是想渡过乌江进攻贵阳。3月20日红军已经渡过了乌江，当然这也是经过了恶战之后的结果。贵阳的气氛骤然紧张了起来。蒋介石当时已经把部队分散到了四五个方向上去堵截红军，留在贵阳的部队少得可怜。[26]

根据一些记录，蒋介石的夫人当时十分恐慌。她开始向国内四处发电报，要求派部队赶往贵阳。[27]蒋介石命令警备司令王天锡加强贵阳守备。王天锡拉起了一个营的军警和两个连的消防队员及警察——一共四百人——用二十四小时沿城墙重新部署了防御体系。蒋介石不相信他这么快就能把这些工作完成，就在上午同宋美龄和端纳等人进行了视察。他们正在城墙上观察的时候，顾祝同将军跑来汇报说红军已经到了贵阳城东北约七八英里（约11—13公里）的地方（实际上红军正在扎佐，离贵阳还有差不多25英里）。

蒋介石终于下了命令——尽管他没有意识到后果——这确保了毛泽东的瞒天过海之计能够成功。这个国民党的领袖电告滇军司令孙渡将军，让他带上自己三个最能打的旅火速来援。这样就足以挡住毛泽东的任何进攻。毛泽东却没有任何攻击贵阳的企图，虽然他非常希望蒋介石相信这就是他的计划。命令孙渡来贵阳支援以后，实际上蒋介石已经为毛泽东向金沙江移动敞开了一条通路。

当然，这时毛泽东和蒋介石都还不清楚局势究竟如何。孙渡离贵阳还有一些距离，而毛泽东的部队还有一两个小时就会到达城墙下。

“机场离这里有多远？”蒋介石急切地问道。王天锡开始在心里计算。还没等他回答，又有一个报告送来，说在机场附近发现了共产党的便衣小分队。看来从机场逃跑已经为时过晚了。

蒋介石来回踱步，一言不发，然后他转向王天锡说：“给我准备20个可靠的向导，还要一些高大健壮的马匹，两抬上好的轿子——越快越好。”王天锡赶快出去安排撤离事宜。早上过去了一半，他就把车队准备停当回来向蒋介石汇报。正在汇报的时候又传来了新的消息：红军没有来贵阳，现在正向贵阳以东约25英里（约40公里）的龙里运动。

蒋介石思考了一会儿，手里拿着红铅笔在地图上认真地比划着，然后说：“我认为他们是在向湘赣方向逃窜。”正在讨论这个可能性的时候，滇军的孙渡将军到了。他报告说自己的三个旅正在进城。蒋介石就自己的意见征询孙渡的想法。孙渡老于世故，他圆滑地推托道：“请您决断。”

“我知道你一定很累了。”蒋介石说。“但我必须请你帮我一个大忙，把你的军队调向龙里。”

蒋介石解释说他已经命令薛岳从遵义东进拦截红军，并打电话给何键在湘西部署了部队。

“你的军官和士兵，”蒋介石说，“一定很疲劳了。我会给他们几千个大洋以示犒劳。”

第二天早晨出现了新的警报——城南方向燃起了大火。这是红军在行动，他们正一路疾驰向云南挺进。

国民党的另一名将领陈诚将军对王天锡说：“我们的敌人非常狡猾。他们突然转道向西，现在正在去云南了。对此我们恐怕只能是束手无策了。”

王天锡对此的结论是：“共产党的这次军事行动非常高明，他们牵着蒋介石的鼻子走。”[28]

注释

[1] 出自凯伦·哲南特在未发表的论文中对1935年2月23日天津《大公报》（*Ta Kung Pao*）的引用。

[2] 孙日昆：1984年4月18日贵阳采访。

[3] 彭德怀：《彭德怀自述》第365—366页。

[4] 出自1984年4月25日对娄山关的个人考察。

[5] 秦兴汉：1984年3月6日北京采访。

[6] 1935年3月6日《大公报》，转自哲南特论文。

[7] 张爱萍：《中国工农红军第一方面军长征记》第230—232页。

[8] 孔宪权：1984年4月24日采访。

[9] 胡耀邦：1984年6月14日采访。

[10] 胡耀邦盛赞了王斌医生，对此杨尚昆将军的意见不同。后者认为王斌对王稼祥的治疗不力。王稼祥因为腹部重伤而在整个长征过程中都不得不待在担架上。长征结束后王斌担任红军医疗部门负责人（杨尚昆1984年10月26日北京个人采访）。

[11] 孔宪权：1984年4月24日采访。

[12] 秦兴汉。

[13] 孔宪权：1984年4月24日采访。

[14] 廉臣（陈云）：《中国工农红军第一方面军长征记》第70—77页。

[15] 廉臣（陈云）：前书第70—72页。

[16] 信息出自刘少奇一家1985年2月15日采访。

[17] 胡华：1984年3月23日采访。

[18] 见彭德怀前书第365—366页。有些中国人质疑刘少奇曾完成长征全程，但胡华认为他一路都在，直到红军到达陕北，还参加了政治局12月召开的瓦窑堡会议，之后前往天津和北京重新组织中共工作，特别是巩固和发展1935年12月9日学生示威（译者注：一二·九运动）的成果（胡华：3月23日采访）。刘少奇遗孀王光美（1985年6月个人通讯）支持此说。多年来很多西方专家曾对刘少奇参与长征持疑，但现在此事已被明确无误地澄清了。

[19] 孙日昆：1984年4月18日采访。

[20] 刘伯承：《回顾长征》第11页。

[21] 毛泽东：《毛泽东诗词》（*Poems*）第16页，1976年北京出版。

[22] 1984年4月27日个人考察；秦兴汉及田兴咏1984年4月28日采访。

[23] 孔宪权：1984年4月24日采访。

[24] 成仿吾：《长征回忆录》第59页（译者注：此处作者英文书名写为Recollections，与前文不符，应为同一本书，译文按此处理）。

[25] 秦兴汉及田兴咏：1984年4月28日采访。

[26] 王天锡：《贵州省文史材料选辑》（*Historical Materials Collection*），1963年4月出版。

[27] 陈士榘：《中国工农红军第一方面军长征记》第55页。

[28] 王天锡：前书。

第十六章

毛泽东的妙计

毛泽东的妙计大功告成。蒋介石和他的将领一时摸不着头脑。他们猜不透红军的动向。红军成了神出鬼没的红花侠（译者注：英语世界家喻户晓的虚构人物，类似佐罗，曾在著名剧本、小说和电影中出现，在法国大革命期间频繁出入法国，解救贵族出境，每次总是蒙面行动，成功后留下一张画着红色繁笺花的卡片作为标记），一会儿在这儿现身，一会又在那儿现身，到处都是他们的身影。

事实上红军也确实到处都是。红军如此分散地部署并在如许众多的不同方向上同时运动，这样的情况恐怕对红军来说也是空前绝后的。

红军战士自己也常常不晓得他们在做什么或者为什么接受当下的任务。实际上已经有些人开始嘀咕其实毛泽东自己恐怕也不知道要干什么，恐怕他也没有什么具体的计划，他的行动只是临时起意的决定。这种观点可能也不是空穴来风。但不管怎样，蒋介石给搞得人仰马翻。回头来看，这种战术天马行空，是天才的神来之笔。

毛泽东在贵州来回穿梭的轨迹在今天要重构是很困难的，蒋介石的将领对此糊里糊涂，要我们的读者弄得一清二楚也不是一件易事。

最让人大惑不解的莫过于毛泽东下达给九军团的命令。他们迅速向东移动，穿过贵州中部。到了乌江北岸的时候，毛泽东下令让他们就此打住，并不过江。他让他们在那里待了好几天，看起来好像蓄势待发准备北上入湘。

九军团军团长是一个非常善战的指挥员，名字叫罗炳辉。即便他无法理解命令的意图也照样一丝不苟地执行。他曾经在福建打过多年游击，后来担任过红十二军（很久以前就在整编中取消了番号）军长。

罗炳辉现在是九军团的指挥员。毛泽东后来在和斯诺的谈话中对他大加赞赏。罗后来在抗日战争中牺牲。他的妻子跟他一起参加了长征。她是长征中唯一长着三寸金莲（从小时候开始裹足）的人。用这样一对残忍地扭曲成畸形的脚掌完成二万五千里长征之路，她所面临的考验要比男人们严酷得多。更有甚之的是她当时已经怀孕，在长征途中产下一个孩子。

九军团一直待在后面，与自己的同志隔绝了开来。他们不知道接下来的命令会是什么，也不晓得还能否与主力会合。后来任国家交通部长的王首道记得自己有一个同志说，他能确定他们不会在远离朱德总司令的地方孤军奋战至死。如此言论表明当时的确有人为此担心。九军团在乌江一带活动，和黔军的将领犹国才打了几仗，取得了不俗的战绩。4月29日的时候他们接到命令南下渡过北盘江然后向西挺进。[1]

毛泽东把主力一军团和三军团分成几路，让他们顺着大道和小路散布在贵阳附近。有些部队则先向东远远地走一段路，然后向南，再接着折向西南。国民党似乎认为东进的这一路是主要威胁，这可能是因为蒋介石非常确定红军要回湘赣老窝的缘故。其他的部队在贵阳附近停了下来，然后迅速南下再西进向云南方向运动。

蒋介石最能干的将领之一薛岳一直在红军北侧骚扰，红军来回穿过贵州的时候也是如此。蒋介石确定红军不再威胁贵阳，就命令黔军部队也加入了骚扰的行列。

天气晴好的时候——春意渐深，天气也越来越好，虽然贵州因为雨雾多而闻名——蒋介石的飞机会轰炸共产党部队，很多时候无处藏身，晚上睡觉也找不到合适的住处。一军团教导营政委陈士榘当时正从龙里一带向南运动。没有任何地方可供宿营。差不多半夜的时候他到达了一座塌了一半的宅子。里面已经挤满了红军战士，有些已经呼呼大睡，有些正在脱衣服，还有一些在烧开水。一切都很平静。唯一的声响是报务员的电台发出的滴滴嗒嗒声。陈士榘在一个小屋子里见到了毛泽东、周恩来和朱德。他们正在制订第二天，也就是1935年4月10日的行动计划。他们告诉陈继续一路前进，直到给自己的队伍找到合适的宿营地点为止。他们借着璀璨的星光接着走下去，脸上拂着和煦的春风。部队又走了一两英里，然后找到了一些小屋子。陈士榘让自己的部队住了进去。他们把从一个地主那里没收来的两头大肥猪在篝火上烤熟，大快朵颐后沉沉睡去。这时已经半夜1点，而他们前一天早上6点就开始行军了。

早上起来教导营把剩下的猪肉打扫一空，然后向定番（现惠水）前进。定番在贵阳以南20英里（约32公里），离他们有大约10英里远。这是一个宜人的清晨。战士们沿着一条河流前进，古老的水车嘎嘎作响，与战士们的歌曲相和。田野十分开阔，麦地里一片明亮的葱翠。河上吹过一阵清风，杨柳嫩绿柔软的枝条随风拂动。陈士榘感到内心喜悦、平安，他简直无法相信仅仅几英里以外人们还在打仗、杀戮。

教导营在日光下继续前进，把苦难抛在脑后。他们抵达了定番，赶跑了地方民团，在定番修整了一天。其他部队向西南方向交互跃进。[2]

国民党的报纸给人们呈现的是红军溃不成军的奔命场景。国民党指挥官如薛岳、龙云等人说共产党每天损失多达千人以上。按他们的说法此时红军规模应该已经缩小到两万刚出头。这样下去的话，有望在5月1日以前完全肃清红军。结果事与愿违。[3]

国民党媒体报道里看不出蒋介石或是其他国民党将领有捕捉到遵义会议的蛛丝马迹，他们对毛泽东重掌大权也一无所知。事实上就现在的证据看来，国民党当时从来没有获悉过毛泽东曾经被赶出权力中心。他们对朱德的了解也是如此。从头至尾蒋介石都认为他正在与朱毛红军交战。共产党人对他们的政治争端秘而不宣，有一些争执直到现在还是秘密。

1935年4月9日英国路透社记者托马斯·周发回报道，称朱德已经在企图攻占贵阳的猪头山一役中被击毙，报道中说朱德的尸体由红丝缎裹着，由他的同志抬着继续长征。报道还说红军人数已经锐减到一万人。几年后朱德的传记作者艾格尼丝·史沫特莱曾经向他问起过这件事。朱德对此嗤之以鼻。他说尽管国民党经常报道他的死亡，实际上他在长征中从未负伤。近五十年后朱德的遗孀再次证实了丈夫的话。“他打了一辈子仗，从来毫发不伤。”她说，“我也是这样。”[4]

差不多就在这个时候，朱德在一张国民党报纸上读到国民党攻击了他第二个妻子陈玉珍和儿子所在的城市南溪。他的妻子被抓住了，而他的儿子虽然逃走了，但正在被“缉拿”之中。他从此再也没有听到有关他们的消息。[5]

据国民党媒体报道，黔军军阀王家烈又在贵阳以北再次上阵了。他自称已经在“十次激烈的战斗”中消灭了自己领地上的共产党。他说红军正在向北攻击前进，力图与贺龙和萧克会师。没有证据表明这是事实。相反，红军的老兵（甚至还有一些国民党报纸的报道）称王家烈惊慌失措，老百姓从城镇和村庄里涌到街头上游行，抗议王的统治并欢迎红军到来。王家烈的部队抱头鼠窜而非勇敢作战。未来的国防部长张爱萍说王家烈对红军的到来感到“极度恐慌”。[6]

战局一片混乱。红军部队和国民党部队在贵阳以西、以南和以东参差交错。但就是在这样的混乱中，红军还是成功地征募了几千人，用以补充战斗和疲惫造成的减员。

有一件事可以归功于王家烈。4月19日他正确无误地报告说红军正在向云南挺进。这是当时的第一个明确的报告。但这个功劳没有挽救他。贵州的这些闹腾过去以后，蒋介石把王家烈转去了军事学校，而代替他的是一个对蒋言听计从的新的军阀。

北盘江自西北向南横穿贵州西南角，最终流入汹涌的西江，在广州附近的三角洲地带通过很多出口入海。北盘江有时候被称作是“小黄河”，这过于夸大其辞了。

毛泽东的疑兵之术让国民党指挥头昏脑胀。但毛泽东这样做完全是为极其严峻的现实所迫，情非得已。红军没有办法过长江，因为长江一带已经守备森严，各条路线上都有强大的国民党部队严阵以待。而且蒋介石可以把军队沿着宽阔的长江两岸迅速调动。

如果要北上，那么留给毛泽东的仅有可能就是通过金沙江。即使是通过金沙江向北他的选择也很少。金沙江是发源于喜马拉雅山脉的河流中的一支，水流湍急，没有太多适合渡江的地点。金沙江有一个大转弯，在那附近江水有多个分支，水流较缓，被当作是云南和四川的分界线。除非毛泽东能在这里找到渡口，否则红军将被赶向越来越西的地方，趋近危险的西藏。那里的崇山峻岭难以翻越，人口稀少而又极度仇视外来者，没有食物补给，也没有机会为军队的严重减员补充人手。

毛泽东不得不铤而走险。但这是因为他没有什么其他选择。要顺利到达金沙江还要依赖两个因素：首先是蒋介石对毛真实意图的再次误判，然后就是行军速度足够快速，这样才能为毛争取时间，从而不受障碍地渡过这条一定会成为可怕障碍的大江。

萧华这个19岁的江西农村小伙子现在已经晋升为林彪红一军团的精锐二师政委。他写了一首有关长征的叙事组诗，据他回忆毛泽东和周恩来都非常喜欢。周恩来特别喜欢其中的一首称赞贵州战役中毛主席“用兵真如神”的[①]。这样的评价恐怕很多国民党将领也有同感，但是李德却不然。他现在已经离开

① 1976年1月周恩来患癌症病危于床，他要求放萧华的长征组诗（当时已经被谱为歌曲）给他听。萧华说由于“四人帮”的命令，没有放给他听（萧华：1984年3月16日北京个人采访）。

了林彪和他在一军团的岗位，回到了中央纵队。他否认毛泽东是有计划或者策略指引的。他说长征“越来越像是一次败退，最后终于降格成为彻彻底底的逃亡”。军队非常疲倦，有的时候他们根本不知道自己身处何地。他说自己在一次夜行军时睡着了，醒过来的时候发现自己掉进了一条冰冷的小溪里，从头到脚都湿透了。[7]

从某种意义上说，北盘江就是金沙江上将要进行的那一幕的预演。

突击队被派遣到前方强占渡口。其中一支是一军团二师四团，就是杨成武担任政委的那个部队。这个团在他1933年在福建作为农民小伙加入的时候已经赫赫有名了。那时团里的士兵要么参加过1927年8月1日南昌起义，要么曾经跟着毛泽东在井冈山打过仗。杨成武和这个先锋团一起参加了所有激烈的战斗——突破封锁的战斗，突过于都河的战斗，突破四条堡垒防线的战斗，湘江战役，贵州大战，还有将来要发生的重要战役。他说这对他后来写书很有帮助，因为他在整个长征过程中一直都待在同一个团里。杨成武政委曾经两次负伤，但他从来都没有长时间离开过自己的组织。[8]

四团开始向北盘江挺进，首先突袭了市镇紫云。他们一路急行军100里，凌晨4点到达紫云，很快把毫无防备的防守部队打跑了。他们在这里得到了一些意想不到的奖励。当地的裁缝告诉他们已经做好了两百套国民党军服，但是防守的国民党部队还没有来得及取就逃跑了。四团支付了费用，收取了这些军服。他们后来发现用这些军服蒙骗国民党部队屡试不爽。老百姓拿着小红旗列队欢迎他们，所有的商店都对他们开放，夜晚降临的时候他们还向四团提供了两千个银元。

四团进入的地区是彝族聚集区。他们在这里说服了一般对汉人非常敌视的彝族人让他们通过。他们保证自己不会伤害彝族人，而且也不会在这一带停留。彝族人甚至给他们提供了食物，这几乎是前所未有的友善表示。四团到达了北盘江，在江边发现了大片的竹林。于是砍了树，悄无声息地造好了浮桥，在薄暮中开始过江。[9]

十一团是彭德怀和政委杨尚昆指挥的三军团的先头部队。彭德怀和杨尚昆命令团长张爱萍在北盘江确立渡口。十一团前进了五六十英里（约80—97公里）到达江边。他们行进的时候反季节地起了大雾，天气也反常地寒冷。但是他们没有怎么吃力就到达了目的地，因为地方守备部队愿意跟他们谈判，不和红军交火，直接让他们通过自己的领地。地方民团的指挥让红军自由通过，还给他们大米和猪肉作为礼物。十一团一路顺利抵达江边。他们到那里的时候发现可以涉水过江。于是一营就继续沿江向下游挺进了15英里（约24公里），到达白层，确保了那里的主要渡口，保证主力——指挥机关纵队和五军团通过。在这里他们也和地方守备部队达成了协议。“我们只想渡江，其他一无所求。”共产党这么告诉他们。地方部队的指挥官同意不干涉他们，还给了他们船只帮助渡江。[10]

毛泽东过白层的时候说过些什么，没有任何记录留下来。但他在这里一定对中国的历史产生了强烈的感受，并深深地感到自己已经融入其中。白层离孔明坟仅只一两英里。这里是诸葛亮陵墓所在地。诸葛亮是三国时期传奇军师和深受大众喜爱的英雄人物，生于181年，卒于234年。《三国演义》已经把他神化。而《三国演义》正是毛泽东儿时爱不释手的圣经，也是他在长征中施行战略的军事教科书。贵州之战中毛泽东故布疑阵，曲线行军，打的酣畅淋漓，后来为给北上打开通道却向南入滇，这些策略就有可能是（也可能真的是）诸葛亮发明的。实际上很多红军的指挥员称毛泽东是诸葛亮。毛泽东有没有停留一两个小时到这个他心目中的英雄的墓居进行瞻仰呢？没有任何记录表明他这么做过，但是要说他没有这么做也很难让人置信。[11]

国民党的空军就像是一团钢铁躯壳的蚊子，围着红军嗡嗡嗡地骚扰。每天都因此出现伤亡。三军团还没有完全穿过省界到达云南——他们在沾益县白水镇外约5英里（约8公里）的平坦野地上刚建立起指挥部——一群国民党的飞机就呼啸而至。唯一的隐蔽就是一小丛树木。三军团政委杨尚昆当时正和翻译伍修权一起骑马前进。伍修权骑的是一匹大白马。其他人骑的马是素淡的褐色或黑色。红土地上白色的马匹尤其扎眼。飞机很快发现了白马，就扔下了一枚炸弹。杨尚昆的腿肚子被弹片击中。他一直跟伍修权抱怨他的马太招飞机。还好这匹马在这次空袭中也被炸死了。伍修权却毫发未损。杨尚昆则必须在担架上待一段日子。但是道路非常坎坷，到了金沙江边的时候他不得不下来步行一段。这三枚击中他的弹片中有一片直到1985年还留在他的腿肚子里。[12]

有一支红军队伍从主渡口以北向云南行进。他们在下午晚些时候时抵达了云贵边界上的盘县羊场。贺子珍在赤水河渡口生完孩子以后回到了休养连。他们就在这支部队里，当时在一个山坡上停歇。有人正在进行宣传讲话。伤员和病号都散在青翠的山坡上晒太阳。这时传来了飞机引擎的声音。而很多伤病号这时都在担架上无法动弹。

“快！”贺子珍大叫，“掩护伤员！”

大家还没能反应过来，一架飞机就已经猛冲下来，丢出一批小型炸弹，并开始用机枪扫射人群。几名担架员牺牲了。贺子珍看到一名受伤的军官挣扎着要从担架上爬下来。这个人就是在娄山关一战中负伤的团政委钟赤兵。飞机飞回来开始发起第二次攻击。贺子珍扑到钟赤兵身上，用身体护住了他。一枚炸弹的弹片喷溅在她身上。她卧在血泊里，一共受了十七处伤，包括头上一处重伤。一连几天她都昏迷不醒。清醒过来以后她嘱咐护士不要把自己受伤的事情告诉毛泽东。“他太忙了，我不想让他担心。”她这么说。她还要求医生把她留在农民家里养伤。医生没有这么做。他们用担架抬着她，难走的时候就直接背着她。[13]

贺子珍一生余下的日子里悲剧缠身。到延安的时候她的身体还很差，在那里她产下了一个女儿叫李敏，大家亲热地唤她娇娇。毛泽东当时和上海来的漂亮演员吴莉莉眉来眼去。贺子珍因此与毛泽东争吵不断。吴莉莉原名吴光伟，英语说得很流利，是艾格尼丝·史沫特莱和海伦·斯诺的翻译。毛泽东时而去艾格尼丝·史沫特莱和海伦·斯诺同住的窑洞里坐坐，她就这么和毛泽东混熟了。在这几个女人进行采访的时候，毛泽东喜欢在一旁喝咖啡，把饼干泡在咖啡里吃，有时候玩玩单人纸牌，或者听史沫特莱带来的便携式留声机。吴莉莉曾经在延安剧团参加过不少演出，包括高尔基的《母亲》。贺子珍对史沫特莱很生气，认为是她怂恿毛泽东偷情。据史沫特莱讲，贺子珍有一次甚至威胁说要杀了她。史沫特莱很害怕，睡觉时和海伦·斯诺换了床。这一系列丑闻接踵而来之后，吴莉莉被送出延安，史沫特莱也不得不提前结束自己在延安的逗留。[14]

1937年贺子珍离开延安去了西安。她希望能从那里转道去上海治伤。但是日本人占领了上海。于是在毛泽东批准以后她去了莫斯科。在那里她产下了第六个，也是最后一个孩子，是一个儿子。她一度很快乐。据刘英回忆她在乘火车去莫斯科的一路上都很高兴。刘英当时也一起去莫斯科，另外还有毛泽东长沙时期的老师徐老徐特立，党史学家、失去双腿的徐梦秋，贺子珍在长征中拼死挽救的指挥员钟赤兵，以及失去一条手臂的指挥员蔡树藩。[15]

毛泽东支持贺子珍去苏联。他觉得贺子珍怀孕生产花了太多时间，因此从来没有真正好好学习的机会。也许她在莫斯科治疗期间可以同时接受教育。但是事与愿违。她的儿子在托儿所患病，死于肺结核，那里没有盘尼西林救命。她陷入了精神创伤，在莫斯科一直待了下去。毛泽东把女儿娇娇送去陪伴她。之后二次世界大战开始了。贺子珍和毛泽东通过娇娇来往过几封信。她给毛送去了一些礼物——一些新鲜的芥菜，她知道毛泽东喜欢吃，还有一棵冬笋和几个瓜。毛泽东则给她带了一些中国水果。

直到1948年贺子珍才回到中国。很久以前毛泽东就已经与她离婚（经党组织同意）娶了江青，而后者对贺子珍毫无好感。贺子珍去莫斯科与江青的到来没有关联——这和西方的一些猜测不同。用刘英的话说，“当时毛泽东枕边无人，江青乘虚而入。”

贺子珍希望能回北京。但是江青想办法让她最近只能到天津为止。1950年以后，贺子珍和毛泽东在上海和庐山两度相遇。有一段时间她的身体状况有所好转，但不是很稳定。有时候她受幻觉困扰，产生了妄想的恐惧。在上海时她住在一栋普通公寓楼的一个小房间里。老将军陈毅现在是上海市长。他获悉她在上海，就尽力施以援手。1960年他离开上海的时候把她安置到了自己曾经居住的两层小楼里。但她依然深居简出。江青的阴影笼罩着她。有一度江青甚至成功地让娇娇疏远了亲生母亲。她也不允许老同志去探望贺子珍。

1976年毛泽东去世。贺子珍提出要去北京。她得到允许可以去看望毛泽东水晶棺中的遗体——江青等“四人帮”当时已经被捕①。后来曾经一起参加长征的妇女同志去贺子珍所在的军队医院探访她。她坐在轮椅上接待她们。泪花在她的眼眶中打转。大家相对无语。1979年7月她当选为全国人民政治协商会议委员。她的名字也第一次见诸报端。

1984年4月19日，贺子珍在上海逝世。死亡原因据宣布是中风。几年以来她已经是半瘫痪了。当然，她的不幸可以算作是长征路上的伤亡，其实1935年黔西的那颗炸弹就已经终结了她的生命。她是随红军一方面军完成长征的三十个妇女中第十五个去世的。

刘英说：“她就是一个简单淳朴的农村姑娘。”毛泽东的警卫员吴吉清在长征中负责照看她。他说：“她是一个英勇无畏的女性。”

注释

[1]九军团的行动情况出自王首道《中国工农红军第一方面军长征记》第281—286

① 在北京有未经确认的流言说贺子珍曾经在查处江青时作证。

页。有关罗炳辉妻子的细节出自斯诺《西行漫记》第173页及戴正启医生1984年3月3日采访。

[2] 陈士榘：《中国工农红军第一方面军长征记》第255—260页。

[3] 1936年4月南京《中央日报》，转自哲南特未发表的论文。

[4] 康克清：1984年11月3日北京个人采访；史沫特莱：《伟大的道路》第316页。

[5] 史沫特莱：前书第314页（译者注：正文原文说敌人袭击了朱德第二任夫人在玉珍的家和儿子在南溪的家，《伟大的道路》中文版中并未寻见相应出处，而根据记载应为混淆，因为朱德第二任夫人名为陈玉珍，当时住在南溪，因此译文中据此判断做了相应修改）。

[6] 张爱萍：《中国工农红军第一方面军长征记》第267—268页。

[7] 李德：《中国纪事》第112—114页。

[8] 杨成武：1984年3月15日北京采访。

[9] 邓华：《中国工农红军第一方面军长征记》第271—280页。

[10] 张爱萍：前书第271—275页。

[11] 廉臣（陈云）：《中国工农红军第一方面军长征记》第69页；张爱萍：前书第274页（译者注：正文原文说此处叫孔明岗，但是按张爱萍文中记载及实际地名应为孔明坟，译文中已经依后者处理）。

[12] 据国民党报纸记载，杨尚昆于1935年4月27日左右负伤。天津《大公报》误称一军团政委杨乃昆（原文如此）在白水死亡。这篇报道其实是非同寻常的，因为它给出了红军某个伤亡人员相对准确的信息（哲南特：论文第八章第25页；杨尚昆：1984年10月26日采访；张爱萍：前书第287页）。

[13] 李红：《贵州青年》1980年第二期；《红旗飘飘》（*The Red Flag Waves*）第二十四卷；《由贺子珍的一张照片想到的》（*Random Thoughts on a Photograph of He Zizhen*）：《革命文物》1980年第二期。曾照料过邓颖超的顾玉平误将轰炸地点说成是扎西，这应该是他把贺子珍生孩子的地点与轰炸地点混淆了。

[14] 海伦·斯诺：个人通讯（译者注：正文原文中说吴莉莉原名吴光柳，据查实为吴

光伟，译文已作相应处理）。

[15] 钟赤兵负伤后还是完成了长征全程。他要求自己坐担架随军前进。当得知没有足够的人手抬他时，他要求给他配一匹马，后来就给他配了马。他就这么一路带伤骑马前行（杨尚昆：1984年10月26日北京采访）。长征开始时，蔡树藩是九军团政委。1935年8月九军团改编为红三十二军，蔡树藩改任军委纵队政治部主任。红军到达陕北后他开始担任红三十军政委（阎景堂：1984年10月24日采访）。

第十七章

金沙水拍

法国体育俱乐部的所在地是一栋灰泥墙面的别墅。这所建筑隐在火车站旁的一个窄巷里。火车站周围是云南省府的法国人聚集区，规模并不大。别墅前有两个水泥地面的网球场。平时会有观众坐在舒适的阳台上，一边品着佩诺茴香酒或是加了威士忌的苏打水，一边等着轮到自己上场。

云南府，也就是现在的昆明，那时是个寂静的城市。这个俱乐部就是云南省府里外国人生活的中心。这里没有酒吧，但是有一个中国服务员。他认识这里的所有来客，用不着交代就会按口味给他们送上黑醋栗甜酒或是苦味杜松子酒。这里没有波本酒。威士忌则是苏格兰威士忌。可以点葡萄酒，但是很少人这么做。

外国人一般下午在这里聚会。他们打网球，打桥牌，搓麻将，一边喝酒，交换白天得到的各种小道消息。常来光顾的外国人用两只手就可以数过来：法国总领事和他的两个副领事，英国领事、美国领事和他们的助手，中国海关的美国关长，邮政局的法国局长，还有一个负责盐税的法国人。1935年昆明新来了一个日本领事，但是他既不说法语也不说英语，很少在这里露面。

在这个籍籍无名的中国西南角落里还住着其他一些外国人。有基督教青年会牧师罗杰·阿诺德，性情乖僻的美国博物学家约瑟夫·弗朗西斯·洛克博士，一些法国商人，四个希腊旅馆老板，还有一些美国传教士。这些传教士大多来自小教派。有个传教士一家十二口人靠在街上乞讨维持生计。[1]

30年代初，昆明市有15万人口，市里散发着淡淡的法国味儿。1900年到1910年，这里建起了一条狭轨铁路，联结河内和东京的海防。这里的东京是当时对北越的称谓。市中心有几条大街两旁种着“法国树”——中国人这么叫，实际上是法国梧桐。火车站周围建起了法国“区”—— 希腊人在这里开了几所小旅馆，从河内和西贡来的法国商人和法籍希腊商人也在这里有几家商店。那时云南被称作是法国在中国的“势力范围”。

1935年4月29日，年轻的英国副领事塞伊·卡内与他年轻的美国同事约翰·斯图尔特·谢伟思及他的妻子卡洛琳·谢伟思共进晚餐。两周来他们听到了不少有关共产党人的传闻。红军正活跃在邻省贵州。贵阳来的人说那里正在打仗，而最近几天外国传教士也对不断接近的“赤匪”大感恐慌，正在择路从贵州逃往昆明。

开始有人讨论疏散外国人。卡洛琳·谢伟思已经装了一箱子的贵重物品——她从蒙哥马利·沃德公司（译者注：美国芝加哥的一家大百货公司）买来的婴儿服装（她第一个孩子的预产期在7月份），婚礼时用的银器，还有丈夫的金表。她还没有收拾完，因为后来传言逐渐平息了下去。但是4月29日的晚上，副领事卡内费了很大的劲儿才到达谢伟思家。所有的黄包车都被当地军方征用拉沙包和弹药。一路上卡内被巡逻兵叫住了十来次。他们叫他不要待在街上，他们正在主街和皮卡迪利广场（昆明城南时髦的近郊住宅区里的一个中心广场，外国人叫这里皮卡迪利广场）设置路障并用沙包搭起障碍物。卡内决定在谢伟思家留下过夜，因为要回自己的住所就要再次从外面混乱的人群中穿过，他不愿意那么做。

凌晨2点，有人在谢伟思家的院子大门上咚咚地敲打。有一个信差送来了美国领事阿瑟·林沃特的一张纸条，告诉他据说有3000共产党部队已经到了城东8英里（约13公里）左右的大板桥，稍远的地方还有7000人。法国已经安排了一次特列，准备把外国妇孺从昆明转移到北越。列车早上7：44发车。

谢伟思和卡内一夜都在城内四处散布通知，他们把消息告诉了传教士和其他几个外国人。早上的时候卡洛琳·谢伟思带着自己的箱子和柳条篮里装的两只暹罗猫崽上了火车（她从此再也没见到过丈夫的金表）。她下定决心要想办法把猫崽送给住在上海的婆婆。

火车上坐满了人。昆明所有的外国妇孺都在，其中还有另外一个孕妇。洛克博士也在车上，他觉得自己的健康情况不怎么样，收藏的书籍和文物残片是无价之宝，所以就带着尽可能多的宝贝上了车。火车在倾盆大雨中噗嗤噗嗤地启动向北越驶去。[2]

昆明由于“赤匪”产生的恐慌和贵阳之前遭遇的情况大同小异，除了一点：昆明的防卫更差，城里只有500名民兵把守。如果共产党想攻打昆明的话，用不着真枪实战就能拿下。

但是他们不想攻打这个城市。他们想要的只是蒋介石和滇军军阀龙云把更多的部队撤回来防守昆明，就像蒋介石把云南的部队调来防守贵阳一样。这和之前毛泽东在贵阳玩的戏法如出一辙。而蒋介石就像巴甫洛夫条件反射试验中的狗一样，按照毛泽东希望的那样做出了反应。他从金沙江一带抽出了三个团，把军队向昆明方向调动。如此一来金沙江就算是对红军敞开了大门。[3]

蒋介石没有像很多中国和外国已有的记录中所说的那样亲自赶去昆明。他待在贵阳，给自己的高级指挥官开了军事会议。和很多人讲述的相反，蒋介石和夫人宋美龄没有在昆明吓得要死，然后急急忙忙地通过法国铁路逃往河内。他下一步行动是去成都。[4]

毛泽东小心翼翼地为军队突破封锁北上渡过金沙江布置好舞台。红军主要分成三路从贵州向云南靠近，部分原因是蒋介石最好的将领薛岳正带着一支训练有素的国民党部队在黔西设好了封堵阵线。

红军主力中央纵队和一、三、五军团从南至南盘江，北到盘县附近共长120英里（约190公里）左右的地带进入云南。贺子珍就是在盘县一带负伤的。

一进云南，毛泽东就又开始故布疑阵来迷惑国民党部队，尤其是滇军军阀龙云。龙云现在正坐镇昆明，战战兢兢地注视着红军的一举一动。他已经把自己最精锐的部队派到了贵州，现在无法及时把他们调回来守卫昆明。他心急火燎地开始召集所有民团部队——也就是县里的民兵或地方守备部队来参加防御，尽管这些部队根本无法与身经百战的红军匹敌。

毛泽东带着一军团和三军团的主力进入云南，几乎到了昆明城东，然后又掉头向北，用红军习惯的速度急行军前进。机关队伍向昆明以东60英里（约97公里）处的马龙挺进的时候一群国民党飞机从头顶飞过。他们没有投下炸弹，直接在东面消失了。红军一众指挥员对此感到不解，后来才明白过来其实国民党根本没有料到红军会出现在如此深入云南的地方。晚些时候，周恩来和他的警卫员发现有三辆卡车从昆明方向驶来，尾后卷起一股烟尘。车队一直开到红军队伍近前，周恩来命令自己的警卫包围了他们。卡车停下了，里面的人一脸惊讶。车队是军阀龙云派去给薛岳的，车上携带着一批薛岳需要的云南地形图。本来龙云是要用飞机运送地图的，但是飞行员生病了，所以就改由卡车运送。卡车上还装满了给养——云南火腿（被认为是中国最好的火腿，同美国的史密斯菲尔德火腿一样有名）和医疗用品——这是龙云将军送给同僚的礼物。

毛泽东物尽其用，通过这些地图设计了渡过金沙江的具体计划。就像毛的同伴指出的那样，这招也是毛泽东从钟爱的《三国演义》中学来的——了不起的英雄刘备当年入川用的就是蜀地官员张松进献的地图。[5]

九军团终于从乌江北岸“待命”的状态中解放出来。他们移动到云南细长的颈部以下位置，重新进入防御姿态，防止国民党从任何方向直接靠近金沙江渡口。同大部分红军部队在云南的经历一样，九军团的行动几乎不费吹灰之力，因为当地老百姓对他们的到来表示了热烈的欢迎。九军团占领了一系列县城，首先是宣威，然后是昆明以北105英里（约169公里）、距金沙江20英里（约32公里）的东川（会泽）。同其他地方一样，这里的民团不想和红军交战。但是县长杨茂章希望能守住县城。地方老百姓起来反抗他并欢迎红军入城。杨县长和当地一个“恶霸”被带到万人公审大会上宣判死刑并进行枪决。红军把云南火腿，小麦和大米分给穷人，他们还从地主那里夺得了六万银元，并征募了几百人参军。[6]九军团缴获的银元太多太重，抬银元的战士一个个步履踉跄。他们把银元给骡子驮着，与一军团会师以后把银元分给了他们，购买了煤油、手电、电池、棉布还有新武器。“这是一笔横财。”云南省博物馆的徐继涛这么说。[7]

一、三军团主力向北移动，五军团如往常一样殿后。毛泽东派精锐的干部团为先锋去金沙江向南折回云南的大转弯处，确保拿下首个渡口。

但是关键任务派给了红军年轻的雄鹰林彪。在1935年绚烂多彩的春天，云南的田野里一片姹紫嫣红，罂粟花在灿烂的阳光下摇摆——珍珠般的晶白，朝霞般的粉红，熏衣草般的淡紫。红军里没有哪颗将星能比林彪更加璀璨夺目。

毛泽东给林彪的任务将是对他能力的全面考验。他要让龙云、薛岳和蒋介石都相信红军的目标是占领昆明。林彪要尽量迫近昆明城，让红军的威胁尽可能地逼真。据估计当时给他的是支精锐部队，一共六个团，号称一个师，将近一万人。[8]

林彪从贵州的兴义进入云南，南下一段以后从东南方向进逼昆明。4月29日林彪到达昆明以东的大板桥，离云南省府仅有8英里（约13公里）。他的侦察兵从高处的山丘上已经可以望见明亮的朝阳照耀下的昆明城。就是他们的逼近引起城里惊慌失措，因而急急地把外国妇女送到北越的安全地带。林彪在附近停下来，一方面让昆明的恐慌加剧，另一方面也是让自己的部队在难以喘息的急行军后稍作休息。就在这一天，毛泽东的精锐干部团到达了金沙江边并尝试渡江。他们派一行人到达对岸，寻找合适的登陆点。同一天，4月29日，毛泽东制订完渡江计划，登陆地点也分配下来：一军团在龙街渡江，这是最南的渡口；三军团在河流下游东北方向30至40英里（约48—64公里）处的洪门渡江；最后一个渡口是皎平渡，干部团已经在附近进行侦察，他们就在这里渡江。[9] 5月1日干部团占领了皎平渡渡口。同日毛泽东电告林彪，命令他即刻中止对昆明的佯攻，全速向金沙江方向前进。如果他无法在5月7日前赶到，统帅部将无法确保渡口的安全。[10]

林彪的部队以前所未有的速度奔行——表面上依旧维持着对昆明的威压。他们绕到昆明北面和偏西处，攻占了昆明西北20英里（约32公里）处的富民县城。昆明城内的恐慌还在继续。援军源源不断地被龙云调集过来。国民党部队向偏南方向行进，直奔昆明，而没有向西去金沙江。[11]

没有公路。没有今天两旁种着茂盛桉树（最早由英国人从澳大利亚引植）的柏油马路。当时高处的山坡上也没有像今天一样覆满桉树林。战士们翻过山坡，走上今天在春季已经一片金色麦浪的高原，看到的是一望无尽、让人惊艳的罂粟花。罂粟一度是云南的财富。红军在这里没收了海量的鸦片。这里的生计就靠它维持。红军把鸦片当钱使，用鸦片交换给养，或者直接慷慨地分给农民，心里告诉自己其实这些本身就是农民付诸血汗生产出来的。解放以后，新中国接手了让人望而生畏的鸦片问题。罂粟种植被禁了，政府尽一切所能为吸鸦片上瘾的人戒除毒瘾。宣传、劝戒、医疗手段还有严厉的惩处多管齐下，但是也并非一夜之间就解决了问题。同样的还有“土匪”问题——直到50年代初期在偏远的山区和丘陵地带里还有国民党残余苟延残喘，他们就用鸦片交易来维持运作。[12]

将追兵远远甩开以后，林彪从大板桥直接北上，在四十八小时多一点的时间内走了上百英里（约160公里），于5月3日晚到达距金沙江一步之遥的元谋县。因为行军极快，损失了很多掉队的战士。他们无法跟上大部队，落在了后面，很多人被国民党抓获就地枪决。[13]

离金沙江越近，地势起伏越大，道路越发崎岖。直到今天，金沙江拐弯的地方以南20英里（约32公里）内还是没有任何道路。希望重访当年战场的长征老兵或是历史学家只能徒步或是乘骡子前往。

林彪第二天继续向指定的渡口龙街迫近。问题出现了，这里没有船只。江面很宽，水流湍急。他用竹筏搭造了一座浮桥，但是被激流冲走了。5月6日，林彪接到毛泽东命令去皎平渡过江。到那里需要在无路可寻的崎岖江岸上再走50到60英里（约97公里），一路翻越危险的峭壁和岩礁。渡江的最后期限还是5月7日没变。[14]

皎平渡自古就是有名的渡口，商队从这里进入滇北，有些是从四川来的，载着食盐、白银、毛皮或者谷物，有些是从不太远的西藏那边过来的，带着草药、藏药和金银丝编织的工艺品。从云南来的商队则带着鸦片、黄金（从金沙江岸边的砂金矿中开采来的，这里自古以来就是砂金和块金的著名出产地）、金银丝织的富丽堂皇的刺绣，还有其他一些舶来品。

在金沙江北岸（或者说西岸，因为江水在这里的转弯角度很大，所以方向也有些混淆）有一个客栈。4月底5月初的时候，有大约三十个商人带着载满货物的马骡守候在客栈里。他们把自己的货物带来了河边，等待云南一支商队的到来。等商队到了以后他们会一起乘渡船过河，与对岸四川来的商人进行交易。

开客栈的是洪门场村四个张姓兄弟中的老大。他的弟弟张朝满1984年71岁，依旧健烁敏捷，身上肌肉虬结，脑袋秃星星的。我们坐在金沙江四川一边岸上一个宾馆的阳台上。这里直接望下去就是金沙江。他开始讲述50年前的经历。那是1935年春的事了，很多细节他都记得一清二楚。

有一天有些人来找他。后来才知道他们是红军干部团里的宣传队，来这里寻找船只。“别害怕，”他们中有一个人说道，“我们是红军战士，来这里打倒土豪劣绅。再过十年我们就会回来，到时候给你们分田。”

张朝满对他们说找不到船的，所有的船都给藏起来了。他们一再说需要船只，还要船夫帮忙。张朝满就去找了自己的哥哥。他哥哥说他也没办法搞到船。他们在江边找到了一只半沉在水中的小船。红军从货商那里买了布，把漏水的地方都堵上，希望能就此在水上行驶。他们后来在江对岸又找到了一两只船。这么一来二来，总共弄到了五条船，两条是四川那边的，三条是云南这边的。能干的船夫杨麻子同意带九名红军战士过江去四川那边展开袭击。战士们带着驳壳枪和手电，他们晃动手电，刺眼的光柱吓跑了对岸的守兵。他们那一晚夺到了五条船。

他们又运了一两船战士到达对岸四川地面，在那里他们对当地的厘金局据点发起了突袭。他们把厘金局的大门敲得梆梆响，因为红军战士不会说当地方言，就让船夫们用四川话叫道：“你们不开门的话我们就走了，不交税了。”听到这里，门一下子开了。红军一涌而入，里面有几个人正在打麻将、抽大烟，他们很快被解除了武装。红军战士发现了里面收缴的五千银元税款，这些钱被他们没收进了“抗日储备金”中。他们一共抓了大约六十个人，里面有一半是国民党地方部队的士兵。第二天他们又找到了两只船，这下一共有了七只船。此时他们已经找到了二十六个船夫，后来又找到了十个。

他们清理完税卡的时候，弄到的船只已经开始带部队过江，整个渡江行动持续了九天九夜。船夫们每天有一个银元的工资，还发一个银元的奖励。如果他们需要的话可以用鸦片支付，每天五盎司。大船一次可以装六十人，最小船只的一次可以装二十人。从江水一边渡到另一边要三分钟。每只船都编了号，选了船长。

渡口两侧的江岸自水边直直升起，云南这一侧有条一两英里长的细长小路从岸旁的峭壁上一路下来，引到水边一段狭窄的沙滩上。离江水大约50英尺（约15米）的地方矗立着一块大石头（现在还在），大概有10英尺高（约3米）。九天九夜的渡江行动中，红一方面军总参谋长刘伯承就一直站在这块大石头上进行指挥，叶剑英作为渡江司令部的政委协助指挥。[15]

有两次敌人的侦察机从头顶飞过，但是江道太窄，无法进行轰炸。马匹不敢上船，就牵着缰绳，让它们在船边跟着游过岸去。摆渡一直没有停，晚上在两岸点了大堆篝火，让渡船来回不停地运作。整个行动没有损失一个人。妇女和伤员单独用船摆渡。部队就这样渡过了金沙江，从头至尾都很顺利。

毛泽东、周恩来和统帅部在5月1日黎明前渡过了金沙江。他们之前已经骑马走了60英里（约97公里）的长路。在金沙江的四川这一边没有云南一侧那样的金色沙滩。渡船到了这里（现在还是一样）就缓缓靠到一条狭窄的板岩河滩上。岩礁向上倾斜，爬升到20英尺（约6米）高的地方，那里有一条窄道沿着江岸通向更高的岩礁。这里很逼仄，没有空间部署军队，放置给养。在第二道岩礁上有一列十一个沙窟，是在江上讨生活的人历代在陡岸上掏出来的。红军的指挥部就设在这一堆洞窟中。有一个洞窟是给毛泽东的，另一个是给周恩来的，剩下的是给其他指挥员、无线电报务员、警卫员和其他中央机关人员的。

毛泽东温和地批评了他的警卫员陈昌奉，因为他没能给他及时找来可以当桌子用的木板。陈昌奉在地上铺了张油布，上面盖了毛毯，给毛泽东当床睡。洞壁都是沙砾的，钉子钉不牢，所以他没法把毛泽东的地图挂起来。

到1984年这些洞窟还在，五十年间没有太大的变化。山崖一侧凿出的道路通向各个洞口，洞里狭小、昏暗、阴沉沉的。待在里面可以躲避空袭，但是指挥员们可能会觉得在如今宾馆所处的礁岸上宿营会更令人愉快。[16]

天气闷热。干部团在北上奔向金沙江的途中受够了热天的苦。在5月酷热的天气中在这拐弯抹角的小路上爬行可真是遭罪，笔者从亲身经历中深深体会到这一点。红军战士的行军速度简直不可思议。这在国民党报纸的报道中也有所体现。这些报道一般都比实际情况晚五到七天。比如说5月5日，姗姗来迟的天津《大公报》报道提出红军的目标“看起来是四川”。而红军六天前就已经开始渡过金沙江，进入四川了，三天后渡江行动将全部完成。

红三军团在皎平以南的洪门渡（新村渡）出现了问题。他们在渡口架设了浮桥，派先头部队十三团先行渡江，但是急流把浮桥冲走了。周恩来命令他们使用红一军团在龙街的渡口。这个命令很快就取消了，因为一军团发现那里也根本无法渡江。

一军团和三军团的主力都在皎平渡过了江。三军团于5月7日渡江，一军团5月8日渡江。后卫部队五军团一共三千到五千人在皎平南面不远的禄劝县阻击了吴奇伟率领的国民党一个师接近一万人一个星期后，于5月8日和9日过江。[17]

九军团依旧为主力打掩护。5月6日他们到达了皎平渡以北（金沙江下游）约35英里（约56公里）处的树秸渡，于5月9日渡过了金沙江，很快在西昌以北的泸沽与红军主力会合。

5月1日，干部团渡江之后，在几个小时内打开了从皎平渡向前的路线。他们只睡了两三个小时，然后就接到命令开始前进，向上岸处前方不是非常陡峭的高处攀去。他们面前是一条曲折的小道，呈“之”字形直上到300英尺高（约90米）的地方。走完这条小道，就到了一个狭长的冲积平原，有一两个橄榄球场那么宽，地上布满了玄武岩和花岗岩的石头，有些有一人多高，有些有篮球大小，有些只有棒球那么大。平原的左侧拦着一堵粗糙的黑色高崖，右边直直地坠下，通向皎平渡。不少人都记得人们说过蜀道之难难于上青天。这里石头小道一路绕着悬崖峭壁盘旋前进，窄得很少能同时站两个人，真的不好走。

即便对这些年轻勇敢的战士来说，也很少有一路穿过遍地的石砾而不摔跤的。日头很快毒辣起来，他们向前挺进了4英里（约6.4公里），然后沿一条陡峭的小路上到另一个高原上，这里一半被石头覆盖，另一半是杂草。正对着他们的是从西面拔地而起高达1000英尺（约300米）的一堵高崖，名为“狮子山”，山势起伏，犬牙参互。狭小的高原整个都在这堵山崖的俯视之下，而山中的石壁上已经有国民党的一个守备营部署了防线，枪口正对着干部团的咽喉。红军这些十八九岁的年轻战士，昨天一天走了60英里（约97公里），接着又马不停蹄地渡江、徒步穿过石砾遍地的冲积平原，到现在已经累得只剩下半条命。而狮子山这里的防守阵式如铜墙铁壁一般，足可以扛住上万人的进攻。

干部团发动了进攻。敌人从山崖上滚下了沉重的石头，砸在红军战士中间。国民党的机枪打得石头四处飞溅。有的战士腿被砸断了，有的因为头部被石片击中躺在一边昏迷不醒。

红军躲在隆起的石头后面，一步一步地往前挨。有些战士找到了一条山沟，这给他们提供了一些掩护。他们离敌人越来越近了。终于，冲锋号响起，战士们蜂拥而上，嘴里怒吼着“杀！杀！杀！”国民党的地方守备营落荒而逃，奔通安而去。

先头部队乘胜追击。他们又开始向上爬，脚下崎岖的石道抓在峭壁一侧或是边缘，有700英尺（约210米）高。一路绕前绕后，上上下下地爬呀爬，直到肌肉似有铁水烧灼一般酸疼，两膝像粘了胶一样抬不起来。他们的左面是火焰山，烈日炙烤着山岩，热气蒸笼。汗不再流了，因为已经脱水。但他们还是继续前进了七八英里（约11—13公里），然后从一条螺旋状如山间瀑布般陡峭的石道上一路下去，到达山谷中的平地上，小镇通安就在这里。敌人已经逃走了。先头部队停下等候。没有后续部队到达。没有援兵。他们拖着疲惫的身躯重新回到狮子山，在周边布下防线，等候命令。[18]对这些年轻的红军战士来说，这不过是又一天的行军作战罢了。但是对50年后跟着他们的步伐探寻长征足迹的人来说，这一切无异于一个奇迹。

毛泽东在皎平渡一直待到5月8日，等一军团全部渡江以后与机关纵队一起沿山道经通安继续前进。红军在前方已经开始进攻地区中心会理。

刘伯承则一直待在大石头上指挥。他命令架设机枪保护后卫部队，让他们不致遭到迅速追袭的国民党部队发起的最后攻击。所有的大船都驶到了红军这一侧岸边，然后缆绳被割断，船只被金沙江的急流带走，很快就在礁石上撞成碎片。跟红军坚持到底的船夫拿到了30个银元的奖励。红军没有给船主任何补偿，只有一条船本身是属于其中一个船夫的，他拿到了80个银元。

红军走后，很多船夫遭到了围捕和迫害。张家大哥被逮捕刑讯，后来被罚了两百八十银元，其他三个兄弟包括张朝满事先都溜之大吉，逃脱了逮捕。[19]

终于，所有的红军战士都过了江，所有的船只也都毁坏了。刘伯承骑上马，迅速爬上山道，准备开始下一场战斗。[20]

红军过了金沙江。他们在追击者面前夺路而去。毛泽东还没有完全躲开蒋介石的堵截，但他已经到了长江北岸。自1934年10月16日以来，红军还从来没有取得过这样的进展，他们得到了前所未有的行动自由。到这时他们已转战七个月，损失惨重，减员以后部队仅余不到两万五千人。但是他们挺过来了。毛泽东的战术居功至伟。金沙水拍，大军横渡，这英雄的一幕将被历史铭记，成为红军史上光辉的一页。

还有一个因素不能忽视。在云南，红军几乎到处都受到热烈欢迎。当地的士兵打仗并不卖力。地方官员对红军也常常持同情态度。

军阀龙云的做法形同走钢丝。他并不协助红军，但同时也不让自己的军事力量因为与红军交战而伤及根本。贵州军阀王家烈倒台的戏码刚刚在他眼前演完。王家烈遭到了红军的痛击，损失惨重，威信骤降。此时蒋介石给王家烈一个选择：总司令和省长的职务两者只能保留一个，不能兼得。王家烈选择继续担任总司令。于是蒋介石煽动王家烈的军官闹饷，问题一发不可收拾，蒋介石趁机解除了王的职务，把他送去军事学校任职。取代他的是蒋介石的傀儡。龙云绝对不想重蹈覆辙。

1935年4月27日，香港某些重要人士通过代表给龙云发来了电报。电报上说："我跟贵州和湖南谈过。我的印象是他们希望红军离开这片地区就好。而红军希望从云南借道去四川。所以最好让他们如愿以偿，不用跟他们拼命。"龙云在电报下写道："此论合乎西南利益。"

龙云对红军睁只眼闭只眼的态度可能与这封电报有关。[21]

与通过两广角落时一样，军阀之间的龃龉、他们对蒋介石的忌惮和希望保住自己领地的意图都使共产党人在关键的战斗中能够暗中借力，渡过难关。

注释

[1] 小E.J.卡恩：《中国通》（*The China Hands*）第57页，1975年纽约出版。

[2] 约翰·斯图尔特·谢伟思及卡洛琳·谢伟思夫妇：1984年12月2日个人采访；卡洛琳·谢伟思：1984年3月通讯；赛瑞斯·卡内（译者注：即塞伊·卡内）与佩吉·戴柔1935年5月1日通讯。

[3] 王愿坚：1984年3月5日。

[4] 自埃德加·斯诺的《西行漫记》发表以来，有关蒋介石夫妇从昆明落荒而逃的故事就被一传再传。蒋氏夫妇确实去了昆明，但那是战斗结束以后的事了。卡洛琳·谢伟思清楚地记得，他们到昆明是6月中，是在1935年她从东京回昆明后，在7月她产下孩子之前。蒋氏夫妇到访时鸦片作物已收获完毕，这让地方当局松了一口气（蒋介石的“新生活”运动反对鸦片）（卡洛琳·谢伟思：1984年12月2日个人采访）。

[5] 廉臣（陈云）：《中国工农红军第一方面军长征记》第75页；魏国禄：《随周恩来副主席长征》第28—30页（译者注：正文原文中说刘备入滇用的是云南统治者张松给的地图，与《三国演义》所述不符，译文中作了相应修改）。

[6] 王首道：《中国工农红军第一方面军长征记》第284—286页。

[7] 云南省博物馆徐继涛：1984年5月5日个人采访。

[8] 徐继涛：1984年5月5日采访。

[9] 徐继涛：1984年5月5日采访。

[10] 会理党史研究室主任王宗华（译音）：1984年5月5日个人采访。

[11] 徐继涛：1984年5月5日采访。

[12] 徐继涛：1984年5月5日采访。

[13] 吴兴：1984年4月15日南昌个人采访。

[14] 徐继涛：1984年5月5日采访；这里及之后的地形描述出自个人考察。

[15] 细节情况主要出自在世的渡船船工张朝满1984年5月8日在皎平渡的采访。他讲述的故事与红军先头部队成员莫文骅在《中国工农红军第一方面军长征记》第281—284页及萧应棠在1982年北京出版的《星火燎原》第三卷中所述稍有出入。有些版本说渡江用了七天，说干部团渡江日期是5月3日，而不是地方当局认为的5月1日。

[16] 据个人考察。细节出自王宗华1984年5月7日会理采访及陈昌奉《跟随毛主席长征》第45—49页。国际交流协会会长李一氓以"一氓"为笔名在《中国工农红军第一方面军长征记》中发表的回忆文章里做出的结论也是一样的。他说岩洞里蒸得气闷，因此便走到了外面的礁岸上（一氓〔李一氓〕：前书第303—322页）。

[17] 徐继涛：1984年5月5日采访。

[18] 莫文骅：前书第290—299页。李一氓发现沿着火焰山（传说中美猴王烧焦了尾巴的地方——译者注：根据李一氓文中所述，此山名为火焰山，但显然不是《西游记》中的火焰山）辐射着热力的石壁蜿蜒的极端狭窄的小路是长征中最艰巨、最危险的路程之一（一氓〔李一氓〕：前书第303—322页）。我们也这么认为。

[19] 张朝满：1984年5月8日金沙江个人采访。

[20] 王宗华：1984年5月7日采访。

[21] 有关龙云的细节由云南省博物馆徐继涛1984年5月5日采访时提供。很多1935年在昆明的外国人认为龙云指望红军尽快北上入川，因为他害怕蒋介石对他有所企图。性情乖僻的美国植物学家、探险家约瑟夫·洛克当时在日记中写道："如果我是龙云的话就会放他们（共产党）过去，让（国民党）见鬼去……蒋介石迫使共产党南下入滇，封锁了他们北上的道路，但龙云肯定会给他使绊子，放他们西去的……而蒋介石则会在此吃瘪，他活该的。"1949年龙云加入了共产党政权，担任国防委员会副主席及西南行政委员会副主席。（S.B.苏顿：《在中国边疆省份：约瑟夫·洛克动荡不安的植物学家与探险家生涯》〔*In China's Border Provinces: The Turbulent Career of Joseph Rock, Botanist-Explorer*〕第246—248页，1974年纽约出版）

第十八章

歃血为盟

明代古城会理的历史可以追溯到15世纪，它的位置在皎平渡西北约35英里（约56公里）处。毛泽东和红军一渡过金沙江便向这个四川省的中心城市赶来。部队还没有完全过江，对会理的围攻就已经开始，但是共产党军队一直没能把城市拿到手里。

向北是彝族人聚居的崎岖山区，他们早在汉人之前就居住在此地了。毛泽东希望能找到个地方，在继续北上前让军队休息几天，好休整一番。

有不少政治问题要搞清楚。之前召开遵义会议，做出了让毛泽东重掌大权的决议。但那都是四个月前的事了。红军的实力已经削减到将近两万人，在彝族聚居区和之后的藏族聚居区征兵的可能性微乎其微。毛泽东已经率他的军队从长江上游跨了过去，他又一次挫败了蒋介石的堵截，但是前路漫漫，似乎总有过不完的河，翻不完的山。

蒋介石以为自己已经把共产党封锁在江西的红色角落之中，结果他们逃了出来。他以为能把红军在湘江边上一网打尽，结果他们冲了出来。他以为在黔西套住了他们，结果毛泽东溜走了。他以为终于能在毛泽东到达金沙江之前逮住他，结果未能如愿。

整场战争看上去有些像迪士尼公司早期出品的卡通故事，身材庞大的猫愚蠢透顶，米老鼠一次次在利爪下逃出生天。

瞧起来毛泽东似乎顺风顺水，事遂所愿。但并非他所有的同事都如此看，特别是林彪。自毛泽东掌权以后林彪表现卓绝，几乎不费一兵一卒就拿下了遵义。在黔西北他未能突破长江，但那也无可厚非，当时的情况任谁也难以成事。对昆明大胆的虚晃一枪和后来的急奔金沙江都显示他惊才绝艳。

但是林彪心中有深深的不满。几周前他就已经抱怨说毛泽东飘忽不定的运动战把部队搞得精疲力竭。现在有证据表明在执行毛泽东迂回穿插的机动作战命令时，林彪有几次都犹豫不决（尽管最后都执行了命令）。这些记载中有些可能是夸大其辞，因为提供证据的老红军“文革”时在林彪手中吃够了苦头，不少同志因为林彪的陷害而失去性命，还有很多人多年身陷囹圄，还遭受了好几个月的毒打。

毛泽东希望打下会理，让它成为遵义第二——在这里赢得喘息之机，进行政治磋商、军事整编，同时补充人手给养——的计划有些操之过急。会理城是差不多在中世纪就存在的古城，防御完备，宽大的护城河已有300年的历史，有内外两道高大结实的城墙。红军本想通过奇袭攻下城池，但是未能如愿。国民党第二十四师的部队1000人把他们挡在了外面。敌人急急地关闭了城门，守在城墙上，击退了彭德怀的十、十一和十二团的进攻。第一次攻城的时候十一团打进了东门，十二团打进了西门，但是都没能攀上第二道城墙。

两道城墙之间都是民房，守军疏散了居民，在街区里点起了大火，把红军逼回第一道城墙外。[1]国民党命令城里的居民在大锅里烧开了米粥，在红三军团的战士顺着竹制云梯向上爬的时候把滚烫的稀粥向他们的头脸上浇去。很多战士被烫得皮开肉绽，从梯子上跌落下来。5月10日发起的第二次进攻也未能成功。

于是红军采用了以前从来没有用过的战术。他们在东门和西门的门楼下挖掘了地道，用炸药把门楼炸上了天。会理的居民惊恐万分，但是红军依旧未能突破守军的防线。[2]

这时是5月12日，同一晚，毛泽东在城外的铁厂召开了会理会议。

这是中共政治局的一次扩大会议，与会者共有18人：毛泽东、朱德、周恩来、陈云、博古、王稼祥、刘少奇、杨尚昆、何克全（即凯丰，在遵义会议上反对毛泽东）、刘伯承、林彪、聂荣臻、洛甫、彭德怀、李卓然、董振堂、邓小平和邓发。[3]

李德说会议即将召开前邀请他也出席，会上没有给他提供翻译，只能靠博古时不时地粗略解释给他听。李德说没有军事指挥员参加会议。[4]而实际上其他人的记录中都没有提到李德在场，几个军事指挥员提供了详细的记载，说明他们在会上作了什么发言，其他人又说了什么话。李德应该是记错了，他时常如此，因为当时没有作什么记录，无凭可依，而回忆录又是在30年后写作的。

林彪的看法成了讨论的焦点。这个27岁的军团长写了一封信，交给毛泽东，希望他把前敌指挥权交给红三军团的老（37岁）领导彭德怀。彭德怀是个在中国土生土长的坚毅勇决的红军指挥员，长相有点像斗牛犬，打仗的作风更像斗牛犬一样勇往直前。彭德怀豪迈粗放，早年多曾劳作而长得肩背结实。用他的挚友和同志杨尚昆将军的话说，彭德怀长着“铜像般的脸庞，乌黑闪亮的眼睛，精神刚毅顽强”。[5]

中国农民的种种艰辛彭德怀全都尝过。小时候过春节，家里没东西吃，他裹着小脚的祖母已经70岁了，还带着彭德怀的三个弟弟一起到湖南乌石村里的街道上一步一扭地讨饭。最小的弟弟很快就饿死了。彭德怀只乞讨过一次，之后就再也不愿意去了，他在雪天里赤着脚上山砍柴换钱。他替别人看牛，每天五文钱，之后去做工给煤洞抽水，每天三十文钱，但后来煤矿倒闭了，厂主欠了彭德怀一年的工资没给。

彭德怀接触到的第一片革命的火花来自于他的伯祖父，他在19世纪50年代的太平天国运动中当过太平军。伯祖父告诉他太平天国里有饭大家吃，女人不裹脚，土地给耕者均分。

“文革”中讯问者毒打彭德怀，最后将他折磨致死。彭德怀在交给他们的概略自述中如此写道：“这样我便产生了打富济贫、消灭地主和为穷人找出路的想法。”[6]

后来彭德怀一直在湖南的洞庭湖做堤工，1916年他加入了军阀部队，军饷是每个月一个半大洋，之后便开始了一生转战的戎马生涯。他毕业于湖南军官讲武堂，1928年加入了红军，后来在朝鲜率领中国军队与美国作战的总指挥就是他。

彭德怀一生都仗义执言，坦白直率，写作的时候直接有力，往往一写就是一大段，让人对他的观点一清二楚。他的部属曾经说“他与革命成了亲”。[7]他对刑讯者大吼不服，把桌子敲得震天响，牢房的四壁都震动起来。他咆哮着说：“我什么也不怕，你们可以枪毙我。你们的末日就要到了。”[8]

林彪的长相不似彭德怀那般精神蓬勃、粗豪有力。他比彭年轻十岁，相貌英俊，脸是细长的椭圆形，皮肤是黝黑的橄榄色。彭德怀时常和自己的部下谈天打趣，而林彪则和部下保持距离。很多人认为他有些腼腆保守。从来没有传出过他对自己部下热情友爱的故事。红军其他指挥员佩服林彪的能力，但是林彪跟他们讲话时只谈公事。

1948年吴兴已经是师长。长征时他是警卫连排长，受林彪调遣。

“林彪打仗很在行，是个优秀的军事指挥。”他说。“他对跟他一起工作的人很好。”他也认为林彪沉默寡言。“他喜欢一个人独处。”吴兴回忆说。[9]

红军到延安以后，一时风行周六晚在一个叫枣园的漂亮院子里跳舞。毛泽东和朱德经常在那里跳拥抱式的华尔兹，在舞台上晃来晃去，舞伴是很多兴奋的年轻人。彭德怀也一样。周恩来跳得很有风度。但是林彪却对舞台避而远之。很多从上海和北京来延安加入革命事业的年轻女性对他发出邀请，他却不为所动（他最后娶的还是这些外来美女中的一员）。[10]

林彪是毛泽东的爱将。1927年蒋介石反共之前在著名的广州黄埔军校里他也备受蒋介石和后来的苏联元帅布柳赫尔的青睐。他的父亲是湖北工厂主，因为交不起税破了产。他决定跟共产党走，参加了1927年8月1日周恩来领导的南昌起义。1932年他就开始指挥红一军团，那时他才24岁。此时他也只有27岁，但是说到用兵大胆，虚实相间，无人能出其右。据说要不是胜券在握他绝不会出手开战。

毛泽东的最高临阵指挥员可谓风格迥异，但在长征中他们配合得很好。林彪机变百出，善于声东击西、瞒天过海、埋伏偷袭、侧翼进攻和后方突袭。而彭德怀则善于正面进攻，多次一鼓作气全歼敌人。要是在战斗中缴获的枪支弹药和被转化成红军忠诚新战士的俘虏不够弥补损失，甚至是大大超过损失，他就认为仗没打好。

红军在会理停留的时候，指战员从上到下都是身心俱疲。他们到这里已经人困马乏了。我们到底在往哪里去？到底有什么计划？这些问题总是在困扰着他们。很多人都是江西或者湖南人。但现在他们身在四川——也不是四川的富足之地，而是荒山野岭。身在异乡让他们感到人生地疏，有些茫然无措的感觉。他们不会说四川话，要找到回江西和湖南老家的路都很难。

李德并非是值得我们完全信任的见证人。他坚持说问题很严重，而且根深蒂固。他认为对毛泽东领导权的质疑在遵义之后便很快出现。这些质疑之声在娄山关大捷之后平息了不少，但是没有完全消失。他说洛甫和林彪指责毛泽东“在敌人面前逃跑”，“在军事上破产了”。他说彭德怀和杨尚昆将军“基本同意”以上意见。没有任何其他人把情况说的这么严重。看起来是李德与毛泽东的不合让他夸大其辞。他说洛甫向他暗示说自己希望有新的领导“三人团”——林彪、彭德怀和刘伯承。李德说洛甫害怕红军被迫向更远的西藏或缅甸方向运动。

让李德惊讶的是，有一天毛泽东请他过去谈话。毛泽东向他承认情况很严重，但同时表示对最终渡过金沙江信心十足，并说如果必要的话，他准备带领红军取道西康和青海的藏人居住区去新疆，在那里他可以向苏联请求支援。[11]

不管怎么说问题确实存在。毛泽东已经挽救了红军，但是接下来该干什么呢？他们没能与贺龙和萧克会师。他们也没能建立一个新的苏区根据地。张国焘的红四方面军正在转移之中，方位难寻，遵义之后两支红军之间也几乎毫无联络。

林彪疑虑的就是这些问题。他和一批指挥员就此进行了讨论，尤其是与他共事的同级指挥员、红一方面军政委聂荣臻。讨论时在场的还有红一军团参谋长左权、保卫局长罗瑞卿和高级参谋朱瑞。

林彪提议将前敌指挥权移交给彭德怀，而毛泽东和周恩来、王稼祥这些军委成员只须负责总体战略规划。

林彪抱怨说毛泽东让军队绕了不必要的远路。他用弓来比喻红军的行军路线，说红军现在走的是弓背路，应该走绷紧的弓弦，走捷径。

林彪说："这样会把部队拖垮的。毛泽东这样领导指挥不行。"

聂荣臻对此激烈反对。他说："我们好比落在了敌人的口袋里。如果不声东击西，高度机动，如何出得来？"

林彪提议让彭德怀做前敌总指挥，负责战场上的行动。据聂荣臻回忆，彭德怀直截了当地拒绝了林彪的提议。[12]彭德怀在狱中自述里回忆在会理会议上看过林彪的信。他说自己"当时也未介意，以为这就是战场指挥呗"。他指出林彪的一军团和自己的三军团早就经常在统一指挥下行动了。[13]

红军就规模缩小的部队又一次进行了整编。一军团由三个师缩编为两个师，三军团则由三个师缩编为四个团。五军团和九军团的师级建制也都取消了。

毛泽东决定梳理中央纵队成员，把所有身体健壮的人都输送到作战部队去，其中一个就是邓小平。他解除了自己在中央委员会的秘书职务，改去一军团负责宣传工作。取代他职务的是小个子刘英。这成为了她生命中的转折点。她成为了"中央小组"的秘书。之前她从未做过这样的工作，"小组"成员洛甫帮了她的忙。他向她展示如何做会议记录，如何把相关文件归档及拟写命令。在莫斯科的时候她就认识洛甫了，当时她是莫斯科中山大学的学生，洛甫是学校的老师。他们回到中央苏区的时候她偶尔能见到他。他是教育委员会的主任。她说自己之前不想结婚或者“被孩子拖累”。现在两个人靠得越来越近。1984年她回忆起这些日子的时候不禁微微含笑。“那时候毛主席经常开我们的玩笑。”她说道。但是之后一段时间两个人的关系没有什么特别的进展。[14]

会理会议上讨论的另一份文件是由刘少奇和杨尚昆将军签署的电文。电文对下一步行动进行了建议。这些建议是根据遵义会议后刘少奇加入红三军团以来与彭德怀的一些非正式谈话做出的。彭德怀的意见是国民党部队现在与共产党部队一样已经筋疲力尽。接下来的时机可能不错，红军可以回到最初的计划上来，与贺龙的红二方面军会师。[15]

这些挑战他权威的意见，毛泽东应对起来游刃有余。他驳斥林彪说：“你知道什么？你就是个娃娃。军队走弓背是出于必要。”[16]

毛泽东说林彪的提议以及刘少奇和杨尚昆的电文显示了“右倾情绪”。这是彭德怀的措词，他的意思显然是他们没有展示出进取精神。彭德怀作了一点自我批评。后来这件事让彭德怀、杨尚昆和刘少奇（但是不包括林彪）蒙上了图谋不轨的严厉罪名。但当时看来似乎就此烟消云散了，彭德怀在自己备受折磨时写下的回忆录中说道：“我采取了事久自然明的态度。”[17]但后来证明事与愿违。

会议讨论的另一个问题是接下来怎么办。毛泽东已经决定他们必须向北转移，通过彝族聚居区，渡过前面的大渡河。大渡河是一个巨大的障碍。过不去的话可能会在那里遭到蒋介石的围堵。在那样的情形下唯一的选择就是从藏地的山区逃生，但是一般不会这么做，因为几乎毫无可能成功。

而一旦渡过大渡河的话，那么他们预期如果一切顺利，他们就可以和张国焘的红四方面军会合。这个方案有个小问题：他们不知道四方面军的确切去向。他们也许还不知道四方面军已经放弃了自己的川陕根据地，正在转移之中。近来两支部队相互之间并无音讯往来。1935年初的时候，无线电联络似乎就已经中断，那时一方面军正在贵州穿插行动。两支红军都知道对方正在运动中，双方都知道对方的大体想法，但对对方的准确位置却不甚了了。[18]

会议对毛泽东的决定并无异议。李德记得会议问过他的意见。他对会议达成的共识表示愿意附议。大家都觉得当时需要团结，而不是内讧。前面危机重重，他们没有精力分心他顾。[19]

秦兴汉将军认为会理会议的讨论很有价值。自遵义会议以来积起的不满意见得以公开讨论。尽管有人私下里表达过类似林彪的意见，但会上没人发言反对毛泽东。毛泽东也因此有机会解释自己的观点并将之传达给军政干部，并通过他们让广大指战员都有所了解。

最重要的莫过于决定了下一步的计划。毛泽东北上通过彝族聚居区、渡过大渡河的计划被批准了。要执行这个计划可谓困难重重。红军已经知道路上会遇到麻烦，无线电侦听已经发现蒋介石正开始将部队向大渡河方向调动。接下来又是一场跟时间的赛跑。

从会理到大渡河的距离或多或少有1000里，有一半是难走的上山路，一半是容易一些的下山路。直线距离是300英里（约480公里），沿红军战士翻山越岭的路线是将近500英里（约800公里），一“路”上大多是走狭窄的山道，很像从皎平渡经狮子山到通安和会理的悬崖峭壁上抓着的小道。

命令还是如往常一样：赶在蒋介石之前到达渡口。红军自5月14日、15日就开始行动，分批出发，因为路太窄了，大批军队无法同时前进。

天气很不错。5月中，蜀地春意盎然，山间繁花盛开。山坡上1000英尺（约300米）以下爬满了映山红和其他各色杜鹃，蝴蝶花深蓝色的旗帜则在几百英尺内插得到处都是。空气里弥漫着夹竹桃和蔷薇的清香。这里就是天堂，不管是1984年5月中还是1935年5月中，来到这里的人都可以为此作证。但是红军老兵并没有太多人记得这些花。他们记得的是在这里人群齐声欢呼，打着标语欢迎他们，仿佛他们是凯旋而归的主人。每个村庄，每个镇子里的人都爬上山坡、涌入山谷。几个月来行军经过的地方没有哪里比这里的人们更热情，也没有什么地方的款待更丰盛——大桶的糖果蜜饯、一篮篮新熟的杏子，大簇酸甜的红樱桃。大多数时候红军都在夜间行军，他们似乎也暂时远离了蒋介石飞机的轰炸。国民党媒体对“逃散的赤匪”行踪的报道一般都落后一周或者更多。5月23日上午9点[20]，他们到达四川中南部的冕宁。八个晚上走了550里，到大渡河的一半路程已经走完。冕宁城内爆竹齐放，街上摆满了摊子，给红军免费送茶送糖。战士们要付钱，老乡都生气不肯收。街上的标语写着“欢迎红军”、“拥护共产党”。一批红军的政工人员已经先行到达，为欢迎红军做前期准备。[21]

部队就在城里的主要街道上露宿，从紧张的行军中歇口气。其他人去了天主教堂。那里的中国牧师对他们表示欢迎。有五个外国传教士在教堂里避难。政委文彬请他们留下来，跟他们讲述了外面最近发生的事情。[22]

沿安宁河一带的河谷里国民党政府的势力不强。冕宁的老百姓告诉红军战士，他们整晚都开着城门等候红军的到来。他们为战士们准备了猪肉蒸饺。他们说自己一点也不害怕。富人都跑光了。红军打开监狱，把犯人都放了出来，其中有很多是彝族人。[23]

到达冕宁以后，红军就已经接近了一个令人生畏的区域。很多汉人称这里是“倮倮人”的地盘，他们不知道“倮倮”就是对古代居住在此地的彝族人的蔑称。早在汉族人到达此地以前，彝族人来到了这里，他们是中国西部的藏缅系民族的一支。这些人身材高大，肤色黝黑，长相跟汉人明显不同。他们有自己的萨满式宗教，深信魔法和鬼魂。他们的语言跟汉人也不一样，自己的文字系统并不完善。他们对汉人又恨又怕。这种惧怕来自于几百甚至几千年前汉族更发达的文明与落后的彝族文明间的冲突。汉人把彝族人赶进了山区。他们就在山坡上牧羊，在山地上种上小块的玉米或是小米，饥一顿饱一顿地生活。他们在山里穷困潦倒，大多数男人只披着一件破破烂烂的外衣，女人也只有一两件破衣服，小孩则赤身裸体，无衣可穿。在那个时代他们受尽军阀和国民党部队的压迫。对他们来说当兵的都是土匪，为了对付他们可以无所不用其极——用咒语诅咒，从山上往下滚石头，用毒箭射，或者用他们的战利品——从怕死的国民党巡逻兵手中夺来的冲锋枪进行扫射。

离冕宁不远的地方有一道秘密的山泉，具体位置只有彝族人知道。山泉水效用奇特，能毁坏人的发声系统。起效时有些像笑气，能让人大笑不止。彝族人就用这种泉水给敌人下毒，让他们在大笑中死去。[24]

彝族人还处于奴隶社会，内部分“黑骨”（贵族）和“白骨”（奴隶）两类人。白骨一般本身不是彝族人，常常是战争中的俘虏——是汉人、苗人、藏人和其他少数民族人。等级制度森严。和白骨男人发生关系的黑骨女人会被处死。和白骨女人发生关系的黑骨男人会被罚交重金。所有人出外都全副武装——他们带着刀、弓箭、老式火枪或者是新式冲锋枪。抢劫被认为是高尚的职业，抢劫汉人尤其受到尊崇。宗教仪式、烧符念咒、歃血盟誓等等都是彝族社会的常态。[25]

红军对少数民族的政策很开明，他们关照少数民族，希望能补偿过去汉人对他们的野蛮伤害，将他们争取到自己一边来。红军进入彝族聚居区以前毛泽东就已经在冕宁对红军相关领导人讲明此事。他们必须避免和彝族人的冲突，因为红军要赶在蒋介石之前到达大渡河，在此期间容不得任何耽搁。

毛泽东兵分两路。一路走“主要”的山路去北面70英里（约113公里）处的重要渡口安顺场。一路是起牵制作用的小部队，他们会抄小路快速经越西赶往更南面的渡口大树堡。大渡河另一侧对着大树堡的是富林镇，据说驻扎着国民党的一支小规模守备部队。[26]

刘伯承和聂荣臻带领主力部队准备翻过大凉山去安顺场。先头部队是一师一团，萧华率一支特别工作队随行。与先头部队一起走的还有一支工兵分队，他们满载着从冕宁收集到的木板、绳索、托梁、滑车等架桥材料。

5月22日上午9点，先头部队到达大桥镇，这里离冕宁15英里（约24公里），在汉人聚居区和彝族聚居区的边界上。

天气变化很大，时而晴空万里时而暴雨倾盆。战士们沿着石头山道爬上高处，满眼望去尽是盛开的映山红，粉色、白色一条条似瀑布般自山崖上倾泻而下。

到了谷麻子村，萧华的工作队被数百拿着棍棒、枪支、石头、长矛和弓箭的彝人拦住了道。他们叫道："给钱！给我们买路钱！"

距那个5月的上午50年后，军中诗人萧华还能清楚地记得所有的细节。萧华带了一些银元谨防彝族人讨要。他给了两百个银元。彝族人转眼就消失不见，但是很快又回来要更多的钱。看来钱解决不了问题。工兵连被包围了起来，他们的架桥装备被抢光了，人又被送回了原处。

萧华让翻译（当地的汉族商人）向彝族人解释，红军只是要借道通过。"不能过！"彝族人喊道。一个高大的中年彝人骑着骡子走上前来。他是部落头人小叶丹的叔叔。萧华告诉他自己的头领刘伯承想和他的头人小叶丹谈谈，双方可以盟血誓结为兄弟。萧华给了小叶丹叔叔一些步枪和一支手枪以示善意。

很快小叶丹在十几个人的簇拥下出现了。小叶丹高大、英俊，骑术上佳，跨着一匹精神抖擞的黑马。萧华也带着刘伯承走到他们面前。红军指挥员刘伯承戴着眼镜，身上带着战斗中留下的累累伤痕，态度和善。小叶丹在刘伯承面前跪下致敬。独眼龙将军把他扶了起来，向他发誓自己愿意与彝族人歃血为盟，结成兄弟，国民党被推翻以后，刘伯承会帮彝族人重新掌握自己的权利和利益。

一行人走到山间一个清澈见底的湖边，从里面舀出了两碗清冽的湖水。有人找来了一只全身遍布紫色、金色和红色羽毛的大公鸡，斩开了鸡喙，让新鲜的鸡血洒落在碗中。刘伯承与小叶丹和他的叔叔在碗前跪下。青天灼日之下刘伯承高举水碗发誓道：“上有天，下有地，我刘伯承发誓愿与小叶丹结为兄弟。”说完他举起碗一饮而尽。小叶丹和他的叔叔举起另一只碗说道：“如若不守此誓，我等同此鸡一样死于非命。”他们也将血水一口喝干。仪式结束了。盟誓已经结成。[27]

晚上红军退回到汉人村庄宿营。早上小叶丹和一个彝人护卫同他们一起穿过了50公里的彝族区域到达前面的第一个汉人村落（那里的汉人仅仅因为小叶丹是彝族人就想杀了他）。共产党部队在这里停留了一个小时左右，尽力缓和汉人和彝人的矛盾。接着他们便继续前进，除了要应对高低起伏的地势和急行军带来的疲惫以外，一路上再没有遇到其他真正的困难。

5月24日天亮以前，他们到达大渡河边的山岭上。安顺场就是河岸上的一百多个小房子汇集的地方。战士们穿过茫茫雾气，看到了安顺场村庄里闪烁的几点灯光。

对后面跟着的有些队伍发生的事情就没有这么令人愉快了。一直殿后的红五军团在穿过彝族区的时候损失了不少人。这些人都是掉队的战士，落伍以后，彝族人像闪电般冲向他们。他们并没有浪费子弹，如果战士们有枪的话就直接把枪抢走，还抢了他们的食物和背包，把他们扒光了丢在树林里。这些全身赤裸、一无所有的战士很少有活下来的，他们在山里要么冻死，要么饿死了。

彭海清75岁，小个子，因为关节炎走路一瘸一拐，脸盘不大，有些干瘪，下巴上飘着几缕胡须。虽然上了年纪，他对过彝族区的情景还记忆犹新。毛泽东从井冈山下山以后，彭海清离开了江西吉安老家穷困潦倒的父母和三个兄弟，到红军中寻找自己未来的命运。他参加了江西所有的大小战役，在长征中隶属林彪的红一军团。他并不知道当时中央苏区的情况已经很糟糕，但是晓得在广昌有过惨烈的战斗。没有人告诉他正在进行长征，他只是跟着部队开拔向前，一路行军作战。问到他彝族人的时候，他缩回头，发出刺耳的“呜嗬——呜嗬——呜嗬——”的尖锐叫声。“二战”时帕特里克·杰伊·赫尔利到延安会见毛泽东，他从飞机上下来时也发出了印第安切罗基族人战斗时的吼叫，彭发出的声音和那一样，让人吓了一大跳。

彭海清说这就是彝族人，他们从山上“呜嗬——呜嗬——”地嘶喊着冲下来。他和自己的同志之前已经被仔细交代过，无论在何种情形下都不得与彝族人交战。也不许放枪。于是一百来个彝族人“呜嗬——呜嗬——”地从山崖上冲下来，包围了彭海清和他的四个红军同志。他们没有反抗。“我们其实可以轻而易举地走掉。”彭海清说。他扛着一挺重机枪，其他同志都带着步枪。他们就静静地停在那里。彝族人把他们的枪和衣服都抢了下来，然后一哄而散。除了彭海清的重机枪他们什么东西都没留下来，因为重机枪对他们来说太重了。彭海清和他的队伍是幸运的。部队找到了他们，因此他们得以继续长征之路。[28]

1984年，丁甘如已经在成都军区副参谋长的职位上退休。他67岁，1932年加入红军的时候年仅15岁，长征的一路上都是红五军团的战士。他在军中待了52年，因为两次心脏病发作才不得不退休。

“我们走在所有人的后面。”他回忆道。“有时候情况会很艰难。”

他认为彝族人主要的问题是他们太穷了。彝族女人穷得只能用块小围裙似的东西在身体前后遮羞。彝族人从山上向五军团放枪。“但是幸运的是他们的枪法不怎么样。”丁甘如说道。红五军团为了安全通过已经付给了彝族人买路钱。但是结果并不如意。“他们躲进山去以前把自己的饭锅都拿走和大米一起埋了起来。”丁甘如继续说。“我们出100银元向他们买100斤大米，但是他们直接就逃走了。有的时候我们就把大米挖出来，留下欠条。1949年以后彝族人拿出了欠条，我们就向他们付清了款项。”

有时候五军团不得不违反纪律，不付钱从田里直接拿走稻米——要取得粮食，只能这么做。[29]

红军的牵制部队——他们似乎没有牵制到任何部队——在5月21日经过彝族镇子越西后于5月23日到达大渡河。他们出来的地方是大渡河边的大树堡。

一小股国民党部队未发一枪，撤过河去，躲进了富林的国民党防区。

红军赶在蒋介石之前到达了大渡河。接下来的任务就是过河了。

注释

[1] 当地摄影师拍下了焚烧房子的情景。这些照片有的被保存在会理红军长征纪念馆中，后来在1982年被烧毁了。长征几乎没有照片留下来，因为行军中没人携带照相机，只有后来在地方照相馆中找到的一些集体照。现在除了黄镇那些粗线条的素描之外，就没有什么展现这一壮举的图像作品留下来了。

[2] 王宗华：1984年5月7日会理研讨。

[3] 王宗华：1984年5月7日采访（译者注：正文原文称会理会议在一个铁匠铺〔a blacksmith's shop〕中召开，应是会址铁厂村译为英文时产生的误解，译文中做了相应修改）。

[4] 李德：《中国纪事》第117页。

[5] 杨尚昆：《追念彭大将军》（*Memoirs of a Chinese Marshal*）第15页。

[6] 彭德怀：《彭德怀自述》第19—23页。

[7] 艾格尼丝·史沫特莱：《中国的战歌》（*Battle Hymn of China*）第167—168页，1943年纽约出版。

[8] 彭德怀：前书第9—10页。

[9] 吴兴：1984年4月15日南昌个人采访。

[10] 海伦·斯诺：《续西行漫记》第62页。

[11] 李德：前书第114—116页。

[12] 聂荣臻：《聂荣臻回忆录》第八章。

[13] 彭德怀：前书第368—369页。

[14] 刘英：1984年6月14日采访。

[15] 彭德怀：前书第367—369页。

[16] 王宗华：1984年5月7日；聂荣臻：前书第13页。

[17] 彭德怀：前书第369页。

[18] 对这个问题有很多争议。有关一月中到六月初没有联络的判断是成都的四川省博物馆研究专家单国政做出的（1984年5月19日个人采访）。

[19] 李德：前书第117—118页。

[20] 一氓（李一氓）：《中国工农红军第一方面军长征记》第303—322页。

[21] 文彬：《中国工农红军第一方面军长征记》第322—325页（译者注：文彬即冯文彬，长征时任红一军团政治部组织部副部长）。

[22] 文彬：前书第325页。

[23] 文彬：前书第324—325页。

[24] 廉臣（陈云）：《中国工农红军第一方面军长征记》第80—81页。

[25] 葛维汉：《华西南民间信仰》（*Folk Religion in Southwest China*）第75—79页，1961年华盛顿特区史密森学会出版。

[26] 廉臣（陈云）：前书第89—96页。

[27] 萧华：1984年3月18日北京个人采访。

[28] 彭海清：1984年6月8日保安个人采访。

[29] 丁甘如：1984年5月18日成都个人采访。

第十九章

留守

红军主力已经向西去得很远了，陈毅无从得知他们的所在。在江西省东南的角落里，五岭披着雨雾织成的春装静静地矗立着。从山顶上望去，陈毅眼前的世界似乎整个由棉纱制成，乳白色的云海下时而有花岗岩的厚钝山肩扎出来。细雨缓慢而持续地下着，竹子蓑衣无法全然挡住湿意的渗透。春天的森林蓬勃吐翠，岁月侵蚀出的山沟里沁出一道道红色，田野里新长的水稻绿意盎然，薄雾给这一切蒙上了柔和的细纱。人们正在自己的房屋里生火造饭，有钱人的屋顶上炊烟在瓦片和飞檐间袅绕，穷苦农民则被烟呛得半死，因为烟火不愿从茅草屋顶粗陋的烟孔里飘出去。

这是中国南部的角落里一个再普通不过的春日。长久以来，人们的心灵一直都在经受着这般日子的洗练。在这个阴霾的下午，陈毅的手下集合了起来。这是红军主力长征时留守部队的残部，人数已经不多了。他们的身边带着自己的装备，被雨打得湿透。战士们把剩余的枪支弹药藏在蓑衣下。他们在等候撤离的命令。

原先有三万人，其中至少有一万名伤员。1934年10月16日红军主力渡过于都河时他们留了下来。现在是1935年3月4日，这支部队已经损失殆尽。11月10日红色首都瑞金陷落，17日于都陷落，23日会昌陷落。中华苏维埃共和国已经成为往事。

从一开始局面就非常糟糕。10月里周恩来到病房告诉陈毅必须留守的消息时后者对此就已经有所预料。但是他和政委项英存在原则上的分歧。项英是博古和李德的拥护者，也是陈毅的上级。项英在脑袋里一直无法转过弯来。蒋介石调集了十万大军前来对付他们，来势汹汹，而红军只有二十四师、地方民兵混编而成的十个团乌合之众，还有没康复的伤员，这些缺乏训练的小规模军队如何能跟敌人硬抗。[1]

蒋介石在南昌开会的时候命令自己的将领不许让“苏维埃政权死灰复燃”。陈毅告诉项英“失败就是失败”，生存下去的唯一方法是上山打游击。项英说这是“情绪不好，悲观失望”。两个人因此无法达成一致。

陈丕显当时只有19岁。1984年时他是全国人大常务委员会副委员长。他个子不高，穿着军绿色的上衣，也是军服的样式，非常整洁。陈毅有四个孩子在世，他带来了三个。他们现在也都在中国的当代社会中扮演着重要角色①。陈丕显让他们来一起谈论陈毅这个在多年中一直和他密切相关的人物。1934年，陈丕显是共青团的一个领导，让他惊讶的是自己被安排留在中央苏区。后来的三四年时间里他一直跟在陈毅身边转战。

他认为在应该采取何种行动的问题上陈毅是对的，项英是错的。他对留下来的那些党内重要人物的命运感到忧心忡忡。他记得见到过中共前负责人瞿秋白。当时瞿秋白36岁，患了肺结核，正在自己动手煮稀饭和鸡蛋。这是他的年夜饭。柴禾是湿的，满屋都是烟，呛得他直咳嗽。瞿秋白这样的身体如何能撑得过游击战呢?

看起来政委项英相信红军很快就会取得大捷，而他们这些人也将很快都加

① 陈毅长子陈昊苏小时候人称“小老虎”，现在是北京市副市长（译者注：陈小虎指的应该是陈毅三子陈晓鲁）。

入到新的苏区中去。因此他不愿意让人准备应对严重的局面。[2]

陈丕显记得当时去参加工农剧社的晚会。李伯钊在与丈夫杨尚昆将军加入长征队伍离开之前就在工农剧社工作。在中央苏区如日中天的时候，她曾经根据毛泽东的指示与别人共同创作了《为谁牺牲》的话剧，自己还独立写作了另一个剧本《无论如何要胜利》。[3]陈丕显看到的表演一如往常——有舞蹈、话剧和独唱，还有《胜利的号炮》这样的歌曲合唱。舞台是露天的，当时每晚都下雨，但是人们依旧撑着雨伞或者穿戴着蓑衣和斗笠来看演出。

县城一个个落入国民党的手中。地主们卷土重来，一路大肆屠杀。当时组织了特殊的反共团体，专事杀戮。地主把贫雇农丢在烂泥地里，跟他们说“看你们‘红’得了一世？”[4]

红色首都瑞金仅仅因为国民党飞机抛下的小型炸弹受到了微创。而国民党来了以后就把共产党用过的所有房子全都付之一炬。任何被认作是共产党的人全部予以处决。在大柏地国民党活埋了100人。遭受屠杀的具体人数无法精确计算，但是我们已知瑞金县在1934年的时候人口是30万，到1949年却缩减为20万。这些减少的人口并非都加入红军去长征了。[5]

1984年钟启松（译音）79岁，他长得有些像大力水手，身子像蚱蜢一样精瘦，烟瘾很大，讲起故事来栩栩如生。他对自己的家庭感到自豪——他的老伴72岁，膝下有两个女儿，三个儿子，孙辈有八人，曾孙辈有四人——四世同堂一共十九人。“这都是共产党带给我家的。”他说。

长征开始的时候，他留在了兴国县的长冈乡。兴国是苏区模范县，为红军输送了数不清的战士。那些无法隐瞒与共产党关系的人逃进了山里，有些则去了瑞金。他们已经得到指示：绝对不要承认自己是共产党，只说自己被党支去干了些杂事。如果承认是党员则一定会被杀害。

国民党回来以后声明既往不咎，他们就自首了。他们有宗族作靠山：所有人都承认自己为共产党办过一点小事，宗族会给他们作保。宗族里的每个成员都会为其他成员作保。如果兴国不是自己老家，那就使用别个宗族的名义，那个宗族也会出来担保。大家相互担保，没有人遭到处罚。

应该说几乎没有人受到处罚。有些人被自己的私敌出卖，有些人则是运气比较差。留在兴国的九千红军战士和党员有两千人被杀害。有些是公开处决，有些则是国民党暗杀团秘密杀害的。大崩溃来临的时候钟启松逃出了兴国，钻进了山里。没人知道他到底干了些什么，他和妻子因此得以幸免。1954年他重新加入共产党。[6]

1934年12月，损失已经极其严重。陈毅和项英被迫转入游击战，他们没有别的选择。他们和老党员贺昌一起组成了三人指挥小组。他们率领党组织和政府的剩余力量到达了于都南面的仁凤，在那里等待进一步指示。小部队被派进了山里。到了2月份，陈毅和项英被包围了。他们还有两千战士和两千伤员。有一天，陈丕显听到一位干部对军队高谈阔论，说他们接下来要打的"是中华苏维埃政府与国民党政府之间的最后一次决战"。陈丕显认为这是胡说八道。

第二天，1935年2月14日，也是西方的情人节那天，红军召开了干部会议。政治部主任刘伯坚说道："我们的工作必须来一个大转变。"也就是说要进行小股部队的游击战。

陈丕显看到了两封中央红军发来的电报。第一封是关于遵义会议的，说领导权进行了更迭，毛泽东重新掌权。第二封指示他们在"中央苏区根据地及其周围"开展游击战争。[7]

在夜幕的掩护下部队分成小股悄悄撤离。陈毅则着手去解决伤员的难题。伤员们不愿意被留下来。但是他们无法跟上游击队的行动。陈毅召集当地干部和居民开了一个会。他动情地说道："大家请把我们的伤员带回家里去。他们是红军的儿子，都还年轻。他们可以给你们做个好儿子，好女婿，可以跟你们的女儿成亲。他们能替你们干活，给你们家里添上一双手。你们多了一个劳力，将来他们没准还可以为你们报仇。"陈毅还没讲完，农民和伤员都哭了起来。陈毅的眼里也含着泪水。一天之内，每个伤员找到一户农家安置，就这样疏散到农村里消失了。每个伤员都发了几个银元和治伤的药品，收留伤员的农户每家还拨了五斤盐①。在这个国民党封锁的地区食盐简直就是无价之宝。

1935年3月4日上午，剩余的部队集合了起来。大雨滂沱。在一间小屋里，无线电报务员正在不断敲击着电键，力图向中央红军（现在已经到了黔东）传送一个消息。政委项英依然感到他们的撤离行动有必要得到中央的批准。[8]无线电台持续不断地向外发送着这个信息。但始终没有回音。

最后，大部分人开始行动了。外面大雨如注，100码（约90米）外就什么都看不见了，路上泥泞不堪。陈丕显是在这支部队中一起行动的——一共大约有1800人，包括剩下来的党政机关人员以及独立六团。晚上的时候他们安全到达黎板桥，在那里停留用饭。然后他们继续前进。雨停了，但是没有月亮，周围漆黑不见五指。他们一个跟一个行军，穿过了一个山谷，然后顺着一条羊肠小道爬上山。这时他们听到了几声枪响，很快就无声无息了。原来只是地主武装在鸣枪致意，他们以为红军是过路的民团。凌晨3点，他们到达马岭，在那里稍事休息，吃了些干粮，为黎明时必须要进行的战斗进行准备。[9]

在仁凤已经到了中午。无线电还是没有联络上。转眼到了下午1点，仍旧没有联络上。雨又开始下了起来。贺昌决定不再等下去了。他带着两个营的小部队先出发了，一共只有几百人。很快他们遭到了国民党的伏击，部队被打散了。他们在石含村又收拢了部队，渡过了会昌河。但是上岸以后很快又被围困。他们战斗了几个小时，一直都突不出去。贺昌受了重伤。国民党士兵向他冲来，嘴里叫着："抓活的！"贺昌把枪口指向自己的脑袋，高声喊道："革命万岁！"他将枪膛里的最后一颗子弹用在了自己身上。贺昌曾经跟着陈毅、周恩来和其他人参加了1927年8月1日的南昌起义，曾经担任中共中央委员及红

① 一斤是一磅略多一点。

军总政治部副主任，牺牲时年仅29岁。

指挥部门还在仁凤等待。雨一直下个不停。终于联络上了。他们将突围的计划发出去请求批准。下午5点的时候收到了回电，但是陈毅和项英无法读出电文。密码已经换了。他们瞪着一堆混乱的密码直摇头。他们焚毁了电文，命令报务员把设备埋藏起来——包裹电台的油布和藏匿电台的坑都已经准备好了。这一条编了密码无法译出的电文就是他们从红军主力那里收到的最后一条信息，接下来三年中双方失去了联络。[10]

后来有一次陈毅告诉约翰·斯图尔特·谢伟思说，之后他们“过得像野兽一样”。谢伟思当时是美军派驻延安的迪克西使团随行的美国外交官。

但是陈毅和项英的身体状况都不适合游击作战。陈毅髋部的伤口还远未痊愈。他经常只能被抬在担架上行动。项英眼睛近视，同时又患有夜盲症。

他们准备下山的时候已经是1935年3月4日傍晚。他们手里还有一个营大约三百人的部队。没走多远就遭到了攻击。部队分散行动，等再次聚拢来时只余下两百人。夜里晚些时候他们又和敌人交上了火。从国民党的飞机上撒下了传单，上面说明了陈毅和项英的长相，每人悬赏五万大洋。看到传单内容以后陈毅和项英决定部队悄悄转移，他们自己只带几个警卫员另行突围。这样可以缓解部队这个营余部受到的压力。

在山中的灌木丛中寻找隐蔽的时候，他们遇上了一个光脚走路的人，瘦得只剩皮包骨，戴着一顶粘着烟灰的头盔。他是曾纪才，是党的工作人员，1929年的时候就认识了陈毅。他曾经担任代英县县委书记，但是在一次“斗争”中被定性为“右倾机会主义分子”，被解除了职务。他在乡间一路流浪讨饭，把头盔当锅使，把要来的小把米饭在里面热热吃掉。陈毅让他作为向导加入他们一起走。他们在山里躲了一天，然后走进了曾纪才老家所在的村子。他全家都已经被国民党杀光了，只剩下他的丈母娘还在。他的丈母娘战战兢兢地偷偷给他们带来了一些吃的。[11]

1984年的时候，刘建华看起来像是个六七十岁的商人。他是江西省人大常委会副主任，说起话来有点官腔。50年前他曾经是赣南游击队里的一个小伙子，是危秀英患难与共的朋友。他们现在也是朋友和同志。1941年危秀英受命去延安，她把自己的手枪留给刘建华，对他说："如果我们再次见面的时候你还活着没事，我得把枪要回来。"1949年危秀英回来以后给刘建华写信。刘建华回信说："你还活着，我也还活着。但是你的枪不在我手里了。我自己的枪也不在了。叛徒把枪拿走了。但是你我都还活着的事实证明党已经取得了历史性的胜利。"

1934年11月，刘建华只有十来岁，在共青团工作。当时中央苏区还未沦陷，他被派去和六百名左右的战士一起在李乐天的带领下在油山建立游击根据地。根据地在赣粤交界处一带，在安远县附近，周围都是茂密的森林。根据地的指挥是杨尚奎。

刘建华还记得陈毅和项英到达时的情景。他们是3月9日到的，只带着一个警卫员，一路乔装打扮在国民党大群巡逻队的搜捕下走了出来。[12]

几天后的黄昏，残余的部队也到了。损失很惊人。他们是分两路到达的，一路由面目英俊的蔡会文率领，他指挥的是党政机关分队，另一路由陈丕显带领，每路最后只余八十人左右。

陈毅很豪迈地对疲惫的战士说："国民党吹牛说已经把我们消灭在仁凤山区了。但是我们却在油山上说话啦。"[13]

突围中损失的同志里有刘伯坚。他在蔡会文率队突围的时候受伤被俘。刘伯坚本来有一匹白马当坐骑，后来中弹死去了。他在带着一批人穿过一个山谷的时候负了伤。好几个人抢过去要救他，但是都被打死了。他被敌人俘虏了。国民党把他解去赣南的大余县，关在监狱里，由蒋介石的"绥靖公署"审讯。后来让他戴着脚镣游街。1935年3月21日，他英勇就义，时年40岁。在行刑前他写了一首诗：

带镣长街行，

志气愈轩昂。

拼作阶下囚，

工农齐解放。[14]

1919年至1920年期间毛泽东帮助组织过一批年轻人赴法国勤工俭学。他们后来很有名，刘伯坚就是其中一员。他在1922年加入共产党，在苏联也留过学，后来和邓小平一样受中共委派在“基督将军”冯玉祥处工作，还作为秘密地下党在二十六路军中工作过。宁都起义后，二十六路军被编入共产党部队，成为永远可供信赖的后卫部队红五军团，他也成为了五军团政治部主任。因为与毛泽东过从甚密，长征时他几乎毫无悬念地被留了下来。[15]

1935年1月，瞿秋白、何叔衡和其他几个人离开了瑞金的藏身之处，前往闽西，希望能经汕头或广州逃去上海或香港。著名作家瞿秋白是中国共产党创始人之一，一度曾担任中共总书记，过去几年中一直是和毛泽东关系紧密的朋友。何叔衡是毛泽东在长沙第一师范学院时的老同志，也是中共创始人之一。瞿秋白36岁，在年轻的红军中算得上是“年老”的同志。何叔衡59岁。[16]

跟他们同行的有一批妇女同志，包括一向拥戴毛泽东的古柏的妻子；中央苏区政府办事处副主任梁柏台的妻子周月林；参加长征的宣传干部陆定一的妻子唐义贞（她就是给邓小平做鸡吃的那位女士）；中央局成员张亮，她也许是李六如的妻子；政委项英的妻子；还有一个党工干部，叫黄长娇。

这些妇女的命运都很悲惨。周月林长期以来被指控为应该对何叔衡之死负责的叛徒。她的声名已经被洗清，对她的指控也解除了，但这大概是在毛泽东故去以后的事情了。1985年她还在世。张亮（也被指控为叛徒）的命运无人知晓，项英妻子也是如此。唐义贞的遭遇最残酷。她被指控向国民党出卖中共领导人——后来证明是冤枉的——以此罪名被红军处决。黄长娇尽管经历了诸多坎坷困苦，但是一直活了下来。[17]

很多年间，何叔衡牺牲的具体情况一直不为人知。据说他本来在3月4日仁凤突围的部队里，在和一批人前去油山的路上与敌人遭遇，部队全军覆没。他身上携带着中共的资金、印信和其他重要文件，为了不被敌人活捉，他跳下了悬崖。两个国民党士兵发现他受了重伤，就把他枪杀了。[18]

何叔衡的老朋友、同为"长者"的徐老徐特立与何叔衡在长沙时期就认识。他认为何叔衡被敌人俘虏了，是在试图逃脱时被卫兵枪杀的。另外一个版本的故事中，何叔衡和一起的游击队被敌人包围了。他不愿意逃跑，发誓说"我要为祖国流尽最后一滴血"，接着就掏出手枪自尽了。

这些故事都不确凿。实际上何叔衡与瞿秋白装扮成了商人，同行的还有少数护送者。1935年2月24日他们刚刚进入福建省，在长汀县水口镇的小径村吃早饭时被人发现。李玉率领的国民党第十四团第二营就在附近，于是马上派兵包围了村子。他们决定分头脱身。在战斗中何叔衡受了重伤，倒在稻田里。两个国民党士兵发现了他，跑过来俯身掏摸他的口袋，何叔衡跳起来与他们搏斗。一个士兵连开两枪把他杀害了。[19]

瞿秋白在这次遭遇中脱身了。但很快他就和其他大多数人一起遭到了围捕。他被用大车解去长汀县监狱。有四个月时间他一直被关在牢房里，看起来国民党对他的处置还有所争执。他的健康情况很糟糕。他不仅是一个著名的共产党人（尽管是被罢职的中共领导人），而且文声斐然。实际上在狱中写成的自传片断《多余的话》中他自视为文学家更甚于政治家。但这只是文字游戏。他在莫斯科待过多年，曾经把不少俄文著作译为中文，还写过一部关于俄国的经典写生作品《俄乡纪程》。

他牢房中默默地坐着，一支接一支地抽着香烟，一边喝着闷酒，一边回顾自己的生活，思索中国的未来。他此时的作品《多余的话》一度被指为伪作，或是被人篡改过。但是看起来确是他自己所作。他没有背离共产主义。在文中他特别写道："要说我已放弃了马克思主义，是不确的。"

1935年6月18日早上，他坐着写了一首绝笔诗，写完之后又附上了引语：

一九三五年六月十七日，梦行小径中，夕阳明灭，寒流幽咽，如置仙境。翟日读唐人书，忽见"夕阳明灭乱流中"，因集句得《偶成》一首：

夕阳明灭乱山中，

落叶寒泉听不穷。

已忍伶俜十年事，

心持半偈万缘空。[20]

写完以后，一个卫兵带他去刑场。他身体已经很虚弱，但仍旧从容不迫地缓步步入刑场，好整以暇地燃起一支香烟，喝光了一杯威士忌，以俄文高唱《国际歌》直至枪声响起。[21]

毛泽东的弟弟毛泽覃在红军长征时也留了下来。当时他30岁。1935年2月末3月初的时候，毛泽覃带着一支二十人左右的游击队离开了于都东边的山区向闽西而去。他的目的地也许是长汀。

他到了据瑞金10英里（约16公里）远的红林一带的山区里，在一个土墙围起来的小院中过夜。4月23日天亮后不久，毛泽覃选派了一个战士到外面放哨，看有没有可疑迹象。哨兵找到了一片草地，躺下来睡了过去。一队路过的国民党巡逻兵发现了他。结果他交代说院子里有十来个带枪的战士，其中还有毛泽覃。国民党包围了院子。毛泽覃派自己的人从后门冲出去，自己则在前门掩护。他把第一个进来的敌人给打死了。但是接着一个国民党士兵从后面打来的子弹把他击倒了。[22]

国民党对击毙毛泽覃一事大肆宣扬。报纸上进行了长篇累牍的报道。他的尸体被带到瑞金示众。报纸上还公布了尸体的照片。国民党第二十四师师长还因此受到了蒋介石的特别嘉奖。[23]毛泽覃被害的村子今天已经以他的名字重新命名。而那个粗枝大叶（也是背叛同志）的哨兵则从此下落不明。

这份死亡名单就是中国革命运动的名人录。留守人员中牺牲的杰出共产党人比其他任何斗争时期都多。

古柏与一支二三十人的游击队从广东山区向湘南运动时与国民党巡逻队遭遇，在交战中牺牲。1937年毛泽东闻讯后写了以下题词："吾友古柏，英俊奋发，为国捐躯，殊堪悲悼。愿古氏同胞，继其遗志，共达自由解放之目的！"粤赣边区的军事指挥李才莲也牺牲了，没有人知道死难的具体时间和情形。长沙第一师范学院的教授方维夏也在赣西遭国民党逮捕后遇害。他是毛泽东岳父和导师杨昌济教授的朋友，也是毛泽东的朋友。[24]

毛泽覃和古柏两人在反"罗明路线"一事中与邓小平一同遭受苦难，他们被留在中央苏区，都牺牲在游击区中。中央局转移到中央苏区时曾担任秘书长的顾作霖也在苏区去世。他曾留学苏联。1934年5月长征开始前他就死去了。[25]

这些名字还可以一直继续数下去。死难者和失踪者的名单永远不会收集完整。

注释

[1] 江西省委党校戴向青教授：1984年4月14日采访。

[2] 陈丕显：《赣南三年游击战争》。

[3] 李伯钊：1984年6月15日采访。

[4] 陈丕显：前书第二章。

[5] 钟书棋：1984年4月12日瑞金采访。

[6] 钟启松：1984年4月10日长冈个人采访。

[7] 所有这些细节都出自陈丕显的回忆录。他没有给出电报的具体日期，只说是“二月初”。贵州省博物馆党史研究处的孙日昆（1984年4月13日采访）说从遵义给陈毅发来过一封电报，告诉他和政委项英遵义会议的有关决定。这是档案中找到的唯一电文；没有其他与陈毅或项英来往的电报；戴向青（1984年4月14日采访）说2月12日或13日的时候，陈毅和项英向中央发报，请求允许开展游击战。他们在2月13日等了一天，到晚上五六点钟的时候得到回复，同意分成小队行动，依靠本地资源自给自足，而不限于在原中央苏区内活动。他说这是从档案中找到的信息。

[8] 戴向青：1984年4月14日采访。

[9] 陈丕显：前书第二章。

[10] 这是陈丕显在回忆录中给出的版本。采访的时候他说给中央指挥部发的电文是在遵义会议之后，中央回电的时候同时说明了有关遵义会议的情况（陈丕显：1984年4月11日北京个人采访）瑞金革命纪念馆档案保管员钟书棋（1984年4月11日采访）。说红军指挥部发来的有关遵义会议的电文是“3月初”到的。赣南游击队干部刘建华确认说仁凤收到的“最后一封电文”发自“二三月间”（1984年4月15日南昌个人采访）。有关电文及日期的说法有非常清晰的矛盾之处，但是大多数证据支持以上给出的版本。阎景堂在档案中查到证据表明红一方面军在1935年2月5日、13日、25日、28日间给陈毅发出过电报。陈毅那边接收到了几封电报并不确定，但阎景堂确信陈毅没有收到2月28日的电文。据说遵义会议之后有一排战士被派去向陈毅转达遵义会议的信息。

[11] 陈丕显：前书第15—19页。

[12] 刘建华：1984年南昌个人采访；有些细节出自戴向青（1984年4月14日采访）及

于都县博物馆馆长张德美（1984年4月10日采访）。

[13] 陈丕显：前书第三章。在最后一次突围中，贺昌及很多其他人阵亡，国民党称俘虏1400人，缴获657支枪支及18挺机枪。到3月底的时候俘虏人数达到5700。国民党没有给出红军阵亡人数（郭华伦：《中共史论》〔*The History of the Chinese Communist Party*〕第23—26页，1969年台北出版）。

[14] 陈丕显：前书第20页。

[15] 陈丕显：前书第20页；宁都博物馆工作人员1984年4月14日采访。

[16] 阎景堂：1984年11月3日北京采访。

[17] 有关这些妇女的信息来自几个不同来源。她们的名字由瑞金革命纪念馆档案保管员钟书棋（1984年4月11日采访）及阎景堂（1984年11月3日采访）提供。有关她们后来命运的情况也由钟及阎提供，在细节方面胡华（1985年1月11日）进行了补充。黄长娇的故事出自1981年南昌出版的《江西文史资料选辑》（*Selection of Historical Material of Jiangxi*）。名单显然并不完整。周恩来妻子邓颖超的母亲也被留了下来。她是一名医生，上了年纪，身体又不好，无法参加长征。与母亲分离让邓颖超来非常痛心（译者注：此处信息作者有所混淆，张亮应是项英妻子，而陆定一的结发妻子唐义贞应是在1935年被敌人抓获后就义，而非被自己人错杀）。

[18] 前书《文史资料选辑》。

[19] 阎景堂：1984年11月3日采访。

[20] 夏济安：《中国季刊》1966年1月—3月第二十五期第176—212页。1955年6月18日，瞿秋白的遗体被迁到北京八宝山革命公墓，毛泽东在题词中写道他“死得英雄”（译者注：1950年毛泽东在《瞿秋白文集》题词中说他“坚持了英雄的立场，宁愿向刽子手的屠刀走去，不愿屈服”）。在“文革”中，瞿秋白的遗体被挖出来丢弃，坟墓也被毁坏。陵墓后来得以重建。

[21] 瑞金革命纪念馆钟书棋：1984年4月11日采访。

[22] 阎景堂：1984年11月3日采访。

[23] 钟书棋：1984年4月12日采访。

[24] 李锐：《毛泽东同志的初期革命活动》第5页。

[25] 信息出自胡华1984年10月24日采访。古柏之前曾担任红四军（红一方面军早期番号）前委秘书长，后来是江西苏维埃政府委员。1935年3月他在广东省鸳鸯坑村牺牲（阎景堂：1985年3月1日采访）。师长谢唯俊也在罗明事件中遭到攻击，他在陕北的一次战斗中阵亡。

第二十章

死亡之师

陈毅和项英在油山地区无休无止的斗争中成为了最紧密的朋友和同志。转移和作战是在夜里。白天的时候他们就成了猎物，躲藏在密林最深处，学习动物才有的本能。不小心留下的一个脚印，天空上的一缕炊烟，或者一棵树倒下的响动都可能暴露他们的行踪。他们从来不在同一个藏身地点连过两夜。从天黑到天亮之间他们经常会转移多次。

在这里作战他们仿佛是蒙上了眼睛一般。他们对外界一无所知。红军——它是否还依旧存在？撤退是否已经终结？红军是否已经取得了大捷？他们不知道。他们没有无线电台。周围也没有邮局，他们没法抢到国民党的报纸。常常几个月才能看到一次报纸。山区的农民一贫如洗，目不识丁，他们对山林外发生的事情一概不知，从来听不到外面的消息，也没什么人对此在意。

陈毅的同志们在千里之外进行长征，他们对这些留下来的人也毫无音讯可寻。没有电报，没有联络员。除了毛泽覃和瞿秋白被害的事情登报公开以外，其他一切都是沉寂。即便毛泽覃和瞿秋白的死讯也是在几个月后才迟迟传来的。听到这个消息的时候也无法验证是否属实。别忘了，国民党还一天到晚报道毛泽东和朱德的死讯呢。

长征结束很久以后，红军已经在陕北保安这个遍布窑洞的镇子里（相对而言）舒适地安顿下来。埃德加·斯诺已经来到了红军的地盘开始采访毛泽东。但是留守人员的情形对红军来说还是一团混沌。1936年夏，斯诺向毛泽东和周恩来问及留在苏区的人。毛泽东告诉他说自己不知道。他什么消息也没有听到。1935年冬天收到他们的一封电报之后就再无联络了。他们的生死毛泽东无从了解。[1]

陈毅是个有教养的人。同其他许多革命者一样，他也出身四川。他的父亲是乐至县的地方官。他在成都上的学，在地方上的基督教青年会里学会了打篮球。当时约翰·谢伟思的父亲就是这个青年会的负责人。陈毅长得矮小结实，放在今天是进不了篮球队的。1944年他在延安告诉谢伟思："其他所有人都会跟你说他们是出身贫农或者无产者。但我不是。我来自于一个资产阶级家庭。"他也是参加勤工俭学计划去的法国，在那里加入了共青团，然后回国加入了国民党和共产党（当时可以同时兼入两党），在武汉军事学校担任助理政治教员。他参加了全部，或者说几乎全部的共产主义军事行动——南昌起义，上井冈山，还有赣南的战斗等等。红军上下许多将领都是诗人——水平参差不齐——他是其中最好的一位，仅次于毛泽东或者跟他不相上下。他从来不写回忆录，但是会捕捉生活中的戏剧，写入诗篇中。和许多早期党员一样，陈毅乐观开朗、仗义执言，甚至直到他晚年，在"文化大革命"的无情环境下，他依然不会闭口不言。

现在，在油山的阴霾中，生存是最重要的事情。"我们有六百名战士。"刘建华这样估计（1935年时他17岁）。"他们有四万人。对策就是生存下去。我们没有帐篷。我们更喜欢住在竹棚里。但是劈竹子声音太响。所以就用杉树皮搭个住处。但是如果用了太多的杉树皮敌人会发现树皮被扒光了。所以我们就想割草来做茅草屋，可是草只在森林边缘生长，那里对我们太危险了。我们只能住在树林深处。最后我们让农民去村子里买了布料，做成了布帐篷，上面用油布遮盖。”[2]

“搭棚子的时候杉树皮最好用。”陈丕显回忆说。“在有些地方我们发现了采蘑菇的人住过的小屋。我们就用树叶把它们掩藏起来，在里面休息。但是大部分时候我们住宿的地方无遮无盖，就在树下的空地上或者草地上睡觉。有时搭个布制的篷子。没有床，连块躺的木板也没有。”[3]

有一次有些战士在雨中找到一个山洞避雨。早上的时候发现洞里还有一只老虎，原来他们夜里就一直睡在它边上。天亮的时候老虎跑了。他们也不知道先到山洞的是老虎还是他们。

白天山上属于国民党，到了晚上这里就是游击队的地盘。陈毅和他的人从隐蔽处走出来，下山到村里购买给养，侦察探听情况，有时还能伏击几个大意的国民党。他们有时甚至在村里开会。每次出动从来都是不超过三到五个人的小队。就是在这个时期陈毅写下了“半壁河山沉血海，几多知友化沙虫”（译者注：原文为“国破家亡”，但找不到对应的出处，应是作者看到的英文为原诗意译所致，按时间和内容看应为此句或是《梅岭三章》或《无题——1936年冬》中的诗句）的诗句。

1938年8月政委项英告诉埃德加·斯诺，有两年时间他穿的都是同一件棉布军服，晚上睡觉也从来不脱下来，鞋子也都穿得好好的，一有风吹草动他马上就能奔逃。[4]游击队员就像动物一样，能嗅出生人的味道，他们还能听到腿脚擦过草叶的沙沙声和枝条被碰到压弯的声音。他们瞧一眼草地就能看出有没有人经过。

食物是个问题。山里很少能找到吃的，有时根本没有，只能到农村里去买。地主在这件事情上帮了大忙。地主们是为自己着想。他们给游击队提供钱财，有时候还给大米，作为回报，游击队给他们提供保护。游击队警告说，如果不给钱和食物，他们就会破坏地主的房子和庄稼，地主的家人也要受到威胁。夜里游击队下山到村里取食物。有时农民直接上山给他们。国民党巡逻队在山上四处搜索的时候，农民会瞅空把米袋扛上山，搁在隐蔽的地方等游击队自己来拿。地主很少给国民党提供游击队的情报。他们知道如果游击队发现他们告密的话，他们就只能举家逃跑，否则就是死路一条。

有些地主甚至为游击队购买枪支弹药。数目不多，但是对游击队来说多一支枪也是好的。当时游击队很少有机会缴获武器。当然，这些枪支是地主从国民党那里买来的。

女游击队员收集情报。她们把自己打扮成农妇，能在村子里更随意地走动。每6到7英里（约10—11公里）会建立一个联络点，可以传递信息。

这种工作很危险。李乐天司令员的妻子就是在村子里被国民党巡逻队抓获的。她隐蔽在一个农民的小屋里，但是巡逻队找到了她，把她枪杀了。[5]可叹的是，敌人不仅仅是国民党，还有共产党自己队伍中的叛徒。

发生在寡妇黄长娇身上的事情就是一个例子。

1934年10月黄长娇已经是在瑞金的党工干部。她说后来“中央红军离开苏区北上去打日本人”。她被要求参加长征，和贺子珍一起在后方梯队的医院工作。毛泽东的妻子贺子珍是她的朋友 。

她所在的队伍出发南下，在会昌渡过于都河，然后取道去安远和广东边界。后来队伍停下来进行整编。黄长娇当时怀了孩子，于是决定她和其他五个妇女不再随队长征。她们做出抗议，但是被命令待在苏区进行 “地下斗争”——这是委婉的说法。具体是谁做出的这个决定，到底出于何种目的现在已经不可考了。但是留下来生存的希望不会很大。这批留下来的人中有黄长娇，古柏怀孕的妻子，还有梁柏台的妻子周月林。

这批人被决定送往闽西。黄长娇因为怀孕分到一匹马，但是有一天跑丢了。她们一路向东穿过一座座山岭，时时都要躲避国民党的巡逻队。越过敌人的巡逻地带以后她们到了福建省长汀县的水口。这时候她们的计划又发生了变化。有人——现在不知道是谁——决定要她们回到瑞金附近的山区。古柏的妻子当时刚刚产下一个男婴，她只能把他托付给当地一个农民家里，自己和大家一起上路。

黄长娇回到瑞金县，成为山里一个小型地下组织的领导。但是当地的一个党支书命令她解除工作，化装成农妇隐蔽生活。她拒绝执行这个命令。但是他坚持她一定要这么做。她说自己不会说方言，也不识字，很容易暴露。他下令她必须遵照执行。根据党的规定她这样解除职务的应该发给100公斤大米和20个银元。她说自己的那个上级给了她大米，但是却吞没了那20个银元。没过几天他就投靠了国民党。

就这样黄长娇被一个人丢在了蕉窝山的荒山野岭中。她就要生了，粮食吃光了，也没有地方去。最后她下了山，在一个小屋里暂避。那天晚上她吃惊地遇上了到这里进行联络的游击队，大概有十八到十九个人，是山里三支游击队之一。

黄长娇告诉游击队长刘国兴："我失去了联络。现在只有独自一人，没有地方可去。"他让她加入了游击队。他们每天只在半夜偷偷下到村里的时候吃一顿饭，平时不敢生火，生怕国民党发现。她的孩子就要生了。游击队认为带着她不是个好主意。他们劝服她留在一户农民家里，给游击队当联络员。白天她到山上察看情况，夜里到一个破旧的寺庙里向游击队汇报。她用空竹筒给游击队带饭吃。但是后来游击队被出卖杀害。这以后黄长娇就一个人生活在山上当农民，平时低着头，什么话也不说。她活了下来，但是和革命失去了联系。直到1949年一切才有所改变，她又走到了明处，与党组织取得了联络，成为了县里的干部。她是这批人中唯一存活下来的。[6]

陈毅受伤的髋部让他头疼不已。伤势迟迟不能痊愈。到1935年6月的时候他已经无法步行。游击队几乎没有医疗补养，只有四种中药——八卦丹、万金油（虎标薄荷软膏）、仁丹（也叫人丹，治疗头痛和发烧的一种日本药丸）和济公水。陈毅把万金油搓在自己的伤口上，然后用新纱布绑上。很快伤情有所好转。[7]

夏天的时候陈毅还能跛着腿走路，但是到了9月份的时候疼痛加剧，他的腿也开始肿了起来。后来他到南雄开会，拄着根棍子一瘸一拐地在山路上走得好不吃力。他就此决定一劳永逸地解决问题。他命令自己的警卫员把伤口的脓水挤出来。挤伤口的时候陈毅的脸疼得发白。警卫员忽然停了下来。陈毅命令他继续。警卫员说陈毅颤动的太厉害，他没办法继续。“好吧。”陈毅说，“拿根绳子来把我捆紧，我就不会动了。”警卫员把陈毅的腿绑在一棵树上，继续开始往外挤脓，直到脓血混着一块碎骨片从伤口流出来。警卫员用盐水清洗了伤口，然后用敷了万金油的干净布条裹好（另一个版本说陈毅自己把治疗百病的香港灵药万金油倒进伤口里）。整个过程中陈毅抖得像是得了圣维特斯舞蹈症（译者注：一种不停舞蹈、痉挛的病症，有说是因为受毒蜘蛛叮咬所致）的病人。但是他很快就镇定下来，笑着说：“以后它就没办法发起反攻了。”也确实没有。伤口就这样愈合了，再也没有发作。[8]

龚楚是留守的主要指挥员之一。他是中央军区参谋长兼二十四师七十一团团长。七十一团是负责保卫中央军区的主要部队。1935年5月，龚楚杀害了团政委，并与广东军阀取得联络，接受了消灭陈毅和政委项英的秘密任务。龚楚再次出现是在油山附近，他带着自己的“游击队”同一支国民党部队装模做样地打了一仗，以此来证明自己可信。然后他截住了陈毅的五个手下，希望他们能带自己找到陈毅他们在油山上的藏身之处。四个人成功地逃脱了，第五个被抓住，他的名字叫吴小华。龚楚向他道歉，说自己有重要的消息要带给“周先生和刘先生”（陈毅和项英的化名）。吴小华带着龚楚向游击队的秘密据点走去，到了很近的地方以后他向哨兵大叫“这些人是反动派！”然后纵身跳到旁边的山崖下。哨兵立即鸣枪示警，龚楚和他的人赶忙逃跑了。[9]

陈毅和项英从一座山转移到另一座山。他们必须时刻不停地移动来躲避国民党的抓捕。龚楚企图诱捕他们的时候他们正在江西大庾山。

陈毅他们已经和红军主力失去了联系。他们之间再也没有任何联络。他们试图偷偷送出信去给同情共产党人的著名作家鲁迅和茅盾，希望他们能够帮助自己与毛泽东联系上，但是没有任何好消息。

1936年冬陈毅差点中了危险的圈套，因为他当时近乎不顾一切地要联系上主力。一个地下交通员带信儿来说，打入山下大庾城国民党部队的共产党陈海收到了中共中央的消息，要传给他们。

和政委项英争论过数次以后，陈毅决定孤身前往城里会一下陈海。第二天早上天刚亮，他就下山进了大庾城，直接找到了陈海家里。那里有一个女人在洗衣服。他问陈海是否在家。“他去团部了。”女人答道。陈毅听错了，他以为女人说的是糖铺。因为他知道城门外的糖铺是一个地下联络点。等他到达那家铺子的时候发现它已经关门了，门上还贴着封条。一个老人告诉他赶紧走——陈海已经叛变，正在想方设法把游击队诱出来。

陈毅到城里的时候陈海上了山，他希望到游击队指挥部截住陈毅。陈海手下带了300人。陈丕显和指挥员杨尚奎藏身于山顶茂盛的茅草丛里才躲过一劫。搜寻了两个小时以后，国民党部队在山上放了一把火。火舌吞没了游击队的营地，离游击队员藏身之处越来越近。幸好一场突如其来的雷阵雨淋灭了大火。

陈毅从大庾城逃出来，往梅岭山上的营地赶，路上被一支国民党的搜索小队拦住了。陈毅抗议说自己是城里的教书先生，出城到村子里买当地出名的茶叶。有个国民党军官认为陈毅像个读书人，就为士兵的粗鲁言辞向他道歉，然后跟陈毅开始探讨起文学来。陈毅害怕自己暴露，看到路旁有个茅厕，就一边跑过去一边说自己突然肚子疼得厉害。国民党小队耐心地在茅厕旁守候，等觉得不对劲儿过去察看的时候才发现他已经不见了。

陈毅爬山回了游击队指挥部所在地。夜色已经降临，原来的小屋给烧了，一片断壁残垣，看不到一个人影。他不相信所有人都被一网打尽了，于是开始在四面来回走动，一边大声叫唤：“我是老刘啊。我才从城里回来。敌人走了。大家出来吧。”

没有任何动静。他又叫道：“我是大老刘，我的口音你们也听不出来吗？快快出来，我们马上离开这个危险的地方！。”

这一回有了回应。一个警卫员听出了他的声音。很快，队伍重新聚集起来，向更安全的地方转移了。后来陈毅说是马克思的在天之灵唤来了大雨，拯救了他们。[10]

有时候国民党部队还组织“清剿”行动。1936年春他们得到统帅部的命令聚集了一万农民带着火柴、柴刀和口粮开展七天的行动。违抗命令者一律格杀勿论。

搜索开始了。老百姓每两三百人被分为一连，后面跟着国民党一个连。他们上了山，又唱又叫。有一群老百姓收到命令在山顶的草地上点火烧山。他们假装摔倒，和国民党士兵一起跌到了河沟里，把火柴全弄湿了，就这样破坏了烧山的行动。

搜山行动的第三天，农民们开始抱怨说房子和家里人没人保护，最后一哄而散。大搜索就此无疾而终。

有一段时间游击队无法从村庄里获得食物，他们就靠吃野草莓、竹笋、芭蕉（类似于香蕉）、石鸡（有点像山鹑）和蛇（蛇被认为是美味，晚上在火光下很容易捉到）果腹。有一种美味是蜜蜂，烤着吃又香又脆。山里其实还有很多野山羊、野猪、豹子和老虎，但是游击队不敢用枪打，生怕暴露了踪迹。

游击队在油山、大庾山和梅岭一带山里的斗争一直坚持了下去。到1936年12月，红军主力长征已经结束一年多了，所有其他军团也逐渐抵达了陕北，但是游击队还在继续孤军奋战。1936年劫持蒋介石的西安事变——这个事件促使国民党和共产党停火，双方建立了统一战线——发生了，又过去了。

陈毅，政委项英，还有那300个男女组成的游击队——苏区留下的几千人最后剩下来的残余人马——的生活没有改变。

1937年冬的某个时候，陈毅从国民党报纸上读到了西安事变的报道，但是直到1937年9月之前国民党都没有减缓对他们的压力。

最终，陈毅悄悄下山进了大庾城，后来又去了赣州。他跟地方上的国民党指挥官会谈。国民党说必须在更高层面展开对话。于是政委项英去了南昌。他在八路军联络办事处碰到了叶剑英和博古。消息被证实了。确实成立了统一战线。但是山里的战斗还在继续。

1937年11月初，四个轿夫抬着一顶轿子由国民党士兵守护来到了广东边界的山区里一处游击队的岗哨所在地。一个穿着讲究的人走出了轿子。他头戴宽边毡帽（今天在京剧里地主经常戴的那种帽子），身着红军军装上衣，脚底踩着黑皮鞋，鼻子上架着墨镜。

他给轿夫付了账，让国民党士兵回去，然后走上山，进了游击队指挥部。他拿出一封项英签字的信件，里面说他是陈毅。游击队员质问他，如果陈毅坐轿子让国民党护卫着过来，那陈毅到底是干什么的?

仅仅两个月前就有一位绅士上山来，说他是党的联络官。结果他前脚到指挥部，后脚一支国民党部队就紧跟着上来发动了攻击。

这次是不是敌人故伎重施?游击队不能有任何侥幸心理，他们迅速把陈毅带到了另一个地方，并布置了双岗。陈毅告诉他们新的统一战线已经形成——国共开始联手对抗日本人。游击队认为他是国民党特务，要他招认实情。他们把陈毅绑起来，关到旁边的一间屋子里。他们则开始商量起来。陈毅听得到他们的讨论，后来听到他们决定要杀自己的时候禁不住大叫起来："你们不能这么干！你们会铸下大错的！"

第二天陈毅发现自己被推到一群老百姓中间。一场公审即将开始，他的时间不多了。一个人走上前来，嘴里叼着长长的烟斗。陈毅认出他是一直以来的游击队长谭余保。

"你是老谭同志吧？"陈毅问他。

“你叫谁同志？”谭余保喝问。“你已经投靠国民党了。你是个叛徒。”

陈毅尽力解释他的身份，说自己是党派来的。

“什么党？”谭余保问道。“国民党？我知道你是谁。我在井冈山听过你讲话。那时候你在谈革命。现在呢？你不老实交代我就砍了你的头。”

两个人争执起来。陈毅说他们必须和国民党一起对付日本人。谭余保对打日本人毫无意见，但是他不愿意和国民党有任何瓜葛。

谭余保生气了，他吼道：“你们知识分子就是一批投机分子。都三年了，我都没听见你们吱一声。你们干什么去了？”

陈毅提议让他派人去南昌找政委项英或者到武汉找叶剑英了解情况。

谭余保不由叹道：“天那，这个叛徒真是死硬。”他把陈毅带离了公审大会，但是没有给他松绑。两个人后来又在私下里谈了一次。谭余保最后同意，弄清楚事情原委之前不会枪毙陈毅。

四天以后交通员带了文件回来证明陈毅身份确凿，而且党的路线也和他所说的完全一致。

谭余保一下子垮了下来：“我们已经有三年没跟同志有联系了。红军已经走了整整三年了。你不知道坚持下来有多难。”他给陈毅松了绑，两个人坐下来聊起了各自的生活，一直畅谈到天明。之后有人称留下来打游击的部队是死亡之师。但是两个人现在还不知道所有这些只是一个前奏，还有更加艰苦卓绝的牺牲和斗争在等待着他们。

注释

[1] 埃德加·斯诺：《为亚洲而战》（*The Battle of Asia*）第127—129页，1941年纽约出版。

[2] 刘建华：1984年4月15日南昌个人采访。

[3] 陈丕显：1984年6月13日北京个人采访。

[4] 斯诺：前书第130—132页。

[5] 刘建华：1984年4月15日采访。

[6]《江西文史资料选辑》：1981年南昌出版。

[7] 陈丕显：《赣南三年游击战争》第30页。

[8] 胡华：1984年3月23日采访。

[9] 对此事的叙述出自陈丕显前书第五章第23—27页。龚楚的故事出自他的《我与红军》一书（胡华：1984年3月23日采访）。有些细节出自刘建华的文章。

[10] 陈丕显：前书第十一章第44—50页。

第二十一章

泸定桥

红军现在踏上的土地是中国文学和历史中的圣地。这里是传说的世界，到处浸润着传奇和战争留下的鲜血。两千年前这儿属于古老的蜀国，那时曾经发生的故事毛泽东耳熟能详。蜀军——超过五十万人——在不计其数的出征中一次又一次地来回渡过泸水（现在叫大渡河）和金沙江。对于蜀国——这里的英雄人物，隐藏着方士、术士的险峻山峰，峭壁夹着的河水，蜀军将领用以诱引敌人上当的计谋——没有人比毛泽东更了解。

红军进入了这样一块土地，中国历史上的英雄史诗如画卷一般在眼前展开。毛泽东感到自己仿佛走进了童年爱不释手的书籍，一如一个英国人闯入了亚瑟王和圆桌骑士的时代。

这里的群山从地形上看好似是四川的脊背上耸起的马鞍。在这片土地上曾经发生过更近、更惨酷的篇章。19世纪中叶，太平天国起义的宏伟剧作就在这里上演了最后一幕。太平天国最后的领袖翼王石达开和他的四万战士在这个地方走向死亡，大渡河水一连几天都泛着腥红的颜色。石达开的妻妾、儿子和手下的将军在河岸上自刎而亡，翼王自己则被载在车上的囚笼里运往成都，接受千刀万剐之刑。[1]

红军里所有人都知道这些故事。夜半时分一军团的先头部队到达了大渡河边矗立的河岸。朱德坐在篝火旁给大家讲起自己小时候在四川贫穷的家里听过无数次的故事。那时候有个老织匠每年冬天都会来把朱德母亲纺出的粗糙棉线织成毯子。这个老人以前是太平军士兵，每当这时他都会在烟雾腾腾的灶膛旁讲起石达开的传说。他说石王爷其实没有死。战败以后，石达开的第四女——受石达开照顾的义女，石达开救过她的性命，她本想成为他的小妾（但是石达开拒绝了），后来同一个长相酷似石达开的人成了亲——劝服石王爷远走高飞，由自己的丈夫以身相代。老织匠说多年来石王爷一直都在这片土地上徘徊。很多人见过他。其中一个是岷江上的船夫，在一次暴风雨中他差点溺死在水中，翼王及时出现，挽救了他的生命。老织匠说，在漆黑无月的夜里，沿着大渡河行走，人们可以听见太平天国战士冤魂的号泣，直到大仇得报方能瞑目止泣。老织匠还会吟起翼王的诗来：

只觉苍天方愦愦，莫凭赤手拯元元。

当然，朱德告诉战士们，这个故事不是真的。石达开在成都被凌迟处死，他的部队被屠杀殆尽。这件事有四川总督骆秉章日记里的一段话为证，处死石达开的正是骆秉章：

十三日，携四岁儿来营，率参谋及所部投降。石达开及另三人于二十五日解抵成都，剐死；其子俟届行刑年龄，处同刑。[2]

一位红军战士拿着一些猪下水——一副猪肝和一副猪肚过来问他："您准备怎么烧？"朱德说："切碎了，我来炒，我烧这道菜很在行。下次有猪肚的时候搞一些醋和辣子，我帮你一起炒了吃。"然后继续开故事会。董必武告诉大家有名的传说里孙猴子去印度取经时为了避过火焰山曾路过此地，但还是不小心把尾巴烧焦了，“这就是为什么猴子的屁股上没有毛的缘故。”“那你的屁股怎么没有烧焦啊？”一个活蹦乱跳的红小鬼问道，这些红小鬼是红军收养的一群10到12岁的小孩子。董必武赶忙转换话题。[3]

毛泽东不鼓励大家乱传故事。国民党正在四处宣传红军将步太平天国的后尘在这里覆灭，他们正在走近自己的最后一战，很快大渡河就会像73年以前一样浸满鲜血。毛泽东平静地说大渡河边的屠杀不会再现。对于这一点他信之不疑。他不想让战士们担心大渡河深处等待溺死者的水鬼。“这一切不会发生在我们身上。”毛泽东说，“我们是革命者。历史已经改变。我们也已经改变。过去的事情不会重演。”[4]

大渡河是一条汹涌的大河，源头起于通往喜马拉雅山脉的山中，地处中国西北的偏僻省份青海。青海是个蛮荒之地，到处是一望无际的沙漠，山峦，林木，没有什么汉人在这里居住，1935年的时候没有道路，只有商队行走留下的车道。河流湍急，近乎笔直地从北向南奔腾，然后转向东去，涌入岷江。后者是长江的一大支流，在成都以南。大渡河河道两壁是陡峭狭窄的山崖。[5]夜里，犬牙交错的青黑色峭壁上残雪皑皑，点缀着盛开的映山红、其它各色杜鹃、蔷薇和许许多多蓝蓝黄黄的花朵——它们的名字我们1984年来这里考察时同行的业余植物学家无法一一指出。这里美得惊人，但是行军难度也很惊人——渡河很艰巨，爬上山道很艰巨，在两岸狭隘危险的峭壁上前行很艰巨。河道并不宽，但是水流湍促，流向变化多端，到处都是漩涡、礁石，让人望而生畏。这是块险地。

1935年时河上没有架桥——只有一个例外，就是泸定桥。一位勇敢的美国女性旅行家在1908年写下了她对此桥的印象：

泸桥（泸定桥）是个有名的铁索结构。这座悬索桥吊在激流汹涌的铜（大渡）河上，全长370英尺（约113米）。此桥的历史可以追溯至1701年。桥面的木板和两侧的栏杆共有十三条铁索支撑。站在桥上四下望去，极目尽是空阔，脚下的木板高低不平，两侧的木栅栏杆稀稀落落。整座桥梁轻灵不羁地悬挂在狂放奔漩的水流上，给人一种空荡荡的感觉。此时总会觉得这桥当初建造的时候缺了些什么，让人难以放心。从印度、西藏、尼泊尔和亚洲高原的其他地区过来的旅行者就通过这个匠心独运的纤逸蛛网般的人间杰作安全通过铜河。这座桥闪烁着神秘的诱惑和魅力，就藏在中国的这个默默无闻的山谷里。大多数人来这里过桥只是为了体味在上面晃来晃去的感觉。我和鲍勃也上去走了一遭……[5]

泸定桥建于康熙年间，由一位姓卢（译音）的工程师督造。桥梁把北京和成都与康定和拉萨联结起来。以前尼泊尔向北京进贡的时候，载着财宝的车队会从这里通过。十三条铁索各有碗口粗细，由粗大的铁环连结而成，每个铁环都是在炭火上手工打制而成。桥面是九条铁索，两侧各两条，供行人或畜力车凭扶。九股铁索上铺着木板，男女车畜可以轻松通过。这里的河道不足100码（约90米）宽，两侧桥端筑有瓷漆面的雅致桥楼，尖顶是佛塔的式样。楼顶、楼柱和瓦片当时（现在也一样）都是朱红的，铁索两端就固定在桥楼里的巨大石墩上。河西的桥楼几年前被烧毁，后来又用近乎铺张的方式重建起来。

泸定桥很壮美，桥身中间下陷，但是因为悬架部分不长，凹陷也不深，在汛期桥身也远远高过水面。走在桥上的那种摇晃的感觉让人想起吊床。

有关过桥时的景象和感受多年来积累了无数稀奇古怪的记录。有人说过桥的时候浪头会像水龙一般卷起，将人拉向水底。有些则声称桥身“长度超过1英里（约1.6公里）”。

现实中的泸定桥比这些想象更了不起。几乎三百年过去了，这座桥还可以正常使用，尽管已经禁止畜力车和牲畜通行。附近已经建起了不少小悬桥和一两座机动车通行的桥梁。现在这里更多是被当作旅游景点，而非公共设施。[6]

几年以前一队士兵通过大渡桥的时候一根铁索突然断裂。没有人受伤，但是后来在木板下铺设了钢绳加固。走在桥上并看不到这些钢绳。

毛泽东和他的部队一开始并没有把泸定桥作为目标。原先的计划是从安顺场使用常规的渡船自西向东渡河。1935年5月24日凌晨他们到达此地，天亮以前就开始对这个住着100户人家的小村庄发起进攻。当时下着雨，下到河边的小路很湿滑，但是一军团一师一团团长杨得志没费什么力气就拿下了村子。执行攻击任务的是一团一连。但是结果非常让人失望，只夺下了一只船。杨团长就派17名突击队员乘着这只小船渡河攻击。[7]每个人都装备了一挺冲锋枪和七八个手雷。要应付河里的急流可要有把子力气才行，因此船上还有8个当地的船夫，红军向他们保证如果发生了不测，红军会照看好他们的家小。

船刚下河，对面的敌人就开了火。但是一团有个炮击专家赵章成，“一战”中他曾在法国服役。赵是个百发百中的神炮手。当时他手里只有四发炮弹，但是就凭这四发炮弹他让敌人的四门炮哑了火。

红军在下游又找到了两只船。他们在夜里点起篝火，让渡船一刻不停地来回摆渡。但是显然这样渡河还不够快。[8]

红军必须迅速渡过大渡河，他们没有一到两周时间从容地把部队一船一船运过河去。翼王石达开的前车之鉴就萦绕在他们眼前，就是因为贻误战机他才兵败身殒。当时他的妻子产下一子，于是他暂停一切行动，用三天时间大肆庆贺。等庆祝完毕之后，大渡河汛期已至，而清兵也趁机赶上了他。

毛泽东发誓红军不会重蹈覆辙。毛泽东、朱德、周恩来、林彪和彭德怀召开了会议。他们修改了计划。红军将不再使用常规的安顺场渡口摆渡过河，毛泽东将派遣自己的突击部队沿大渡河近侧，或是西岸一条几乎不存在的小路到上游占领泸定桥，然后从那个出人意料的地方渡过大渡河。没人走这条路线，一般泸定桥上的过客来自东面125英里（约200公里）处的成都。他们沿大渡河东岸一路向北到达泸定桥，渡河到西岸以后继续西去前往西藏和拉萨。也有人从拉萨沿同一路线循相反的方向东来渡河。

同过去很多次一样，毛泽东再次选择了出其不意、近乎异想天开的路线。红军决定派政委（现在是将军）杨成武指挥先锋团四团辟开这条通道，实行突袭。[9]

一切都取决于四团的行动。他们要在敌人猜透毛泽东的意图之前沿着这条大渡河岸峭壁上爬行的崎岖小道一路突击到泸定桥。大渡河的这段河道还是由北至南，从成都到西藏的路线中间穿过，形成一个“T”字。

因为高耸的大雪山群岭横亘在侧，从南面接近大渡河非常艰难，过泸定桥上到西去西藏的路上也不容易。雪山太高了——足有两万英尺（6096米）。

毛泽东有关路线的抉择有几个受到过质疑。从大渡河西岸北上迫近至泸定的决定就是其中之一。另外一个例子是毛泽东选择从皎平渡渡金沙江，而不是红二方面军使用的更易行的渡口。红二方面军过江的时候毫不费力。前面路上还有其他一些决策——翻越大雪山和穿过草地的路线——也有争议。缺乏可靠的情报可能是如此选择的因素之一。指挥员中只有朱德曾经走过泸定桥——而那是1922年，他和一些同伴在昆明给一个川军军阀打仗，后来一路涉险逃进四川，途中渡过了金沙江并取道泸定桥到达安全地带。[10]

接下来开始的军事行动将会成为传奇。

先头部队一军团二师四团的政委杨成武是这个传奇中的英雄人物。1984年他70岁，相貌堂堂。这个故事他已经讲过很多遍，但是每次讲述他都乐在其中。他讲话的时候总是比划着三根修长的手指解释，有时会在自己的书《忆长征》中翻看确认一两个日期。他不无好笑地回忆说国民党飞机当时投下传单，说红军的末日近在眼前，和翼王石达开一样，他们的鲜血将使大渡河水再度变红。

命令于5月27日午夜后不久下达。他将带领部队自安顺场沿大渡河西岸北上，攻占90英里（约145公里）外的泸定桥。给他的时间有三天。四团出发了。据他回忆，他们走的路是“羊肠小道”，蜿蜒盘绕着起伏于山侧。他们的右方是峭壁下的大渡河。向上又走了9英里（约14.5公里）左右以后，河道变得非常狭窄，对岸有敌人开始隔着河向他们开火，于是他们决定进山中深处寻路前行。这时连真正意义上的小路都没有了，他们时不时得在脚下砍出一块立足之处。而过去两天里部队已经赶了二三百里路。出发之前他们就已经疲惫不堪。[11]

走了大约16英里（约26公里）路后，四团在叶大坪击溃了敌人驻守的一个连约100人。接着他们上了一座大山，翻到另外一侧。这里有一条急促的山涧，守军已经拆毁了原有的桥梁。红军伐了树，搭起一座简陋的步桥继续行进。他们现在一直在走下坡路。一个侦察兵报告国民党二十四师的一个营在一个叫菩萨岗的村庄对面的悬崖上布置了防线。山路很窄，敌人阵地所在的悬崖很陡峭，从路的另一侧笔直落下就是大渡河。杨成武政委派了一个小队绕到悬崖后，偷偷爬了上去，从后方攻击敌人。一小时后他们赶跑了敌人，继续赶路。到了晚上他们在什月坪停下休息。他们已经走了40公里——大约25英里——一路都是崎岖的小道，路上还打了两仗。他们就在这里过夜。[12]

5月28日凌晨4时，四团已经起来了。到5点他们已经用过早饭上了路。还没走出村子一两英里，一个通讯兵跑了过来。有新命令。杨成武读道：

军委来电限左路军于25日前夺取泸定桥。你们须全速前进，尽一切可能完成这个光荣的任务。我们等待着为你们的胜利庆祝。

署名是林彪。[13]

当然，这封电报上写的5月25日弄错了，完成任务的最后日期定为5月29日。

5月29日，杨成武感到难以置信，那就是明天！他们前一天走了25英里（约40公里），也就是说还有大约70英里（约110公里）要走，一路还要攻击前进，即使给他们两天时间这个任务也很艰巨，而现在要在一天内完成……！

但是，如同杨成武言简意赅的评价所说的那样，“命令就是命令”。没有时间像往常那样在任务之前开大会动员让士气升到极致了。现在分秒必争。队伍急速前进，一边沿着湿滑狭窄的山道爬着，团里的政委们一边讲话鼓舞精神。29日早晨6点钟前他们必须到达泸定桥。

部队开始向猛虎岗上走的时候周围起了雾。这里上山10英里（约16公里），下山也是10英里。国民党有一个营已经在岗上筑好了工事。在雾气的掩护下，红军战士悄悄摸进了敌人的阵地，突然甩响了手榴弹，然后挺起刺刀冲锋。敌人落荒而逃。四团乘胜追击，下午两点的时候到了磨西镇。那里的桥不能使用了，红军在雾中用了两个小时把桥修复。四个小时过去了，他们到达奎武。这时已经是晚上6点。还有35英里（约56公里）的路要赶。周围没有敌人的迹象。他们继续前进。雾水和小雨让路更加滑泞，战士们砍下竹子拄着防滑。夜幕降下，他们在黑暗中继续行进。

大渡河愈发的窄了，他们偶尔向对岸瞥去，隐约可以看到那里有国民党部队的身影，这是敌人的援军，像四团一样，也在向泸定桥赶去。部队没有停下来吃晚饭。战士们要么干脆不吃晚饭，要么在嘴里嚼些冷饭。夜越来越深了。11点左右，在一个叫杵坭的地方杨成武看到河对面有灯火，这是敌人的一个营。他们点亮了火把以便行军。怎么办？杨成武决定搏一次。他们已经从敌人俘虏那里掌握了国民党的部队代号和军号号谱。他就让司号员向对岸的国民党发号，说他们也是国民党部队，刚刚消灭了一批“赤匪”。对面的敌人也向他们发出回应。杨政委让战士们也点上火把。他们砍下松枝和竹篾点了作火把用。两支队伍沿着两岸并肩前进了8到10英里（约13—16公里），中间仅仅隔着狭窄的大渡河。“我们蒙住了他们。”杨成武开心地说。后来国民党部队开始宿营，四团则继续前进。

杨成武不知道的是一军团一师的同志就在后边不远的地方，他们也在对面的东岸向前急行。东岸有条车队行走的主道，路况不错。5月的时候走在这样的路上让人愉快（那个时候和现在都是这样）：旁边的梨树园里梨花已经谢了，苹果园里有些花还开着；到处可见浓密地蔓着的葡萄藤；房子结实耐看，石头为墙，木头和胶泥搭的顶，上面盖着红瓦。这里有巴斯克地区（译者注：在西班牙和法国交界处，风光独特）的味道。

一师的部队也打了几场仗。大雨让他们耽搁了一会，但是总体上行进速度很快。大渡河河道在这里的垂直截面是个尖锐的“V”字形，水面宽度经常窄至100码（约90米）。从一边的河岸向对面喊叫完全可以听见。从东岸看去四团行进的小路非常清晰，河岸上的山崖也不像有些战士描述得那么高不可及，有些地方大约高过水面不到二三百英尺（约60—90米）。[14]

雨水渐歇，云开雾散，星星冒出头来。夜色深沉，万籁俱寂，入耳的仅是战士们急促的呼吸和山石偶尔从路上滚落的声音。有些人一边走一边睡着了，还有些人从路上滚了下去。有些战士解下绑腿布，把几个人拴在一起，这样如果他们中的一个摔倒的话会给其他人拉住。

这个晚上四团抛弃了所有装备，只留下枪支弹药。所有的背包、食物，所有会给行军加重负担的东西都丢在路旁。战士们沿着路小跑前进，手里紧攥着自己的步枪。

拂晓的时候他们到了上田坝，这里离泸定桥只有2英里（约3.2公里）。他们按时抵达了目的地。接下来的问题是如何才能拿下泸定桥。

天亮了。眼前景色怡人。5月末刚好是四川一种粉红的半甜小樱桃成熟的季节，山谷里到处点缀着红艳艳的果实。枇杷和胡桃正在收获，成熟的番茄等着人们采摘，夹竹桃怒放着。土豆田里一片洁白，蜜蜂嗡嗡地在花蕊上忙碌。山坡上粉色的映山红在风中起伏。从观察所的位置杨成武可以望见桥对面脏破的小县城泸定，近处是漆得明亮的桥楼和微微晃动的悬桥。在他这一边只有有数的几个国民党士兵。但是桥对岸的敌人有几百人——可能还有更多，这取决于和他们在火炬照耀下赛跑的那支敌人援军是否能及时到达。

四团占据了他们这一侧的几座房子和一个小天主教堂，部队聚在一起开始任务前的誓师大会。偶尔敌人会打来一发迫击炮，头顶上碎石片和弹片一起往下落。

廖大珠的二连被选作突击队。三连是支援部队，跟在二连后面把新的木板铺设在桥面上。杨政委之前通过望远镜注意到大部分的木板已经被拆除。

杨成武认为战士们吃饱了才有战斗力，于是他命令连里的炊事员准备一顿大餐。战士们就此做好了作战准备。进攻的时间定为下午4点。他在紧挨着桥端的高处架设了重机枪为过桥提供火力掩护，周围还部署了步枪射手来增强火力。他们手里没有迫击炮或大炮。

突击队队长廖大珠带领22个战士开始了进攻。每个人都提着汤姆冲锋枪或者手枪，背着大刀，腰间插着十来个手榴弹。他们只能在晃动着的粗大铁索上爬行。桥上零零落落地只剩下三分之一的木板，其余都被敌人抽去。四团的司号员发起了冲锋号。机枪开火了。22位战士顶着危险一寸寸向前挪。他们前进的时候，对面着起了大火，原来是敌人在对岸的桥楼里放起了火。

那天天气明朗，雨都被吹远了，太阳已经探出了头。周围热了起来，战士们汗流浃背地攥着一节节铁环向前移动，一眼也不瞧身下的湍急水流。一节铁环又一节铁环相继在他们身后露出来，战士们两手交互攀援着向前。杨成武焦灼地关注着他们的行动。三连的战士手里捧着新的木板，跟在突击队后面爬行，一边爬一边把木板铺在桥面上。前面，火焰越烧越高，国民党在木头上泼了煤油。但是这阻止不了突击队的行动，他们不断向前。到了桥头他们攀上剩余的木板，穿过烟雾和火焰向前冲去，手里的冲锋枪突突地开起了火。战士们被烟火燎得乌黑，有些人衣服也着了火。他们终于冲到了对岸的实地上，国民党吓得扭头逃跑了。

在这次堪称自杀式的袭击中，22位战士中有18位存活了下来，他们毫发未伤。这些红军战士的英勇无畏确保了毛泽东一行的苦难征程最后以胜利而不是以灾难告终。清理工作很快就绪。两小时以后泸定县和泸定桥都紧紧地握在了红军的手中。

又一个固若金汤的阵地被国民党搞丢了。当时国民党指挥官李全山手里有两个营（一个就是在河对岸与四团并列前行的那支部队）。他只用了其中一个营在桥头布防，另一个营被放在河岸上，没有起到任何用处。

“那天夜里非常紧张。”政委杨成武回忆说。他时刻防备着敌人的反击。他在对岸向安顺场方向派出的巡逻队很快带回了一师的一个伤兵。这是他们第一次了解到在安顺场渡河的部队就在附近。半夜的时候刘伯承和聂荣臻赶到了。杨成武带他们去看铁索桥。泸定桥在河上静静地晃动着，刘伯承站在桥边默默地看了一会儿，然后叹道：“呵，泸定桥！我们终于胜利了，但我们真是为你付出了不少牺牲。”

他们接着过桥去看一块花岗岩碑石上留下的铭文，这是在姓卢的工程师建桥的时代写下的：

泸定桥边万重山，高峰入云千里长。

1935年的时候安顺场还住着一位年近九十的老先生，名字叫宋大顺，以前参加过科举，通过了乡里的考试，是晚清的秀才。翼王石达开时期他还是个年轻人。红军总政治部代主任李富春当时拜访了这位老人，他问老人为什么翼王石达开失败了。

老人说，因为耽搁太多了，石王爷面前挡着大渡河，没办法过去，左面也没路可走，因为彝族人拆了松林河上的桥，清军堵住了后路，不让他南下。

你觉得红军和太平军哪个更好？李富春问道。都好，但是红军更好。老先生这么回答。

太平军是由所谓的杀不死的“神兵天将”组成的，但是在大渡河上他们遭遇了惨败。戴正启医生——他参与了长征全程，但当时他还不是医生，只是个17岁的医护助理——回忆说可能就是从这个时候起，人们开始把红军战士称作“天兵”，以前他从未听过这种说法。

几年前，有人问一位曾经参与泸定桥战役的国民党军官，为什么红军在夺取泸定桥时阵亡的人那么少。他说那是因为国民党军队使用的枪已经老得掉牙，子弹也都发了霉，开枪的时候大部分子弹甚至都打不到对岸。

毛泽东到底带了多少人通过了泸定桥和大渡河？没有确切的数字。过于都河的时候红军有8.6万人，过大渡河时最接近的估计是1.2万到1.3人。

泸定桥一战的英雄得到了认可。每个人奖励了一件亚麻上衣，一本笔记本，一支自来水笔，一个搪瓷碗，一个搪瓷盘子和一双筷子。“奖励也有我一份。”杨成武将军腼腆地说。

这是红军战士能得到的最了不起的奖励——比金牌都好，好得多。[15]

注释

[1] 罗尔纲：《太平天国史》（*History of the Taiping Heavenly Kingdom*）（译者注：作者在本章第一段中写道四川两千年前属于战国时的蜀国，显然是将战国与三国混淆了，译文中已经进行省略处理）。

[2] 史沫特莱：《伟大的道路》第21—29页（译者注：此段文字直接摘自史沫特莱《伟大的道路》梅念中译本。本文有关石达开的叙述多采自传说，并非确凿史实）。

[3] 文彬：《中国工农红军第一方面军长征记》第338—339页；史沫特莱：前书第312页。

[4] 韩素音：《早晨的洪流》第288页。

[5] 约翰·斯图尔特·谢伟思母亲格瑞丝的印象（译者注：原文下文称此桥是卢姓工程师建造，不知出处何在，据《御制泸定桥碑记》记载工程应出于“金火匠马之

常”之手，并无Lu〔卢/鲁/陆/路〕姓之人参与）。

[6] 有一座新的泸定桥，标准的加固钢筋混凝土所建，在悬桥下游大约半英里处，有一名解放军战士驻守，他不允许在那里拍照片。在安顺场还有一座这样的桥梁，而在安顺场和泸定城之间有十五座供行人通过的悬桥和一座供机动车通过的水泥桥。

[7] 杨得志：《回顾长征》（*Recalling the Long March*）第79—81页，1978年北京出版。

[8] 萧华：1984年3月16日北京个人采访。

[9] 斯诺：《西行漫记》第197页。

[10] 史沫特莱：前书第134—139页。

[11] 杨成武：1984年报3月16日北京个人采访。

[12] 张福辰（译音）：1984年5月22日安顺场简介。

[13] 对大渡河行动的不同记载略有差异。本书主要依赖杨成武个人采访中提供的叙述及在实地从地方档案保管人员那里收集来的数据。林彪要求行动于5月25日而非5月29日前完成的电报出自1964年（译者注：根据前文应出版于1963年）北京出版的《长征见闻》第98—99页，出版时间在1971年林彪倒台死亡之前。后来的版本中此信息被省略。

[14] 对大渡河的描述出自1984年5月22日作者个人考察（译者注：作者在文中多次使用左右岸的称谓，前后之间有所混淆，因此译文中统一用东西岸来称呼）。

[15] 有关记述出自杨成武将军个人采访中的回忆及《忆长征》一书中的记载，一些细微补充出自在安顺场和泸定得到的相关介绍、萧华将军的说明及作者个人考察。秦兴汉将军给出了一些建议（译者注：作者文中对杨成武的回忆录《忆长征》采用了不同的译名：〔*Recollections of the Long March*〕，〔*Memories of the Long March*〕，根据此注释的上下文判断，此处的〔*Recalling the Long March*〕指的应该也是同一本书，而非刘伯承、杨得志等人所著的合集《回顾长征》）。

第二十二章

大雪山

毛泽东没有急着赶来泸定桥祝贺杨成武和四团的英雄们。他出现的时候已经是三天以后。四十八小时前林彪已经到达此地为自己的手下庆贺。

毛泽东沿大渡河西岸行进，一路从容不迫。在他前面成千上万的红军战士已经踩着突击队辟出的小路走了过去。一路上大半时间他就是在不紧不慢地向前走。警卫员说他放慢速度是为他们的体力着想。他们在路上偶尔也停下来等待工兵拓宽道路或是让红军的某支队伍从晃晃悠悠的桥上先行通过。毛泽东在日落前就开始早早宿营，第二夜是在磨西镇过的，第三天下午才到达泸定桥。周恩来和朱德都先他到达。[1]

杨成武问候了周恩来和朱德，然后陪着他们过了桥，等在对岸的是刘伯承和聂荣臻。在等待毛泽东前来的时候，周恩来由警卫员陪着，在桥上亲自拆换了一些木板。接近黄昏的时候毛泽东才终于抵达，步行通过了摇摆着的铁索桥。对他景仰万分的警卫员说他对桥下汹涌的急流毫无惧色，视如不见。毛泽东在对岸与红军统帅部会合，一起进入肮脏的泸定城。晚餐很丰盛，有米饭、南瓜、土豆，（可能）还有鸡肉和猪肉。[2]

红军终于摆脱了被追袭的危险，毛泽东和部下必须确定下一步行动。红军开始放缓速度走着前进。毛泽东和统帅部在泸定城待了整整一天一夜，然后继续向前走了一小段路，之后据他的警卫员说，又在化林坪“歇了几天”。[3]突击队则由杨成武带领，于1935年6月2日动身，与平常一样，继续全速向西北奔袭而去。前方的目标是45英里（约72公里）外的天全。[4]

现在的情况有些矛盾。一方面毛泽东已经摆脱了国民党的追击，再没有敌人妨碍他与川西北的张国焘和红四方面军会师了。但又出现了另一个问题——毛泽东不知道张国焘的确切位置，张国焘也不了解毛泽东到了哪里。实际上两个人和两支部队之间的直线距离不到100英里（约160公里），挡在他们中间的就是大雪山。

迄今为止，中国历史学家没有发现任何文字记录可以证明在毛泽东渡过金沙江的时候两支部队知晓对方的位置。在渡过大渡河时也是一片空白。长征早期双方曾有过时断时续的联络。但是据张国焘回忆没有事先得到长征的消息，只是在长征开始几天后才听说这件事。这显然符合当时的情势，因为那时负责指挥的李德、博古、周恩来“三人团”对长征计划绝对保密，很多与他们极端密切的同事也同张国焘一样被蒙在鼓里。即使后来张国焘听说红一方面军开始了行动，他也不知道具体的目标是什么，只能猜测一方面军是陷入了困境。[5]

两支军队之间通讯甚少的一个原因是红四方面军丢失过一本密码本，他们担心密码落入了蒋介石的手中。[6]即便是这样，张国焘依旧声称红一方面军刚刚进入贵州，他的无线侦听工作就开始为他们服务，成为长征的“耳目”。他回忆说自己经常彻夜守在无线电发报机旁，以确保一方面军收到四方面军对破译的电文进行的总结。[7]

1935年1月22日，张国焘收到了中央委员会关于遵义会议决策的报告。[8]电报指示他采取行动帮助一方面军渡过长江。这件事没有什么下文。四方面军没有什么帮得上忙的地方，而一方面军也没有真的接近过任何长江上的主要渡口。秦兴汉将军认为，这条指示在一方面军渡过金沙江的时候依旧有效。但是没有证据表明任何一支部队根据指示开展了相应行动。

通讯非常困难，不仅仅是因为害怕密码不再保险，而且是因为两支部队都在转移之中。张国焘当时已经决定让自己的军队渡过嘉陵江，进入四川最西北处靠近西藏的一个角落。现在明确的事实是没有任何证据表明两支军队在1935年1月22日之前有过任何电文或信使联络。有时候一方会通过“小道消息”——口口相传的流言或是国民党报纸上得来的片言只语——了解一些信息。这些没多大用，尤其是因为这时毛泽东正带着自己的部队在贵州兜圈子，而张国焘在4月份的时候则正在往偏远的西北方向转移。

据张国焘回忆，5月底或6月初的时候他收到消息（不知道来源是何处），红一方面军已经渡过了金沙江。事实上如果张国焘对日期的记忆是准确的话，红一方面军当时已经渡过了大渡河。

所以毛泽东在泸定桥之战后要暂缓行动以更好地确定红四方面军的方位，这不足为奇。[9]

1984年，红军老前辈、中华人民共和国老而弥坚的主席李先念已经75岁。他回忆说，1935年6月张国焘指示他派一支部队接应红一方面军，他们会过来会师。但是他们现在在哪里，具体什么时候到却没有人告诉他。他派自己的一个师南下，攻占了雪山北端一个叫懋功的地方。[10]

现在缺乏确凿的证据表明红一方面军知道红四方面军的确切下落，反之亦然。当代中国历史学家坚持说一方面军过金沙江的时候“应该已经了解”张国焘的部队在川西北，而张国焘也“应该已经了解”一方面军的位置。这恰恰强调了实情是没有确凿证据能证明以上论点。

事实是明显的，双方都对对方的位置不甚了了。到了6月初的时候，双方都对对方的方位进行了大体估测。[11]

大雪山山脉的通道上横亘着夹金山，高1.4万英尺（约4300米）。翻越夹金山的决定毛泽东具体是何时作出的，现在没有记录。也许是在天全的岔路口，红军大部在那里停留了好几天。

毛泽东有三个选择。他可以从大雪山西面走海拔较高，但车队经常使用的路线去川西北和青海的藏族聚居区首府阿坝——路途较远，而且一路上几乎都要在人口众多且敌意较重的藏人居住区穿行。他也可以走大雪山东面的路线，最终可以到达松潘——但一路上很可能会遭到国民党袭击。

走第三条路线要从大雪山中央翻越。这条路径并不好走，但是当地居民包括妇女和小孩子都曾经走过。毛泽东决策时的倾向在之前已经表现得很清楚：选路时如若疑惑难决那就走小路，走偏僻的路。他在这个关头也如此选择。也许他估计（后来证明确实如此）这条路线最接近他的目标：与张国焘的四方面军会师。

从手头现有的记录看来此举是毛泽东权衡利弊后的一场赌博。除非有游荡的货郎、山里的牧人或是偶然出现的旅人给毛泽东带来了消息——现在没有任何这样的记录——否则只能说他决定翻越大雪山之时其实就根本无法确定翻过这座雄伟的大山他就能与张国焘会合。

这个决策影响深远。毛泽东自己和他的军队都没有翻越过积雪覆盖的山脉。他们很少和雪打交道。红军的大部分人来自中国南部炎热、潮湿的亚热带地区，那里罕有下雪。大雪山终年积雪不化，非常壮丽。进入山岭以后极目远眺，似乎地平线上一圈都是白雪皑皑的山顶。积雪覆盖的峰峦参差叠嶂地挺立在四周，一如加拿大的落基山脉那样庄严巍峨。这里的山峰很高，远远超越了林线，今天乘汽车上山，一路遥遥无尽地都在进行“之”字形爬坡。所有的绿色都被抛在了后面，越往上走就越是一片枯褐色的荒芜，再往后就是雪国。即便在五六月份，山顶上大片的雪地依旧连绵不尽，一直延展到山后。

雪山在中国给人们带来敬畏和迷信。地方上的人称夹金山为“神山”，他们告诉红军只有神仙才能飞过山去[12]，在夹金山顶需要噤声，否则山神会因为不敬让人窒息而死。[13]一位参加过长征的老兵回忆说过雪山的时候曾经让他们小声说话，因为氧气很稀薄。[14]总之一句话，夹金山是座让人望而生畏的魔山，即便飞鸟也无法越过，而凡人则最好避道而行。

红军到达这座“神山”脚下的时候，长征已经进行了八个月。很多人已经打了三四年仗。他们对自己的生活已经习以为常——艰苦、辛劳，但是又有自己让人安心的秩序和条理。1984年的时候戴正启医生65岁，是一名高级卫生官员。1934年长征开始的时候他只有15岁，是个宣传人员。很快他就成了卫生员，红军生活的详情就没有他不知道的。

他闭着眼睛就能说出红军每日的常规生活。他说像他这样的普通战士走的路其实远远超过红军一年间从江西转至陕北的路线在地图上计算出的两万五千里。他们经常一走就是80里到160里——也就是20到40英里——中间没有停歇，而且走的也不是直线，常常是上上下下前前后后地来回绕着行军。很多医疗工作者为了照顾患病和垂死的战士最后过了三四次雪山。对很多人来说长征实际上有三万里到四万里长。

早上一听到哨声，他们的一天就开始了。那时可能是6点，很多时候也可能是5点甚至4点。他们有15分钟整理好装备并把从农民那里借来当床用的门板或木板还回去，顺便还要把铺床用的稻草一并送还。他们还有15分钟时间洗漱（很遗憾，据戴医生回忆，有些战士没有刷牙的习惯）、吃早饭（半磅米饭，有时候是红薯）、准备另外一份米饭放在粮袋里作中饭，接着，随自己的单位整队。有时候没有米饭吃，因为在他们之前出发的先头部队已经把桶底都刮干净了。

开始的时候，戴正启作为宣传工作人员要携带一只麻袋，一个小袋子，一把手枪和一桶贴海报用的浆糊。后来成为了医护助理，他就带着一个医护箱，里面装着凡士林、碘酒、苯酚、阿斯匹林、绷带和药棉。

一个人携带的重量大约是25磅。每天行军之前每个人都被告知要走多少路。每天有两次停歇——一次是上午，10分钟；另一次是后来吃午饭，20分钟。没有午休。如果敌人的飞机来袭所有人倒是可以休息一下：他们就蜷在路旁休息，到哨声再度响起时便继续行程。[15]

爬夹金山之前，红军给战士们简单介绍了高海拔、积雪和寒冷带来的危险。他们被告知要用布条缠在头上保护眼睛，以防雪盲；爬山的时候要持续匀速前进，不能突然停下；不能在高处停歇；爬山前要吃饱；要穿厚实的衣服（他们大多数人只穿着打满补丁的轻薄棉质军服）。上去的时候在山脚下还是闷热难当的初夏，战士们一路爬山，很快就汗流浃背。[16]

宣传工作者把过雪山的医护注意事项编成歌谣——红军传统如此——部队一边唱一边就记在了心里：

> 夹金山，高又高，注意事项要记牢：
> 裹脚要用布和棕，不紧不松好好包。
> 到了山顶莫停留，坚持下去胜利了。
> 病号走不起，帮他背东西。
> 大家互助想办法，一定帮他过夹金！[17]

1984年时姬鹏飞74岁，头发花白，身材高大。他是国务委员，曾经担任过外交部长。他年轻的时候孔武有力，过雪山时是中央医疗委员会的成员。

他说夹金山的一个问题是山势十分平缓，远远地就能看见山顶积雪覆盖的土地，瞧起来并不远，上去的时候也不觉得高，因为并没有意识到起步的时候海拔就已经很高了。战士们几个月来由于不断的行军和食物的缺乏已经精疲力竭了。上山时似乎非常顺利，突然之间就到了冰雪的世界，眩目的雪光刺得睁不开眼，路也忽然不见了，走着走着在冰上滑倒了，想站起来却发现使不上劲儿。那时候怎么也没有死亡的念头，因为意识不到这里海拔1.4万英尺到1.5万英尺（约4300—4600米），氧气很稀薄，但是就在挣扎着想起来时倒下死去了。

医护人员很快意识到战士们不能在山顶逗留，停下来很可能会致命。他们必须尽快翻过山顶，下到氧气更充分的地方。停歇让人感到浑身无力，似乎全身的肌肉消失了一般。但是必须继续行进，到了顶峰最好直接滑下山，冰雪会直接把人带到山下，反正其实也没有什么道路可言。滑下去的时候有些人摔折了筋骨，有些人牺牲了——他们不小心滚下了悬崖。但这依旧是最好的办法。

最大的损失来自于后勤人员，主要是搬运人员。红军中依然有搬运人员，比如说炊事员。[18]

炊事员带着六十到八十磅重的装备——沉重的锅子，装着米饭和食物，这违反了命令。三军团的炊事员在高处停下来用鲜姜和辣椒做汤给战士们活血（毛泽东曾经建议警卫员在上山前用姜和辣椒为自己做防护措施）。[19]“我们不会让任何一个战士牺牲在雪山上。”炊事员坚持这么做。但是给战士们送上热汤的时候，两位炊事员倒下了，他们就此长眠于雪山上。红军到达陕北的时候，一个连里就牺牲了九名炊事员。[20]

稀薄的空气对体弱者和伤员尤其难熬。据姬鹏飞回忆，当时几乎无法照料病号。唯一的办法就是把他们抬过山去，但是没有人有力气这么做。他们还没有被带到低海拔地带就死去了，经常是在医护人员想把他们从雪里拉出来那一刻牺牲的。“我们损失了很多好同志。”姬鹏飞说，“天气太冷了。有些战士冻死了。有些人直接因为窒息死去了。”

当时派出了一些小分队寻找掉队的战士。找到“掉队者”的时候他们往往已经是雪中埋葬的尸体了。海拔太高了，正常温度下无法把水烧开，火柴也很难划着，也没有烧火的柴禾。没有村庄，没有人烟。用了整整一天才爬过山去，但是到了那边的山脚下海拔依旧很高。[21]

水也成了问题。没有办法把雪烧开，战士们把积雪表层刮掉，里面的直接吃进嘴里。搭厕所更是不可能，根本没办法在坚冰和石头上挖坑。战士们还穿着草鞋。有些人找到了布头缠在脚上，但是大多数人没有。很多人长了冻疮。

有些战士是光脚翻过了雪山。大部分战士只有棉布制服。很多人患了雪盲症，只能让别人领着下山，几天以后视力才慢慢恢复。[22]

对危秀英来说，雪山和山后的草地是长征中最艰苦的路程。“过了雪山以后我就没了例假。”她说。“所有女同志都是如此。”[23]

丁甘如当时22岁，他和殿后的五军团一起过的雪山。他们是最后过的。“上山之前部队做了很多政治工作。”他这么说。他指的是政委告诉战士们爬山之前松开衣服，这样呼吸更顺畅；还跟他们说要慢慢地匀速前行，绝对不能停下来。他说：“我们就像是学校里的一群小朋友，带到公园前先被谆谆叮嘱一番。”到了山顶的时候得到了指令：“坐下来，滑下山去。”他们照做了，但是有些同志滑到了山崖下，从此再没有看到过他们。[24]

1984年李一氓活跃在文化交流领域，但是1935年的时候他是一名政委。过雪山的经历在他来说一点儿都不难，这是种与众不同的感受，而他对长征几乎所有其他事的感觉也都和其他人不一样。对他而言，五岭最后一座山比雪山难爬得多。“雪山很矮，”他声称，“上山的路很好走，不陡；下山的路也不陡。”他也承认下山时冰雪很多，路比较湿滑，天气很冷。看不到任何人，藏族的牧人早就一逃而空。[25]

还有些人也不把过雪山当一回事，这些人当中就有钟伶。他在1931年参加红军，当时只有12岁，过雪山的时候只有16岁。1984年他65岁，职业是医生，脸看上去还很年轻，戴着骨质镜架的眼镜，穿着浅蓝色的上衣，灰色的裤子和灰色的袜子，是典型的职业工作者形象。在老家江西加入红军的时候他还小，不到能发枪的年纪，就安排在宣传部门工作，主要负责在墙上刷口号。他家里一贫如洗，一年有四个月粮食不够吃，只得向地主家借，然后就欠了一屁股债，怎么都还不清。

钟医生在长征中担任卫生员。“我们是红小鬼。”他说道。“我们年轻，活力旺盛，恢复得快。当时没有想那么多，就是吃、睡、行军，从来没想过有什么危险，过河的时候站在吹了气的猪皮筏上，从来没有掉下去过。”

过雪山是挺麻烦，但是他从来没有考虑过这些问题。他应该穿得暖和些，但是他没有。他只穿着汗衫和棉质的单衣。当时是6月份，但是夹金山顶还在下雪。他脚下踩的是草鞋，没有绑腿。但是过雪山的时候他的脚从来没有冻过，他也从来没有感到过憋气。部队已经给他说明了：不要停，不要歇，一气呵成过雪山。他一路下山去，没有看到任何人牺牲。据他所知，三军团的医疗队里他认识的人中也没有任何人牺牲。

他说：“要知道，我很年轻。这些困难对我来说不是问题，我也没有考虑那么多。”[26]

共产党总书记胡耀邦只比钟伶大三四岁。但是他对过雪山的回忆就没有钟伶那么轻描淡写。他记得见过国民党的飞机，但是红军一路上山，它们飞不了那么高。“我们冲飞行员叫‘上来啊！’”他说第二座山峰最难爬，用了两天才翻过去，途中不得不在山上宿营，裹着毯子依偎在一起取暖。他说：“那时候年纪轻，就这么挺过来了。”[27]

对红军大部分人来说，雪山是长征以来最艰难的经历，比湘江战役艰难，比五岭艰难，比四渡赤水也要艰难。金沙江和泸定桥更是不能比，因为这两仗仅是小股部队参加作战。不少指挥员被雪山击倒。一军团精力充沛的军团长林彪在夹金山顶上多次昏迷，靠着警卫员的协助才过了山。红军情报部门负责人胡底的经历如出一辙。[28]据警卫员回忆，毛泽东过雪山的时候也出现了很大的困难。警卫员帮他一起走，但是自己也力不从心。毛泽东没有穿棉衣，棉裤和棉鞋很快就湿透了。他们一行人遇上了雹暴，只能躲在油布下面暂避。警卫员陈昌奉一度几乎晕厥，毛泽东帮了他一把。而毛泽东停下来鼓励部队以后也挪不开步子，是陈昌奉帮他起身继续行动。[29]

周恩来的警卫员魏国禄称雪山是长征最艰苦的部分。大家手拉手行进避免摔倒。雾霭和暴风雪接踵而至，山峰上还不时出现小型雪崩。魏国禄头昏脑胀，全身使不出力气，每走几步就得停下来缓口气。路越走越慢，渐渐地起了风。魏国禄看见前面一个老乡倒下了，还没等过去帮忙，他就已经停止了呼吸。他们把尸体放入山上的缝隙中用白雪掩埋了。下午3点他们终于到达了山顶，开始下坡。[30]

等到了山脚下，周恩来开始咳嗽起来。他受了凉。接下来一场大病几乎要了他的命，这只是病症的第一个前兆。[31]

红四方面军派李先念前去迎接红一方面军。李先念当时是三十军政委，他的军队驻扎在理县（杂谷脑）。他带了自己的八十八师和九军的二十五师和二十七师一部于6月8日攻下了懋功（现名小金），6月9日占领了雪山的出口达维。二十五师师长韩东山电告李先念预期红一方面军将于6月10日到达。李先念大吃一惊，他没料到一方面军已经近在咫尺，一时怀疑这个报告是否准确。他发电报让韩师长查实。韩师长回复："没问题。是真的。他们已经到了。"[32]

确实如韩东山所言，一方面军的先头部队于6月11日越过雪山，12日晨一路到达达维[33]，此地据雪山山脚下还不到25英里（约40公里）。一方面军的侦察部队与四方面军的警戒部队相遇时还一度交上了火，双方都不清楚对面是敌是友。交手时没有人负伤。军号声急急响起，双方很快意识到对面的到底是谁。[34]

红一方面军的部队从山上一路涌入达维，李先念则急急从懋功迎上。6月14日，毛泽东、周恩来（身体抱恙）、朱德、彭德怀、叶剑英、林彪和所有其他人都下了山。"到处一片喜庆。"李先念回忆说。"所有人都很开心。长途跋涉之后一方面军看上去很疲惫。我们四方面军的战士看起来更健康强壮。那种气氛我很难描述。"[35]

达维是个平平无奇的村庄，一大堆房子拥在一起——有106户人——村旁的山上有个很大的喇嘛庙。这里是鸦片之乡，到处都是鸦片，土地至少有三分之一用来种罂粟，每年初秋的时候，达维都会有个大型的鸦片集市（这个地区有很多其他市镇也是这样）。

6月14日晚，在村庄和寺庙之间的一片坡地上举行了大型集会，参加的据现在在世的人说有一万人。毛泽东在会上进行讲话，说要团结一心，要北上打日本人。节目很多，有戏剧、歌曲、舞蹈，还有很多吃的。红四方面军拿从地主那里没收来的食物和给养招待他们。[36]

李伯钊在集会上表演了歌曲和舞蹈。观众给她鼓劲，一直在下面叫：“再来一个，再来一个。”她跳了支深受大家喜爱的舞蹈——俄罗斯水手舞，是她在莫斯科学的。观众不让她停，她也好像有精力跳整整一晚。[37]

晚上毛泽东和李先念有过一次谈话。毛泽东问李先念手下有多少人（他之前指挥九军，现在指挥三十军）。李先念说自己有两万多人。毛泽东问他多大了。李先念说自己二十五六。50年后，李先念仍旧为迎接红一方面军准备不足而感到歉疚。“我们前脚才到，他们后脚就来了。”他说道。“我们没料到他们来得这么快。我们全力以赴地接待，甚至拨给了他们大约一千人来补充兵员。当时的情形两支部队之间根本起不了任何争执。”

第二天毛泽东和统帅部起身上路。前面还有更多山要过，更多的雪山。然后他和张国焘将最终会面——这是1923年后两人第一次见面，上一次见面是在广州召开的中国共产党第三次全国代表大会上，当时两个人分属不同的阵营。

注释

[1] 陈昌奉：《跟随毛主席长征》第56—61页；魏国禄：《随周恩来副主席长征》第34—39页。

[2] 杨成武：《长征见闻》第99—111页，1962年北京出版（译者注：按前文应是1963年出版）。

[3] 陈昌奉：前书第62页。

[4] 杨成武：1984年3月15日出版。

[5] 张国焘：《我的回忆》第二卷第361页。

[6] 李先念1984年时担任中国国家主席，他曾经是张国焘手下三十军的政委。他证实了张国焘关于密码本的说法。他说知道密码本确实丢失，他们担心蒋介石得到了它。因此在长征开始前就鲜有与一方面军进行电台联系，之后很长时间更是毫无电讯往来（李先念：1984年6月15日北京个人采访）。

[7] 张国焘：前书第362页。

[8] 张国焘：前书第364页。

[9] 张国焘：回忆录中的记忆——前书第372页。成都四川革命博物馆的高级历史研究员无法在档案中找到证据证明两支军队了解对方的行踪，他们认为在一方面军渡过金沙江，即1935年5月10日左右之后某时双方才获知了相关信息（四川革命博物馆沈果正及贾克：1984年成都个人采访）。1935年6月12日张国焘向中央发出贺电祝贺一方面军翻越大雪山与四方面军先头部队会师。同日中央向张国焘回电答复。但在1935年1月22日至6月12日间，他们没有找到任何电报往来的有关证据。（成都简介）长征作家王愿坚认为毛泽东在自己的军队到达夹金山另一边之前对张国焘的行踪只有非常笼统的了解（王愿坚：1984年3月5日北京个人采访）。李一氓认为毛泽东对张国焘大概行踪的了解来自于农民的传言（李一氓：1984年3月22日北京个人采访）。

[10] 李先念：1984年6月15日采访。

[11] 秦兴汉将军认为在渡过金沙江的时候四方面军还在转移中，毛泽东意识到四方面军正在向川西北运动，但他不可能了解其确切位置。毛泽东确实预计张国焘在雪山以西（这个预计是正确的）。这些细节有很多难以确认，因为张国焘和毛泽东及其他中共领袖在政治上是对立的，说法上各执一词。张国焘最后与中共分裂，加入了蒋介石的队伍。

[12] 江耀辉：《长征见闻》第110页。

[13] 陈昌奉：前书第69页。

[14] 张生继：1984年6月4日兰州个人采访。

[15] 戴正启医生：1984年3月30日采访。

[16] 解放军军事医学科学院院长涂通今：1984年3月31日北京个人采访。

[17] 阎景堂：1984年10月24日采访。

[18] 姬鹏飞：1984年3月14日北京个人采访。

[19] 陈昌奉：前书第68页。

[20] 谢方祠：《回顾长征》第106—108页，1978年北京出版（译者注：即有名的长征回忆文《九个炊事员》）。

[21] 姬鹏飞：1984年3月14日北京采访。

[22] 解放军军事医学科学院院长涂通今：1984年3月31日北京个人采访。

[23] 危秀英：1984年4月15日采访。

[24] 丁甘如：1984年5月13日成都个人采访。

[25] 李一氓：1984年3月22日采访。

[26] 钟伶：1984年6月11日西安个人采访。

[27] 胡耀邦：1984年6月14日采访。

[28] 杨定华：《中国工农红军第一方面军长征记》第358—359页（译者注：正文原文说是红军情报部门负责人Xu Dinin，杨定华原文中说林彪和“总司令部的侦察科长胡底因身体衰弱……几次晕倒”，应是作者对中文人名的混淆，在译文中已做相应处理；另：杨定华应是保卫局长邓发使用的笔名）。

[29] 陈昌奉：前书第66—70页。

[30] 魏国禄：前书第43—49页。

[31] 涂通今医生：1984年3月31日采访。

[32] 李先念：1984年6月15日采访。

[33] 红一方面军与红四方面军会师的日期据某些来源说是1935年6月16日。这是两军领袖正式电文往来的日期（秦兴汉：1984年3月6日采访）。

[34] 小金县办公室主任周国庆（译音）：1984年5月25日采访。

[35] 李先念：1984年6月15日采访。

[36] 周国庆：1984年5月25日采访。

[37] 杨定华：《中国工农红军第一方面军长征记》第359页。

第二十三章

会师

天下着雨，一连几天都没见停，路上很泥泞。毛泽东、朱德和周恩来于6月15日晚到达懋功，在那里小住了几天。懋功有个天主教堂，建在河岸上。6月16日毛泽东在那里做了一个讲话。他的住处是一栋雅致的房子，正对着教堂的院子。周恩来、朱德、博古和洛甫住在旁边的一座房子里。毛泽东的住处几乎总是与自己的同志分开。

从高处的山隘下到懋功，一路上几乎终年积雪。1984年5月底的时候，这里积雪未化，1935年6月也是如此。远远看去，绿野中点缀着莹白。杜鹃沿着山坡一直爬到1.1万英尺（约3400米）高的地方，花丛中也残留着雪色。

毛泽东一行人骑马沿懋功河谷前行。道旁开满了紫丁香色的杜鹃花，墨绿色的蜡叶在雨中闪烁。山上到处是大片的紫罗兰——对并非专家的我们来说像是紫罗兰。河谷并不开阔，没有太多土地可供开垦，房子也很稀落。尽管阴雨不断，和翻越夹金山的磨难相比，这段路程走起来仍旧相当轻快。[1]

毛泽东一起随行的仅有几个指挥员，这可能并非偶然。他让三军团的彭德怀和一军团的林彪带着大部分军队去了不同的方向。也许他并非不信任张国焘，只是防人之心不可无罢了。毕竟两个人已经12年未曾谋面了，他们之前也从未有过密切的关系。

6月24日毛泽东抵达两河口，（可能）住在一座气势宏伟的喇嘛庙底层（后来这栋建筑的下半截被拆毁，现在用来堆放木材）。[2]

6月25日的早晨雨依旧未停。毛泽东就在这里等着，得到消息说张国焘正在前来以后，他才和随行人众一同前往大约一英里外一个叫抚边的村子。[3]那里已经进行了隆重的准备，墙上刷满了标语，街上贴着海报，到处插着红旗，上面用白色写着问候的话语。一路上的村子里布设了野战电话方便两军联络。在一片草坪上为庆祝仪式搭起了一个台子。这是历史性的场合，两支共产党主力部队和领导人第一次会合。张国焘与红四方面军一起转战五年，建立了一系列根据地。毛泽东自1927年起也致力于同一事业，博古和李德将他排挤出局的那段时间除外。

大雨滂沱，毛泽东在路旁的油布下等候着。下午5点左右，远处可以看到张国焘骑着一匹白色的高头大马由十来个人骑马陪同沿着泥泞的道路踏雨而来。毛泽东和他的人走出幽暗的避雨之处上前相迎。马队急驰而到。张国焘高大魁梧，和饱经风霜、脸色枯槁的毛泽东相比他显得容光焕发。他从马上一跃而下，毛泽东走上前去，两个人拥抱在一起。[4]

周围的部队齐声欢呼。旁观的老百姓有几千人，这时也欢呼起来。两个人走上台去，军服上淅淅沥沥地往下滴水。毛泽东先致欢迎词，然后张国焘作答。结束以后两人搂着肩膀慢慢踱往镇里的大喇嘛庙，那里已经准备了盛宴。[5]1984年李勤（译音）64岁，精神健旺，衬衫下摆从整洁的上衣下露出来。两位领导人走在一起时他就在场。当时他才15岁，是四方面军中的红小鬼，在人群中欢呼雀跃。他认出了张国焘。有人叫道："毛泽东在那儿！"他经常见到张国焘，认为他对自己的战士和颜悦色，非常友善。[6]

庆祝的表面功夫都摆了出来：四下打着标语、旗帜，大盆的鸡肉猪肉热气腾腾，米饭和蔬菜堆成了小山，热汤、葡萄酒和白酒盛在大罐子里。这里的白酒和贵州特产茅台差不多。

但是在这一切热闹之下——也并非深藏于心底——有愤恨、敌意和疑虑的暗流涌动。

关于两支部队的规模双方来回旁敲侧击。张国焘一度走近周恩来问他：“你们有多少人啊？”周恩来素来擅于外交辞令，他反问道：“你们有多少人呢？”张国焘回答说：“我们有十万人。”于是周恩来答道：“我们有三万人。”周恩来的回答要比张国焘要夸大得多。[7]

双方都没有推心置腹、开诚布公，只是小心试探。但是很明显红一方面军跟江西根据地时相比所存无几——可能只有不到一万人。张国焘也夸大了自己的实力——如红一方面长征开始时对外宣称是大军的做法一样。尽管由于毛泽东事先布置，把自己的部队散到四处，张国焘无法明确一方面军的具体兵力，但是显而易见的是四方面军要比一方面军规模大很多。张国焘的作战部队有七万到八万人，可能还有七万非作战人员，和毛泽东的部队相比大约有十比一的优势。

两位领导人的区别一目了然——张国焘脸颊丰润，身材结实而不臃肿，脸上没有饥谨或困苦的痕迹；毛泽东身材瘦削，脸部线条刚硬，上面满是深深的皱纹，举手投足间略显紧张。张国焘穿着合体的灰军装，毛泽东的军服和他一起经历了长征，已经磨秃露线，上面打满补丁。

有个红军战士禁不住说起四方面军的马匹看上去膘肥体壮。毛泽东批评了他：“不要羡慕别人的马。”[8]那天晚上长征的战士们对四方面军的很多事情感到艳羡，后来他们开始形成了一种认识，觉得张国焘野心勃勃，可能还有些骄横跋扈，在毛泽东的部队前拿自己的成绩招摇显摆，以示屈尊俯就。毛泽东的部下也许小题大做了，但是张国焘出现的方式确实冒犯了他们。当时毛泽东和他的指挥员在雨中驻足等待，而张国焘骑马飞驰而至，到了跟前方才下马，差点把泥水溅了他们一身。对四方面军战士称呼张国焘“主席”他们也感到不快。“主席”是他们为毛泽东保留的称谓。四方面军的帽子比一方面军的大一些。因此四方面军被称作“大脑壳”，一方面军被称作 “小脑壳”。

宴会上的情况也不怎么好。张国焘认为大家只是表面上一团和气。毛泽东又开始大谈他老一套的辣椒理论，说如果吃不了辣那就不是一个真正的革命者。博古对此不以为然。他是江苏人，因此坚持认为江苏人虽然不像毛泽东那些湖南人一样对辣椒嗜之如命，但同样是伟大的革命者。毛泽东不太情愿地笑着承认他说得确有道理。张国焘觉得这些言谈很“沉闷”。席间似乎没人对红四方面军取得的成绩感兴趣，没人要他讲讲这些年的事迹，也没有人告诉他遵义会议的详情。这让他怒火中烧。[9]而毛泽东这一方则声称张国焘对红一方面军取得的战果漠不关心。

晚餐后张国焘邀请朱德长谈，两人一直交谈到凌晨3点。张国焘是否想把朱德拉拢到他一边？有可能。也许他只是想从朱德那里套得更多的信息。朱德对此没有留下任何记录。张国焘的总结是在他和自己的共产主义同志分道扬镳很久以后才写下的。他说朱德讲红军主力已经只剩下“一个骨架”，“全身的肉都掉完了”。他说朱德估计自己的部队大约有一万人，这和实际相差不远。所有的大炮都丢了，也没有几挺机枪，战士们枪里只有五六发子弹。

这些都和实情相近。但是张国焘又说朱德指责了毛泽东并对四方面军大加赞赏，这部分的可信度则可能要低一些。

现在看得到的长征参与者对张国焘的描述一般都强调他娇贵、倨傲。李德说他“高大威严，四十岁左右，俨然以主人待客的姿态接待我们，言谈举止间透出十分的自信，显然意识到自己兵强马壮、大权在握”。[10]红军战士把张国焘的态度同自己的领导人作比较，认为后者受战火淬炼，显得谦虚淳朴、不骄不躁。很难说这种说法里到底有多少政治倾向的成分。但是从照片看张国焘的形象与这些描述相符。同长征途中形销骨立的红军战士相比，他看上去确实很娇贵。

实际上，论到资历，中共当中没人比张国焘更加老资格。1935年的时候他38岁。他出身富裕地主家庭，毛泽东在北大当图书馆员的时候他正在北大读书，那时候就与毛结识。1921年中国共产党建党时的十二名元老两人都身列其中。从中共初期开始张国焘就是领导人之一，他是中共中央委员会委员，是政治局委员和组织局成员。他跟周恩来参加过南昌起义——当时没有担任重要的工作。他在莫斯科待过三年。1931年上海局派他去领导极为重要的鄂豫皖根据地。自那时起他就开始在疆场转战。张国焘的履历上战果累累，同毛泽东在江西的表现分庭抗礼。他跟蒋介石的部队作战，打过重要的胜仗。他的根据地转移过两次——一次是从鄂豫皖边区转到川陕边区，另一次是1935年春转到川西北。和他一起指挥这些行动的同僚是个了不起的将军，叫徐向前，中华人民共和国成立以后位列十大开国元帅。张国焘的作风与毛泽东不同，中国当代历史学家对他的成就有所低估。

张国焘一贯喜好自行其是，这让他（跟毛泽东一样）屡屡与中央委员会争执不休。1932年他未经批准擅自从鄂豫皖边区转移到川陕边区，因而受到中央委员会的批评（这同毛泽东在井冈山上的情形有些类似）。但是由于转移行动很成功，这次批评就没有了下文。进入川西北的转移行动受到的批评更严厉，但此时中央委员会正在长征途中，通讯近乎中断，张国焘不可能（实际上也确实没有）遭到激烈的谴责。

张国焘做出安排——或者说力图安排——与自己所在省份的军阀和平共处。1932年入川以后，张国焘写信给川军军阀杨森以及红军四川根据地的当地军阀田颂尧。田颂尧拒不收信。杨森接下了信件但是对此毫不在意——反正他的地盘丝毫不受影响。张国焘的第三封信写给了孙蔚如。孙在陕西是第二号人物，仅次于军阀杨虎城。孙蔚如跟张国焘达成了协议（解放后，孙蔚如担任了陕西省副省长）。[11]

张国焘入川以后既没有进行土改，也没有建立苏维埃政府。中央委员会对此进行了批评。大约两个月以后，他改正了自己的错误——也许是因为他决定之后要在此地久待。[12]张国焘现在占领了川西北地区。他并未同此地的川军军阀取得谅解，因为此时他的实力已足以应付他们可能带来的军事威胁。[13]

会师前不久，张国焘再次表现出独立性。他的地盘已经很大——包括金川、小金（原名懋功）、松潘、黑水各县，总面积在今天达到8.9万平方公里，1935年时可能还要大很多。1984年这些地区的人口是75万，30年代中有二三十万——在中国这里算得上人烟稀少，但这里是肥沃多产的农业区。张国焘手下的作战部队有八万人，非战斗人员数目相仿。

1935年5月30日，毛泽东与红一方面军抵达前夕，张国焘宣布成立自己命名的西北联邦。西北联邦的组织形式与正式苏维埃政权不同，其实是一个混合政权。因为当地人口少数民族（实际上在本地是多数民族）的比例很高，这样的政权更合适。周纯全任联邦主席，联邦首府是北川。北川在成都正北偏东约80英里（约130公里）处的藏族聚集区内，地处大雪山地区的多山地带。周纯全上任后开展的第一项工作是让自己的手下习惯吃糌粑。糌粑是藏族的主食，是用青稞面做出来的调制品，味道不怎么样，当地美其名曰“五行茶”，实际上是块面团似的东西，直接用手捏着吃。[14]

张国焘的军队和毛泽东的红一方面军不同。他的部队里有很多妇女，包括一个两千人的妇女独立团。他和少数民族的关系非常好，这在很大程度上是因为他的部队不像一方面军那样时时在进行转移，他有机会向周边的老百姓展示自己的部队不是烧杀抢掠、无恶不作的军阀部队。与其他红军部队一样，他没收了富人的财产——粮食、鸦片、布匹、钱财——自己留下足够的给养，剩下的分给穷人。现在他的部队补给充足，有足够的粮食和布匹接济弹尽粮绝的一方面军。[15]

从现在掌握的情况看，张国焘并不干预鸦片生产——这是本地的主要经济作物。他的部队也确实把鸦片当作财产与地主的其他财物一并收缴，并把鸦片用作现金来购买给养物资。[16]

张国焘军中不允许吸食鸦片。但是也有例外。金锦川（译音）是部队一名上了年纪的老中医，有抽大烟的习惯，部队给他提供鸦片吸食。[17]

红军所有部队中内部保卫工作都非常严厉。彭德怀在狱中回忆录中写道："军内人人自危"（这里讲述的是早在1931年、1932年的情况），"军队内部民主受到很大限制，"他接着说道，"原属政治部的锄奸部，改为保卫局，为政治部平列机关。"[18]红四方面军也未能幸免。1931年李先念是红四方面军一个年轻的排长。他回忆说张国焘来到四方面军以后下令进行了残酷的清洗。

很多人被逮捕和处决。后来与张国焘长期共事的徐向前的战友、黄埔军校毕业生、红四军师长许继慎被杀害。徐向前也遭到指控，但是后来洗清了嫌疑。

虽然有这些李先念所称的"错误想法"，张国焘还是打了不少漂亮仗。

但是他并没有停止逮捕和处决他不信任的军官。

"四方面军中因清洗而死的人我可以给你列出四十个。"李先念说。1931年团级军官几乎全部遭受了清洗。李先念说自己就是因此当上了团级干部。之前的团长是前国民党军官，也在清洗之列，后来回部队重新任职，在一次作战中牺牲。李先念认为二方面军中遭受清洗的人数多过四方面军。[19]

两河口喇嘛庙里举行聚餐的时候，一位名叫廖承志的艺术家正在张国焘部队的拘禁下受苦。他曾经在上海担任全国海员总工会书记，1933年被派往四方面军工作。1934年时据说有人从他入党登记表的说明上注意到他的父亲曾是国民党党代表而母亲则是国民党中央委员。于是他给打成国民党潜伏特务，全身捆绑起来，行军的时候只能把手反绑在背后跟着走。

很少有比这更加离谱的指控了。放眼中国或是张国焘的情报部门都不可能有人不了解廖承志的身份。他父母的名字在中国是革命者的代名词。他的父亲廖仲恺是孙中山的部下，一手缔造了国民党与苏联和共产党人的合作关系，孙中山死后在广州为右翼势力（可能包括蒋介石）阴谋暗杀。只有最恶毒的猜忌才会由此指控廖仲恺的儿子。但事实是廖承志险些因此被处决。幸运的是廖承志有一项本领：他精于绘画，能够临摹地图，刻绘出来的蜡纸模板让人叫绝，他因此躲过一劫。廖承志的母亲当时是孙中山遗孀宋庆龄女士的挚友，后来她一生也都维系了这个关系。[20]随着岁月流逝，廖承志也成了孙夫人的知己好友，他在毛泽东政权领导下取得了令人瞩目的成就。“二战”中他在重庆被国民党绑架，也正是宋女士出手积极营救才幸免于难。他曾担任全国人大常委会副委员长，于1983年去世。张国焘的军队带着他一路转战，1936年10月四方面军终于到达陕北，周恩来立刻干预此事，廖承志才得以释放。重获自由以后廖承志把自己的绘图纸、油印用的蜡纸、画笔和刻刀在桌子上像祭坛一样堆起来，在这些工具面前鞠躬说：“如果不是有你们，我可能已经没命了。”他是美国志愿航空队“飞虎队”创建者遗孀陈香梅的堂舅。[21]

中共党内的亲苏派叫作 “二十八个布尔什维克”。 徐以新被称作是这个团体的第二十九名成员（实际上还有很多其他成员，可能有上百人）。因为徐以新个子很矮小，他被定做“半个布尔什维克”，因此偶尔这个团体也被称作“二十八个半布尔什维克”。 徐以新被派到红四方面军，1932年代表部队在川陕边界与国民党将领杨虎城进行秘密谈判。后来张国焘违反协议，在1934年2月吞掉了杨虎城手下一个团。徐以新对此表示抗议，张国焘就逮捕了他。两河口两支部队领导人进行谈话的时候他也在拘禁之中。中华人民共和国成立后徐以新成为了中国驻巴基斯坦大使。

还有一个人也被红四方面军拘禁，他的名字叫罗世文，曾担任四川临时省委书记。他带着一支300人的部队到川西北投奔张国焘。张国焘不信任他，就把他软禁起来。后来罗在重庆被国民党逮捕杀害。[22]这样的例子还有很多。

6月26日上午9点，共产党领导人在古老的喇嘛庙召开会议。据张国焘的说法，有六名政治局委员参加：毛泽东、张国焘、朱德、周恩来、博古以及洛甫。独眼将军刘伯承在场，红军保卫局长邓发也在，张国焘的主要军事指挥员徐向前可能也在场。[23]

马尔康博物馆的工作人员文星明给出的参会名单与此略有出入。这份名单上的参会者有：毛泽东、周恩来、朱德、刘伯承、洛甫、刘少奇、凯丰、聂荣臻、张国焘、林彪和李富春。[24]

周恩来主持会议。毛泽东首先发言。他提议红军继续北上，然后转道向东往甘肃和宁夏方向挺进。据张国焘说，毛提出共产国际建议红军向外蒙古移动，在那里可以与苏联取得联络。后来据博古讲述才知道其实这是长征前收到的电文给出的“万不得已的办法”。博古估计那是在十个月前——也就是上一年8月的事情了，他确定红军“在此以后”再也没有与共产国际有过联系。[25]

张国焘声称自己对毛泽东的讲话印象不错，他说毛泽东并未提到抗日（张认为也许这是因为当时他们之中没有人了解日本人的情况）或去陕北，可能那时毛还不知道那里有共产党的根据地。

现在中国官方对此谈话的记载有些不同：第一个讲话的是周恩来，他讲了三个要点：抗日战略，北上问题和领导权问题。[26]

张国焘声称自己对毛泽东进军甘宁的计划进行了补充，另外提出了两个替代性方案，一个是以张国焘现有的根据地为基础继续向川北、甘肃和西康扩展。另一个是突过河西走廊，西进到远在西北的新疆，在那儿有可能越过国界与苏联取得联络。[27]

胡华教授可能是当代最了解当时情况的历史学家了。他认为这次会议决定继续建设川西北根据地的工作，扩大张国焘建立的苏区。会上一致同意攻占松潘县，为转移到甘肃打开通道。要避开大草地上这一难行的沼泽地带，松潘是最佳（唯一）路线上的关键。[28]

两河口会议的决议案通过了五项内容，但是具体文本一直没有公开发表。

有些内容是对张国焘的批评——特别是有关将根据地转移到川西北一事。如果张国焘的记载可信的话，当时毛泽东对这个行动进行了讥讽，说这增加了长征的难度。张国焘声称在两河口没有任何正式结论，但毛泽东答应以后再从长计议。但这可能并非实情。在正式会议之外进行了很多私下的谈话，双方继续试探对方的立场。张国焘也不断想方设法打听遵义会议和会理会议的情况。

两河口会议持续了三个小时。据张国焘回忆，午饭后周恩来找到他，向他提出形成“统一指挥”，张国焘将担任中央军委副主席。这项提议要求部队进行某些整合。张国焘表示欣然赞成。下午晚些时候周恩来又拿来一份指令，要求军队北上。张国焘声称自己理论了一番，但最后表示接受。

据聂荣臻记录，这份指示内容如下：“红军主力向北进攻，在运动战中大量消灭敌人，首先取得甘肃南部，以创造川陕甘苏区根据地……以争取中国西北各省以及全中国的胜利。”[29]

在这一切背后小动作不断。彭德怀在他狱中所写的回忆录中提到张国焘的秘书黄超曾经来访。黄秘书带了几斤牛肉干和几升大米，还送给彭德怀两三百银元作礼物。他向彭德怀询问会理会议的情形，又抛出几个论点支持在北伐前先南进。彭德怀说那样的做法和毛泽东熟知的三国军师诸葛亮当年的战略类似，是出于巩固蜀国后方而实行的计划。[30]

聂荣臻有相似的经历。6月27日张国焘邀请他去吃晚饭。席间张国焘不断说聂荣臻和一方面军的其他人一定很有干劲，现在一定非常疲惫云云。张说已经决定拨两个团给他们补充部队。聂荣臻说到此事时口气有些惋惜，因为后来拨来的只有一千人，大致相当于两个营。

据聂荣臻回忆，晚餐时彭德怀也在座。他们离开的时候聂荣臻问彭德怀：“他为什么请我们吃饭？”彭德怀笑道：“拨兵给你，你还不要？”聂荣臻回答说：“为什么不要。”夜里回去的路上，他不断在脑子里反复思考张国焘到底想要干什么？[31]

聂荣臻说有不少暗中捣乱的事情。他说有些人把遵义会议的情况加以歪曲以后告诉了张国焘，这让张国焘对毛泽东的疑心渐涨。[32]

不论毛泽东与张国焘关系如何——“冷淡”是中国当代历史学家描述两人关系时使用的形容词——总体上来说一方面军和四方面军的指战员对双方会师

感到欢欣鼓舞。[33]

杨尚昆将军的妻子李伯钊与宣传部长陆定一合作写了一首歌来纪念会师。

1984年李伯钊73岁，她用自己柔润娇美的嗓音唱道：

一个英勇善战，

不畏艰难。

一个腹有良谋，

运筹帷幄。

“前面两句是说红四方面军的。”她说，“后面的联句是形容红一方面军的。”

李伯钊对懋功有一段辛酸的回忆。在那里，一个生气勃勃的漂亮女青年找到她，请求加入红军。这个姑娘叫九香（译音），当时19岁。她的母亲是汉人，父亲是藏人，做些小生意，卖剪刀，针线什么的。打很小的时候起她就再也没有见过他，母亲也已经死了。她叫李伯钊“老大姐”，乞求她让自己加入红军。红军的规定非常严格：不收女性。但是九香不接受拒绝。她就一直睡在宣传办公室的地板上。

李伯钊去找了蔡畅的丈夫李富春。她告诉他这个女孩失去了父母，身无分文，不论怎样都要加入红军。李伯钊最终获许让她参军。她帮部队携带负重，还能从没有食物的地方无中生有地找出吃的来，平时开朗快乐，时不时为李伯钊和她的助手做面饼和其他好吃的东西。

“过草地的时候她死了。”李伯钊说。“在荒原上走丢了，后来再也没有找到，应该是饿死了。我还时常想念她。”说到这里李伯钊的眼角湿润。

6月30日早上，毛泽东又开始上路，陪同的是周恩来，可能也有朱德。他一路向北，还要翻越更多的雪山。前面的是梦笔山，雪山山脉中的第二大山，峰顶高度超过1.4万英尺（约4300米），仅比夹金山矮200英尺（约60米）。跟夹金山相比，翻越梦笔山要轻松一些。他们沿着山坳爬了过去，一般都保持在雪线以下，中间还穿过牧场，没有遇上特别的危险。爬山的路很长，他们只能在山上露营过夜。也许他们是幸运的。有些红军战士记得这段经历很艰险。即使50年后的现在，5月末的天气里山上依旧会飘起大雪。

红一方面军沿着同样的路线前进。张国焘第二天也离开了，他情绪低落，在回忆时写道自己遭到了诽谤，毛泽东和红一方面军恶意对待他并刻意蒙骗自己，现在他们走了，他心里感到高兴。[34]前路漫漫，接下去他们将陷入极大的困境。

注释

[1] 周国庆：1984年5月27日采访。

[2] 四川省博物馆沈果正：1984年5月19日成都采访。

[3] 沈果正：1984年5月19日采访。

[4] 很久以来对张国焘与毛泽东的会面一直有令人困惑的地方。目击者的有关记载主要有两个，一个出自张国焘，另一个出自艾格尼丝·史沫特莱《伟大的道路》第328—332页，来源是朱德或他的某个同僚。后者记载中有关下雨，张国焘骑马前来等等有关细节似乎比较确切，也由包括张国焘在内的其他来源确证了。但是史沫特莱给出的会面日期是7月20日，地点是“二河口”，可能是对第二天召开会议的地点“两河口”（“二”和“两”的意思都是2）的混淆。张国焘在记述中大量阐发政治观点，对往事进行回溯性评论，但这也许真实地体现了他当时的潜在心绪。本书在此处和随后几页中的叙述主要出自于中国当代历史及档案研究结果和作者对当地的个人考察。

[5] 姜新立：《张国焘的彷徨与觉醒》（*Zhang Guotao's Swerving and Awakening*）第六章，1981年台北出版（译者注：原文称此书作者名为Xu Lixin，看书名及出版时间、地点判断应为姜新立）。

[6] 李勤：1984年6月6日西安采访（译者注：正文原文说李1984年68岁，而下文说1935年会师时他是15岁的红小鬼，显然有问题。译文已按他1935年15岁作相应修改）。

[7] 沈果正：1984年5月19日采访。蔡孝乾曾经担任中共要职，后来转投国民党。他估计主力红军会师时的兵力为七千到八千人。他认为张国焘的有生力量在七万左右，因此在实力上以十比一占优。但他同时也认为在干部质量上张国焘远逊毛泽东（蔡孝乾：《江西苏区・红军西窜回忆》第三章，1970年台北出版）。

[8] 文化秘书文星明：1984年5月25日马尔康采访；韩素音：《早晨的洪流》第293页。

[9] 张国焘：《我的回忆》第二卷第378—179页（译者注：正文原文说博古是江西人，应为地名混淆，译文已改作江苏）。

[10] 李德：《中国纪事》第123页。

[11] 沈果正：1984年5月19日采访。

[12] 沈果正：1984年5月19日采访。

[13] 文星明：1984年5月25日采访。

[14] 张国焘：前书第370—372页。

[15] 文星明：1984年5月25日采访。

[16] 文星明：1984年5月25日采访。

[17] 文星明：1984年5月25日采访。

[18] 彭德怀：《彭德怀自述》第335—336页。

[19] 李先念：1984年6月15日采访。

[20] 约翰・斯图尔特・谢伟思：1985年3月6日采访。

[21] 胡华：1984年3月21日及29日采访；马海德1984年3月19日采访。

[22] 胡华：1984年3月23日及29日采访。朱光原为上海中央局的工作人员，后来去四

方面军中工作。张国焘不信任上海中央局。朱光由此被捕。张国焘还处决了湘鄂根据地创立者、地方苏维埃主席邝继勋（译者注：邝继勋曾在鄂豫皖革命根据地工作，后来创建四川蓬溪县苏维埃政府，并担任川陕省临时革命委员会主席，与原文中职务略有出入），罪名是托派分子。川陕军事委员会参谋长曾中生也被绑着手脚当犯人一路带着。1935年6月曾中生偷着写信给毛泽东要求他进行干预。张国焘得知此事后派人在1935年7月夜间行军时将他从高桥上推下溺死，并传出谣言说他逃走后失踪了。所有这些情况都出自于胡华。

[23] 张国焘：前书第378—379页。

[24] 李德称自己参加了政治局两河口会议中的一次，时间是6月28日。他说会议情况“平静”，并暗示期间的主要决定都已在之前完成，会议只是在形式上正式通过而已。他说自己同意毛泽东向西北运动的建议，并补充说没怎么提到抗日的问题。但没有其他人提及政治局曾分多次召开会议或李德曾经在场。可能李德又把日期给搞错了，他经常出这样的错误。他记录中的剩余部分与中国当代的历史记载似乎是一致的（李德：前书第124页）。

[25] 张国焘：1984年5月27日。

[26] 周国庆：1984年5月27日。

[27] 张国焘：前书第380页。

[28] 胡华：1984年3月29日。

[29] 应该就是在此次会议或之后的一次会议上同意了张国焘的要求，由中央委员会增补多个张国焘的拥护者为成员。姜新立称根据张国焘提议，徐向前、王树声、周纯全、曾传六、李先念、何畏和李特被任命为中央委员。蔡孝乾还补充了傅钟和曾复（译者注：中文原书中未查到此人，应是混淆所致）两人的名字，他说主力红军干部对此感到非常不满。他们感到毛泽东对张国焘让步太大（蔡孝乾：前书第三章）。会议详情出自张国焘的回忆录、胡华教授及沈果正1984年5月19日的采访和《聂荣臻回忆录》第三章（译者注：本书中有关长征的情节援引《聂荣臻回忆录》的应该都是出自第八章，此处和其他多处可能是书写混淆所致）。

[30] 彭德怀：前书第372—373页。

[31] 聂荣臻：前书第八章第14—15页。

[32] 张国焘称曾与博古共进晚餐，期间对政治局工作、党的路线、遵义会议及其他政治问题进行了大量谈话及争执。聂荣臻提到张国焘掌握的信息有问题，其来源可能就是博古（张国焘：前书第394—399页）。

[33] 当时的情形下开心肯定是有的。但是也出现了问题。李勤（译者注：此处原文拼音为Li Qun，与前文中李勤〔Li Qin〕应为同一人，未能查到确切人名）是出身四方面军三十一军九十一师二七六团的老兵。他回忆当时一方面军与四方面军曾经发生过一次恼人的争执。四方面军指责一方面军杀了一些四方面军的马匹。双方展开了部队并开了火，但是没有人受伤，后来争执被平息了（李勤：1984年6月8日保安个人采访）。秦兴汉将军对开火一事持怀疑态度。

[34] 张国焘：前书第398—493页。

第二十四章

天涯海角

红军现在行走的地域人迹罕至，他们越来越深入的这个地带曾经被英国探险家埃里克・台克满爵士称作“中国最罕为人知的地区”。地图上没有标注这片土地，没有人来这里探察，没有人在这里居住，也没有人可以在这个地方生活。这里真不像是中国的土地。向地平线上极目远眺，入眼的就是一轮孤月，漫漫雪山和不毛荒原，任何中国人都无法对这样的景象感到自在熟悉。

即便是英国专家经营的中国邮政系统也不能到达这片区域。过了懋功和松潘就不再设有邮局，会理以南也没有邮政局。

红军抢渡金沙江，翻越大雪山向草地挺进的时候就已经走出了地图的范围。没有什么可供参考的地名，也很少有人居住。仅有的居民是藏人，四个世纪以来他们一点点挪进这片未知的天地。

现在藏人也惊恐地躲进了更远处的荒野，只有少数人从山上往下放枪或是滚下大石头砸向不够警惕的红军战士。部队要求战士不能开枪还击，但是渐渐地他们不再遵守这些禁令了。

对中国人来说这个地方不可思议。他们从来没有见过人烟如此稀少的地区。他们感到危机四伏。头上没有屋顶的遮盖，周围也没有老百姓可以攀谈。从日出到日落他们就没有遇上任何活物。有时他们看到一团破布似的东西在缓缓移动，那是一头牦牛。没有人，没有食物。如果找到粮食的话也不是大米。炊事员不知道怎么烹煮这些粗砺的高地谷物。他们都是南方人，那里是中国的米仓。很多战士因为无法消化生硬粗糙的青稞而磨破了肠道。

红军战士没法理解这块土地。这与无知和迷信无关。他们事实上已经突破了地域的障碍，来到了大雪山所在的高原地带。不管是攀高上山还是穿越平坦的牧场，他们实际上所在的海拔都在1万到1.1万英尺（约3000—3400米）以上。大雪山的范围比较模糊，似乎永远没有尽头，雪山翻了一座又是一座，高处的隘口过了一个又来一个。这路到底何时才能走到头呢？他们真的还能回到亲切熟悉的中国土地上吗？

两河口会议之后一两天，毛泽东和他的部队下了雪山，在一个几座房子挤在一起的地方暂歇以后继续上路。那个地方现在叫做红军村。他们穿过12英里（约19公里）的丘陵地带，来到卓克基官寨，这里是藏人土司的宅邸和堡垒。

在这里看到的景象很多人后来都记得，这是他们在6000英里的转战之路上见过的奇特景观之一——一座七层高的塔楼，由凿出的石材和雕刻过的木材砌成，宛如童话般拔地而起，像是亚洲的比萨斜塔。周围有三四层楼高的坚固石堡守护，像诺曼人的城堡一样在墙壁上砌着炮眼和弓箭手使用的射击孔。

卓克基官寨占地很大，有些人说这里的房屋和院子可以容纳五六千人——几乎和红一方面军全军的人数差不多。官寨背靠陡峭的山崖，前方交汇的两条小河被用作护城河。

几个世纪以来官寨如铜墙铁壁一般坚不可摧。而它现在的主人是国民党的死忠分子，在红军队伍到达之前就望风而逃。毛泽东和统帅部就在这里停歇。长征回忆录中各人写到此处无不语含惊叹。这是个七层建筑，中间是天井，四面的房子由漆成红色、黑色和绿色的木头柱子支撑，阳台一层叠着一层，用木头雕成，山墙上嵌着宝石。房间的墙上装饰着挂毯，住房里放置着缎面睡椅，还有雕花的桌子、凳子和橱柜。墙上到处都挂着藏文卷轴，寨里还有一个藏书室，收有藏文和汉文典籍。有一层全部是金镶玉饰、银光闪耀的佛龛。窗户上镶着锃亮的玻璃。

官寨的底层全部作厨房用——炉灶很大，黑铁、黄铜或紫铜质地的锅子、盘子和水壶也都形体巨大，这些炊具足够一支军队使用。一侧的厢房是马厩。二层作食物储藏用——仓里储存谷物、大米和面粉；橱柜里存放香料、糖、盐；架子上放置洗剥好的绵羊和牦牛；装豆子和油的陶土罐让人想起辛巴达历险故事。这之外还有一个工具间，一个军械库，还有卫兵和军队的寝室。

土司住在三楼。会客室的墙壁上镶嵌着大理石和孔雀石，卧室（毛泽东曾睡在此处）里有一张精美的柚木床，几张古色古香的中式靠椅，箱笼上装饰着珍珠母，书桌漆成了红色。四层用作佛堂：佛像隐在佛龛里，铜锣上系着红绸流苏，到处可见藏族雕像、鼓、经文和卷轴。[1]

毛泽东并未在奢华的住处多作停留，但红军部队在卓克基留下休整，同时收集给养，并在藏民中继续进行宣传。

藏民对汉人的仇视由来已久，国民党对共产党进行了反面宣传，把他们都煽动了起来。中顾委委员天宝是藏族人，他曾经是张国焘红四方面军中的战士。他记得小时候大人就告诉他汉人常常攻打藏人。红军来之前国民党又散布消息说共产党要来杀死藏民，吃掉他们的孩子。藏民就很自然地开始对红军感到又恨又怕。后来红四方面军来了，再之后一方面军与他们合兵一处，他们在藏人的地界上一待就是好几个月。他们屠宰牲口，征收粮食，虽然用银元付账或者留下了欠条，但藏人的印象是红军来抢走了他们的财物。

“红一方面军很快通过。”天宝回忆说。“他们经过的村子都没人，藏人老百姓都逃走了。军队要生存，就得把找得到的牲口都宰了，把藏民埋在地下的粮食都起出来。很难说所有损失都用钱给了补偿。这样他们给藏民留下的印象很糟糕。从另一个角度来看，红军也必须生存。很难讲谁对谁错。”[2]

红军的精神高度紧张，时时都可能受到藏民的伏击。有红军战士遭到偷袭，有些被剥光了衣服，有些被杀害。之前的伤亡和牺牲使红军的人员构成失去了平衡——干部很多，战士很少；有些部队主要由干部组成。这也造成部队内部关系紧张。

有一天毛泽东听到自己的首席警卫员陈昌奉冲另外一个警卫员大吼大叫，那个警卫员则毫不示弱地予以回敬。原来陈昌奉当时腹泻得厉害，一时难以控制溅到了同事的身上。毛泽东大步走过去，像个严厉的老师一样对他们说："看看你们自己，成什么样子！我们之前有多少人？现在又有多少人活下来？这么一点事值不值得吵成这样？"两位警卫员羞愧不已。陈昌奉主动要帮同事把裤子上的污物洗去，而他的同事不让他这么做。两个人把自己清理整洁以后又开始了行军。[3]

红军向毛儿盖方向进发，途径马塘（这里几乎找不到可供挡风避雨的小屋，因此毛泽东在吊床上度过了一个雨夜），又翻过了几座山，到马河坝、黑水，一路沿着黑水河行进。黑水河里怒浪咆哮，急流从高处落下时轰鸣呼啸，有如万马齐奔。红军在路上不断停下来收割农人遗下的麦子或青稞。朱德带起了头。他跟年轻的男女战士们开玩笑，说他们不像自己一样能扛着四五十斤的粮食行军。朱德的妻子康克清和中国常见的精神饱满的农村姑娘一样，身上依旧带着至少一支步枪，健壮的肩膀上背着一个大背包。她挥舞着镰刀和丈夫齐头并进。[4]对粮食的急切需求紧迫地压在每个人的心头。

7月1日红军先头部队到达毛儿盖，7月10日左右占领了藏人的大型聚居地。这里有将近四百户人家，很多人住的房子是石头灰泥砌成，有上下两层，盖着藏式的平顶，四周插满了白色的经幡（系在细杆上的白布，据说能把祷文带入天堂）。面目狰狞的神卫打扮得像是《绿野仙踪》中的女巫，矗立在（现在这些雕像仍在）通向村里的路上，保护村民不受劫掠与疾病的侵袭。田里的谷物一片棕黄，正是收割的季节。据说这里一年的收成足够村民吃三年。

红军在这里停留了很长时间，这是个休息的机会，可以歇一下，缝补衣物，修理装备，把粮袋重新装满。现在可以开始讨论将来的计划。所有的迹象都指向未来更美好的时光。[5]

但未来真的能一帆风顺吗？毛儿盖属松潘县，在松潘镇以西30英里（约48公里），距甘肃边界60英里。这些距离听起来仿佛微不足道，但是却暗藏杀机。毛儿盖已经是大草地的边缘。所谓大草地，只是中国的一个委婉的说法，这里是一片无边的苔原，悄无声息地伏卧在黄河南岸，一副人畜无害的假象。红军从这里跨过的是一个大陆分水岭，隆起的高原将黄河流域和包含着华西南与华中地带的长江流域分离开来。黄河河道与众不同，自世界屋脊而起，一路顺华北泻下，中间走了一段回头路，接着呼啸入海。黄河流量巨大，史上一次次在华夏土地上凿出新的河道，距离原来的河道常常有几百英里远，由此带来不尽的水患，被视作中国的创痛。

中国两大河流流域就相遇在这片海拔几千英尺的高原上。红军现在正从长江流域跨入黄河流域。

大草地的称呼很温和，实际上整片土地都已经被水泡酥，四处布满沼泽，可以把一支部队连皮带骨吞得干干净净，不留下任何痕迹，这是个死亡陷阱。唯一可行的路线须取道国民党戍守的松潘。是否掌握松潘事关生死。必须拿下松潘，张国焘将负责这项任务，两河口会议时对此事已经达成了完全的共识。

红军刚刚占领毛儿盖，周恩来便起草了针对松潘的行动计划并交给了张国焘。张国焘擅自改动了计划，或者说当代历史学家的观点是这样。他没有立即发起直接进攻，而是调了三十军进行佯攻。虽然包围了松潘，但是没有发起致命一击。当时松潘镇仅有国民党指挥官胡宗南带轻兵驻守。1943年国共合作时期胡宗南曾经在重庆和人说："当时手里没什么人，指挥部设在镇上的一个院子里。我记得自己曾经想，红军现在包围了城市，如果把我俘虏了该怎么办？"他想起红军里有自己在黄埔时期的老师周恩来。"他会关照我的。"胡宗南如此想到。

但是胡宗南不需要自己的老朋友帮忙了。援军进了城，三十军收了回去。张国焘对松潘一役命令的改动现在被定性为蓄意破坏，因为他实际上并不想北上。他认为那里国民党力量太强，红军应该转向西南。[6]

这也许是周恩来多周以内起草的最后一份行动计划。自从过雪山以来他的身体就出了问题。[7]他开始不断咳嗽，警卫员发现他很虚弱，但是他从来不发牢骚。他们尽力安排让他多些休息。周恩来习惯工作到凌晨两点，而这时他一般不去上床睡觉，只是伏在桌上眯一下，醒来以后就继续工作。

“副主席的身体一天天消瘦下来，本来就不短的胡子显得更长了。”他的警卫员魏国禄如此记到。

周恩来病得很严重，几乎因此丧命。[8]高烧发到华氏104到105度。[9]毛泽东派人去请傅连暲医生，但是他离得太远（实际上在红四方面军中），于是从一方面军中请来了另一位医生，人们叫他“戴胡子”。[10]周恩来的病症在肝部，中国人称做“肝脓肿”，听起来像是急性肝炎。严重的高烧持续了很多天。周恩来陷入了神智昏迷。当时的治疗方法是雪敷，红军战士一路接力，从近边山上取来冰雪。他的妻子邓颖超也来到他身边照料。但是与很多流传的浪漫故事中所讲述的不同，她没有全面照顾周恩来，因为她自己的健康状况也堪忧。有些记载中说她在森林和田中来回寻找可用的草药和野菜，听起来不是非常可信。但她确实给他炖了银耳羹。7月末和8月初政治局、军事指挥员和张国焘在毛儿盖召开会议[11]，周恩来没能参加。

杨尚昆回忆说周恩来病了两个月——7月的一段，整个8月，一直到9月初。“他患了肝炎”，他说，“我们当时以为他不行了。”

军队继续行进的时候，周恩来不得不躺在担架上。毛泽东让三军团帮忙。彭德怀当时拖着红军现有的八门迫击炮中的两门，他决定把炮给扔了，一下子把40人解放了出来。

具体的照料工作由陈赓负责安排。陈赓当时31岁，已经是一位高层政委。他脸颊红润，扁鼻子，神情腼腆，好像是个小男孩。陈赓曾经在蒋介石的黄埔军校学习，后来成为红军中最骁勇善战的指挥员之一。

当年蒋介石指挥孙中山的部队与广东军阀作战，他曾经参与。蒋介石丢了一个师，一度绝望自杀，说："我已无面目回去，只能自裁于此。"据陈赓告诉埃德加·斯诺，当时敌人逼近，蒋介石准备向自己的脑袋开枪，就在这个时候陈赓找到了他，把他背离战场，送到了安全地带。

后来陈赓被国民党抓获，蒋介石力图诱降，陈赓轻蔑地拒绝了。但是蒋介石默许他逃跑，显然是希望这种怀柔举措能把更多共产党指挥员争取到他这边来。[12]

"你救了蒋介石一命，"周恩来曾经调侃陈赓，"现在轮到你救我的命了。"[13]

周恩来逐渐康复，但是在与张国焘斗争的高潮中他并未饰演任何角色。

这些天来表面的风平浪静只是假象。这段时间里毛泽东与张国焘展开了紧张的明争暗斗。两个阵营出现了尖锐的对立。原因还是一样——对路线、权力和人心的争夺——这也是长征过程中其他政治斗争的核心。

张国焘多年来自行其是且屡屡成功。他对毛泽东没有任何个人关系的牵绊。尽管他在莫斯科待过不少时间，但是他与中国的"布尔什维克"并不亲近。他与一方面军的所有重要政治人物和军事指挥一一交谈，但是却没有招揽到任何盟友。与他关系最近的是朱德。尽管朱德当时显得两面逢源，尽管他力图让张国焘和毛泽东建立共识，但是到了图穷匕现的关键时刻——这样的考验很快就会到来——他还是毛泽东的人，没有站在张国焘一边。李德的回忆录中找不到任何他对张国焘有所好感的暗示，尽管他也看不上毛泽东，对他毫无信任。博古的情形也是类似。从聂荣臻和彭德怀的回忆录中也看不出张国焘对他们的争取有任何进展。

但是另一方面的政治活动也毫无结果。毛泽东的部下也在尽力争取张国焘的军事指挥，同样也是无功而返。也许极具亲和力、专擅俘获人心的周恩来出马可以有所斩获。可惜他此时病重，对此无能为力。

李先念是张国焘手下年轻的将星，根据他的观点，问题的症结在于张国焘"野心图谋取代毛泽东和中央"。

李先念说张国焘当时暗想"一方面军小弱，而我有八万手下。现在到了我张国焘说了算的时候，毛泽东和中央要靠边站"。[14]

两支部队缓缓向毛儿盖行进的时候继续争论不休。张国焘和自己的喉舌一直力挺西进向青海方向运动，继续深入藏民和少数民族区域。毛泽东和手下则认为红军到了那样的蛮荒之地毫无发展余地，因为那里没有资源，没有足够的粮食补充，在少数民族中也招不到兵员，走投无路之际只会折戟沉沙于荒凉的地平线下。如果他们北上甘肃或宁夏，就会进入汉人的领地，那里有粮食和兵员在等待他们。

而且，毛泽东说他们愈是西进，就愈发脱离中国的政治环境，影响就越小。

争执一直延续到毛儿盖及后来的行动中。[15]

两河口会议中安排一方面军与四方面军进行整合，这项举措于7月8日正式生效。周恩来根据命令将总政委的职务让给了张国焘。可能在同一日期张国焘成为了军委副主席，与周恩来和王稼祥平起平坐。毛泽东依旧担任军委主席。同时建立常务委员会，成员为毛泽东、朱德、张国焘、彭德怀、贺龙、周恩来和任弼时（红二方面军指挥）共七人。[16]张国焘的政委陈昌浩担任总政治部主任。[17]

一切似乎都显得平静安宁。但是勾心斗角的定时炸弹正在滴答作响。不同回忆录的作者对毛儿盖会议有所争议——主要在具体地点、会议场次、与会人员等方面——但是对内容却没有太多疑问。长征历史问题首屈一指的研究专家胡华将日期定为8月6日，地点定为沙窝的一个喇嘛庙内。

张国焘也记述说会议在沙窝召开。沙窝离毛儿盖五六英里（约8—10公里），是山谷里一个漂亮的藏人小村庄，周围林木繁盛，“自成天地”。他抱怨说红一方面军包围了整个地区，控制了所有出入口，一路迫使张国焘通过几道哨岗查检，还拒绝让他政治上的副手陈昌浩参加。他说：“中央机关自行警戒得如此严密，那就用不着总司令部耽心它的安全了。”[18]聂荣臻说会议是在张国焘自己的部队十一师的司令部开的，胡华同意这一观点。聂荣臻说听到毛泽东批评张国焘说“你这是开的督军团会议”，意指张国焘在周围派重兵压阵。这两种说法显然是截然相反的镜像。[19]

张国焘和聂荣臻都提到沙窝会议上张国焘提议让更多人加入讨论。张国焘说他希望有更年轻的成员参与。聂荣臻认为张国焘希望在政治局和中央委员会中加入新人。双方的说法可能都正确。尽管张国焘在部队上占绝对优势，但是在政治局和中央委员会中“他这一边”只有自己单枪匹马一个人。

没有证据表明与会成员花时间讨论了抗日问题。当代中国历史学家已经正式确定此次会议并未讨论与蒋介石建立统一战线共同抗日的问题。多年来这个问题导致了很多争议，因为1935年8月1日，莫斯科召开的共产国际第七次代表大会上采纳了一条有关统一战线的决议，从措词上来看起源自中国。事实上共产国际当时与红军并无联系，也无从得知红军的具体位置。毛泽东首次知晓这条决议是出于共产国际代表林育英带来的消息。林育英也是林彪的亲戚，1935年11月底或12月初到达陕北。林育英离开莫斯科之前将会议宣言记在心里。他乘飞机到达蒙古与中国交界处的边境地带（有可能是跳伞降落），然后装扮成客商步行到陕北，在保安附近的一个小村子里偶然撞上了洛甫。[20]

8月20日会议在毛儿盖再度召开。张国焘的政治副手陈昌浩也在场。记载中没有任何不同意见。此次会议通过了沙窝会议上的决定。[21]

8月初的时候，双方达成了妥协。如果在政治上的对立无法消除，也许他们可以共同起草一个军事计划，以此打开缺口。双方同意将部队分成两路，左路军与右路军，将原先的部队进行混编，这样每路军中都各有一些原先一方面军和四方面军的部队。两路军依旧由中央统一指挥，指挥权也进行了混合分配，朱德担任总指挥，这合情合理，因为看起来他是毛泽东和张国焘双方都信任的人。

张国焘担任总政委，刘伯承是总参谋长。统帅部随左路军行动。左路军主要由四方面军的部队组成。一方面军的五军团和九军团（现在每个军团的兵力都降到了两三千人）也编在了左路军中。

右路军也是同样的混编军队。林彪与一军团打头，军中还有彭德怀的三军团以及四方面军的四军和三十军。右路军中建立了统一指挥，由四方面军总指挥徐向前负责指挥。叶剑英担任参谋长，张国焘的副手陈昌浩担任政委。实际上，左右两路军队都在张国焘的指挥之下。与一方面军大概九千人的部队相比，在两路军中他有大约八万人。

毛泽东，抱病的周恩来，负伤的王稼祥，洛甫、博古、李德还有之前的中央纵队现在是右路军的一部分。

几乎整个7月和8月的大部分都用来进行这些安排。他们已经确立了先期目标——插入甘肃南部，向岷县方向运动。[22]

国民党也终于开始忙碌起来，他们的部队开始进行调动。天时不早，在这片北方高地上，夜里的温度已经开始下降。是时候行动了。8月23日左右，两路军都动身了。根据协议，左路军向阿坝挺进，右路军的目标是几日路程外的巴西，在草地的另一端。

注释

[1] 这里的很多细节出自个人考察和个人采访。呜呼，官寨现在已经半毁，成了土鸡土豚游荡出没之所，雕刻与装饰也早就破坏一尽。有些细节出自杨定华《中国工农红军第一方面军长征记》第362—363页及蔡孝乾《江西苏区·红军西窜回忆》第348—349页。作者1980年游历西藏时没有见到任何能与此处媲美的建筑。长征

时卓克基建筑群包括了官寨及其附属建筑、一座寺庙和一群藏式房屋，每年秋这里都要举行重要的鸦片集市。而现在这里成了马尔康的郊区。红军过境的时候马尔康除了一个小喇嘛庙和几座房子以外空无一物，而今天却是繁华的工业及行政中心，人口一万八千。

[2] 天宝：1984年5月18日成都个人采访。

[3] 文星明：1984年5月25日采访。

[4] 杨定华：前书第364—368页。

[5] 杨定华：前书第369—371页。

[6] 胡华：1984年3月29日采访。

[7] 孙仪之医生：1984年3月31日北京采访。

[8] 李先念：1984年6月16日采访。

[9] 吴吉清：1984年4月5日采访。

[10] 魏国禄：《随周恩来副主席长征》第50—54页。

[11] 聂荣臻说沙窝会议及毛儿盖会议周恩来都未能出席（《聂荣臻回忆录》第八章）。杨尚昆将军回忆说周恩来主持了沙窝会议，但是病重未能出席毛儿盖会议（杨尚昆：1984年10月26日采访）。周的警卫员魏国禄给出的记录给人的印象是周的病四五天以后就好了，过草地时就能正常履行职务（魏国禄：前书第50—55页）。这肯定有误。开始过草地时周恩来病得无法与杨成武见面，直到到达巴西一段时间以后才开始继续工作。

[12] 埃德加·斯诺：《红色中国散记》第97页。

[13] 杨尚昆：1984年10月26日采访；胡华：1984年10月29日采访。

[14] 李先念：1984年6月16日采访。

[15] 杨尚昆：1984年4月3日采访。

[16] 阎景堂：1984年10月24日采访。

[17] 杨尚昆：1984年4月3日采访。

[18] 张国焘：《我的回忆》第二卷第411—412页。李德的说法更是添乱。他说毛儿盖会

议之前，政治局6月底在梭磨召开了一次会议。也许他指的是沙窝。他说自己参加了会议。彭德怀则说政治局会议在黑水召开（彭德怀：《彭德怀自述》第379页）。

[19] 聂荣臻：前书第八章第15页。

[20] 决议事实上是在1935年6月由当时担任中国驻共产国际代表的王明起草的。1935年10月决议在巴黎的一家中文报纸上首次发表（向青：1985年1月14日纽约市采访）。毛泽东去世前中国出版的相关记载都将统一战线的决议及立场归功于毛泽东的智慧与先见。这些记载强调了毛儿盖会议上提出的"北上抗日"的重要性。会议留下的实际材料及与会者的回忆录并不支持这一说法。对此问题非常敏感（但当时对毛泽东立场十分拥护）的李德说这些说法都是错误的（《中国纪事》第130—131页）。

[21] 胡华：1985年2月4日通讯。

[22] 部队编署出自胡华教授。此记录尚有待完善，因为见证人之间对此还有所争议，当代历史学家和档案保管员提供的信息也不够准确。张国焘在回忆录中的记述混乱而不准确，很多细节都没有提到，描述的时候总是带着争辩的口气。他对不同会议上发生的事情从来不作区分，把日期、具体开会时间和其他至关重要的信息都省略了。聂荣臻的记述只停留在表面，彭德怀也是如此。中国当代历史学家亦然。问题可能在于相关档案（包括对会议上讨论的详细记载）都还没有公开。李德从苏联方面拿到了相关文件，并对之加以充分利用以补充自己记忆的不足。他说会议日期是"8月的最初几天"，并直接援引日期为8月5日的公报。其中的内容很多，包括号召北上打国民党、建立川陕甘苏区、最终建立中华苏维埃共和国等等，对与日本人交战只是顺便提及。公报体现的是毛泽东的观点，而李德对这些观点表示赞同。李德说政治局除张国焘外所有人都支持毛泽东（李德：前书第132—134页）。张国焘给出的"沙窝会议"与会人员名单是：毛泽东、朱德、博古、洛甫和他自己，邓发（保卫局长）和凯丰（共青团领导人）列席会议，王首道作的记录。他说王首道是"中央委员会秘书长"（张国焘：前书第412页）。

第二十五章
魔毯

夏天的时候它是一条五彩斑斓、缀满花儿的魔毯，一切能想象得到的颜色都闪烁其中：朱红、绛紫、深蓝、鹅黄、玫红、淡红、雪白——天底下叫得出的颜色都汇集于此，一直延伸到极目之处。说这话的藏人古铜色的脸上布满皱纹，褐色的羊皮袍子用橘黄的腰带束着，脚上蹬着软和的皮靴，头上戴着顶潇洒的毡帽。

他说的是草地，是长江与黄河流域之间海拔1.1万英尺（约3400米）的高地上静伏着的一片内陆魔藻之海（译者注：指北大西洋的萨加索海，在环百慕大群岛一带，海上覆盖马尾藻，常被西方人指作神秘区域），看上去像春天里英国康沃尔郡花草覆盖的丘陵一样安闲静谧，但是与隐藏于其下的青面獠牙相比，波德莱尔的《恶之花》都显得甜美纯洁。

到8月中的时候繁花开始迅速萎谢，但在午日灿烂的阳光下它们依旧光彩夺目。走在这片平坦的土地上，四下暗香浮动，让人心跳不已，抬头远眺，入眼皆是葱翠，只有地平线上绿宝石般的小丘和矮山上早晨降下的雪花闪烁着莹白之光。

今天这些葱茏的平原有很多已经开渠排水，整饬成了肥沃的土地，可以同美国蒙大拿和怀俄明的沃土相提并论。草地上的大片白色是放牧的羊群，零落的黑点是牦牛在徘徊，一簇簇毡房是牧人宿营的地方，他们就在附近看顾自己的畜群。

50年前这里的风景应该差相仿佛。但是红军穿越草地的时候这里没有毡房，没有牧人，没有牦牛，没有绵羊，只有沉默的花丛诱惑人们步入其中。1935年8月21日，一方面军卓越不凡的先头部队四团在他们向来的指挥员杨成武的带领下开始进入这片悦目的美丽海洋，当时他们看到的情景想必也是如此。已经有人告诉杨成武要警惕草地中的危险。首先知会他的是林彪。8月17日他接到这个先行开路的任务时林彪对他说这次的任务不简单。林指示他到毛儿盖向毛泽东汇报。

草地的威胁并非出人意料。毛泽东也告诫杨成武，在花丛之下潜伏着的泥沼可以在一分钟内把一个人吞得干干净净。但杨成武必须想方设法从这片荒芜的水泽中找出一条路来，后面的红军需要沿着这条路安全地通过。他们这次要面对的敌人不是人类，是自然。红军得迅速通过草地。后面的国民党部队又已重整旗鼓、追杀而来。毛泽东细细询问杨成武部下的状况，包括衣着的准备。草地一带的天气比娇气的苏州美女变化多端的脾气还要莫测：刚刚还是阳光普照，一下子就落起了冰雹，接下去大雨瓢泼、迷雾遮天、雨雪纷飞、狂风呼号，仿佛是恶魔在搅汤。

50年后，1984年6月，这里的天气也没有什么两样：夜里只有20华氏度，冻上了严霜，黎明时一轮红日从草地上蓬勃升起，早上8点一片漆黑，聚起了乌云，下起小雨，起了层水雾，然后是倾盆大雨，如鞭的寒风夹着大片的冰雪劈头盖脸地打下来，掩盖了道路、草地、山丘，让人眼前什么也看不清楚。行走的车队不得不找地方暂避，绵羊和牦牛群变成了步履蹒跚的雪堆。大雪下了两个小时以后渐渐缓下来，大风开始清理草原，苍白虚弱的日头战战兢兢地露出来不久，风雨又相继而来。下午过了一半，碧空如洗，冰雪融化，能感到一抹春意，但是随着红日落入黄河，很快又在冰霜中销声匿迹。

有向导么？毛泽东问杨成武。杨说已经找了一个老藏民，有六十来岁，对草地了如指掌。有六名战士把他抬在担架上一起走。和毛泽东见面结束以后杨成武与邓颖超说了几句话。她的丈夫周恩来因为病得太重，无法见杨成武。[1]

四团走过沙砾堆起的山丘，周围是花朵的交响曲，四面依旧包裹着淡黄的报春花，红色的扁萼花（或是在中国的变种）和洁白的七瓣莲，脚下是密实如地毯一般的蓝紫色花丛，身边不时蹿出接骨木的枝条，白色的绒花现在已经结出酒味的浆果。长征老兵对草地的回忆中找不到任何形容这般美景的片言只语。他们的心中压着别的事情（但是张国焘说这些花朵“确也壮观”）。[2]

下午过去了一半，眼前的场景随着四团费力地行进开始不断变幻。怒云遮住了天边。寒风卷过沉甸甸的草叶，在三千年来罕有人迹的草原上犁出一条条空白，拉扯着行进中的战士们单薄的衣衫，啃噬他们的肌骨。这片花卉的天堂每年只有五天完全免于霜冻，年平均气温刚刚在冰点之上，7月份的平均温度是51华氏度。[3]

用县长王秋（译音）的话说，草地没有夏季——只有延长了的冬季。红军经过的时候夜夜霜冻，而且冻得很厉害。杨成武和自己的部队所走的道路并不好走。没有好走的路线。这条路一般是藏人牧民走的。东面有好走一点的路，但是由于张国焘未能拿下松潘，通向那里的道路已经被封锁。左面也有更好走的路线（张国焘后来使用了这条路线），但是要到更西面取道阿坝才能通过。

一路上没有任何路标，只有杨成武和他的部下留下的标记。也没有地标作参照，满眼望去尽是无垠的草丛。草叶高及人腰，甚至更高，遮盖着下面的水洼。地上有可供一人站立的僵实的土丘，但是被浓密的草丛盖住，很难找到。沼泽像水豆腐般酥软，积水常常能没到髋部，掉进去的人没等他们的同志前来救援就已没顶不见，而赶来救他们的人也往往一同被吞没。

雨下个不停。8月和9月是草地上雨水最多的季节。没有办法保持干燥。没有地方宿营。战士们夜里休息时膝盖顶在土丘上，身子蜷作一团，因为下面的实地不足以让他们伸展躯体。

没有吃的。过草地前大家从配给中抠出多余的口粮，每个人有40斤，很快就见了底。战士们的饭量变大了，因为草地的跋涉很耗体力。即便有粮食也无法生火，因为没有可以着火的柴禾。他们把没有磨过的青稞谷粒生着咀嚼下肚。粗砺的青稞种子撕扯着战士们的肠道。部队里有一半人患了血痢。

但是草地今天的居民说，夏末的时候天空中飞满了鸟儿——从极地南飞的大雁，迁徙的野鸭，鸻鸟等等，应有尽有。有时候鸟群在天上黑压压蔽日，在草丛里也到处挤挤茬茬。一年后贺龙带着红二方面军过草地的时候发现危机四伏的水洼里满是鱼儿。通过这片可怕的区域时，每天只用花片刻时间挥挥钓竿就能让他满载而归。[4]也许草地上发生的某些悲剧是因为红军战士们不是专业的猎手或渔夫。他们也对地方博物馆现在陈列的“野草”一无所知。那些展柜里陈放着一盘盘多汁的蒲公英嫩叶，一碗碗荨麻（烧汤很好喝）和其他具有营养价值的野生植物。博物馆陈放这些野草是为了说明当时红军战士在万不得已的情况下不得不吃的食物是些什么，很可惜战士们当时并不熟悉这些野菜的功用，也不晓得如何分辨出它们。[5]

像灰胡桃一般的小个子危秀英可能拯救了几位妇女同志的性命。有一天她外出给藏民妇女做宣传。回到暂住的小屋时发现同伴给自己留了一些蘑菇汤。她喝了一口就放下了，因为汤太苦涩。她的同志们都蜷在地上。她以为她们在睡觉，就说：“挪过去一点，给我留点地儿。”她们只是瞪大了眼看她，但是说不出话来，身体也无法动弹。她们全身都麻痹了。她舀来冷水泼在她们身上，然后使劲摇晃她们，才渐渐让她们缓过来。她抱怨说：“真是好同志啊。把蘑菇都吃了，就给我留下些苦汤喝。”那时并不晓得让她们全身麻痹的正是这些蘑菇。

同红军里的其他人一样，危秀英也在进草地之前准备了食物，但是不够吃。她挖了野菜就着烤青稞粒一起吃。她和战友把烤熟的青稞粒直接从火里拿出来捧在手里吃。青稞上烤得都是烟尘，很快她们的脸全都黑黢黢的。“我们都长胡子了。”危秀英回忆说。[6]

没吃的，没吃的，没吃的。每天这都是一个问题。长得像尼基塔·赫鲁晓夫的老兵曾宪辉记得他们进入草地后，有片青稞地出现在他们面前。周围没有任何人。战士们收割了青稞，他在地上留下了欠条。

1936年毛泽东在保安告诉埃德加·斯诺：“这是我们唯一的外债”——因为红军取用了粮食欠给藏民的外债。[7]

过草地要五到七天。最先过的队伍最轻松，他们还能找到杨成武的先头部队为他们留下的脆弱模糊的路标。但是每多过一天就艰险一分。沉重的战士和动物不断地踩坏了本来就狭窄的小路。路上的痕迹逐渐没入草下水中。后来的人难以辨明在什么地方置脚。杨定华认为在沼泽上行走有点像走过摇晃不定的悬桥，因为脚掌很快会踩入草根下那团晃动的泥浆中，每走一步都要上下浮动。泥浆不仅湿滑，更像是浆糊，一旦堕入其中，就越陷越深，越是挣扎，下沉得越快。[8]

即便是藏人向导也很难找到准确方向。周围看起来都一样。只有在太阳穿透云层的时候他们才能纠正移动的方向。他们也一次又一次迷路。

1937年艾格尼丝·史沫特莱发现了长征老兵莫许的日记。日记里说他发现有一位同志在黑泥浆里挣扎。他想把他拖出来，但是那位同志又掉回水中，手里紧紧抓着自己的步枪。他又一次努力想拉那位同志上来，但还是徒劳无功。这位战士眼看不行了。莫许想喂他吃一些烤青稞，但是那位战士已经无力咀嚼了。莫许把烤青稞小心翼翼地放回口袋。这位战士死了，遗体蜷在沼泽中，莫许继续前行。路上他停下来把手深进口袋，拿出青稞来想吃。青稞捏在手里的时候他眼前浮现出了那位垂死同志的面容。青稞顿时无法下咽。[9]

毛泽东的警卫员陈昌奉在红军过雪山的时候生了病，之后复原，又得了疟疾，有所好转以后又在草地上复发了。毛泽东让他休息，给他找来药物，让他能够继续行进。

他觉得草地“茫茫一片荒凉……没有人烟，没有生气……没有房子。那腐烂了的永远浸在污水中的野草，无边无际”。[10]

没有人——这里人迹全无：所有人都注意到了。“整整八天，”中共中央总书记胡耀邦回忆说，“我连一个人影也没看到。村子都是空的。我记得见过几只野鸟。后来我们到班佑的时候看到过几头牲口。但房子全是空的。”[11]

经常无法烧水泡茶或是做饭。地上太湿了，没有干燥的枝条（常常什么枝条都找不到）。战士们生嚼着青稞谷粒，直到牙齿被硌痛为止。

老战士尽力给年轻同志鼓劲。后河河水本来大约3英尺（约1米）深，红军到达的时候河水开始涨起来，水流也变急了。部队停了下来。战士们和军官在周围挤作一队。邓颖超在队伍中，她自己生着病被抬在担架上，心里还要担心丈夫周恩来的病情。她问一位指挥员：“水有多深？”“不用担心。”他回答说。“一切都没问题。”她就把年轻的战士们叫到身边，告诉他们手牵手涉水过去应该没有问题。毛泽东长沙时期的老朋友蔡畅也在同一列队伍中，她穿着红军军服，脚下踩着草绳编的鞋子，腰带上别着手枪。杨定华觉得从穿着上没法认出她是女性。但是战士们把她认了出来。他们叫道：“大姐，给我们唱支歌吧。就唱《马赛曲》。”蔡畅向他们笑了笑，说：“好吧。别叫了。我给你们唱啊。”于是她唱起了《马赛曲》。杨定华听不懂歌词是什么，但是他的精神为之一振。

杨定华想起了长征中的其他女性。有一次他看见朱德的妻子康克清坐在自己的铺盖卷上，把背包垫在大腿上作桌子，拟写一份让部队过河的命令。这一刻杨定华对红军的成就感到自豪，因为他知道康克清七年前加入红军时还完全不识字。

毛泽东长沙时期的老师，德高望重的徐特立也在河岸边，身旁是他的坐骑，一头小驴子。毛泽东走过来问他为什么不骑在驴背上。徐特立解释说因为它身上驮着三个生病学生的东西。徐特立当时正在给自己撕破了的裤子打补丁，背上披着件破皮袍，肩膀上的麻袋里装着八斤炒麦子。

那天晚上所有人渡过后河以后，他们在河边燃起了熊熊篝火。这一次总算找到了干燥的河岸和柴禾。杨定华和几十名战士围在火堆边一面取暖一面烤麦子，渐渐地放松下来，精神也好了起来。很快毛泽东和彭德怀也来了，他们坐到了大家身边，看上去像战士们一样又脏又累。

"同志们，"彭德怀用他指挥员特有的嘶哑嗓音大声说道："我们请毛主席给大家讲个有趣的故事吧。"下面顿时一片鼓掌声。著名作家成仿吾也被吸引了过来，同这群战士坐在一起。成仿吾给大家讲了他在日本和欧洲的留学经历并给大家解释自己是如何成为作家的。可惜的是杨定华没有把毛泽东和彭德怀讲的故事梗概记录下来。这是他们在草地上的第三个夜晚，前面还有四个夜晚等待着他们。[12]

每走一天食物就减少一分，对跟着先头部队行进路线前进的战士来说尤其如此。本来草地上能吃的就不多，而前面的部队已经把能吃的都吃尽了。很快战士们就开始煮起了皮质腰带和马具（如果能把水烧开的话），然后把这些都吃下肚去。水也是一个问题。草地里的水大部分都有毒。战士们因此腹泻不止，全身剧烈痉挛，一个接一个地躺倒了。很多人就这样死去。没去壳的谷子和没磨过的麦粒也快吃光了。战士们开始吃没有营养的野草。有些野草也有剧毒。

丁甘如在后卫部队工作，是五军团的一员。他们进入草地的时候其他部队已经在前面走过。1932年2月丁甘如加入红军，那时他15岁。

对丁甘如（1984年他以成都军区副参谋长的身份退休）来说，从过雪山开始，情况越来越糟糕。时时都有跟少数民族发生的问题——苗族人、彝族人、藏族人。丁甘如感到红军和少数民族之间有心理上的隔阂，而国民党的反面宣传让隔阂升级成尖锐的矛盾。

红军遇见的人都是非常穷苦的老百姓。富人和地主早就逃之夭夭了。红军战士一旦掉队，少数民族的人就一下子扑上去，把他剥得赤条条的，让他在外面慢慢冻死。五军团有钱买粮食。但是没有人卖，也没有粮食可卖。

“我们只能把老百姓留下的东西全吃光，”丁甘如回忆道。“有时候能找到头猪。我们总是给钱买。但是整个村里的东西都已经吃得一干二净。有时候我们只能吃前面同志丢下的猪皮。”

他说红军为了生存被迫违反纪律。有时候部队会进入佛教的寺庙，把巨大的佛像打碎。佛像里装满了信徒多年以来供奉的谷子，他们把这些麦子和粮食一食而空。“都是陈粮，食之无味。”他说。“但毕竟还是粮食。”

在后卫部队之前过草地的红军指挥机关人员很多都患上严重的腹泻和痢疾。粗糙的谷子和麦粒带着血迹从肠道里排泄出来。后卫部队饥饿难忍，只能从前面同志留下的粪便中寻找可食之物。他们像麻雀从马粪中啄出燕麦粒一样把没有消化的谷子和麦粒挑拣出来，洗净煮开，吞下肚去。

“草地是对我们最严峻的考验。”丁甘如如此说道。[13]

1984年，曾经担任过中国外交部长的姬鹏飞74岁。他曾经在长征中担任医护人员。像很多同志一样，他认为草地给人带来的恐惧无与伦比。

“乍一眼看去你像是走在一条路上。”他说。“但是几支部队走过以后，后面留下的是一条布满泥浆的水沟。”

没有可供宿营的地方。没有地方是干燥的。也没有树木。很多人到达草地时已经精疲力竭，濒临病倒的边缘，有些在泥浆里倒下以后就再也没能爬起来。

“在草地上损失的战士比过雪山时还要多。”姬鹏飞说。“每天早晨我们都要清点人头看还有多少人在。有些战士在我们找到他们的时候还活着。他们睁着眼睛，但是直不起身来，也说不出话。我们扶他们起来，但是他们又重重地跌回泥塘里，就这样死去了。”

过草地如此艰难，海拔高是其中一个原因。医生中有很多自己已经病弱不堪。他们还得一遍遍在沼泽地中来回穿行，寻找因病掉队的战士。[14]

1984年时涂通今的职务是解放军军事医学科学院院长。他气度不凡，个子很高，头发灰白，戴着角质镜架的眼镜，言辞准确而威严。他说空气稀薄是导致战士们虚弱的原因。所有人都在泥浆里滑倒过，大家看起来都像是西安考古宝藏中陈列的兵马俑。医生为晕厥的战士开了樟脑和嗅盐进行治疗，但是有些人再也没能康复。

戴正启医生认为还有另一个因素在起作用。1935年的时候他只有16岁，但已经是个参军一年的老兵了。最初的时候他是宣传工作者，负责在墙上刷标语和张贴海报，但是在过草地之前很久就已经成为了卫生员。他喜欢思考，曾经多次反思过草地的经历。

根据他的看法，要确定在草地里到底有多少人牺牲是不可能的。他们不仅仅是由于饥寒交迫或者藏民的伏击而死亡。盐是另外一个元凶。红军的食物里缺乏食盐。他们在之前的征程中有过很多食盐，但是并没有一直累赘地带在身上过雪山草地。草地里找不到盐分，他们吃的东西里也没有加食盐。这给红军造成了很大危害。“我看到战士们在前面走着走着，忽然就有一个人垮下来。”他说道。“等我们赶过去的时候，他只是喃喃地念叨着老家的地名，然后嘱咐我们：‘跟家里人说我没了。’就这样一条鲜活的生命走到了终点。”

当然，草地里的天气变化多端，战士们浑身湿透，又冷又饿。但是这么多人死去不能归结于此。他们之前也都曾经浑身湿透，又冷又饿。也不能仅仅归因于身体虚弱。他们在毛儿盖有过一段时间的休整。

到底为什么？

“草地里没有人气。”戴医生说道。“就这么简单。没有人，一个也没有。你得了解我们中国人。那片天地里见不到一个人影，听不到一点人声，找不到任何人说话，以前我们任何人都没有这样的经历。路上没有人，周围没有房子。孤零零的，好像整个世界上只剩下我们了。”

他说这就是原因。他认为这一点至关重要。人们因此而死。[15]

到第六天的时候——对某些部队来说是8月27日——红一军团抵达巴西。

这是草地西北角上的一个藏人小镇子。毛泽东到达的日期可能是8月28日。先头部队总是行动迅速，他们可能早到了一两天。另外的人到得很迟。

很多部队去了班佑、阿西或者附近的其他聚居点。部队必须分散行动，否则这些村子里本就不多的食物会消耗一空。红一军团政委聂荣臻和军团长林彪在到达班佑前一天向紧跟在他们后面指挥红三军团的彭德怀发送了一条电报。

他们让他清点一下部队的伤亡。他们知道一军团的损失超过了一百人，他们已经掩埋了一些同志。但还有很多人因为找不到遗体无法掩埋。“请派一部携带工具前行，沿途负责掩埋。”他们在电报上如此说。

10天以后他们收到了一份电报，署名是周恩来。红三军团找到了400具遗体，俱已妥善掩埋。[16]

在右路军逐渐到达巴西和班佑的时候，左路军在张国焘的直接控制下向西面40英里（约64公里）处的阿坝前进，行军路线与右路军平行。

接下来到9月3日时，张国焘向右路军发报说他在阿坝停止了行军，因为白河，也就是噶曲河水暴涨，他的军队无法渡河继续北上。他提议部队南下。草地上的水以几乎无法察觉的方式慢慢注入两条潺湲的河流，白河是其中之一，另一条是黑河，又叫墨曲。两条河都流入黄河，也就是玛曲。这些异名都不是汉文，而是河流的藏文名字。

张国焘的电文引发了长征中最严重的政治危机，红军将再次大难临头。此次事件的政治反响一直延续到多年以后。[17]

注释

[1] 杨成武：《星火燎原》第三卷第153—159页，1980年北京出版。

[2] 张国焘：《我的回忆》第二卷第420页。

[3] 县长王秋：1984年5月27日若儿盖采访。

[4] 王秋：1984年5月27日采访；贺龙遗孀薛明：1984年6月14日北京个人采访。

[5] 红原博物馆：1984年5月27日采访。

[6] 危秀英：1984年4月15日采访。

[7] 曾宪辉：1984年4月18日贵阳采访；斯诺：《西行漫记》第203—204页。

[8] 杨定华：《中国工农红军第一方面军长征记》第373页。

[9] 史沫特莱：《伟大的道路》（译者注：莫许的名字是《伟大的道路》梅念译本中的译法，根据内容看此人可能是《中国工农红军第一方面军长征记》的作者之一莫休〔应该就是徐梦秋〕，文字来源可能是《中国工农红军第一方面军长征记》中莫休的《松潘的西北》一文，或其日记）。

[10] 陈昌奉：《跟随毛主席长征》第80页。

[11] 胡耀邦：1984年6月15日采访。

[12] 杨定华：前书第378—385页。

[13] 丁甘如：1984年5月13日采访。

[14] 姬鹏飞：1984年3月14日采访。

[15] 戴正启：1984年3月20日采访。

[16] 聂荣臻：《聂荣臻回忆录》第八章。

[17] 胡华：1984年3月29日采访。

第二十六章

黑暗与光明

50年后，杨尚昆将军回忆说，那是个美丽的月夜。徐风吹尽了雨云，迷雾也已散去，湛蓝的夜空中月满如盘，星辉四溅。凌晨2点他开始自己的秘密行动时眼前的道路洒满月光。

日期是9月10日。1960年毛泽东对埃德加·斯诺说那是“我一生中最黑暗的时刻”，党的命运“岌岌可危”，毛泽东为之奋斗的一切可能毁于一旦。在这个夜晚，毛泽东以为长征有可能前功尽弃，天亮以前红军一部会与另一部同室操戈。[1]

之前就已是风雨欲来。毛泽东和张国焘之间难以谈拢。部队里暗流涌动，流言四起。毛泽东采取了防范措施，改动了电文密码，在他的部队之间禁止相互联络，以此来确保安全。

将部队分为左右两路的古怪举措并未行之有效。毛泽东在右路，张国焘在左路。张国焘的军事将领徐向前和政工副手陈昌浩指挥右路军。毛泽东的部属朱德和刘伯承分别以总司令部司令和参谋长的身份编在左路。张国焘和毛泽东对由对方指挥部队的方式都不甚习惯。有很多证据表明张国焘在左路的“统一指挥部”里目中无人地发号施令，而毛泽东（在自己能力范围之内）也在右路对自己的军队做着同样的事情。

往好里讲，这样分兵两路充其量算是双方的妥协，但是却尴尬变扭，往坏里讲这样的安排使得不轨的心意暗中滋长，给摩擦和疑虑提供了温床。

这时的红军分散在草地边缘的藏人区域。张国焘和统帅部成员去了藏民最大的聚居区阿坝。张国焘的很多部队搁置在白河西岸，那里河水高涨。如果按原计划继续向东北运动以期和右路军在甘肃会合，他们必须渡过白河。

右路军的指挥部建在班佑。这里簇集着一些不怎么入眼的藏民毡房，其中一部分是传统的锥型结构，是在交叉的格子架上铺展毡布搭建而成，藏民们从一个牧场迁到另一个牧场时，可以很快地把它们拆卸再重新搭起，另外一些是固定结构，用胶泥糊在干牦牛粪做成的砖头上砌成。这些小屋子之间污秽的小巷里尽是一堆堆圆丘状的干牦牛粪。枝条编成的篱笆上也摆满了牛粪，以便在夏季晒干，当柴禾和建材使用。红军到来的时候藏民都已四下奔逃，把毡房里的东西清得干干净净。

军队向班佑靠近的时候有人开玩笑说晚上要住上“洋房子”了。对有些红军战士来说这个玩笑并不好笑。他们说如果要住洋房子的话他们希望住在日本的洋房里。

部队经过班佑，继续向巴西行进。那里有个村庄，里面一百多个屋子全是茅草顶，这让战士们松了一口气。村旁的一个大喇嘛庙气象庄皇，让杨定华想起上海的卡尔登电影院。这里有足够的房子让红军宿营，粮食也挺充足。庙里供着一尊大佛像，左右两旁各有一对男女塑像，拥抱着进行杨定华称之为“欢喜”的性事。据说这是欢喜佛庙。不断有红军战士进来瞧上一眼。

右路军的指挥部设在班佑，不是在村里——尽管几个较大的毡房被清理干净用做会议室——而是在聚居点旁边的一个柳树林里。1984年这片柳树林还在，四下十分清洁悦目。藏人的村落当时大约有七十户人家。今天看来和1935

年红军初见之时似乎也没有什么太大改变，除了多出了一所两年制学校。杂乱无章的毡房，大堆的牦牛粪，肮脏的小巷里有凶狠的狗在游荡。5月30日我们在的时候天下着雪，身着藏袍的男女和衣着鲜艳的小孩子挤到一起在雨雪中参加马市和赛马，马上的骑手打着黑色雨伞。[2]

徐向前、陈昌浩、叶剑英和杨尚昆的指挥部就设立在这里。毛泽东单独住在一条小河的对岸，与他们相隔一石之地。

彭德怀的红三军团在巴西，距这里大约4英里（约6.4公里）。红一军团则已进入甘肃地界少许，到达了俄界，离他们有两天的路程。

毛泽东在班佑的指挥部和巴西之间来回走动。巴西住着周恩来和王稼祥，他们已在康复之中，只是还起不了床，由红三军团进行照料。

9月3日出现了严重危机的第一个信号。张国焘发来电报说因为白河（噶曲）汛期已至，无法渡河，他已经命令部队停止所有行动，并提议放弃向东北方向运动，重新折返，按照他原先的想法挺进西南。[3]

接到张国焘的电文，毛泽东的阵营里一片哗然。他们认为张国焘居心不良，要推翻毛儿盖会议的决定，把整支部队置于自己的控制之下。毛泽东立即召集中央委员会开会（所有成员都赞成他的观点）并电告张国焘，督促他根据中央的决定继续北进。电报一封接着一封。杨尚昆记得中央发去的一封电报中提出派人去接应张国焘过河。[4]

国民党已经在一旁虎视眈眈，这让内部矛盾雪上加霜。从班佑向巴西行军时，李先念指挥的三十军已经与坐镇松潘的胡宗南指挥的国民党第四十九师部队交火，并在包座的大戒寺一役中击溃了敌人。胡宗南受了重伤[5]，红军缴获了一小批饼干、罐头和香烟。香烟被送去给毛泽东和他的同伴，他们都是大烟枪。“他们很高兴，”李先念回忆说，“比有鸡吃还强。”[6]红军还和马鸿逵的一支凶悍的穆斯林（国民党）骑兵部队交了一下手。越来越多的国民党部队在周围聚集，如果红军再不马上行动，蒋介石就会发动全面进攻，这让指挥人员心急如焚。而张国焘一边则正好把这种可能性当作反对挺进甘陕的论据。[7]

彭德怀在狱中写下的回忆录中谈到自己对两支红军之间矛盾升级的担忧日益增长。他说自己的红三军团一抵达巴西，他就把十一团部署在毛泽东住处附近的隐蔽位置——以防万一——然后每天都去毛泽东那里看望。他对与红一军团联系不上感到忧心，据他说一军团因为缺少向导滞留在俄界一带。因为密码已经进行了更换，他没办法和一军团取得联络。他自己另编了新的密码本，交托给一位叫武亭的朝鲜族党员，并给他配上指南针，派他前去联系林彪和聂荣臻。[8]聂荣臻说红一军团对发生的情况一无所知，收到的电报只是让他们停止前进。[9]

9月9日上午，张国焘向自己的政治副手陈昌浩发出了一封秘密电报，陈在右路军总部内，这封电报加了密，本来应该由陈昌浩亲自译出，但是他忙于参加一个政治会议，当时正在会上讲话。所以电文由一名译电员译出交给了叶剑英。

叶剑英是一名可靠的参谋军官，他没有阅读电文，直接去会上找陈昌浩。当时陈正在台上，有几个人还在讲话。叶剑英试图把电文交给陈昌浩。陈说："等会儿，你没看我现在正忙？"[10]

电文上似乎是很紧急的事。因此叶剑英瞧了一眼内容。他立刻明白了它的重要性，尽管杨尚昆说"他对正在酝酿的阴谋还一无所知"。[11]

尽管中国的历史学家经常引用这封电文，但是具体内容一直没有发表，也许他们可以在中共档案馆里查阅到它。电文的基本信息是命令右路军掉转方向，重新穿过草地，与红四方面军会谈议定新方案。电文里有一个关键语句，李先念记得是指示陈昌浩"彻底开展党内斗争"（译者注：此处作者用拼音注出汉语原文）。从整体上看，如约翰·谢伟思指出的那样，这些措词"明确地表现出威胁的口气，是不祥之兆"。"斗争"这个字眼一般被中共用做对立党派路线之间的剧烈争斗，在"阶级斗争"一词中也如此使用。[12]

叶剑英借口自己要方便，离开了会场。而他去的不是厕所，而是毛泽东一两百码（约90—180米）外的办公室，在那里他向毛泽东出示了电报。毛泽东记录了一遍，然后告诉叶剑英不要告诉别人他知道了电报内容。[13]毛泽东对叶剑英说："你做的很好。"

叶剑英回了总部。陈昌浩还在台上，会议还在继续。叶剑英就把电文给了陈昌浩的秘书。[14]

彭德怀回忆说，甚至在听说电报的事情之前，他就已经劝毛泽东小心提防。毛泽东的部队分散在各处。红一军团已经走了两天。而张国焘倒有两支部队环伺在侧。"如果四方面军要解散三军团怎么办？"彭德怀问毛泽东。他向毛泽东建议，"为了避免红军打红军的不幸事，可以考虑扣押人质"。毛泽东拒绝了这个提议。[15]空气中的火药味清晰可辨。

9月9日下午，毛泽东见了陈昌浩，这也许是陈要求的。陈昌浩向毛泽东简要地传达了张国焘的命令。杨尚昆相信毛泽东做了认真的努力希望陈昌浩能认同自己的观点。但是杨尚昆说，陈昌浩"对张国焘言听计从，对毛泽东的话不为所动"。[16]

于是毛泽东告诉陈昌浩，如果军队要改道的话他必须和中央委员会的同僚进行商议。他指出周恩来和王稼祥在三军团指挥部里，有人照看他们。毛泽东建议"让我、洛甫和博古去找他们开个会"。陈昌浩同意了。彭德怀认为这是毛泽东为离开总部和陈昌浩"势力范围"而使出的障眼法。[17]

毛泽东急急赶往巴西附近的小村落牙弄，三军团就驻扎在此地。常委会紧急会议决定红军不能改道。又给张国焘发了一封新电报，要求他遵循中央批准的原定计划与他们会合。毛泽东他们商议的时候有人比较了两支队伍的兵力——三军团只有4000人，一军团也差不多。张国焘的部队在数量上占绝对优势。毛泽东和属下认为张很有可能会强迫他们服从他的意愿。

这时候分秒必争。三军团将在凌晨2点启程。作为幌子，叶剑英被派去告诉陈昌浩，如果部队要回头重新通过草地就有必要准备更多口粮，因此已经对整支部队做了动员，10号早上天一亮就去田里收割青稞。陈昌浩未作任何反对。

“陈昌浩认为没什么可担心的。”杨尚昆说。“他觉得没必要进行特别监视，因为毛泽东的人手太少，不敢自己走掉。”

最危险的任务落在杨尚昆和叶剑英身上。他们必须悄悄离开总部，不能引起怀疑。叶剑英答应，如果可能的话还要带上地图和二局的人。二局是情报局，由红一方面军人员组成。[18]

杨尚昆则需要把自己工作组的成员和政治部的人尽多地带出来“收谷子”。命令一个人一个人地秘密传达。刘英记得当时的情景。半夜里她被叫醒，让她准备马上动身。没有人知道发生了什么事。后来洛甫传话说张国焘要搞党内分裂，他们必须离开。[19]杨尚昆有个个人问题。他的妻子李伯钊不在班佑，她到李先念的三十军去教战士们唱革命歌曲去了。杨尚昆无法直接告诉她行动的消息——那样的话恐怕会露出马脚来。他想办法给她递了一个信儿，但她回忆说当时自己“被密切注意”，没办法脱身。[20]她因此与自己的丈夫分开一年多，李伯钊随四方面军行动，杨尚昆则在一方面军中。

凌晨2点，杨尚昆与叶剑英悄悄溜出了总部营房。叶剑英从作战室里弄来了一张地图。那里的墙上挂着一些地图，这张掉到了地上，叶剑英把地图放在行李中随身带着。叶剑英和杨尚昆走出营地，他们的警卫员已经把他们的物品用骡子驮着在前面出发。二局和政治部工作人员已于凌晨1点30分离开。[21]

杨尚昆与叶剑英在明朗的月光下一路向前走去，他们听到有马蹄声传来，就赶忙躲进阴影中去。一队骑兵疾驰而过。他们是来寻找叶剑英和杨尚昆的，但是以为他们这样的高级军官一定骑着马并有人护送。他们一眼也没看阴影中徒步行走的人。[22]

在三军团指挥部里，毛泽东向林彪和聂荣臻发去电报，说行动方针可能有变，要他们随时待命。彭德怀有些惴惴不安，生怕叶剑英和杨尚昆走不出来。天亮的时候他们终于到了，彭德怀长长地松了口气。[23]

杨尚昆记得当时毛泽东、周恩来、王稼祥和彭德怀都在等他们。“我们担心你们来着。”毛泽东这样说道。[24]

此时陈昌浩已经发现毛泽东的人全都不告而别了。他打了几个电话，手里拿着听筒，一边看向军队指挥徐向前说：“事情很奇怪。一方面军的人都走了。我们是不是派部队去追他们？”

徐向前的回答在后来半个世纪内（特别是“文革”时代）被一次次引用，他说：“哪有红军打红军的道理？”就这样，他们没有部署攻击。如果陈昌浩自己决定则可能会有不同的反应。

“这是中共历史上非常危险的时刻，”党史学家胡华后来在1984年说道，“徐向前和叶剑英因为制止冲突立了功。在此事上两人都是有功之臣。”

他的意思是因为这次事件毛泽东后来保护了两人，使他们在“文革”中不用遭受极端迫害。

陈昌浩没有向巴西派出军队，而是派了红军大学学员和一些四方面军的工作人员作代表。其中一个是李特，四方面军参谋长。李特是苏联回来的留学生，曾经在列宁格勒读书，身上习惯别着一支很大的左轮手枪。他一向以脾气暴烈、口无遮拦出名。后来他死在苏联。

毛泽东决定向四方面军派来的代表和其他四方面军留在巴西的人讲话。三军团早已出发前去俄界，他们早晨2点钟的时候就已经上路。

讲话的地点是那个“卡尔登电影院”，也就是山中间的藏族寺庙。三军团的指挥部就设在庙旁的村子里，往下看去是白龙河的支流巴西河（实际上就是条小溪）。

年轻的军校学员在庙前示威，打着的标语上写道：“反对毛泽东逃跑。”他们嘴里反复喊着这句口号，像是在念咒一般。

毛泽东告诉他们想南下的可以自便，想北上的也一样。没有任何强迫要求。

接着他请六七十名四方面军的干部和他会谈，李特也在其中。李德因为身材高大魁梧被派做警戒，他的工作是站在李特身边，密切注视他的行动，以防他拔枪向毛泽东射击。

毛泽东告诉干部们，要一方面军南下是没有出路的。而对不想跟中央北上的人，他说道："我们是先头部队。"

他说："我们前面走，给你们开路，欢迎你们后面跟上来。我相信不出一年你们就会来的"（毛泽东说对了，连时间都几乎一天不差）。

毛泽东讲完话以后，李特跳起来叫道毛泽东有罪，放弃了江西的苏区根据地，犯了"逃跑主义"错误，还有其他一些罪名。李德开始紧张起来。他以为李特会管不住自己乱来，就给了他一个熊抱。李特挣扎了几下，但是李德抱得很牢，他动弹不得。

早上8点的时候一切都尘埃落定。不愿意北上的人一路涌回班佑。愿意跟着走的人动身北上。此情此景和1927年秋时如出一辙。当时毛泽东在井冈山和一群不服管束的手下对峙，他告诉躁动不满的人说不愿意一起走的可以回家去，就这样平息了反叛，然后带着剩下的人继续一路向前上山。

杨尚昆记得有一刻自己也感到束手无策，四方面军的人带走了所有炊事员、脚夫和政治部的后勤人员，就像是给他留了个空饭碗，但是把给他盛饭的人带走了。于是他加入了中央纵队，在混杂的人群中找到了历史学家徐梦秋和宣传部长陆定一等人，和他们一起行动。

还没过一小时，毛泽东就启程了。他没有和大家走同一条路线，而是由警卫员和几个密切的同僚（担架上的周恩来和王稼祥）陪同从喇嘛庙下山，渡过巴西河，然后直接爬上了对面的纳日山，选择另一条道路穿过这个地区北上。过河的时候走的是一座木桥，桥底的木板下悬着一个牦牛头，就挂在水面上，当时的用途是（现在也是）保护桥梁不遭毁损、不受洪水和恶灵侵袭。

毛泽东认为张国焘有武力夺权的意图，这到底是不是真的今天无从确定。也可能不是。但是毛泽东相信确有威胁，他不愿意铤而走险。大步上山的时候他在每条通道、每个战略点上都布置了殿后的小分队，以防四方面军追袭。

“这是红军历史上非常危急的时刻。”杨尚昆将军说。“一旦出现冲突，我们今天在哪里还就不知道了。”[25]

向青教授是研究长征问题的学者，一向保守谨慎。他指出现在还没有任何客观证据或书面材料证明张国焘当时准备用兵谏的方法迫使毛泽东和手下就范。他觉得如果确有其事，那后来在延安批判张国焘时就会有证据呈现。他补充说张国焘野心勃勃是没错的，因此关于这个问题中国的历史学家至今还在激烈争辩。[26]

中国人民革命军事博物馆的秦兴汉将军也同意没有发现张国焘计划军事政变的证据。他没有见过那封有名的电报。他也感到在延安没有用这样的罪名指控张国焘这一事实是非常重要的。但是他确定张国焘野心膨胀，一度意欲掌控全军。李先念说：“从最坏的情形上讲，这是张国焘公开篡权的一次尝试。”

党史学家王年一在《党史研究资料》1983第三期中对密电进行了细致的分析（但肯定没能对电文的具体文字进行研究）。他的结论是没有“冒烟的枪口”——也就是说没有确凿证据说明张国焘明目张胆地威胁要用“武力解决”问题。但他同时也认为很多党内人士相信确实存在这样的威胁或者说张国焘的举动暗示有这样的威胁，而毛泽东在《毛泽东选集》第三卷中的一个脚注中的措词强烈暗示张国焘曾企图“武力解决”中央。[27]

王年一对两位曾经断然咬定张国焘试图“武力解决”中央的研究权威进行了分析。一位是李安葆，他在《长征史话》中明确说张国焘曾“秘令武力解决问题”。另一位是吕黎平，他在回忆文章《严峻的时刻》中说道，当值军官陈茂生在机要室开始翻译那份“有名的电报”时，他也在场，并帮助翻译了电文。他说，电文里有以下措词：“若执迷不悟，坚持北进，则以武力解决之。”但是在查询所有官方文件后，王年一认为没有证据表明电文中确有以上语句。他指出中央下发的任何文件中都没有相关指控，在延安的会议中或者张国焘逃离延安以后的公报中也无相关引用。

张国焘对毛泽东的举动感到怒不可遏。他把军队撤回了阿坝，绝口不提把毛泽东的人放还给他。他在雄伟的喇嘛庙大殿里召开大会，口号是“反对毛周张博向北逃跑”。张国焘号召红军干部谴责毛泽东，并要求朱德表明立场。

朱德说：“北上是中央采取的决定。我个人不可能反对这个决定，也不会领导红军反对这个决定。要让朱德反对毛泽东没用，世人不会相信，因为国内外都知道朱毛不可分。关于北上的决定，我已经举过手表示拥护，现在也不会改变立场。”

“你怎么这么老顽固？”张国焘厉斥道。

独眼龙刘伯承勃然大怒：“你怎么能这么对朱总司令说话？”[28]据当时在张国焘总部工作的报务员兼话务员宋侃夫回忆，开会的时候他也在场，后来对朱德和刘伯承进行了严厉的批判。毛泽东的部下被打作“右倾机会主义分子”和“逃跑主义分子”。[29]

有人喊道：“打倒朱德！”[30]

很快张国焘开始南下。四方面军的三十军和四军重新穿过草地在卓克基与他会合。侯国祥是个68岁的干部，看上去体格粗壮，寡言少语，头上已经谢顶（但1935年的时候他只有20岁，是四方面军中一名满腔热忱的政工干部，在李先念的三十军工作）。他回忆说在卓克基会师后不久，红军的行军口号有了变化。之前是“反对右倾机会主义分子毛周博”。后来变成了“打到成都吃大米”。[31]

张国焘南下，毛泽东北上，分道扬镳。

9月12日毛泽东在俄界聚集了部队。这个小地方是个安全的避难所。这片藏人的区域控制在一个杨姓的土司手里。他的家族世代均为土司，一直可以追溯到明代。这时已是第19代土司，他的藏名叫杰道（译音）。14世纪时第一代土司开始向明朝的皇帝纳贡，从那时起杨家便开始世代统治这片地区，每年向中原纳贡，独立处理自己地区的事务，地位很稳固。第19代土司向国民党缴纳食盐和粮食，对红军也给予同样的待遇。他希望保持中立，对任何一方都没有敌意。他把自己的谷仓向红军开放。双方之前没有书面协议，但是作为回报红军给了他一些步枪，这跟国民党的做法一样。杨氏家族的血脉一直延续下来，1984年已经传到了第20代，现在56岁，是省人民代表大会副主席，20岁的时候国民党封他为中将，但他决定跟着共产党干。[32]

毛泽东和中央委员会的其他成员在俄界开了一两天会。他们对缩小的部队进行了整编，根据宣传需要，称作红军抗日先遣队甘陕支队。这说明毛泽东实事求是，对部队的实力有着清醒的认识。与张国焘强大的四方面军相比，一方面军现在兵力有限，况且毛泽东的五军团和九军团也被并入了四方面军。

甘陕支队的司令员是彭德怀，毛泽东是政治委员。支队下辖三路纵队：原红一军团依旧由林彪指挥，聂荣臻担任政委；原红三军团依旧由担任总指挥的彭德怀同时兼任，李富春担任政委；原军委纵队由叶剑英指挥，邓发担任政委。杨尚昆将军担任支队政治部副主任，主任是王稼祥。[33]

俄界会议通过了《关于张国焘同志的错误的决定》。[34]有人提议开除张国焘的党籍，被毛泽东否决了。[35]红军继续以惯常的迅疾速度奔向腊子口。这个狭仄的隘口——最窄处只有10英尺到12英尺（约3—4米）——是通往甘南的咽喉要道。政治局会议召开的时间是9月12日和13日。9月14日早晨，红军已经沿白龙河右岸向腊子口行进。[36]白龙河是条湍急的山涧，一路流经莫牙附近水流凿出的峡谷。部队在莫牙找到一个精致的藏居，毛泽东就在这里过夜。旺藏寺也在这里，寺里住着四五百个僧人。寺庙异常干净，令红军战士感到难以置信。每座僧舍外均种植了红色和白色的菊花，向阳处牵牛花闪烁着白色、蓝色和紫色的光芒，旁边的葡萄架上绿意丛生。杨定华认为寺内可容五六千人。[37]部队让很多人在莫牙多休息了一天。

但是一军团二师四团没有额外的休息时间。杨成武还是四团的政委。9月15

日，这个先锋团得到了预期之中的任务——攻占腊子口，向甘南的岷县推进。有两天时间打下腊子口。命令下达的时候已经是黄昏了。所有人厉兵秣马，准备出发。夜里11点，他们聚集在路旁的草坪上整装待发。军哨响起，指挥员向部队喊道："同志们！我们马上就出发了。两天内我们必须夺下腊子口。"

他们在夜色中沿着白龙河一路前进，经过了一片黑黢黢的森林，越过一个山峰，途中大雪纷飞，景色宜人（"真好看呀！大家来吃白糖吧！"据说这些战士们这样嚷着）。[38]凌晨2点，他们饱餐一顿，休息了一会儿，然后继续上路。

途中四团跟国民党第十四师的一个营交火并把他们击散。从俘虏口中他们得知第十四师师长鲁大昌已经在腊子口修筑了碉堡。9月16日下午大约4点钟，这支前卫部队已经逼近腊子口。沿途风景不错，先过九龙峡，然后走一个隘口到腊子河边。腊子河是条湍急的山涧，两侧河岸挤得很近。到这里部队已经走出了高海拔地区，满眼都是亚热带植被：林木繁盛，有些地方看得到原始森林，漫山遍野都是蕨类植物和杜鹃花丛。不断有瀑布从石壁上喷出。

腊子口本身非常狭窄，两侧峡谷贴得很近，右侧是一堵绝壁，几乎成垂直状拔起，有1000英尺（约300米）高，人力无法攀援，就连山羊也上不去，恐怕只有飞鸟才可能置足其上。隘口宽100英尺（约30米），咽喉处窄至12英尺（约3.7米）。走过隘口，不远处又有一堵悬崖，没有这么高，上面山石参差突兀，但是并不陡峭。要从这里爬上去是可能的，但要躲过上面机关枪的扫射却难如登天。

狭小的腊子河在两岸峭壁之下奔流，窄得连鳟鱼在里面都难有腾挪的余地。小路通向一座3英尺（约1米）宽的小桥，由两根圆木搭成，另一端是河岸的峭壁。过桥以后要继续沿着峭壁一侧前行，脚下是用长长的铁栓铆在石壁上的悬桥式栈道。国民党在桥头险要处修筑了碉堡，如果有人试图过桥抢上狭窄的隘道，他们就可以用弹雨把他淹没。要是有人发疯地不顾一切想爬上峭壁，那他必须直面正对着他的冰冷枪口。

任何人只要在今天看到这个地方就会明白，这个防守阵地固若金汤。

杨成武把部队集中起来，对他们说："我们必须拿下腊子口。如果不能突破这个地方，我们就只能回草地去！"

晚上9点，四团开始了一系列夜袭，每次都以失败告终。国民党部队守住了阵地，他们的机枪不要命地四处扫射，手榴弹像炽热的棒棒糖一样满天丢。有几个人过了桥，但是他们没办法爬上悬崖。战斗一直很激烈，而他们只能蜷着身子躲在桥下，被火力压得无法动弹。

这个地方总共部署了国民党五个团，其中两个营大概四五百人受命镇守隘口。[39]

毛泽东在距离隘口300码（约270米）的地方建立了指挥所，整晚都在指挥行动。随着时间流逝，红军越发焦虑起来。俘虏已经告诉四团国民党的援军正在一路开来。

午夜时分，毛泽东下令停止正面攻击，因为这样打伤亡很大却无所建树。一群爬山老练的战士被集中起来，他们接到命令要迂回到敌人侧后，爬到最陡峭的那堵河岸的绝壁上，然后居高临下攻击国民党部队。这支小分队总共有三十到六十人，其中有十二个是苗族和其他少数民族战士。他们在黑暗中聚拢到一处，身上只带着手榴弹和冷兵器——匕首和短刀。他们没有登山工具，就把腰带，绑腿和绳子扎在一起，帮他们攀上危险的峭壁。登山队的战士默默地爬了上去，很快在紧张的指挥员的视野中消失不见。战斗还在继续。信号弹升空了，但不是红军盼望的白色信号弹，而是红色的。行动没有成功。天快亮了，指挥员们开始感到事已不可为，因为国民党的援军很快就要到了。突然传来一阵隆隆不断的爆炸声，原来是登山队的战士们终于爬上了敌人后方的山顶，正在从上面往下甩手榴弹。几分钟的工夫国民党士兵就爬出了阵地，从山坡上连滚带爬地翻下去仓皇逃命。浴血多时的四团余部一拥而上，奋起追击。宣传队的工作人员一夜疲惫，这时也操着沙哑的嗓子唱起了战歌：

炮火连天响，

战号频吹，

决战在今朝，

开展胜利的进攻，

消灭万恶的敌人！

很快部队从腊子口鱼贯而出。他们不用回草地了，也不用去粪便里清洗拣吃麦粒和谷子了。四团又已经在前面奔行。下一个目标是哈达铺，据说这是个汉人的镇子，粮食充足，对红军也非常友善。[40]

注释

[1] 这是1960年毛泽东对埃德加·斯诺问题的回答（埃德加·斯诺：《西行漫记》修订版第432页，1969年纽约出版）。杨尚昆对月夜的描述出自个人采访。杨定华对巴西附近当晚天气的描述完全相反："夜很黑……天空遮满了乌云……没有月亮……（杨定华：《中国工农红军第一方面军长征记》第381页〔译者注：杨定华原文中说："这日晚上十二时从巴西及其附近出发。该晚月既不朗，星亦无光，黑云密布了天空……"与作者描述有异，应是俄文版翻译所致〕）"蔡孝乾说他们溯包座河上游前进时"细雨绵绵，天空晦暗"（蔡孝乾：《江西苏区·红军西窜回忆》第七章）。

[2] 此处描写出自1984年作者个人考察及杨定华前书第378—389页栩栩如生的刻画。

[3] 张国焘声称前进的道路被白河的一段支流挡住了。这里一般深不过膝，战士们原本指望涉水过河，但是河水陡涨，深达10英尺，宽度近乎1000英尺（张国焘：《我的回忆》第421页）。中国专家大多认为这是夸大其辞。时任张国焘三十军军

长的李先念承认河流当时确实在汛期，但又说几天内水就会退去（李先念：1984年6月14日）。张国焘回忆录中没有提到多位长征回忆录作者及当代党史学家引述的活跃的电文往来。这些电报的文本迄今还没有发表过。

[4] 杨尚昆：1984年4月3日采访。

[5] 杨定华：前书第390页。

[6] 李先念：1984年6月14日采访。杨尚昆说班佑被击败的敌人是一个旅。

[7] 杨尚昆：1984年6月14日采访。

[8] 彭德怀：《彭德怀自述》第375页。

[9] 聂荣臻：《聂荣臻回忆录》第八章。

[10] 胡华：1984年3月29日采访。

[11] 杨尚昆：1984年4月3日采访。

[12] 李先念的说法出自1984年6月14日的一次采访。“彻底开展”一语是中文直译。1937年3月毛泽东在延安一个讲话中论及张国焘的电报时用到了这些词语。李先念并未听到讲话，但是读到过讲话的文字。中国专家解释说张国焘的措词暗指他和毛泽东之间的党内斗争未分胜负，他希望这次能把自己和毛泽东之间的问题彻底了结。

[13] 杨尚昆：1984年4月3日采访。

[14] 胡华：1984年3月29日采访。

[15] 彭德怀：前书第376页。

[16] 杨尚昆：1984年4月3日采访。

[17] 彭德怀：前书第377页。

[18] 彭德怀：前书第377页。

[19] 刘英：1984年6月14日采访。

[20] 杨尚昆：1984年4月3日采访；李伯钊：1984年6月15日采访。

[21] 杨尚昆：1984年4月3日采访；胡华：1984年3月29日采访。

[22] 杨尚昆：1984年4月3日采访。

[23] 彭德怀：前书第377页。

[24] 杨尚昆：1984年4月3日采访。

[25] 大多数细节出自杨尚昆将军1984年4月3日采访。关于此事蔡孝乾给出了一个与众不同的版本。他说距巴西约10英里到12英里远的地方，一支四方面军的宣传队突然出现在前进中的队伍面前，向他们高呼："不要跟高鼻子（李德）走，赶快回头。向北走是死路，南下才是出路！"主力红军为此感到惶惑，后来毛泽东和彭德怀出面安抚了大家的情绪（蔡孝乾：前书第七章）。

[26] 向青：1984年3月16日采访。

[27] 此处叙述出自在北京对杨尚昆将军的一次深度采访及后来他对一些具体问题的回复，另外还有在北京对李先念进行的采访，内容与杨尚昆那次一样丰富。两人都是这一系列事件的主要参与者。中国首屈一指的党史学家胡华教授根据中共档案及其个人研究提供了一个详尽的记录。其他细节出自军事博物馆秦兴汉将军及其研究人员、杨尚昆将军之妻李伯钊、洛甫遗孀刘英还有其他人的个人采访。对张国焘、聂荣臻和彭德怀的回忆录都进行了仔细的考量，在日期、具体时间、地点和顺序上有一些小出入。这些差异微不足道，但是张国焘与其他所有人的记述有重大矛盾之处。矛盾大多是因为张国焘对自己的行为和政策进行辩护，而对毛泽东进行批评。因此他的回忆录一直都在进行争辩，有关日期、地点、电文及行动这些事实线索却大都缺失。张国焘声称自己在得知毛泽东离开以前对出现的危机一无所知。他没有提起无线电往来的情况，对李先念所称的"著名电报"也只字未提。或许中共档案保管人员可以将相关电文及文件公开的话本书在此呈现的记述将有所改进。对地形细节的描述出自1984年在当地的旅行考察。

[28] 胡华：1984年3月29日采访。

[29] 宋侃夫：1984年6月6日西安采访。

[30] 杨尚昆：1984年4月3日采访。

[31] 侯国祥：1984年4月18日贵阳采访。

[32] 迭部县副县长魏东海（译音）：1984年5月30日采访（译者注：卓尼第19代土司

杨积庆藏名为罗桑丹增南·道尔吉）。

[33] 这是阎景堂及当代军事专家的结论。这些改变可能直到部队到达哈达铺以后才正式生效。彭德怀在回忆录（第380页）中说道，自己和叶剑英对部队的指挥是在毛泽东的直接领导下进行的。李德（第140页）说彭德怀被任命为第一纵队司令，毛泽东任政委。杨定华（第391页）说部队在“红军最高首领毛泽东和彭德怀”率领下继续征程。

[34] 聂荣臻：前书第八章。

[35] 彭德怀：前书第379页。

[36] 杨定华：前书第394页。

[37] 杨定华：前书第397页。

[38] 杨成武：《星火燎原》第440—441页。

[39] 李道基（译音）：1984年5月30日腊子口采访。

[40] 细节出自作者对腊子口及沿途的个人考察和1984年5月30日至6月1日间县长李道基及副县长魏东海在迭部的介绍。战斗详情出自他们的介绍及杨定华和四团领导杨成武编入《中国工农红军第一方面军长征记》的文章。对腊子口守军规模的不同说法之间有一些出入。本书的描述主要出自当地的介绍。杨成武说有三个团的守军，但是显然数量太多了。彭德怀说驻守的是邓宝珊的一个团（彭德怀：前书）。实际兵力应该是两个营。地方上的介绍者提到的登山敢死队被本书采用。其他记载中并未提及这些少数民族战士或者毛泽东的命令。有些发表于林彪权势熏天时期的记载强调了林彪的参与。而本书依据的三个主要记载中都没有提及他的名字。

第二十七章
家

1935年9月21日上午10点半左右，红军进入哈达铺。来的是毛泽东、周恩来（现在已身体大好）、彭德怀和林彪率领的主力部队。先头部队已于两天前到达这里。

哈达铺位于甘肃，靠近省界。经过了雪山、草地和藏人的领地，红军这下算是到家了。他们重新回到了汉人居住的中国区域，周围都是汉族人——主要是穆斯林，虽然如此，哈达铺对红军来说就是家乡，这里的人和他们长得一般模样，说的也是汉语。他们就是汉人。

前面还有山要翻，还有河要过，还有仗要打，但是不会再忍饥挨饿，也不会再仓促撤退了。

在这群坚毅、疲惫、消瘦的男女经过2.4万里跋涉，走到这个镇子的大门下时，哈达铺的群众对他们表示了欢迎。他们用欢呼、微笑和食物来迎接红军。

每个战士都发了两枚亮闪闪的银元。这是红军从雪山、草地和险关腊子口一路拖来的宝贝。毛泽东做了讲话，说："大家都要吃好。"[1]他们吃的很好。这里用五个银元就可以买到一头一百磅重的猪，两个银元就可以买到一头肥羊，一个银元可以买到五只鸡。简直像是天堂。一打鸡蛋只要一角钱，一百磅的蔬菜才卖五角。又有盐吃了，还有面粉——红军没收了一吨盐、六吨面粉，还有大量稻米、麦子和小米。每个连队都杀猪宰羊，战士们每顿要吃三个荤菜，两个素菜，比过年都强。他们从来就没有吃得这么好过，甚至因此产生了伤亡——有些战士把肚子给吃爆了。

镇里有座庄严的佛寺，周恩来和总部机关办公室就设在这里。毛泽东则住在当地一个商人带院子的富丽住宅里（现在还在）。1935年9月21日，哈达铺有两三千人口（过去50年中翻了一番）。遵纪守礼、对老百姓秋毫无犯的红军战士让哈达铺的居民激动不已。“真是好兵啊。”他们这样说。这里的妇女见到战士中有女性感到十分惊奇——这些留短发、穿军装、腰带上别着手枪的活物真的是女人吗？于是她们把女战士请到自己家里细细观察。她们触摸女战士的胸脯，还跟着她们上厕所。等确定这些战士确是女性以后，她们叫着要听她们在战斗中的故事。

直到今天哈达铺的居民还是非常好奇、好客。50年后，人们夹道欢迎我们这帮外国游人。他们以前从来没有见过西方人这样银发碧眼的存在。[2]

毛泽东到底要把军队带到哪里去？到达哈达铺的时候他依旧没有清晰的头绪。确实，他们要北上，到甘肃，到陕西，可能还要去宁夏。他们要去打日本人。但这都比较笼统，不是确切落实的地点。和长征中很多时候一样，毛泽东清楚自己的大方向，但没有形成具体的目标。

在哈达铺，从起点江西行经几千里路程之后，这个确切的目标，这个具体的地点，终于成形了。

红军先头部队到达的时候已经直接去了哈达铺的邮局。他们已经很久很久没有占领过邮局了。在那里他们找到了国民党的报纸，毛泽东和他的指挥员们如饥似渴地吸收着上面的内容。他们感到欢欣鼓舞，早在两河口跟张国焘一起开会时听到的传闻居然是真的！陕北确实存在一支共产党部队和一个苏区根据地。报纸上说毛泽东的朋友、伟大的民间英雄、二十六军英勇的军长刘志丹还活着，他还在率领自己的部队转战。二十五军的徐海东军长也在。

大难题终于解决了。十天后，毛泽东在榜罗镇明确宣布与陕北同志合兵一处的计划。他集合了自己的部队，分别召开政治局、中央以及高级指挥员之间的会议。政工干部下到部队和战士们谈话，而他则在6点钟的时候在一个小学的建筑内给军政干部开会。他讲到了抗日的问题，陕北根据地的问题，政治和经济状况，还有增强基本纪律的问题。这一天的剩余时间内，政委都在向部队传达这些信息。根据各个回忆录中的记载，毛泽东从此开始越来越多地强调抗日的方针。

到家了。红军已经站在了家门槛上，下一步的目标就是和同志会合，去一个已经建立了的根据地。现在要做的就是攻击北上，再行进1000里——250英里而已。的确，他们在张国焘和四方面军给他们带来梦魇之前也有过类似的热望。但是他们能感到这次会不一样。不管怎么说，他们还是从四方面军的危机中走了出来。这支红军队伍还有力量。尽管现在只剩下6000人了——但是剩下的人都非等闲之辈。他们经历了数不尽的战斗、难以言说的痛苦和近在咫尺的死亡，一路坎坷走来，已经整整一年了。他们克服了所有障碍，把红军的存在和共产党的事业传遍了大半个中国。

他们不再是那支衣衫褴褛，自己内部尚在勾心斗角，在国民党的精锐军团面前逃跑奔命的队伍。他们让长征成为了胜利。这不再是一次撤退，不用再东躲西藏，也不用再在四处寻找下一刻的藏身之地。他们渡过金沙江的时候一切就已发生了改变。国民党再也无法随心所欲地左右战斗了。毛泽东的部队精练、团结、身经百战，思想和目标高度统一。到这个时候部队里已经没有太多的普通战士了，剩下的人大部分都是干部。这些干部将成为宝贵的种子，他们会把自己深信不疑的革命传遍整个中国。

在长征最后的1000里路上，红军的会议和毛泽东的讲话中这样的情绪越来越明朗。毛泽东在哈达铺的讲话中说道：“我相信大家，指挥员和战士们，你们在长征中走了几千里地，经过了战火的洗礼，不惧任何艰难险阻。你们英勇善战，久经战斗考验，一定能克服所有危险，实现我们的目标——完成我们的征程，到北方去打击日本侵略者。”

第二天早上，还是在6点钟的时候，红军启程北上，毛泽东和彭德怀走在整支队伍最前面，林彪和聂荣臻则带领着之前一度实力雄厚的一军团。他们的目标是通渭。那里有更多的政治活动。一天晚上，中央广场上召开了大会。广场中间搭起了一个台子，上面红旗飘扬，广场四下里都用红布装饰。所有在通渭城里的部队都聚集到了这里。作讲话的有杨尚昆、保卫局长邓发和参谋长叶剑英等。他们一起唱起了《马赛曲》，然后开始大宴三军——猪肉、牛肉和鸡肉堆成了小山，城里的居民从来没有见过这样的盛宴。还有娱乐活动——李克农和黄兴表演了歌曲和魔术。[3]

红军继续急行军北上。他们受到了国民党部队的小规模骚扰，特别是马家军的穆斯林骑兵一直紧缠不放。他们穿过了西兰公路，用一个下午翻过了1.1万英尺（约3400米）高的六盘山，入夜时分在另一侧的山下宿营。

10月14日或15日，就在快到陕西边界的时候，据毛泽东的警卫员陈昌奉讲，他看见环县的一条狭窄的小路上有五匹快马向他们奔来，马上的人年轻健壮，头缠白毛巾，腰别驳壳枪。到了近前，他们从马上一越而下，问道：“毛主席在哪里？”陈昌奉问他们是什么人。有个人说：“我们是老刘派来给毛主席送信的。他在哪儿？“

陈昌奉说这是毛泽东的朋友、二十六军军长刘志丹派来的代表。毛泽东接见了代表，和他们一起去了正在休息的红军连队，大声告诉他们二十五军和二十六军派人来接他们了，他们就要到达陕北苏区了。[4]

马家军的骑兵还是在红军后方不断穿插骚扰。彭德怀命令部队加速前进。他不愿看到有小部队因为落伍而被这些凶残的国民党穆斯林部队围歼。[5]红军在老爷山宿营，接着翻过子午岭，进入陕西地界。在这里他们又和马家军骑兵交了火。这里地势起伏较少，有利于骑兵作战。10月19日傍晚，毛泽东的部队翻过了头道川黄褐色的山谷，进入了尘土飞扬的吴起镇。这里是陕西黄土高原的心脏地带，他们的背面就是长城，南面是华夏的始祖黄帝的陵墓。这里是黄河南部的黄土高原，是中国的诞生之地。他们到家了。

他们在贫瘠的吴起镇上找到了家。镇上到处是窑洞。之后的年月里他们开始非常适应在窑洞里生活。

那天晚上毛泽东召集了自己的指挥员。他提出要“斩去尾巴”上的敌人，打垮马家军，摆脱过去几个星期以来红军一直遭受的骚扰。20日，毛泽东给自己的军队和吴起镇本地的游击队布置了任务。这里的黄土地上有三条河流穿行。毛泽东在处于中央位置的洛河河谷中设下埋伏，把马家军诱入红军摆下的半月阵中。21日清晨，毛泽东在大峁梁山顶上设置了观察所（至今这里还有一棵孤树标明当时的位置）指挥战斗。

马家军骑兵发起了进攻——有四个团，每个团大约一千人。毛泽东的兵力并不占多大优势。早上7点钟，红军对马家军打头的一个团开火。两个小时不到，这个团就从战场上仓皇逃跑，其余三个团也一起逃走了。

战后的下午，毛泽东会见了两个地方领导。听他们讲了一些情况以后，毛泽东找来了两个可靠的干部——贾拓夫和王首道，让他们带一连脚程迅速的战士全速赶往瓦窑堡。他们的任务是解救罗宾汉式的二十六军领袖刘志丹和数目不明的其他同志。二十五军的红军同志正要对他们处以极刑。[6]

1929年夏，一位来自堪萨斯城的年轻人来到了黄河巨大的转弯以南的黄土高原。他的名字叫埃德加·斯诺。斯诺当时24岁，他来报道此地的饥荒。斯诺在此行中遇上了一个叫路易·艾黎的新西兰人。他们一起目睹了中国的死亡惨剧。黄土高原在太阳的炙烤和干旱的折磨下了无生气。整片土地上没有一丝绿意。树上一片精光，树叶全被捋走，树皮也被扒光。饿殍遍野，骷髅般的尸体就躺在路旁，上边没有一丝肉，骨头脆得像是鸡蛋壳一样，饥饿的女孩子半裸着身子，被用装牲口的拖车运往上海的妓院。地上的尸体瘦骨嶙峋，很快就消失于尘土中。1929年到1930年有600万人死于饥荒。此事在纽约时报内页中有半栏豆腐块似的相关报道。

就在这个可怖的夏天，刘志丹匆匆赶回陕北保安老家。他的父亲是一个小地主（从老照片上看刘家的房子远远比不上韶山毛家的气派）。庄稼没有收成。佃户那里收不上租来。刘志丹此时26岁，据袁耀秀回忆，他面目英俊。1984年红军老兵袁耀秀77岁，他一直生活在吴起，曾经给刘志丹当过兵。他回忆说刘志丹比一般人高一些，身材瘦削，脸颊粉扑扑的，总是带着笑，讲话很有劲，声音响得很，在上千人面前说话所有人都能听得一字不落。[7]

刘志丹走在街上的时候人们都会对他报以注目。他讲话的时候一说就是几个小时。所有人都知道他来自一个“富有”的地主家庭（在这个尘土弥漫的偏僻盆地中地主并不真的那么富有）。

地主们正在四处张贴告示。虽然发生了干旱和饥荒，但是佃户们还得交租。刘志丹家里让他也写这么一份告示。他说这真是胡扯。老百姓什么吃的也没有，既没有粮食缴租，也没有粮食交税。他去找佃户一起组织了一次抗议。他问他们：“你们就愿意一直这样忍气吞声下去吗？”很多刘家的佃户聚在了他的旗帜之下。政府被迫延期收取租税。[8]

1925年刘志丹就入了党。他曾经在黄埔军校学习。1929年他已经是中共陕北地下党委成员。[9]

刘志丹是老百姓的英雄。所有人都了解他的事迹并对之津津乐道。他们说他把自己家里的东西也都没收充公。他们都叫他老刘。“他致力于追求真理和解放人民。”他手下的战士袁耀秀这样评价他。[10]

陕西罗宾汉的革命道路并不平坦。刘志丹对老百姓的强烈情感让他不愿意用政治教条指东划西。1931年他组织了一支革命小分队，在此基础上建立了红二十六军。但是一年没到来了一个叫杜衡的人，他是省委书记，来此担任政委。他批判刘志丹，说他不愿意和国民党展开大规模战斗。于是刘志丹被丢在一边，杜衡接手了军队，导致二十六军在后来的战斗中被国民党大败，只有刘志丹和少数几个人逃出生天，而杜衡被国民党俘虏以后变节成了叛徒。[11]

刘志丹回到了陕北。在这里他一呼百诺，很快又重建了二十六军。有一个游击队长叫高岗的也带着手下几百号人加入了他的队伍。

高岗后来成为刘志丹的政委。他工作能力很强，但也有个恶名，用一个中国人的话说，是喜欢“玩弄妇女”。刘志丹对此无法容忍，有一次因为高岗行为不检点就呵斥说要把他处决。[12]

刘志丹的二十六军再次成军以后取得了巨大的成功。1934年他建立的根据地涵盖了二十个县（有些只是部分）。刘志丹手下有两支部队，一支是二十六军，另外还有一支小部队号称二十七军，加起来共有五千人马。[13]

但是又一场祸事开始酝酿。三个中央委员会的代表辗转到了陕北，他们都对刘志丹怀有敌意，试图将他罢黜。他们指控刘志丹与国民党暗通款曲。而实际上他是跟国民党中的秘密党员保持联络。[14]

这时候二十五军终于重新出现在人们的视线之中，周恩来早在1934年春的时候就曾经向这支军队派去程子华做代表。经过十八个月荒山野岭中的艰苦跋涉，二十五军最终到达了陕北。

程子华是在担架上到达陕北的。和他一起指挥二十五军的徐海东也是如此。他们已经在担架上待了好几个月了。

二十五军及其指挥员程子华和徐海东的艰辛历程是一部九死一生的史诗传奇。程子华一路涉险从江西经汕头、上海、汉口于1934年10月到达河南，接手了二十五军。他带领军队去豫西偏僻的桐柏和伏牛山一带活动。[15]

1935年初春，二十五军向附近的陕南地区转移。有一天他们正在庾家河开会，蒋介石部队中行军最快的第十六师从朱阳关一泻而下，从后方攻击他们。

战斗进行得非常惨烈。1930年程子华左臂曾经负伤，此后他习惯用右手托着左臂。这次战斗中一枚子弹再次击中了他的左臂，从他的右手中穿过，导致了伤残（五十年后他的右手只能握爪般使用）。一枚子弹穿透了政委徐海东头部右侧，从脑后露出头来。有整整一个月他昏迷不醒。钱信忠医生毕业于德国人开办的上海同济大学，1935年他24岁，战斗中他就站在两位指挥员身侧，也受了伤，但是并不严重。他用德国产的磺胺类前期药剂百浪多息给两人进行治疗。他说要没有这种药物，很难相信自己可以拯救两人的性命。[16]

程子华的伤口严重感染。他的手臂是用一把普通的锋利小刀进行手术的，当时甚至没有茅台酒给他麻醉止疼。吴焕先政委接过指挥权，经历千辛万苦，在陕南建立了一个根据地。他们知道刘志丹和二十六军在北部活动，但是没有取得过联络。1935年7月，他们在向陕北方向运动时——因为从国民党的报纸上得知红一方面军正在前往这个方向——吴焕先牺牲了。程子华和徐海东躺在担架上接掌了指挥权，程子华担任政委，徐海东担任军长。[17]

据程子华回忆，9月18日，二十五军与二十六军、二十七军在陕北永平镇会师，部队整编为红十五军团，由还躺在担架上的徐海东担任军团长，刘志丹担任副军团长，程子华担任政委，高岗担任政治部主任。[18]合兵之后部队在甘泉与少帅张学良的一个师打了一仗并取得了胜利。一切似乎都很顺利。

但变故就在此时降临。二十五军俘虏了一个国民党军官，叫做张汉民。张汉民说他是地下党员，并说刘志丹可以为此作证。他们没有理会，不问青红皂白就把他处决了。接着对刘志丹抱批判态度的中国“布尔什维克”们让二十五军相信刘志丹实际上是国民党特务，二十六军已经被敌人渗透。于是开始了一系列逮捕。开始的时候没有对刘志丹下手。为了把他支开，刘志丹被派去执行任务，同时军中开始了对下层指战员的清洗。但是刘志丹骑马行进的时候遇到了一个年轻的通讯员，他身上带着给十五军团的信件。不明情形的小伙子把信交给了刘志丹，里边写的是要执行逮捕的军官名单，刘志丹也在其中。刘志丹重新封好了信封，让通讯员把信交给十五军团军团长徐海东。然后他自己去了保卫局，把左轮手枪放在桌子上，说：“我知道你们在找我。”他希望这样做能让他们不再怀疑自己，而保卫人员却把他关了起来，他们不曾考虑为什么国民党特务没有溜之大吉，而是自投罗网，他们的头脑都被疑神疑鬼的妄想占据了。

1984年刘志丹的女儿刘力贞55岁，身体纤弱，讲话很能打动人心。1935年她只有5岁，但是却无法忘记9月和10月时的事情。母亲和她一起去监狱，站在外面，希望能找到刘志丹的身影，但是什么也没看到。

军队上层不想让其他人知道刘志丹被捕的消息。他们把刘志丹的马也拴在监狱里，以免被人在马厩里看见它没和主人在一起，因而生出流言来。被捕的人从街上过的时候头上也套着罩子。有一天5岁的女孩和母亲从一队套着头罩的犯人身边走过，其中一个咳嗽起来，她们觉得听声音就是刘志丹。

刘力贞小圆脸，高颧骨，橄榄色皮肤，讲起半个世纪前发生的事情时神态肃穆。当时在瓦窑堡门楼旁挖了一个大坑，她和母亲过去看过。有人说那些犯人会被扔进坑里活埋，还有人说他们会在被枪毙或砍头以后集体葬在坑里。

毛泽东救了刘志丹和其他人的性命。如果他没有在10月及时到达，并派出自己的代表赶去瓦窑堡救援，刘志丹和他的同志恐怕已经死于非命。当时已经批准了死刑。这是封闭的世界里又一起因为草木皆兵、歇斯底里产生的错误。

直到10月底周恩来被派去瓦窑堡时这些人才得以释放。到这个时候战士们都说如果必要的话整支红军会前来解救这些无辜的犯人。毛泽东不愿意指责这些犯错的军人。他感到他们是无知的牺牲品，不知道自己在干些什么。[19]

刘志丹被释放以后，刘力贞只见过父亲一次。“我感到很陌生。”她回忆道。“过了好一会儿才敢和他接近。”

他被关押时上了手铐脚镣，放出来的时候走路也有困难。毛泽东让他负责组织指挥新编二十八军。1936年他随军队出发东征，与国民党作战，34岁时牺牲在战场上。

刘志丹的女儿说他没有什么爱好，就是喜欢抽烟。到今天她的母亲同桂荣还一直在他的遗像前燃着香烟。79岁的时候小个子老太太同桂荣还保留着陕北时候的精神气。她坦诚说自己感到不好意思，因为她和刘志丹是传统包办婚姻，她还在母亲胸前哺乳的时候就已经安排好了。她17岁、刘志丹18岁的时候两人圆了房。“你们不会取笑我吧？”她的两眼闪闪发亮。她的手里拄着根拐杖，但人却像铁打的一般硬朗。刘志丹牺牲的时候她染上了伤寒，正在住院，因此没有赶上葬礼。

1943年他的遗体移至他的诞生地保安的纪念堂中（为了纪念他，保安县已改名为志丹县），她要求把棺盖打开再看一眼丈夫。她很欣慰，因为他身上着的是自己给他做的大衣。牺牲的时候刘志丹没有留下任何财产，只有一把手枪和一匹坐骑。而她请求把这些转交给了有需要的人。

她不无讥诮地用手指指头说：“那时候国民党出两百大洋悬赏我的脑袋。”她强调说自己年轻的时候是个“政治落伍的人”，从来不关心政治，直到1934年国民党部队到她家里抄家。“从那时起，”她说道，“我就参加了革命。有人说，‘唉，你也该参加革命了’——怎么拖了那么久？”

同桂荣和女儿刘力贞对1935年埃德加·斯诺给她们在保安拍摄的快照感到自豪。照片上刘力贞戴着顶小小的红军帽，她的母亲在上面缝上了一颗红星。

“文革”到来的时候，保安（志丹）曾经被国民党毁坏的纪念堂又被红卫兵毁了一遍。革命领导人题字的石碑被砸烂，她们一家也被赶到了乡下。同桂荣跟家里人说：“没什么新鲜的。1935年再来一次罢了。”刘力贞也说这是老一套的迫害了——不过这次是左派干的。她是个医生，被派到村里工作。她的丈夫张光现在是西安一家报纸的主编，当时被派去生产队劳动。刘志丹的弟媳写了一本关于他的小说。毛泽东的秘密警察头子康生让毛相信这是一部拥戴高岗（当时被指作叛徒）的政治性材料。于是她和丈夫一起被捕，遭受了严酷迫害。和刘志丹家庭亲近的朋友也受到了牵连。

刘志丹的女儿说父亲留下的唯一遗产就是他的精神。她说这话的时候，漆黑的眼眸认真严肃。到今天她的母亲遇到老同志的时候仍会禁不住泪流满面。他们依然怀念她父亲的音容笑貌，珍重他对革命的伟大贡献。[20]

当时在陕北也不全然是这样处处危机，红军也有时间来进行人间的喜事。毛泽东开始越来越多地取笑洛甫和小个子刘英。因为刘英和“中央小组”一起工作，她和洛甫逐渐变得形影不离。这可瞒不过毛泽东的眼睛。洛甫是中共中央总书记，他和毛泽东时时都在一起。

红军一到瓦窑堡，刘英和洛甫就决定结婚。“自从渡过金沙江后我们就挨得越来越近了。”刘英回忆说。“但是直到到达陕北以后我们才开始住到一起。”

他们决定不举办婚礼。“我们太穷了。”刘英说。毛泽东前来看望他们。对他们的婚姻他感到非常快慰。他说他们应该有一个仪式，请大家来观礼。于是他们就办了个仪式，但是没有摆宴席。

洛甫一直到延安后期都与毛泽东走得很近。再之后两人间的分歧逐渐明晰——但是并不严重。洛甫在新中国成立以后一度担任外交部副部长。刘英与毛泽东的妻子贺子珍也是好朋友。1937年她跟贺子珍一起去了莫斯科。洛甫担任外交部副部长的时候刘英进了外交部工作。

结婚时洛甫35岁，刘英30岁，两人的浪漫恋情是长征途中为数不多的，他们也是后来历经考验仍能有始有终的一对。[21]

红军在陕北也有惨事。还没到达吴起镇，名动天下的先锋团、一军团二师四团的指挥员杨成武和王开湘就都病倒了，他们染上了伤寒，王开湘病情尤其严重。

几天后，有人告诉杨成武他的同志已经死亡。王开湘高烧到华氏105度，开始神志失常。他拿起了枕头下的手枪冲自己的头部开了一枪。手枪和金表是他最珍爱的两样物事。长征中他每晚都会把自己的手枪擦得闪闪发亮。[22]

差不多同一时刻，长征中一直在担架上随军行进的王稼祥病情突然转危。杨尚昆将军一直跟他待在一起。王稼祥高烧不退，陷入了昏迷，大家一度认为他不行了。

给王稼祥进行治疗的是后来成为军队医疗部门负责人的王斌医生。由于王稼祥胃部受了重伤，他的腹部插了一根橡皮管，帮他排出液体。直到王稼祥奄奄一息的时候才发现原来管子已经变质，导致他伤口感染。于是就把管子拔了出来，并清除了脓液。他的温度开始降了下来，生命也因此得以挽救。[23]

伤情严重的王稼祥被尽快送去了莫斯科进行治疗。苏联医生花了半年时间才使他的伤口愈合，健康恢复到接近正常。他们尽力想使王稼祥的体重达到132磅以上，但是一直没有成功。当时康生希望回国工作，于是王稼祥取代他担任中共驻共产国际代表。

到家了，毛泽东到家了。尽管冲突始终不断——与敌人的冲突和红军内部突如其来、毫无理性的冲突，但在这片遍地红土、风沙不断、沟渠纵横、到处是低矮山丘和干涸河流的土地上，毛泽东和共产党人深深地扎下了根。在未来的岁月里，他们把陕西变成了自己的家，不仅仅是一个星期，一个月，或是一年，而是很多年。毛泽东在吴起镇只待了三天，然后就动身去了瓦窑堡。在那里他一直待到1936年初，然后去了安全的港湾保安，在那儿一直待到1937年1月10日，接着去了延安，在那里待了近乎十年时间，中国革命的整个酝酿时期都一直在陕北。

他还没有把自己的部众完全会合起来。现在他的麾下只有自己一方面军的余部和还在冲突中的二十五、二十六和二十七军。但是他的军队很快会重整旗鼓、实力大张。贺龙和萧克的红二方面军不日就将与他合兵一处，顽固不化的张国焘带领的红四方面军与毛泽东自己的部分军队会同指挥员朱德和刘伯承也将重新回到组织的怀抱。毛泽东对此坚信不疑。

他在瓦窑堡的新窑洞里拉过一只木凳，坐到松木桌前。警卫员点亮了自跨过于都河上咯吱作响的浮桥时起就一直陪在他身旁的那盏煤油灯。毛泽东在灯下把砚台从自己的铁皮笔墨箱里取了出来，磨出了浓黑的墨浆。他拿起自己的驼毛笔，蘸了墨汁，在一条上好的棉浆纸上书写了起来。

笔走龙蛇，诗句行云流水般成形：

红军不怕远征难，
万水千山只等闲。
五岭逶迤腾细浪，
……
更喜岷山千里雪，
三军过后尽开颜。

长征一共两万五千里，整整六千英里的征程，在这里到达了终点。永远不会有人了解到底付出了多少人的代价。开始出征的时候大军有八万六千人，结束的时候仅余不足四千人。而且还不能直接用这些数字加减，因为长征途中进行了一次又一次扩红。这些“损失”了的人手并非全部牺牲了，有很多其实是掉队和开小差的。

冰冷的数字无关紧要。长征是鲜血和勇气、胜利和失败、绝望和希望共同谱写的史诗。无畏的牺牲织就了不朽的传奇，中国革命就以此为基础蒸蒸日上。

注释

[1] 杨定华：《中国工农红军第一方面军长征记》第455页。

[2] 1984年5月31日岷县研讨；1984年5月31日作者个人考察。

[3] 杨定华：前书第453—472页。

[4] 这个故事出自陈昌奉的《跟随毛主席长征》，其中有令人怀疑之处，本书下文中的叙述将使这一点显而易见。

[5] 杨定华：前书第498页。

[6] 袁耀秀：1984年6月8日吴起镇简介。

[7] 袁耀秀：1984年6月8日采访。

[8] 袁耀秀：1984年6月8日采访。

[9] 1984年6月8日所见保安刘志丹纪念碑记载。

[10] 袁耀秀：1984年6月8日采访。

[11] 房成祥教授：1984年6月12日西安个人采访。

[12] 刘志丹之女刘力贞的丈夫张光：1984年6月12日西安个人采访。高岗后来成为最受争议的中国革命参与者之一。1949年初，他成为特别的东北军区（满洲）司令员。1953年斯大林去世后他被逮捕，罪名是阴谋建立“独立王国”。他在狱中自尽。长久以来一直怀疑他与苏俄有特殊关系。他的名字被收入莫斯科《苏联大百科全书》（*Bolshaya Sovetskaya Entsyklopedia*）第二版中。该书用户曾被请求删去书中两个人的名字，一个就是他，另一个是斯大林的秘密警察首脑拉夫连季·巴夫洛维奇·贝利亚。

[13] 房成祥：1984年6月12日采访。

[14] 张光：1984年6月12日采访。郭洪涛和朱理治分别于1934年和1935年7月从天津的中共地下北方局到达陕北。第三个人是聂洪钧，他到得晚一点。他们声称刘志丹走的是“富农路线”，在军事行动上也不够积极。

[15] 程子华：1984年3月30日北京个人采访。

[16] 钱信忠：1984年3月30日北京个人采访。

[17] 程子华：1984年3月30日采访。

[18] 房成祥：1984年6月12日采访。

[19] 1984年6月8日吴起镇简介。高岗说部分被关押者遭到处决。他说：“如果不是中

央到来制止与纠正这次肃反，其前途更是不堪设想的”（转自郭华伦：《中共史论》第87—96页，台北出版）。

[20] 刘志丹及二十六军和二十五军的头绪复杂的故事出自刘志丹家庭在世成员——刘志丹遗孀同桂荣、女儿刘力贞、女婿张光之口，一些细节出自陕西党史学家、位于西安的陕西师范大学教授房成祥与许盎邵（译音）。有些细节出自北京外交部的张援远。有关二十五军的故事出自其指挥员程子华及二十五军医生戴正启（译者注：此处的医生应为钱信忠，可能是作者混淆）。斯诺的《西行漫记》第209—214页上记载了一个混乱不清的版本。斯诺在保安遇到过同桂荣和刘力贞，但是他对此事的信息来源似乎是肃反的始作俑者。程子华对此事介入不多。二十五军到达陕北的时候，实际掌权的是徐海东。毛泽东不允许对他们两人进行事后报复。

高岗后来在陕北政工干部会议上的讲话中说党内清洗的鼓动者声称刘志丹是“白军军官”，“一贯的动摇怕死”，而高岗自己则是“右倾机会主义分子”（转自郭华伦前书第87—96页）。

[21] 刘英：1984年6月14日采访。

[22] 杨成武：《星火燎原》第257—261页

[23] 杨尚昆：1984年10月26日采访。

第二十八章

聚 头

如果说红军中也存在希腊传说中达蒙和皮西厄斯那样的刎颈之交的话，那一定非萧克与贺龙莫属。萧克身材瘦削，是红六军团27岁的军团长。贺龙相貌堂堂，是红二军团38岁的军团长。

1934年10月22日，两位将军在黔东北的印江县木黄镇会师，这里接近湘鄂川黔四省交界的“四角地带”。四天后他们进入四川，在南腰界举行庆功宴。在这里，六军团和二军团正式整编为后来的红二方面军，也正是在这里，萧克与贺龙开始结成了久经考验的生死之交。

政委任弼时念出红军统帅部发来的贺电时大家备受鼓舞。在偏远的山区深处萧克和贺龙都不知道发出贺电的时候，红军指挥部已经在长征途中行进十天了。[1]

与毛泽东和张国焘会师时不同，萧克和贺龙会师时双方并未因为疑窦丛生而差点兵戎相见。“我们跟贺龙会合，”50年后萧克回忆说，“大家一片欢喜。我们需要他，他也一样需要我们。”

后来到1982年的时候萧克写了一首庆贺木黄会师的诗词，1984年向一位来访者朗诵了它。我去的时候他正跪在地板上研究铺开来的一张长征地图。他诵道：

八千健儿，挥戈东向。

沅澧汹涌，狂飙燎原。

……

抚今追昔，怀梵净山。

萧克与贺龙在1927年南昌起义时见过面。而会师以后他们的命运将产生更紧密的交集。长征中他们都结了婚，妻子是一对姐妹花，在途中各自为他们产下一个孩子。贺龙是一个女儿，萧克是个儿子。[2]

贺龙在南腰界进行了重要讲话。他说他们没有真正的根据地，当下必须依靠三样东西：他们腿上的脚，他们头上的嘴，和他们手中的枪。余秋里当时20岁，出身贫农，已经干了五年红军，是红军学校的指导员。他解释说贺龙这话的意思是必须时时处于运动之中，用宣传手段争取群众支持，用枪炮来挡住敌人——他认为这是非常重要的信息。[3]

1934年秋萧克与贺龙在四省交界处会师之时，贺龙已经在此处建立了一个地域不大，边界模糊的根据地，长60英里（约96公里），宽30英里，人口十万，很难支撑一支有规模的部队。他们会师后第一年的大部分时间里，贺龙和萧克都在这个区域内部和周围活动。这是贺龙经常出没的老地盘。1896年贺龙出生在四省交界处的桑植县洪家关。他是贫农家庭出身，在家里排行第三，有两个姐姐，一个妹妹和一个弟弟。他的大姐贺英习过武，指挥过一支游击队，后来被国民党杀害。[4]他的父亲是个裁缝。家里把希望放在贺龙身上，希望他能重振家声。

贺龙10岁的时候就曾行商到近300英里（约480公里）外买了100匹马，再在回家的路上把马卖掉，一路上都没遭抢。他上过小学，干过一年农活，开过一家客栈，但是这些最终都让他开始深思穷人生活之不易。他有一个老师叫陈图南，是孙中山的追随者，于是贺龙加入了孙博士的革命队伍。“我不单单签了名，还在纸上按了指印。”他曾回忆说。

1916年农历二月十六，贺龙开始了生平第一次革命行动。他带着一群农民，用大号的菜刀作武装，攻击了一个盐局税卡，把税卡给砸了，缴获了一些枪支，抓住了税官。他们把税官砍了头。[5]

贺龙识字不多，但是会写自己的名字，下命令的时候他会把名字写在传令兵的左手上。传令兵回到自己的部队以后会把记在脑中的命令背诵出来，然后举起左手展露贺龙所署的名字，以示军令真实无误。1927年南昌起义失败后，贺龙开始教自己读书写字。他有近乎过目不忘的本领，学习的时候会记住一段文字，然后反复诵读，直到记得所有字的写法。[6]

有一次贺龙告诉同僚自己的生活哲学：“我相信运气。运气来了，门坊都挡不住，关门也没用。命来了就总会按命走。”[7]

贺龙从来不拘泥礼节。长征途中他一直光着脚或者穿草鞋走路，脚底磨出深深的裂痕。1925年北京军阀封他为镇守使，发给他一套威风的将军服——金色的穗带和扣子，两肩绣着肩章，勋章用黄金和钻石装饰，衬着帅气的黄腰带。他拍了一张穿这套制服的照片给自己的革命同志看。“我的罪恶制服！”他这么自嘲（后来“文革”中指控他这样的言行是“军阀意识”的体现）。[8]

蒋介石从来没有放弃过对贺龙的策反。他曾经派了一个贺龙的旧友去他那里，试图劝服他回心转意跟国民党干。贺龙怒斥了来人，把他给枪毙了（而这件事后来在“文革”中也被用来指控他——“与国民党维持不法联系”）。同时，蒋介石也力图把贺龙族灭。国民党杀害了贺龙一百多个亲属，其中包括他的三个姐妹和一个弟弟。[9]

这样的组合似乎不可思议——贺龙是老革命，萧克比他年轻十岁，两个人风格迥异。贺龙为人直爽不羁，留着八字胡。他说开始留胡子是因为那时候只有地主和军阀才留；他要看看为什么农民不能跟他们一样。海伦·斯诺称他作洛钦瓦（译者注：苏格兰文学家司各特诗中的英雄人物）。

贺龙喜欢跟自己的政委关向应下棋，谁输了就得把胡子剃了。一般总是贺龙赢得多，但是有时候他的胡子也会因此消失不见。[10]

贺龙用菜刀起事的时候萧克还是一个9岁的学生。萧克担任六军团的指挥员时依然显得非常年轻。但他行事一丝不苟，谨守原则，立场总是很坚定。他说自己是"小知识分子"家庭出身，家里很穷苦。实际上他的父亲是一个没落乡绅家族中的儒生。1907年7月14日萧克出生在湖南五岭。萧克是个好学的人，诗写得不错。他身材瘦削，脸上有不少雀斑，因为小时候患病几乎头发全秃。1927年他进入黄埔军校学习。他告诉过海伦·斯诺自己的一位兄长曾经因为"通匪"被处决。

两个人性格互补——贺龙外向开朗，讲话带劲，每次一上街就会引来一大批人；萧克稍显内向，身上有些学究气，但是像海狸一样坚忍不拔，出现情况就要把所有问题都搞清楚，他善于运筹，执行计划时坚定不移。两个人对自己的总政委任弼时的政治智慧十分称道。50年后萧克说正是由于任弼时的存在使红二方面军成为了一支强大的力量。[11]

"他是一员上将。"萧克这么形容贺龙。在说到自己15年前因为"文化大革命"而悲惨离世的朋友时他声音低沉，富含情感。他说："他是个伟大的革命战士，也是我可亲可敬的老指挥员。"

贺龙与萧克相遇三周前，一个特殊的观察者由于机缘巧合加入了长征。他是一个外国人，此后（不情愿地）陪同红军渡过了18个月的时间，后来将自己对此行的印象著述成文、发表出版。

"有一天，"萧克解释说，"我们到了贵州省会以东的旧州。在那里我们打败了一队民团，占领了黄平县的老县城。"

在一个天主教堂中萧克的战士发现了一张大型中国地图——长宽大约都是36英寸。标注的语言是法语，军中无人认识。幸运的是，萧克说，教堂里的一个“牧师”能说点中文。萧克早就不记得这人的名字了。他叫薄复礼，是瑞士人。他是新教徒，也是中华内地会的传教士。

薄复礼被带到萧克的指挥部。晚饭后两人在一张方桌边坐下，地图就摆在桌上。萧克在地图上把地点指出来，靠着微弱的烛光薄复礼把地图上的法文名字一一读出，他们一起把汉字名称弄清注明，两个人整晚都在地图上工作。对萧克来说这次经历难以忘怀。在军事学院里讲到此处时他兴致勃勃。

“总算有了贵州的地图，我们开心得不得了。”萧克这样说到。

薄复礼和另外一个传教士阿诺利斯·海曼有好多个月都在萧克军中随行。海曼一共随行413天，直到1935年11月18日结束，薄复礼则有560天，到1936年4月12日结束。他们是和妻子一起被抓的，海曼的孩子当时也被一同抓了起来。但很快女人和孩子就被释放。薄复礼对长征的回忆成了整个长征中唯一来自外来者角度的印象。

对薄复礼来说，六军团和二军团会合之日一片欢庆。他和海曼被关押的房子外乐队在演奏着乐曲。而自被抓以来他也是第一次有一整天的休息时间。他和海曼开始洗自己的衣服。他发现身上已经被自己称作“中国百万大军”的虱子给占领了。

他和海曼从一个路过的农民那里买了两磅蜂蜜，美餐了一顿。

薄复礼对长征开始有了一些认识。他和海曼一前一后地走在长征的队伍中。在他们的前面就是旗手，手里掣着一面带黑色五星的红旗，五星中央是白色的镰刀和锤子。旗手用一张油画的画布给旗子做了防水的遮护。油画的内容是基督降生在马槽里，周围是牧羊人和他们的羊群，伯利恒之星在上空闪耀。薄复礼回忆说：“一开始跟着红旗往前走感到很变扭。但是一切结束以后我开始明白过来，原来我一直追随的是灿烂的启明星，我因此感到欣慰。”

有时候被抓的人会用绳子绑起来。这时他和海曼会被绑在一起，或者由一个看守在两人之间用根绳子像狗绳一样牵着他们。不断有人被抓进来，进行审讯，如果红军认为是间谍的话会被打一顿，然后带出去由几个十来岁的孩子拿大刀处决。[12]清晨再上路的时候，路上经常可以看到被处决的尸体，每具尸体上都别着张纸，上面写着罪名。

萧克对薄复礼的回忆是非常友好的。他感到传教士帮了他的忙，把地图给弄清楚了，因此自己对他有所亏欠。此事发生50年后，萧克开始行动起来，尽力寻找薄复礼。后来在英国找到了他，那时候薄复礼已经88岁，还生龙活虎地健在人世。他对自己作为长征中“第二个外国人”（引自《人民日报》1984年10月头版文章语，第一个外国人是李德）所见证的事情仍然记忆犹新。

薄复礼对贺龙的第一瞥是在1934年11月。当时他正和其他俘虏走在一起，其中有个中国人，叫做“廖胖子”。这时一个面目俊朗的人骑马经过，薄复礼形容说他“风度翩翩，留着黑色八字胡”。他向那个胖子俘虏叫道：“喂，胖子，你赶紧再交点钱出来，不然的话我们就砍了你的脑袋。”这个人就是贺龙。薄复礼被释放前不久，他被委派去给贺龙1936年8月在桑植出生的女儿织婴儿装。薄复礼自学针织，曾经给红军战士织过毛衣、围巾和手套，在军中小有名气。贺龙的副官给他拿来了毛线——黑色的，褐色的，绿色的，紫色的，还有白色的一大堆，有些线团上面还有德国商标。薄复礼觉得这是从某个传教团那里弄来的。有两件童装给他做样板——一件是中式小睡袍，一件是半西式外衣。他把式样画在纸上，然后开始工作，用的是一支红军给他提供的“精美不锈钢钩针”。

薄复礼的任务还没有完成，红军就上路了。他只能把还没有完全织好的童装交给贺龙。[13]

但是贺龙的童装问题还没算完。后来在延安决定把当时已经一岁大的孩子送去西安。她的名字叫贺捷生——意思是在打胜仗的时候生的。康克清把朱德穿得很旧很软的内衣拿出来给小捷生做了几件内衣。[14]

薄复礼认为和自己一起随红军行进的俘虏大多是为赎金而被抓的，拿到的赎金用来为长征提供资金。红军给整个传教团开出的赎金是70万大洋。最后从海曼身上得到了一万银元，从薄复礼那里则一点赎金也没拿到。但是从中国俘虏身上榨出了不少钱——这些钱被叫做“罚金”。有些中国人的亲属时而能给些钱出来，他们就被在车上关了差不多一年或者更久。薄复礼印象中被抓起来要求用罚金赎出的有好几百人，甚至也可能有好几千人。一般来说红军要到的时候地主都望风而逃了，但是他们经常会留下一个老亲戚或是自己信任的仆人来照看自己的财产。红军就把这些留下来的人抓了起来，直到地主给出合适的罚金才把他们释放。如果不交罚金那么有时候会把人质处死。有时候因为抓来的人太老或者病太重而无法跟上红军，也会把他们杀掉。[15]

薄复礼认为自己和海曼之所以被留在军中这么长时间，原因是1934年圣诞节的时候他们尝试过逃跑，但是搞砸了。有些传教士的遭遇远没有他们那样幸运。1934年9月6日一对美国长老会教徒约翰·史丹及贝蒂·史丹夫妇和他们三个月大的女儿在安徽被抓。史丹夫妇被处决，他们的孩子没人照看，直到二十四小时以后才被发现。报纸上称这个孩子为“奇迹之子”。共产党方面拒绝为此事负责。中华内地会有个老传教士叫福格森的差不多与薄复礼同时被抓，之后便再无消息了。[16]

1936年1月海曼被释放以后又在黔东北的石阡抓了一个传教士。这是个德国牧师，叫海因里希·凯纳，是圣心会教徒。

凯纳当时二十八岁，已经在中国待了两年。他的身体本来就孱弱，红军缺衣少吃，整天急行军，没有合适的鞋袜，每天的行动没有规律，这些都让他健康每况愈下。有时候薄复礼和凯纳有马骡骑，但大多数情况下都是步行。他们经常在地主的谷仓里过夜，就睡在谷子上。但有时也睡在泥地上，这时常常在身下垫块木板做床。

薄复礼在传教团的同事坚持不懈地试图让他得到自由，一次又一次派来代表交涉。凯纳的传教团则没有为解救他作出任何动作。[17]

红二方面军开始自东向西穿过贵州，途经乌江边的猴场（猴子镇）时一个富足的房东告诉薄复礼，一年以前"朱德将军的部队"曾途经这里，军中有两个外国人，穿得很好，他认为是俄国人。他们中的一个可能是李德，如果第二个外国人存在的话，则其身份到现在仍是一个谜。

萧克对西进感到满意。黔东和湘西南过于落后贫穷，田里主要的作物就是罂粟，除非红军接受瘾君子做战士，否则无法征得兵员。所有人都吸大烟。如果小孩子感冒，父母会把鸦片烟喷进他的鼻孔里当作治疗。红军对此有铁的纪律：决不招吸鸦片的人。但是这样就无人可招了。于是他们给吸大烟上瘾的人安排戒烟，逐渐减少吸食鸦片的剂量。卫生人员做了一些宣讲，并给他们注射用水稀释的硫磺。一个月后大部分人都可以戒除鸦片瘾。[18]

1984年余秋里精神矍铄，身体很壮实，宽脸膛，笑起来很爽朗，仅余的一只手臂做起手势来幅度很大。1914年他出生在江西省吉安县，家里穷困潦倒，只有1.1亩地（大约六分之一英亩），0.8亩种水稻，0.3亩种芝麻和花生。家里还有父母和兄弟，靠这些地无法糊口。他15岁时就参加了红军。

红六师自毕节向西南运动，在通往赫章的路上，已经晋升为十八团政委的余秋里见到贺龙和其他高级指挥员在一座桥边等他。贺龙告诉他把十八团部署在沿路下去6英里（约9.7公里）的地方，在那里设置防线以便让部队不受骚扰顺利通过。

余秋里发现国民党在得章坝附近的一座小山上。他派了一个排去袭击他们的侧翼，但一个人也没能回来。于是他下令正面进攻。

"我吃了一惊，"他说，"因为听到许多轻机枪开火的声音。后来才意识到我以为是轻机枪的火力实际上是自动手枪发出的——二十响的盒子炮。之前从来没有见过这种东西，算是尖端技术。我们后来一共缴获了八支这样的枪。"

在红军里的戎马生涯中余秋里从来没有下过破釜沉舟式的命令。"但是那天我那么下令了。”他说。敌人几乎打到了他的指挥所，他甚至动员了炊事员进入战斗。10点钟的时候一支盒子炮的子弹打进了他的左臂。手臂被打断了，悬在身侧，看得见骨头和白色的筋膜。

他用毛巾包上了自己的伤臂，用力抓紧它来稍稍止痛，一边往上泼些冷水，就这样咬着牙一直坚持到夜里。手臂上全是冷汗。后来医生给他把手臂包扎紧实，让战士们抬着他走。

“我死过九回。”余秋里说道。过金沙江的时候他的手臂还被包扎着。结果他乘坐的木筏被打翻了，他掉到了水里，靠着飘在水面上的一条羽绒被勉强浮着，才算拣回一条命。

他们和红四方面军会师的时候医生揭开了绷带，发现余秋里的伤口上蠕动着白色的蛆虫。他们用硫柳汞给他清洗了伤口，并用新的白色绷带绑好，抬着他过了草地。9月底在甘肃徽县医生给他截肢，先用日本刀片剜掉腐肉，然后用兵工厂里拿来的锯子锯去坏骨。当时给他用了一剂缴获来的麻药，但是没有人知道该用多少剂量，余秋里差点因此没命。[19]

接下去部队越过了乌蒙山区，毛泽东在1935年10月长征结束时写下的诗词有一句就是形容这里的（“乌蒙磅礴走泥丸”）。[20]

据萧克回忆，他们在山里待了大约两个星期，于3月23日出山，在宣威附近的虎头山进行了激烈的战斗，打败了滇军将领孙渡。军阀龙云当时刚被任命为滇黔剿匪总司令，还想让手下打场胜仗充门面，结果未能如愿。

红军一路压到盘县，本想在那里建立一个苏区根据地，但是1936年4月1日左右的时候，他们收到红四方面军的电报，要求他们北上。他们要选好时机，赶在长江上游春汛之前的3月、4月或5月出发。

贺龙和萧克在毕节和盘县逗留的时候已经充实了部队人手。现在他们军中约有一万八千人。他们后面一两天路程的地方一般都跟着国民党指挥官孙渡的部队，约有两万四千人（后来孙渡说他相信红军有四万人）。[21]

贺龙和萧克没有跟孙渡和他的老板、军阀龙云达成“走过场”的协议，但是他们希望滇军能保持一定的中立。

在毕节贺龙遇到了一个威望素著的老人，叫周素园，他曾经担任过贵州军政府总理，是前清有名的学者。贺龙问他为什么不逃跑。“干吗逃跑？”这个学者指着书架上的书——里面有马克思、列宁和其他共产党人的著作——回答道：“你是马克思主义者，我也是啊。”贺龙请他给龙云和孙渡写信。周素园照做了，他告诉他们红军不好打，而且红军也不愿意挑起战端。他提醒他们蒋介石对云南早就心存觊觎，让他们想想蒋介石是怎么对付黔军军阀王家烈的。

信里还讲了一个《春秋》里的故事（假途灭虢），讲有一个大国国君假道从小国中过，去攻击一个大敌，回来的路上顺便把小国吞并了。周素园说此事史有明鉴，让他们小心。湘军军阀何键也暗地里通知龙云注意不要中了蒋介石的圈套。[22]

何键的警告尤其重要。何键对反共死心塌地，但是蒋介石接手贵州让他心生警惕。他通过自己的女婿李觉送来消息，让云南的同僚不要让蒋介石有空子可钻。何键特别强调说各省军队应该相互照应，不要为蒋介石的中央军拼死拼活。

龙云深以为然。他告诉李觉“我们可能赶不上红军了”。龙云和湘军没有与国民党中央军合作，因此中央军补给困难，只能沿金沙江边崎岖的道路前行。龙云也不让中央军靠近昆明，生怕他们趁机偷袭自己。

“让中央军自个儿追红军去。”龙云说道，他告诉中央军将领，“没补给的话找老蒋要去”。龙云让自己的部队在昆明造起了防空洞。红军可没有飞机。有飞机的是中央军。[23]

通往金沙江的道路并未因为这些插曲而向贺龙和萧克敞开，但确实也帮上了忙。

萧克与贺龙准备跳出盘县与红四方面军会合的时候，龙云觉得他们此时应该已经不堪一击。

因此当他们插入云南，准备从昆明以北50英里（约80公里）左右的一架悬桥上渡过普渡河时，龙云派出一支强军来堵截他们。

这次滇军军阀失算了。共产党的先头部队于4月6日夺取悬桥，4月7日清晨击溃了镇守桥梁的特殊部队工兵旅。

但是发现龙云动员了大批部队前来追击后，萧克与贺龙于4月7日晚召开了紧急会议，改变了原计划。他们决定佯攻昆明，希望以此迫使龙云撤回部队。龙云得到消息后急急把军队撤回省府，红军趁此机会在富民一带渡过普渡河。红二方面军的征途在云南告一段落，在此地再未展开什么战斗。[24]

对这些事情，传教士薄复礼基本一无所知。他知道他们穿过了云南边界，翻越了好多山（乌蒙山），眼前错综复杂都是难走的小道。道路对他来说很难走，对日渐虚弱的神父凯纳来说更是如此。

他们走过平原的时候，薄复礼得到暗示自己将被释放。最终萧克告诉他等部队靠近昆明的时候会给他自由，但是凯纳必须继续随军行进。

4月11日周六下午，萧克请薄复礼好好吃了一顿，两个人轻快地交谈了一阵。将军对像薄复礼这样受过良好教育的外国人信仰上帝表示很惊讶。萧克说："你肯定知道我们是猴子变来的喽？"

薄复礼告诉他进化论只是一个理论而已。对他来说，"要相信人是从动物变来的要比相信全能的上帝更加困难。"

现在的政治局委员、当时的六军团政委王震告诉薄复礼："等你向报纸介绍的时候要记得我们是朋友。你亲眼见到我们是怎么善待穷人，怎么遵守自己原则的。你知道我们不是别人诽谤说的普通土匪。"

萧克说他不反对薄复礼以访客身份再来中国。"只要不用上帝的信仰来麻醉学生和群众的话"，他们甚至允许薄复礼"办一个学校"。

神父凯纳也在场。负责俘虏的是薄复礼称作"吴法官"的人。薄复礼提醒他如果不能给神父提供更好的照顾他是活不长的。他要求给神父安排一名卫生员，确保他有水喝，能洗澡，能烤火取暖，有稻草睡觉等等。吴法官答应他会改善条件，让凯纳可以喝到些咖啡和可可。

第二天清晨，红军离开一段时间以后，薄复礼走进了富民城。这天是复活节。他的苦难结束了。

多年以后，薄复礼得知他被释放十天以后，神父死了。共产党从一个很富有的地主那里没收了他为自己葬礼准备的精心打造的棺材，出钱雇了脚夫把装殓了尸体的沉重棺材抬到山坡上埋葬。红军继续前进了。棺材很沉重，脚夫之前已经收了钱。他们把棺材扔在山上，拿着钱直接走了。游荡的土匪看到了棺材，以为里面是个富商，想扒下尸体身上的绫罗绸缎，急急地撬开盖，却发现神父干瘪的遗体，身上穿的是一袭最便宜的黑色棉质法衣。他们浪费时间了，于是就把棺盖抛在一边，离开了这里。晚上有狼群前来光顾。[25]

这是一场赛跑。六军团和二军团从富民向金沙江奔行。他们沿主要公路行军，经过大理和风景秀丽的名湖洱海，然后到了鹤庆和丽江，准备在这一带渡过金沙江。这里在红一方面军渡江地点皎平渡西北约150英里（约240公里）处。跟皎平渡相比，这里离西藏更近，山也高得多，但两岸的路比较好走，隘口也比较矮，都不到1000英尺（约300米）高。金沙江在海拔6000英尺（约1800米）的高地上奔流。玉龙雪山顶上覆盖着晶莹的冰川，在近乎2万英尺（约6000米）高的地方俯瞰着这片土地。[26]

但是一路上没有遇到反抗，一枪未放，二方面军在公路上疾行的时候也没有任何阻击，只有几架国民党的双翼飞机慵懒地在上空进行侦察。

红军到达丽江的时候城市进行了欢庆，人们对他们列道欢迎。部队在这个汉族和纳西族混居的镇子里行进的时候受到了老百姓的欢呼。人们像欢迎凯旋的英雄一样对待贺龙和萧克。这当然不是偶然。

丽江和毕节一样，有一个名望素著的前清学者，不是翰林（第一流），是个进士（第二流），名字叫和松樵，曾经追随过孙中山。他和丽江县长王凤瑞商议之后决定在共产党部队通过时对他们表示欢迎。王凤瑞自己避进了山里，等红军走后才回来，但是没有因此受到任何牵连。他是龙云的人。后来他在共产党的政府里继续做官，一路青云直上。1984年的时候他已经84岁了，还健在人世。[27]

4月25日先头部队选择了渡口，在金沙江上选择了五个主要渡口，前后相距40英里（约64公里）。大部分部队自石鼓渡江，这里的河滩上都是舒适的沙子，过江相对容易。4月26日贺龙开始率军过江。同日萧克到达石鼓，因为之前部队行进了40英里，他决定第二天过江。红军有足够的船只。4月28日黄昏，一万八千大军全部过江，没有一起敌人袭击造成的伤亡。只有一匹惊马掀翻了一只船，十七名战士因此溺死于江中。红军的一名号手负责观望，一有国民党飞机出现就会吹号示警。

他们继续北上，一路通行无阻。部队跟彝族相安无事，跟藏族有些小摩擦。“我们用银元买吃的。”萧克说。“买了谷子、粮食和其他给养。队伍里有伤病号的时候，少数民族老百姓还帮忙提供马匹。”

6月30日，贺龙和他的部队到达甘孜，位于原四方面军总部所在地阿坝西南。几天前萧克和自己的部队已抵达此处。“四方面军的人很友好。”萧克回忆说。“我们刚刚翻越雪山。每个人都发了一件暖和的毛衣。大家精神都很好。”[28]

注释

［1］萧克：1984年3月9日北京个人采访。1984年时余秋里是解放军总政治部主任，

1934年时他是红六军团的政工干部。他回忆说自己第一次听说长征是通过国民党报纸得到的消息，时间也许是1934年12月（余秋里：1984年10月31日北京个人采访）。

[2] 萧克：1984年3月9日采访。

[3] 余秋里：1984年10月31日采访。

[4] 海伦·斯诺：《延安采访录》第47页。

[5] 贺龙遗孀薛明：1984年6月16日北京个人采访；王庆和：1984年5月1日丽江军分区采访。

[6] 史洛明：《回忆贺龙》（*Remembering He Long*），1979年上海出版。

[7] 刘冠群：《我所认识的贺龙将军》（*What I Know About General He Long*），1983年北京出版。

[8] 薛明：1984年6月16日采访。

[9] 史洛明及王庆和：1984年5月1日采访；《中国日报》1984年7月1日报道：1984年武汉语言教师晏章炎被投入监狱，罪名是诬陷贺龙，判刑七年。晏章炎的父亲就是在1933年12月派熊贡卿去贺龙那里劝降的国民党官员。“文革”中晏章炎写信声称贺龙拒绝重投国民党是因为许给他的官衔不够，之后又将熊贡卿处死来掩盖此事。毛泽东的妻子江青和“文革”头子陈伯达利用这封信和晏章炎的证词设计了构陷贺龙一案。

[10] 长征老兵吴松：1984年6月4日兰州个人采访。

[11] 萧克：1984年3月9日采访。

[12] 薄复礼：《神灵之手:一个西方传教士随红军长征亲历记》（*The Restraining Hand: Captivitity for Christ in China*）第24—35页，1935年伦敦出版。（译者注：正文上文中说萧克是在Guokong的旧州遇上薄复礼的，难以查出其实际含义，译文作省略处理）。

[13] 这个孩子的母亲是蹇先任，她与贺龙结婚时才19岁。后来夫妇在延安分手。萧克的妻子是蹇先佛（长征老兵张仁士〔译音〕：1984年6月4日兰州采访；罗

斯·特里尔：《江青传》〔*The White-Boned Demon*〕第151页）。

［14］史洛明：前书；海伦·斯诺：《延安采访录》第47页。

［15］薄复礼：1985年1月24日通讯。萧克最重要的的俘虏之一是国民党第四十五师（译者注：据记载应是第四十一师）师长张振汉将军，他是1935年夏初被俘的。红军给他极好的优待，薄复礼与他很熟悉。张振汉后来在红军大学担任军事战术教员。（萧克：《萧克回忆录》（*Memoirs*）第二章第6—7页）1937年5月10日他被释放，回到了国民党一边。（韦尔斯〔即海伦·斯诺〕：《西行访问记》第139页）

［16］薄复礼：1985年1月24日通讯；1937年博古告诉海伦·斯诺史丹夫妇被处决的地方没有红军正规部队，只有“志愿者”（海伦·斯诺：《延安采访录》第116页）。

［17］薄复礼：前书第179—182页。

［18］萧克：前书第二章。

［19］余秋里：1984年10月31日采访。

［20］《毛泽东诗词》第19页。

［21］萧克与贺龙的行动及其收到电文的情况由丽江军分区副政委王庆和提供（1984年5月1日个人采访第四页）。兰州的西北师范大学范圣予（1984年6月3日兰州个人采访）说红二方面军曾给中央发出一封未加密的无线电报，其意思相当于在问：“你们在哪儿？”四方面军记录到了这封电报，而一方面军和中央却没有。因此发给二方面军要他们前去与之会合的电报是由张国焘和朱德发出的。有些记载说命令签署人只有朱德一人。奇怪的是张国焘在回忆录中并未提及这封无线电文命令，也没有解释二方面军为何前来与四方面军会合。

［22］王庆和：1984年5月1日采访（译者注：正文原文说“史有明鉴”是二十个历史教训编成的书，应该是误解所致，译文已作相应处理）。

［23］王庆和说相关文件均保存在档案中。不少地方军阀将领后来投到共产党一边，1949年留在了大陆。龙云手下的滇军指挥卢汉加入了解放军，后来担任云南军政委员会主任。滇军将领孙渡留在了大陆。湘军军阀何键的女婿李觉也留了下来。留下来的还有军阀龙云的滇军主要将领张冲，他后来担任云南省人民政府第一任

副主席。龙云及其部下骚扰的是国民党将领樊崧甫和郭汝栋。

尽管龙云处处提防，但最后还是着了蒋介石的道儿。1945年他派遣了两个师前去印度支那接受日本投降。蒋介石又将他第三个师也调出了云南。龙云逃去了香港，直到后来才回国担任共产党政府国防委员会成员。湘军军阀何键则在解放前去世（王庆和：1984年5月1日）。

[24] 王庆和：1984年5月1日采访。

[25] 薄复礼：1985年1月24日个人通讯。

[26] 王庆和：1984年5月1日采访。

[27] 王庆和：1984年5月1日采访。

[28] 萧克：1984年3月9日采访。

第二十九章

浪子回头

自从与毛泽东分道扬镳之后，自诩了不起的四方面军领袖张国焘似乎事事不顺（自然，他声称分裂是毛泽东挑起的）。

张国焘的首个动作是力图把中国共产主义运动的领导权从毛泽东手中抢过来。他在阿坝召开了反对毛泽东的大集会，后来在卓克基的喇嘛庙里又开了一场。他声称建立了新的民族独立特别政府，宣布原中共政治局和中央委员会非法。1935年10月5日，他宣布建立了新的临时中央，任命自己为总书记。①

后来他下令说会召开党员大会批准这些行动，同时新的中央委员会及总书记将开始领导工作。[1]

张国焘没有公布新的中央委员的名字。他没有和自己选中的中央委员商量，也不想因此让他们尴尬。这也让他免于难堪，因为当众公布的话可能会有人公开拒绝。后来他的政治对手取得了最终的胜利，这份名单就此静静地躺在档案室里，直到今天都没有公开过。看过这份名单的人说张国焘没有把毛泽

① 以上声明是在据马尔康约25英里处的卓木碉做出的。

东、周恩来、洛甫和博古的名字列在其中，但是大多数重要的军事指挥员都在名单上，包括朱德、彭德怀、林彪和其他军团指挥员。名单上还有王明的名字，这位备受争议的中共亲苏派政治局成员长期以来一直驻任莫斯科。自然，他把自己所有的军事和政治助手全部任命为中央委员。[2]

张国焘任命的中央委员会中有个人知道自己的名字在列。这个人就是朱德，他被迫随行在张国焘军中，名义上是全军总司令，但是很快就被张国焘变成了摆设。

五十年来对张国焘实际上有没有企图除去朱德——用白话说就是杀掉他——一直有所争议。

中国保守的党史学家说没有。他们认为这样的事情过于耸人听闻。对张国焘是否打算使用武力对付毛泽东一事，他们也声称没有确凿的证据。“现在我们手里唯一的证据就是艾格尼丝·史沫特莱的叙述。”他们中的一个如此说。

艾格尼丝·史沫特莱是美国激进分子。她的朋友说她对熊一般魁梧的大个子将军有点“走火入魔”。1937年她花了很多时间在延安为撰写朱德的传记收集材料。有时候她在窑洞里和朱德一待就是一整天。她教他跳舞——她有一部便携式留声机和一些《为卡罗莱纳人而哭》、《福特嘉年华》、《西波涅》那样的唱片。朱德的脚步很轻盈。她还跟朱德一起上战场，去前线。[3]这样看她不能算是完全客观的见证人。在自己《伟大的道路》一书中她说朱德“从来不和我谈论他在西康的那一年生活，那时他实质上处于张国焘的监禁之中”。可能这算是朱德对有关描述声明免责的特殊辞令。实际上她对朱德与张国焘之间的恩怨大书特书。她长篇大论地引述一位匿名的“红军政工人员”的话来描写朱德与张国焘待在一起的那一年生活。这个人会是朱德自己吗?

这个人告诉她张国焘命令朱德谴责毛泽东并和他断绝一切关系。朱德拒绝了。张国焘又命令朱德谴责党的北上决定。朱德又拒绝了。

“张国焘说他会给朱德时间考虑清楚。到时候如果他依旧拒绝这两个命令他就会被枪毙。”这个人这么告诉艾格尼丝·史沫特莱。

他接着说朱德这么回答：“枪毙不枪毙随你的便，我管不着。但是你的命令我是不会接受的。”[4]

康克清是个强健的女性，身体和精神都很强健。她身着朴素的传统女式衬衫，外边套着中国妇女运动中常穿的深褐色细条纹男式衣裤。只要看她一眼就让人感觉到她曾经在中国革命历史中扮演过举足轻重的角色。她在朱德身边完成了长征，是他的战友（“我总是叫他同志，不叫他丈夫”）。[5]

康克清对张国焘的敌视没有随着时间的流逝而削弱。1984年秋，康克清已经73岁，她依然确信张国焘当时对朱德“不断施以压力”，希望把他争取到自己一边。

“张国焘当时耍了一些小把戏刁难朱德。”她说。“他把朱德的马杀了，朱德的警卫队也被拿走了，后来他又把我们俩分开，这样我们就见不到对方了。”

朱德跟她谈论过此事。他说：“这些小把戏是想杀人不用刀啊。”

宰杀坐骑和撤走警卫员是在部队准备离开阿坝的时候发生的。朱德没马可骑，就准备步行，但是有些战士为他另外找了一匹马，让军队总司令像普通步兵一样徒步行军让他们心里过意不去。派给康克清的任务是汇集掉队的士兵，工作的时候有头骡子给她骑着，但是有一次给落在后面了，康克清认为是故意的。还有一次有些受伤的士兵想抢她的骡子。

那么张国焘有没有刻意要杀害朱德呢?

“我之前说这些都是小把戏。”她严肃地重复，嘴唇绷得很紧，表情肃穆。“但是不给总司令马骑，不给他配警卫队，这些都是大动作。”

还有很多时候因为没有马匹，总司令只能步行。在总司令部的特别人群中他也是没有人服务的一个。他必须自己解决口粮。有时候这件事并不容易。

有些专家会对此提出异议。但康克清对张国焘的用意确信无疑。也许他确实没有考虑直接行动，但是他确实故意把朱德置于险境之中。[6]

张国焘和他的人要“打到成都吃大米”。这个口号是在卓克基批判毛泽东的会议之后提出的。战士们非常喜欢。1984年胡增贵（译音）63岁，他13岁时加入了红军，是军中的红小鬼。他在村里的墙上刷过“起来保卫祖国”，“北上打日本人”等等标语。他记得当时有首歌，叫《让我们为成都而战》，他非常喜欢。没有人喜欢藏族地区、藏族食物，也没人喜欢雪山草地。[7]

叶应礼68岁，说话语气温和，他曾在四方面军总司令部电话队工作，对张国焘和他的指挥员有很近距离的观察。张国焘同其他军团、毛泽东和中央之间一般通过电报联系。电话通讯一般在红四方面军内部进行。张国焘喜欢亲自直接打电话。如果无法接通的话他会一下子大发雷霆（很多高级官员是急脾气，等事情过去以后他们又会变得友善起来）。话务员叶应礼认为张国焘和朱德一直待在一起，行军的时候这样，吃饭的时候也是这样。但是朱德手里从来没有实权。[8]

很多红军战士并没有意识到上层之间的摩擦。但是关于朱德的传闻很多——说他的马给杀了，他的警卫给撤了，他和刘伯承被管制了。有一个战士听说让朱德挑了三天水。[9]

杨尚昆将军记得朱德告诉过他自己曾经“受过一定程度的限制”。朱德说自己遇到了一些一方面军的下层军官和战士，一直到连一级。他和他们说了会儿话，这让张国焘非常不安。

杨尚昆将军认为毛泽东或中央甚至都没有考虑过解救朱德和刘伯承。有一次杨将军向毛泽东提议用一个四方面军的高级官员交换刘伯承，受到了毛泽东的批评。

“如果提出换人的话，”毛泽东说，“他（指张国焘）就可能杀了刘伯承。刘伯承现在是安全的，在当前的情况下能活下来。”

毛泽东和被张国焘扣留的指挥员之间没有私下里通过信息。[10]

张国焘进军成都的行动起初顺风顺水。他自己有八万人，另外还有红一方面军的部队。10月天气晴好，他们一路从卓克基缓缓南下。确实，风有些冷，很多战士还穿着夏季的军服，吃的也不太够。但是基本没遇上敌人的抵抗。他们一路攻占了丹巴、懋功和达维，击溃了三千人左右的国民党部队，抓了不少俘虏。[11]

因为害怕红军攻击成都，国民党开始攒集部队。他们把第二十四军、第二十军和第二十八军都调了过来。国民党的"模范师"则部署在红军来成都路上的山隘天全驻守。

10月10日张国焘自丹巴出发，向天全、泸定和著名的泸定桥方向挺进。他的行进路线有很多跟毛泽东北上时的路线重合，只是方向相反。

10月24日，张国焘的中路纵队翻越了大雪山夹金山，下山后开始进攻宝兴。中路纵队包括三十军、三十一军及九军团的二十五师，由王树声统一指挥，李先念担任政委。右路纵队渡过了大渡河，对天全展开突袭，打败了国民党的模范师。张国焘向东北挺进，迫至芦山，离成都越来越近，一路上击毙俘获约一万国民党部队。[12]

红四方面军已经打到成都西南大约60英里（约97公里）处，一路沿大道前进。张国焘感到胜券在握。

蒋介石这时已经集结了八十个团约二十万人来防守成都。他把部队在四方面军前进方向上的东、南、北三面大致部署成半圆形战阵。11月16日红军攻占了百丈。三天后国民党投入可能有十个旅的部队自百丈以东3英里（约5公里）处发起反击。他们有飞机大炮助阵，攻击一波接着一波，一个团接一个团涌上前来。

百丈周边都是矮山和平地，没有自然屏障。我们这一行人发现近郊有个较大的山丘，当时可能是国民党的阵地。红军被击退，向南退至岷山，向北退至九峰山。张国焘损失了至少一万人。

张国焘催令四军军长许世友全力攻击，与蒋介石最能打的将领薛岳进行孤注一掷的殊死搏斗。“以前我还从来没有一个整团的部队被敌人一下子吃掉。”许世友回忆说。“我感到非常震惊。”他的三十四团有三分之二被敌人歼灭，团长和政委都牺牲了。[13]

50年后，李先念对百丈一战的苦涩溢于言表：“我是行动的指挥。那一仗没打赢。我们失利了，只能撤退。张国焘的计划不可能完成了。我们开始北上。周围的人都是藏人。他们跟我们语言不同，我们到了他们那里要东西吃，拿走了他们的羊和牛——我们的关系怎么好得起来？”[14]

张国焘把部队一路撤到西康的甘孜。这儿是荒芜的藏族地区，蒋介石的部队打不到这里，但是太偏远了，不仅仅没有像样的战场，其他一切也都没有。1936年2月他的作战部队减员到四万人。这是一个低谷。“在藏人看来，”他写道，“红军就是来掠夺粮食的可恶部族。”甘孜的活佛告诉他：“红军现在很穷困，搜刮粮食和其他给养超过了刘文辉（国民党指挥）。”[15]

不用打仗了。但是生存成了问题。

就在这时，一个莫斯科的来客不期而至。他就是林育英，军团长林彪的堂兄。林育英自1932年、1933年起就待在莫斯科。他是中国驻共产国际分支机构赤色职工国际的代表，与王明共事。1935年8月陈云一行到达莫斯科以后，共产国际加大努力重新与中国取得联络。但是这项工作困难重重。有一个代表团从外蒙古出发，携带着无线电台装扮成商队前往中国，在戈壁南部遭到马家军骑兵或是流窜的土匪袭击，全团皆没。

林育英乘飞机到达外蒙古首都乌兰巴托，之后可能是在中国边境附近伞降进入的陕北。他身上没有携带电台设备，没有文件，没有密码本，没有身份凭证，没有任何会泄露身份的东西。他扮作一个小贩潜回中国。

所有的指示全都记在他的心里，特别是共产国际8月1日有关统一战线的宣言文本（统一战线最早应该是由中共提出的），而毛泽东对此一无所知。

林育英于11月底或12月初到达陕北。有一天他走在保安附近的一条小路上，在一个小村庄里撞到了洛甫。毛泽东和周恩来当时在前线，他们回来以后，林育英向他们汇报了有关事项。[16]

有很多要交代的事情。因为长期以来孤军奋战，外界的消息传不进来，长征和生存问题又占据了大家的所有时间，毛泽东无从得知莫斯科的烦恼——希特勒崛起，德国、意大利、日本建立同盟，法西斯的威胁，还有斯大林觉察的全球兴起的反苏倾向等等。

斯大林担心两面受敌——希特勒在欧洲、日本在东方。忽然之间中国就成了关键。斯大林希望中共与蒋介石建立统一战线，顶住日本咄咄逼人的势头。但是首先中共内部要有自己的统一战线，现在没有任何余地供毛泽东与张国焘勾心斗角。

修补关系的第一步就是与张国焘建立联络。毛泽东与张国焘之间有定期——也许是冷漠的——密码电报联络。1935年12月末或1936年1月初（据张国焘回忆），毛泽东电告张国焘“共产国际代表团”团长张浩（林育英在党内的代号）抵达陕北。[17]用张国焘自己的话说，他的反应是“喜出望外”。毛泽东为林育英传达了一个信息，告诉了张国焘共产国际有关统一战线的新决议。林育英说自己希望能来西康，但是“因交通阻隔”，尚不知能否如愿。[18]

林育英是张国焘的老朋友、老同事，张国焘信任林育英。他们早在1922年林育英刚刚入党时就曾一起从事职工运动。林育英在1925年以前曾经在莫斯科留学，后来在上海、汉口和哈尔滨都担任过重要职务。

林育英绞尽脑汁要让张国焘与毛泽东和解。他也还有其他任务在身。他告诉毛泽东莫斯科同意红军在必要的情况下前往蒙古，以图生存。同样的条件对张国焘也适用——他可以去苏联边境上的新疆。

林育英带来了共产国际的建议，让中共在国际上建立关系。他们再也不是在中国的荒山野岭里转战的一小撮默默无闻的孤军。可能正是由于这条指示，陕北的大门得以在1936年夏天向埃德加·斯诺敞开。毛泽东被特别嘱咐要建立

“国际”联系。此前一段时间斯诺已经在力图进入“红色区域”。林育英一到，斯诺的要求就被允许了，推动此事的是刘少奇，他刚刚在天津重建了中共地下党北方局。[19]

林育英通过电报外交说动了张国焘。他悄悄放弃了“临时中央”的说法，作为回报——由林育英担保——中共将召开党员代表大会解决所有组织问题。毛泽东则同意认可张国焘为中央“东南局”书记。实际上应该是“西北局”，但是在无线电发报加密的时候出现了错误。[20]

等萧克与贺龙到达甘孜的时候，林育英的斡旋已经成功。朱德重新回到总司令员的位置上，二军团和六军团的到来更让他信心倍增。刘伯承也重新担任总参谋长。张国焘已做好准备再次与毛泽东合兵一处。萧克感到前一段时间笼罩在红军上空的阴霾已被大部驱散。[21]

还有件事情耐人寻味。张国焘争取莫斯科同意了自己向往已久的西征计划。张国焘后来称斯大林赞成他们西征以远离蒋介石，避免冲突。如果我们相信张国焘所言，那么斯大林确实许诺过向他提供一条补给线。[22]

老将朱德发出命令，第三次让红军翻越雪山、穿过草地，去陕北与毛泽东会合。许世友称可怕的草地为“绝境”。为了给红二方面军一些休息，部队直到1936年7月14日才启程。[23]

到了8月，红军开始在兰州以南去宁夏与黄河的通道上绕圈子。军内又发生了争执。张国焘希望北上渡河去宁夏，然后继续北进去蒙古边境，或者西进去新疆——不管怎么选择，都是去与苏俄建立联络。他的政委陈昌浩倾向于在甘南建立根据地，这实际上将作为毛泽东陕北根据地的延伸存在。[24]

这是张国焘与陈昌浩之间第一次发生重大争执。最后陈昌浩同意按照张国焘的决定行事，这实际上也得到了毛泽东的许可。看起来莫斯科确实对北渡黄河的冒险行动点头称许，这一点似乎已经没有太多疑问，这应该也是林育英斡旋达成的一揽子交易的一部分。

李先念曾经看到过毛泽东与王稼祥发来的电文。这是一条特别命令，让李先念的三十军渡过黄河。李先念记得自己将电文反复念了二十遍以确信“在心里牢牢地记住了指示内容”。

李先念对行动没有疑问。“这与张国焘早期分裂红军部队的举动不同。渡河与中央特别命令的要求相符。”[25]

张国焘希望劝服其他军团——一方面军和二方面军的部队和他一起走。有一天下午，在一个干涸了的湖边的一个小屋里，张国焘试图劝说贺龙带红二方面军同他一起渡过黄河。美国医生马海德当时正巧在场。张国焘身边都是地图。贺龙拒绝了他的要求，他对张国焘说：“去你妈的。”[26]

渡河的命令给红军带来了前所未有的灾难——张国焘的红四方面军因此折戟沉沙。李先念称渡河地点为“虎渡”，就是靠近靖远的虎豹口。渡河一开始很成功，伤亡只有一百人。使一切演变成惨剧的是后来发生的事情。[27]

张国焘部队三万五千人中的两万人渡过黄河以后，国民党的精锐一个师赶来占领了渡口，将张国焘的部队截成两段。九军、三十军和五军团（毛泽东的老牌劲旅）及司令员徐向前、政委陈昌浩（实际的行动指挥）所在的司令部一部已经到达黄河西岸。张国焘、朱德、四军和三十一军、军官学校和参谋人员都被留在了南岸。他们后来再也没能渡成河。[28]

已经渡河的部队在北岸被马家军的骑兵歼灭。这些骑兵头上缠着白毛巾，手里拿着火力凶猛的卡宾枪、弯刀和马鞭，骑术精湛，凶残彪悍。这支骑兵来去如风，红军一整天的脚程他们胯下的短腿马两个小时就能走完。马家的骑兵一般是高个子，满脸胡子，眼睛圆大，有高加索人的特征。据埃德加·斯诺说，他们每天要洗五次澡。[29]

马家军拦在共产党部队北进的路上。在与张国焘商量后渡河的部队决定西进。多年以后，李先念说如果他们当时立即西进，那么夺取甘西和新疆是没有问题的。但是决定的时机太晚了。马家军已经尝到了血腥的味道。他们打垮了妇女独立团，两千多女红军有的惨遭杀害，有的被强奸和折磨后卖去了当地的奴隶市场。[30]

这支最后全军覆没、被张国焘称为“西路军”的渡河部队在穆斯林骑兵的攻击下顽强地竭力前进。话务员叶应礼当时随五军三十九师行进。他们被包围在黑河以南、祁连山以北的临泽，但还是突破了封锁，与三十军与九军余部会合。[31]

他们向陕西的中央请示动向。他们当时还有一部电台。陕西告诉他们尽力打回去，但是已经没有可能实现了。于是他们继续向西。马家军围拢了过来。九军全员尽灭，军政委阵亡，军长孙玉清被绑上炮口，轰得粉身碎骨。李先念的副手熊厚发也被杀害。[32]

红军剩下来的人心灰意冷。建制已被打散，没有食物，指挥员都死尽了。“让我们坚持下来的是仅存的精神。”李先念说。“如果不坚持打下去，我们的头那时就已经被砍掉了。”

他们开了会。陈昌浩出示了中央召他回陕西的电报。徐向前将军业已离开。因此剩余的部队交由李先念指挥。[33]

他们开始向山区走，路上依旧要面对马家军的攻击。在群山高处的康隆寺里，红军再次召开了会议。这里是个孤绝之地，荒无人烟，敌人已经被甩在后面。会上决定化整为零，分散成小分队进行偷偷转移。指挥员程世才自杀了。话务员叶应礼待在后面的一支部队里，他们的任务是为李先念和四方面军残部提供掩护，后来分成了四五人一组的小部队寻路返回陕西。叶应礼一直走到甘肃的武威。在那里他和许多其他穿成叫花子模样的同志被国民党围起来抓去修路。“他们兴许知道我们是红军战士。”叶应礼说。“但是他们觉得不如让我们做苦工累死更好。”[34]

李先念带着自己的部队翻过祁连山脉，下到青海的柴达木盐湖盆地。他们没有地图，就用指南针和星星来计算自己的位置。他们算出自己已经到达长城末端的关隘酒泉，往下走是安西，经由佛教圣地敦煌向西到哈密、库尔勒、喀什、撒马尔罕等绿洲通向波斯的古丝绸之路就在附近。

后来，1984年的时候李先念摇头说，他攻打了安西。这又是一场惨败，死伤数百。此战之后他手下只余一千左右男女战士。他们被赶入戈壁。没有道路，没有地名，没有食物，没有水，没有希望。

有一天西面空中出现了一架飞机，在他们头顶盘旋了一会，然后降落了。一个穿着褐色皮质飞行服的人从机舱里钻了出来。这个人是中共特别代表陈云，上次本书提到他是被派去莫斯科汇报遵义会议的情况。他现在是被派去乌鲁木齐开展营救任务。飞机带上李先念，把他捎到兰州，他从那里乘卡车于1938年1月1日到达延安。他是最后一个回家的人——他的部队除外。1938年春，不到一千人抵达延安。他们能得以生还是因为1936年西安事变绑架了蒋介石，从而创立了国共合作的新局面。

张国焘率领的红四方面军与红一方面军的部队重逢最终是在会宁。这里在兰州正东偏南约8英里（约13公里）处，是个古老的市镇。会师时有位美国人在现场目击。

此人名叫马海德，出生在纽约州的水牛城。在北卡罗来纳大学和贝鲁特美国大学分校受的教育。他还在瑞士的日内瓦大学拿过医学学位。那年他26岁，有一对明亮的褐色眼睛。他目睹了一切。[35]

1936年10月2日，红一方面军的十五军团从西门和北门打进会宁。进攻的部队有800人，当地的守备力量仅有400人。国民党企图在10月5日重新夺回城池，但只能铩羽而归。接着，身经百战的陈赓率更多一方面军部队进入了会宁。这是一个漂亮的古城，人口约有两千，四周有城墙围护，有东南西北四座美观的城门。今天只有西门还在，1983年到1984年重新整修过，风格很壮美。

会师的时候城市里到处是旗帜、标语和横幅，让人眼花缭乱。四方面军在徐向前将军的指挥下进入会宁的时候到处是欢呼、呐喊和庆祝。这里气候暖和，晚上有些冷，但是早上没有霜冻。这天秋高气爽，艳阳高照，是个十分宜人的秋日。[36]

谷子的收割已经完成，一束束扎成堆，等下霜以后院子里的泥地冻实了好用连枷脱粒。一些农民在田里清理，为过冬做准备。这里不种小麦。1936年地里主要种的是小米、玉米和荞麦。房子的灰泥墙边一堆堆的都是田里收来的土豆、西葫芦和南瓜。房檐下还晾着一串串辣椒。

10月8日晚上热闹非凡，第二天张国焘和朱德携指挥部一部抵达，更是一片兴高采烈。刘伯承不在场，渡渭河的时候他受了伤。[37]

大型的庆祝于10月10日在县城的文庙前举行。这座文庙现在还矗立在会宁的中心地带。当时——现在已经没有了——庙前有一个巨大的广场，每年都要举办几次市集。

马海德是个精力充沛的小个子，几个月前与埃德加·斯诺一同到达陕北，给红军担任军医。他和在场的大人物——张国焘、徐向前、朱德、彭德怀、聂荣臻、林彪还有其他人一起坐在文庙前的平台上。很多人留意到他。没有人知道他是谁，只是一眼就看出他是外国人。所有人都知道共产国际为此次会师出了力。很快消息传开了。大家都说马海德就是共产国际派来的人。[38]

朱德做了讲话。似乎没有人记得他说了些什么。中央从陕北发来贺电，也一并进行了宣读。来客们对着新屠好的羊肉、鸡肉、猪肉狼吞虎咽。还有当地产的明宁酒（译音）喝。所有人都开怀大笑，满面喜色。红军不急着离开这个欢快的地方。大多数部队一直留到10月20日左右。贺龙与萧克直到10月19日和20日方才到达这一带。他们的部队绕过了会宁。[39]

马海德当时还没有取自己的中国名字，只叫乔治·哈特姆。他写下了自己的印象：朱德："瘦得成精，但是很强健……留着一部大胡子……瞧上去不像是军事指挥……倒像是红军的父亲。"

张国焘："政委……又高又胖，性情温和。其他人身上没有一盎司的赘肉，我很奇怪他这样的胖身材是怎么保持的。”

这一天：“伟大的会师……所有人拥抱在一起，悲喜交集、大哭大笑。”[40]

12月2日，张国焘、朱德和周恩来骑马进入保安。林彪在近郊迎上，给他们引路，一行人到达红军大学。学校前，毛泽东和其他人正驻足等候。学员们一起欢呼起来。毛泽东和张国焘走上木制讲坛。在讲话中两个人都恭贺了对方。长征结束了，红军同胞们又走到了一起。毛泽东和他的部队一共走了两万五千里——也就是六千英里。其他部队的征程至少也有这么长。他们翻越了崇山峻岭，渡过了急流险川，打了数不清的漂亮仗，击退了凶残的敌人，他们把红军的威名传遍四方。

长征告一段落。接下来摆在眼前的是一个国家，正亟待他们的重建。

注释

[1] 张国焘：《我的回忆》第426—427页。

[2] 胡华教授曾看过名单，他说整个程序非但有悖中共章程，也与正常党内政策不符。如果张国焘跟他提名的中央委员联系此事的话很多人会拒绝他的提名（胡华：1985年1月11日通讯）。

[3] 海伦·斯诺：《延安采访录》第61页。

[4] 史沫特莱：《伟大的道路》第330—331页。

[5] 海伦·斯诺：前书第48页。

[6] 北京的个人采访中康克清强烈地表达了自己的观点。成都四川省博物馆的沈果正（1984年5月19日采访）给出了历史学家方面的典型观点。沈果正坚持朱德的卫兵

并未接到任何限制其行动的命令，朱德从未被软禁，他可以在不同部队单位中自由行动，与一方面军及四方面军指战员交谈，还参加了他们的篮球比赛（朱德对打篮球非常痴迷）。沈果正对朱德马匹一事不以为意。

[7] 胡增贵：1984年6月2日会宁个人采访。

[8] 叶应礼：1984年6月11日西安个人采访。

[9] 李勤：1984年6月8日保安采访。

[10] 杨尚昆：1984年4月3日采访。

[11] 许世友：《我在红军十年》（*My Ten Years in the Red Army*）第十章，1983年北京出版。

[12] 许世友：前书第十章。

[13] 许世友估计国民党兵力有十个旅；四川省博物馆沈果正则认为共有四个旅。秦兴汉确认损失有上万人。

[14] 李先念：1984年6月15日采访。

[15] 张国焘：前书第440页。

[16] 向青：1985年1月14日采访。

[17] 向青：1985年1月14日采访。

[18] 张国焘：前书第444页。

[19] 向青：1985年1月14日；海伦·斯诺：个人交谈；刘少奇遗孀王光美：个人通讯。

[20] 胡华：1984年3月29日采访。

[21] 萧克：1984年3月9日采访。

[22] 张国焘：前书第457—459页。

[23] 许世友：前书第十章。

[24] 张国焘：前书第457—459页。

[25] 李先念：1984年6月15日采访。

[26] 马海德：1984年3月19日北京个人采访。

[27] 李先念：1984年6月15日采访。

[28] 张国焘：前书第461页。

[29] 国民党统治后期，三马在西北穆斯林区域占居高位。马鸿逵是宁夏省主席；马步青则是前宁夏省主席；著名的穆斯林领袖马克勤之子、马步青的弟弟马步芳是当地主要的军事领导人。其中一马在新疆与解放军作战时被击毙，马鸿逵逃去了台湾，后来在美国养马。剩下一马则让人难以置信地成为了台湾的一名“大使”（李先念：1984年6月15日采访；斯诺：《西行漫记》第322页——译者注：作者这里主要取的应该是《西行漫记》的记载，其中有所混淆，马步青曾担任青海省主席，却未担任过宁夏省主席，《西行漫记》一书中说曾担任宁夏省前主席的是马鸿逵堂兄马鸿宾。马步青、马步芳之父是马麟，乳名尕七，字阁臣，《西行漫记》译本及本文音译之马克勤应出于此。成为台湾驻沙特阿拉伯“大使”的是马步芳，因工作懈怠，丑闻迭出后来被免职；马鸿逵后来在台湾病死；马鸿宾则向中共政府投诚，曾担任宁夏省人民政府副主席等职，1960年病故；与解放军作战被击毙的可能是马廷祥或其他马家军将领）。

[30] 幸存者之一是后来担任纺织部长的张琴秋。她在“文革”中被迫害致死（李先念：1984年6月15日）。

[31] 董振堂指挥的三十七师曾到达临泽以西约12英里的高台，在那里全军覆没。董振堂将军也牺牲于此（叶应礼：1984年6月2日采访）。红五军的三十九师由张国焘的手下黄超指挥，曾参加遵义会议的五军政委李卓然与他们一起（译者注：1935年2月，扎西整编后红五军团改为红五军，董振堂任军长，黄超任政委，下辖三十七、三十八、三十九三个团。按此说法这里的三十七师、三十九师应该是三十七团、三十九团）。

[32] 李先念：1984年6月15日采访。

[33] 李先念：1984年6月15日采访。

[34] 叶应礼：1984年6月11日采访。

[35] 史沫特莱：前书第343—347页。

[36] 会宁县长李迎春：1984年6月2日采访。

[37] 在此次或另一次治疗过程中，马海德看到中国医生给刘伯承治伤。他被国民党飞行员从机侧投下的炸弹击中。马海德非常惊讶地看到医生把炸弹弹片挤出伤口，而不是用探针把它们取出来。

[38] 胡华：1984年3月29日采访。

[39] 李迎春：1984年6月2日。

[40] 史沫特莱：前书第344—347页。

第三十章

冷眼看世界

1959年6月底，毛泽东登上了秀丽的庐山。庐山顶峰在中国三大火炉之一的大工业城市武汉以东，于长江流域挺起4900英尺（约1500米）。武汉此时正笼罩在酷暑之中，而这里繁花盛开，仿如在山顶戴上了鲜花织就的王冠，周围浮动着凉爽清新的空气。传教士一向喜欢在这里避暑。毛泽东也很喜欢这个地方。

毛泽东才去过自己小时候的故乡韶山，在长沙附近。这次经历让他感慨万分。自1927年走上革命道路之后毛泽东再没回过家乡。故乡在革命事业中付出良多，他在诗中写道："为有牺牲多壮志，敢教日月换新天。"

庐山之巅，毛泽东坐在露台的柳条椅上，外面望出去就是江畔的山谷。他在这里等候同志们的到来。同以往很多次一样，他拿起手中的毛笔，在纸上留下了粗黑的大字，写成一首诗，名为《七律·登庐山》：

跃上葱茏四百旋。

冷眼向洋看世界……[1]

在他琢磨词句之时，他的同志们也正在往这片香风阵阵的山顶上汇集。这里离井冈山不到200英里（约320公里）。1927年毛泽东拉着自己衣衫褴褛的“赤匪”队伍爬上井冈山时还是个被缉拿的逃犯。他的首级被悬赏，却依旧籍籍无名，只有一腔炽热的信念在心中熊熊燃烧。

正是对事业的必胜信念推动他上了井冈山，走过了千山万水的长征路。毛泽东精干的部属重聚在陕北，所有的军队合兵一处——他自己的红一方面军、贺龙和萧克的红二方面军、红十五军团，甚至还有张国焘的红四方面军残部——此时他心中的这团信念已如钢铁般凝练坚韧。革命的团队已经形成。在长征中他们付出了巨大的牺牲和无数生命的代价。前路依旧坎坷多舛。但是长征已经取得了远超付出的成就。

高层军政干部都还在，他们中的大多数都撑过了后来的战争。最惨重的损失发生在赣南留守人员之中，但即便在那里也有一批人活了下来。

他们与蒋介石多次大战疆场，而他们内部的战斗也很激烈。在毛泽东等候他的同志们一起参加政治局会议和而后的中央全会的时候，这些斗争一定还在毛泽东的脑海中浮现。

整个长征过程中没有一个革命领导人投向敌人。二万五千里路，他们每走一里就强大一分，直到最后毛泽东的地位已经不可撼动。长征开始时笼罩着怀疑、妒嫉、阴谋和恐惧的阴霾，毛泽东则还在冷宫之中。长征结束时坚强的信心已经驱散了阴霾。毛泽东走到了前台，他用务实的手腕把曾经的敌人纳入麾下。只有张国焘在1938年溜走，投靠了蒋介石，后来流亡香港与加拿大。博古接手了《解放日报》，如果不是因为1946年飞机失事遇难，他本来还将在中国革命中担任重要角色。洛甫和王稼祥都成为了毛泽东忠诚的拥护者。而周恩来本来是他最高明的对手，现在也成了他的谋主。

毛泽东静静地坐在柳条椅中，目光看向远处的青天，他还有很多东西需要思考。陕北——有什么人会把这个地方选作革命的根据地？这里荒凉孤绝，满眼是无穷无尽的黄土坡，一片赤黄贫瘠的土地，没有青草，没有水流，凛冽的狂风卷着坚硬的沙石鞭打在脸上，像着了弹片一样让人生疼。农民人数稀少，都是文盲，除了疾病以外一无所有。而中国古都长安的所在地西安离这里路途遥远，隔着大山和荒漠，要走一周的路才到。几代以降，这里的山峦一直是武装匪徒出没之地，周围向来混乱无治，是封建宗族和秘密团体的地盘。

但是毛泽东很清楚，这里成为了中国革命的发祥地，特别是在1936年12月的西安事变后，革命事业在此蒸蒸日上。西安事变促成国共停火，达成了抗日统一战线。在延安，毛泽东不断思索琢磨中国的未来，并把想法付诸文字。在这里，他打造了精锐的革命军队，以此承载革命运动，打下了整个中国。在这里，长征精神开花结果，诞生出了后来的延安精神——其中的哲学体系、社会架构和策略方针，是毛泽东后来建立共产主义国度的开国之本。

毛泽东和他身后的革命儿女在长征的旗帜下一往无前，赢取了中国。他们打败了蒋介石，把他从大陆赶了出去。美国对国民党的支持和斯大林为蒋介石在江南挽回一块地盘的努力都徒劳无功。他们就此走向了世界。在朝鲜他们让美国止步不前，而毛泽东心里很明白，斗争仍在继续，他们还要不断战斗下去，打造出能把中国推向现代世界的经济、政治和社会体系。

一切都发生得太快了。比任何人预想的都要快。比毛泽东预期的要快，虽然他坐在阳光之下的庐山顶上时也许已经把这忘在了脑后。

1936年美国医生马海德与埃德加·斯诺一同到达陕北。他得以从内部目睹了中国革命的发生。1984年他被问到是否1936年在保安时就认识了邓小平。他说当然，所有人都认识邓小平。那当时他有没有想到过邓小平有一天会成为全中国的领袖呢？“从来没有想到过。”他的眼睛闪闪发亮。“但那时候连毛泽东会成为整个中国的领袖也从来没有想到过。当时没有想到革命会在我们这一代成功。我们以为这会是下一代的事——毛泽东之后那一代。”[2]

毛泽东坐在山巅，他的诗作已经完成，正继续等待着自己同志们的到来。他的思绪开始集中在当下的问题上——“大跃进”（堆砌落后的土炼钢炉）的后续问题和把所有农民都公社化（变成蓝蚂蚁）的进程，他与苏俄和尼基塔·赫鲁晓夫的深度分歧（因为原子弹），还有他的一些同志的观点和态度（对他的批评）。

“冷眼向洋看世界……”毛泽东在诗中写道。冷眼……，在接下来这群革命英雄要召开的会议当中可没有太多诗情画意。

生性坚毅倔强的彭德怀在抗日战争和抗美援朝战争中都是中国的军队领袖。他最近在湖南下了乡。他去了自己的故乡乌石村和毛泽东的故乡韶山冲。有人说农村里因为“大跃进”出了很大的问题，他想去了解个究竟。①

彭德怀看到的是重重苦难。地里没有庄稼，农民没有吃的，工业被毁坏，官员们乱来，生产数字被篡改——在北京的驱使下不断被夸大。没有人像彭德怀这般直言无忌。他给毛泽东写了一封长信，说明了自己的观点。毛泽东的反应就好像是他在自己的椅子下安置了炸弹一般。彭德怀被解职流放，整整16年不得重用，最后被迫害致死。彭德怀也不是唯一的受害者。“就这样一切都完了。”一个对过去深刻反思的中国观察者这么说。“百花运动中知识分子力图‘言论自由’，而后来全都等于被砍了头。而庐山会议之后，再也没有人反驳毛泽东的意见。所有人都三缄其口，太危险了。百花运动让党外群众闭上了嘴。庐山会议则让党内人员也都不再说话。下面就直接发展成了‘文化大革命’。”[3]

彭德怀被赶出了与紫禁城相连的中央领导人所在地中南海。他被安置在北京西郊的吴家花园。他在那里做一些体力活。他写道：“半生戎马无暇日，老来偷闲学种桃。”1962年他给毛泽东写了一封八万言的长信，回顾自己一生的历史和想法（他把信件的部分底稿存放在老家乌石以防不测）。1965年11月他得到短暂的起用，被毛泽东派往四川担任军事建设副总指挥（当时毛泽东

① 有些外国专家估计“大跃进”造成一千万到两千万农民死于饥荒。关于这一点没有可供查询的官方估计数字。

担心美国会对中国发起进攻）。但是这个工作并未做多久。“文化大革命”近在眼前，彭德怀落入了审讯者的手中。他一次又一次写下自己之前的历史，以为自己讲实话就会被释放，却终不能如愿。他被一次又一次拷打，一次又一次审讯。他被重拳打倒在地，被靴子踢到肺部穿孔、肋骨骨折。他被拖到街上示众。这一切开始时他已经68岁了，结束时他已经76岁。他一直很强硬，被审了130次，最后已经无法从床上起身。在床上也没有权利自由坐起、喝水、上厕所甚至是翻身。他的身体垮了，于1974年11月29日死去。但是他没有招认一个字。[4]他的朋友杨尚昆将军写道：“彭德怀是一位勇敢探索救国救民真理的志士。”

毛泽东希望彭德怀在拷打下招认的“罪名”是什么？是说这位老帅组织了一个“军事俱乐部”阴谋推翻他。当然“俱乐部”和阴谋都系子虚乌有。

毛泽东在冷眼看世界，他不再与长征时的战友接近。洛甫曾经说毛泽东和斯大林一样，“整人很厉害”。[5]毛泽东向洛甫展示了自己厉害的一面。庐山会议之后一个月，洛甫丢掉了自己外交部第一副部长的职务，被派去做经济工作。他的妻子刘英也失去了她在外交部的工作。

在长征路上面临的危险前刘英曾经安然自若，但在75岁时讲起丈夫最后的日子，她却近乎潸然泪下。她紧紧攥着手绢，一边说一边拽着自己剪裁合身的灰色上衣。他们给洛甫安了一个间谍的罪名，说他是苏联的特务。“中国有封建传统。”刘英说。“丈夫得罪，妻子一同株连。”他们希望她说丈夫曾经给莫斯科当过间谍。他被投入了监狱。她也是如此。那些人告诉她：“你必须告发，这是为党服务。”她不愿意这么做。她告诉审讯者，毛泽东相信“实事求是”。“所以他们就认定我无法在丈夫和工作间划清界限。”她说。

洛甫被拖到红卫兵面前进行“斗争”。刘英也被安排在场。后来林彪命令将他们在三天内放逐到广东，在广州以西的肇庆地区由军分区进行管制。他们在那里过了六年的软禁生活。洛甫写了一些经济方面的文稿——但是有谁会去看呢？他的身体每况愈下——高血压和心脏病缠身，却无法获准前往北京治疗。他要求转往自己上海附近的老家，也被拒绝，却被送去了江苏无锡。他未能得到及时良好的治疗，在1976年7月1日逝世，终年76岁。没有开追悼会。1978年他、彭德怀和其他人得到了平反。终于召开了他的追悼会，刘英也平反了。在党的总书记胡耀邦的帮助下，刘英成为了纪委委员。[6]

王稼祥曾是毛泽东的伙伴，他们共同进行了“担架上的谋划”。朱仲丽与王稼祥是1938年10月在党的第六届六中全会上相遇的，那时她只有23岁，她自己说“还非常年轻”。她一直记得那一刻。她是一个医生，在会议中执勤，站在大厅的门口。毛泽东、周恩来和王稼祥一同走进门来。毛泽东用“牛皮公司”作双关语开玩笑，她没有听懂，脸一下子红了。“如果你想开牛皮公司的话，”毛泽东说，“那你得学会厚着脸皮不红才行啊。”

她羞涩的红脸一定很美。王稼祥请人把她介绍给自己，两人很快结了婚。王稼祥从莫斯科带来了重要的消息，斯大林和共产国际认可了毛泽东的中国共产党领袖地位，并希望党内不再为此争执。斯大林还说中国人也不需要因为被统一战线的方针推入民族主义革命的大海中而感到忧虑。

王稼祥几乎没能把这个消息带回延安。在兰州以南一带他遭到了土匪的攻击。他的警卫员逃跑了，而他身边携带着很多中共的宣传资料，一些枪支和一大批美元。他最终让土匪相信他带的只是没用的纸张。后来从西安前往延安的时候他的汽车从悬崖上翻了下去。但是他却没有受伤，只是因此掉了眼镜而已。

王稼祥和朱仲丽没有子嗣。她有过一次流产，后来切除了子宫。他的第一任妻子在产子时死了，给他留下一个儿子。

毛泽东多次提到1934年长征时王稼祥为他重掌大权立下了大功。但是王稼祥在1967年被捕。他被拉到台上被红卫兵批斗，受中联部成员的唾骂，一个正帮着激进分子力图把周恩来赶下台的外国人打了他的脸，他被打倒在地（因此心脏病发作）。

而这才仅仅是开始。有18个月，王稼祥被关在自己房子的一个房间里，完全与外界隔绝，并且不见光线。朱仲丽被允许给他做饭，但是必须把饭菜交给卫兵。她不能见到自己的丈夫或者跟他说话。一个月允许他洗一次澡，但是水源被切断了，他的妻子只能从邻居那儿借水。

朱仲丽本身是医生，但是不让她给自己丈夫诊治。有时候卫兵会告诉她王稼祥感冒了，她就拿一些药给卫兵。有时候卫兵会告诉她他发烧了，她也会找出药来给卫兵。王稼祥的身体自长征受伤以来从来没有真正康复，这样很快就恶化起来。王稼祥的儿子则被红卫兵折磨至死。

1970年，在林彪的命令下，王稼祥被送出北京去了信阳，这个地方在武汉西北偏远的汉水流域。他的健康情况很差；他的精神状况更糟糕。他救过很多人的命，包括朱仲丽的姐夫海军司令萧劲光、毛泽东的儿时玩伴作家萧三，可能还有被秘密警察头子康生疑作间谍的马海德。但是现在王稼祥自己的生命却再也无法挽救了。他的妻子尽全力医治，但他还是在1974年1月离世，当时68岁。

毛泽东冷眼扫视自己的世界。薛明第一次见到贺龙是在1938年11月7日晚上。那时她只有22岁，长得很漂亮，是个来延安的北京学生。那时正在延安南门外开展纪念十月革命二十一周年的庆祝活动。她和一些女朋友，包括一个叫叶群的——听说贺龙也会来，就挤到门前去看，手里提着纸糊的小灯笼。他的讲话很打动人心，声音很响亮。“我心里充满了崇拜。”薛明回忆说。“我把他当作英雄看待。”

薛明是个68岁的漂亮女性，她说话的时候她漂亮的女儿贺晓明就坐在她身旁。薛明小时候父亲就去世了，她是由当裁缝的母亲带大的。他们住在天津城外。“我想给母亲帮忙。”她说。“但那时我最向往的事情是变成一个男孩。”

她参与了学生运动，在那里遇上了叶群。多年后薛明对她产生了切齿痛恨。她相信叶群过去并不光彩，在陪同薛明和其他女青年前往延安之前叶可能是一个国民党特务。

到1942年时，贺龙开始经常出现在薛明工作的办公室。长征中美丽的妻子已经为了另外一个男人与他分手。[7]

薛明与贺龙的第一次谈话和叶群与林彪有关。她说："显然贺龙对我作了一定的了解。"他告诉她林彪正在追求叶群，而叶群却把林彪写给她的信给自己的朋友看。贺龙说如果你喜欢一个人就不会把他的信随便给周围的人看。他让薛明跟叶群说说这件事。很快叶群和林彪就结婚了。他们没有请薛明参加婚礼，也没有请贺龙。

薛明对贺龙钦佩尊敬，但是她也有所保留。在延安男女比例大约是80：1。这里的情况很特殊。她比将军年轻许多，他46岁，而她只有26，相差很大。"女学生不会嫁给比她们老这么多的男人。"她说。"我们女孩子间有个说法：老同志很好，但是做爱人不好。"

但她依旧受到了吸引。贺龙非常开朗外向，但是和她在一起的时候却不太说得出话来。贺龙的一些老朋友来找她谈这件事——他的政委任弼时，还有曾经和孙中山博士一同工作过的林伯渠。"他们说贺龙是个好同志。"她回忆说，"这让我感到有些压力。"

在南昌起义十五周年、1942年8月1日建军节那天他们结婚了，在延安南门外的西北局驻地办了简单的酒席。"婚后生活很美满。"她怀念着以前的时光。"生下了一子两女。"

建国时贺龙成为了十大元帅之一。但"文革"发生后他很快就倒下了。薛明认为这是叶群和林彪干的。

"林彪想在军队掌权，贺龙是无法越过的障碍。"她说。"因此林彪陷害了贺龙。"

1966年底，周恩来提醒他们不要回家，因为红卫兵肯定会过来抄家。周恩来担心这对贺龙来说将构成严重的心理打击。他们就去西山躲避。1967年1月10日到11日，红卫兵果然来贺龙的住处抄家。他们撬开了家里的保险箱，拿走了里面一千多份秘密文件。贺龙和薛明还过了一段安宁的日子。但是周恩来的力量渐渐无法再保护他们。西山处于军队的控制之下，这意味着林彪、叶群和秘密警察头子康生的手可以伸到这里来。

很快贺龙被迫去参加批斗，但是康生觉得贺龙会很难斗，于是他们决定采用“医疗手段”解决他。贺龙多年来一直患有糖尿病，要注射胰岛素进行治疗。他的病情严重起来，而这时他们停用了胰岛素，转而给他注射葡萄糖——这确然无疑是用医疗方式进行谋杀。

贺龙和妻子被关在一个带院子的屋子里，不允许他们出去。水源也切断了。当时是七八月份，天气炎热难当。他们唯一的水源来自于下雨时从屋檐上接到的雨水。

有时他们可以听到一位战士在哼唱有关贺龙的老歌。他们明白他虽然无能为力，但是依然同情他们。

薛明一直和贺龙待在一起。贺龙死前六小时，来了一辆救护车把他接走了，不让她跟着。

“我不知道医生干了什么。”她说。“在审判‘四人帮’之前的审讯中对此进行了调查。”

现在知道医院给贺龙连续大剂量注射葡萄糖。没有用胰岛素。官方的死亡证明上没有提到葡萄糖。

有六年时间薛明失去了人身自由。她被送去贵州强制劳动，用的是假名，周围没人知道她是谁。“我就是山里的一个神秘的老太婆。”她说道。1971年林彪和叶群出逃时在外蒙古飞机坠毁身亡。之后周恩来把薛明找回北京。用了不少时间才找到她。她最年轻的女儿贺黎明有一段时间被关在陕北的一个少管所里，后来与她一起流放。她的儿子贺鹏飞被关进监狱，现在他在军中担任副参谋长。她的长女贺晓明也被关进监狱里，现在她是解放军政治部的一名历史专家。[8]

萧克悲伤地说："贺龙是伟大的革命战士，是红军创始人和奠基者之一。他一向艰苦奋斗。"

当问到为什么这样的英雄会被逮捕，遭受折磨，最后被使用医疗手段谋杀时，他很长时间没有说话。然后萧克说道："我可以用自己作个例子。我很小就参加革命了。即便这样，'文革'中我还是遭受了不公正的待遇。我被剥夺了职务，进行政治审查，然后被送去江西做了两年半的体力劳动。"

萧克静静地讲述着。

"下乡的时候我写了一首诗。"他继续说道。"我喜欢写诗。"

他拿来纸笔，开始写道：

我自江西来，又回江西去。
昔日草鞋行，今朝飞车遽。
轻装怀马列，悠然赴"五七"。
战地黄花衰，孟冬西风疾。
云山赋归欤，老骥兮伏枥。[9]

解放军总政治部主任、政治局委员、独臂将军余秋里从舒适的扶椅上跳起来演示自己在"文革"中如何被红卫兵迫使"坐飞机"。

他们反扭着他的一只手臂和另一边的残肢，用一只膝盖顶着他的背，迫使他半弯着腰，像飞机起飞时的姿势一样。这是红卫兵惯用的整人方法。

"我的情况相比之下还是好过的。"他笑着说道。"我没有放弃抗争。我之前没有什么政治权力，从来没有在白区（国民党统治区）工作过，从来没有被捕的经历，也没有写过任何回忆录。"

他被指控为贺龙的心腹和彭德怀的拥护者。他们在他家里搜了三天，但是一无所获。后来毛泽东说余秋里犯过错误，但也是一个好同志，应该予以保护。他的名字就这样被放在又批又保的名单中。[10]

国家主席李先念认为自己在“文革”中是很幸运的。他没有被“拉下马来”，尽管这也就是一线之间的事情。当时他是“靠边站”。周恩来——经常在李就要去参加批斗会的时候叫他去开会——和毛泽东本人都保护了他。1967年2月李先念与其他几位将军包括聂荣臻、叶剑英和陈毅参加了一个会议，对“文化大革命”进行了批评——这被称作是“二月逆流”。他们被冠以“小爬虫”的帽子——不是大毒龙。李先念自1967年到1970年都“靠边站”，这样就没有惹上大麻烦。他说后来邓小平挨批的时候他又靠边站了，这样他就不用指责邓小平是“走资派”了。[11]

先锋团四团英勇的政委杨成武曾经在泸定桥叱咤风云，但在“文革”那让人头晕目眩的漩涡中失了足。“文革”开始的时候他一度春风得意，取代了自己的上级罗瑞卿，之后却落得和杨尚昆将军一起去“坐飞机”。罗瑞卿是解放军总参谋长，他从六层楼上的窗口跳下或是被人推下，摔残了腿。

杨成武经历了大起大落，先是青云直上，成了政治局候补委员，后来却因为林彪阴谋陷害，身陷囹圄达七年之久。他的罪名是反对“文化大革命”，及命人殴打毛泽东的妻子江青。[12]

萧华的长征组诗深得周恩来和毛泽东看重。但是在“文化大革命”的火海中他也很快倒下了。作为解放军总政治部主任的他在两次对他的猛烈斗争中挺了下来。第三次则把他关入监狱达七年半之久。他的歌也被禁了。批判他的人说他的歌是写来歌颂红军老指挥员的，而这些人则几乎个个是林彪的敌人。

萧华在监狱里也被禁止哼唱自己的歌曲。卫兵对此时时戒备着。“我只能在心里面唱这些歌。”他说。“‘四人帮’千方百计要把我和我的歌曲置于死地。他们没得逞。”[13]

杨尚昆将军的情况与其他人大相径庭。他蹲监狱的时间比任何其他长征中的指挥员都长。林彪声称“调查”发现杨尚昆从事“地下”活动之后他就被捕了。调查暗指杨尚昆和其他人包括罗瑞卿和彭真曾准备政变推翻毛泽东。林彪信誓旦旦地声称：“毛主席为此许多天都没睡好觉。”[14]

杨尚昆将军于1966年7月被捕，一直关到1978年12月。他被谴责为“黑干将”，在成千上万的红卫兵参加的批斗会上“坐飞机”。当时说他曾经在天知道什么时期当过苏联人的间谍，后来又通过美军在延安使团中的朋友做了美国人的间谍。他说更严重的罪名也许是他给毛泽东秘密录音的事情，至少私下里有人这么说。杨尚昆没有提到“坐飞机”和受折磨的情况。他只说是“强制休息”。但是他的妻子，个子矮小但神采奕奕的李伯钊被迫去六层楼里清洗厕所，要跪着走路上楼下楼，她的腰背和双腿因此受损。有整整九年时间杨尚昆与妻子全无联系。①

“但我还是要感到庆幸。”他摇了下头说。“我家里没有人因此被害。有些同志就没有这么幸运。他们自己死了，孩子也死的死，残的残。”

他有两个儿子，一个女儿。两个儿子都受过教育，长子在军中工作。女儿下了乡。三个孩子都曾经被强制劳动。

“我真算是幸运的。”他说道。1984年他已经77岁了，仍旧身体强健、精神矍铄，在军委中承担大量工作，是邓小平身边的顾问，两人关系很近。

李德1939年离开中国回了莫斯科。他离开延安时乘坐的飞机上还有周恩来夫妇与毛泽东的弟弟毛泽民。李德试图离开已经有一段时间了。但1937年王明回中国的时候警告李德，让他原地待着不要回去（那时斯大林正在展开清

① 1985年4月17日李伯钊在北京心脏病突发去世，自“文革”经受折磨之后她的身体一直没有恢复健康。

洗）。于是李德放弃了计划，申请加入了中国共产党，摆脱了中国农民妻子，另娶了美丽的上海女演员李丽莲。周恩来跟李德保证她会去莫斯科与他团聚，但是她始终没有来。在莫斯科毛泽东曾力图劝说斯大林处死自己，李德在回忆录中是这么写的。他说周恩来和毛泽民都作证指控他。当代中国史学家没有人相信这一点。[15]实际上斯大林再也没有允许李德插手中国事务。李德可能被监禁了一段时间，然后被流放了，直到60年代初中苏分裂的时候他才重新出现在公众视线中。他在东柏林突然现身，直到1974年死前他一直在大书特书中国的坏话。

1949年12月毛泽东去莫斯科与斯大林进行了第一次也是唯一一次会晤，李德的翻译伍修权也随行去了莫斯科。他成了党内处理中国、苏联与东欧共产主义国家关系的专家。1967年他被以苏俄间谍的罪名逮捕。他苦笑着说："而且还说我是南斯拉夫间谍。"他被关押了八年，其中六年是在监狱里度过的。1972年尼克松总统访华的时候他依然身陷囹圄，对外界发生的变化一无所知。[16]

庐山会议结束的时候，朱德跟自己的同志说："哪里能想得到以前我们在一个锅里吃过饭呢？"

1967年紫禁城边的中央领导驻地中南海出现了一张大字报，称朱德是"黑司令"。红卫兵抄了他的家。他的妻子康克清被游街。安在朱德身上的罪名是"无耻"地把自己称作红军的缔造者。1976年7月朱德先毛泽东两个月离世。

胡耀邦在"文革"中的遭遇不是最严重的，但也不是最轻松的。1964年他解除了共青团中央书记的职务，被毛泽东派去陕西担任省委书记，毛说他"需要做一些实际工作"。不到两年时间他就回北京被红卫兵在批斗会上进行批判。他被称为"三胡"之一，另两胡是胡克实和胡启立，三个人都曾经是共青团的最高领导人。他被一直隔离到1974年，后来也许是在邓小平的干预下才开始担任组织部长，之后担任宣传部长，再后来担任了中共总书记。

陈毅遭到红卫兵狂暴批判的时候正担任中国外交部长。当时红卫兵希望能掌控外交部，罢免周恩来。有一次在批斗会上乱吼乱叫的迫害者给陈毅头上戴了一顶纸高帽。陈毅恳请他们让自己去参加与法国大使的会面。他把高帽取下，让红卫兵小心保管。他说："相信我还会需要它的。"但他的玩笑并不能挽救自己。他失去了工作和自由，身体一落千丈。他死于1972年1月6日。医生开的死亡证明上写的是癌症。他的妻子也于两年后逝世。不管医学诊断怎么说，他的朋友知道两人是死于一种名叫"文革"的传染病。[17]

毛泽东出席了陈毅的追悼会，身上穿着睡衣。他嘴中喃喃自语，说陈毅"是一个爱国的好同志，一个国际主义者和马克思主义者"。没人了解毛泽东在此情此境下想的到底是什么。[18]陈毅率领部下在瑞金一带的山区转战之时写了如下诗句："半壁河山沉血海，几多知友化沙虫。"1972年1月6日吟诵这首诗的人已经与世长辞。

在中南海的院子里，国家主席刘少奇的房子紧挨着毛泽东的住处。1966年7月，刘少奇迟迟才领会到原来"文化大革命"的最大目标是自己。毛泽东7月12日才从长江游泳回来。刘少奇前去拜访老邻居。卫兵把着门不让进。他后来又打电话，但是没人接。刘少奇家里有扇窗户，望出去是一条小道，毛泽东经常喜欢在这里散步。刘少奇从早到晚一直坐在窗前守候，但是毛泽东始终没有出现。[19]

刘少奇有个大家庭。他的子女们都被红卫兵的运动席卷。很快他们开始遭到殴打。他的长子和长女被流放到中缅边境，长子后来凄惨地死去，长女则被关进了牛棚。他的次子刘允若进了监狱。他的小女儿刘潇潇当时年仅十岁，先是被同班同学殴打，后来又被禁止去上学。他的三子刘源和受到迫害的北京市市长彭真的儿子身无分文，就想卖血给血库，但是被拒绝了。三女刘平平也被关进了监狱。[20]

刘少奇和他一家所遭受的屈辱和折磨列下来几页都写不完，也许要整整一本书才能说尽。他的儿女写了一封长信，把他们遭遇的主要苦难列举了出来，1980年12月5日在北京的《工人日报》上发表，篇幅很长，但是和原信相比已经短得多了。刘少奇的遗孀写了一本有关刘少奇的书，但是内容只限于1960年刘少奇在宁乡所待的那四十四天发生的事情。宁乡是湖南的村庄，离毛泽东的老家不过七八英里（约11—13公里）路。刘少奇一样也希望对农村的具体情况以及“大跃进”、公社化和毛泽东其他政策带来的效果进行评估。

有一段时间周恩来尽力和刘少奇和他一家通过电话保持联络。后来红卫兵闯入他们家中，把电话狠狠地扯走了。周恩来告诫刘少奇一家不要走出中南海，在里面可以受到保护。但是红卫兵还是设局把刘少奇的妻子王光美骗了出来——他们告诉她女儿平平受了重伤，被送进了医院。在批斗会上他们让王光美穿上一件开叉到臀部的古怪旗袍，在她脖子上挂了一串乒乓球。他们用红宝书（《毛泽东语录》）扇刘少奇的耳光，直到他两颊鲜血淋漓。他们搜走了刘少奇的安眠药，让他整夜无法合眼。

王光美后来被关进了高度戒备的秦城监狱（现在毛泽东的遗孀江青还有“四人帮”其他成员也都被关押在此处），在北京西山。

王光美的一个罪名是她的名字里有“美”字，而她的哥哥王光英的名字里有“英”字——因此显而易见她是个美国特务。实际上“光美”的意思是“光荣家庭里的美丽女孩”，而“光英”的意思是“光荣家庭里的英雄”——两个非常传统典雅的中国名字。确实，在19世纪中期，中国人在翻译国名时取了比较好听的名字，美利坚叫美国，意思是美丽的国度，英格兰叫英国，意思是英雄的国度。在王家这两个名字还有特别的含义。王光美的父亲曾经是中国外贸部长。他在英国的时候王光英出生，在美国的时候王光美出生，所以两人的名字有这一层微妙的意思。[21]

刘少奇的身体每况愈下，他的房间里用强光照射（而他的妻子则被关在全无光线的一片漆黑之中），整晚整晚无法入睡。1969年10月，在林彪的命令下，抱病的刘少奇通过飞机转入远在河南开封的最高戒备监狱中。他当时患着肺结核，衣服也没有穿齐，在半昏迷中被扔进了地下室的牢房中。押解他来这里的北京卫兵飞回了北京，把他的药物全带走了。

1969年11月12日，刘少奇死了。他的遗体躺在水泥地面上，头发有几个月没理，又乱又长，口鼻已经变了形，下巴上还带着血迹。多年以后他的死讯和死亡时的情景才被公开承认。

在折辱开始前不久，刘少奇正从病中康复，他告诉自己的孩子："如果马克思能再给我十年时间，我们就可能把中国建设成为一个富强的国家。"

中国共产党人经常半开玩笑地想象马克思在天上俯视世间发生的一切。

刘少奇和他的同志们没有意识到，俯视他们的并非马克思，而是毛泽东，就像毛在诗中所写的那样，他在冷眼看世界，他在俯视陆上和海外的天下众生。

有个问题让人疑惑——为什么毛泽东的目光在庐山之巅变得冷厉？为什么他如此残忍地对待长征时的同志，让中国陷入无政府状态的动荡之中？他和自己的同志多年来同甘共苦，历经考验，为什么在此时发难？

在今天的中国没人能给出简单的答案。但是一个仍在世的智者认为毛泽东坚信社会变革的基本方法就是破坏。这不是马克思主义的概念。毛泽东在长沙第一师范学院学习时曾在杨昌济教授的指导下研究弗里德里希·泡尔生的《伦理学原理》，他在此书的空白处写道："吾人甚盼望其（旧宇宙）毁，盖毁旧宇宙而得新宇宙，岂不愈于旧宇宙耶！"

1920年的时候毛泽东专事钻研佛学，这条原则进入了毛泽东的思想之中，后来一直未有动摇。他深信破坏本身是有其价值的。

经历长征的中国人中没有人相信"文化大革命"的变乱是事出偶然，也没有人认为指挥"文革"的并非毛泽东本人，而是另有其人。的确，林彪、江青还有"四人帮"都有份参与"文革"，但是这些人也全都是在毛泽东设计的框框里行动而已。

这些亲历长征的中国人也无法接受西方人认为毛泽东发动“文革”是为了个人重掌大权的观点。他从来没有大权旁落——他们是这么认为的。

他们对当时情况的感觉是，毛泽东对自己的革命感到失去了耐心。中国的改变还不够快，不够深刻。旧有的事物有太多依然维存了下来。他想象中的理想社会并没有出现。于是他开始主动出击，百花齐放、公社化、“大跃进”接踵而至。他试图——但是没能成功——劝说尼基塔·赫鲁晓夫和他一起用原子武器征伐天下，开展世界革命。一切都是徒劳。毛泽东的挫折感倍增。在毛泽东的运动中余生的人们声称，毛泽东是个十分激进的人。随着岁月流逝，他并非变得保守起来，而是越来越激进。美国海军陆战队军官埃文斯·卡尔逊是个中国通，他对毛泽东和他进行的革命非常了解。有一次卡尔逊说：“毛泽东是个梦想家，也是一个天才，他的想法比自己的时代领先了50年。但他也是个危险人物，因为他的计划有很多都是不切实际的。”[22]

毛泽东在挫折中吸取了教训，但这与他的同志吸取的教训截然不同。庐山会议前他也落叶归根，重访了自己少时的故乡韶山。时间是1959年6月25日，此时他离别家乡已有三十二年之久。毛泽东很明白农村的情况不是很好。他也知道心直口快的老兵彭德怀也来湖南农村看过，而且对这里的境况有所不满。也许地方当局在韶山装了样子给毛泽东看。不管原因是什么，他走的时候写下了“遍地英雄下夕烟”和“别梦依稀咒逝川”这样的词句。

彭德怀入眼的是变乱和灾难，而毛泽东则是“喜看稻菽千重浪”。他满腔怒火愈烧愈旺，终于向自己的老战友们出手发难。

让人感到如出一辙的是斯大林也曾进行过类似的清洗。20世纪30年代斯大林把老布尔什维克赶尽杀绝。难道清洗对两国的共产主义体系都是常态？还是说这证明了阿克顿爵士的格言没错，因为所有权力都会产生腐败，而绝对的权力产生绝对的腐败呢？人们很容易接受后一种解释，在我们了解俄国和中国革命中的那些妄想偏执的特点以后尤其会如此认为。斯大林早期在自己的祖国格鲁吉亚时就表现出了多疑的心性，而毛泽东则早在江西时期就已经开始了自己的清洗运动。

但是有个很了解毛泽东的中国人拒绝认为毛泽东是妄想狂。他同意洛甫所说，毛泽东和斯大林“整人”都很厉害。但是他不相信毛泽东真是妄想狂的临床患者。“他的行为非常理性。”毛泽东的这个同僚说道。“都是根据自己收到的信息进行反应。应该说扭曲的是毛泽东收到的信息，而不是他的心灵。”

也许吧。尽管这种说法对毛泽东应付的责任太过轻描淡写，但肯定有人向毛泽东通风报信，把有关老同志的错误而扭曲的信息输送给他。他的妻子江青一向觊觎权力，在庐山会议时就在幕后兴风作浪，之后则愈加猖獗起来。

但是还有很多问题让人费解。毛泽东在《七律·登庐山》结尾中写道：

陶令不知何处去，

桃花源里可耕田？

毛泽东写的是诗人陶渊明。庐山在陶渊明的时代和现在一样都以风景秀丽著称于世。而陶渊明出生的地方与毛泽东椅下的庐山相距不到7英里（约11公里）。陶渊明是著名将领的曾孙，在公元405年初抛弃了前途无量的仕途回庐山去过与世无争的种田生活。他观望着自然，用诗词记录似水流年。

毛泽东在庐山之巅坐在柳条椅上，目光看向远处的鄱阳湖。他冷静而清晰地计算着，满眼冷厉。他如今已“跃上葱茏四百旋”，但是谁能预料前面会发生什么，谁能保证庐山会议的结果是什么呢？也许像陶渊明一样他会很快抛弃自己的职务回韶山养老，像陶渊明一样悠闲地生活：

不戚戚于贫贱， 不汲汲于富贵。

像陶渊明诗中所写的那样，毛泽东再也不会“久在樊笼里”，终能“复得返自然”。

但是这样的心境并不持久。毛泽东在庐山会议的胜利之后，愈加不可阻挡地向着“大乱”而去。1963年他写下另一首诗：

只争朝夕……要扫除一切害人虫， 全无敌。

后来在1966年7月6日，在有名的畅游长江之前，毛泽东给江青写了一封信，其中写道：“天下大乱，达到天下大治。过七八年又来一次。牛鬼蛇神自己跳出来。”

中国历史上屈指可数的一次大乱就此一发不可收拾。毛泽东就在乱潮之中掌舵。他的目光冷厉，紧紧盯住自己的目标——他的老同志——那些朱德说长征时曾经和毛泽东在一个锅里吃过饭的“害虫”。他感到这些人的革命热情已经因为一时的胜利而消耗殆尽了。现在他要开展又一场更伟大的革命，即使单枪匹马也在所不惜。这场革命，也就是“文化大革命”，会把迄今为止在不完美的共产主义统治下取得的不完美制度扫荡一空，也会把那些不坚定、不完美的长征老同志毁灭干净——这项任务冷酷无情，但它会为将来完美的社会制度扫清道路，因此势在必行。此刻毛泽东心中执著的是对未来的憧憬。

注释

［1］《毛泽东诗词》第38页。

［2］马海德：1984年3月9日采访。

［3］王炳南：1984年3月20日采访。

[4] 彭德怀：《彭德怀自述》第1—11页。

[5] 特里尔：《毛泽东传》第274页

[6] 刘英：1984年5月14日采访。

[7]《巴黎—北京》(*Paris-Pekin*)：1979年11月第二期第94页。

[8] 薛明：1984年6月16日采访。

[9] 萧克：1984年3月9日采访。

[10] 余秋里：1984年10月31日采访。

[11] 李先念：1984年6月15日采访。

[12] 杨成武：1984年3月18日采访。

[13] 萧华：1984年3月16日采访。

[14] 爱德华·E.赖斯：《毛泽东的路》第243页。

[15] 马海德：1984年3月9日采访。

[16] 伍修权：1984年3月28日采访。

[17] 陈丕显：1984年6月13日采访。

[18] 李先念：1984年6月15日采访（译者注：正文原文中说陈毅去世日期为1月8日，与历史记载1月6日不符，应为作者混淆，译文已作相应修改。毛泽东是在病中临时决定参加追悼会的，此为着睡衣的缘由）。

[19] 刘少奇子女的信件：1985年12月5日北京《工人日报》(*Beijing Workers Daily*)。

[20] 刘少奇子女的信件：1985年12月5日（译者注：刘源应为刘少奇四子）。

[21] 刘萍萍：1985年1月29日采访。

[22] 赫尔多·汉森：《北方红色疆域后方的旅行日记》(*Diary of a Trip Behind the Red Lines in the North*) 第25页，1938年6月开始记述，私人出版。

第三十一章

屹立不倒的小个子

日暮西山，梧桐树开始在小院子的墙上拉出长长的影子。每当这时邓小平就会从红砖房里走出来，开始一天的散步。这里是赣北新建县一个军校校长曾经使用过的一处住所。他在院子里一圈一圈地走着，脚步轻快有力，头微微低着，陷入沉思之中。每天他都这么散步，后来红色的砂石地上被他的双脚踏出一条小道来。

他的女儿毛毛透过窗子注视着父亲。邓小平正处在放逐之中，有卫兵时时关注着他的一举一动。她的境遇和父亲一样。

“看着他快速而稳健的步伐，”她后来说道，“我对自己说，就在这一步一步之中，他的思想、他的信念、他的意志，随着前进的每一步而更加明确，更加坚定起来，已经为日后更加激烈的斗争做好了最充分的准备。”[1]

转眼之间50年已经过去了。50年前，一群穿着灰褐色军装的战士，身背包裹，肩扛粮袋，腰挎驳壳枪，足踏草鞋，眼中闪着坚毅的神采，艰难地跋山涉水，一路转战，为他们理想中的命运奋斗。邓小平就是他们之中的一员。

他们憧憬的命运深深地印刻在一个敏捷的头脑中，挥之不去，似乎没有谁比他对此更加在意。此人就是邓小平，一个最不可能（但也许注定会）成为中国领袖的人。

1969年邓小平被关押在新建县的陈旧营房之中，此时他的大名还没有在贵州五岭的层峦叠嶂、金沙江的湍急水泊和陕北的黄土高原上传诵，也没有响遍整个世界。

但是长征的同志中没人比他更加锐气十足。多年以来邓小平青云直上，几乎让人瞠目。不管多少次被打倒，他都能爬起来立刻继续战斗。长征之后他在刘伯承的第一二九师担任政委，和国民党与日本人作战。后来他担任第二野战军政委，把蒋介石从大陆赶了出去。1949年10月1日，毛泽东宣布中华人民共和国成立的时候他就站在天安门城楼上，之后他成了毛泽东在西南地区的封疆大吏。 1952年他回到北京，所有事务都有他的份。中央总书记、政治局委员——这些重任他毫不吃力地一一担起。1957年他随毛泽东一起去莫斯科跟尼基塔·赫鲁晓夫一决高下。在中国他负责农业、工业和教育工作。

邓小平没有变化。他依旧坦诚直率。他看到了“大跃进”带来的灾难就直言不讳。庐山会议的时候有些人在口袋里揣了两份讲话稿，如果彭德怀掌控大局则使用其中一份，毛泽东胜出则使用另一份。邓小平可不是其中一员。

前路危机重重。毛泽东后来说，邓小平（和刘少奇）“见了我如丧考妣”。或者用“文革”领袖之一陈伯达的话说：“要邓小平跟人平起平坐地讨论问题简直难如登天。”[2]

邓小平就是如此。他不会坐以待毙。就像多年前在江西卷入事端时一样，他做了检查。但是没有效果。他被称作是“第二号最大的走资派”。最大的走资派是刘少奇。1966年9月以后，邓小平从人们的视线中消失了。他被关在自己的房子里，不允许与外界有任何联系。他的孩子被分散开接受斗争，然后送去乡下劳动。他的长子被红卫兵从楼上的窗户里推了出去，摔断了脊骨，腰部以下肢体瘫痪，也不给他进行治疗，最后导致终生残废。1968年10月，邓小平、卓琳夫妇两人以及在邓小平生母去世后把他养大的继母被一同送去长征的起点江西。[3]在南昌市外一所空置的步兵学校里，邓小平在校长以前住的一栋二层楼里住了下来。学校早已在“文革”后关停，中国的所有学校当时都一样。

在之后的三年时间里邓小平的生活与经历了长征的许多人大同小异。他已经67岁了，但是依旧要拖地、劈柴，把大块的煤打碎扔进炉子里为冰冷的房间取暖。在法国勤工俭学的时候他曾经在雷诺公司的工厂里工作过。他还没有忘记机工的手艺。夫妇两人早上在一家拖拉机厂工作。他在机器旁工作，她则清理线圈。去工厂路上需要20分钟，来回都有武装卫兵跟着。路很滑，有时候邓小平会摔倒。未经允许他们相互间不能说话。

下午他们在自己的菜园里劳作。他们养了鸡，种了菜。他们把钱都攒下来，希望能让儿女和他们团聚。他们的小女儿毛毛（邓榕）和小儿子邓质方（因为皮肤黑，被称作“小黑人”）在陕西乡下生产队工作。

邓小平没有受到身体上的折磨，还允许他从北京带一些书来看。晚上他就开始读书——有时候是马列著作，有时候是中国历史，有时候是中外文学。他的继母则在一边做一些针线活。他们晚上会在一起听收音机里的新闻广播。

渐渐地他们与一起工作的工人们建立了友善的关系。在这长时间的监禁中邓小平有没有打桥牌？如果打的话也只能是夫妇俩和继母三个人玩，而他的妻子经常卧病在床，年长的继母尽管精神矍铄却又不识字。看来不太可能。邓小平和延安的很多人一样都开始喜欢上了桥牌。有些国际桥牌选手认为他有世界级水准。他后来掌权以后几乎天天打桥牌。他的牌友中有政治局委员、副总理、前北京市副市长、“文革”早期的受害者、他的老朋友万里。据说有时候他也跟杨尚昆将军打牌。另一个牌友是全国人大常委会副秘书长丁关根。来自纽约的桥牌世界冠军杨小燕曾经和邓小平切磋过，据她说邓小平很厉害。他告诉她说桥牌“让我脑子清醒”。他打牌时争胜，但从不赌钱。输家必须钻桌子。邓小平输的时候赢家总是说“哦，您就不必了”。但他也总是回答说：“我要钻的。这是游戏规则。”然后就钻桌子，因为身材矮小，对他而言倒是比较方便。[4]

延安时期桥牌和扑克都很流行。毛泽东对扑克乐此不疲。有时他和埃德加·斯诺一晚又一晚都在打扑克。斯诺说，毛泽东打牌时“很愿意赌胜负，但是对虚张声势不在行”。他下注很高——当然都是虚假的赌注。海伦·斯诺说毛泽东经常打单人纸牌，而玩起拉米牌来常常一次就是连续几个小时。

“文革”中邓小平首先考虑的就是被惨酷致残的长子的境遇。1971年他经过允许把邓朴方接到江西一起住。

邓朴方本来住在北京北部的一家救济院中，那里条件非常恶劣，他每天躺在床上，用铁丝编一些纸篓挣钱。身边没有合适的医疗设备，邓小平夫妇和他的继母只能尽全力照顾孩子。卓琳尽管身体不好，仍旧耐心照料儿子。邓小平则给儿子洗澡按摩。邓小平开始请求当局把儿子送去北京进行正常治疗。直到1973年才获批准，邓朴方在妹妹毛毛陪同下一起去了北京。黄华是中国驻联合国代表，住在纽约。在他的帮助下邓小平终于能把邓朴方送去美国进行检查和诊断。美国医生说邓朴方延误治疗太久，已经没有办法使他的双腿恢复正常了。①

1971年11月5日，邓小平夫妇被叫去会议上听取政治报告。这在1966年他们被捕以后是第一次。毛毛和邓朴方当时都和父母住在一起。邓小平夫妇在武装卫兵陪同他们回家以后什么也没讲。后来卓琳示意毛毛跟她进了厨房。在厨房里母亲在女儿手心里默默地写了四个字：“林彪死了。”

1974年2月，邓小平被召回北京。漫长的毛泽东纪元开始走向尾声。“文化大革命”最黑暗的时刻已经过去。带来的破坏甚于一场战争。工业扑地不起，教育已经绝迹，党内分崩离析。刘少奇和许许多多其他人业已辞世。毛泽东的身体每况愈下，他的精神和情绪状况岌岌可危。他的妻子江青和“四人帮”的其他三个成员暂时受挫，但正在准备东山再起。周恩来则患上了癌症。

毛泽东又一次找到了这个打不倒的小个子。毛泽东本可以如同对刘少奇那样，让邓小平于不见天日中默默死去，或者通过医生将他置诸死地，让他同贺龙一样结局。但是毛泽东没有这么干。他召回了邓小平，并且这么评价他：

① 邓朴方现任中国残疾人联合会主席。

“邓小平人才难得，政治思想强，不会不假思索就武断地处理问题，总是能找到合适的方法，处理难题时有责任心。”毛泽东说邓小平是一个好战士，知道怎么跟苏俄斗。像邓小平这样的人是很难找到的。[5]

周恩来的身体渐渐不支，邓小平开始接手越来越多的事务。有些中国人对此忧心忡忡。他们说他的步伐太快了。邓小平的心中焦急万分。他希望早点把中国拉回正轨。因此他迫不及待、分秒必争。他比任何人都明白这个国家发生了什么。他了解谁在动乱中死于非命，谁遭受了折磨。他了解身陷囹圄中能干的将领和干部。他了解人民为此付出的代价，他自己的家庭就为此蒙受了巨大的苦难。他了解经济遭受的巨大破坏，从那些疯狂的口号中就可见一斑——“要抓革命，不要抓生产”。他了解军队现在已经迷失，也了解“四人帮”的危险，这些人还在紧紧抓住毛泽东，给这位老人的精神灌注有毒的思想。

不管邓小平多么敏捷麻利，他依旧无法让时间走得更快。1976年1月周恩来逝世，在天安门因为对总理的悼念而发生了情绪爆发的事件，“四人帮”利用这件事又把邓小平拉下了台。但是这不能困住邓小平多久。1976年10月，“四人帮”在毛泽东死后倒台。邓小平使尽浑身解数，通过打击、阻挠、斗争、谈话、游说、协商，用上了毕生在中国政治圈中习得的计谋和策略，终于掌握了权力。

中国的未来就掌握在这个人的手里。这段时间他就是承载天意之人。对自己的使命他不仅尽心尽力，发挥创意，还把自己在新建县步兵学校的院子里每晚散步时不断完善的所思所得都用了上去。

这些想法其实很简单。首先让国家开始正常运行，把“四人帮”及其拥护者控制起来。不管怎么样，他们都曾经得到党内大多数人的支持。

军队要重新恢复活力。工厂要开始工作。年轻人要回学校去。“文革”中的受害者需要回归，要给他们拨乱反正，让他们在社会中担任有用的角色。

然后就是重中之重的目标：把中国带入20世纪——到21世纪完成这一目标。中国以外的很多人——包括中国内部的一些人——都未能意识到这个目标有多宏大。低劣的把戏或标语如“大跃进”之类决无可能完成这样的任务。中国需要一切：技术、科学、教育、分配、消费品、食品等等。在中国被新生儿的海洋淹没之前必须让人口停止增长。农业必须增产。不管使用什么方法，不管代价多大。

邓小平用开明的态度对待这一大堆事务。“文化大革命”把所有的蜘蛛网都清扫一空。他——还有与他站在一起的人——用崭新的眼光看待中国，思想中毫无沉渣旧念。他们的目标是在马克思和毛泽东思想之上定下的。但是现在他们开始公开声明《共产党宣言》已经是近150年前的事了。马克思研究的社会已经在一个半世纪前死去，况且他也从未研究过中国社会。马克思如何会在其生活的19世纪找到办法来应对当时难以想象到的超级技术社会？列宁了解的则是第一次世界大战时的沙皇俄国。这和1985年的中国已有天壤之别。毛泽东了解的是1927前后的封建农村，这也已经是很久以前的情况了。

现在是1985年。世界正以超音速向前疾驰。中国必须找到超音速的解决方法。中国必须找到切实的答案，而不能靠喊口号和说空话蒙混过关。正如中共理论刊物《红旗》所说：“马克思主义理论必须与时俱进。”

这样的计划让人陶醉，但同样也可以让人轻易犯错。老一辈的党内同志无法理解胡耀邦总书记提出的“新长征”的真实含义。而在邓小平发起行动让参加过长征的那些不错的老同志一一退休时，军中也弥漫着紧张焦躁的情绪。

但是年过一年，邓小平的行动开始成为大势所趋。他说：“我的任务是要活得久一些。”不是为了自己，而是为了中国。 他感到“像鱼一样充满活力”，有一次在渤海湾的海滨胜地北戴河让人舒畅的水中畅游之后他对自己的朋友这么说。[6]

邓小平在新长征中有自己的秘密盟友，这就是年轻一代——特别是出身于像他这样在“文革”中饱经风雨的家庭的年轻一代人。在中国，老一代和年轻一代还从未因为经历的共同性被联结得如此之紧。不仅仅是邓小平这样的老一代人在反思中国的革命。年轻一代人也带来了新的思想，新的洞见，很多人从出人意料的地方——美国——汲取想法。如果说中国的体系中现在正在注入大量的私营经济、利益驱动、个人主义和创业精神的元素，这并非是偶然。成千上万的中国人正回到家乡，与他们的父母一辈探讨采自西方的亲身感悟。

在新长征之外，中国正开始着手开展邓小平所说的“对外开放”政策，对思想、技术、贸易开放门户，用开放的态度向其他文化和其他意识形态学习，从其他国家的策略中获得能使中国建立起新秩序的办法，找到西为中用的方式。

对很多人来说，“对外开放”听起来与中国特色不符，有悖中国的历史传统。其实不然。早在唐代（618—907）中国的首都还在长安（今天的西安）之时，中国就夸耀说有上万外国人居住在首都。他们是来自各国的专家、技师、艺术家、实业家、商人、学者，只有在一个伟大帝国的繁华首都中才能找得到这样的男男女女。闭关锁国和仇外排外的政策是在中国最后一个封建王朝清廷的没落中愈演愈烈。中国的革命运动从来不封闭，它一直在从中国国界以外、大洋以外——从日本、美国、法国、德国和俄国等诸多国家中寻求想法和灵感。

这一点，历史学家李锐指出，正是毛泽东和邓小平之间的巨大差别。毛泽东“对西方并不怎么感兴趣”，他指导的社会更封闭，更有清王朝传统。邓小平则相反——他孜孜不倦地吸收新想法，对中国可以从西方那里汲取的营养心驰神往。

长征结束至此已历五十年。在中国的漫漫历史岁月中这不过是沧海一粟。但它已经在中国社会留下了不可磨灭的痕迹，为中国的意识带来了巨大的转变。长征为这个国度播种下几百年来未曾有过的团结和勇气，其力量甚至可以让中国挺过毛泽东晚年可怕的异想天开之举，从而走上一条崭新的道路——一条毛泽东不太可能选择的道路。但现在对长征盖棺论定还为时过早。有些中国人说，也许在一两个世纪后我们才会认识到长征的真正历史意义。而现在就让我们同意中国人的看法——把长征认作是集团体勇气、奉献和信念于一身而进行的无与伦比之壮举吧。

注释

[1] 邓榕（毛毛）：1984年9月3日《北京周报》第17—18页。《中国建设》1985年第四期。

[2] 爱德华·赖斯：《毛泽东的路》第184页、第262页。

[3] 杨尚昆：1984年11月3日采访。

[4] 北京的英语报纸《中国日报》每天都有桥牌专栏。北京的有些人说毛泽东（因为1966年7月12日在长江畅游的名声）让游泳流行一时，而邓小平则让桥牌成为时尚。

[5] 胡华：1984年10月27日采访；李先念：1984年6月15日采访。

[6] 伍修权：1984年3月28日采访。

译后记

开始翻译本书是在春节。除了必要的走亲访友之外，推掉了所有其他事，只是专心一意地翻译。家里老人见我伏案太久，就劝我不要工作得太辛苦，我回答说这不是工作，因此没有辛苦。这是实话。阅读、翻译本书，查询各种资料，推敲事实细节和具体文字的过程完全不能用“工作”二字来形容。按说长征对我辈而言已于影视书籍作品和学校教育中耳熟能详，然而从一位对这段传奇抱着异乎寻常热情的美国人笔下重新认识长征，依旧让我时时感到莫名的振奋。

本书原作者哈里森·索尔兹伯里是美国著名记者，多年来一直对长征心向往之。1984年，几番周折之后，他终于实现心愿，以76岁的高龄重走长征路，遍访在世的老红军，将长征的故事再现于世。出于对长征的推崇，全书充满作者对中国革命者激情、勇气和智慧的赞叹，然而本书对中国革命和长征描述的角度却又独树一帜。除了中国本土党史专家和经历长征的在世老人采访所言之外，作者还从大量中外当事人的回忆录中抽丝剥茧，以还原人物和事件的全貌。这里面就包括了长征初期的决策者、后来出言诋毁中共的李德，中共早期领导人张国焘，在台湾被捕叛变的中共高级干部、长征亲历者蔡孝乾等。对历史存疑的问题如进行长征的决定，一、四方面军的冲突等作者也抱持开放的态度，多方采信，以期客观发掘史实。

因此本书的重点决不在于简单地重述长征的艰辛，为红军树碑立传，而是希望将长征和中国革命的风云人物可信、全面地展现于读者眼前。全书甫一开始便突出了红军高层的内部斗争，借此揭示红军内外交困的情境和长征的前因。对于长征的领导者、自毛泽东以下中共立国的诸位国父，书中也均从早期经历开始一一介绍，探讨其思想形成的渊源和走向，并在书末点出了众多长征中坚人物的最终结局，使读者可以跨越时间，了解长征对前辈革命者一生的影响。对于长征途径的路线、战斗和其他重要事件发生的地点，作者也一一走访，在书中以后来者的眼光来仔细斟酌和考量，可谓颇具匠心。

本书于1985年在美国出版，经由外交部过家鼎、程镇球、张援远等译界前辈翻译，于一年后出版了中文版。本译版是于长征胜利80年之际重译，试从初译版30年后以21世纪的眼光重新审视这段历史，向80年前的壮举致敬。

由于全书根据大量采访及文献资料整理写出，原作者与受访者和文献的语言又大多不同，因此本书所述与史实记载确有多处出入，译者已在注释中加入了一定解释，出于水平所限，错漏之处，也请读者指正包涵。

译者
2015年2月

译者说明

文中引用的著述、文献多为外文，包括中文及俄文著作的英译版，因此在翻译时采用中文原书名（如有）、已有的中文译本名（如有），或对外文名进行直接翻译，在其后的括号内注明外文名（第一次出现时）。书中如有作者引用中文文献的，多数为作者参阅的英文或俄文译本，其章节页数及文字本身与原中文版本会有所差异，特此说明，望读者了解。 由于美国长度单位与中国的区别，本书在正文中对大部分英里、英尺和码进行了换算，在括号中标注了出来。原作者对中国里的理解似有模糊，有些地方请不必细究。